HILDEGARD E. KELLER
Was wir scheinen

HILDEGARD E. KELLER

WAS WIR SCHEINEN

ROMAN

eichborn

Dieser Titel ist auch als Hörbuch und E-Book erschienen

Kanton St.Gallen
Kulturförderung

Für Christof

&

Für Barbara und unsere Brüder,
Thomas, Dominik und Mathias

&

Für Anny und Bernhard

Inhalt

Sehen Sie, wie traurig ich bin!
Ich weine auch und sage das Meiste nicht,
niemals. Und doch sehe ich auch dies so ganz
anders an und kann es wie ein Glück betrachten.
Ich bin so unendlich frei in meinem Innern,
wie nicht verpflichtet der Erde.

Rahel Varnhagen

– Oh Meister und Freund –
Haben doch viele vergessen
Dich als Menschen zu zeichnen
Weil sie distanzvoll
Und immer ein wenig gehemmt
Beter und Anbeter
Freundliche Priester
Ihrem verehrten Idol
Dankopfer bringen.

Hannah Arendt

EINS

1 Der letzte Sommer

Auf der Reise nach Tegna, 25. Juli 1975

»Gentili signori, siamo in arrivo a Bellinzona. Per Lugano binario due.«

Wie lange hatte sie geschlafen? Lag der Gotthard schon hinter ihnen? Die Stimme des Schaffners hatte sie geweckt. Es war stickig im Raucherabteil, das nun fast leer war. Ein Zug noch immer ohne Klimaanlage, absolut undenkbar in Amerika, dachte sie und wandte den Kopf zum Fenster.

Ihre Augen suchten die Landschaft nach einem Anhaltspunkt ab, an dem sie sich orientieren konnte. Vergeblich. Das Grün vor dem Fenster zerfloss im Regen, der ans Zugfenster prasselte. Es roch metallisch. Sie erinnerte sich, dass die Lokomotive hart gearbeitet hatte, härter als bei der Abfahrt aus Zürich, wie von Zeit zu Zeit die Scheiben gezittert hatten, wenn ein Zug vorbeidonnerte. Dann war sie wohl eingenickt.

Als sie das Quietschen der Bremsbeläge hörte, wusste sie, dass der Zug talwärts fuhr. Sie kannte die Strecke. Diesmal konnte sie bis Locarno sitzen bleiben. Diese Durchsage war für sie also bedeutungslos. Was aber hatte sie im Traum gehört?

Kiwitt kiwitt, komm mit mir mit, komm mit.

Der Traum vom Glaskasten war ihr vertraut, besonders auf Reisen begleitete er sie. Weiß Gott, warum ihn das Unterwegssein anlockte. Wie ein verspielter kleiner Hund riss er Satzfetzen aus ihrem Werk und legte sie ihr vor die Füße, als spielte er sein Spiel. Der Traum als ihr wildester Leser. Ganz schön bunt treibt er's heute, dachte sie und fuhr mit dem Zeigefinger unter die Brille, das Augenlid juckte. Kiwitt kiwitt, kommt mit mir mit, kommt mit – und das aus dem Glaskasten, aber was hatte der Satz denn bei Eichmann verloren?

Im Sommer 1961 hatte sie den Traum zum ersten Mal gehabt und das Gefühl beim Aufwachen nie mehr vergessen können. Das Erste, was sie gesehen hatte, waren ihre Hände, nah beieinander auf der Bettdecke, und das Morgenlicht, das auf ihnen tanzte. Jerusalem. Sie hatte das kleine Zimmer in der Pension Reich in Beit Hakerem gemocht, zwar lag es ziemlich weit weg vom Stadtzentrum, dafür in der Nähe der Hebrew University, ruhig und so erholsam wie in den Bergen. Vorher war sie für zwei Nächte im Stadtzentrum gewesen, unweit der King George Street in einem Hotel in Rechavia, aber sie hatte es scheußlich gefunden, und überhaupt gab es zu viel Gewimmel.

Alle Reporter hatten in dieses Grunewald im Orient gewollt, der Stadtteil war in den Zwanzigerjahren von deutschen Emigranten erbaut worden, eigentlich für ein Häuflein Intellektueller und Künstler, das richtig groß wurde, als die Deutschen den Deutschen Deutschland wegnahmen.

Bald danach war sie zum zweiten und letzten Mal aus Jerusalem abgereist, wie die allermeisten Journalisten lange vor der Verkündung des Todesurteils, und direkt nach Zürich geflogen. Seither folgte ihr der Traum, treu wie ein Hund. So fühlte es sich an, obwohl sie nie einen Hund gehabt hatte. Sie blickte aus dem Fenster.

Mein Hund hat mich nur im Schlaf an der Leine, sonst bin ich unleashed.

Als der Zug stillstand, sah sie, wie der Regen ans Fenster peitschte. In Bellinzona war niemand aus- oder zugestiegen.

Noch eine knappe Stunde bis Locarno, da geht noch ein Keks, sagte sie zu sich und holte die Waffeln aus der Handtasche, die sie jedes Mal im Kiosk am Flughafen kaufte, schälte die Alufolie um den Stängel herunter und biss genüsslich hinein. Lecker, die hauchdünne Schokolade, mit der die Waffel überzogen war.

Diesmal hatte der Traum sie in den Presseraum geführt, einer dieser fensterlosen Räume im Gerichtsgebäude, meistens überfüllt und laut. Sie hatte im Traum auch sich selbst an einem der Journalistentische sitzen sehen, ihre Augen über Aktenberge hinweg auf einen der Bildschirme gerichtet, auf den das Geschehen im Gerichtssaal übertragen wurde. Männerstimmen, Schreibmaschinengeklapper, Telefongeklingel und babylonisches Sprachengewirr. Was die Richter und der Staatsanwalt im Gerichtssaal auf Hebräisch sagten, vermischte sich mit den Simultanübersetzungen, die nur über Kopfhörer kamen.

Ach, diese Übersetzungen, die waren nun wirklich kein rühmliches Kapitel der Prozessführung gewesen! Erbärmlich, was man als deutsche Übersetzung zu verkaufen gewagt hatte. Zum Glück mutete der Traum ihr das Deutsch der Dolmetscher nicht zu! Alles, wirklich alles dreht sich um Sprache.

Immer wieder apportierte der Traum Satzfetzen. Welcher Instinkt leitete ihn? Wie schon so oft hatte sie die Stimme mit dem rollenden R gehört, die Stimme aus dem Glaskasten oder auch vom Tonband. Man hatte das Vorverhör aufgezeichnet und in der Verhandlung immer wieder abgespielt, und jetzt erinnerte sie sich auch wieder, dass Eichmanns Stimme auf Band anders geklungen hatte, irgendwie sonorer, auch hatte er sehr viel seltener Jawoll gesagt als vor den Richtern.

Aber zwei Dinge fand sie nun doch ziemlich abstrus an dem Traum. Erstens, dass die Zigaretten fehlten. Zum Rauchen war sie fast immer ins Pressebüro gegangen, denn im Saal hatte man kurioserweise nicht rauchen dürfen. Nur gut, dass das Rauchverbot auf den Gerichtssaal beschränkt gewesen war. Wo käme man hin, wenn man in Hörsälen und Fernsehstudios, in Zügen und Flugzeugen nicht mehr rauchen dürfte.

Und zweitens war merkwürdig, dass sie im Traum selbst mit im Bild gewesen war, als hätte man sie gefilmt. Nie im Leben hätte sie das zugelassen, aber andere hatten die Chance eifrig genutzt und in den Pausen und nach Ende der Gerichtssitzungen vor den laufenden Kameras der Amerikaner Interviews gegeben, als hätte sich das Publikum eine kleine Auflockerung verdient. Sogar der Staatsanwalt und der Verteidiger hatten sich zu Kommentaren über den Angeklagten hinreißen lassen. Nicht mal ein Minimum an Respekt, besonders in ihrer Rolle wäre das doch zu erwarten gewesen. Justiz, was denn sonst. Aber Generalstaatsanwalt Hausner war seiner eigenen Eitelkeit auf den Leim gegangen, und Servatius, Eichmanns Verteidiger, hatte ihn darum beneidet. Zum Kotzen das alles. Heinrich hatte sie so was immer schreiben können. Manchmal hatte ein Wort genügt, den Rest malte er sich ja aus. Wie sehr er ihr doch immer noch fehlte.

Sie biss ein kleines Stückchen von der Waffel ab, schob es mit der Zunge hin und her. In Locarno war alles gut vorbereitet, sie hatte einen Fahrer bestellt, der sie nach Tegna bringen würde. Sie nahm den Waffelrest aus der Folie und blickte auf die Tropfen am Zugfenster. Der Mensch allein ist wie eine abgehauene Hand, dachte sie und steckte die Verpackung in den Müllbehälter.

Auf der Fensterablage lagen die Zigaretten und das Feuerzeug, ein Geschenk von Heinrich zum Sechzigsten. Es funktionierte noch immer tadellos, nur dass die Flamme etwas zu groß war. Ganz Monsieur. Sie zündete sich eine Zigarette an, den Kopf leicht schräg gelegt, und machte zwei tiefe Züge. Sie nahm ihre schwere Hornbrille von der Nase, rieb sich kurz die Augen und setzte die Brille wieder auf, aber das bleierne Gefühl in den Schläfen war immer noch da.

Früher schlug ich mir auf Transatlantikflügen locker zwei Nächte um die Ohren, aber jetzt?

Nachdem der Zug Zürich verlassen hatte, hatte sie eine Weile gelesen und dann bei heruntergezogenem Fenster mit geschlossenen Augen das Geräusch des im Wind flatternden Sonnenschutzes in sich aufgenommen. Der Fahrtwind war warm über ihr Gesicht gestrichen. Wie ein Segel, hatte sie noch gedacht, bevor sie eingeschlafen war.

Sie drückte die zur Hälfte gerauchte Zigarette in den Aschenbecher, stand auf und öffnete das Fenster, aber nur einen Spalt breit, damit es nicht auf ihre Bücher regnete. Sie blieb stehen und hielt sich an den Knopfgriffen des Fensters fest. Dann ging sie ein paar Schritte den Gang auf und ab, hier konnte sie sich etwas die Beine vertreten. Ihre Gelenke schmerzten.

Zwölf Stunden in der unterkühlten Boeing B-747 vom J.F. Kennedy Airport bis nach Zürich, kein Pappenstiel, auch wenn sie beide Flughäfen aus dem Effeff kannte. Möglich, ja, vielleicht könnte es etwas viel gewesen sein. Wie besorgt hatten ihre Freundinnen geblickt, nachdem sie letztes Jahr aus Schottland heimgekommen war und ihr Leben wieder aufgenommen hatte. Die Worte waren eindringlich gewesen. Hannah, nach dem Herzinfarkt solltest du jetzt wirklich kürzertreten.

Mit beiden Händen stützte sie sich auf die Rückenlehne ihrer Sitzbank. Ein Mann im Nachbarabteil blickte von seiner Zeitung auf und grüßte mit einem Nicken. So freundlich, wie der dreinschaut, dachte sie, fragen kostet ja nichts.

»Könnte der Herr mir in Locarno vielleicht mit den Koffern helfen, falls mein Fahrer nicht auf dem Bahnsteig steht?«

»Selbstverständlich, gern.«

Erleichtert ging sie in ihr Abteil zurück und setzte sich. Ihre Augen folgten dem flirrenden Nass. Fäden überzogen das Zugfenster. Das war nun ihr siebter Sommer im Tessin. Sie konnte sich so gut erholen in Tegna. Schon im letzten Jahr hatte sie zu

Ena Jenny gesagt: Die Casa Barbatè ist ein Paradies, aber mein Speisekarten-Italienisch werde ich nicht mehr aufpolieren. Sie mochte die Pensionsbesitzerin, eine gebürtige Irin, die in drei Sprachen zu Hause war.

»Certo, Hannah, du bist nicht die einzige Amerikanerin im Tessin. Übrigens soll drüben in Berzona noch ein deutscher Dichter zugezogen sein.«

Auf Italienisch konnte sie verzichten, aber nicht auf Französisch. Nie im Leben hätte sie ihr Französisch verlieren wollen. Die Pariser Jahre, die Freunde, was sie miteinander erlebt und nach dem Einmarsch der Deutschen gemeinsam durchgemacht hatten, und, merkwürdig genug, auch ihre nur knapp gelungene Flucht und der Neuanfang in Amerika. All das war Paris für sie.

Natürlich auch Benjamin! Nicht in Berlin, nicht irgendwo sonst in Deutschland, sondern ausgerechnet in Paris hatte sie ihn kennengelernt. All die Abende in der Rue Dombasle bei Benji und mit all den anderen, die nach Paris geflüchtet waren! In Paris, ja, ganz besonders dort, hatte ihr Leben noch mal richtig neu angefangen. La vie et l'amour.

Mit Günther hatte sie in Paris noch eine kurze Zeit lang Tisch und Bett geteilt, aber es war keine Ehe mehr gewesen. Günther, der sich bereits in Deutschland Anders genannt hatte, während sie in Paris noch immer seinen Namen trug, hatte es dann als Erster nach drüben geschafft. Und sie hieß noch Stern, als sie mit Heinrich in den Urlaub fuhr. Heinrich, ja, wirklich das Allerbeste aus Paris.

Sie erinnerte sich, wie sie ihre Unterschrift auf die Postkarte gesetzt hatte, die sie ganz frisch verliebt an Benji schrieben, Günthers Cousin. Der erste Urlaub mit Heinrich, überirdisch schön, auf der Insel Porquerolles. Hatte sie nicht sogar Adam und Eva auf die Karte geschmuggelt?

Wie froh war sie gewesen, als sie wieder Arendt hieß und die Scheidungspapiere in Händen hielt, obwohl da was von »ehelichem Verkehr« drinstand, aber die Behörden leisteten sich damals noch ganz andere Anmaßungen. Mit Heinrich war Paris wirklich Paris geworden – und er für immer ihr Monsieur.

Wenn sie an Paris dachte, kamen ihr alle wieder in den Sinn. Sogar Fritz Fränkel. Sie erinnerte sich an den scharfen Geruch, der von seiner Arbeit, vielleicht aber auch von ihm selbst ausgegangen war, so genau hatte sie das gar nie wissen wollen. Warum um Himmels willen war der Geruch dieses Schocktherapeuten, bei dem Heinrich in Berlin gearbeitet hatte, noch in ihrem Gedächtnis?

Da erinnerte sie sich doch lieber an den klugen Polen Chanan Klenbort, den sie meistens nur bei seinem Spitznamen nannte, ja, auch Chonne war Paris. Sie verdankte ihm ihr Hebräisch, aber eine Schülerin wie sie konnte einen Hebräischlehrer ja nicht wirklich stolz machen. So schön sie fluchen konnte, auch auf Französisch, es hatte alles nichts genutzt. Kläglich war's geblieben, ihr Hebräisch war wirklich nicht der Rede wert. Und noch jetzt fand sie diese Sprache unlernbar, aber ihre Erinnerungen an Chonne verströmten Wärme in ihr.

Ich will mein Volk kennenlernen. Was für ein breites Gesicht er bekommen hatte, als diese Worte aus ihrem Mund gekommen waren, damals, als sie in seiner kleinen Pariser Küche neben dem Kohleherd gesessen und ihre Hände vor die Glut im offen stehenden Türchen gehalten hatte. Und als sie dann auch noch gesagt hatte, sie wolle bei ihm, Chonne, Hebräisch- und Jiddischunterricht nehmen, wurde sein Gesicht ein einziges Lachen.

Paris, das war natürlich seine Lotte. Die kluge Sempell hatte sich in Chonne verliebt und war auch die Drahtzieherin ihrer Gruppe geworden, genau wie sie auf der Flucht. Wäre Mutt ohne Lottes Hilfe denn aus Königsberg rausgekommen? Und Heinrich aus dem ersten Internierungslager? Und sie selbst?

Nach der Flucht aus Gurs war sie schnurstracks nach Montauban gegangen, wo Lotte ein Haus gemietet hatte. Dort war sie untergekommen und hatte dann, mitten auf der Straße, unglaublich, aber so wahr, ja, dort hatte sie Heinrich wiedergefunden. Im ganzen Chaos, als die Deutschen Paris besetzten, hatte man ihren Stups laufen lassen, und sie, im selben Chaos, war einfach aus Gurs abgehauen. Und beiden hatte Lotte geholfen. So viele Und. Gibt es denn je einen Grund, nicht dankbar zu sein?

Sie drehte sich erneut zum Fenster, konnte aber noch immer nichts erkennen. Eigentlich kann es nicht mehr weit sein bis Locarno. Sie öffnete mit dem Daumen das Zigarettenetui und blickte prüfend hinein.

»Noch eine«, sagte sie und achtete auf die Flamme.

Wie lange das alles her war, und doch hatte sie nichts davon vergessen. Die Fortune, die sie und Heinrich damals gehabt hatten! Er war kein Jude gewesen, sondern Kommunist, sie war längst ausgebürgert, und auch Benji hatte man die deutsche Staatsbürgerschaft aberkannt. Verzweifelt waren sie geflohen, es war eine einzige Bewegung, die sie auseinandergerissen hatte. Heinrich und sie und ihre Mutter und Benji, Lotte und Chonne und die Cohn-Bendits, alle. Nur Benji hatte das Unglück nicht abschütteln können.

Sie machte einen tiefen Zug und legte beim Ausatmen den Kopf an die Lehne zurück. Ja, sie war sich nun sicher, dass sie auf jener Postkarte von Adam und Eva geschrieben hatte.

Im allerersten Urlaub mit Heinrich war ihr klar geworden, dass er ihr Mann fürs Leben war. Und auch er war zu allem entschlossen gewesen, praktisch von Anfang an. Kaum waren sie zusammengekommen, hatte er seine Briefe mit »Dein Mann« zu unterzeichnen begonnen, aber erst kurz, bevor die Deutschen einmarschiert waren, hatten sie den Trauschein wirklich in der Tasche gehabt.

Knapp, Frau Blücher, das war knapp jewesen, aber wen kümmert's, Hannah, ick liebe dir, und bevor er seine Lippen auf ihre gepresst hatte, hatte sie noch leise sagen können: Je t'aime, Stups.

Und nun fuhr sie wieder nach Tegna. Dort hatten sie ihre letzten gemeinsamen Urlaube verbracht. Seit seinem Tod fuhr sie nun zum fünften Mal allein hin. Leere war nicht das richtige Wort für das Gefühl, das sie jetzt hatte.

Du verstehst, das Harte unterliegt.

In Frankreich hatten Heinrich und sie immer wieder Brechts Gedicht von Laotse und seinem Ochsen aufgesagt, auswendig natürlich. Benji hatte das Gedicht von Brecht bekommen, und sie alle hatten sich an dem kleinen Zettel wie an einem Floß festgehalten. Wie überhaupt an so vielen Gedichten.

Brechts Gedicht erzählt eine Geschichte, wie sie nur Dichter der Welt schenken können. Ein Zöllner sieht den weisen Laotse auf den Grenzbaum zureiten, fragt den Jungen, der den Alten begleitet, wer sie seien, und der antwortet was von Wasser und wer wen besiege. Nichts kapiert und doch genug gehört, um zu wissen, was nottut. Der Zöllner heißt den Weisen absteigen, lädt ihn unter sein Dach ein und verlangt ihm alles ab, was er in sich trägt, aber es reicht bis ans Ende der Zeit.

Typisch Brecht. Der Zöllner, so einfach er ist, hat gesunden Menschenverstand. Brecht erzählt seine Geschichte auf die für sie schönste Art, mit Reim und Rhythmus. So prägen es Dichter ins Gedächtnis der Menschheit ein. Wie glücklich hatten sie diese wunderbaren Verse auf der Flucht gemacht.

Poetry is closest to thought.

Dieser Satz war ihr damals, als sie ihn geschrieben hatte, gültig und zu Ende gedacht erschienen. Erst ein paar Jahre später, in

Jerusalem, hatte sie dann erkannt, wie lebensnotwendig er ist. Ja, so ist es. Kein Ort der Welt hat ihr klarer vor Augen geführt, wie wahr dieser Satz ist.

Ein langes Stück Asche, das sie abzuklopfen vergessen hatte, fiel ihr in den Schoß. Kein Malheur. Sie schüttelte sacht den Rock, prüfte, ob alles wieder in Ordnung war, und strich mit den Händen über das Karomuster.

Sie mochte es sehr. Schwarze und weiße Felder, wie in den letzten Tagen mit Benji in Lourdes. Wenn sie lange genug auf den Stoff schaute, konnte sie wieder seine kleinen Hände über dem schwarz-weißen Brett sehen. Für einen kurzen Moment war ihr, als fühlte sie die Zettel in Händen, die Walter ihr damals gegeben hatte, bevor er zu seiner Reise aufgebrochen war, die kürzer werden sollte, als er gehofft hatte. Sie legte die Hände in ihrem Schoß zusammen. Da lagen sie, in der schwarz-weißen Mulde der Zeit, mit Benji und seinem Engel der Geschichte.

»Siamo in arrivo a Locarno, ultima fermata. Preghiamo tutti i passaggieri di scendere.«

Sie drückte die Zigarette aus. Der Aschenbecher war fast so klein wie der im Flugzeug, dann packte sie ihre Zeitschriften und Papiere zusammen, steckte Etui und Feuerzeug in die Handtasche und nahm den Blazer vom Haken. Langsam ging sie in den Korridor, wo sie die beiden großen Koffer gelassen hatte. Ihr Abteilnachbar stand schon beim Ausgang und stemmte den Türhebel nach unten, als der Zug mit einem kleinen Ruck zum Stillstand kam. Ein kleiner Kraftakt, dachte sie und sah, dass er ihr den Vortritt lassen wollte. Mit beiden Händen und schmerzenden Knien schob sie umständlich die beiden Koffer zur Tür und fluchte leise vor sich hin.

»Ich bin weiß Gott nie ohne Bücher gereist, auch wenn sie mir auf dieser verdammten Treppe noch das Genick brechen.«

»Scusi, signora.«

Mit einer Geste deutete er an, dass das doch nun seine Sache sei, wuchtete ihre Koffer auf den Bahnsteig und trug sie durch den Regen unter das Dach des Bahnhofsgebäudes. Als er sich noch einmal zu ihr umdrehte, winkte sie ihm kurz zu.

Für eine ältere Dame mit Gepäck ist das Reisen ohne Gepäckträger kein Honigschlecken. Sie stieg, die Handtasche am Arm, vorsichtig die steilen Stufen hinunter, hielt sich am Geländer fest, setzte erst den einen, dann den anderen Fuß auf den Bahnsteig und ging so schnell sie konnte zu ihren Koffern hinüber. Es regnete, wie sie es bislang nur vom Tessin kannte. Da stand sie nun und spähte nach dem Wagen. Wo bleibt mein Fahrer? So ein sauteures Telefonat und weit und breit keiner, der auf mich wartet.

Kurz vor dem Abflug hatte sie die Pension in Tegna telefonisch beauftragt, ihr einen Wagen nach Locarno zu schicken. Aber warum sparte sie eigentlich noch und hatte nicht gleich am Flughafen ein Taxi genommen? Erstens hatte sie Geld und zweitens gab es für amerikanische Touristen in der Schweiz absolut keinen Grund zum Sparen, auch wenn der Dollar nicht mehr so stark war wie 1969, als sie mit Heinrich hier zum ersten Mal in den Ferien gewesen war. Damals hatten sie für einen Dollar noch vier Franken dreißig bekommen. Die Preise in der Schweiz sind sowieso ein Pappenstiel, dachte sie, kein Wunder, dass alle in die Alpen wollen und nicht nach Israel, wo alles so irrsinnig teuer ist.

»Das hört ja nicht auf zu pladdern, ach, wenn ich jetzt nur ein Cab heranwinken könnte!«, murmelte sie in den Regen hinein. Es war fast dunkel geworden, und nur ganz wenige Autos fuhren vorbei. Auf der anderen Straßenseite, vielleicht hundert Meter weit weg, stand eine Telefonkabine, sie hatte sogar Kleingeld. Sollte sie Ena anrufen und fragen, wo der Fahrer blieb? Dummerweise fehlte nur ein Schirm, und bei dem Regen war gar nicht daran zu denken, dass sie es bis dahin schaffte, ohne völlig durchnässt zu sein.

Sie zündete sich eine Zigarette an, inhalierte tief und stieß den Rauch aus. Kurt hatte sie immer wieder nach Israel gelockt, auch damals, als die Nachricht von Eichmanns Kidnapping um die Welt ging. Ach, Kurti. Sie vermisste ihn sehr, den großen Blumenfeld, Zionist mit Feuer und Flamme, der so herrliche Dinge hatte sagen können.

»Hannah, die Geheimnisse des Lebens sind viel offenbarer, als die Menschen denken.«

Der Prozess gegen Eichmann ist ein Glücksfall, hatte sie damals gedacht. Kurt und sie hatten jede Gelegenheit beim Schopf gepackt, einander zu sehen. Auch das Gespenst im Glaskasten war eine gewesen. Sie erinnerte sich noch genau an den Jubel, als der israelische Ministerpräsident Ben Gurion im Mai 1960 die Öffentlichkeit überrascht hatte. Der Coup des Geheimdienstes sei geglückt, man habe Adolf Eichmann gefasst und werde ihn vor das Höchste Gericht in Jerusalem stellen. Da hatte sie sofort gewusst: In diesem Gerichtssaal will ich sitzen.

Heinrich hatte schon seine feste Stelle am Bard College gehabt, aber Langstreckenflüge waren noch unerschwinglich, und zudem hatte sie das Gefühl, knapp bei Kasse zu sein, nie wirklich verlassen. Hätte sie Shawn sonst gefragt, ob sie für den *New Yorker* als Gerichtsreporterin nach Jerusalem reisen könnte?

Der Chefredakteur hatte ihr keinen schlechten Deal angeboten, ihr jede Freiheit gelassen, sich selbst aber auch jede genommen, man entscheide dann selbst, ob ihre Reportage erscheinen würde. Der *New Yorker* hatte Flug und Hotel bezahlt. Auch nach all den Jahren fand sie ihre Entscheidung pragmatisch, fast preußisch. In hohem Bogen warf sie die Kippe in die Pfütze vor dem Bahnhofsdach.

Heinrich hatte gestaunt, wie wahnsinnig pragmatisch sie sein konnte. Natürlich auch in Haushaltsdingen, Kleidung, Essen, alles halt, worum eine Ehefrau sich zu kümmern hatte. Seine Augen hatten immer so keck gefunkelt, wenn er zu einem Scherz ansetzte. Unvergesslich, die Anekdote mit den Wollsachen. Einmal hatte sie in England eine Weste für sich selbst und eine Jacke für ihn gekauft. Sie wollte sich die Schnäppchen nicht entgehen lassen, Wollsachen waren in England unverschämt günstig gewesen und sogar frei von Sales Tax, wenn man sie per Post schickte. Das Dumme war dann nur, dass die Pakete mitten in eine Hitzewelle an der Ostküste geplatzt waren.

Wundere Dich bitte nicht – sondern motte ein!

Heinrich wäre es nie in den Sinn gekommen, sich einem Vorsorgeanfall von ihr zu widersetzen, schließlich war sie so viel praktischer als er, aber er sei vor Lachen fast geplatzt, hatte er ihr später erzählt. Da war sie ganz beruhigt gewesen. Wer solche Späße macht, fühlt sich trotz finanzieller Engpässe frei, und das ist das Wichtigste.

In jenem Hitzesommer hatte sie ihn auch dazu gedrängt, sich Air-Condition zuzulegen. Brief um Brief hatte sie ihm das eingehämmert.

Wenn es zu heiß wird, lass Dir Dein Zimmer air-condition! Das kann man abstottern!

Und dann gleich nochmals.

Schimpf man nicht. Ich las über die Hitzewelle. Hoffentlich hast Du Dich zu Air-Conditioning entschlossen. Bitte, geh doch gleich aus New York raus, sobald der Kurs fertig ist. Warte nicht auf mich.

Bis sie zurück wäre, sollte Heinrich es sich so angenehm wie möglich machen. Gemeinsam würden sie aus dem schwülen Manhattan nach Palenville ziehen. So hatten sie sich das zurechtgelegt. Sommer für Sommer.

Leb wohl, Liebster, mach Dir Air-Conditioning!!!

Mann, wie hatte er stur sein können, fast so stur wie sie selbst. Die Erinnerung entlockte ihr ein kurzes, stilles Lachen.

Inzwischen waren die Lampen angegangen, sie schaute zu den glitzernden Fäden im Lichtkegel der Bahnhofslampe und spürte ihre schmerzenden Beine. Wie lange stand sie nun schon hier? Sie trat von einem Fuß auf den anderen, aber es half alles nichts, sie musste sich setzen. Ein paar Schritte weiter weg stand eine Sitzbank, halb nass, weil sie sich näher am Dachende befand. Mühselig klaubte sie im Halbdunkel ein Taschentuch aus der Handtasche, bückte sich und wischte die Sitzfläche ab.

Früher, als Jaspers noch lebte, war sie immer zuerst nach Basel in die Austraße gefahren. Das war die einzig richtige Akklimatisation gewesen, bei ihm und Gertrud und auch bei Erna, ihrer tüchtigen Haushälterin. Aber mit Karls Tod war ihre Schweiz so viel leerer geworden, und letztes Jahr war ihm auch Gertrud gefolgt.

Diese Ehe war eine der rührendsten, die ich kenne. Sie schnäuzte sich in das nasse Taschentuch und starrte auf die Pfütze. Die Regentropfen sind wie Gedanken.

Sie wusste, warum sie noch einmal ins Tessin gekommen war. Tegna war sehr weit weg von allem. Einen Sommer lang faulenzen und träumen, aber sie würde auch an ihrer Trilogie weiterarbeiten. *The Life of the Mind.*

Einen passenden Buchtitel zu finden war immer eine Plackerei, aber dieser Titel schien ihr nach Eichmann der einzig mögliche! Dafür hatte sie all die Bücher mitgebracht, obwohl die Mühsal des Denkens nicht geringer wurde, nur weil man mehr mit sich herumschleppte. Bücher, Jahre, Narben, you name it. Sie schwor sich, nur noch mit dem Notwendigsten zurückzureisen.

Wie früher würde sie ihre Runden um den frei stehenden Turm der Dorfkirche drehen, oben im Glockenstuhl die Schwalben, und sich zwischendurch auf der Steinbank unten am Turm ausruhen. Sie nahm das Feuerzeug und das Zigarettenetui zur Hand und begann wieder, vor sich hinzufluchen.

»Verflixt, keine Zigaretten mehr, aber hier auf dem Bahnhofsplatz kann ich doch nicht den Koffer aufklappen. Weiß der Teufel, wo dieser Fahrer geblieben ist!«

Aus Erfahrung wusste sie, dass er wie alle Taxifahrer eine ganz unglaubliche Geschichte auftischen würde, sofern er dann doch noch auftauchte – was sie natürlich hoffte. Wie sonst sollte sie nach Tegna kommen?

Dort wollte sie nur noch Menschen begegnen, die ihr angenehm waren. Mit Golo Mann war nicht zu rechnen. Ob er sein Haus in Berzona noch hatte? Egal. Seit er ihr kurz vor Erscheinen der deutschen Ausgabe des Eichmann-Buchs in den Rücken gefallen war, wollte sie nichts mehr mit ihm zu tun haben. Auch Jaspers, der nicht nur ihr, sondern ja auch sein Doktorvater gewesen war, hatte mit ihm gebrochen. Dass Karl sie in dieser unsäglichen Kampagne verteidigt hatte, die damals gegen sie angezettelt worden war, war mehr als nur Freundschaft gewesen, a labor of love!

Ein Quietschen holte sie aus ihren Gedanken. Auf der nassen Fahrbahn hatte ein Auto abgebremst, bog in den Bahnhofsplatz ein und tauchte sie ins Scheinwerferlicht.

Na endlich! Ich hätte den Kerl sonst zur Hölle geschickt. Warum fuhr er so gemächlich? Sie war doch die einzige Touristin unter dem Vordach des Bahnhofs. Der Mann kam auf sie zu.

»Professoressa Arendt?«

Sie trat unter den Schirm, den er für sie aufgespannt hatte, sah seine rot unterlaufenen Augen und dachte beim Einsteigen, so ein Hornochs.

»Sagen Sie mal, haben Sie mich denn nicht erwartet? Ich hatte doch angerufen.«

»Si si signora, haben wir Sie gewartet natürlich … ma con questa pioggia, purtroppo, ci vuole pazienza.«

»Fantasie haben Sie auch keine!«

»Scusi, signora non ho capi–«

»Wer keine Ausrede hat, lässt sich eben was einfallen! Worauf warten Sie? Andiamo!«

Der Fahrer schloss ihre Tür, verstaute ihr Gepäck im Kofferraum, setzte sich hinter das Steuer und gab Gas. Sie ließ sich ins Polster des Rücksitzes sinken, mit dem Gesicht zum Fenster.

Noch immer goss es in Strömen, als wollte der Regen ihre Gedanken und Wörter wegspülen, ihre Erinnerungen an Menschen, die noch da, aber nicht mehr am Leben waren, all das Erlittene und Durchlebte, den Strom des Außerordentlichen und Wunderbaren, an dem sie entlanggestrichen war. An Wörtern hatte sie sich immer festhalten können. Und Wörter wollte sie auch in Tegna wieder aufs Papier bringen, wie früher nur einige wenige auf ein Blatt. Wie früher wollte sie hören, wie ein Wort das andere ruft, so wie es die Wörter in ihrer Erinnerung immer schon getan haben. Wörter spielen ihr ganz eigenes Liebesspiel.

Ich will, dass Du seiest, was Du bist.

Sie hob kurz den Kopf und beobachtete, wie das Wasser im Fahrtwind auf der Scheibe spielte. In den Tropfen, die sich im Fahrtwind bogen, zitterte die dunkelgrüne Nacht. Wenn das Auto in eine Kurve ging, jagte der Wind einzelne von ihnen quer über die ganze Windschutzscheibe, bis sie am anderen Ende wieder ineinanderflossen.

Auf dieser kleinen Reise war jeder Tropfen ganz allein. Manchmal blitzte einer im Licht einer Straßenlaterne auf oder im Scheinwerfer eines entgegenkommenden Fahrzeugs, aber am Rand der Scheibe verglühte er in dem Rinnsal, das in die Nacht hinausstob. Augustin und die *stilla animi*, oder war das gar nicht von Augustin? Und das mit dem farblosen Licht der Geschichte? Vielleicht in seiner Auslegung der Edelsteine im Himmlischen Jerusalem? Ach, diese lange Warterei war wirklich nicht gut gewesen. Das mit dem Licht war doch von ihr selbst, ja, für einen starken Charakter wie Rosa hatte sie sich das Bild ausgedacht. Oder war es doch auf den Roncalli gemünzt? Sie war zu müde, um wirklich klar denken zu können, aber die Satzfetzen und Bilder prasselten auf sie ein, wie sie das immer taten. Sie lehnte den Kopf an und schloss die Augen.

Was bleibt, ist das Schöne. Das Bild selbst war einfach schön. Bilder überhaupt, weil sie den Geist auf die andere, nicht mehr sinnlich wahrnehmbare Seite locken. Jede Menschenseele ein Tropfen, der nur scheinbar getrennt ist vom Ganzen. Der Mensch als Prisma, in dem sich das farblose Licht bricht und in seiner Buntheit aufleuchtet. So ein Bild ist eine Brücke zwischen dem Unsichtbaren und der Welt der Dinge.

Von Tegna aus schreibe ich Martin, so viel steht fest.

Ein Rumpeln. War der Wagen über das Bahngleis gefahren? Als sie den Kopf hob und aus dem Fenster auf der Fahrerseite blickte, sah sie erst das Bahnhofsschild von Ponte Brolla. Gleich kommt die Brücke über die Maggia, dachte sie, doch im Regen verfloss das Brückengeländer. Sie stellte sich den Abgrund vor und tief unten den Fluss.

Erde, du liebe, ich will.

So ein Bild sagt mehr als tausend Theologien.

Benji hatte auf einen seiner Zettel gekritzelt, die Theologie sei heute klein und hässlich, wahrscheinlich weil die Metaphern fehlten, die Gott und die Welt ins Denken holten. Auf Hunderten von Seiten akademischer Spekulation lässt Gott sich nicht ein einziges Mal blicken.

Ohne zu blinken bog der Wagen nach links ab, gleich linker Hand kommt der Kirchturm. Nur hab ich selbst schon so lange kein Gedicht mehr geschrieben. Warum eigentlich? Da rumpelte es noch einmal, das waren nun die Bahngleise, und dann kam der Wagen mit einem kleinen Ruck zum Stehen.

»Ecco, professoressa: siamo arrivati. Casa Barbatè è questa.«

So ein Dummkopf, wie der das nur sagt! Man könnte meinen, ich wäre zum ersten Mal hier.

Der Fahrer sprang um den Wagen herum, um ihre Tür zu öffnen. Langsam hob sie die Beine aus dem Auto, sah die nassen Kieselsteine in der Dunkelheit glänzen und stellte die Füße auf die kleinen Lichter. Wie war das noch mal mit der farblosen Zeit?

Sie wollte es hier wieder versuchen. Vielleicht würde ihr doch noch einmal ein Gedicht gelingen.

Wo, wenn nicht in diesem Sommer, hier in Tegna.

2 Zagt nicht

War sie also doch eingeschlafen? Vogelschreie drangen an ihr Ohr, vier- fünfmal, kurz und fremdartig und von weit her. Ihr Zimmer lag im zehnten Stockwerk und war noch ziemlich dunkel, als sie mit der linken Hand nach dem Blatt auf dem Nachttisch griff. Das Telegramm an Günther.

Sind gerettet. Wohnen 317 West 95 = Hannah.

Sie wollte einfach nur das Papier in den Fingern fühlen. Dass alles so ist, wie es ist. Zwölf Tage im Schiffsbauch, und nun so hoch oben. Dass man da überhaupt schlafen kann. Mit der Wange tief im Kissen hatte sie sich gestern noch gewünscht, dass es nur bald wieder hell würde. Sie wollte sich den Wolkenkratzer genau anschauen, überhaupt die Häuserklippen, an denen sie gestern vorbeigerast waren. Es war alles so schnell gegangen, vom Hafen in Hoboken durch das Straßenwirrwarr und dann über die riesige, lange Brücke rüber nach Manhattan, zu beiden Seiten diese Gebäude wie Bergwände im Abendhimmel.

»Schau dir diese Steilklippen an, Stups, und alles voll mit Menschen!«

Aber da war das Auto schon ans andere Ufer gelangt, in eine der Häuserschluchten gebogen, sie und Heinrich einfach nur sprachlos vor Staunen. Waren ihre Augen auf der Schiffsreise faul geworden?

Nach dem Ablegen in Lissabon hatte es nichts mehr zu sehen gegeben. Sogar die Möwen waren zum Festland zurückgekehrt. Nur eine einzige Linie, darüber der Himmel. Hier in New York war es umgekehrt, Horizont gab es keinen, und der Himmel war winzig.

Gerettet. Heinrich und sie und Tausende, die gestern ebenfalls von Bord gegangen waren. Das heißt, sofern sie die erforderlichen Papiere vorzeigen konnten. Deshalb hatte der Landgang eine Ewigkeit gedauert. Staatenlose hatten keine Pässe, nur Einreisevisa und Affidavits, aber da gefälschte Bürgschaftserklärungen und Pässe jetzt die Währung fürs Überleben waren, hatten es die Immigration Officers mit ihrer Kontrolle fast ein wenig übertrieben.

Sie waren ganz ruhig geblieben. Ihre Papiere waren echt. Wenn Günther nicht ihr Bürge gewesen wäre, sie hätten es nicht geschafft. Er hatte Affidavits aus Hollywood geschickt.

My average earnings amount to $ _____ per week.
Name of Alien _____
Explain relationship fully _____

Günther hatte von Hand 40 hingeschrieben, in Blockschrift ihre Namen und ex-wife und her husband. Aber die Wochen auf hoher See hatten nichts von dem Erlebten wegzuwaschen vermocht. Die Ungewissheit in all den Jahren, ihr Misstrauen, als sie in Marseille bereits ihre Notvisa in Händen hielten, und dann noch viel mehr in Lissabon, wo sie die Passagen sogar längst bezahlt hatten und trotzdem noch warten mussten. Selbst das Schöne musste in Schach gehalten werden. Wenn einer von ihnen losjubeln wollte, beschwichtigte der andere gleich.

»Monsieur, noch ist es nicht geschafft!«

»Warte, bis wir über die Grenze sind.«

»Erst auf dem Schiff, meine Kleine.«

Und dann, nach monatelangem Warten in Lissabon und der täglichen Schlacht um Plätze auf dem Schiff, hatten sie endlich an Bord gehen und sich ans Heck stellen können. Ein Flüchtlingsdampfer mehr durchpflügte den Atlantik. Ihr Schiff. Sie hatten schweigend ins Kielwasser gestarrt. Wie das Wasser ihre Spur verwischte, als wäre nichts gewesen.

»Drüben werde ich schreiben, Stups. Über all das Unfassbare.«

»Auf Englisch?«

»Natürlich, wir werden's lernen.«

»Sodass wir in dem Orchester dort drüben richtig schön mitfiedeln können?«

»Klar. Jetzt wird alles anders.«

»Bis auf deine Sturköpfigkeit, Schnupper.«

»Genau. Ich werde den Mund nicht halten und weiß auch schon, wovon ich erzählen werde.«

»Von uns, nicht?«

»Die Geschichte von denen, die mal wer waren und dann zu Menschen wurden, die von ihren Feinden in Konzentrationslager und von ihren Freunden in Internierungslager gesteckt wurden.«

Die Gischt war bis zu ihnen hochgespritzt, ihr Zeigefinger hatte einen Tropfen im Gesicht berührt und an die Zunge geführt. Der salzige Gruß der Welt, unfassbar und zärtlich, wie es sich für Sterbliche gebührt.

Sie zog die Decke bis unters Kinn und ließ ihre Hand zurücksinken, die noch immer die Quittung hielt. Der untere Fensterflügel war eine Handbreit über den oberen geschoben. Sie hatten es nach Amerika geschafft. Aber die Welt musste erfahren, dass Juden wie Hunde verscharrt wurden. Menschen.

Benji hatte sogar ein amerikanisches Visum in der Tasche.

Zusammen hatten sie Englisch gebüffelt, aber er hatte nur gerade so viel gelernt, um sagen zu können, dass er die Sprache absolut nicht möge. Seine Angst vor Amerika war unbeschreiblich gewesen und sein wichtigstes Ansinnen diese Zettel, die er ihr bei der letzten Begegnung zugesteckt hatte, fahrig und halb abwesend. Je länger sie darüber nachdachte, desto klarer sah sie alles in dieser tragischen, ja fatalen Ordnung. Seit dem Schachspiel, das er gewonnen hatte, Zug um Zug mit dem Satz zwischen den Zähnen:

»Man darf nicht zu spät kommen.«

Ihre Finger erinnerten sich an die sonnenwarmen Schachfiguren an jenem Nachmittag. Sie hatten unter dem Baum gesessen. Sein weißer Bauer, so groß zwischen seinen Fingern, gegen ihren Turm. Ob die Figuren Benji gehört hatten, wusste sie nicht mehr, nur dass er sie dann doch noch schachmatt gesetzt hatte. Sie erinnerte sich daran nicht etwa, weil sie damals verloren hatte, und auch nicht, weil an jenem Tag der Waffenstillstandsvertrag mit der berühmten Auslieferungsklausel veröffentlicht worden war. Sondern weil Benji wirklich in Panik geraten war, nicht nur wegen seiner Schriften, deren Schicksal ebenso ungewiss war wie sein eigenes, oder weil er nur eine kleine Koffertasche mit zwei Hemden, Zahnbürste und Gasmaske mitgenommen und alles andere in Paris zurückgelassen hatte. Da hatte Benji zum ersten Mal von Selbstmord gesprochen.

»Ich habe meinen Schriften gegenüber nichts voraus. Man darf auf keinen Fall zu spät damit kommen.«

»Nu mach man halblang, Benji. Wir gehen in Lissabon alle aufs Schiff.«

»Das kann man nie wissen. Ich bin darauf angewiesen, was andere von draußen bewirken können. Ich habe Carl Burckhardt in Basel gebeten, dass er ein Wort für mich einlegt, eine Bewilligung erwirkt, was auch immer, ein interimistischer Aufenthalt in der Schweiz wäre ein Ausweg.«

»Ja, wir müssen alles versuchen.«

»Ich frage mich, ob ich auch Fritz Lieb schreiben sollte, du mochtest meinen Aufsatz über Lesskow, den ich ja ihm verdanke. Lieb ist jetzt Professor in Basel, sein Wort müsste doch von Gewicht sein.«

»Natürlich. Und was schreibt Adorno?«

»Ach, Teddie macht mir Hoffnung, schreibt von Havanna und Santo Domingo und natürlich von New York, aber ob das noch rechtzeitig kommt –«

»Bald haben wir's geschafft, wir alle. Hörst du denn überhaupt zu?«

Noch nicht einmal ein Jahr war das her. Ein unheimlicher Moment. Benji hielt den Kopf gesenkt, sprach, ohne dass sie seine Augen sehen konnte, was wegen seiner dicken Brillengläser ohnehin nicht leicht war, sprach mit immer leiserer Stimme, dafür war ihre laut geworden. Sie wusste noch genau, dass sie richtig energisch geworden war, die Worte flogen nur so über das Brett. Ihre Angst hatte ihnen Drall gegeben.

»Wir gehen alle in Lissabon aufs Schiff. Nach Amerika, Benji! Und dann bleibt immer noch Zeit für Fisimatenten.«

»Keinesfalls zu spät.«

»Na, wie steht es mit deinen Springern? Sie wiehern doch sonst immer vor Ungeduld, sich mit meinen herumzubeißen –«

Aber es hatte alles nichts genutzt. Die Kunde von ersten Selbstmorden war zu ihnen gedrungen, Internierte hatten sich auf der Flucht vor den Deutschen das Leben genommen, und von da an war nie mehr etwas Kampfeslustiges über Benjis Lippen gekommen. Mitten im Spiel, zwischen zwei Zügen, hatte er sich an die Brust gegriffen, sich über sein Herz gewundert, wie schwach es geworden sei. Wenig später soll er bei Bekannten mit all seiner Höflichkeit herumgefragt haben, ob denn vielleicht jemand Gift für ihn hätte, aber das erfuhr sie erst nach seinem Tod.

Beim letzten Treffen hatte Benji seine schwarze Ledertasche dabei. Die eine Hand drückte sie vor die Brust, die andere öffnete sie und zog umständlich und hastig zugleich etwas heraus.

»Nimm das mit.«

Ein Nichts, das Papier, keine normalen Blätter, sondern längliche Zettel, grau, orange, weißlich. Das war alles, was ihre Augen damals erhascht hatten, und natürlich seine winzige Schrift. Auf hoher See hatte sie die Dinger herausgeholt, der Umschlag war zuunterst in der Tasche gewesen, die dort unter dem Fenster stand, das war ihr ganzes Gepäck, Leibwäsche, Kleidung, mehr nicht. Sie würden ganz neu anfangen, in neuen Kleidern, sobald sie Geld hätten.

Als Heinrich sich im Halbschlaf umdrehte und mit der Bettdecke auch ihre Hand bewegte, wippte das Telegramm.

»That's Pacific Time Zone, Madam.«

Der junge Mann auf dem Telegrafenamt hatte sie freundlich angeblickt, nachdem sie ihm den Zettel mit dem Text und Günthers Adresse wortlos rübergeschoben hatte. Er sollte als Erster erfahren, dass sie in Sicherheit waren. »Pacific.« Sie sagte das neue Wort leise vor sich hin. »Pa-ci-fic.« Ja, da auf dem »ci« machten die Buchstaben einen kleinen Luftsprung.

»Los Angeles. Three hours difference.«

Was bedeuteten drei Stunden Zeitdifferenz in Kilometern? Sie wusste nur, dass die Reise über den Atlantik Tage gedauert hatte, also konnte es doch von New York aus nicht mehr so weit bis nach Kalifornien sein. Heinrich atmete noch immer tief, aber irgendwie anders, weil sein Kopf steiler angewinkelt war als sonst. Die Kissen hier waren fester als alles, was sie aus europäischen Betten kannte. Bestimmt keine Gänsefedern.

Sie sog die Luft ein. Auch hier roch der Mai nach Blättern und Blüten, obwohl der Erdboden weiß Gott wie tief unten sein musste. Da, schon wieder, die Tonfolge, melodielos und nüchtern, so pfiffen doch nicht etwa die dicken Eichhörnchen, die sie schon im Hafen gesehen hatte? Eine kleine Ankunftsfreude für die armen Kinder, die auf dem Schiff gewesen waren, manche ganz allein.

Egal, sie würde es schon rausfinden und beschloss, das Tier einstweilen Pacific zu nennen, wrong word, aber wenigstens Englisch.

So schnell und so gut wie nur möglich will ich's lernen, dachte sie, und mein Latein wird mir helfen, so viele Wörter haben lateinische Wurzeln. Englisch ist das Allerwichtigste, solange Mutt noch nicht hier ist und ich mich um sie kümmern muss. Hoffentlich schafft sie's bald rüber.

Bis es so weit wäre und Martha mit ihnen in Manhattan lebte, war sie frei und musste nicht unbedingt in der Stadt bleiben. Im Sommer könnte sie als Hausangestellte bei einer amerikanischen Familie arbeiten, vielleicht sogar in einem Ferienort an der Küste. Dann würde sie noch etwas dazuverdienen, und sie könnten der jüdischen Hilfsorganisation für Flüchtlinge das geborgte Geld zurückzahlen.

»Amerikaner leben nicht auf Pump«, hatte Heinrich gesagt. Sie setzte sich vorsichtig auf, zog die Beine an und öffnete das Schreibheft auf ihren Knien.

Recht und Freiheit
Brüder zagt nicht
Vor uns scheint das Morgenrot.

Sie setzte den Stift ab und las, was sie geschrieben hatte.

Wie revolutionär! Hebung, Senkung, Hebung, Senkung, so wird seit Jahrtausenden erzählt, dachte sie, wie in der Schiffskajüte, rauf und runter, rauf und runter. Sie spürte das Schaukeln noch in den Gliedern. Auf der Pritsche liegend war es ja ganz schön gewesen, aber an Deck, da war ihr mehr als einmal speiübel geworden.

Sie las die zwei Zeilen jetzt halbblau, unter der Decke wippten die Füße mit. Nanu, ein Kampflied im Volksliedton, das könnte eher von einem Russen während der Oktoberrevolution sein, aber es passt zum neuen Leben als Jüdin auf dem neuen Kontinent. Ri-wol-juschn. Oder re-wol-juschon?

Beim Wippen waren noch ein paar Zeilen aufs Papier gesprungen.

Recht und Freiheit
Brüder wagt es
Morgen schlagen wir den Teufel tot

»Was tanzt du denn schon so herum?«

Heinrich war nun wach geworden, drehte sich zu ihr und schlug ein wenig die Decke auf. Sie legte die Hand auf sein Haar. Er streckte seinen Hals, nahm ihr Ohrläppchen zwischen die Lippen, zog ein wenig daran und ließ es wieder los.

»Und ganz ohne mich? Sag mir zuerst mal, wie man hier Schnupper sagt.«

»Hör zu, meine erste Strophe.«

Sie las vor und musste laut lachen. Da spürte sie, wie Heinrichs Kopf sich von ihrer Brust hob, wie ihr Kinn sanft, aber bestimmt gedreht wurde, bis er ihr in die Augen schauen konnte.

»Nimmst den Mund aber ganz schön voll, du – gib mir einen Kuss.«

Monsieur war drollig. Gedichte kommen doch auf Taubenfüßen.

»Stups, wir haben überlebt!«

Sie schlüpfte aus dem Bett und ging ans Fenster.

»Alles neu macht der Mai, macht die Seele frisch und

frei. Schau nur, nigelnagelneue Blätter! Nur Schnupper bleibt Schnupper.«

———

Sie kam mit ihrem Frühstückskaffee ins Zimmer zurück und holte den Umschlag aus der Tasche unter dem Fenster. Heinrich wollte ins Badezimmer, hatte gebrummelt, das dauere ja eine Ewigkeit, die sollten mal hinnemachen, diese anderen Mieter. Nur die Küche war frei gewesen, obwohl sie ebenfalls von den anderen mitbenutzt wurde.

Sie setzte sich aufs Bett, hier war Platz, hier konnte man Benjis Zettel ausbreiten. Sie klaubte sie aus dem Umschlag, einen nach dem anderen, ganz vorsichtig, und legte sie nebeneinander. Betrachtete Benjis Schrift, pfefferkorngroß, drehte einen Zettel um und sah auf der Hinterseite die Briefmarke. Helvetia. Der Schweizer Absender, eine Zeitung in Basel, dann diese liebe Adresse, Monsieur Walter Benjamin und 10, Rue Dombasle und Paris 15e.

Wie hingen die Zettel eigentlich zusammen? Nicht alle waren nummeriert. Das sind ja Umschlagbänder einer Zeitung, die Benji abonniert hatte. Seine allerletzten Skizzen, hatte er wirklich kein anderes Papier mehr gehabt? Unglaublich.

Ein Bild aus Kindertagen stieg in ihr auf, sie war vielleicht sieben oder acht gewesen, wie immer allein mit Mutt am Küchentisch, sie hatte Buntstifte und heiße Wangen und war über einen Karton gebeugt, so herrlich selbstvergessen, nur mit sich und den Farben. So ein Gefühl schenkten ihr heute nur noch Gedichte. Mutt hatte diese Kartons, die in Strümpfen oder zwischen Leibwäsche steckten, für sie aufgespart.

Genau so kam ihr das mit Benjis Zetteln vor. Papierstreifen, für nichts mehr gut, aber Benji hatte darauf das Allerwichtigste hinübergerettet.

Bekanntlich soll es einen Automaten gegeben haben, der so konstruiert gewesen war, dass er jeden Zug eines Schachspielers mit einem Gegenzuge erwidert habe, der ihm den Gewinn der Partie sicherte. Eine Puppe in türkischer Tracht, eine Wasserpfeife im Munde, saß vor dem Brett, das auf einem geräumigen Tisch aufruhte. Durch ein System von Spiegeln wurde die Illusion erweckt, dieser Tisch sei von allen Seiten durchsichtig. In Wahrheit saß ein buckliger Zwerg darin, der ein Meister im Schachspiel war und die Hand der Puppe an Schnüren lenkte.

Der Zwerg hatte sich nach Deutschland geschlichen. Dort hauste er nun in einer Puppe, die aber in Wirklichkeit ein Automat war und jeder darin ein Rädchen, ein Schräubchen. Ein Ding, das wie von selbst lief und jedem gefiel, der das bloße Funktionieren liebte.

Der Zwerg hatte sich auch als Zöllner verkleidet und Benji abgepasst, an der spanischen Grenze, aber nicht, um ihn unter sein Dach einzuladen, damit Benji alles aufschreiben könnte, was er wusste. Benji muss in Todesangst gewesen sein, aber in der letzten Nacht hatte er den Zwerg und den Zöllner und alle zusammen schachmatt gesetzt. Überlebt hat Benji nicht, aber doch das Schlimmste überstanden, das schon.

Unfassbar, was da offenbar in den Lagern geschah.

Auf dem Flur hörte sie Heinrich pfeifen. Dann ist ja alles in Butter, dachte sie und legte die Zettel vorsichtig in den Umschlag zurück. Ich bringe sie so bald wie möglich ins Institut für Sozialforschung, zu Wiesengrund. Wie kann man nur so heißen. Egal, Hauptsache, er handelt, schließlich ist er Benjis literarischer Nachlassverwalter. Der Text auf diesen Zetteln muss schnellstmöglich veröffentlicht werden. Ein Gebot der Stunde! Adorno müsste das auch so sehen, hoffte sie, so wenig sie ihn sonst leiden konnte.

Heinrich trat frisch rasiert ins Zimmer und bot ihr seinen Arm an.

»Na, gehen wir uns die Welt anschauen? Rumschnuppern in Amerika?«

Es war kalt geworden. Sie zog Mutts Strickjäckchen über. Nur zu dumm, dass Martha nicht all ihre schönen Wollsachen aus Paris hatte mitbringen können. Fünf Monate war ihre Ankunft nun schon her, und als Mitte Oktober der erste Frost gekommen war, hatte man ihnen gesagt, das sei hierzulande nichts Ungewöhnliches. Aber Anfang November der erste Schnee?

Winterschuhe waren ein Muss, wenn New York sein grimmiges Gesicht so früh zeigte. In Halbschuhen kam sie durch den Matsch nicht bis zur Redaktion, das Subway-Ticket wäre vom Honorar abgegangen, und überhaupt würde Mutt schon was finden, was im *Aufbau* als dirt cheap angepriesen wurde. Das deutschsprachige Wochenblatt war die einzige Zeitung, die Martha lesen konnte, und die Inserate waren ihr Eldorado. Mit siebenundsechzig war sie nicht mehr die Jüngste, das Klima setzte ihr zu, im Sommer die Hitze und im Winter bestimmt auch die Kälte.

»Hannahlein, dieses Land, auch wenn man nichts täte, macht einen todmüde.«

Sie versuchte, sie zu trösten, wenn's schlimm war, oder gab ihr eine Aufgabe, um sie abzulenken. Briefe an Bekannte drüben schreiben beispielsweise, weil sie keine Zeit dazu hatte. Es ist nun mal nicht damit getan, dass man es rübergeschafft hat, dachte sie, setzte sich an den Tisch und knipste die kleine Lampe an. Heinrich schlief schon, im Zimmer nebenan war es ebenfalls still. Sie wollte den Artikel noch einmal überfliegen, der Titel *Die jüdische Armee – Kurt Blumenfeld kämpft für den*

Beginn einer jüdischen Politik war viel zu lang, immerhin war das ihr erster Text in einer amerikanischen Zeitung, natürlich auf Deutsch.

Die Verteidigung Palästinas ist ein Teil des Kampfes um die Freiheit des jüdischen Volkes. Der jüdische Lebenswille ist berühmt und berüchtigt. Berühmt, weil er einen in der Geschichte europäischer Völker verhältnismäßig langen Zeitraum umspannt. Berüchtigt, weil er in den letzten zweihundert Jahren zu etwas ganz Negativem zu entarten drohte: zu dem Willen, um jeden Preis zu überleben.

Das jüdische Volk begann einem Greise zu ähneln, der im Alter von 80 Jahren mit sich selbst die Wette abschließt, es auf 120 Jahre zu bringen, und der nun mithilfe einer ausgeklügelten Diät und unter Vermeidung jeder Bewegung mit dem Leben abschließt, um sich dem Überleben zu widmen. So lebt er von einem Geburtstag zum andern und freut sich auf diesen einen Tag des Jahres, an dem er den erstaunten und nicht mehr ganz wohlwollenden Verwandten zurufen kann: Siehst du, ich habe es wieder mal geschafft.

Hitler ist augenblicklich damit beschäftigt, diesem Greis das Lebenslicht auszublasen. Es ist unser aller Hoffnung, dass er sich irrt: dass er es nicht mit Greisen, sondern mit Männern und Frauen eines Volkes zu tun bekommt.

Sie spürte die eiskalte Luft an den Füßen, Heinrich hatte das Fenster ein wenig offen gelassen. Warum, um Himmels willen, wo wir doch schon tagsüber meistens keine Heizung haben! Sie stand auf, schob es ganz herunter und setzte sich wieder an den Text.

Eine jüdische Armee ist keine Utopie, wenn Juden aller Länder sie verlangen und bereit sind, in sie einzutreten. Utopisch aber ist die Vorstellung, wir könnten in irgendeiner Weise von der Niederlage Hitlers profitieren, wenn diese Niederlage nicht auch uns verdankt ist. Nur der wirkliche Krieg des jüdischen Volkes gegen Hitler wird dem fantastischen Gerede vom jüdischen Krieg ein Ende – und ein würdiges Ende bereiten.

Sie hielt einen Moment inne. Diese Schaffung einer jüdischen Armee war Kurts Anliegen, aber sie unterstützte es voll und ganz. Für Kurt gab sie alles.

Wie im menschlichen Leben die Fixierung an einen Menschen das Zerrbild und der Ruin der Freundschaft ist, so ist in der Politik die bedingungslose Identifikation der eigenen Sache mit der Sache eines Andern das Zerrbild und der Ruin des Bündnisses.

Gestern hatte sie Kurt zum Kaffee getroffen, anschließend waren sie spazieren gegangen. Sie kannte die Stadt schon besser, aber noch lange nicht gut genug. Arm in Arm waren sie durch den Bryant Park gegangen, debattierend und diskutierend.

Natürlich waren sie sich nicht nur einig gewesen, aber in New York war ihnen beiden bewusst geworden, dass sie sich nicht leisten konnten, ihre Freundschaft aufs Spiel zu setzen.

Juden sind heute wie besessen von der fixen Idee ihrer eigenen Bedeutungslosigkeit. Teils hoffen sie damit noch einmal von der Bühne der Politik abtreten zu können, teils sind sie ehrlich verzweifelt, einer machtlosen und anscheinend völlig entpolitisierten Gruppe zuzugehören. Auch wir sind von der Krankheit, die die europäischen Völker befallen hatte, nicht verschont geblieben: von der Verzweiflung, der zynischen Enttäuschung und der eingebildeten Hilflosigkeit.

Das darf so bleiben, besonders die Anekdote mit dem Greis war stärker als alle Argumente, und auch sonst hatte sie mit ganz wenigen Worten das Wichtigste gesagt. *Freiheit ist kein Geschenkartikel*, das wäre wirklich ein guter Titel, nur eben nicht sachbezogen genug. Sie kürzte den Titel und ließ nur *Die jüdische Armee – der Beginn einer jüdischen Politik?* stehen, dann steckte sie die Blätter in den Umschlag zurück.

Heinrich seufzte versunken.

»Ist ja alles gut«, sagte sie leise.

Morgen musste er ganz früh in einen dieser Vororte fahren, deren Namen er nicht aussprechen konnte. In der dortigen Chemiefabrik gebe es einen Job, er wolle sich vorstellen, hatte er beim Abendbrot gesagt.

Sie stützte den Kopf in die Hände und begann, mit den Worten zu spielen. Still und ohne zu wippen. Es würde auch so gehen, nur sachte hin und her, hin und her. Eine Hand löste sich, die Finger nahmen den Stift und machten die Bewegung mit.

Einmal dämmert Abend wieder,
Nacht fällt nieder von den Sternen,
Liegen wir gestreckte Glieder
In den Nähen, in den Fernen.

Das schreib ich auf, bevor es entwischt. Sie zog das Heft unter dem Papierstapel hervor. Als sie es aufschlug, fiel ein Zettel heraus.

Ach, Scholems neue Adresse, da ist er ja, der Schlawiner, hier hab ich den Zettel also abgelegt. Vor ein paar Tagen hatte sie ihn vergeblich gesucht. Sie hatte sich so allein gefühlt, nachdem der Bescheid aus dem Institut gekommen war, man wage es nicht, Benjamins Text zu drucken.

Unverschämt, die Nachlassverwalter weigern sich, den Text

zu drucken! So schrecklich verzweifelt und verängstigt war sie gewesen. Und so wahnsinnig wütend, dass sie sie alle glatt hätte erwürgen können. Heinrich war nicht erstaunt gewesen. Er mochte es, wenn sie glühte, sogar vor Zorn. Typisch Monsieur.

Du erschrickst, herrlich, bezaubernd und süß, mit der blitzschnellen Reaktion deiner prächtigen Wut, mit deinen funkelnden Augen und heftigen Gebärden, und ich weiß, dass und wie ich mich im nächsten Augenblick über dich werfen werde, rasend stolz, dich zu besitzen.
Aber sieh mal, das ist doch alles Pfaffengezänk.

Natürlich hatte Heinrich recht, aber Pfaffengezänk hin oder her. Benji war ganz neuen Sachen auf die Spur gekommen und hatte sie auf diesen Zetteln notiert, das musste doch ein Blinder sehen.

So was darf nicht herumliegen, sondern muss gedruckt werden. Sofort. Sonst zahlt Benji doch etwas sehr teuer für seine Ruhe und Sicherheit.

Wenn Scholem ein gutes Wort bei Wiesengrund einlegen würde, wäre das hilfreich. Sie wollte ihn darum bitten, denn sie fand es schlimmer als sinnlos, selbst mit Wiesengrund zu verhandeln.

Zum letzten Mal hatte sie Scholem noch auf der Flucht geschrieben, nur kurz, um ihm mitzuteilen, dass Benji sich das Leben genommen hatte. Dieser Zettel war also ein höchst willkommener Anlass, ihm gleich auch noch ihre Adresse mitzuteilen.

Schnell notierte sie ihre neuen Verse im Heft. Dann nahm sie ein Briefpapier und begann zu schreiben.

Hannah Arendt-Bluecher
317 West 95th Street
New York, N. Y.

Lieber Scholem –

Der Nachname war ihr lieber, denn der war gleich geblieben.
Sie hatte Scholem noch als Gerhard gekannt, aber den Namen
hatte er in Palästina abgelegt wie einen zerrissenen Kittel und
sich Gershom genannt.

Die meisten deutschen Juden hatten ihre alten Namen abgelegt, nur Kurt Blumenfeld war auch in Jerusalem Kurt Blumenfeld geblieben. So bin ich geboren, und so werde ich auch
sterben, hatte er mal gesagt. Kurtchen war ein Jude ganz nach
ihrem Geschmack. Einer, der sich nicht dafür entschuldigte,
dass es ihn so gab, wie es ihn gab. Sie schrieb weiter.

> Bin vielleicht überhaupt nicht allzu sehr qualifiziert für eine
> Darstellung von Benjamins Entscheidung, da ich so wenig
> mit einer solchen Möglichkeit je gerechnet hatte, dass ich
> noch wochenlang nach seinem Tode das Ganze für eine Art
> Emigrantenklatsch gehalten habe. Und dies, obwohl wir ge-
> rade in den letzten Jahren und Monaten sehr nahe befreun-
> det waren und uns regelmäßig sahen.

Wieder dachte sie mit Wehmut an die gegenseitigen Besuche
in Paris und wärmte sich die Hände unter dem kleinen Lichtkegel. Sie sah die Wohnung noch vor sich, die sie endlich für
sich, Heinrich und Mutt gefunden hatte, nicht nur ein Zimmer
wie hier in New York.

Rue Brancion!!!, ein Ausrufezeichen war zu wenig für diese
wunderbare Wohnung im selben Arrondissement wie Benjis.

Er hatte sie in Paris mit seinen Freunden bekannt gemacht,

alles Flüchtlinge, bis auf Sartre und ein paar andere. Die einen hatte sie bereits kennengelernt, Brecht zum Beispiel, andere wie Arnold Zweig hätte sie nicht wiedersehen wollen. Heinrich, damals noch Kommunist, hatte Benji in »seine Sache« einweihen wollen, genauso wie Brecht, der dasselbe versuchte, aber Benji war schon auf einer anderen Spur gewesen.

»Ich lerne Jude, weil ich endlich begriffen habe, dass ich einer bin.«

Typisch Benjamin. Aber auch er hatte erst durch die Umstände realisiert, dass es eine jüdische Assimilation nicht gab, dass er einer von uns war – und es immer bleiben würde. Sie alle waren eben Kinder aus assimilierten Elternhäusern und erst spät auf die Welt gekommen. War es ihr denn anders ergangen? Auch sie hatte sich zunächst an der Rahel abarbeiten müssen. Fast dreihundert Seiten lang hatte sie mit dem verzweifelten Strampeln der Varnhagen hinauf zum Parvenü gerungen.

Weiß Gott, ob das noch je ein Buch werden könnte! Aber Rahels späte Einsicht hatte ihr jedenfalls auf die Sprünge geholfen, nämlich dass die Hoffnung, je aus dem Judentum herauszukommen, bis in alle Ewigkeit vergeblich wäre. Und dann war Kurt gekommen, der Erzzionist, und hatte den Groschen bei ihr zum Fallen gebracht. Zum ersten Mal hatte sie es gesagt.

»Paria, lieber bin ich Paria.«

Warum eigentlich, fragte sie sich jetzt, hatte sie diesem Wiesengrund Benjis Papierstreifen übergeben? So was Dummes! Hastig schrieb sie weiter.

Das Institut hat den Nachlass, wagt aber vorläufig nichts in deutscher Sprache zu veröffentlichen. Ich frage mich, ob man nicht die geschichtsphilosophischen Thesen unabhängig davon bei Schocken herausgeben könnte. Benjamin hat mir das Manuskript geschenkt, und das Institut hat es erst durch mich erhalten.

Lieber Scholem, das ist alles, was ich Ihnen sagen kann, und ich habe es so genau wie möglich und so kommentarlos wie möglich getan. Ihnen und Ihrer Frau herzliche Grüße von Monsieur und mir, Ihre Hannah Arendt.

Scholem hatte ein Manuskript ihres Rahel-Buchs. Da alle anderen Exemplare verloren gegangen waren, bat sie ihn im Postskriptum, es ihr zu schicken, die Auslagen würde Kurt ihm zurückerstatten. Rahel war das Porto wert, auch wenn das Buch noch nicht gedruckt war. Auf Rahel und ihre teuer errungene Lebenserkenntnis würde sie in Zukunft am allerwenigsten verzichten wollen. Sich anpassen, um dazuzugehören, ohne je dazugehören zu können. Bestimmt würde das auch in Amerika ihr Thema bleiben. Sie wollte bei der *Aufbau*-Redaktion vorsprechen und vielleicht auch bei den jüdischen Zeitschriften, die Kurt ihr empfohlen hatte, dem *Menorah Journal* und anderen, Hauptsache, sie würde frei schreiben und etwas damit verdienen können.

Sie faltete den Brief, legte ihn zur Seite, hielt noch einmal ihre Hände unters Licht, als wäre es eine Wärmelampe für Küken. Abwechselnd blickte sie auf ihre Verse und den Brief, den sie gerade geschrieben hatte. Scholem, dieser blinde Passagier in meinem Heft, dachte sie und nahm den Stift wieder zur Hand.

Ferne Stimmen, naher Kummer
Jene Stimmen jener Toten,
Die wir vorgeschickt als Boten
Uns zu leiten in den Schlummer.

Aus den Versen kam Trauer. Seit Benji nicht mehr da war, brauchte sie ihn nie zweimal zu rufen. Sie las die Strophen noch einmal und fühlte, dass er da war.

Da fehlt nicht mehr viel, höchstens noch eine Strophe, dachte sie und schrieb W.B. darüber. Knipste das Licht aus, schob das Fenster ein wenig hoch und legte sich mit eisigen Füßen zu Heinrich unter die Decke.

3 Der Traum von eh und je

Tegna, 27. Juli 1975

Sie trat an den Steintisch unter dem Baum. Brötchen, Käse, Früchte, der Kaffee war schon eingeschenkt, alles genauso, wie sie es liebte. Ena würde ihr gleich noch ein weiches Ei bringen. Sie setzte sich, nahm einen Schluck Kaffee und schnitt ein Brötchen auf, da hüpfte ein Rotkehlchen auf die gegenüberliegende Kante des Tisches und legte sein Köpfchen schief. Es schaute drein wie ein Gutachter. Gleich danach landete noch eins, das genau gleich aussah. Ob das Weibchen waren? Die Butter, in der Morgensonne weich geworden, ließ sich gut streichen, der Honig sowieso. Sie biss in ihr Brötchen und genoss die unverkennbare Thymiannote des Honigs. Die Luft roch nach Heu. Traumhaft, dachte sie.

> Dann werd' ich laufen, wie ich einstens lief
> Durch Gras und Wald und Feld;
> Dann wirst Du stehen, wie Du einmal standst,
> Der innigste Gruß von der Welt.

Sie mochte ihre Verse. Vor ein paar Jahren hatte sie sie in ihr Heft notiert. Das waren keine *Duineser Elegien*, schon klar.

O Bäume Lebens, wann seid ihr winterlich.

Ach, wie sie damals mit Günther über solchen Versen gebrütet hatte. Jetzt, wo sie auf die siebzig zuging, tat ihr das Schlichte und Sommerliche wohler. Etwas in ihr atmete auf, wenn sie an das Mädchen dachte, das durch Gras und Wald und Feld gelaufen war. Damals, als sie das Gedicht geschrieben hatte, war das Mädchen direkt in dieses Gedicht hineingesprungen.

War es dasselbe Mädchen, das sich auch von Martin hatte rufen lassen? Du verrückte Waldnymphe. Auch mit anderen Lockrufen, Küssen und, ja, vor allem mit Gedichten. Die Waldnymphe war nun alt geworden, und durch sie beide hatte sich ein halbes Jahrhundert gezwängt. Unfassbar wahr und nicht mehr wahr.

Der Traum von eh und je

Worauf reimt sich eigentlich dieser Vers? Oder ist der gar nicht aus diesem Gedicht? Sie erinnerte sich nicht und schnippte dem Rotkehlchen eine Krume zu. Es flatterte kurz auf, setzte sich aber gleich wieder. Wie eine Kugel saß es auf seinen Beinchen, drückte das schief gelegte Köpfchen in den kleinen feuerroten Latz auf seiner Brust und beäugte die Gabe. Wirklich hungrig war es offenbar nicht, bestimmt hatte es schon mit anderen Hotelgästen gefrühstückt.

Sie ließ sich das Frühstück fast immer als Letzte bringen. Genussvoll biss sie noch einmal in ihr Brötchen, nahm einen Schluck Kaffee und setzte die Tasse ab. So ein Honigbrot gibt's nur hier, dachte sie und leckte sich die Finger. Irgendwo schrie eine Katze, es klang wie eine Klage.

Da kam ihr Brechts *Ballade vom Mazzeppa* in den Sinn, die sie zum Todesgesang auf Heinrich bestimmt hatte. Aber Katzen passten doch weder zu Heinrich noch zu Mazzeppa und schon gar nicht zu Brecht. Und noch merkwürdiger, wie sie so was Grässliches auf Heinrichs Tod hatte münzen können. Mazzeppa, der Ehebrecher, hingerichtet auf seinem Pferd, auf das ihn der Ehemann gefesselt hatte. Nach drei Tagen Galopp war Mazzeppa tot.

> Drei Tage lang ritt er durch Abend und Morgen
> Bis er alt genug war, dass er nicht mehr litt
> Als er gerettet ins große Geborgen
> Todmüd in die ewige Ruhe eintritt.

Sie hörte die Katze wieder, eindeutig ein Klagelied. Es ging unter die Haut. Wie kommen Sie ohne Ihren Mann zurecht?, hatte Dr. Cox gefragt. Was hätte sie denn sagen sollen.

Ohne Heinrich war das Leben halb leer. Bald fünf Jahre schon lebte sie in der Erinnerung mit ihm, aber erinnerte Lebenslust ist schließlich auch etwas. Lebenslust, so triumphal und ruch- und rücksichtslos wie in Brechts Ballade, das war sowieso nichts für Herzpatienten wie sie.

Damals, in jenem Sprechzimmer vor mehr als einem Jahr, war ihr nichts eingefallen, sie hatte Dr. Cox nur angeschaut wie das Rotkehlchen gerade. Sie war froh gewesen, dass er ihr Schweigen respektiert hatte.

Ihre erste Konsultation bei einem Herzspezialisten, ausgerechnet in Aberdeen, aber sie mochte Dr. Cox, und das war schon viel, sehr viel! In ihrem Alter konnte man nicht mehr hoffen, noch Freunde fürs Leben zu finden.

»You see, Mrs. Arendt, hier sieht man Ihren Infarkt.«

Kein Röntgenbild machte sichtbar, was seit Langem schon hinter ihrem Brustbein drückte, auch das von Dr. Cox nicht. Mit dem Infarkt hatte der Druck nichts zu tun, da war sie sich ganz sicher. Vielleicht konnte sie ihn in Worte fassen, die Frage war nur, wie. Sie schnitt sich ein Stück Bergkäse ab und schob es in den Mund, köstlich, obwohl er wegen des Cholesterins nur halbfett war. Ena, die genau wusste, was ihr schmeckte, sparte nicht mit Leckerbissen für Herzpatientinnen. Die beste Wirtin der Welt.

»Diese kleine Hebung hier in der ST-Strecke, die indiziert, dass Sie einen Infarkt hatten.«

Sie war in Schottland noch nie beim Arzt gewesen und hatte auch noch nie veränderte EKG-Kurven gesehen, erinnerte sich aber genau an seinen schottischen Akzent. An das schöne gerollte R. Sein Zeigefinger hatte ungefähr in der Mitte der Kurve einen kleinen Kreis gezeichnet, ohne dass sie erkennen konnte, was er meinte. War diese Kurve nicht herrlich in die Höhe geschossen? Sie hatte Gipfel so spitz wie die Dolomiten gesehen und gestaunt, dass ihr Herz solche Stromstöße aussendete, Schlag für Schlag ein Nadelgebirge. Auch Dr. Cox hatte eine solche Sicht auf die EKG-Kurve nicht uninteressant gefunden, nur etwas überraschend bei einer Infarktpatientin.

»Es ist ernst, Mrs. Arendt.«

Dr. Cox hatte ihr erklärt, das Herz sei in Sauerstoffnot geraten, aber leider könne man weder an der Kurve noch auf dem Röntgenbild erkennen, wie groß die Narbe im Herzen sei.

In Aberdeen hatte niemand mit so was gerechnet. Nur zu dumm, dass es ausgerechnet dann passiert war, als sie über das Wollen gesprochen hatte, mitten im Satz. Natürlich war es gravierend, dass sie ihre Vorlesung mittendrin hatte abbrechen müssen, aber das ließe sich nachholen, hatte man sie beruhigt.

Sie zog das Tellerchen mit dem Eierbecher zu sich heran, das Ena mit Salz und Pfeffer gebracht hatte und nicht mit dieser Streuwürze, die für Enas Schweizer Gäste obligatorisch war. Sie mochte das gelbe Zeug nicht. Da weiß man nicht, was drin ist. Sie klopfte mit dem Löffel, bis sich die ersten Risse zeigten, dann klaubte sie vorsichtig die Schale weg, schaute die Eiweißkuppe an, prüfte sie mit dem Zeigefinger und dachte, perfekt, das Eigelb müsste noch weich sein.

»Good news for you!«

Als Dr. Cox ihr das Röntgenbild von ihrem Thorax zeigte, hatte Freude mitgeschwungen. An seine helle Stimme erinnerte sie sich ebenso gern wie an Jaspers Gesicht. Er habe das Röntgenbild aus bloßer Vorsicht gemacht, denn ein Herzinfarkt sei dort ja nicht sichtbar, aber die Form des Herzens schon, die sehe man gut. Mit einem Unterton, den sie nicht recht hatte deuten können, fügte er an, manchmal sehe er unschöne Herzen.

»Really worn out.«

Sie hatte automatisch an ausgelatschte Schuhe denken müssen, aber dann hatte sich seine Stimme wieder ins Helle geschwungen.

»Ihr Herz, Mrs. Arendt, sieht topfit aus, absolutely fine.«

Nun denn, der Spezialist muss es ja wissen, schön, dann ist mein Herz eben schlank und rank geblieben. Nach all dem, was es durchgemacht hat, war das keine Leistung, derer sie sich rühmen wollte. Aber so ein Herz ist eben doch ein Wunder.

Sie stieß den Plastiklöffel ins Eigelb. Genau richtig, cremig warm. Auf Hotelbüfetts mussten die Eier manchmal unerfreulich lang warten, sodass das Eigelb hart und trocken war. Aber nicht so in Enas Reich. Die Rotkehlchen flatterten zu einem Zweig über ihr und schauten auf sie herunter.

Als Dr. Cox und sie das Röntgenbild abgesucht hatten, war es ihr vorgekommen, als schaute sie ihre Lungenflügel zum ersten Mal an. Wäre er jetzt hier, würde sie mit ihm sogar über Lungenflügel und Metaphern diskutieren.

»Noch keine Spur von einem Schatten, weder auf dem linken noch dem rechten Lungenflügel. Deshalb, genau deshalb wäre es jetzt wirklich angezeigt, das Rauchen aufzugeben, Mrs. Arendt.«

Dr. Cox hatte ihr mit seinen starken Vokalen so sanft wie noch kein Arzt ins Gewissen geredet. Sie schob das Tellerchen weg, klappte ihr Zigarettenetui auf und nahm eine aus der punzierten Halterung. Sie steckte sich die Zigarette zwischen die Lippen, klappte das Feuerzeug auf und schaute zu, wie das Feuer die Spitze zum Glühen brachte. Vielflügler sind wir, und alle Flügel sind innen, ja, das würde sie Dr. Cox sagen, wenn er jetzt hier wäre. Sie blies den Rauch aus.

»Dr. Cox, ich hoffe, dass wir uns auf ein Päckchen einigen können, mindestens eines.«

Sie hatte es Dr. Cox klipp und klar gemacht, aber er hatte ihr ganz ruhig in die Augen geblickt.

»Jeder Infarkt ist ein Warnschuss der Seele.«

Er hatte wirklich Soul gesagt. Ob er die Geschichte von der Seele und ihrer verbotenen Liebe zu Amor und ihrem Kind namens Lebenslust kenne, hatte sie gefragt. Und nicht schlecht gestaunt, als er im Bücherregal hinter seinem Rücken auf die *Metamorphosen* zeigte. Regelrecht baff aber war sie gewesen, als sie ihm von der geplanten Erholung am Lago Maggiore erzählte und er zu schwärmen begonnen hatte. Ascona-Moscia! Die Casa Eranos! Dr. Cox war fast aufgesprungen, als er sie fragte, ob ihr denn vielleicht der Name Carl Gustav Jung etwas sage, und sie einfach nur mit »und ob« geantwortet hatte.

Sie hatte Jung in Zürich kennengelernt und über Freunde von den Eranos-Tagungen gehört. Manche Referenten waren mit ihr befreundet gewesen, auch Scholem. Sie schnippte die Asche ins Gras und erinnerte sich an die unverhoffte Vertrautheit mit Dr. Cox. Wie Kinder, die ihre Köpfe zusammensteckten und einander ihre Schätze zeigten.

»What a marvelous bunch of spirits!«

Dr. Cox war ganz aus dem Häuschen gewesen, hatte sie verschmitzt angelächelt, sich zum Büchergestell umgedreht und einen Wälzer herausgezogen.

»Göttinnen, meine heimliche Passion! Das hier ist meine Bibel, *Die große Mutter* von Erich Neumann. Dieses Buch gäbe ich nicht mal Ihnen.«

Erich, ausgerechnet Erich. Die Überraschung war heftig wie ein Schlag, aber sie zeigte ihre Rührung nicht. Das Bild von Erich und ihr hatte sie im Arbeitszimmer stehen, Erich im Clownskostüm, sie in Pluderhosen, leicht an ihn gelehnt, auf dem Maskenball in Berlin. Sie liebte das Bild, weil Erichs Händedruck tief in ihrem Inneren steckte. So hatte sie es in dem Gedicht nach Erichs Tod beschrieben.

Was von Dir blieb?
Nicht mehr als eine Hand,
nicht mehr als Deiner Finger bebende Gespanntheit,
wenn sie ergriffen zum Gruß sich schlossen.

Sie erinnerte sich genau. '60 war es gewesen. Spät im Jahr hatte sie aus Tel Aviv die Anzeige von Erichs Tod bekommen, dann war das Gedicht entstanden, und im April darauf war sie zur Prozesseröffnung nach Jerusalem gereist. Sie hätte ihn bestimmt besucht, wenn er noch am Leben gewesen wäre.

Eines meiner letzten Gedichte, dachte sie. Seine Hand in meiner, obwohl es diese Hand längst nicht mehr gibt.

»Hätte ich nur seinen Autor kennengelernt, aber ich stieß erst 1961 auf *Die große Mutter*.«

Dr. Cox hatte das Buch gehalten wie andere die Thora, nur eben mit bloßen Händen. Sie konnte nur erahnen, welche Rolle Carl Gustav Jung in Erichs Leben gespielt hatte. Aber Erich und sie hatten nie darüber gesprochen. Immer gab es so viel anderes, vor allem Israel.

Sie drückte die Zigarette aus, streckte die Beine und ließ den Blick über die bewaldeten Hügel schweifen, hinter denen Ascona und Moscia und auch der Monte Verità lagen. Wie gut, dass es in Aberdeen den Berg der Wahrheit gegeben hatte. Das Gespräch über die Eranos-Tagungen in Ascona hatte die EKG-Kurve und die Zigarettenrationierung vollkommen verdrängt.

Nicht mal Heinrichs tödlicher Infarkt hatte ihren Lebensstil ändern können, und überhaupt gab es für kluge Menschen würdigere Themen als alternde Körper. Sie war bisher ganz gut damit gefahren, sich manchmal etwas partout nicht einzugestehen. Einmal war eine Depression wieder verschwunden, nachdem sie sie sechs Monate lang einfach ignoriert hatte, vorübergegangen wie die Wechseljahre, mit denen die Depression gekommen war.

Kleine Unehrlichkeiten halfen über manches hinweg. Aber mit dem Rauchen aufzuhören, erschien wirklich zwecklos.

Mit der Zeitung unter dem Arm trat Ena auf die Terrasse, um die Frühstückstische der anderen Gäste abzuräumen.

»Na, noch nicht zu warm hier? Entschuldige bitte, dass ich die erst jetzt bringe, aber ich dachte, du hast sie schon ausgelesen.«

»In der Wochenendausgabe ist doch Futter für die halbe Woche. Sag mal, was ist eigentlich mit dieser Katze los? Die jammert, nicht?«

»Hm, das ist die Katze vom Nachbarn, von dem ist der Honig, den du so magst. Ich weiß auch nicht, aber wenn ich ihn sehe, frage ich nach.«

Sie beugte sich über die Frontseite der *Neuen Zürcher Zeitung*, sah den russischen Staatschef. Breschnew ließ sie kalt, aber die Samstagsbeilage wollte sie rasch durchsehen. Oft legte sie sich was beiseite oder steckte es in einen Brief. Sie blätterte und hielt nach ein paar Seiten jäh inne.

Aus der Zeitung blickte sie plötzlich Carl Gustav Jung an. Sie dachte zuerst, die Wärme sei ihr doch etwas zu Kopf gestiegen, und ging noch etwas näher ran. Unter dem Foto auf der ersten Seite standen Jungs Lebensdaten. Tatsächlich, 26. Juli 1875. Gestern wäre er einhundert geworden, deshalb diese Sonderbeilage.

Die großen Tiefenpsychologen dieses Jahrhunderts haben ihre Laufbahn als Kliniker begonnen und sich dann, zumeist ohne es selber wahrzunehmen, zu Kulturphilosophen entwickelt.

Der erste Beitrag begann vielversprechend. Mal sehen, was der Literaturprofessor aus England über Kreativität und Gedichte schrieb, auch darüber, wie Jung den Blick auf Literatur und Kunst erweitert hatte. Sie blätterte weiter. Nach den Seiten, die dem großen Jubilar gewidmet waren, ein interessanter Titel.

Die Frage, ob Woyzeck verrückt sei

Der Name des Verfassers, Peter von Matt, kam ihr neu vor. Es sei aufschlussreicher, las sie, wie jemand eine Frage stelle, als wie er sie beantworte, weil er damit, gewollt oder ungewollt, seine Vorentscheidungen offenlege. Sie dachte an die Übung, die sie ihren Studenten immer wieder gab. Fragen stellen. Die Frage zeigte ja, wie und ob der Fragensteller überhaupt dachte.

Sie versuchte, sich zu erinnern, ob Eichmann auch nur eine einzige Frage gestellt hatte. Ist ja nicht die Aufgabe, wenn man im Glaskasten sitzt, dachte sie und klappte die Zeitung zu. Erstaunlich, wie hier im Tessin plötzlich Jung um sie war. Sie schenkte sich Kaffee nach.

Die Psychoanalyse interessierte sie herzlich wenig, seit diese Nabelschau ihre New Yorker Kreise infiziert hatte. Wie konnte man den Leuten nur den Floh ins Ohr setzen, dass man sich selbst kennen kann? Unter ihren Bekannten gab es wirklich welche, die an diese Form der Selbsterkenntnis glaubten, ja, dass sie sogar das sei, was die Antike im Sinn gehabt habe, als sie den Menschen aufforderte, sich selbst kennenzulernen.

Gnothi seauton, erkenne, was du bist. Ein lachhafter Vergleich. Wie kann die Libido unserer Vorfahren der Schlüssel dazu sein, dass wir im Einklang mit uns selbst leben? Dafür ist doch jeder selbst verantwortlich. Sie führte die Tasse mit beiden Händen zum Mund. Der Kaffee war heiß, aber schlürfen wollte sie nicht, sie mochte das Geräusch nicht.

Nun denn, dieses Virus wird mich sicher nicht befallen. Ich bin wirklich kein Gegenstand, der des Nachdenkens würdig wäre, nicht im Geringsten, aber diese Jubiläumsseiten, die könnten doch Dr. Cox interessieren. Sie nahm die ganze Beilage heraus.

Alles Erkennen ist Leben. Wie erstaunlich, dass man die eigenen inneren Organe mit allem Drum und Dran anschauen kann. Denkend durch die Dinge schauen. Den Goldfaden aufblitzen sehen, der alles mit allem verbindet, wenn er in seinem Schiffchen durch den Webstuhl des Lebens flitzt. Mitten durch jeden Einzelnen von uns.

So wie mit der Welt ist es doch auch mit einem Menschen. Wenn man nur seine geistigen Organe durchleuchten und das Leben des Geistes sichtbar machen könnte. Das wollte sie auch in ihrem dritten Band versuchen. Ihre Trilogie war Anatomie mit anderen Mitteln. Sie wollte das Unsichtbare sichtbar machen, mit Begriffen und Bilder zeigen, was das Erinnern, Denken und Vorstellen, das Wollen und Lieben und dann, das Herz von allem, das Urteilen ist.

Neu war das beileibe nicht. Platon und Augustinus und viele andere standen am Weg, und manchmal schien ihr, als winkten sie sie zu sich, ja, der *homo interior*, das war auch ihr Forschungsprojekt. Neu war nur ihr Motiv, diesen Weg, den inneren Menschen zu beschreiben, noch einmal und ganz neu zu beschreiten.

Sie setzte die Tasse ab, stemmte die Ellbogen auf den Tisch und legte ihr Kinn auf die verschränkten Handrücken. Diesen neuen Typus Mensch hatte sie in Jerusalem zum ersten Mal mit eigenen Augen gesehen. Die ganze Welt war schockiert gewesen, weil man sich eben was wirklich Monströses vorgestellt hatte. Vielleicht haben sie den falschen Mann erwischt, hatte sie in Jerusalem munkeln hören. Auch sie war nicht darauf gefasst gewesen, auf die Dummheit, die absolut empörende Dummheit von Adolf Eichmann! Ein Mensch wie eine Wand.

Nein, die wichtigsten Augen eines Menschen, seinen entscheidenden Blick, sieht man nicht mal auf einem Röntgenbild, und das wichtigste Gespräch kann ganz unhörbar sein, wenn er es mit sich selbst führt.

Wer hinschaut und über das, was er sieht, nachdenkt, redet mit sich selbst.

Dr. Cox hatte das Stethoskop abgelegt, medizinisch war alles getan, die Untersuchung abgeschlossen. Sein weißer Kittel berührte die Tischplatte, als er sich neugierig zu ihr herüberbeugte.

»Und worüber forschen Sie jetzt? Von dieser Sache in Jerusalem hat man viel gelesen, ziemlich verflixt, reden Sie darüber in den Gifford Lectures?«

Dr. Cox konnte zuhören. Kurzformeln reichten ihm, den Rest reimte er sich zusammen.

»Und Ihre Dissertation, worüber und wo? Das muss doch vor 1933 in Deutschland gewesen sein.«

Intuition mit Empathie, dachte sie, eine unwiderstehliche Paarung bei einem Mann. Wie angenehm, wenn das Gegenüber versteht, wenn es sich in den anderen einfühlt. Walk in someone's shoes, wie man auf Englisch sagt. Ausgerechnet auf Deutsch musste man sich mit Haut und Haaren in den anderen hineinversetzen.

Sie hatte von Heidelberg, Augustinus und der Liebe erzählt, kein Wort von Martin, dafür von Karl.

»Was für eine Doppelbegabung, dieser Jaspers, Arzt und Philosoph und Professor.«

In Cox' Augen aufrichtige Bewunderung. Ein Spagat sei das, er selbst habe ja nur zwischen Psychiatrie und Kardiologie geschwankt und richtig entschieden, also gegen die Psychiatrie und für das Herz. Aber das habe ihm erst eine Jungianerin nachträglich bestätigt, vor ein paar Jahren in Moscia.

»Glück, wie es nur den Dummen zuteilwird, Doctor Arendt.« Sie nahm die Ellbogen vom Tisch und lehnte sich leicht nach vorne, legte ihre Hände im Schoß zusammen und forschte in ihrer Erinnerung. Wie war das noch mal mit dem Bösen? Hatte Cox behauptet, es werde unterschätzt, weil der Westen dazu neige, dem Bösen völlig zu verfallen? Oder meinte er einfach, das Böse werde falsch eingeschätzt, weil Gut und Böse ineinander verflochten seien?

Sie bewegte ihre Finger. Der Ehering glänzte matt in der Sonne. Ja, Dr. Cox hatte die Worte »vom Bösen besessen« benutzt, war erst zu Merlin gesprungen und dann zu ihrem Eichmann-Buch. Sie fuhr sich mit der Hand über die Stirn und rieb sich die Augen, nein, nein, da war doch was mit einem Schizophrenen gewesen. Ein Fall, von dem diese Jungianerin auf dem Monte Verità erzählt und der Dr. Cox die Augen geöffnet hatte.

Die Frau, diese Jungianerin, habe einmal einen Schizophrenen behandelt, der an entsetzlichen Ängsten litt und sich von dunklen Kräften verfolgt fühlte. Es sei ein Kampf mit dem Teufel gewesen, habe sie erzählt, bildhaft gesprochen, denn kein Mensch könne das Böse verstehen. Cox hatte sie angeschaut, als würde er etwas Unerhörtes oder Obszönes wiedergeben.

Geschätzte Kollegen, so habe die Therapeutin ihre Fallbesprechung abgeschlossen, das ist Gott. Was wir das Böse nennen, ist eine Seite Gottes, die ein Mensch nicht fassen kann. Allein das Böse verstehen zu wollen, sei vermessen, habe die Jungianerin gesagt.

Verstehen, nun ja, dachte sie, das mag Hybris sein, aber forschen, sogar einfühlend forschen? Sie setzte das Wasserglas an die Lippen und nahm einen Schluck.

In Jerusalem und im Eichmann-Buch hatte sie nach dem

Menschen in einem Verbrecher geforscht, der unfassbarer Gräuel angeklagt war. Im Unmenschen den Menschen sichtbar machen, wie kann das Hybris sein? Aber die Jungianerin sei da hart geblieben, aus Respekt vor dem Nichtverstehen des Bösen, habe sie gesagt. Wenn es mein Schicksal ist, dieser Seite begegnen zu müssen, werde ich nicht Reißaus nehmen, aber wenn ich wählen kann, gehe ich ihr aus dem Weg.

Sie stellte das Glas auf den Tisch zurück und streckte die Hand zum Früchteteller aus. Ein Apfel, Pflaumen und Mirabellen aus Enas Garten, Aprikosen und, quer oben drüber, eine Banane.

Als sie sich eine Aprikose nehmen wollte, rollte eine zweite herunter. Na gut, dann esse ich eben zwei. Sie quetschte die erste, bis sie aufsprang und sich der Stein leicht herauslösen ließ. Steckte sich eine Hälfte in den Mund. Ganz schön saftig.

Staunen und forschen, das war fast dasselbe wie Freiheit und Selberdenken. Eine ganze Biografie lang hatte sie mit Rahel über ihre Welt gestaunt, und ganz besonders, wie sie sich dem Leben ausgesetzt hatte. Was für eine schöne, aufwühlende Arbeit, die sie durch die halbe Welt begleitet hatte.

Anders als die vielen Monate, in denen sie sich mit Eichmann und seiner Welt auseinandergesetzt hatte, obwohl ausgerechnet seine angebliche Befehlsempfängerei ohne jeden eigenen Gedanken sie selbst zum Denken angeregt hatte. Auch Shawn hatte gestaunt und praktisch alles genommen. Fünf Reportagen, und die hatten gleich für das Buch gereicht. Das war dann aber auch genug gewesen. Doch da hatte sie sich getäuscht.

Sie schaute den Wolken zu, die nun über die Hügel zogen. Schön gemächlich und wie von selbst bewegten sie sich am Himmel, als ob nichts sie schieben würde. Wind ist nichts. Was aber leitet einen Menschen auf seinem Weg? Wie bringt sich ein Mensch dazu, immer nur hinter und unter anderen herzugehen, zu folgen und zu gehorchen, was ja auf Deutsch dasselbe bedeutet. So was sollte sowieso glatt verboten sein.

Noch immer liebte sie es, Lebenswege von Menschen nachzuzeichnen, Rahels und Rosas, Roncallis und sogar Eichmanns. Wie setzt sich einer dem Leben aus? Über ihren eigenen Weg hatte sie oft nachgedacht, und einmal sogar in Versen gestaunt, nur für sich selbst. Eigentlich war das ein Gedicht über Kalifornien.

Schlagend hat einst mein Herz sich den Weg geschlagen
durch fremde wuchernde Welt.

Klagend hat einst mein Schmerz den Wegrand bestellt
gegen das Dickicht der Welt.

Schlägt mir das Herz nun,
so geht es geschlagene Wege,

und ich pflücke am Rain,
was mir das Leben erstellt.

Die paar Monate in Berkeley waren trotz der Plackerei mit den Studenten wunderbar gewesen. Die Reise durch die Rockies, die Wüsten, den Pazifik, endlich mal diesen Pacific zu sehen, war unbeschreiblich schön gewesen. Im Westen war es für sie, als hätte das Schöpfungswerk gerade erst begonnen. Die Weite hatte etwas in ihr geheilt. Sie erinnerte sich an die Mexikaner in San Francisco, die ihre Macheten mit sich herumtrugen wie die Weißen ihre Revolver. Dort, in Kalifornien, hatten sich ihre Augen für all das Herrliche in ihrem neuen Leben geöffnet. In der Weite, wo Platz für Wüsten und Canyons, für Meere, Menschen und Mammutbäume war, hatte endlich etwas in ihr zu kämpfen aufgehört und aufgeatmet. Alles ist da. Das Herz muss sich dafür nur öffnen.

Dr. Cox hatte über seine eigene Berufswahl gelächelt, verschmitzt und verlegen zugleich, wie immer, wenn er von sich selbst sprach.

»Verstehen Sie nun, warum ich lieber gegen Hypertonie kämpfe als gegen den Teufel? Als Psychiater wäre ich doch so blöd wie Parzival vor den Rittern gestanden, auch ich hätte einen Götzen für Gott gehalten, und das ist fatal, besonders für einen Arzt. Als Kardiologe stehe ich auf festerem Boden.«

Unter dem Sprechzimmertisch hatte sie ein Geräusch gehört, ein leises Scharren oder Stampfen, als ginge Dr. Cox durchs Unterholz. Als Privatperson sei ihm Parzival schon recht, hatte er gesagt und aufs Tischblatt geblickt. Auch wenn man zu leichtfertig vom *gnothi seauton* spreche, finde er natürlich auch, dass Selbsterkenntnis wichtig sei. Schließlich würden bittere Pillen zum Weg gehören.

»Aber wer stößt denn schon gern an die eigenen Grenzen. Sie vielleicht, Hannah? Mir sind die Göttinnen jedenfalls lieber. Ihnen zu huldigen, das ist wirklich Balsam!«

Parzival! Was hat der denn mit dem *gnothi seauton* zu tun? Da scheitert einer an seiner Dummheit und wird am Ende doch noch König. Ein Glück wie nur im Märchen. Plötzlich wusste sie wieder, wie dieser Merlin in ihren Kopf gekommen war. Sie griff nach den Seiten, auf denen man Jung würdigte. Der spukt doch da herum, so muss ich ihn aufgeschnappt haben, dachte sie beim Blättern. Hier ist er ja.

In einem gewissen Sinn bin ich Merlin.

Jung soll das über sich selbst gesagt haben. Merkwürdig, dachte sie, ich werde Cox fragen, was das heißt, aber erst morgen. Da wollte sie sich auch an die Arbeit heranpirschen, heute war Faulenzen angesagt. Sie biss in die andere Aprikosenhälfte.

Drei Bücher über das Leben des Geistes, wie war sie nur

zu dieser verrückten Idee gekommen? Wie sollte sie das an-
packen? Zugegeben, ein gigantischer Plan, ja, aber angepackt ist
er ja schon, und irgendjemand muss es ja tun. Wenn sie es nicht
mehr schaffen sollte, tant pis. Augustinus ist damit auch nicht
fertig geworden, dabei musste der sich nicht mal mit Eichmann
und Konsorten herumschlagen.

Eines aber steht fest: Diese Trilogie gäbe es ohne Augustinus und Eichmann nicht. Ohne Augustinus wäre sie vermutlich
nie in jenem Gerichtssaal gelandet. Und ohne Eichmann hätte
sie nicht erlebt, wie gespenstisch es in einem Menschen aussehen kann.

Ob sie Dr. Cox Charlottes Buch schicken sollte? *Das Dritte
Reich des Traums* war nicht gerade ein Buch über Göttinnen,
sondern über Träume, die zeigen, dass ein Terrorregime von
außen wie von innen in die Menschen eindringen kann. Die
Jungianerin hatte ihn doch so beeindruckt. Es gebe Träume,
die einen Arzt vor seinen Patienten warnen würden. Träume
von Patienten, die ein Indiz dafür seien, dass der Träumer seine
Seele getötet habe. Für Kardiologen sei das aber kein Thema.

Sie blickte durchs Blätterdach in den Himmel. Nein, so was
wie die Gifford Lectures, renommiert und gut bezahlt, ließ man
bloß wegen eines Infarkts nicht einfach ausfallen. Zudem hatte
er sich schon bezahlt gemacht. Erstens hatte sie Dr. Cox kennengelernt, und zweitens konnte sie jetzt alle unliebsamen Ein-
ladungen mit gutem Grund ablehnen. Sie stand auf und machte
noch ein paar Schritte auf dem Rasen.

Die anderen Gäste waren ausgeflogen, das herrliche Wetter
hatte sie wohl in die Berge oder an den See gelockt. Sie schloss
die Augen und atmete tief durch. Die Poesie, diese fröhliche
Diebin, ist mir die allerliebste der neun Töchter, sie nimmt sich,
was sie braucht, Rhythmus, Reim, Bilder und alles, was sie ausmacht. Holt es sich aus einer Zeit, als das Gedachte noch ohne
Niederschrift in der Welt überdauern musste. Was sie ausmacht,

ist tief wie das Andenken und das Erinnern und so kraftvoll wie alles, was man ein paar Jahrtausende lang trainiert hat.

Mit einem Seufzen ging sie an den Tisch zurück. Eigentlich war heute Faulenzen angesagt, aber jetzt ist erst mal Martin an der Reihe, das muss sein. Sie zündete sich eine Zigarette an und zog die Schreibmappe zu sich heran. Nach einem Zug wechselte sie die Zigarette in die Linke und ergriff den Stift, setzte den Briefkopf aufs Papier, und stur, wie sie war, auch die Telefonnummer. Zigmal schon, aber er hatte nie angerufen, dabei wäre ein Telefonat so viel praktischer.

CH 6652 Tegna, den 27. Juli 1975
Tel. 093 – 81.14.30
Casa Barbatè

Heidegger stand mit der Technik nun mal auf Kriegsfuß, eigentlich wie Günther, nur war der mehr in der Welt geblieben, mit der Atomkraft und dem ganzen Kram. Wenn sie Martin fragte, warum telefonierst du denn nicht, sagte Martin immer nur, er habe alle Zeit der Welt und warte lieber auf die Post. Was kann man da machen.

Lieber Martin,

nun ist es schon beinahe August, und ich wüsste gern bald, wie es mit einem Besuch in Freiburg steht. Hier ist herrlicher Sommer, nicht zu heiß, ganz klare Luft mit warmen Abenden. Hier komme ich langsam in die Arbeit. Ob ich bis Oktober fertig werde – Urteilskraft –, ist fraglich, beunruhigt mich aber nicht, da ich die Vorlesung für Schottland so gut wie fertig habe.

Ich hoffe, es geht Dir gut und Ihr werdet nicht zu sehr von Besuchen geplagt.

Herzliche Grüße Euch beiden –

Sie rieb sich das Handgelenk. Die Gicht hatte sich fest bei ihr eingerichtet, in den Schultern, überhaupt den Gelenken, aber Schmerzmittel und Schreibmaschinen machten die Sache leichter. Im Übrigen hatte sie damit zu leben gelernt. Sie nahm noch einen Zug und drückte die Zigarette aus. Als sie den Brief faltete, trat Ena an ihren Tisch und bot ihr nochmals Kaffee an.

»Für heute lass ich's gut sein, aber Briefmarken hätte ich gern, nach Deutschland.«

»Brauchst du auch welche für Amerika?«

»Ja, und für Schottland auch bitte. Sag mal, Ena, gibt es eigentlich wieder diese schönen Sondermarken?«

»Ja, aber die Pro-Patria-Marken kosten etwas mehr. Weil man damit Museen und so unterstützt.«

»Dagegen ist nichts einzuwenden. Die nehme ich. Ist wieder was von den Römern drauf abgebildet?«

»Mit solchen Dingen kenn ich mich nicht aus.«

Ena stellte die Kaffeekanne auf dem Tisch ab, damit sie den Aschenbecher leeren und säubern konnte. Enas Irland, was wär's denn ohne die Römer? Und was diese Helvetia, die die Römer gegründet hatten. Und was wäre ihr und Heinrichs Leben ohne die Antike gewesen. Ihre schönsten Reisen waren die zu den Fundamenten der Kultur gewesen. Rom. Griechenland. Unvergesslich.

»Liva wird dir die Briefmarken ins Zimmer legen, und wenn du deine Briefe beim Empfang abgibst, schaut Barbara, ob sie richtig frankiert sind.«

Ena stand schon auf der Schwelle.

»Ach, die Liva? Die wollte doch zurück nach Lissabon.«

Sie schob den Brief in den Umschlag und klebte ihn zu. Den hier werfe ich lieber gleich ein, dachte sie und faltete die Zeitung zusammen.

Sie senkte den Kopf und lauschte. Hier war es paradiesisch, ruhig, richtig schön, warum in aller Welt dachte sie immer wieder an Aberdeen? Sie lauschte in sich hinein. Ginge Freundschaft eigentlich als medizinischer Grund durch, damit sie in die Praxis könnte? Sie erinnerte sich an seinen Händedruck beim Abschied. Wäre der nicht auch ein Gedicht wert?

»Dann wollen wir doch mal sehen, ob Sie bis nächsten Sommer das Rauchen aufgeben können.«

»Ach, lassen wir das, Herr Doktor.«

»Nicht ich, sondern Ihr Herz meint es ernst.«

»Lieber Cox, ich werde im Oktober achtundsechzig, ich kenne viel Jüngere, die schon einen Infarkt hatten.«

»I see. So kann man natürlich auch denken. Sie gehören also zu den ganz Furchtlosen, die keine Angst vor dem Sterben haben. Dann ist das natürlich was ganz anderes.«

»Nämlich?«

»Nur eine Frage von Glück oder Unglück.«

»Das verstehe ich nicht.«

»Dann liegt das, was uns widerfährt, eben nicht in unserer Hand, sondern allein in Gottes Hand. Oder was glauben Sie denn, in wessen Hand liegen Glück und Unglück?«

»Aber was hat das denn mit dem Rauchen zu tun?«

»Alles hat mit allem zu tun. In wessen Hand liegt es, wenn sich einer versündigt, und damit meine ich nicht nur Raucher oder Säufer, und dennoch ungeschoren davonkommt? Und wenn ein anderer, ein vielleicht kleiner Fisch, haarklein büßen muss, auch für fremde Untaten, also, wie man so sagt, nicht gerade Glück hat?«

Er hatte ihre Hand noch immer nicht losgelassen. Seine war warm gewesen. Sie hatte auch die Stille zwischen ihnen gemocht und erst nach einer Weile geantwortet.

»Nächstes Mal werden wir's ausdiskutieren, nur das mit den Händen können wir gleich erledigen. Es ist doch klar, dass Glück, vielleicht auch Unglück, sicher aber das Glück aus den Händen von Göttinnen kommt, sind wir uns da einig?«

Da hatte er ihre Hand losgelassen und wild zu fuchteln begonnen.

»Fortuna? Justitia? Gaia? Sapientia? Nemesis? Oder am Ende die Moiren? Welche denn nur, Hannah?«

Seine Vehemenz war gespielt, hatte sie aber so herrlich zum Lachen gebracht. Forrrrtuna! Unglaublich, was so ein gerolltes R aus einem Menschen machen konnte.

»Alle, alle haben die Hände im Spiel, sagen Sie, Cox, mögen Sie eigentlich Gedichte?«

So keck war sie erst in alten Tagen geworden. Verschmitzt hatte er sie angeschaut, ja, das sei doch wie in einem guten Hotel, als Gast müsse man auch zum Personal freundlich sein. So sei es auch mit den Musen, die schließlich nichts anderes als Agentinnen der Göttinnen seien. Er hatte sie sogar zur Praxistür begleitet, so was hatte sie in New York noch nie erlebt, dort bat man sie nur um die Kreditkarte. Im Flur blieb er dann nochmals stehen.

»Wissen Sie, ich liebe die Poesie auch aus familiären Gründen. Meine Tochter Pythia ist Übersetzerin, aus dem Russischen, besonders Lyrik.«

Dieser Cox hat seine Tochter doch wirklich Pythia genannt. Sie erinnerte sich, wie er plötzlich zu rezitieren begonnen hatte, ganz leise, als würde er sich genieren, falls die anderen Patienten mithörten.

Die Dämmerung der Freiheit lasst uns preisen
Ihr Brüder, dieses große Dämmerjahr!

Mandelstam, hatte sie sofort gerufen, sogar ziemlich laut. Das Dichten ist schließlich nichts Obszönes, oder? Sie erinnerte sich genau, was sie im Korridor gesagt hatte.

»Wissen Sie, Doktor Cox, dieses Revolutionsgedicht ist einer meiner Kronzeugen. Das kommt nämlich in mein neues Buch, denn die Dichter sagen auf die schönste Weise Ja!«

»Yes, Mrs. Arendt!«

»Sehen Sie, Doktor Cox, Mandelstam wusste nach der Oktoberrevolution nicht, ob die Sonne aufgehen oder die Welt untergehen würde, und doch kündigte er der Welt seine Freundschaft nicht auf. Er lobt, was ist. So einfach ist das. Immer wieder neu anfangen, Herzinfarkt hin oder her.«

»Nur ohne Zigaretten.«

Cox hatte, noch immer leise, sofort weiterrezitiert.

»Das hat meine Pythia übersetzt. Großartig, nicht wahr?«

Was für eine Freude, dass Cox und sie auch noch dieselben Gedichte auswendig kannten und es so kurz vor der Verabschiedung noch herausgefunden hatten. Mit so was hätte sie in der Praxis eines Kardiologen nicht gerechnet. Sie hatte wirklich tief Atem holen müssen und dann das Ende aufgesagt.

In Lethes kalten Wassern werden wir gedenken,
Dass die Erde uns tausend Himmel wert war.

Tausend? Cox war zurückgezuckt und hatte mit hochgezogenen Augenbrauen gefragt, von wem das denn sei. Seine Tochter halte sich bei Lyrik immer an den Wortlaut. Die Bilder gehörten den Dichtern. Ein Übersetzer müsse sie respektieren und dürfe doch nicht aus zehn Himmeln plötzlich tausend machen. Pythias Version sei originalgetreu.

Dass wir's im Lethe-Frost noch wissen werden:
Zehn Himmel war uns diese Erde wert.

Mit einem kleinen Seufzer hob sie den Kopf, nahm Zeitung und Schreibmappe und stand auf. Im Herbst frage ich ihn, was er vom Titel *The Life of the Mind* hält.

Sie war dem Leben dankbar, dass es ihr weder Dr. Cox noch Mandelstam vorenthalten hatte. Dichterworte zünden die

Liebe zur Welt an. Deshalb war das Gedicht *Die Dämmerung der Freiheit* goldrichtig für ihr Buch. Ob's jetzt tausend oder nur zehn Himmel sind, ist doch einerlei. Es gibt eben Dinge, die sich nicht zählen lassen.

Sie ging mit ihren Siebensachen in Richtung Terrasse und trat über die Schwelle.

4 Golden liegt die Welt

Manhattan, Ende Juli 1943 und November 1944

Träumte sie noch? Klapperten die Teller in ihrem Kopf? Sie zog das Leintuch über die Ohren, drehte sich zur Wand, hörte draußen die Vögel und nebenan tatsächlich das Geschirr. Mutt deckte den Frühstückstisch, ihr Drang zu Nützlichkeit und Fürsorge war auch in New York unverwüstlich. Ich habe an einer Mutter schon reichlich genug, sagte sie stets, sobald eine Freundin sie zu umsorgen versuchte.

Mutt, wirklich nicht vor neun! Wie oft hatte sie ihr das schon gesagt, und dass die Häuser hier eben nicht wie in Europa gebaut waren, die Wände nur aus Pappe. Hatte Martha etwa vergessen, dass ihre Tochter in Paris bis spät in die Nacht hinein am Schreibtisch gesessen hatte? Warum sollte sich das hier in Amerika ändern? Irgendwer musste doch Geld heimbringen.

Heinrich hatte sie geweckt, als er für die Frühschicht um halb sechs aus den Federn musste, und nun dieses verdammte Hantieren mit Tassen und Tellern. Dann hörte sie einen Stuhl knarren, ach ja, es war Freitag, da stand Martha noch früher auf als sonst, weil der *Aufbau* im Briefkasten lag! Durch die lausige Wand hörte sie sogar das Blättern. Es war gar nicht auszudenken, was Martha im Nebenzimmer mitanhören konnte, bestimmt auch den Streit gestern Abend.

»Dollar ist Dollar.«

Schon lange hatte sie Heinrich nicht mehr so aufgebracht gesehen. Sie hatte nicht in Erfahrung gebracht, was am Nachmittag vorgefallen war, als sie in der Bibliothek gewesen war, aber schon beim Abendbrot hatte Heinrich nur noch auf den leeren Teller geblickt und den Mund erst wieder aufgemacht, als sie allein waren.

»Deine Mutt hat was gegen mich, gegen die Fabrik, gegen die Art, wie ich mir ein Bein ausreiße, oder gegen was zum Teufel auch immer, kommt doch alles auf dasselbe raus.«

Er war im Zimmer auf und ab gegangen.

»Günther bleibt für sie unersetzlich, wissen wir doch alle drei und ist mir auch egal, wenn sie nur mal sehen würde, dass die Welt für jeden von uns zusammengebrochen ist.«

Sie hörte es seiner Stimme an, wenn er nicht mehr ein noch aus wusste.

»Was sie nur für Klopse auf den Augen hat! Sieht sie denn nicht, dass wir sofort nach unserer Rettung, und es ist ja schon die zweite, dass wir sofort ein neues Leben angefangen haben? Dass auch ich versuche, all die guten Ratschläge, die man uns unter die Nase hält, schön zu befolgen? Aber deiner Mutt passt kein einziger Job, den ihr Schwiegersohn bekommt.«

Heinrich war so laut geworden, dass jedes Wort zu Martha gedrungen sein musste.

»Stups«, hatte sie geflüstert und sich barfuß vor ihn gestellt, die Zehen auf seine, die Arme um ihn geschlungen und ihr Gesicht an seine Brust gelegt, und dann hatte sie einfach nur gehorcht, bis sein Atem nach sieben, acht Herzschlägen ruhiger geworden war, und nach zwanzig hatte sie an ihrem Scheitel seine Nase gespürt, wie sie mit kleinen Stupsern in ihr Haar schnaubte.

»Ob Martha es nun passt oder nicht, *meine* Mutter hat uns als Wäscherin durchgebracht, und ich bin ebenso stolz auf sie wie deine Mutter auf dich.«

»Wir beide schaffen auch das.«

Sie hatte ihn geküsst und ihre Wange an seine gepresst. Als

sie im Bett waren und sie sich schon auf die Seite gedreht hatte, war nochmals seine Stimme an ihr Ohr gekommen.

»Nur für dich nehme ich so was überhaupt auf mich.«

Da lag sie nun, traumwarm, und fühlte sich wie der Geist, den man aus der Flasche befreit hatte.

»Hannah, das Frühstück! So schön, heute ist der *Aufbau* richtig dick!«

Unter dem Leintuch hörte sie Marthas Stimme. Zwerg Nase fiel ihr ein, aber für ein Märchen war es definitiv noch zu früh. Mit einem Ruck schlug sie das Leintuch zurück, setzte sich auf und griff zu den Zigaretten.

Für den *Aufbau* schreiben war ein Heimspiel in Amerika. Schließlich richtete sich die jüdische Wochenzeitung an alle, die Deutsch lesen konnten. Aber für das englischsprachige *Menorah Journal*, für das sie inzwischen auch schrieb, brauchte es Chutzpah. Sein Publikum waren Akademiker. Trotzdem! Man kann sich doch selber Mut machen. Bin ich nicht am Broadway des freien Denkens und Redens? Sie zündete sich eine Zigarette an und lehnte sich mit dem Rücken an die Wand.

Erst nach Mitternacht hatte sie die Argumentation für ihren neuen Artikel zu Ende skizziert. Sie wollte einen Überblick über fünfzig Jahre zionistischer Politik schreiben und den jüngsten Beschluss aller amerikanischen Zionisten einordnen: Für ein demokratisches jüdisches Gemeinwesen forderten sie ganz Palästina. Heikel, äußerst heikel, diese Forderung, aber auch ihre Stellungnahme, und dann noch auf Englisch. Doch weshalb, um Himmels willen, sollen wir die Augen vor den Fakten verschließen?

Ihre Leser sollten erkennen, welche Folgen die Katastrophe in Europa, die den Ruf nach einem jüdischen Nationalstaat befördert hatte, nun auch für den Nahen Osten haben würde.

Die Juden waren zersplittert wie nie zuvor. Heinrich, dem

jeder Nationalismus ein Dorn im Auge war, hatte ihr Vorhaben gut gefunden. Sie wollte sich an die aktuelle Entwicklung im britischen Mandatsgebiet von möglichst vielen Seiten herantasten, auch wenn die Araber offenbar ein Tabu geworden waren.

Seit weiß Gott wie lange waren sie in Palästina zu Hause und kamen in diesem Beschluss der amerikanischen Zionisten noch nicht einmal vor! Blieben einfach unerwähnt! Das war ein Schlag gegen die Verständigung zwischen Arabern und Juden, der nicht unter den Teppich gekehrt werden durfte. Ließen denn die amerikanischen Zionisten und mit ihnen alle, die eine radikal nationalistische Lösung anstrebten, den Arabern allen Ernstes nur noch die Wahl zwischen Emigration oder einem Leben als Bürger zweiter Klasse in dem Land, das ihr Zuhause war?

Nebenan wurde energisch ein Stuhl über die Holzplanken geschoben. Sie hörte Marthas schlurfende Schritte zur Wand, dann ein Klopfen mit der flachen Hand.

»Kind, jetzt komm endlich! Ich riech es doch, du rauchst. Und bring gleich die Kaffeekanne mit.«

So, dachte sie und streifte die Asche ab, du willst also allen Ernstes mit mir frühstücken? Vernünftig ist das nicht, Mutt, wo du doch weißt, dass ich vor halb elf die Zähne nicht auseinanderkriege. Sie nahm einen Zug und hörte wieder das Rascheln der Zeitung.

Kurt, von dem sie auch in Sachen Zionismus täglich lernte, war unfreiwillig in Amerika. Aber wenn er schon das Ende des Krieges hier abwarten musste, rührte er wenigstens gleich die Werbetrommel für die Schaffung einer jüdischen Armee, in New York hielt er fleißig Vorträge, warb um Geld und Zustimmung. Sein Erfolg war allein seiner Sprache geschuldet, seine Worte waren einfach statt monumental, zündend statt demagogisch, die Sache selbst lag doch auf der Hand: Wenn man als Jude angegriffen wurde, wollte man sich doch auch als Jude verteidigen, mit Waffen und allem. Das war schlicht und ergreifend gesunder Menschenverstand, was denn sonst?

Sie hatte in der Zeitung über Kurts Kampf berichtet und ihn damit unterstützt, ebenso kämpferisch wie er. Verbrüdern aber wollte sie sich mit keiner Seite. Anders als frei wollte und konnte sie nicht denken, handeln oder lieben.

Hannah, du bist ein Mensch aus einem Guss. Wort und Tat können bei dir nicht im Widerspruch stehen.

Das hatte Heinrich ihr geschrieben, als sie 1936 nach Genf musste. Die Leiterin der Pariser Zweigstelle der Jugend-Aliyah konnte bei der Gründung des Jüdischen Weltkongresses natürlich nicht fehlen. Heinrich und sie waren gerade erst frisch verliebt gewesen. Das Schönste, was Paris damals zu bieten hatte. Der weise Stups. Und recht hatte er, auch das mit dem Guss war nicht falsch.

Ohne Erfahrung kein Denken, ohne Vertreibung und Flucht keine Einfühlung in andere, denen es ebenso erging. Es war die Erfahrung, die sie und Heinrich, die Kurt und Martha und halb New York miteinander teilten. Ohne Wenn und Aber hatte ihr neues Leben begonnen.

Die will's wirklich wissen, dachte sie, als Mutt erneut rief. Sie drückte die Zigarette aus und schwang die Beine aus dem Bett. Nach der Arbeit bis gestern tief in die Nacht stand eines fest: Ihr Beitrag für das *Menorah Journal* hatte sich leichter geschrieben als dieser Zionismus-Artikel, obwohl es ihr allererster auf Englisch gewesen war. Müsste dieser Beitrag eigentlich nicht langsam erscheinen?

Alle ihre Beobachtungen aus Paris, Gurs, Marseille, Lissabon und jetzt Manhattan hatte sie da hineingepackt, ihre Erfahrungen vom Überstehen, ohne zu verschweigen, dass das längst nicht in jedem Fall auch Überleben bedeutet hatte. *We Refugees*. Noch nie hatte sie einen so einfachen Titel gefunden. Funktionierte auch auf Deutsch. *Wir Flüchtlinge*. Verzweiflung, Selbstmord, nichts hatte sie ausgespart, nicht einmal Galgenhumor.

Manche Dinge lassen sich leichter in einer Fremdsprache zum Ausdruck bringen, weil sie Abstand schafft. Und das Spiel mit den englischen Wörtern, ihr Ton, der so anders war, das machte sogar das Schreiben über das Unfassbare leichter. Wie sonst sollte sie Verzweiflung ausdrücken? Auf Englisch konnte sie sich durch alle Nuancen der Ironie bewegen, manchmal sogar wie mit Bocksprüngen über eine Wiese. Englisch war für sie wie ein neuer Tanzschritt. Schließlich war Vielfalt alles, auch für eine Publizistin.

Sogar hier, in den öden Vorgärten, blühten jetzt nicht nur Maiglöckchen, Narzissen, Tulpen und bald auch Pfingstrosen, sondern auch der vom Durchschnittsamerikaner gefürchtete Löwenzahn. Sie schlüpfte in Kleid und Sandalen, und als sie die Hand auf den Türknopf legte, kam ihr Annemarie in den Sinn, wie sie in der Redaktion auf sie zugesprungen war und ihre Hand ergriffen hatte, ganz frei und offen.

»Ich bin Annemarie, Mrs. Arendt, ich kann Ihre Handschrift lesen, keins der Fräuleins hier kriegt das hin, nur ich, deshalb darf ich jetzt tippen, was Sie schreiben. Also das mit uns Flüchtlingen, das war really great! Und dass Sie schon fast richtig gut Englisch können! Haben Sie auch Kinder? Ich habe nur einen kleinen Bruder, der nervt. Meine Mutti findet Amerika blöd und ist zu faul fürs Englischlernen, und dauernd sagt sie, dass unsere Wohnung an der Nibelungengasse so schön gewesen ist. Na klar, das war sie, aber Muttis Topfenstrudel mit Mohn ist trotzdem der allerbeste in ganz Manhattan. Mögen Sie Strudel? Ich könnte Ihnen ein Stück mitbringen, wenn ich wüsste, wann Sie wieder in die Redaktion kommen.«

Die Wörter waren nur so aus Annemarie herausgesprudelt, anders als das Wasser in diesem Kaffeefilter. Sie stand jetzt im Flur und wartete, bis es durchgedrippelt war. Die naseweise Annemarie war wirklich rührend, kindlich noch, aber auf der Schwelle zum Erwachsenwerden. Tatsächlich war sie eine der wenigen, die ihre Klaue lesen konnte, darunter Heinrich und Mutt natürlich. Annemarie prahlte, sie hätte beim Abtippen gleich ein paar Rechtschreibfehler korrigiert, sie habe halt schon in Wien richtig gut Englisch gelernt. Wie viel schüchterner war sie selbst doch in dem Alter gewesen! Sie stellte den Filter weg, nahm den Krug und öffnete die Tür zum Nebenzimmer.

In the first place, we don't like to be called »refugees«. We ourselves call each other »newcomers« or »immigrants«.

Ist schon klar, dass so ein ungestümes Mädchen wie Annemarie ihre Worte mochte, sie war ja selbst eine Halbstarke und fühlte sich lieber als Neuankömmling denn als Bittstellerin. Amerika ist die Republik für Mädchen wie Annemarie und mich, dachte sie, trat an den Tisch und beobachtete, wie Marthas Zeigefinger in den *Aufbau* hineinstach.

»Guten Morgen, Hannahlein! Schau nur, was sie jetzt alles verscherbeln! Frühlingshüte für ein paar Cents, sind im Ausverkauf nicht weggegangen, und schau nur, so ein neuer Herbstanzug würde Heinrich bestimmt gut stehen, aber bloß für die Fabrik braucht er so was ja nicht. Nur gut, dass wir keine Bettwäsche und Handtücher kaufen müssen, solange die in der Miete drin sind. Ach, wenn wir uns dann mal ein paar Tage Urlaub leisten könnten, klingt schön, hör nur. Sommerfrische in den österreichischen Bergen Amerikas – Lake Placid. Weißt du, wo das ist?«

»Werd ich mir mal mit Monsieur ansehn, wenn's hier in der Nähe ist.«

Sie konnte spüren, wie sehr diese Inserate Mutt elektrisierten, und füllte die Tassen. Immer wieder tauchte der Zeigefinger in die Zeitung ab, wie ein Vogelschnabel, um in der Tiefe etwas zu packen.

Mit einem herzhaften Gähnen setzte sie sich, stützte die Ellbogen auf den Tisch und nahm die Tasse in beide Hände. Nach einem kräftigen Schluck folgte sie Marthas Finger, der über Mountain Houses, Slogans für Höhenluft und Vacation in the Switzerland of America streifte. Als könnten die Neuankömmlinge ganze Gebirgsketten und Landschaften mit nach Amerika bringen. Pustekuchen. Nicht mal der Wintermantel hatte in ihrer Tasche Platz gehabt.

»Die hier könnte was für dich sein, siehste, noch günstiger als die von letzter Woche, dazu mit neuem Farbband!«

Mutt zeigte auf ein Inserat, das eine kleine Schreibmaschine annoncierte. Wirklich hübsch, dachte sie, ja, so eine wäre das halbe Leben wert, und auch Mutt könnte die für ihre Briefe benutzen. Leider unerschwinglich. Sie wollte erst mal eine mieten und dachte wehmütig an ihre schöne Adler. Nicht auszumalen, wer jetzt in Berlin auf ihr tippte. Sie blickte Martha an und schüttelte den Kopf.

»Na gut, keine Bange, mein Kind, wirst sehen, ich finde eine Schreibmaschine für uns, am Freitag hat Morgenstund Gold im Mund! Da, nimm dir einen Bagel, extra für dich geholt.«

Nicht mal Katzengold, nein. Gar nichts hat die blöde Morgenstund im Mund. Alle Bagels der Welt würden nichts daran ändern: Unausgeschlafen war sie gefährlich, und auch sonst konnte sie unerträglich werden, wenn man sie im falschen Moment verwöhnen wollte.

»Sag, Hannah, hast du eigentlich mal wieder was von Günther gehört? Wohnt er noch in Los Angeles? Wie geht es dem Jungen denn?«

Mutt fixierte sie.

»Nur vom Hörensagen.«

Sie musste an Heinrichs Unmut von gestern Abend denken. So eine Szene wäre in Paris nicht vorgekommen. Auch dort hatten sie mit Martha zusammengelebt, allerdings in einer eigenen Wohnung, klein, aber fein. Heinrichs Mutter war in Berlin geblieben, und schon damals war nur selten ein Brief hin- und hergegangen. Wie es ihr im Bombenhagel wohl erging? Ob sie noch lebte?

»Er soll in einem Filmstudio arbeiten.«

»Dacht ich's mir doch, dass er was Schönes gefunden hat. Wo denn?«

»In der Klamottenkammer.«

»Er kümmert sich um die Kostüme der Schauspieler?«

»Um ihre Stiefel.«

»Oh, da wird sich bestimmt bald Besseres finden, er ist ja so ein kluger Junge.«

»Schon geschehen. Er putzt SS-Stiefel.«

»Kind! Dass du so unausstehlich sein musst. Aber ich bin ja Kummer gewohnt.«

Da fiel ihr ein Satz aus ihrem Artikel im *Menorah Journal* ein, der ihr wirklich gelungen schien, so einfach wie wahr, aber so früh am Morgen war er doch auch ein wenig gelogen.

Man is a social animal and life is not easy for him when social ties are cut off.

Englisch ist wirklich eine schöne Sprache, oft griffiger als Deutsch. Nicht nur eine Bierfiedel, wie Heinrich immer sagte, aber Herumstänkern ist eben bequemer als Vocabulary zu büffeln. Sie trank ihre Tasse leer, füllte gleich nach und blickte von der Seite auf Mutt, deren Mund wie festgefroren aussah. Das war die böse Seite, wie Mutt selbst sagte. Seit dem Schlaganfall war ihr Gesicht halbseitig gelähmt. Na los, dachte sie, raff dich auf und erzähl der Mutt was Schönes. Sei ein Lamm für sie, hatte Heinrich in Paris oft gesagt. Nun gab sie sich einen Schubs.

»Ach, weißt du, Günther will ein Drehbuch schreiben.«

»Für wen denn? Marlene Dietrich vielleicht?«

»Für Charlie Chaplin. Sag mal, hab ich dir eigentlich schon von der kleinen Wienerin beim *Menorah Journal* erzählt? So ein reizendes Mädchen, die Annemarie. In Österreich war ihr Vater Anwalt für Filmschauspieler.«

»Arbeitet auch der jetzt in Hollywood?«

»Nein, ohne Englisch findet er kaum Arbeit. Annemarie ist ein jüdisches Wunder der Natur, mit ganz großen blauen Augen und langen blonden Zöpfen. Sie ging mutterseelenallein aufs Schiff.«

»Genau wie du, Hannah!«

»Wie? Ein jüdisches Wunder?«

»Mutterseelenallein! Auch du bist ohne deine Mama über das Meer.«

»Mutt, bitte! Annemarie war zwölf, als sie Wien mit einem der letzten Kindertransporte verlassen hat, ich bin vierunddreißig und verheiratet.«

Martha schlug die Zeitung zu und legte sie auf den Tisch, das Geschirr klirrte, als hätte sie mit der Faust auf den Tisch gehauen. Sie nahm einen Bagel, setzte das Messer an, schnitt das Gebäck entzwei, blickte auf die zwei Hälften.

»Da, riech mal, wie frisch der duftet!«

Marthas Stimme klang leicht gepresst, aber da lag der Bagel nun, den sie ihr auf den Teller geschmuggelt hatte, aufgeschnitten und nackt. Einige Sesamkörner waren abgesprungen, wie von einem sinkenden Schiff, und dümpelten um ihn herum. Unglaublich, diese Mutter!

Sie ging nah ran, um die winzigen Löcher im Teig anzuschauen, hier und da öffnete sich ein Spalt. Wenn man winzig wäre, ein schrecklicher Abgrund. Ihre Nasenspitze berührte die weiche Fläche. Der Bagel duftete fast gar nicht. Viel unaufdringlicher als ein Croissant, dachte sie.

In Gurs, so hatte sie letzte Woche im *Aufbau* gelesen, waren jetzt Kinder in den Baracken inhaftiert, die dort warten mussten, bis sie in die Konzentrationslager nach Polen deportiert würden. Sie erinnerte sich an den sumpfigen Boden in Gurs. Kinder, die das Wort »Lager« noch mit einem Ferienlager in Verbindung brachten, spielten nun in dem Morast. Sie vermisste den Duft in einem Pariser Café.

»Und das Mädchen arbeitet bei dieser Zeitschrift, sagst du? Was macht sie denn da?«

»Sie tippt, als wär's alles nur ein Kinderspiel. Annemarie sieht reifer aus, ist aber kaum fünfzehn.«

»Und was ist mit der Familie drüben?«

»Weiß ich nicht. Sie hat nur erzählt, wie stolz der Großvater väterlicherseits sei, dass er seine Geschwister aus dem Ghetto rausgeholt habe, into the real life.«

»Wie bitte?«

»Ins richtige Leben. Erst die Nazis haben den Großvater und die ganze Familie wieder zu Juden gemacht.«

»Er war also von der Sorte, die sagen, keiner weiß, dass ich Rumpelstilzchen heiß.«

»Ah, du liest also nicht nur die Inserate genau, sondern auch die Beiträge deiner Tochter!«

»Und wie! Ich mag doch das Rumpelstilzchen. Ist ja auch ein interessantes Thema, wie man als Jude über sich selbst reden kann. Du wirst dich durchsetzen, Hannah, ich spür's.«

»Meinst du? Annemaries Familie, das sind wahrscheinlich Rumpelstilzchen, aber ich kenne ja nur das Kind. Dann hast du auch das andere gelesen?«

»Was denn?«

»Was ich über die anderen Typen von Juden geschrieben

habe? Über die, die sich selig in dem Bewusstsein wähnen, den Zeitgeist zu personifizieren, indem sie ausgerottet werden?«

»Kind.«

»Oder über die, die wie Kurt darauf bedacht sind, nicht mehr zu fordern und zu verteidigen als ein Stückchen Erde in Palästina, um vor dem Antisemitismus sicher zu sein. Zu welchen gehören wir eigentlich?«

»Wir? Wir sind Juden, und damit hat sich's. Warum fragst du denn mich, mein Kind. Du weißt, dass ich mich für dich gewehrt habe, wenn sich mal einer unterstanden hat. Bloß weil du ein jüdisches Mädchen bist.«

»Siehst du, und im Nu sind wir das neueste Phänomen der Geschichte geworden. Ich und du und alle, die es auf der Erdoberfläche nicht geben darf.«

»Was redest du denn da für Zeug?«

»Ich rede von den politischen Paria, Mutt, nicht nur von den Juden! Sondern von allen, die aus welchen Gründen auch immer nicht existieren dürfen.«

»Aber man hat doch uns Juden –?«

»Mutt, auch viele andere ermorden sie, Zigeuner, Kommunisten, unser Schicksal ist zum ersten Mal kein Sonderschicksal mehr.«

»Das versteh ich nicht.«

»Ist vielleicht noch zu früh, Mutt, aber ich bin sicher, dass wir Staatenlosen, Juden und Nichtjuden, die zentralen Figuren des zwanzigsten Jahrhunderts sein werden. Solange da irgendwer die Gleichheit all dessen leugnen will, was Menschenantlitz trägt.«

»So was Ähnliches hab ich von dir im *Aufbau* gelesen. Wirst du jetzt auch noch Prophetin?«

»Vorerst bleib ich Journalistin. Ich sollte bald los.«

»Ach, jetzt erinnere ich mich auch wieder an den Titel, der war ja nicht zu übersehen! *Des Teufels Redekunst!*«

»Kommt man zu spät in die Library, kriegt man keinen Platz mehr.«

»Aber Kind, du hast doch noch keinen Bissen zu dir genommen, da, iss den Bagel.«

»Na gut, dann mach ich aber noch mal Kaffee.«

Sie stand auf und ging mit der leeren Kanne zur Tür. Auf der Schwelle hörte sie Mutt fragen, ob diese Annemarie denn nicht mehr aus sich machen wolle, Abitur und so. Sie füllte Wasser und Kaffeepulver nach und rief ins Zimmer hinein, hier gebe es kein Abitur, das heiße College und koste eine Menge Geld.

Vom Flur aus beobachtete sie Martha. Das Gesicht steckte wieder tief in der Zeitung und kam nur kurz hoch, wenn sie umblätterte. Menschen wie Mutt oder Annemaries Vater wären ohne den *Aufbau* aufgeschmissen. Auch das hatte sie in dem Flüchtlingsartikel erwähnt.

Unsere Nachrichtenblätter sind Zeitungen für »Amerikaner deutscher Sprache«, und soweit mir bekannt, trägt und trug keiner der hier gegründeten Clubs der Hitler-Verfolgten einen Namen, der darauf hinweist, dass seine Mitglieder Flüchtlinge sind.

Emigranten schlossen sich zusammen, weil die gemeinsame Sprache und Herkunft sie zusammenschweißte, das war nichts Neues. Als sie das Wasser glucksen hörte, kam ihr Odysseus in den Sinn, Schutzherr aller modernen Irrfahrer. Er hatte gewusst, wer er war. Aber wo immer sie sich unter den Flüchtlingen und Staatenlosen hier in New York umschaute, sah sie Menschen, die das nicht wussten.

Nicht nur unter den Juden erlebte sie Menschen, die sich selbst unfrei machten, aber die Juden hatten besonders lange und so eifrig wie wohl kein anderes Volk gelernt, sich anzupassen. Fassaden zu errichten, in Rollen zu schlüpfen, zu kaschieren, wer sie gewesen waren und was sie erlebt hatten, bis sie nicht mehr wussten, wer sie waren und wer sie sein wollten. Was für ein Holzweg!

Fragen schossen durch ihren Kopf. Was müssen wir noch alles durchmachen, bis wir Juden uns entscheiden können, das zu sein, was wir tatsächlich sind? Welche verrückten Verwandlungen? Wir wurden aus Deutschland vertrieben, weil wir Juden sind, und trotzdem sind wir bereit, wieder loyale Hottentotten zu werden, nur um gleich wieder zu verbergen, dass wir tatsächlich Juden sind? Wahnwitzig!

Na endlich. Mit der vollen Kanne in der Hand ging sie ins Zimmer zurück und füllte beide Tassen. Die Dampfkringel bewegten sich wie Strudel in einem See. Warum ist es so schwer, man selbst zu sein? Wasser bleibt doch auch Wasser.

»Wer ist denn Markus George?«

Marthas Gefuchtel ließ erahnen, dass es um etwas Wichtiges ging. George sei der Herausgeber vom *Aufbau*, sagte sie. Da setzte Mutt sich gerade hin und wirkte sichtlich geschmeichelt.

»Ach, das ist der Chef persönlich! Er schreibt über dich, mein Kind, hör zu: Nicht immer Angst haben! Neue Horizonte, das heißt Aufbruch, furchtloses Pionieren, neues Experimentieren.«

Sie holte den Aschenbecher zu sich heran, griff sich die Streichhölzer und blickte zu Martha.

»Verwundert und ratlos stehen viele unserer aus Europa herübergespülten Juden vor dem Schauspiel der Verwirrung und Zerrissenheit der amerikanischen Juden.«

Diese amerikanischen Streichhölzer taugen gar nichts, dachte sie. Drei zerbrochen, und erst das vierte zündet!

»Und das soll von mir sein?«

»Warte doch, jetzt kommt's: Es ist daher soziologisch sehr interessant, den glänzend geschriebenen, von bitterem Sarkasmus erfüllten Aufsatz Hannah Arendts *We Refugees* in der Vierteljahresschrift *Menorah* zu lesen.«

Sie war so überrascht, dass sie in die Höhe schoss und ihr Stuhl umkippte. Dann war ihr erster Artikel also erschienen! Sie machte ein paar Schritte zum Fenster und hörte zu.

»Arendt zeigt die europäisch-jüdischen Assimilanten in ihrer ganzen Hilflosigkeit und Haltlosigkeit. Die Sinnlosigkeit der Verkleidung vom verzweifelt getriebenen Sport der Charakterlosigkeit zur unpraktischen Mimikry in einem Land, wo es gar keine Kostüme gibt, in die der Kömmling schlüpfen kann.«

Sie schob den unteren Flügel ganz nach oben und lehnte sich in die Öffnung. Kömmling, was für ein drolliges Wort. Als sie noch einmal ihren Namen hörte, blies sie den Rauch in den Himmel. In Marthas Stimme klang Stolz mit.

»Hannah Arendt schafft schließlich den Begriff der ›bewussten Paria‹ im Gegensatz zum Chamäleonjuden und Parvenu. Arendt, Rosenwald, Shuster: drei sehr markante Persönlichkeiten und drei sehr interessante Artikel. Und alle drei machen da halt, wo der Weg aus der Erkenntnis der Vergangenheit in die Planung der Zukunft einbiegt. Der fast leise geäußerte Satz am Schluss des Arendt'schen Artikels, den wir weiter oben zitierten und der den heimlich schillernden Spott ihres –«

»Heimlich? Steht das wirklich da? Lass sehen.«

Mit großen Schritten ging sie zu Martha zurück und beugte sich von hinten über sie, die gleich die Gelegenheit nutzte und mit den Lippen kurz ihre Wange berührte. Da, das war die Stelle, sie las den Satz zweimal und sagte leise, wie zu sich selbst, während Aschefetzchen in die Zeitung hineinfielen:

»Dacht ich's mir doch: Da steht nicht heimlich, sondern heinisch.«

»Was sagst du –?«

»Mutt, da steht heinisch, wie Heinrich Heine.«

Sie ging zum Fenster zurück und hörte, wie Mutt aufstand und »Ach so, aber das meinte ich ja gar nicht« murmelte, während sie in den Flur ging. Dann fiel die Klotür ins Schloss.

Sie blickte in den Abgrund. Tief unten lag die Straße, eingequetscht zwischen den Häusern, auch die Lastwagen winzig. Ein Glück, dass wir so hoch oben wohnen, fand sie. Aber Mutt sagte immer wieder, die Stadt sei sehr hässlich, besonders, wenn man aus Paris käme und gewohnt wäre, andere Maßstäbe anzulegen.

Noch nie hat jemand so gut verstanden, was ich tue. Spotten mit heinischem Schillern, ja, das lass ich mir gefallen. Der Traumweltherrscher ist also mit uns gefahren. Heine ist bei uns, hier in Bimini. Sie atmete tief ein und sagte seine Verse auf, still in ihrem Inneren.

Kleiner Vogel Kolibri,
Führe uns nach Bimini,
Fliege du voran, wir folgen
In bewimpelten Pirogen.

Golden liegt die Welt, dachte sie und blinzelte in die Sonne, die sich in den Fenstern des Bürogebäudes schräg gegenüber spiegelte. Ihr Blick wanderte zum Horizont hinüber, zum Fluss und zu den Höhenzügen auf der anderen Seite, New Jersey. Könnte sie den Hudson nicht sehen, würde in Manhattan die Welt zur Miniatur.

Sie hörte Mutt zurückkommen und sich setzen, dann raschelte es. Offenbar ließ ihr dieser Chefredakteur keine Ruhe.

»Komm her, Hannah. Lass mich jetzt weiterlesen, nicht dass du mich wieder mitten im Satz unterbrichst.«

Sie schnippte den Stummel hinaus und ging an den Tisch zurück.

»Hier siehst du, es kommt doch erst: … und der den heinisch

schillernden Spott ihres Situationsaufrisses mit politischer Erkenntnis krönt, tippt wie ein Zauberstab an die Tür des Kommenden. Zauberstab! Herrlich, findest du nicht auch?«

»Doch, doch. Und weiter?«

»Hier im *Aufbau* ist niemals eine jüdische Richtung und Ideologie als die allein selig machende proklamiert worden. Von hier aus geht der Weg in allen Fragen weiter. In der bestehenden Fülle von Konflikten und ineinandergreifenden Völker- und Staatsproblemen, in diesem wahrhaften Weltkrieg, ist es den Menschen klar geworden, dass alle Übel in ihrer tiefsten Tiefe wie Schlingwurzeln miteinander verbunden sind –«

Ein starkes Bild, diese Schlingwurzeln. Sie spürte Marthas Blick auf sich, warm und geduldig, also wollte sie an der Miene ihrer Tochter ablesen, was diese dachte. Wie lange versucht man schon, dem Bösen denkerisch beizukommen? Aber dem Zeug, das dieses Jahrhundert überwuchert, ist niemandes Verstand gewachsen. Höchstens ein Dichter, dann vielleicht, ja, wenn Pegasus seine Flügel ausklappt und einen in andere Sphären trägt. Mit fester Stimme las Martha weiter.

»… und dass im heutigen Stadium der menschlichen Historie nur ein Gesamtplan, allumfassend und von allen getragen, die guten Willens sind, den großen Krieg wirklich beenden und einen neuen verhindern kann.«

»Recht hat er, findest du nicht, Mutt?«

»Ja, aber warum schreibt der Herr George denn nichts davon, dass wir in den Krieg eingetreten sind?«

»Wir?«

»Na klar, wir Amerikaner zeigen's den Nazis, zusammen mit Churchill! Ist aber wirklich nett von dem Herrn George, dass er dich so lobt und auch zusammenfasst, was du geschrieben hast. So haben alle ein bisschen was von deinem Beitrag.«

»So, genug geplaudert, Mutt, ich muss jetzt wirklich los.«

»Plaudern? Da übertreibst du mal wieder ganz tüchtig! Eben

erst bist du gesprächiger geworden, und jetzt willst du deine Mutter schon wieder alleinlassen?«

»Die Arbeit ruft.«

»Ach, man kennt in diesem Land gar keine Muße, und du bist auch schon so!«

Martha ließ die Zeitung sinken, stützte die Ellbogen auf und legte den Kopf in die Hände. Sie sprach, als würde sie nur zum Tischtuch sprechen.

»Und dieser Artikel mit dem Zauberstab, weiß der Kuckuck, wann ich den zu lesen bekomme ...«

»Mutt, der ist doch auf Englisch.«

Ohne aufzuschauen murmelte Martha vor sich hin.

»Ach so ... das hab ich vergessen.«

Der Glanz in ihrer Stimme war fort. Dass sie sich zu alt fühlte, um Englisch zu lernen, war leider ein Fact. Sie wiederholte es selbst fast jeden Tag. Aber warum? Neunundsechzig war doch kein Alter. Mit etwas Mumm würde sie die Sprache doch noch lernen. Sie könnte sie nicht nur für New York nutzen, sondern auch für London, wo Eva lebte. Sie hatte ihre Stieftochter lange nicht mehr gesehen, und in letzter Zeit hatte Mutt immer wieder mal gesagt, sie wolle nach London. Sie setzte sich auf, wischte sich über die Augen und legte die Hände auf die Zeitung.

»Ach, Kind ... Amerika ist ein hartes Land.«

»Muttilein«, sagte sie leise und legte ihre Hand auf Marthas Handrücken und streichelte ihn. Dann zog sie sachte die Zeitung darunter hervor, um sie ordentlich zusammenzulegen, und schenkte warmen Kaffee nach.

»Nimm noch einen Schluck, wird dir guttun. Wir schaffen das schon.«

Natürlich tat es ihr leid, dass Mutt sich zu alt fühlte für den Neuanfang. Aber was tun? Vielleicht sollte sie Pressekarten für ein Konzert ergattern. Yehudi Menuhin mit dem Violinkonzert von Brahms würde sie aufheitern, aber noch mehr so ein »Heimwehabend« von Robert. Das wär was. Martha mochte Heinrichs alten Freund aus Berlin. Ja, da kämen sie alle drei auf ihre Kosten.

Sie drehte den Kopf zum Fenster. Drüben, unter den paar Büchern, die Mutt mitgebracht hatte, stand die Doktorarbeit. Zuvorderst eine ganze Seite für nur zwei Wörter. Meiner Mutter. Ansonsten leer, und der Rest des Buches für die Liebe.

»Na gut, ich erzähl dir noch schnell, was ich auf Englisch geschrieben habe. Und du streichst mir bitte den hier«, sagte sie und nahm den Bagel.

Langsam streckte Martha die Hand nach dem Bagel aus, zeigte stumm auf die Butter und blickte sie an.

»Ja! Aber nur auf einer Seite, dafür ganz dick.«

Mutt verzog den noch guten Mundwinkel, sodass es fast schon ein Lächeln war, und griff zum Messer.

»Also, ich schrieb davon, dass wir Flüchtlinge uns nicht mehr für Gespenstergeschichten interessieren, weil unsere Erfahrungen uns das Gruseln lehren. Dass wir verzweifelt optimistisch sind und voller Optimismus verzweifeln. Dass wir die Geister der Zukunft mit allen Tricks heraufbeschwören. Dass in den Sternen geschrieben steht, wann Hitler besiegt sein wird und wann wir amerikanische Staatsbürger werden.«

Das Messer blieb in der Butter stecken, als Martha sie anschaute.

»Hannah, ob du so je einen amerikanischen Pass kriegen wirst?«

»Ich hoffe, dass das nicht davon abhängt, was ich denke und sage. Wir leben in einer freien Republik.«

Mutt schüttelte den Kopf und wandte sich wieder der Butter zu.

»Ich schrieb auch, dass wir zumindest nachts an unsere Toten denken und uns an die einst geliebten Gedichte erinnern.

Und dass wir immer optimistischer werden und immer mehr zum Selbstmord neigen – wie fröhlich die Juden unter Schuschnigg –«

»Aber wir sind doch gar keine Österreicher.«

»Österreich existiert nicht mehr. Willst du trotzdem hören?«

»Ja, ja.«

»– wie also die Juden unter Schuschnigg so wundervoll davon überzeugt waren, dass ihnen nichts passieren würde, und so verzweifelten, als ihre nicht jüdischen Nachbarn vor fünf Jahren anfingen, jüdische Wohnungen zu überfallen. Und dass wir im Unterschied zu anderen Selbstmördern niemanden anklagen, beschuldigen, weil sich sowieso keiner um die allzu offensichtlichen Beweggründe schert. Du hast ja gehört, was der Herr George zu meinem Beitrag sagt, bitterer Sarkasmus.«

»Offenbar hat es diesem Herrn Eindruck gemacht!«

»Natürlich, ein Journalist will Facts.«

»Was ist das?«

»Tatsachen! Und ich hab sie geliefert, unliebsame Tatsachen, aber für meinen neuen Artikel brauche ich Zahlen, denn die beeindrucken Leute von heute am meisten. So, ich gehe jetzt, in der Hitze brauche ich sonst noch viel länger.«

Beim Aufstehen stieß sie leicht an den Tisch, das Geschirr schepperte. Genau das gleiche Geräusch wie beim Aufwachen, dachte sie und gab Martha einen Kuss auf die Wange.

»Warte, Hannah, hier ist deine Stulle! In der Bibliothek wirst du froh sein, wenn du was zwischen die Zähne bekommst.«

Sie nahm das kleine Bündel in Butterbrotpapier, hielt es kurz an die Nase und drehte sich auf der Schwelle zu Martha um.

»Könntest du bitte noch zwei Würste kaufen, bei dem koscheren Fleischer? Die kommen ins Care-Paket für die Jaspers.«

Ohne eine Antwort abzuwarten, winkte sie mit der Stulle und trat in den Korridor. Noch einmal hörte sie Mutts Stimme.

»Und versprich mir, dass du für den Rückweg den Bus nimmst. Hörst du, Hannah?«

Pustekuchen! Auch Augustin ging zu Fuß durch die Wüste.

November und noch immer Blätter an den Zweigen? Die müssen nicht mehr so lange ausharren wie wir. Wenn der Krieg nur bald zu Ende wäre!

Schnellen Schrittes bog sie in die Fifth Avenue ein. Sie war zwanzig Minuten lang fast gerannt, nun war ihr warm, und sie öffnete den obersten Knopf ihres Wollmantels. Keinesfalls wollte sie verschwitzt vor Hurwitz treten. Auf dem Weg zur 13th Street kamen Erinnerungen an ihren allerersten Spaziergang in dieser Stadt hoch. Heinrich und sie waren so verrückt gewesen, wie nur ein Liebespaar in seinem späten ersten Frühling in Manhattan sein konnte.

An einem Sonntag waren sie Arm in Arm von der 116th Street all the way down bis zur 20th Street und zum Gramercy Park gewandert. Dort wohnten Bekannte, denen sie auf dem Schiff begegnet waren, und auch Annemaries Familie, alles Newcomer. Die Lebensfreude und die Neugier hatten sie quer durch die Stadt getrieben. Bestimmt war das ihr sportlichster Sonntag aller Zeiten gewesen.

Vor der New School blieb sie stehen. Ein Lastwagen blockierte den Eingang, und als ein Junge seine Holzkisten an ihr vorbeitrug, hörte sie Glasflaschen aneinanderschlagen. Hinten auf seinem Overall stand Fisher Dairy. Als sie Henry Hurwitz zum ersten Mal persönlich begegnet war, hatte sie auf der Fifth Avenue noch die letzten Milk Horses gesehen. Lange war das nicht her, aber Pferdekarren waren nun aus Manhattan verschwunden.

Am Telefon hatte sich der Chefredakteur des *Menorah Jour-*

nal laut und sehr agil angehört, und so hatte sie sich auch seine Statur vorgestellt, lang und hager. Wie sie ihn dann aber in seinem Büro zum ersten Mal gesehen hatte, hinter seinem Schreibtisch verschanzt, hatte sie an einen Frosch denken müssen.

Hurwitz gehörte zum Urgestein der amerikanischen Juden. Er erzählte lang und breit von seiner Familie, die aus Litauen eingewandert war, seinen Jahren als Harvard-Student und der Gründung der *Menorah Association*. Seinen Redeschwall hätte sie vielleicht sogar gemütlich gefunden, wenn ihm nicht so ein schrecklicher Ruf vorausgegangen wäre. Hurwitz schiebe Manuskripte manchmal auf die lange, ja sehr lange Bank, nachdem er sie angenommen habe. Das war wirklich blöd für den Autor, weil er einerseits nicht mehr frei war, andererseits aber die Veröffentlichung so lange auf sich warten ließ.

»Doctor Arendt, es wäre eine Ehre für uns, wenn Sie für die amerikanischen Juden schreiben möchten. Reichen Sie einen Text ein, das *Menorah Journal* wird ihn gern prüfen.«

Das lass ich mir nicht zweimal sagen, hatte sie damals gedacht, frei schreiben und dann noch Geld verdienen? Nun brachte sie schon ihren zweiten Beitrag ins Büro in der Nummer 63, Fifth Avenue. Sie hatte ihren Entschluss nicht bereut, und ihr erster Text war sehr schnell erschienen und weiterum gelesen worden. Hurwitz' Zeitschrift war eben nicht nur das Verbandsorgan einer ganzen Reihe von Colleges, sondern auch die Stimme der liberalen Juden außerhalb der Universitäten.

Lieber zu früh als zu spät! Vor der Milchglastür der Redaktion hielt sie einen Moment inne und lauschte den Tippgeräuschen. Diesmal fühlte es sich anders an als beim ersten Mal. Eigentlich hatte sie diesen Zionismus-Artikel für eine andere Zeitschrift geschrieben, aber die wollte ihn dann doch nicht. Als Hurwitz ihren Text gelesen hatte, war er Feuer und Flamme und hatte fast ins Telefon geschrien.

»Dieser Zionismus-Artikel, ein Pfundskerl von kritischer Analyse, das drucken wir sofort. Wir müssen natürlich Ihr Englisch noch ein wenig aufpolieren, ich meine, abgesehen von den Präpositionen, am besten kommen Sie vorbei. Sie sind zur Jubiläumsfeier unserer Zeitschrift eingeladen.«

Und nun stand sie vor der Tür und hatte, da es ernst wurde, eben doch gemischte Gefühle. Nicht dass der Mut sie ganz verlassen hätte, aber sie schrieb diesmal nicht über jüdische Flüchtlinge, zu denen sie selbst gehörte, sondern über Zionisten, zu denen sie nun mal nicht wirklich gehörte. Ihre Kritik könnte einen ihrer engsten Freunde treffen, Kurt, und auch andere würden sich provoziert fühlen, bestimmt auch Scholem, aber was kann man da machen? Ist doch die alte Geschichte, Plato ist mir lieb, Sokrates ist mir lieb, aber noch lieber ist mir die Wahrheit. Also einfach nur brrr, Schluss damit und rein ins kalte Wasser.

Sie klopfte, trat ein, nachdem die Mädchenstimme »come on in« gerufen hatte, und sah zwei blonde Zöpfe mit Stoffbändern auffliegen, als Annemarie sich auf ihrem Drehstuhl herumschwang. Wie chinesische Drachen, dachte sie.

»Na, ihr zwei Hübschen, immer noch hier?«

»Doctor Arendt, good to see you! Aber warum zwei – ich bin doch allein. Sie sind außerdem erst in zehn Minuten dran.«

»Ich bin nur etwas früher gekommen, damit ich mit deinen Zöpfen plaudern kann.«

»Oh, danke! Rot-weiß-rot, sehen Sie? Seit ein paar Tagen habe ich schreckliches Heimweh, da hab ich mir eben österreichische Zöpfe gemacht. Wenn's auch nichts nutzt, so schadet's nicht.«

»Bestimmt, Annemarie, das hilft.«

»Mutti hat mir was für Sie mitgegeben, Sie wissen schon, das leckerste Gebäck der Welt, hier in meiner Tasche. Gebe ich Ihnen nachher! Bringen Sie was zum Abtippen für mich?«

Die Worte perlen nur so aus dem Mädchen heraus, dachte sie, eine helle Freude.

»Wenn Sie schreiben, bekommen wir nämlich ganz viele Leserbriefe. Für *We Refugees* sind so viele wie noch nie gekommen, seit ich hier arbeite!«

»Wie lange denn schon?«

»Mehr als ein Jahr. Übrigens liest mein Vater Ihre Kolumne im *Aufbau* immer als Erstes, wegen Ihrer Rhetorik, sagt er, für Palästina interessiert er sich nicht. Er bewundert Sie.«

»Liest er auch das *Menorah Journal*?«

»Nur den *Aufbau*. Aber Ihre Kolumnen verpasst er nie und unterstreicht Sätze, die muss ich dann ausschneiden und für ihn in ein Heft kleben. Einige kann ich auswendig. ›Die Welt, in der wir leben, ist voll von Zauber, Magie und ordinärem Hokuspokus‹ oder ›Vor Antisemitismus aber ist man nur noch auf dem Monde sicher‹. Nehmen Sie eigentlich nie ein Blatt vor den Mund? Mein Vater behauptet das. Sicher werden Sie mal Professor.«

»Gott bewahre, Annemarie!«

Sie lachte schallend. Das schien dem Mädchen zu gefallen. Sie bückte sich plötzlich, langte nach ihrer Handtasche unter dem Tisch, stellte sie sich auf den Schoß, öffnete sie und sprach leise weiter, als redete sie auf die Tasche ein.

»Als ich *We Refugees* abgetippt und gesehen habe, wie Sie beschreiben, was nach Hitlers Einmarsch bei uns in Wien passiert ist, wissen Sie, Frau Arendt, da wusste ich, dass Sie keine Österreicherin sein können.«

»Wie kommst du denn darauf?«

»Kein Österreicher hätte die Fakten so auf den Tisch gelegt.«

Annemarie kramte in der Handtasche, zog schließlich ein Büchlein heraus und streckte es ihr entgegen. Deutsches Reich, mit Adler und Swastika, darüber ein überdimensioniertes J und ein roter Stempel. Aus dem österreichischen Kinderpass blickte ihr das Mädchen mit den Zöpfen aus großen Augen entgegen, das Domizil Wien war durchgestrichen.

»Ich war ja im Skiurlaub, als die Nazis kamen. Mit dem Klassenlager sind wir nach Wien runtergefahren, mitten in diese Fahnen hinein, die überall hingen. Mein Vater sagt, alle Österreicher haben ihre Heimat verloren, nicht nur die Juden. Und Österreicher gibt es auch nicht mehr. Möchten Sie in Palästina leben? Ich bestimmt nicht!«

Sie reichte dem Mädchen den Pass zurück.

»Ich bin staatenlos, man schafft es auch ohne Pass.«

»Ganz ohne Pass?«

»Ja, wir hatten nur Affidavits, die uns ein Freund in Hollywood besorgt hatte.«

»Oh, Kalifornien, da möchte ich auch hin! Ist er Filmstar? Einmal durfte ich mit meinem Vater zu Dreharbeiten, da habe ich Wolf Albach-Retty gesehen! Kennen Sie den auch?«

»Natürlich, ist auf Goebbels Gottbegnadeten-Liste.«

»Gottbegnadet? Glauben die Nazis denn an Gott?«

»Nur solange es ihnen nutzt, Annemarie. Wenn du jetzt in dein Rot-Weiß-Rot noch ein blaues Band tust, bist du amerikanisch geflaggt.«

»Yeah, a real American girl.«

Annemarie strahlte, öffnete die Schublade und zog ein Blatt heraus. Eine Zeichnung, leicht hingeworfene Bleistiftstriche ließen die Freiheitsstatue erkennen, fast wie in einem Comic. Das Mädchen reichte ihr das Blatt.

»Nur aus dem Gedächtnis gezeichnet. You can keep it.«

»Sehr schön, danke.«

»Ich wollte Sie was fragen. Würde es Ihnen etwas ausmachen, meinen Vater anzurufen?«

Sie hielt inne. Wie merkwürdig. Warum sollte sie einen Leser anrufen, bevor der sich von selbst meldete? Annemarie nahm einen Notizzettel, kritzelte etwas darauf, legte ihn auf ein längliches Bündel, das sie aus ihrer Tasche zog, und drückte es ihr in die Hand.

»Der Strudel meiner Mutti und die Telefonnummer von meinem Vater. Er schickt meinen kleinen Bruder auf eine teure Privatschule, aber das College für mich sei ihm zu teuer. Ich bin sicher, auf Sie wird er hören.«

»Was möchtest du denn studieren?«

»Kunst und französische Literatur. Ich liebe Gedichte.«

Da holte sie ihr Heft aus der Handtasche, riss eine Seite heraus und schob sie unter die Maschine.

Die Tür zum anderen Büro öffnete sich und Hurwitz stand im Rahmen. Er füllte den Raum mit seiner Stimme.

»Doctor Arendt, welcome!«

Sie lächelte Annemarie zu und ging auf den Bauch des Chefredakteurs zu.

»Excellent, dass Sie zu unserer Party kommen werden, aber bitte im Abendkleid, das meine ich absolut ernst. So, und nun zum frivoleren Teil Ihres Besuchs. Gehen wir an die Arbeit!«

5 Der Stein

Tegna, 28. Juli 1975

Ist es schon elf? So schön frisch hier, dachte sie, selbst der Granit, immer kühl. Unter dem Blätterdach des Baums konnte es Mittag werden, ohne dass sie es merkte. Sie hatte ausgiebig gefrühstückt, und auf dem Tisch lag die Post, die Ena ihr gebracht hatte.

»Hannah, du wirst wieder mal mit Fanpost überhäuft!«

Der Tisch war übersät mit Blättern und Umschlägen, adressiert an den Riverside Drive und weitergesandt nach Tegna. Was für ein Fang aus dem Postkasten! Wie rührend, alles nur wegen dieser Rede über den Hühnerstall. Der Bürgermeister von Boston persönlich hatte sie eingeladen, anlässlich der Zweihundertjahrfeier zur Gründung der Vereinigten Staaten von Amerika eine Rede zu halten.

Warum nicht, hatte sie gedacht, auch wenn's wirklich nicht die beste Zeit für ein Geburtstagsständchen auf die Republik ist. Aber als Citizen, als politischer Teilhaber, wie es ihn in Amerika gibt, mach ich den Mund schon auf, nicht aber in Deutschland. Dort weiß man von einem solchen Citizen nichts, höchstens von Volksgenossen oder Staatsbürgern. Da halte ich besser meinen Mund. Alles andere gäbe nur Ärger.

Sie nahm einen Schluck von dem verdünnten Orangensaft mit Melisse, den sie nicht besonders mochte, aber Ena meinte, der tue ihr gut. Sie blickte auf die Leserbriefe. Was sie bis jetzt gelesen hatte, war ganz klar Fanpost.

Als die Einladung ins Haus geflattert kam und ihr die Hühnerstall-Idee eingefallen war, hatte sie zuerst gezögert. Ob sie bei der Feier wirklich so einen Ton anschlagen sollte, um die Wahrheit unter die Leute zu bringen? Pustekuchen, hatte sie sich gesagt. Der Bürgermeister wird schon wissen, wen er da als Festrednerin einlädt.

Schon beim Interview mit Errera hatte sie von Vietnam und Watergate gesprochen, ohne ein Blatt vor den Mund zu nehmen. Man wusste doch, dass sie für Pathos nicht zu haben war. Deshalb hatte sie kurzen Prozess gemacht und den komischen Titel über ihre Festrede gesetzt. Bierernst gibt's bei solchen Feiern genug, auch in Amerika. Ihre Entscheidung war goldrichtig gewesen.

Home to Roost

Wie müsste man das eigentlich übersetzen, fragte sie sich jetzt. Zurück in den Hühnerstall? Husch husch aufs Stängelchen? Zum Glück versteht das jeder Amerikaner, aber sie hatte es den Gästen der Feier trotzdem erklärt, schön eins nach dem andern. Dieses *Home to Roost* war ja schon ein Knöchelchen, das im Hals stecken bleiben konnte. Das kannte sie zur Genüge!

Wie oft hatte sie sich über Titel den Kopf zerbrochen, wie lange mit dem Verleger über den Untertitel ihres Rahel-Buchs gestritten. Sie wollte auf das Wort Jüdin auch in der deutschen Ausgabe partout nicht verzichten. Aber so ein Wörtlein könnte eben ein ganzes Buch in eine ungute Drift bringen, hatte der Verleger befürchtet, vielleicht auch Hans Rößner, der damals die Verlagsleitung übernommen hatte.

Als das Gezeter beim Eichmann-Buch losgegangen war, hatten sich wieder alle am Untertitel festgekrallt. Nein, nicht an dem Wort »Report«, oder in der deutschen Fassung »Bericht«, obwohl sie als Journalistin genau das geschrieben hatte. Einen

Bericht. Aber nein. Man verbeißt sich lieber in der *Banalität des Bösen*, als wär's die Gurgel der Autorin, und kommt beim Lesen doch kaum über die ersten Seiten hinaus. Nein, da hilft alles Brüten nichts. Rein gar nichts kann man da machen. Sie hob das Glas hoch und sah die Melissenblätter im gelblichen Fluid schwimmen. Schön sieht das nicht gerade aus.

Der Kräutergarten sei nur der erste Schritt, hatte Ena gemeint. Warum eigentlich keine Hühner? Sie kommen abends in den Stall zurück und setzen sich brav auf ihre Stange. Wie praktisch! Von Hühnern kann man sogar was lernen. In Boston, am Rednerpult, da hatte sie die Hühner mit der Wahrheit in der Politik zusammengebracht. Wie Politiker mit Tatsachen umspringen. Hühner, hatte sie gesagt, tun genau dasselbe wie Tatsachen, wie historische Wahrheiten, als folgten sie ein und demselben Naturgesetz. Sie klaubte eines der Teeblätter aus dem Glas und kaute darauf herum.

Arme Wirklichkeit, die abhängig ist von Menschen, die an sie glauben und sie bezeugen.

Das hatte sie in ihrem Rahel-Buch geschrieben. Seither war die Wirklichkeit noch viel ärmer geworden. Unwillkommene Fakten und Argumente wurden immer vehementer geleugnet. Nur wusste sie seit der Kampagne gegen sie und ihr Eichmann-Buch auch, mit welcher Wucht alles zurückkehren konnte.

Und seit Watergate weiß es jeder Amerikaner. Die Wirklichkeit, auch wenn sie sich lange nicht mehr zeigen durfte, setzt sich eines Tages auf die Stange und sagt: Da bin ich wieder. Alles kehrt zurück, Chicken und Facts, egal wie lange man die Tatsachen unter den Teppich gekehrt hat. Ob im Vietnamkrieg, unter Nixon oder nun unter Ford, Imagemaking ist ja nun alles. Das Leben wird hinter ein Bild gesperrt, an das die Menschen glauben sollen.

Sie erinnerte sich an das dezente Scharren im Publikum, das die Hühner, Nixon oder Vietnam ausgelöst hatten. Offenbar waren die Gäste, die meisten in Frack und Abendrobe, solche Töne nicht gewohnt. Sind eben keine Dichter, aber so einen kleinen poetischen Gedanken darf man den hohen Tieren und ihren Damen doch wohl zumuten. Genauso wie diese andere Metapher, die sie verwendet hatte.

The past haunts us, ladies and gentlemen.

Doch doch, die Vergangenheit jagt uns. Stellt uns nach. Lässt uns so lange nicht mehr in Ruhe, bis wir wirklich in der Welt zu leben gewillt sind, wie sie nun eben geworden ist. Ja, genau in diese unsere Welt hinein jagt uns die Vergangenheit, und sonst nirgendwohin. Das ist tatsächlich ihre Aufgabe.

Sie spuckte die zerkaute Melisse auf den Teller und nahm einen Schluck Wasser. Und nun, fünf, sechs Wochen später, jagte ihre Rede sie selbst. Sie blickte auf die noch nicht geöffneten Umschläge, Milwaukee, Tampa, Washington, Houston und Seattle, und schüttelte den Kopf. Alles kann zu einem Bumerang werden.

Diese Rede hatte die Fans nicht etwa deshalb aufgerüttelt, weil ganz Amerika auf der Feier in Boston zu Gast gewesen wäre. Schön wär's, nein. Sie bekam nur deshalb Fanpost, weil Tom Wicker als Pressemann an der Feier teilgenommen und an ihrer zoologischen Betrachtung Gefallen gefunden hatte. Ohne seinen Bericht in der *New York Times* säße sie nun vor einem leeren Tisch. Rührt ein meinungsstarker Kolumnist den kleinen Finger, wackelt die Welt mit dem Kopf. So ist das nun mal.

Manche Leser baten sie um eine Kopie ihrer Rede, gewöhnliche Amerikaner ebenso wie Politiker. Wickers hatte sie neugierig gemacht, nun wollten sie selbst lesen und sich eine Meinung bilden. Auch ein Senator, der als Mitglied des Committee on Foreign Relations geschrieben hatte, wollte die Rede unbedingt lesen. Ganz nett, dieser Joe! Sie las die Unterschrift und dachte, vielleicht lass ich diesem Joseph R. Biden Jr. eine Kopie schicken. Die meisten Leserbriefschreiber wetterten gegen die Tragikomödie im Weißen Haus, ohne mehr zu kennen als Wickers Zusammenfassung. So viel Ärger angestaut, dachte sie, meine lieben Fellow Citizens werden beim kleinsten Anlass sofort laut. Pawlows Hunde kamen ihr in den Sinn.

Keiner der Leserbriefschreiber sagte es so diplomatisch wie jene Dame in Boston beim Stehempfang nach der Rede. Sie erinnerte sich nicht ungern an die Frau mit der nicht mehr ganz echten Hülle. Wahrscheinlich im selben Alter wie sie selbst, aber die Dame hatte das Menschenmögliche getan, um jünger auszusehen, was in Amerika allerhand bedeutet. Aber was zählt, ist schließlich der Inhalt.

»Cheers, Doctor Arendt! Nach so einer Rede ist man hungrig, nicht wahr? Den Hummer kann ich empfehlen.«

Mit ihrem wahrscheinlich echten Diamantencollier war die Dame ganz nah an sie herangetreten, das Tulpenglas in der einen und den angebissenen Lobster-Cracker in der anderen Hand.

»So was Abgedroschenes wie Tiermetaphern! Aber Ihr Vergleich zwischen Hühnern und Politikern passt perfekt zum Saustall im Weißen Haus!«

»Very kind. Cheers!«

Nach einem flüchtigen Prosit hatte sich die Dame noch mehr zu ihr herübergebeugt. An ihrem Mundwinkel war ein Stückchen Hummer, das sich beim Sprechen immer mitbewegte.

»To be honest, Doctor Arendt. Die Welt wäre sonst ziemlich langweilig.«

Sie hatte in einen Cracker gebissen und nur die Augenbrauen hochgezogen. Boring? Was hat Unterhaltung in der

Politik zu suchen? Aber die Dame war nicht blöd und ließ sich von Hummer und Champagner nicht am Denken hindern.

»Natürlich! Für uns alle wär's doch sonst mordsmäßig langweilig. Without those bad guys.«

Damals in Boston hatte sie nur freundlich gelächelt und sich dann weiterbewegt, beim Käse-Igel hatten sich weit weniger Hungrige gedrängelt als beim Sea Food. Nun aber, wo die Leserreaktionen auch diese Dame wieder ins Bewusstsein brachten, kam ihr der Ton bekannt, ja, vertraut vor.

Die Welt wäre ganz schön öd ohne das Böse. So etwas hatte sie doch schon mal gehört oder sogar selbst gedacht? Nein, das war unmöglich, aber könnte sie so was einer Figur in den Mund gelegt haben? Sie dachte scharf nach. Das Wort mordsmäßig brachte sie auf die Spur.

Das Märchen, das sie vor Urzeiten geschrieben hatte, das war's. Das Märchen von den weisen Tieren. So was Zynisches hatte sie doch der Schlange ins Maul gelegt, die den Menschen nur Böses zutuschelt. Die Giftschlange, die auch gern ihre Freude an dem kleinen Mädchen gehabt hätte, sprach genauso wie die Dame in Boston.

Sie trank das Glas aus und stand auf. Wo zieht Ena eigentlich ihre Kräuter auf? Mehr als ein Beet konnte das ja kaum sein.

Eine Hotelwirtin hat alle Hände voll zu tun. Ena hatte ihr erzählt, sie habe im letzten Winter einen Kurs besucht, hoch oben im Onsernonetal, bei einer Bäuerin, die alte Tessiner Sorten züchte und auch Salben herstelle.

Sie machte ein paar Runden um den Baum, um sich die Beine zu vertreten, kam zum Tisch zurück und besah sich das Durcheinander. So viele Leserbriefe hab ich noch nie für irgendetwas bekommen. Natürlich erinnerte sie sich an die Flut von Briefen, in jenem unsäglichen Sommer '63. Aber das war keine Fanpost gewesen! Eine Lawine aus Eis und Dreck und

Blumen, alles durcheinander, zum Kotzen, sogar am Riverside Drive. Noch heute hockte etwas von alldem tief in ihr und sprang sie an wie das bucklicht Männchen, das keiner will und niemand loswird.

Liebes Kindlein, ach, ich bitt,
bet fürs bucklicht Männlein mit.

Sie setzte sich wieder zu ihren Leserbriefen und legte die Hände darauf. Auf ihren Handrücken schlängelten sich Adern unter der Haut. Dünn und fleckig war sie geworden.

Man kann nie wissen, ob nicht die alte Wunde wieder aufreißt. Ein Leserbrief zieht einen immer auf eine Seite. ob mit Lob oder Schimpf und Schande. Deshalb schlich sie noch immer wie die Katze um den heißen Brei, wenn sie Leserbriefe in der Post sah. Ganz anders, wenn ein Brief die Handschrift von Karl oder Kurt und natürlich Heinrich getragen hatte, ja, das war stets ein Stück Heimat gewesen. Nun verhießen das nur noch die von Anne und Mary und vielleicht auch Uwe.

Sie beugte sich über den beigen Umschlag, der wie von Mädchenhand beschriftet schien. Am Anfang die üblichen Höflichkeiten und Komplimente, die Leser halt so machen, aber dann kam das Dicke.

Ich habe gehört, dass Sie nun in die Jahre kommen, und dachte, es ist höchste Zeit, dass ich Ihnen meine hohe Meinung und meine Leidenschaft für Sie kundtue, bevor Sie dahinscheiden.

Sie lachte schallend. Ist ja allerhand, dass mir ein Bengel noch so den Hof macht. Die reizendste Liebeserklärung! Nun denn, schmunzelte sie, es ist noch nicht ganz an der Zeit für die ewigen Jagdgründe. Ach, wenn die Öffentlichkeit nur immer so harmlos gewesen wäre. Wer weiß, ob ich mich dann sogar mit dem bucklicht Männlein angefreundet hätte.

———

Ein bisschen Bewegung schadet nicht, sagte sie sich, steckte den frankierten Umschlag ein und zog die Zimmertür hinter sich zu. Weit gehe ich vor dem Mittagessen nicht mehr, aber dann kann ich gleich den Brief an Martin einwerfen.

Sie trat auf den Vorplatz der Casa Barbatè, ging über die Gleise, dann die paar Schritte zum Turm, vorsichtig, denn über die Fugen der großen Steinplatten konnte man leicht stolpern. Sie drehte das Gesicht zur Spitze des frei stehenden Kirchturms. Hoch oben, im offenen Glockenstuhl, sirrten die Schwalben und drehten ihre Runden um das Glockenrad. So was Schönes, dachte sie, davon kann ich nie genug bekommen.

Die Türen der Kirche standen sperrangelweit offen. Eine schwarz gekleidete Frau machte sich an den Bänken zu schaffen. Neugierig trat sie ein, grüßte, die andere hob den Kopf und sagte etwas zu ihr, weiße Strähnen lugten unter dem Kopftuch hervor. Großes Reinemachen für die Patronin der Kirche, Santa Maria Assunta. Bald sei das Fest ihrer Himmelfahrt.

Wer kann in diesem feucht riechenden Dunkel denn fliegen, dachte sie und besah sich die Auslage auf den Holzbrettern im Eingang. Ave-Maria-Blättchen, die Ankündigung einer Pilgerreise nach Rom und Postkarten. Vielleicht für Dr. Cox? Sie nahm eine Postkarte, warf fünfzig Rappen in die Kerzenkasse und ging wieder ins Freie.

An der Steinbank raschelte es vor ihren Füßen. Sie sah ein grünliches Köpfchen hinter der Turmwand hervorgucken.

»Was bist du denn für ein Akrobat«, sagte sie zur Eidechse, die vertikal am Stein hing und sie anschaute. Die könnte glatt im Zirkus auftreten.

Das lange Schwänzchen hing etwas herunter. Die Eidechse machte ganz kurz ihr Klappmäulchen auf. Wie das Krokodil im Kasperletheater, dachte sie, in Benjis Kinderstücken, aber die hier erfreute sich eines ganz und gar unnützen Lebens. Sie trat sachte einen Schritt näher, um die grünlich gesprenkelte Haut zu betrachten. Auf und davon, schade! Sie ließ sich mit einem Seufzer auf der steinernen Bank nieder.

Sogar Heinrich hatte Tegna immer gefallen, obwohl er weder Tiere noch Kirchen mochte. Dafür hatte er den Nagel auf den Kopf getroffen, oft jedenfalls. Manchmal, wenn sie ihm aus der Ferne etwas beschrieben hatte, kam eine Analogie oder sonst was Kluges zurück, das ihr im Leben nie eingefallen wäre. Eine Situation. Ein Mensch. Eigentlich ganz egal, was, und sie hatte seinem Urteil vertraut, fast immer. Auch was den deutschen Verteidiger anging, war Heinrich so treffsicher wie keiner gewesen. Dabei hatte er ihn, anders als sie, nie aus der Nähe gesehen.

Dieser Verteidiger von Eichmann ist einem Gemälde von …, was war es noch gleich, womit er Servatius verglichen hatte? Bosch oder Goya oder noch ein anderer? Ach, es würde ihr schon wieder einfallen, und wenn nicht, wär's auch egal. Er hatte jedenfalls was von einem Krokodil. Oder Flusspferd.

Sie lehnte sich zurück. Wie praktisch, dass man sich an die Turmwand lehnen kann. Sie schloss die Augen. Heinrich, fast fünf Jahre. Ein Schlag kommt selten allein.

Ohne Heinrich. Frei – wie ein Blatt im Wind.

Das hatte sie in ihr Heft geschrieben. Als Heinrich seinen Herzinfarkt hatte und dann so schnell gestorben war, trauerte sie noch um Karl. Gertrud und sie, beide Jüdinnen, die einen Nichtjuden geheiratet hatten, waren binnen eines Jahres zu Witwen geworden. Karl war Gertruds Leben gewesen. Das war die Wahrheit und alles andere von wegen Goi nur dummes Gerede.

Sie sah Jaspers noch genau vor sich in seiner schieren Größe, ein Hüne, der sich aber wegen seiner Gesundheit stets geschont hatte. Und auch sich selbst sah sie, ein junges Ding um die vierundzwanzig, so hübsch wie zäh, auf seinem Stuhl an seinem Arbeitstisch. Schon damals hatte sie dem Teufel ein Ohr abgeraucht und sich, was die Arbeit anging, nichts geschenkt, weder als Doktorandin noch später, nach der Flucht aus Berlin, noch in Paris, in Amerika oder Israel und nicht einmal in Basel, wo er sie zu seiner Nachlassverwalterin bestimmt hatte. Dabei wäre sie lieber so faul gewesen wie hier im Tessin.

Durch Dich ist mir und den Zeitgenossen bezeugt, dass auch mein Professorendasein nicht umsonst in der Welt war.

Das hatte er einmal geschrieben. Was für ein merkwürdiger Gedanke. Ihre Arbeitswut sollte wirklich bewiesen haben, dass er sich nützlich gemacht hatte? So was würde sie als Professorin nie zu ihren Studenten sagen. Überhaupt standen Studenten in Amerika ganz anders vor ihren Professoren, als sie damals in Marburg und Heidelberg gestanden hatte.

Was für eine beeindruckende Erscheinung Jaspers doch immer für sie und ihre Kommilitonen gewesen war, vornehm und unnahbar. Sie hatte seinen Ausdruck nie vergessen, als er sie nach dem Thema ihrer Doktorarbeit gefragt hatte, und vor allem, wie er ihr zugehört hatte. Ernst und mit kaum angedeutetem Lächeln hatte er sie angeblickt, von hoch oben zu ihr herunter, ganz Ohr, ganz da.

»Liebe, na ja, Fräulein Arendt, ist das denn ein Forschungsgegenstand?«

Und ob. Und wie es das war! Der augustinische Liebesbegriff, genau ihr Thema. Sie hatte losgelegt, und je mehr sie sich ins Feuer geredet hatte, desto heller war sein Gesicht geworden. So wie im Hörsaal, sogar noch heller.

Jaspers hatte sie trotz seiner Zweifel gewähren lassen. Dass das Thema nicht ganz koscher war für eine philosophische Dissertation, war ihr egal gewesen. So war sie Doktorin über und auch aus Liebe geworden.

Von New York aus hatte sie Jaspers nach Jahren des erzwungenen Schweigens wieder geschrieben und die Weite der Welt versprochen. Ihr nächstes Buch trage den Titel *Amor mundi*, aber dieses Buch wurde dann doch nicht fertig geschrieben, genauso wie das *Buch Hannah. Von der Unabhängigkeit des Denkens.* Sie war ziemlich erleichtert gewesen, als Karl ihr mitteilte, das würde er nun doch nicht mehr schaffen.

Und überhaupt, Karl ganz allein gegen eine organisierte Horde, das wäre wirklich nichts für ihn gewesen.

Ein Mensch ist mehr, als er über sich selbst weiß.

Jaspers Worte hatten ihr in den schlimmsten Situationen geholfen, derer sie sich entsinnen konnte. Von Martin kein Wort, als das deutsche Eichmann-Buch erschienen war, und auch nicht zu ihren öffentlichen Auftritten, dabei hatte der doch wohl auch einen Fernseher.

Karl hatte ihr *immer* geschrieben, sobald er in einer Zeitung oder sonst wo etwas gelesen hatte. Auch nach dem Interview im deutschen Fernsehen hatte er ihr Mut gemacht, mit Sätzen, die sie nie vergessen würde.

Wer kann sich heute so auf sich verlassen, wie Du es hier getan hast.

Sie war dankbar für seine Loyalität, als der Sturm sich auch in Europa über ihr zusammenzubrauen begann. Golo, dieser andere Jaspers-Schüler, hatte eilfertig mitgeholfen, den Tornado nach Europa weiterzupusten, sodass sie bald nicht mehr wusste, wo in aller Welt sie denn noch den Fuß hinsetzen konnte. Jaspers hatte dann mit Golo gebrochen.

Im Glockenstuhl knarrte es einen Moment, dann schlugen zwei Glocken in unregelmäßigen Abständen. Diese eigenwillige Bimmelei kenn ich nur aus dem Tessin.

Sie blickte hinüber zum Eingang des Maggiatals. Steil hinauf geht's. Ob der alte Verleumder immer noch irgendwo da oben am Berg hockte?

Sich selbst sein, das ist das ganze Leben.

Jaspers hatte ihr gültige Worte zurückgelassen. Von denen lebte sie jetzt. Ihre Hände befühlten die grob behauene Steinbank. Ein Ding aus der Tiefe der Erde, und genauso urzeitlich fühlte sich der Granit an. Was nicht mehr in Bewegung ist und lebt, erkaltet und wird fest. So ist es auch mit Geschichten.

Man kann sie erst erzählen, wenn sie zu Ende sind. Wenn sie fertiggelebt sind. Auch die Geschichte der Jaspers. Sie waren eine geistige Produktionsgemeinschaft gewesen. Was für ein besonderes Ehepaar, das Heinrich und sie begleitet hatte. Nun war sie übrig geblieben, sie und ihre alte Zauberformel für Heimat, die sie für Jaspers gefunden hatte. Wenn andere Menschen im selben Sinne verstehen, wie ich selbst verstehe.

Ein kleiner Stein, der auf der Bank lag, geriet in ihre Finger. Sonnenwarm. Seine Unterseite sah aus wie die obere. Bei den meisten Dingen dieser Welt war das anders. Wer denkt, weiß das. Denken heißt ja, die Dinge umdrehen und auch die andere Seite anschauen. Manchmal krabbelt was an der Unterseite, wie bei Steinen. Das hatte sie auf ihrer ersten Deutschlandreise nach dem Krieg und auch in Jerusalem getan, aber was für Felsbrocken hatte sie umgewälzt! Nein, sie hatte sich nie geschont, und auch ihre Studenten nicht, früher in Kalifornien, aber auch die im Mittleren Westen nicht und keinesfalls die in Deutschland und in New York.

Was diese Jungen nicht alles fragten! Muss Nixon ins Gefängnis? Nehmen Sie die Ehrenmitgliedschaft unseres Komitees für mehr Frauen in der Politik an, das würde unserer Sache sehr dienen? Ist Gerald Ford nicht überfordert? Werden die Demokraten die nächsten Wahlen gewinnen? Was denken Sie über die reale Bedrohung durch den Warschauer Pakt? Gibt es je Frieden in Israel? War Golda Meïr eine gute Staatspräsidentin?

Ausgerechnet ich soll mich dazu äußern? Genug! Nächstes Jahr werde ich mich zur Ruhe setzen. Sie drehte den Stein zwischen den Fingern und dachte an den Alten in Brechts Gedicht, der auf seinem Ochsen davongeritten war.

Und sie gürtete den Schuh. Wäre das nicht ein schöner Titel für ihre Abschiedsvorlesung? Mit siebzig ist's nun auch wirklich Zeit. Aber sie erinnerte sich gar nicht an irgendeine Abschiedsvorlesung an der New School. Hauptsache, man kann sich pensionieren lassen und muss nicht wie ein Ochse ins Joch gespannt bleiben. Nose to the grindstone und so.

Und bei Interviewanfragen der Presse würde sie nun auch hart bleiben, manche belagerten sie ja förmlich. Ein französischer Journalist war ihr sogar bis nach Tegna gefolgt, da war sie weich geworden. Aber dieser Errera hatte sie eben ein wenig an Alain erinnert, obwohl er längst nicht so gut aussah wie ihre Bekanntschaft aus Jerusalem. Aber zum letzten Mal, nie wieder würde sie ein Interview geben!

Sie umschloss den Kiesel mit den Fingern. Er fühlte sich in ihrer Hand so gut an. In einer Zeit, die nur Steine kennen können, hatte die Maggia ihn glatt und klein gewaschen. Ob das wohl die Größe eines Schwalbeneis war? Er war zu rund, um zu tanzen. Heinrich hatte manchmal Steine über den Fluss flitzen lassen.

Sie steckte den Stein in ihre Jackentasche und schloss die Augen. Wirklich ein strahlend schöner Sommer, diese Hitze ohne Feuchtigkeit ist ein Glück.

Mit beiden Händen stützte sie sich auf der Bank ab, wippte leicht vor und zurück und kam fast mühelos auf die Beine. Sie legte eine Hand an die Mauer des Turms. Diese Seite lag noch im Schatten und war angenehm kühl. Mit der anderen nahm sie ihre Tasche.

Wenn sie den Brief noch vor Mittag einwerfen würde, müsste Martin ihn eigentlich übermorgen haben. Als der Umschlag durch den Schlitz glitt, freute sie sich auf Pinas Polenta, heute hoffentlich wieder mal mit Steinpilzen. Dann ging sie über den Platz zur Osteria.

6 Menschen ohne Schatten

Wiesbaden und Köln, Januar und Februar 1950

Ihre Schritte knirschten auf dem Kiesweg. Das Wasser war gefroren. Ein paar Enten standen mitten auf dem Teich, watschelten im Mittagslicht, das matt durch den Nebel drang, und schnatterten drauflos, als wären sie auf einer Konferenz.

Inmitten von Ruinen, Schutt und Staub staunte sie fast über die Unbekümmertheit der Tiere, denen die tiefe Trauer in ihrer Stadt nichts anhaben konnte. Anders als die Tennisplätze im Kurpark und vieles andere, was nur für Amerikaner reserviert war, waren die Enten für alle Menschen in Wiesbaden da.

Sie stand still und schaute zu, wie das Federvieh übers Eis flog und dann, nur wenige Meter vor ihr, mit den Füßen abbremste wie Schlittschuhläufer in gelben Schuhen. Schon während der Landung parlierten sie munter. Offenbar waren auch sie hungrig, aber sie hatte kein Brot gekauft, nur zwei Ansichtskarten für ihre Neujahrswünsche.

Dieses Geschnatter ersetzt mir die Silvesterparty, die ich zu Hause verpasst habe. Heinrich hat bestimmt eine gegeben. Die zwei Monate waren anstrengender gewesen als erwartet, und dann noch der Ärger mit Heinrich, dass er sie so lange auf Briefe warten ließ. Das Licht blendete, sie schloss kurz die Augen. Für ihr Rumgehetze konnte Heinrich natürlich nichts, auch nicht für seine Nierensteine, aber sein Schweigen machte sie fast meschugge. Natürlich hatte sie sich nicht gerade Erholung erhofft, als sie Salo Barons Angebot angenommen hatte.

»Das ist kein Job wie jeder andere.«

Umso besser, hatte sie damals gedacht. Baron wird schon wissen, warum er will, dass ich für die Jewish Cultural Reconstruction an den Rhein fahre. Doch wie kehrt man dorthin zurück, wo mal zu Hause gewesen war?

Sie hatte sich ausgemalt, wie es wäre, wenn sie zum ersten Mal nach ihrer Flucht wieder in dem Land sein würde, in dem jetzt die Sieger Tennis spielten und die Verlierer um amerikanische Zigaretten bettelten. Würde sie dem zerstörten Deutschland einen Besuch abstatten wie einem kranken, alten Onkel, der wundersamerweise noch am Leben war? Oder einem Geliebten, der sie verraten hatte und mit dem, Jahre später, vielleicht so etwas wie eine Aussprache möglich wäre? Erinnerte Martin sich überhaupt an das, was passiert war? Oder hatte ihn die mysteriöse Demenz befallen, die hier nur ganz wenige verschonte?

Sie wusste, wonach sie in Schutt und Staub suchen würde. Nach einem fühlenden, denkenden Wesen, einem Menschen, der die Last unserer Zeit so wahrnähme wie sie selbst. Ob das ein Titel für ihr Buch wäre, *The Burden of Our Time?*

So war sie die Treuhänderin der Kulturgüter der deutschen Juden geworden, die es nicht mehr gab. Sie musste sicherstellen und katalogisieren, was die Nazis aus Synagogen und Schulen, Bibliotheken und Privathäusern geraubt hatten. Lauter Dinge, die nun besitzer- und erbenlos waren. Ihr Terrain war die ganze amerikanische Besatzungszone, und die war nicht klein.

Außerdem gab es dort drei Städte, die sie zu dem Menschen gemacht hatten, der sie sein wollte: als Studentin Marburg und Heidelberg und als Forscherin Frankfurt. Sie musste jetzt oft an diese Jahre zurückdenken. Damals war das kommende Unheil noch in Staub und trocknem Schlamme verborgen gewesen, aber der große Gottfried Keller in Zürich hatte ja beschrieben, wie es dem schlimmen Leben gelingt, wach zu werden.

In Frankfurt hatten Günther und sie noch mit Rilke und

Rahel und Musiktheorie gerungen, bis 1930 ein Professor zu Geduld mahnte. Erst würden sie jetzt mal ein paar Nazis habilitieren, für ein Jahr oder so, und wenn die dann abgewirtschaftet hätten, werde Günther schon Professor. Denkste.

Sie waren sofort nach Berlin gezogen, und der Optimismus auch dieses Professors war nicht ungestraft geblieben. Die Nazis, denen er zum Lehrstuhl verholfen hatte, warfen ihn ihrerseits bald raus. Jetzt könnte man sich in New York wiedersehen, aber darauf verzichtete sie gern.

Und nun inventarisierte sie eben. Machte Listen über Listen, schrieb Field Report über Field Report für den JCR, damit das alles wieder dem jüdischen Gemeindeleben zugeführt werden konnte, in dem noch ganz jungen Staat der Juden oder anderswo. Thorarollen, goldene Leuchter, Ritualgegenstände, Heiratsverträge, ganze Bibliotheken mit Büchern und Handschriften füllten die Depots der Sieger.

Für Israel war Scholem zuständig. Immer wieder machte er lautstark klar, dass das Land und insbesondere die Hebräische Universität, an der er lehrte, als absolut prioritäre Destination der Kulturgüter zu gelten habe. Sie sah das anders.

Sie öffnete die Augen. Die kleine Pause hatte sie erfrischt. Wie die Entenhintern über das Eis wackeln! Jede folgt ihrem Schnabel, hierhin und dorthin. Den Menschen, den sie für die vermeintliche Nahrungsquelle gehalten hatten, ließen sie hinter sich.

Thorarollen, die in Frankreich aufbewahrt wurden, sollten in die Londoner Synagoge kommen, ebenso wie Bücher aus der Hochschule in Berlin, an der Rabbiner Baeck viele Jahre lang gelehrt hatte, bis er nach Theresienstadt deportiert worden war, ja, das würde sie Salo Baron vorschlagen. Das Wichtigste war doch, dass keine Menorah mehr in Deutschland blieb, dass die Mörder nicht zu Nutznießern der ermordeten Juden wurden. Deshalb hatte die amerikanische Regierung den JCR ja eingesetzt, für dieses Ziel forschte sie hier in Wiesbaden, so handfest wie nie zuvor in ihrem Leben. Ihre Füße waren kalt geworden, sie drehte sich um und wollte in ihr Zimmer zurück. Dort wartete Arbeit.

Sie schätzte das Vertrauen, das Baron schon früh in sie gesetzt hatte, für diese Aufgabe kämen nur zuverlässige Leute mit Höchsteinsatz infrage. So hatte er es ausgedrückt.

Von einem Bekannten aus General Pattons Third Army wisse er, wie unerbittlich der nach der Reichskrone hätte fahnden müssen. Hitler hatte sie mit dem gesamten Reichsschatz versteckt unter einer Ladung Heringe nach Nürnberg abtransportieren lassen. Der Bekannte, nun ein renommierter Kunsthistoriker aus Kalifornien, habe sie schließlich ausfindig gemacht, beim Bürgermeister, der nach der Kapitulation beteuert hatte, er habe »einfach nur ihre Sicherheit« im Sinn gehabt. Aber mit Lügen müsse man rechnen, wenn eine Terrorherrschaft sich binnen Stunden in einen Rechtsstaat zurückverwandelt haben will.

Solche Detektivarbeit blieb ihr nun ebenso erspart wie das Wühlen im Schutt. Jüdische Bibliotheksleiter hatten in weiser Voraussicht ihre gesamten Bestände aufgelistet, bevor die Nazis über sie hergefallen waren und die wertvollsten Stücke nach Berlin bringen ließen. Jede Beschlagnahmung war von den Nazis säuberlich dokumentiert worden, und diese Verzeichnisse halfen ihr jetzt gewaltig. Noch in New York hatte Baron ihr alles in Kopie ausgehändigt, fast jedes Blatt signiert vom Leiter der Sonderabteilung, Adolf Eichmann.

Als sie die Unterschrift immer und immer wieder gesehen hatte, war ihr in den Sinn gekommen, dass sie diesen Namen von den Nürnberger Prozessen her kannte.

Wie typisch, diese Sucht der Nazis, an die Existenz ihrer Gegner durch spezielle Museen zu erinnern! Mehrere Dienststellen stritten erbittert um die Ehre, antijüdische Museen und

Bibliotheken zu errichten, bis die Verwaltung der Beute an jene Sonderabteilung der Gestapo überging. Dieser eigenartigen Manie verdanken wir die Rettung eines großen Teils des jüdischen Kulturguts in Europa!

»She is a good girl.«

Das hatte Baron immer wieder zu Heinrich gesagt, und dem war es auch gar nicht schwergefallen, stolz zu sein. Typisch Männer. Was sollte man da machen, Herablassung dieser Art war ihnen kaum auszutreiben, sie steckte es weg.

Wichtig war, dass Baron ihre Field Reports und vor allem ihre Totalitarismusforschung schätzte, denn Baron war ihr Leser. Das zählte für sie weit mehr als seine Professur für Jewish Studies an der Columbia University. Salo respektierte ihren Stil und Tonfall. Er schätzte ihre Gewissenhaftigkeit und sie seine Ehrlichkeit.

Nun hatte er ihr Totalitarismusmanuskript gegengelesen, Heinrich hatte die »dicke Post« schon angekündigt und sie beruhigt, das werde nicht so wild, es seien ja nicht mal fünfhundert Seiten, das würde sie über Silvester neben der Arbeit in Wiesbaden locker schaffen.

Der Packen, gespickt mit Barons handschriftlichen Kommentaren, lag jetzt auf ihrem Zimmer. Er war streng gewesen, sehr richtig, genau das hatte sie sich gewünscht. Sie konnte es kaum erwarten, alles zu prüfen und das Buch dann zum Satz zu geben. Wenn alles gut ginge, bekäme sie die Korrekturfahnen im Spätsommer.

Es war ihr erstes Buch, das sie in Amerika geschrieben hatte, und auch ihr erstes richtig dickes Buch, das veröffentlicht werden sollte. Ihre Vorfreude wäre noch größer, stünde die arme Rahel nicht wie ein Aschenputtel daneben, schlimmer noch, verstaubte in der Schublade. Ob sie je auf einen Platz im Schaufenster einer Buchhandlung hoffen durfte?

Barons Anfrage hatte den Stein ins Rollen gebracht. Er

hatte sie aus einer Anstellung befreit, ja, aus einem Office, und damit aus der stupiden Überwachheit von Büromenschen, die tüchtig spielten und im Grunde nur chronisch verschlafen waren. Umso besser, denn sie war wirklich nicht zum Jobholder gemacht.

Ursprünglich hatte sie sich ja als Lektorin im Schocken Verlag anstellen lassen, weil sie Großes im Sinn gehabt hatte. Schocken hatte Geld, da müssten doch größere Würfe möglich sein. Kafka und andere Kronprinzen der Literatur herausgeben! So ein Job sollte doch gehen, neben dem bisschen Geschichtsunterricht am Brooklyn College, ihrem Kurs über Diktaturen für heimkehrende Soldaten. Und das tat es auch wirklich, swimmingly, genau, wie sie es sich vorgestellt hatte.

Nur im Verlag, da liefen die Dinge nicht wie gewünscht. Zu viele Projekte mussten auf Eis gelegt werden. Ausgebremst werden, das war nicht ihre Sache, aber was kann man tun, wenn ein Verleger zaghaft ist? Und überhaupt, was für ein Unding, dieser Literaturbetrieb, wenn sogar Kafkas Tagebücher an einer Deadline hängen! Aber sie und aufgeben, nur weil Schocken der Mut oder der Sinn dazu fehlte? Ihr Herzblut steckte doch in den geplanten Büchern!

Wenigstens lag ihre große Kafka-Ausgabe nun vor. Das war tröstlich und auch, dass sie ihr Totalitarismusbuch fast nebenher geschrieben hatte. Am Ende wusste sie aber, dass man von einem reichen Mann bestenfalls snobistischen Nonsens erwarten darf. Dieser Aufbruch war fällig gewesen. Gutes Timing, Baron! Ja, dem schicke ich auch einen Neujahrsgruß.

Auf dem Weg zu ihrer Unterkunft kam es ihr plötzlich absurd vor, dass sie diese Ansichtskarten gekauft hatte. Das Rathaus gab es gar nicht mehr. Warum verkauften die Deutschen keine Ansichtskarten mit Ruinen und Schuttbergen? Auch die Trümmerbahn, die sie nicht nur in Wiesbaden gesehen hatte, und die geschäftigen Lokführer mit ihren Gehilfen würden sich auf einer Ansichtskarte gut machen.

Je länger sie über die Stadtansichten nachdachte, desto surrealer fand sie sie. Es gibt doch diesen Maler, der in Farben philosophiert, der könnte doch unter die fiktiv gewordenen Wahrzeichen *Ceci n'est pas une cathédrale* schreiben.

Himmel noch mal, wie kann man nur so tun, als wäre gar nichts gewesen? Nein, sie würde die Postkarten selbst behalten, als Erinnerung an diese Reise.

Ihre Mission war noch nicht zu Ende, und die eine Hoffnung hatte sie noch nicht aufgegeben. Vielleicht begegne ich ja doch noch jemandem, der die Wirklichkeit nicht einfach mit einem Achselzucken abwehrt. Sie bog in die Alexandrastraße ein, stieß die Tür zum Military Club auf, in ihrem Zimmer warf sie den Mantel aufs Bett und setzte sich wieder an den Schreibtisch.

Barons Handschrift war leicht zu lesen. *The Origins of Totalitarianism*, stand da, und in Klammern, ja, dieser Titel scheine ihm passend, das sei Pionierarbeit. Das Buch enthülle zum ersten Mal, worin die politische Tragödie des Menschen im zwanzigsten Jahrhundert wurzle.

Barons wohlwollende Einschätzung eignet sich sogar für den Umschlag, dachte sie. Die Nazis haben das Bewusstsein der Deutschen darauf getrimmt, Wirklichkeit nicht mehr als unumstößliche Fakten wahrzunehmen. Ständig wechselten die Parolen, die heute für wahr ausgaben, was morgen schon falsifiziert war.

Wenn mein Buch eines Tages in diesem Deutschland erscheinen sollte, würde ich eine gigantische Grube auf den Umschlag tun und gleich darunter diesen Text drucken.

Das ist keine Grube. Das ist eine Errungenschaft des Totalitarismus. Werft die unwillkommene Wirklichkeit hinein.

All die Tatsachen, an die sich niemand erinnern kann, all die Toten, die niemand vergast haben will.

Sie lehnte sich zurück und spürte die kurze Stille, die sich einstellt, bevor der nächste Atemzug die Brust wieder bewegt. Sarkasmus, dachte sie, ist im Grunde nichts anderes als ein weiter Bogen um das eigene Herz. Angesichts des Unfassbaren gibt es nur Umwege. Auch ein Gedicht könnte einer sein.

Die dünne Schneedecke nahm den Ruinen ihre Schärfe und machte die Landschaft menschlich. Sie war froh, dass sie am Fenster saß, so reiste immer ein Stück Himmel mit, im Moment fast wolkenlos.

Schon sechs Wochen des neuen Jahres aufgebraucht und immer noch am Herumgondeln. So ein blöder Scherz von Heinrich! Diese Knochenarbeit hatte rein gar nichts von Gondeln. Warum hat der nur so verdammt lange nicht geschrieben? Lag es an diesen Untermietern, an die sie zwei Zimmer vermieteten, während sie in Europa war?

»Ein Paar mit Kleinkind, meinst du, das geht, Stups?«

»Na klar, wird schon gehen, wie früher, als wir und Mutt Küche und Bad mit den anderen Mietern teilen mussten.«

»Immerhin fünfzig Dollar im Monat.«

»Keine Frage, bis du zurück bist, leb ich eben im Provisorium.«

Aber war das nun der Grund, sie so im Stich zu lassen? Nicht mal Hilde hatte was aus ihm rausbringen können. Nur Ausflüchte.

»Hannah, alle Ehemänner, auch die Sorte von meinem, sind eine Bagage. Man sollte sich niemals ärgern – und tut es doch.«

Zwar lieb gemeint von Hilde, die da schon fast im Sterben lag, aber geholfen hatte es nichts. Sie hatte dann einen bitterbösen Brief geschickt, da bekam Monsieur prompt eine Nierenkolik, und sie antwortete wieder ganz zahm. Ja, Heinrich, das Pferdchen trabt nun in den Stall heim. Es hat sich genug herumgetrieben. Man kommt halt doch nicht ohne die Männer aus, ist doch wahr!

Sie würde etwas ramponiert heimkommen, aber ihr Hexenschuss ließ sich mit Atophan unter Kontrolle halten. Sie konnte es kaum erwarten, aufs Schiff zu kommen, Anfang oder allerspätestens Mitte März. Auf der Queen Mary würde sie endlich ausschlafen.

Ihr Notizheft lag aufgeschlagen auf ihren Knien. Der Zug wackelte nur wenig, sie schaffte es sogar, leserlich zu schreiben. Zum ersten Mal hatte sie einen Moment für sich und konnte dem nachspüren, was ihr so sehr ans Herz ging in der Heimat, die dieses kaputte Deutschland einmal gewesen war.

> Flüsse ohne Brücke
> Häuser ohne Wand
> Wenn der Zug durchquert es –
> Alles unerkannt

Viel war es nicht, was ihr da zuflog auf dem Weg nach Koblenz. Worte wie Trümmer, die Frauen und Kinder schön ordentlich auftürmten. Auch sie stellte die Brocken nebeneinander, als machte sie Inventar von dem, was in Deutschland nach dem Krieg noch vorhanden war.

> Menschen ohne Schatten
> Arme ohne Hand

Der Wagen war voll. Alle wollten irgendwohin. Die meisten reisten in der dritten Klasse, wie sie mit Gepäck, aber sie hatte noch mit niemandem gesprochen. Das änderte sich erst, als in Bonn ein junger Mann zustieg und in ihr Abteil trat.

»Entschuldigen Sie bitte, darf ich meine Tasche auf Ihren Koffer legen? Die Gepäckablagen sind leider voll.«

»Natürlich. Auch der Platz hier ist frei.«

Der junge Mann nickte ihr freundlich zu und setzte sich ihr gegenüber. Groß gewachsen, mit hellem Blick, um die dreißig.

»Johannes Zilkens, sehr angenehm. Verzeihen Sie, ich habe die Adresse auf Ihrem Koffer gesehen, Ihren Namen, also ich vermute, Sie sind aus Amerika zurückgekommen?«

»Nur für eine Dienstreise. Und Sie, leben Sie in Bonn?«

»In Köln. Darf ich Sie nach Ihrem Eindruck fragen?«

»Gern, aber Eindruck wovon?«

»Nun, nachdem der Krieg und der ganze – Spuk vorbei sind, würde mich interessieren, was Sie für einen Eindruck von Deutschland haben.«

»Sie sind der Erste, der so was fragt, Herr Zilkens.«

»Das kann ich mir schon vorstellen. Ich erlebe es täglich, wissen Sie, ich mache gerade den Facharzt, Pädiatrie, und höre erst mal nur zu.«

»Und was erfahren Sie?«

»Fast nur schweigende Mütter ohne Männer. Familien ohne Väter, ohne Brüder. Die Toten in Russland oder sonst wo und die Kriegsinvaliden, die nach Hause zurückgekehrt sind, oft nicht mehr ansprechbar. Und dann die Kriegsgefangenen in Sibirien, bei denen man nicht weiß, ob sie die Post bekommen. Niemand will wirklich sehen, was mit uns allen geschehen ist. Aber ich wollte ja Sie fragen –«

»Und was erfahren Sie von den Kindern?«

»Das ist ein trauriges Kapitel, aber deshalb bin ich Kinderarzt. Eine tiefe Verlorenheit ist in den Kindern. Sie haben niemanden. Sie wachsen ohne Väter und mit verstockten Müttern auf. Manchmal, wenn so eine Frau vor mir sitzt, mit steinharten Händen, weiß ich, warum die Kinder alle so tapfer sind. Es bleibt ihnen gar nichts anderes übrig. Sogar die Kleinsten scheinen nichts mehr zu empfinden. Niemand will hören, was in den Familien vor sich geht.«

»Vor lauter Gehorchen hat man das Zuhören verlernt.«

»Also, Frau Arendt, ich bin ganz Ohr! Welche Eindrücke haben Sie hier in Deutschland gesammelt?«

Zilkens schaute sie an wie schon lange niemand mehr. Unverwandt.

Sie begann, ihm von ihrer Arbeit zu erzählen, dass sie im Auftrag einer jüdischen Organisation forsche, die die US-Regierung eingesetzt habe, und dass sie schon ganz viel aufgestöbert habe, dass sie auch nach Frankreich und sogar zum ersten Mal in ihrem Leben nach London gereist sei. Dass die Franzosen sich jetzt dumm und dämlich essen, die Deutschen sich aber mit Arbeit betäuben würden, dass die Engländer am wenigsten servil und deshalb so angenehm seien. Wie unfassbar sie alles fand, und dass sich das Wesentliche kaum erzählen ließe, behielt sie aber für sich.

Zilkens' Augen waren lebendig, reagierten auf ihre Worte und blickten drein, als wünschte er sich, die Zugfahrt würde nicht so bald enden. Sie freute sich, dass ihr Erzählen ihn zu vergnügen schien oder nachdenklich machte, er also innerlich mitging. Das kurbelt das Gespräch an. Man erzählt lieber, wenn jemand wirklich zuhört.

»Und die Kinder?«, fragte Zilkens.

»Es kommt mir so vor, als würde die Jugend hier in dem verrückten Arbeitsrausch ersticken. Aber das können Sie wohl besser beurteilen. Oder behandeln Sie keine Jugendlichen?«

»Doch, doch, im Moment sogar junge Erwachsene. Übrigens haben Sie Talent, Frau Arendt, ich könnte Ihnen stundenlang zuhören.«

»Das hat mir noch niemand gesagt.«

»Wirklich? Das Schönste ist doch, wenn ein Journalist ein Gefühl für Atmosphäre und für Stimmungsumschwünge hat, wie jetzt hier, in Deutschland vor und nach dem Krieg.«

»Zwar bin ich nicht als Journalistin hier, aber darüber habe ich mir auch schon Gedanken gemacht. Sollte ein Journalist so was wie eine semipermeable Membran sein, die die Stimmung aufnimmt? Oder eher wie ein Thermometer, das die Temperatur eines Landes oder einer Situation misst? Was denken Sie?«

»Hm, gar nicht leicht zu entscheiden, aber ich glaube, beides wäre ein Kunststück, weil ein Reporter ja nur wenige Monate in einem Land sein kann, wenn überhaupt. Die Redaktionen sparen überall. Mit Ihren Metaphern kann ich mich also nicht anfreunden, aber ich spüre und schätze die Stilistin in Ihnen! Ich möchte doch sehr hoffen, dass Sie über Ihre Reise berichten, hier natürlich!«

»In einer deutschen Zeitung?«

»Ja, Report from Germany! So was würde ich verschlingen! Die Feldberichte, die Sie für Ihr Büro schreiben, sind bestimmt nicht langweilig, aber eine richtige Reportage wäre doch was.«

»Na, Ihr Titel gefällt mir, Herr Zilkens. Solange der Bericht über Deutschland nicht in Versen zu sein braucht.«

»Damit handelt man sich mehr Ärger als nötig ein, fragen Sie nur Heine. Aber ich hätte Freude am Wintermärchen einer Amerikanerin.«

»Ich bin staatenlos.«

»Ah ja, aber ist es denn mehr als eine Frage der Zeit, bis Sie die amerikanische Staatbürgerschaft bekommen?«

»Ich hoffe nicht, aber man kann nie wissen.«

»Ich warte auf Ihre Reportage. Es ist doch so, dass Fremde oder zu Fremden Gewordene, wenn ich so sagen darf, anders beobachten. Sie sehen Dinge, die wir übersehen.«

»Nicht sehen wollen.«

»Ja, genau, das ist es, was wir den Amerikanern und allen

Alliierten verdanken: dass sie '45 den Krieg beendet haben, aber viel mehr noch, dass sie die Kerle aus ihren Winkeln geholt und das Ganze juristisch angepackt haben. Waren Sie vielleicht auch in die Prozesse in Nürnberg involviert?«

»Nein. Aber die Versuchung, nach Nürnberg zu fahren, war groß, das kann ich Ihnen sagen! Ich bin zum ersten Mal hier, seit '33.«

»Das braucht Mut.«

»In ein paar Tagen reise ich nach Berlin, nach siebzehn Jahren wieder Berlin.«

»Dort wird es leichter für Sie sein. Die Berliner sind von uns allen am wenigsten unterzukriegen.«

»Aber wie es einen dann wirklich ankommt, weiß man eben doch nie im Voraus. Wie man's verkraftet.«

»Ja, sogar Journalisten überwältigt es manchmal. Obwohl die sich wie unbeteiligte Zuschauer fühlen könnten, aber das ist wahrscheinlich die andere Seite der Medaille, von der wir vorhin sprachen. Die besten Reporter erfassen das Fühlen und Denken eines ganzen Landes in einem besonderen historischen Moment. Wirklich klasse!«

»Sie sind kein Ingenieur, Zilkens.«

Sie fand sein Lachen äußerst sympathisch, auch, dass er konterte, »nichts gegen Ingenieure, mein Großvater war einer.« Als er bemerkte, dass der Zug nicht mehr weit von Köln entfernt war, sagte er schnell, jetzt sei aber sie dran mit Zuhören. Frauen hätten's da ohnehin leichter. Wirklich charmant, dieser Junge! Sie zündete sich eine Zigarette an und lauschte.

»Wissen Sie, '45 habe ich mein Medizinstudium wieder aufgenommen und als Nachtwache gearbeitet. Auf Station habe ich so gut es ging den ganzen Gerichtsprozess am Radio verfolgt. Besonders die Stimme aus dem Nordwestdeutschen Rundfunk hat mich damals gefesselt, der Berichterstatter muss jung gewesen sein, er hatte einen italienischen Namen, klang eindringlich und unbestechlich. Im Lauf der Verhandlungen wurde sein Ton zorniger, ja, verzweifelt. Was ist denn da los, dachte ich mir damals, ein Journalist dokumentiert doch so eine Gerichtsverhandlung nicht anders als einen Verkehrsunfall, objektiv, wie eine Kamera.«

»Und wann fiel der Groschen?«

Der Schaffner stand vor ihnen und fragte nach den Fahrkarten der Zugestiegenen. Zilkens streckte sein Billett hin, ohne den Blick von ihr zu nehmen. Seine Augen hatten etwas Quecksilbriges, nur wärmer.

»Ich war ja nur Radiohörer, was wusste ich denn schon, als Student vor dem Staatsexamen. Aber Abend für Abend wurde mir klarer, mit welchen Erwartungen dieser Journalist in den Gerichtssaal gekommen war, um die Hauptkriegsverbrecher zu sehen und zu hören, und wie ihn ein Verhör nach dem anderen enttäuschte. Er war fassungslos, dass kein Einziger auf der Anklagebank seine Maske fallen ließ. Von gewissen Männern, und das wusste er natürlich, wäre das kaum zu erwarten gewesen –«

»Göring.«

»Ja, der zum Beispiel, der feixte ja bis zum Ende, aber sonst einer, irgendeiner müsste sich doch in seiner Dämonie fassen lassen, doch darauf hatte eben auch dieser Reporter vergeblich gewartet. Er sah nur eines. Alles banaler Durchschnitt und hundsnormaler Gehorsam.«

»Eine Bande, gemeinsam durch dick und dünn, nichts weiter als Gefolgschaftstreue. So kam es durchs Radio, ich erinnere mich, Herr Zilkens.«

»Ich werde nie vergessen, wie die Wut diesen Journalisten fast um den Verstand gebracht hätte, so schien es mir jedenfalls. Das berührte mich damals sehr, und ich konnte mich kaum mehr beruhigen.«

»Objektivität muss sein.«

»Und wenn ein Journalist wirklich nur ein leerer Geist mit einer übersteigerten Sensibilität ist?«

»Er wird den Preis dafür zahlen. Wenn ein Reporter der Versuchung nachgibt, sich in eine Mission zu stürzen, hört er auf, Reporter zu sein.«

»Aber wissen Sie, was dieser Berichterstatter als eigentliche Perversität der Nazis bezeichnet hatte?«

»Ihre Fantasielosigkeit?«

»Darauf wäre ich jetzt nicht gekommen, nein, stimmt aber! Die Mörder beriefen sich für all ihre Verbrechen auf die buchstabengetreue Umsetzung von Gesetzen, Erlassen, Vorschriften und Regeln.«

»Zilkens, die absolute Fantasielosigkeit ist eine Errungenschaft des Totalitarismus. Ich habe ein Buch darüber geschrieben.«

»Wirklich? Das will ich lesen. Wo ist es erschienen?«

Sie nannte den Titel und den amerikanischen Verlag. Als Zilkens einen Notizblock, ein Buch und eine Füllfeder aus der Mappe zog, fuhr der Zug bereits langsamer. Es konnte nicht mehr weit sein bis zum Kölner Hauptbahnhof. Zilkens notierte ein paar Worte auf einen Zettel, dann noch vorn in das Buch, und sprach dabei hastig weiter.

»Hoffentlich erscheint es bald auf Deutsch, lassen Sie mich bitte wissen, sobald es da ist. Hier ist meine Adresse. Und das hier nehmen Sie bitte als Andenken an Ihre Dienstreise mit, ein Kriegstagebuch, sehr interessant, bin gespannt, ob es Ihnen zusagt.«

Zilkens drückte ihr kräftig die Hand, nahm seine Mappe und stand auf.

»Auf Wiedersehen, Frau Arendt, und ich meine das auch wirklich so, auf Wiedersehen!«

Dann eilte er aus dem bereits stehenden Zug. Ihre Augen suchten ihn auf dem Bahnsteig vergeblich.

Als der Zug mit einem Ruck wieder anfuhr, öffnete sie das Buch. *Strahlungen* von Ernst Jünger, datiert und mit Widmung, wie es sich gehört, und auf dem Zettel stand Salomonsgasse.

Der Zug fuhr über den Rhein, ganz rechts konnte sie die Türme des Doms erhaschen. Dritte Klasse ist gut genug, dachte sie, wenn so ein netter junger Mann mitfährt.

7 Komm und nimm und gib

Tegna, 29. Juli 1975

Sie lag im Bett, wohlig und fest durch die Kissen gestützt, und lauschte in die Nacht hinein. Durch die sperrangelweit geöffneten Fenster schimmerte der Himmel, der Mond war nicht zu sehen, das Zimmer selbst war dunkel. Sie hatte gelernt, sich für Tessiner Nächte zu wappnen.

Vor drei oder vier Jahren hatte sich eine Fledermaus zu ihr ins Zimmer verirrt, was für ein Schreck war das gewesen, aber Ena war auf ihr Rufen hin sofort herbeigeeilt und hatte sie und das Tier voneinander erlöst.

»Ach, Hannah, alles halb so wild, es ist nur das Licht der kleinen Nachttischlampe, das zieht die Nachtfalter an, und einem von ihnen ist die Fledermaus nachgejagt.«

Ena hatte sich dann zu ihr ans Bett gesetzt und erzählt, wie bunt es die Siebenschläfer nachts trieben. Im Grunde seien sie aber harmlos, ganz anders als die Wildschweine. In der Lombardei drangen Bachen in Rebberge ein, verwüsteten Gärten, bissen sich am helllichten Tag in Collies und noch größeren Hunden fest. Sie habe grausige Bilder gesehen, nein, also auf so was könnten sie im Tessin wirklich verzichten. Sie strich mit den Händen über die Decke und fragte sich, wie der Krimi der Wildschweine wohl ausgegangen war. Ob sie wirklich jenseits der Grenze geblieben waren?

Ena konnte unheimlich spannend erzählen, wie Simenon, der den besten Kommissar aller Zeiten erschaffen hatte, aber ihr Tonfall war heiter, ähnlich wie der in den Kindersendungen im Radio. Richtig schön, dass Ena noch ein Weilchen bei ihr geblieben war.

Radio, das hätte sie als Kind geliebt, aber es fand erst Verbreitung, als sie schon studierte. Benji hatte ihr einmal spät abends und nach viel Wein gestanden, dass er Radiosendungen für Kinder schrieb. Warum nicht, hatte sie gedacht. Und wenn man mit so was sogar Geld verdienen konnte?

Mit den Händen auf der Brust lag sie ganz still, Notizheft und Stift neben sich. So eine dumme Fledermaus sollte ihr nicht noch einmal ins Zimmer kommen. Nur ihr Atem durchbrach die Dunkelheit und bewegte ihre Hände kaum merklich auf und ab. In der Ferne war etwas zwischen Jammern und Jaulen zu hören, das musste wieder die Katze des Nachbarn sein, und aus dem Garten drang ein Rascheln an ihr Ohr.

Dieses Geräusch hatte sie auch am Nachmittag schon gehört, als sie am Steintisch unter dem alten Kakibaum gesessen hatte und der Wind durch Zweige und Blätter gestrichen war, aber jetzt klang es anders. Wie Papier, ja, als blätterte jemand in einem Buch. So klingen nur die Tessiner Palmen, dachte sie. Merkwürdig, wie die Nacht dem einen Sinn etwas raubt, dafür dem andern etwas schenkt. Das Auge hat sein Bild verloren, das Ohr Geräusche gewonnen. Nur kurz Licht, um das zu notieren, dachte sie, knipste die Lampe an und griff sich Stift und Heft.

Die Nacht blättert in den Palmen.

Ist das schon ein Anfang? Sie war sich nicht sicher, erinnerte sich aber, dass ihr die Wörter mitten in einer Vorlesung regelrecht aufs Papier fallen konnten. Besonders in Marburg, in seinen Vorlesungen. Wie leicht ging mir das doch früher von der Hand, dachte sie und legte die Hand über die Augen. Wie ging das nur? Kann man Dichten denn verlernen?

Sie erinnerte sich genau, wie zauberhaft es sich angefühlt hatte. Die Welt und die Sprache führen ein Gespräch, und man muss nur zuhören und mitschreiben. Das Allerbeste, wenn sie sich damals verloren oder einsam vorgekommen war. Sie hatte ihm ihre Gedichte geschickt und er ihr seine Zettel. Alles aufbewahrt und mit aufs Schiff nach Amerika genommen, seine Zettel, Gedichte und auch andere, die er ihr später geschickt hatte. Liegt alles im Sekretär im Schlafzimmer, schön abgetippt.

Warum gibst Du mir die Hand
Scheu und wie geheim?
Kommst Du aus so fernem Land,
Kennst nicht unseren Wein?

Das hatte sie mit noch nicht mal zwanzig geschrieben, ihre Neugier war rein und ganz furchtlos gewesen. Sie wusste noch genau, wie es sich angefühlt hatte. Wie Spielkameraden, die die Tür zu einer verborgenen Kammer aufstoßen und dich hineinlocken. In ein Spiel, das einen jenseits von richtig und falsch führt. In eine Suche, die zum Werk gerinnt. Ja, das Dichten war eine Gabe der Musen, so hatte sie es bei sich und anderen erlebt. Nur passen die verflixt gut auf, was man damit macht. Der Brecht kann ein Lied davon singen.

Ihre eigenen Gedichte kannte sie par cœur, wie ganz viele andere, die sie mochte. Gedichte geben Halt, und Verse haben uns durch die finstersten Momente getragen, als wir uns alle nur noch an Wörtern festhalten konnten. An deutschen Wörtern, so heimatlos geworden wie wir. An den Wörtern unserer Dichter und derer, die so dachten und fühlten wie wir. Dichterisches Denken führte mitten ins Herz ihrer Arbeit.

Wenn sie jetzt nur noch wüsste, wie das damals gegangen war, wie so ein Gespräch in ihr begonnen hatte. Könnte sie dann nicht auch heute diese Tür noch einmal aufstoßen?

Komm mit mir und hab mich lieb.
Denk nicht an Dein Graun
Kannst Du Dich denn nicht vertraun
Komm und nimm und gib.

Die Verse sind so plötzlich wie Martin aufgetaucht. Die musste man nie suchen, wie aus dem Nichts standen sie da, vor mir und fertig.

Das Schreiben ihrer ersten Gedichte hatte sich wie ein Antworten angefühlt, nur anders und tiefer als die üblichen Antworten, die man als Student auf die üblichen Fragen eines Professors gibt. Was von diesem Katheder kam, war von woandersher gekommen. Noch jetzt, fünfzig Jahre später, fühlte es sich so an, zeitlos, ja, wie soll man denn sonst sagen?

Kennst nicht unsere schönste Glut
Lebst Du so allein?
Mit dem Herzen, mit dem Blut
Eins im andern sein?

So einfach war das gewesen, so unverlernbar wie Schwimmen oder was man als Kind sonst so lernt. Aber das stimmt nicht, dachte sie und nahm die Hand von den Augen. Wo ist es denn nur geblieben? Unbekümmert hatte sie damals in ihrer Studentenbude die Kritzeleien aus den Vorlesungsnotizen in ein Heft übertragen, auf ein Blatt Papier und in einen Umschlag für Martin getan.

Bin im Leben ohne Steuer
Über mir nur ungeheuer
Wie ein großer schwarzer neuer
Vogel: Das Gesicht der Nacht.

Fünfzig Jahre oder mehr ist das her. Und Martins Antwort ist ebenso alt.

Ich liebe Dich – ich will, dass Du seiest, was Du bist.

Wie das Kind am Strand, von dem Augustinus erzählte, hatte sie immer nur das Meer in eine kleine Grube geschöpft. Leicht, so leicht war es gewesen, und alles war weiter und weiter geworden. Und jetzt? Sie drehte den Stift zwischen den Fingern. Der Astronautenkugelschreiber lag schwer in ihrer Hand.

Nach ihrem Herzinfarkt hatten ihre Studenten ihn als Geschenk mitgebracht, damit sie liegend schreiben konnte. Sie stützte sich etwas mühsam auf den Ellbogen, lehnte sich langsam zur Seite und tastete mit den Fingern nach ihrem Glas. Cognac, mit etwas Wasser gemischt, so mochte sie ihn abends am liebsten. Wer jung ist, erholt sich schneller. Sie nahm einen Schluck, stellte das Glas zurück, ließ sich in die Kissen zurücksinken. Hier in Tegna kamen die Erinnerungen zurück wie gute, treue Freunde.

Jetzt sah sie, wie der Mond hervorkam und eine Sichelspitze sich ins dunkle Rechteck des Fensters zu schieben begann. Sie stützte sich wieder auf und rückte die Kissen zurecht, sodass ihr Rücken mehr Halt bekam und sie aufrecht sitzen konnte. Sie alle waren hier, ja, und sie waren hier, weil sie sie in sich trug, Heinrich, Karl und Gertrud, auch Wystan und all die anderen, die nicht mehr am Leben waren.

Sie schob den Notizblock auf die andere Seite des Bettes und legte den Stift dazu. Nun denn, wenn sich keine Verse einladen lassen, dann ist es eben so. Sie knipste das Licht wieder aus und rutschte tiefer unter die Decke. Die Maggia verdient ein Nachtgebet, dachte sie noch, als sie es draußen knistern hörte. Sie machte die Augen zu und gab sich der sanften Welle hin, die nun im Kommen war.

8 Rosa

Berkeley, frühe 1950er

Das Fernsehmöbel sah brandneu aus. Vorsichtig drückte sie auf die Taste unter dem eingebauten Bullauge, und als das Bild endlich da war, verschüttete sie fast den Kaffee in ihrer Tasse, die sie in der Hand hielt. Zum ersten Mal ein Fernsehgerät zu Hause, und dann gleich in Farbe!

Schon als sie sich Kaffee gemacht hatte, war sie ins Staunen gekommen. Na, so was, die Schranktüren gleiten von selbst ins Schloss, das nenn ich mal eine moderne Küche. Sie schaltete den Fernseher wieder aus, zündete sich eine Zigarette an und stellte sich ans Wohnzimmerfenster. Ein Stück Bucht, klitzeklein und nur aus der Ferne, aber das war er nun, der Pazifik. Schöne, schöne Welt.

Für die nächsten Monate hier in Berkeley könnte man es sich wohl sein lassen, sofern neben all dem Unterricht und den Sprechstunden überhaupt noch eine Minute für sie selbst bleiben würde. Aber das stand noch in den Sternen. Wenigstens war sie nun eingerichtet, Kleider und Schuhe waren verstaut, der leere Koffer unters Bett geschoben, und auch die Schreibmaschine hatte ihr Plätzchen bekommen.

Sie ging hinüber zum Schreibtisch, drückte die Zigarette aus, spannte ein Blatt ein und begann sofort zu tippen. Seit ihrer Ankunft hatte sie Heinrich noch nicht geschrieben. Was für eine grandiose Reise, diese Eindrücke muss ich festhalten, solange sie noch frisch sind.

Berkeley, 4.2.55

Liebster, wenn einer eine Reise tut – ich jedenfalls hätte jetzt
bereits so viel zu erzählen, dass Du mich zum Teufel wünschen würdest. Also erst mal die Reise. Ja doch, einfach ungeheuerlich.

Sie hielt inne. Leicht, so unendlich leicht tippte es sich, als fe-
derte die Maschine mit ihrem Glück mit. Die Reise im Pullman
hatte sie wirklich für die Technik begeistert, und so was war
noch nie vorgekommen!
Ab Chicago war der Zug ein Traum gewesen, ja, der schönste
Zug der Welt, und nirgends Schlamperei. Im Buffet-Car hatte
sie ausgezeichnet und zudem preiswert gegessen, dann zusammen mit dem Schaffner den Mississippi betrachtet. Nun wusste
sie ganz genau Bescheid über das Lohn- und Pensionssystem
der Eisenbahnarbeiter und viele andere Dinge dieser noch immer sehr neuen Welt. Fahrend könnte man hier Freundschaften
schließen, aber das wirklich Atemberaubende war die Landschaft gewesen.

Als ob man Zeuge der Schöpfung wurde, wie sich aus den
unendlichen Ebenen des ungegliedert Flachen die ungeheuren Berge der Rocky Mountains jäh erheben, ohne allen
Übergang, wie das allerunbegreiflichste reine Felsengestein
von Kafka. Absurd und auch erhaben, aber ganz und gar unmenschlich. Davor der Mississippi im Mondschein, was für
ein Fluss! Dagegen ist der Hudson –

Nanu, jetzt schon? Sie stand auf und ging zur Gegensprech-
anlage. Durch das Knacken hindurch hörte sie ihren Namen.
»I'm waiting for you downstairs.«
Das war Bills Stimme, aber früher als vereinbart. Er wollte

sie zur Party im Department fahren, man feiere den Auftakt des Semesters, wäre doch schön, wenn sie als Gastprofessorin auch käme. Hatte er am Telefon nicht gesagt, es sei nur eine kurze Fahrt? Zum Glück war sie schon angezogen und frisiert.

Sie holte die Handtasche. Dann wollen wir mal sehen, wer diese Kollegen sind, bestimmt wie in Princeton nur Männer. So 'ne Frau ist ja auch ganz nett, solange sie nicht wirklich dazugehört. Im Vorbeigehen blickte sie in den Spiegel, fuhr sich rasch durchs Haar und schloss ihr Apartment ab.

———

Die Lifttür ging automatisch auf, und mit ihr drängte eine Gruppe von Studenten hinaus, alle unterwegs zu ihren Kursen. Die meisten Gesichter wirkten frischer, als sich ihr eigenes anfühlte, aber nach dieser Nacht war nicht viel anderes zu erwarten. Sie blieb abrupt stehen.

Ich muss höllisch aufpassen. Von dieser elenden Hallway gehen doch so viele Korridore ab, letztes Mal hab ich glatt den falschen erwischt. Weiß der Teufel, wie ich heute über die Runden komme!

Die Party war schrecklich gewesen. So mies hatte sie schon lange nicht mehr geschlafen. Das Klima konnte es ja nicht sein, vielleicht der Wein oder diese Kollegen. Dumm wie Bohnenstroh und aufgebläht wie Frösche, waren sie ihr erschienen, da konnte sie es nicht lassen und musste ein bisschen reinpieken. Tote Seelen, dachte sie, die bringen den Kindern nur das Absterben bei.

Ist es dieser Korridor hier? In den linken Flügel, dann durch den Gang und wieder rechts und geradeaus bis zur dritten Tür rechts? Ja, der hier müsste es sein. Schnellen Schrittes und mit ihrer Mappe unter dem Arm ging sie los. Das Malheur vor der ersten Stunde soll nicht noch mal passieren. Wie lange war sie durch das verdammte Labyrinth geirrt und hatte laut geflucht, ein Riesenfabrikbetrieb ist das hier, die Studenten hatten sich zu ihr umgedreht!

Plötzlich sah sie das asiatisch aussehende Mädchen vor sich, erkannte es wieder, in der ersten Reihe hatte es gesessen und war nun also zum selben Hörsaal unterwegs. Sie war richtig und ging erleichtert weiter.

Man sehe es ungern, dass der Professor die Vorlesung zu spät beginne, hatte Bill Lawson nach der letzten Stunde zu ihr gesagt. Sein Understatement war typisch amerikanisch. In Deutschland stünde so etwas in einer Dienstordnung: Der Professor hat zehn Minuten vor Vorlesungsbeginn im Hörsaal zu sein. Was damals an den Universitäten, die sie besucht hatte, absolut undenkbar gewesen wäre. Kein einziger Professor wäre damals früher gekommen, und schon gar nicht all diejenigen, die ab '33 auf die Lehrstühle gespült worden waren und bestimmt auch jetzt noch draufsaßen.

»Bloß ein wenig mit den jungen Leuten plaudern, statt frontal in den Ernst der Sache rein, Hannah, that's it.«

Hier gehöre das nun mal zum Campusleben. Die Studenten würden es schätzen, wenn ihre Professoren nahbar seien, scherzten und freundlich wären. Hello, how are you doing today und so. Zu dem kleinen Chat nehme er immer seinen Kaffeebecher mit.

»Nur ja kein Zwang, you know what I mean, but sorry, Hannah, these are owls to Athens, right?«

»Athen und Eulen passen bestens, Bill, die griechische Polis ist Thema meiner Vorlesung, und überhaupt habe ich wieder ganz schlecht geschlafen. Die halbe Nacht wach, wie eine Eule.«

»Zu viel getrunken? Napa Valley?«

»Schon möglich. Warum meinst du?«

»Tja, Hannah, wir haben hier in Kalifornien eben Wein aus echter Sonne, keine Liebfrauenmilch.«

Bill konnte richtig dreckig lachen. Definitiv kein Surrogat, dachte sie und ging an zwei Putzmännern vorüber. Bill, noch nicht der Amtsälteste, aber mit Senior Rank, war gleich in ihrer ersten Vorlesung aufgetaucht.

»Dann hab ich's hinter mir, Hannah!«

Offenbar war er nicht gerade scharf darauf, ihr Mentor zu sein und die Teaching Quality in ihren Kursen zu kontrollieren, sondern hatte ihr lieber zugezwinkert. Auch ein Professor fange klein an, hatte er hinter vorgehaltener Hand gesagt, und die meisten blieben es auch. Trotzdem verfügten alle Kollegen im Department über Publikationslisten, die dem akademischen Standard entsprachen, daraus hatte Bill kein Hehl gemacht. Was sie vorzuweisen habe, gelte in Amerika als kunterbunt, nur gut, dass sie *The Burden of Our Time* geschultert habe.

»Hauptsache, du hast eine gute Academic Reputation, Hannah. Daran gibt es nichts zu rütteln.«

Das Totalitarismusbuch war der Grund für diese Gastprofessur. Bills Aufrichtigkeit war unbezahlbar, aber sie hatte insgesamt Glück. Amerikanische Universitäten waren toleranter als europäische, ohne dabei auf Qualität verzichten zu wollen. So nahm man auch die Intellektuellen aus Europa auf, die sich nicht passgenau in die akademischen Disziplinen einfügen ließen, wenn man sie nur als outstanding und excellent einschätzte. Dann durften sie sogar die Nase über die Amerikaner und ihre angebliche Ignoranz rümpfen.

Wie im Märchen ging es hier zu im akademischen Betrieb. Schönheitskonkurrenzen landauf, landab. In Amerika fragte man nicht nur Jahr für Jahr, wer ist die Schönste im ganzen Land, sondern auch noch, wer ist die Klügste und die Beste und vor allem die Reichste, und alle nahmen ihre Ränge ein, als wäre Hochschulbildung eine Olympiade. Ein solcher Wettstreit zwischen den Universitäten wäre undenkbar in Deutschland. Natürlich gab es Dünkel zwischen Jena und Tübingen, aber Professor war Professor, ob in Marburg oder in Freiburg.

Jedenfalls verstand sie jetzt, warum man von der Ostküste bis zum Pazifik für das große Geschenk dankte, das Hitler den Vereinigten Staaten gemacht hatte. Im Übrigen vertraute man darauf, dass die vertriebenen Intellektuellen das Land ebenso zu lieben lernten, wie die Amerikaner es liebten.

»You are an excellent teacher, Hannah!«

Nach der Vorlesung hatte Bill richtig gestrahlt. Das hatte sie gefreut, obwohl sie den Studenten schon angesehen hatte, dass sie ihrer harten englischen Aussprache gerne folgten. Er war überzeugt, dass *The Burden of our Time* eines Tages ein akademisches Standardwerk sein würde.

Als sie den Hörsaal betrat, hörte sie Getuschel und Geraschel und sah, wie ihre Studenten wieder pflichtbewusst und neugierig dasaßen, als sagten sie allesamt: Happy to be here, und meine Eltern möchten was bekommen für ihr Geld. Nun, ob sie dabei an Political Science gedacht hatten?

Während sie zum Pult ging, beschloss sie, die Kinder sollten erst mal selbst den Mund aufmachen, das ist der beste Start. Beim letzten Mal hatte sie den Studenten die Aufgabe mitgegeben, eine Frage zur Gegenwart zu formulieren, denn ohne Anleitung selbst zu denken sei die Grundlage allen Philosophierens, also auch dieser Vorlesung.

Sie packte ihre Unterlagen aus, blickte in die Gesichter und sagte: »Forschen heißt fragen, zum Fragen aber kommen wir nur durch Denken, so unabhängig wie nur möglich. Ich bin gespannt, welche Fragen Sie mitgebracht haben. Nun, schießen Sie los.«

Eine Studentin in der ersten Reihe hob den Arm, und mit einem Nicken gab sie ihr das Wort.

»Was bedeutet es für die Vereinigten Staaten von Amerika, wenn sich herausstellen sollte, dass Robert Oppenheimer bei seiner weiteren Forschungstätigkeit tatsächlich illoyal gehandelt hat?«

»Interessant. Ihre Frage geht dem Verhalten eines Einzelnen in Bezug auf den Staat nach. Hat der sogenannte Vater der Atombombe nach den verheerenden Erfahrungen in Hiroshima und Nagasaki vielleicht die Entwicklung der Wasserstoffbombe behindert, verzögert, wie auch immer, ein Verhalten, das Sie als illoyal qualifizieren würden, korrekt?«

Die junge Frau, die die Frage vorgebracht hatte, schaute sie an, als hätte sie ihr vor aller Augen das Handtäschchen ausgeleert. Weiter hinten machte sich ein Junge bemerkbar. Sie brauchte ihn nur anzuschauen, schon legte er los.

»Was für ein Zufall, Professor, ich habe genau die gleiche Frage! Darf der Staat einen Physiker unter den Verdacht der Illoyalität stellen und verhören?«

Der Junge hatte richtig laut durch den Hörsaal gerufen. Auch das eine Frage, dachte sie, aber diese Kinder brauchen Grundlagen, sonst geht das schief mit den Bomben. Mit einem Seufzen stellte sie sich vor die Wandtafel und sah ihren Studenten in die Augen.

»Glauben Sie wirklich, Sie hätten die gleiche Frage gestellt wie Ihre Kommilitonin? Auch Ihre Frage dreht sich um Kernphysik und ihre Nutzanwendung, tatsächlich, doch Ihre Prämissen sind anders. Sehen Sie, Denken geschieht nie im luftleeren Raum, sondern baut auf etwas auf, ob es Ihnen nun bewusst ist oder nicht, aber genau das muss ans Licht kommen.

Die erste Frage setzt den Anspruch des Staates auf Loyalität seiner Bürger und auch seiner Angestellten voraus und zielt im Grunde auf eine staats-, arbeits- oder sogar strafrechtliche Antwort ab. Die zweite Frage aber stellt genau diese Autorität des Staates in Bezug auf die Wissenschaft infrage, sie zielt auf die Autonomie der Forschung, der Hochschulen, ihrer hoffentlich stattfindenden Erkenntnisproduktion und letztlich auf das Recht der Hochschulen ab, ihre Forschungsergebnisse wirtschaftlich zu nutzen, also zu Geld zu machen. Diese zwei Fragen schlagen also im selben Waldstück zwei ganz unterschiedliche Schneisen. Die nächste Frage bitte!«

Ein Junge ziemlich weit vorne hob den Finger.

»Professor, was haben diese Fragen mit der Vorlesung zu tun? Muss man das für die Schlussprüfung auch können?«

Kaum hatte er fertig gesprochen, meldete sich noch einer, ganz außen und ohne dass sie ihm das Wort erteilt hatte. Er wollte von ihr bestätigt haben, dass solche Dinge wirklich nicht zum Prüfungsstoff gehörten, er studiere weder Physik noch Jura, sondern Antike Geschichte.

Sie fand die Luft schon ziemlich stickig, dabei war noch nicht mal eine Viertelstunde vorbei. Sie zog die Jacke aus und hätte gern ein Fenster geöffnet, aber es gab keine. Vermutlich funktionierte die Klimaanlage nicht richtig. Da meldete sich noch eine Studentin.

»Sorry, Professor Hannah, sagen Sie uns heute noch, wie Sie die Schlussnoten errechnen werden, was genau für die Noten zählt und zu wie viel Prozent? Die anderen Professoren teilen das gleich in der ersten Stunde mit.«

Sie drehte sich zur Tafel um und sprach weiter, während sie einen Kreis zeichnete.

»Wer in meinem Kurs eine gute Note will, tut gut daran, denken zu lernen, unabhängig vom Thema, aber natürlich können wir immer nur anhand von konkreten Inhalten denken. Sie bringen die Beispiele mit, nicht ich.«

Der Kreis an der Wandtafel war in Segmente unterteilt, eines fasste dreißig Prozent, eines fünfzehn Prozent und ein anderes fünfundzwanzig Prozent, ein Segment war noch ohne Zahl.

»Und jetzt mal schön der Reihe nach. Sie werden drei kurze

Essays schreiben, zwei davon hier in der Stunde, den dritten als Take-Home-Essay, die zählen dann zusammen dreißig Prozent der schriftlichen Note. Dazu kommen fünfundzwanzig Prozent für Ihre mündliche Leistung, und dazu gehören auch die Beispiele, die Sie zur heutigen Stunde mitbringen sollten. Die nächsten fünfzehn Prozent bekommen Sie für vier Kurztests, unangekündigte, und die letzten vierzig Prozent –«

»Professor, es bleiben nur dreißig Prozent!«

»Stimmt, danke, dann also dreißig Prozent für einen Essay zu Semesterende. Bei mir gibt's keine Midterm-Prüfung. Und nun noch zu Ihrer Frage, was das alles mit unserem Thema zu tun hat: Sie sitzen in einer Vorlesung über politische Theorie. Sehen Sie, schon die zwei ersten Fragen, die wir heute gehört haben, eröffnen die wirklich großen Zusammenhänge, um die es hier gehen wird: Wie weit darf der Staat bei der Wahrung seiner Interessen gehen, zu welchen Maßnahmen ist ein Staat berechtigt? Die Geschichte hat es gezeigt: Ein totalitäres System wird hier zu ganz anderen Antworten kommen als eine Republik, eine Demokratie, ein Rechtsstaat. Ein totalitäres System kann seine Bürger in Extreme treiben, perfiderweise mit legalen Mitteln. Ein totalitäres System kann von seinen Bürgern verlangen, dass sie auf gesetzlicher Grundlage töten.«

Sie holte Atem und schüttelte unmerklich den Kopf. Immer und immer wieder musste sie das Ungeheuerliche darlegen, haarklein, denn die Kinder hatten keine Ahnung von nichts. Mitten in dem Gedanken hörte sie eine Stimme von weit hinten und blickte auf.

»Just to make sure, Professor, Sie sprechen vom Kommunismus, nicht wahr?«

Ein Student hatte die kleine Pause für seine Zwischenfrage genutzt, fast etwas zu laut, wie sie fand, und überhaupt, warum ist er dazu aufgestanden, das ist hier doch gar nicht üblich. Sie atmete noch einmal tief durch und fuhr fort.

»Alle totalitären Systeme sind gemeint, aber ich bin noch nicht fertig. Die Geschichte hat die Menschen in unserem Jahrhundert in den Abgrund geführt, und ich wiederhole, sie hat das in verschiedenen totalitären Systemen und auf legalem Weg getan. Das nationalsozialistische Deutschland hat seine Bürger zum Beispiel dazu gebracht, dass sie ihre Mitbürger töteten und dies mit einer nie da gewesenen Systematik ins Werk setzten, und kaum war dieses Tausendjährige Reich zusammengebrochen, wuschen sie sich auch gleich die Hände in Unschuld, weil ja alle nur Befehle ausgeführt hatten. Ja, bitte, haben Sie eine Frage?«

»Finden Sie nicht auch, dass die Nürnberger Prozesse ein großer Erfolg waren? Göring und viele andere Verbrecher wurden doch bestraft.«

»Göring wurde zum Tod durch den Strang verurteilt, der Hinrichtung hat er sich durch Zyankali entzogen, das ist richtig, aber halten Sie das für adäquat? Sogar für einen Erfolg? Sehen Sie, mir ist überhaupt fraglich, ob sich die Nazipolitik strafrechtlich als ›Verbrechen‹ definieren lässt. Was im nationalsozialistischen Deutschland und in den von ihm besetzten Gebieten begangen wurde, kann man juristisch nicht mehr fassen, und das macht gerade ihre Ungeheuerlichkeit aus.

Göring zu hängen war notwendig, aber völlig inadäquat. Diese Schuld ist anders, sie übersteigt und zerbricht alle Rechtsordnungen, und Göring und die anderen Nazis wussten das natürlich, deshalb waren sie in Nürnberg fast bis zum Schluss so vergnügt. Sie hatten ein, wie man so schön sagt, gutes Gewissen, im Gegensatz zu denen, die jetzt hier sitzen, ohne ihre Hausaufgaben gemacht zu haben. Wer von Ihnen hat ein schlechtes Gewissen? Nein, nein, Sie brauchen nicht aufzuschrecken, ich möchte Sie nur beruhigen, dass Ihr schlechtes Gewissen ein gutes Zeichen ist. Nach allem, was man zurzeit weiß, wird ein gutes Gewissen nämlich nur wirklich schlechten Menschen zuteil.«

Der Junge, der wegen der Forschung zur Wasserstoffbombe gefragt hatte, streckte seine Hand erneut in die Höhe, als wollte er mit dem Zeigefinger die Hörsaaldecke berühren, und fragte strahlend, ob das, was sie soeben gesagt habe, denn wirklich alles in seiner Frage verborgen gewesen sei, denn er selbst habe nicht im Entferntesten daran gedacht.

Sie staunte nicht schlecht. Erlebt der Junge denn zum ersten Mal, was Denken ist? Ob er alles, was sie gesagt habe, denn für abwegig halte, fragte sie laut lachend zurück. Nein, nein, not at all, sagte er, nur habe er selbst eben nicht daran gedacht, by far, nicht im Entferntesten, und lachte ebenfalls.

Sie ging an das eine Ende der Tafel, setzte die Kreide an und ging bis zum anderen Ende, ohne die Kreide auch nur einmal abzusetzen. Die Linie war mindestens drei Meter lang, und fast an deren Ende blieb sie stehen und sprach zur Klasse.

»Nun, sehen Sie, ich bin immer noch nicht fertig mit dem, was Ihre Fragen aufwerfen: Ebenso unmenschlich wie die Schuld der Täter ist nämlich die Unschuld der Opfer. Ja, Sie haben richtig gehört. So unschuldig, wie alle miteinander vor dem Gasofen waren, der widerwärtigste Wucherer nämlich so unschuldig wie das ungeborene Kind, weil kein Verbrechen eine solche Strafe verdienen kann. So unschuldig sind Menschen überhaupt nicht. Mit einer Schuld, die jenseits des Verbrechens liegt, und einer Unschuld jenseits von Güte oder Tugend kann man menschlich und auch politisch überhaupt nichts anfangen.«

Sie stieß die Luft durch die Nase, ballte die Hand zur Faust, wischte energisch mit der Handkante auf und ab und wies mit dem Zeigefinger auf die Lücke.

»Sehen Sie, das hier ist der Abgrund, in den wir hineingeraten sind, '33 und schon früher, und das ist die ganze Verzweiflung unseres Jahrhunderts, denn es hat so radikal mit den grundlegendsten Traditionen von Menschlichkeit gebrochen wie keines zuvor! Und dafür steht diese Linie hier, für eine Tradition, die über Jahrtausende respektiert worden ist. Und wenn Sie mich jetzt fragen, wie wir aus diesem Abgrund wieder herauskommen sollen, muss ich Ihnen sagen: Ich weiß es nicht.«

Lange war es still. Sie wischte sich die Kreide von den Fingern und schaute in die Menge. Ein Mädchen huschte durch den hinteren Eingang und setzte sich in die letzte Reihe. Studenten dürfen zu spät kommen, dachte sie und sagte:

»So. Wir hören uns nun noch eine Frage an, und die anderen legen ihre Frage dann nach der Stunde bitte hier aufs Pult, ich werde sie schriftlich kommentieren und nächstes Mal zurückgeben. Und wer nichts hinlegt und trotzdem kein schlechtes Gewissen hat, weiß jetzt, wie es um ihn steht.«

Sie war froh, als sie ganz weit hinten eine Hand sah, sie gehörte dem jungen Mann, der nach dem Kommunismus gefragt hatte. Sie legte die Finger zusammen und erteilte ihm mit einem Nicken das Wort.

»Wie lange sollen wir Amerikaner die kommunistische Unterwanderung unserer Kultur und die Bedrohung unseres Staates noch dulden?«

Sie senkte den Kopf, atmete tief ein und spürte die Kreide an den Fingerkuppen. Wasser, aber in diesem verdammten Hörsaal gibt's nicht mal Wasser, dachte sie und machte hinter dem Pult ein paar Schritte, als könnte sie der Aggression, die plötzlich in der Luft lag, aus dem Weg gehen. Es gibt keine unwillkommenen Fragen, auch wenn sie nicht nur den Hörsaal vergiften und die Bewohner im Women's Faculty Club in eine radikal liberale und eine McCarthy-Fraktion spalten, sondern auch das ganze Land mit Angst erfüllen. Nein, es gibt keine unwillkommenen Fragen, auch wenn sie einem die Luft abschneiden und niemand mehr weiß, was in den Köpfen der anderen wirklich vorgeht, seit Lüge und Verleumdung sich im Land eingerichtet haben. Kommunismus. Ein Wort allein genügt.

Willkürlich und oft zu Unrecht wurden Personen aus dem

intellektuellen und kulturellen Amerika denunziert, sie würden unamerikanisch handeln. Wie lachhaft! Aber das half nichts. Keinem Denunzierten blieb die Inquisition erspart. Nur ganz wenige getrauten sich, der Ladung vor die parastaatliche Kommission nicht Folge zu leisten, sich nicht befragen, an den Pranger stellen oder sogar öffentlich verleumden zu lassen, selbstverständlich mit Konsequenzen für die Erteilung von Einreise- oder Niederlassungsbewilligungen oder der amerikanischen Staatsbürgerschaft. Sie blieb stehen und blickte frontal in die Gesichter.

So. Nun ist das elende Thema auch hier auf dem Tisch, let's face it.

Sie räusperte sich und sprach zu dem jungen Mann.

»Wie lange, fragen Sie? Nun, die Antwort auf Ihre Frage könnte heißen: drei Minuten oder tausend Jahre – was Sie formuliert haben, ist nur scheinbar eine Frage, also eine sogenannte rhetorische Frage. Ihr Wesen ist Insinuation, ich könnte auch sagen Einflüsterung, aber das wäre polemisch und ich will Ihnen nichts unterstellen, Sie haben schließlich nur Ihre Hausaufgabe gemacht und eine Frage mitgebracht, tatsächlich zur Gegenwart! Ich gehe davon aus, dass Sie sie aus der Suppe der Meinungen, in der wir alle schwimmen, herausgefischt haben, aus der Zeitung, dem Radio, vom Familientisch, aber selber denken nenne ich das nicht, und ich möchte Ihnen auch sagen, warum.

Sie haben die Prämissen, die in den Worten mittransportiert werden, unbesehen geschluckt. Sehen Sie: Erstens baut Ihre Frage auf der vorgeblichen Gefahr des Kommunismus auf, das ist aber keine Tatsache, sondern eine Behauptung, und zweitens geht sie von der Rechtmäßigkeit der Anhörungen von Senator Joseph McCarthy aus, auch das scheint mir eine Behauptung zu sein. Ich besitze den amerikanischen Pass erst seit vier Jahren, Sie wissen vielleicht nicht ganz so gut wie ich, was das bedeutet, aber glauben Sie mir: Nicht alle können den Vorwurf der unamerikanischen Machenschaften abschütteln, indem sie wie Charlie Chaplin in die Schweiz oder sonst wohin ziehen. Die meisten müssen hierbleiben und bangen, ob man ihnen im Namen des Staates das Bleiberecht entziehen wird. Möchte jemand noch etwas dazu sagen? Wenn nicht, setzen wir diese Übung nächste Woche fort. Ich möchte, dass Sie in dieser Vorlesung ganz starke Fragemuskeln bekommen. Bringen Sie wieder eine Frage mit. Show me your Muckis!«

»Was bedeutet das, Professor?«

»Ach, das sagt man so auf Deutsch, wenn jemand den Bizeps spielen lässt. Aber nun noch was anderes. Letztes Mal habe ich gesagt, dass Sie Ihre Lieblingsgedichte in den Kurs mitbringen sollen. Gemeinsam werden wir sehen, was das Dichten mit Politik und dem Denken überhaupt zu tun hat. Genau das tun wir jetzt, vor der Pause, dann wollen wir mal sehen, wer liest sein Lieblingsgedicht vor, na?«

Sie schaute in die aufsteigenden Sitzreihen, ein Amphitheater voller Menschen, bestimmt hundert, vielleicht sogar hundertzwanzig, und alle blutjung. Sie begannen sich zu regen, einander mit den Ellbogen anzustoßen und zu tuscheln. Ein paar Jungs steckten die Köpfe zusammen und grinsten ein wenig wie Bill. Sie konnte sich schon vorstellen, was sie dachten. Eine Außerirdische. Kann die keine normalen Hausaufgaben stellen? Ich und Gedichte, die hat sie wohl nicht mehr alle!

Sie wusste es. Gedichte, das ist so eine Sache wie die Kernphysik. Gehört doch zu einem anderen Fach und hat mit Political Science absolut nichts zu tun! Sie wartete ruhig, schaute auf die jungen Leute. Ja, Kinder, wir verbinden nun Poesie und Politik. Das Mädchen, das zu spät gekommen war und sich in die hinterste Reihe gesetzt hatte, stand auf.

»Ich kenne viele Gedichte, aber mein absolutes Lieblingsgedicht hab ich auswendig gelernt. Darf ich?«

Aus der Distanz schien sie ihr etwas älter zu sein, aber das konnte täuschen. Mit einem Nicken gab sie ihr das Wort. Sie rezitierte frei und ganz ohne Anstrengung. Was war das für eine Stimme? Kommt mir bekannt vor, dachte sie. Da traf sie fast der Schlag.

Recht und Freiheit
Brüder zagt nicht
Vor uns scheint das Morgenrot.

Recht und Freiheit
Brüder wagt es
Morgen schlagen wir den Teufel tot.

Annemarie war so bewegt bei der Sache, dass sie mit dem Fuß den Rhythmus anzugeben begann, und die Jungs, die vorher gegrinst hatten, starrten nach hinten.

Von den Bergen
Aus den Tälern
Schleppt am Fuß das Bleigewicht.

Recht und Freiheit
Brüder fragt nicht
Wir nun sind das Weltgericht.

Sie stampfte den Rhythmus jetzt. Einige begannen, mit ihren Fingerknöcheln einzustimmen, andere auf die Tische zu trommeln, aber Annemaries Stimme war dem Lärm gewachsen.

Weite Länder
Enge Gassen
Brüder das ist unser Schritt.

Weinen, Lachen
Lieben, Hassen
Alle Götter ziehen wir mit.

Die Studenten klatschten, und in den Applaus mischte sich von
weit hinten eine Männerstimme.

»Rouża – Rouża! Rouża – Rouża!«

Woher kam diese Stimme? Und was rief der? Die vorne
drehten sich verwirrt um. Ein anderer johlte zur Rezitatorin hinauf, als wäre sie eine Cheerleaderin. Da mischte sich der mit
dem harten Akzent wieder ein.

»Rouża isd zurukk! Rouża isd zurukk!«

Verdammt noch mal! Und alles nur wegen Annemarie? Das
Gedicht kann's doch nicht sein. Merkwürdigerweise kapierte
Annemarie sofort, als Einzige, und rief laut zu dem anderen
hinüber.

»Nein, keine Rosa. Sie hat es geschrieben. Glaubt dem nicht,
der behauptet nur dummes Zeug. Das ist wirklich Professor
Arendts Gedicht!«

Aber da hatten ein paar wenige, die verstanden hatten, worum es da ging, schon zu skandieren begonnen: »Rosa ist zurück«, nur Einzelne, die aber laut genug, und andere riefen
»Ruhe!«, bis der Lärm im Hörsaal so groß war, dass sie nur noch
dachte, Schwein gehabt, dass Bill jetzt nicht drinsitzt. Das wäre
vielleicht eine Blamage, oh my!

Sie spürte, wie ihr das Blut ins Gesicht geschossen war. Sie
musste puterrot sein. War ja wirklich wie eine Bombe, diese Annemarie mit ihrem Gedicht, nein, also so was! Wie ein Schieds-
richter hob sie beide Arme hoch, in der einen Hand die Packung, in der anderen das Feuerzeug, und pfiff das Spiel ab.

»Pause, wir machen Pause.«

Sie zündete sich eine Zigarette an, ging rasch hinter dem
Pult auf und ab. Dass in einem Hörsaal ausgerechnet eines ih-

rer Gedichte aufgesagt würde. Was um Himmels willen hatte sie damals nur auf die verrückte Idee gebracht, Annemarie eines zu geben? Wenn ihr jemand sympathisch war, konnte sie für nichts garantieren. Nur die Hast damals, die war dumm gewesen, bloß weil diese Nase von Hurwitz schon in der Tür gewartet hatte!

Sie nahm ein paar Züge hintereinander, als Annemarie mit einem großen Ding unter dem Arm die Stufen herunterkam, beschwingt und noch strahlender als damals vor der Schreibmaschine in der *Menorah*-Redaktion. Die Zöpfe waren ab. Annemarie war eine sehr schöne junge Frau geworden. Und jetzt stand sie wieder vor ihr, hier in Berkeley of all places, und ausgerechnet in ihrer Vorlesung.

»Professor, sorry for the turmoil! Aber ich bin nicht schuld, dass Ihre Studenten gleich so ein Theater gemacht haben! You're quite popular, sehen Sie, ich hab's ja gesagt! Ganz bestimmt werden Sie mal richtig berühmt.«

»Da kann ich Gift drauf nehmen, wenn du mir unter die Arme greifst. Was bist du nur für ein verrücktes Girl! Und wie kommst du in meine Vorlesung?«

»In der Studentenzeitung stand, dass Sie als Gastprofessorin auf dem Campus sind. Da geh ich hin, dachte ich, und dann fragten Sie eben nach Gedichten, und ich kann doch nur eins auswendig.«

»Ausgerechnet eins von mir?«

»Ja, ich finde Ihr Gedicht wirklich schön! Nachdem Sie mir damals den Zettel mit dem Gedicht unter die Schreibmaschine gelegt hatten, habe ich es auswendig gelernt, damit Sie immer bei mir sind. Schreiben Sie noch für das *Menorah Journal*?«

»Nein. Aber erzähl, Annemarie, wie geht es dir denn?«

»So gut wie noch nie! Ohne Sie wäre ich nie nach Kalifornien gekommen. Ich bin Ihnen ja so dankbar, dass Sie meinem Vater die Leviten gelesen haben. Sonst hätte ich nie studieren können. Es gefällt mir hier ausgezeichnet! Wetten wir, dass ich nicht nur den Bachelor, sondern eines Tages auch den Doktor machen werde? Ich schaff das, ich werde es ihm zeigen!«

Annemaries Vater hatte sich ihre Argumente aufmerksam angehört. Ein Vater könne Besseres für seine Tochter tun, als sie für acht Dollar die Woche Manuskripte abtippen zu lassen. Er hatte eingeworfen, das sei doch immerhin gutes Geld, Annemarie solle stolz darauf sein. Wenn er es sich leisten könne, hatte sie dann abschließend noch einmal gesagt, dann solle er so ein begabtes und motiviertes Mädchen doch um Himmels willen studieren lassen. Ihr die Chance geben, eine amerikanische Studentin zu werden. Offenbar war das Telefonat damals nicht umsonst gewesen.

»Mögen Sie diesen wunderbaren Duft hier auch so sehr? Als ich zum ersten Mal auf dem Bahnhof in San Francisco stand, hab ich nur geschnuppert, ganz lange!«

Unglaublich, diese Annemarie. Noch immer hielt sie das große Ding an die Brust gepresst. Sieht wie eine Leinwand aus, dachte sie, als sie die hölzernen Streben sah. Annemarie erzählte, sie habe Kunst und französische Literatur studiert, sogar Ölmalen gelernt. Nun wären die vier Jahre hier in Berkeley bald zu Ende, sie sei im letzten Semester.

»Gedichte schreibe ich auch noch, aber vor allem male ich. Aquarell, Acryl und jetzt am liebsten Öl. Und Zeichnen. Haben Sie meine kleine Skizze noch?«

»Deine Freiheitsstatue steht brav auf meinem Schreibtisch.«

»Was sieht sie denn da?«

»Schiffe. Sie schaut auf den Hudson.«

»Ach, das kennt sie doch schon. Aber ich hab jetzt noch was für Sie gemalt, was Richtiges, Professor. Hier.«

Annemarie drehte die Leinwand um und streckte sie ihr entgegen. Eine Gans flog diagonal durch das Bild. Gigantisch und wie ein Flugzeug stieg sie in den Himmel und zog über die Häuser hinweg. Der Pinselstrich, der von ihrem Schnabel herunterführte, verlor sich beim Hals im Nichts. Ob die Gans einen schwarzen Fleck auf der Brust hatte?

»Mein erstes Ölbild.«

»So was Schönes. Gänse watscheln doch sonst nur, aber die kann mehr.«

»Wenn ich male, ist alles möglich. Meine Gans fliegt über die Dächer von Wien.«

»Ganz schön windschief, dieses Wien. Dein Bild ist einzigartig, dieses Geschenk ist wunderbar. Aber eigentlich ist mein Mann der Kunstexperte bei uns.«

Ihre Hände berührten sich, als sie das Gemälde entgegennahm. Heinrich hatte es ja nicht so mit Gänsen, besonders nicht, wenn sie Töchter aus höheren Familien waren und Colleges besuchten. Stolze Dummerchen, hatte er mehr als einmal gesagt. So stellte er sich das eben vor mit den Gänsen, aber Monsieur machte es sich da wieder mal zu einfach. Nicht jedes Mädchen ist eine Gans, auch wenn sie so vergnügt schnattert wie Annemarie.

»Mein Professor für Kunstgeschichte hat die Reichskrone, die die Nazis geraubt hatten, in die Hofburg zurückgebracht.«

Arglos wie ein Kind erzählte sie von diesem Professor, den sie beim Vornamen nannte. Walter habe sie manchmal übers Wochenende in ihr Haus eingeladen, als er zwischen zwei Ehen steckte. Am Montag hab er sie dann wieder auf den Campus gebracht. Also auch Annemarie, dachte sie, die Geliebte eines Professors. Ob das derselbe Kunsthistoriker sein könnte, von dessen Fahndungserfolgen Baron ihr erzählt hatte? Aber sie gab ihrer Neugier nicht nach.

»Kommen Sie zu meiner Abschlussfeier? Am 12. Juni im Memorial Stadium. Das wäre fantastisch!«

Sie blickte auf die Uhr, die Pause war fast um. Da erzählte Annemarie noch schnell, sie habe neulich auf einer Party in

Walters Haus einen jungen Chemiker kennengelernt, auch aus Wien, und wenn der den Doktor haben werde, würden sie heiraten. Als die Studenten zurück in den Hörsaal strömten, ergriff Annemarie mit beiden Händen ihre Hand, schüttelte sie lange und heftig. Das Kind hat sich den magischen Blick auf die Welt bewahrt, dachte sie. Ein Glück für Annemarie.

»Wenn Sie zum Commencement kommen, stelle ich Ihnen meinen Freund Heinz vor. Hier nennt er sich Henry. Ich habe auch ihn gemalt, als Bär, weil er so viele Haare hat. Auf Wiedersehen, Frau Arendt!«

»Auf Wiedersehen, Annemarie, danke für das Bild mit der Gans. Lass wieder von dir hören, ja?«

Das kleine Mädchen und die Gans

Es war einmal ein kleines Mädchen, das lebte in einem kleinen Dorf, wo alle Menschen sehr viel arbeiten mussten. Und weil es noch so klein war und noch nicht richtig arbeiten konnte, ließ das Dorf das kleine Mädchen die Gänse hüten. Jeden Morgen also stand das kleine Mädchen auf und holte alle Gänse des ganzen Dorfes ab und trieb sie alle zusammen auf ein schönes grünes Feld, das außerhalb des Dorfes lag. Und da Gänse doch nicht richtig fliegen können, nur so ein bisschen rumflattern, und da sie auch nicht schnell laufen können, nur so ein bisschen rumwatscheln, hatte das kleine Mädchen gar keine große Mühe mit ihnen. Sie konnten ihr weder weglaufen noch davonfliegen.

Aber eines Tages, als das kleine Mädchen gerade alle seine Gänse zusammengetrieben hatte, bemerkte es auf einmal, dass es eine Gans mehr hatte als gewöhnlich und dass diese Gans unmöglich aus dem Dorf stammen konnte. Sie sah ganz fremd und merkwürdig aus, hatte viel stärkere Flügel, und was das Merkwürdigste war: Sie hatte mitten auf der Brust einen wunderschönen schwarzen Fleck.

Das kleine Mädchen, ganz verwundert, versuchte, sich mit der neuen Gans anzufreunden und ihr freundlich zuzusprechen, wie es das sonst mit allen seinen Gänsen, vor allem mit den neuen Gänsen, zu tun pflegte. Die Gans mit dem schwarzen Fleck auf der Brust hörte ihr auch ganz geduldig zu, dann drehte sie sich plötzlich watschelnd um – und flog davon. Obwohl doch alle Menschen wissen, dass Gänse gar nicht fliegen, sondern nur so ein bisschen rumflattern können.

Das kleine Mädchen war so erschrocken, dass es alle seine übrigen Gänse ganz vergaß und sich gleich aufmachte, der wilden Gans mit dem schönen schwarzen Fleck nachzulaufen. Aber wie kann man denn einem fliegenden Vogel nachlaufen? Das kleine Mädchen tat also das Klügste, was es machen konnte, es lief zum nächsten Flugplatz und nahm sich dort ein Flugzeug und sagte dem Piloten, er solle immer nur der wilden Gans nachfliegen, die er gerade noch in der Ferne am Horizont sehen konnte. Der Pilot schüttelte verwundert den Kopf, da aber das kleine Mädchen den Fahrpreis ganz richtig gezahlt hatte – es hatte Gott sei Dank seit seinem letzten Geburtstag alles Geld gespart, weil es wegen des Krieges gar keine Schokolade mehr gab und die Eiscreme nur noch aus Wasser gemacht wurde und die Bonbons nach Leim schmeckten –, da also das kleine Mädchen wegen des Krieges sehr reich geworden war, zuckte er nur mit den Achseln und flog der verrückten wilden Gans nach.

Und so flogen sie zusammen einen ganzen Tag und eine ganze Nacht, und jede Stunde kamen sie der Gans etwas näher. Während der Nacht schien der Mond so schön und hell, dass sie immer noch die wilde Gans sehen konnten. Und am Morgen, gerade als die aufgehende Sonne alles feuerrot angestrichen hatte, kamen sie der wilden Gans ganz nahe. Da sagte das kleine Mädchen zu dem Piloten:

»Lieber Pilot, bitte fliege doch ein bisschen höher, als die Gans fliegt, und wenn wir genau über ihr fliegen, will ich meinen Fallschirm nehmen und versuchen, ob ich nicht auf sie hinabspringen und mit ihr zusammen fliegen kann und sehen, wohin sie fliegt. Du kannst dann wieder nach Hause fliegen und meinen Eltern sagen, sie sollen sich nicht beunruhigen, ich hätte noch etwas in der Welt zu tun und würde irgendwann schon wieder nach Hause kommen.«

Der Pilot ließ sich das nicht zweimal sagen, denn er war schon sehr müde von der Fliegerei und wollte absolut nach Hause. Er flog also ein wenig höher, direkt über die wilde Gans, und das kleine Mädchen packte sich seinen Fallschirm auf den Rücken und sprang hinunter. Aber es hatte sich ganz und gar geirrt, wenn es dachte, dass es nun auf dem Rücken der wilden Gans ankommen würde. Während es durch die Luft segelte, flog die wilde Gans immer weiter, und da das kleine Mädchen doch keine Flügel hatte, fiel es einfach zur Erde hinunter – und die wilde Gans war schon wieder ganz weit weggeflogen.

Als das kleine Mädchen auf der Erde ankam, war es so traurig, dass es sich gleich schlafen legte. Zum Glück kam es mitten in einem Wald an, wo es auf dem Boden schönes weiches Moos gab und es sich gut und weich lag. Und so schlief das kleine Mädchen den ganzen lieben Tag, beschattet von großen Bäumen, die sich große Mühe gaben, die Sonne von ihm fernzuhalten. Denn die Bäume sahen gleich, wie müde und wie traurig das kleine Mädchen war.

Als das kleine Mädchen am Abend aufwachte, hatte der Uhu auch gerade ausgeschlafen und fragte das kleine Mädchen, woher es denn eigentlich käme und wohin es wolle. Da erzählte das traurige kleine Mädchen dem Uhu die ganze Geschichte und bat den Uhu sehr höflich, ihm doch zu sagen, was es nun machen solle und wie es in das Land kommen könne, in das die wilde Gans geflogen war.

Da schüttelte der Uhu verwundert seine Federn und sagte, dass er das auch nicht wisse, und dabei sei er schon sehr alt und wisse eigentlich alles. Da meinte das kleine Mädchen, wenn er es nicht wisse, möge er doch, bitte schön, etwas nachdenken. Wenn er so alt und erfahren sei, würde es ihm schon einfallen.

Als der Uhu eine Weile nachgedacht hatte, meinte er:

»Das Beste ist wohl, du holst dir Auskunft bei den weisen Tieren, die gar nicht so weit von hier, genau in der Mitte unseres Waldes, auf einer schönen Wiese weiden. Vielleicht wissen sie einen Rat. Ich bin zwar alt und erfahren, aber in der Welt bin ich nicht viel herumgekommen. Und daher weiß ich auch nicht, wie man zu dem Lande der Wildgänse kommt.«

Das kleine Mädchen war aber immer noch sehr unruhig, denn wie sollte es den Weg zu der Wiese mit den weisen Tieren bloß finden. Der Uhu erklärte, dass er vom vielen Nachdenken schon ganz übermüdet sei, dass außerdem die Sonne bald aufgehen würde und dass er dann sowieso schlafen gehen müsse. Das Einzige, was er noch für das kleine Mädchen tun könne, wäre, ihm noch rasch beizubringen, wie es mit den anderen Vögeln, die lange nicht so klug seien wie er und die in der Nacht schliefen und den ganzen Tag sängen, wie es sich mit diesen Vögeln verständigen könne. Denn unter allen Vögeln könne nur er, der weise alte Uhu, die Menschensprache fließend sprechen.

Als die Sonne aufging, hatte das kleine Mädchen die Vogelsprache fließend gelernt und konnte den Vögeln seine Bitte, zu der Wiese mit den weisen Tieren geleitet zu werden, vorzüglich klarmachen. Die Vögel waren alle sehr guter Laune, denn die Sonne schien schön und warm, und die Luft war klar und heiter und die Bäume voll mit frischem Grün, und der Boden des Waldes roch nach Maiglöckchen. Und als das kleine Mädchen in der schönsten Vogelsprache sang:

»Kiwitt, kiwitt, kommt mit mir mit, kommt mit«, antworteten sie aus voller Kehle: »Kiwitt, kiwitt, kiwitt, wir kommen alle mit, wir kommen alle mit.«

Und so zogen sie los, das kleine Mädchen unten eilig auf dem Waldboden laufend, die Vögel fliegend und hüpfend von Zweig zu Zweig. Hin und her rief das kleine Mädchen noch:

»Kiwitt, Kiwitt, kommt mit mir mit, kommt mit«, und immer antworteten die Vögel gleich eifrig: »Kiwitt, kiwitt, kiwitt, wir kommen alle mit, wir kommen alle mit.«

Und sie hüpften und flogen und liefen den ganzen Tag, bis sie, als die Dämmerung sich schon über die Bäume neigte, endlich zur Waldlichtung kamen, auf der die weisen Tiere lebten. Die Vögel verabschiedeten sich fröhlich und sangen noch einmal ihre schönsten Lieder, um dem kleinen Mädchen Mut zu machen, durch die Bäume hindurch und auf die Wiese zu gehen.

Kaum hatte das Mädchen die Lichtung betreten, sah es das erste Tier und bekam einen furchtbaren Schreck. Das Tier war ein richtiger Löwe. Der Löwe lag schläfrig da, mit dem Kopf auf den großen Tatzen, und blinzelte das kleine Mädchen durch die Augen etwas verwundert an. Direkt neben ihm lag ein Lamm, das fest schlief. Das kleine Mädchen schrie laut auf vor Schreck; es hatte natürlich auch Angst, dem Lamm könnte etwas in seiner unglaublichen Unvorsichtigkeit geschehen. Auf das laute Schreien des kleinen Mädchens hin, das immerzu schrie: »Zu Hilfe, zu Hilfe«, öffnete der Löwe seine Augen ganz groß, knurrte einmal ärgerlich vor sich hin, machte sein Riesenmaul auf und schnurrte:

»Ja, was ist denn mit dir los? Weißt du denn nicht, wo du bist? Auf der Wiese der weisen Tiere? Hast du denn noch nie von mir gehört? Ich bin doch der bekannte Löwe, der neben dem Lamm liegt. Ich sehe, du hast in der Schule überhaupt nichts Richtiges gelernt. Sonst würdest du wissen, mit wem du es zu tun hast, sobald du einen Löwen neben einem Lamm friedlich vor sich hinträumen siehst. Hör bitte sofort mit dem Schreien auf; schließlich ist mir die Sanftmut nicht angeboren, und meine Nerven sind immer noch leicht reizbar.«

Da erinnerte sich das kleine Mädchen, dass es einmal von solch einem sanften Löwen gehört hatte; allerdings hatte man ihm gesagt, dass der Löwe erst in der messianischen Zeit friedlich neben dem Lamm liegen würde, und soweit das kleine

Mädchen verstanden hatte, sollte diese messianische Zeit noch ganz weit entfernt sein. Aber da hatte es sich wohl geirrt. Jedenfalls wusste es nun, mit wem es da zu tun hatte. Das Mädchen machte also einen sehr ehrfürchtigen Knix, denn es erinnerte sich auch noch rechtzeitig, dass der Löwe der König der Wüste ist, und es dachte, ein Übermaß an Höflichkeit kann niemals schaden, wenn man es mit Königen zu tun hat. Fragen mochte es den Löwen lieber nichts, er hatte zu schlechte Nerven.

So lief das Mädchen weiter und sah, dass in der Mitte der Wiese ein schöner Teich war. Als es hastig auf den Teich zulief, stolperte es über einen Ast, aber der Ast richtete sich plötzlich auf, und das kleine Mädchen hatte seinen zweiten furchtbaren Schreck weg: Der Ast war eine Schlange, deren Kopf sich ganz nah an das kleine Mädchen heranneigte, als ob es ihm etwas zutuscheln wollte. Die Schlange, ganz anders als der Löwe, freute sich offenbar an der Angst des kleinen Mädchens, denn sie zischte höhnisch:

»Ja, da hast du wohl Angst. Ich bin die bekannte Schlange, die es sogar fertiggebracht hat, Eva und ihren Adam aus dem Paradies zu vertreiben. Und seither kommen alle bösen Gedanken von mir, weil ich so gut tuscheln kann. Ich werde es dir schon auch noch eintrichtern.«

Woraufhin das kleine Mädchen sehr erstaunt fragte:

»Ja, um Gottes willen, wie kommst du denn bloß hierhin? Auf die Wiese der weisen Tiere? Du bist doch bestimmt nicht weise mit all deinen bösen getuschelten Ratschlägen.«

»Tja«, antwortete die Schlange, »das weiß ich natürlich auch nicht so genau, aber ich nehme an, dass ohne mein Getuschel die anderen sich mordsmäßig langweilen würden.«

Das kleine Mädchen hütete sich wohl, die Schlange auch nur um den allerkleinsten Rat zu fragen, es war ja klar, dass das nur ein böser Rat sein könne. Und darum lief es eifrig weiter und kam an den Teich, der in der Mitte der Wiese lag.

In dem Teich sah es einen ungeheuer großen Fisch, dessen Schwanz aus dem Teich herausragte, weil er zu groß war für das Wasser. Mit diesem Schwanz wippte der Fisch immer vergnügt auf und ab, und das kleine Mädchen musste an seine Wippe zu Hause im Dorf denken und konnte nicht widerstehen, sich auf den Schwanz zu setzen und ein bisschen rauf- und runterwippen zu lassen. Der Fisch war offenbar mit dieser Benutzung seines Schwanzes sehr zufrieden. Als es eine Weile gewippt hatte, bedankte sich das kleine Mädchen höflich bei dem Fisch und fragte auch gleich, wer der nette Fisch denn eigentlich sei. Zu seinem Erstaunen konnte dieser Fisch ganz gut sprechen, natürlich nicht so gut wie die anderen Tiere, weil er ja eigentlich stumm war, aber er hatte es offenbar doch ganz gut in einer der neuen Schulen für Stumme gelernt. Der Fisch antwortete:

»Ich bin der Leviathan.«

»Ach«, sagte das kleine Mädchen interessiert, »und was tust du hier?«

Der Fisch antwortete:

»Ich bin hier immer nur sechzehn Stunden des Tages und ruhe mich hier aus. Du weißt ja sicher, dass der liebe Gott jeden Tag acht Stunden die Welt regiert und dann acht Stunden das Gesetz studiert, in den restlichen acht Stunden ruht er sich aus und spielt mit mir. Das ist sehr anstrengend für mich, und daher muss ich mich während der restlichen sechzehn Stunden immer von Gottes göttlichem Spiel ausruhen. Das tue ich gerade jetzt. Aber deshalb habe ich doch sehr gerne auch mit dir ein bisschen gespielt. Der liebe Gott hat mir oft eingeschärft, immer sehr freundlich zu Kindern zu sein.«

Das kleine Mädchen freute sich sehr über diese Bekanntschaft, da ja aber der Leviathan jetzt eigentlich seine Ruhepause hatte, beschloss es, ihn doch lieber in Frieden zu lassen und sich bei ihm nicht noch Auskünfte zu holen.

Das kleine Mädchen lief also von dem Teich wieder weg

und beschloss, nur ganz zum Schluss noch ein bisschen auf dem Schwanz des Leviathans zu wippen, wenn es alle seine Auskünfte schon bekommen hatte. Der Fisch war ja so nett, und der liebe Gott, dem er ja eigentlich gehörte, würde bestimmt nichts dagegen haben.

Kaum war das kleine Mädchen so in Gedanken weitergelaufen, als es vor sich ein neues Tier sah, das es gut kannte, denn es war ein ganz gewöhnliches Kamel. Erstaunlich an dem Kamel war nur, dass es so besonders mager war, alle Rippen standen ihm raus. Das kleine Mädchen hatte gleich viel Vertrauen zu dem Kamel und dachte auch gleich daran, es um Auskunft nach dem Land der wilden Gänse zu bitten. Aber es schien ihm doch richtiger und auch höflicher, sich erst nach dem Befinden dieses so ungewöhnlich mageren Kamels zu erkundigen.

»Warum«, fragte also das kleine Mädchen nach den ersten Begrüßungsworten, »bist du bloß so furchtbar mager? Vielleicht bist du krank? Vielleicht hast du dich auch überarbeitet? Musst du etwa mit den Karawanen durch die Wüste ziehen?«

»Ach nein«, antwortete das Kamel, »das ist es nicht. Ich bin gar nicht solch ein Kamel. Ich bin das bekannte Kamel, du erinnerst dich doch, das Kamel, von dem gesagt ist: Eher geht ein Kamel durchs Nadelöhr, als dass ein Reicher in den Himmel kommt. Nun passiert das natürlich sehr selten, dass ein Reicher in den Himmel kommt, nur so alle drei- bis vierhundert Jahre einmal. Aber dann muss ich auch, da hilft nichts, durch das Nadelöhr. Und jedes Mal, wenn der liebe Gott es für wahrscheinlich hält, dass vielleicht ein Reicher in den Himmel kommen könnte, benachrichtigt er mich vorher, damit ich auch gut abmagern kann. Dann geht die Prozedur mit dem Nadelöhr leichter. Manchmal irrt sich der liebe Gott und ich magere ganz umsonst ab, weil der betreffende reiche Mann noch im letzten Moment etwas ganz Ekelhaftes tut. Aber diesmal scheint es ernst zu sein, ich hungere bereits seit zwei Jahren.«

Dem kleinen Mädchen tat das arme abgemagerte Kamel leid, aber es freute sich auch, dass wirklich mal ein Reicher in den Himmel kommen kann. Denn es hatte noch nicht vergessen, dass es selbst durch die erzwungene Sparsamkeit des Krieges ein wenig reich geworden war. Zwar hatte es all sein Geld dem Piloten gegeben, aber für alle Fälle ist es ganz gut zu wissen, dass man selbst als reiches Mädchen in den Himmel kommen kann, wenn man sich sehr große Mühe gibt. Zur Sicherheit fragte das kleine Mädchen das Kamel noch, was ein reicher Mann tun muss, um in den Himmel zu kommen, und was dieser Mann, für den das Kamel da so schön hungere, getan hätte.

»Ach der«, antwortete das Kamel, »der hat es sich leicht gemacht, der hatte das Geld einfach weggegeben.«

»Ja aber«, fragte das kleine Mädchen weiter, »dann ist er doch gar kein reicher Mann mehr, sondern ein armer Mann? Und dann kann er doch ohne Schwierigkeiten in den Himmel kommen, und du musst nicht durchs Nadelöhr.«

»Richtig«, antwortete das Kamel, »das habe ich dem lieben Gott auch gesagt, als er mich vor zwei Jahren mit der Hungerkur beginnen ließ. Aber der liebe Gott meinte, so könne man nicht reden; dann gäbe es überhaupt keine reichen Leute mehr, die er in den Himmel holen könne, und dann brauche er mich auch nicht mehr, und dann würde ich eben wieder ein ganz gewöhnliches Kamel werden und von der Wiese der weisen Tiere runtermüssen. Das wollte ich natürlich nicht, und so muss ich denn durchs Nadelöhr.«

Es ist ja klar, dass man ein Kamel, das ganz kurz vor einem so seltenen und wichtigen Ereignis steht, nicht gerne noch mit persönlichen Fragen belästigt. Und darum zog das kleine Mädchen, nachdem es sich höflich verabschiedet hatte, weiter, ohne sich nach dem Land der wilden Gänse erkundigt zu haben.

ZWEI

9 Alles andere mündlich

Tegna, 31. Juli 1975

Na, so was, dachte sie tief über die Maschine gebeugt, dann eben noch mal. Sie zog das Blatt aus der Walze, spannte ein neues ein und tippte den Satz erneut.

Das Denken, auf dem politisches Wollen beruht, ist Urteilen.

Da, schon wieder, die Maschine machte mitten in der Zeile einen Sprung. Verrückt. Als es an der Zimmertür klopfte und sie kurz darauf Livas Stimme hörte, antwortete sie, ohne die Augen zu heben.

»Die Post bitte gleich hierhin, zu mir, danke. Die Schreibmaschine ist defekt, bitte sagen Sie das Ena.«

Das Zimmermädchen trat zu ihr an den Schreibtisch. Er war übersät mit Papieren, Zetteln und aufgeschlagenen Büchern, obendrauf saß ein Teller mit einem Fruchtmesser. Sie sah, wie sachte Liva das Geschirr von den Papieren hob und aufs Tablett stellte.

»Wirklich köstlich, der Pfirsich. Sagen Sie das Ena, bitte.«

Sie setzte die Brille ab.

»Liva, ich bin überrascht, dass Sie noch hier sind, nach der Revolution müssten Studentinnen wie Sie jetzt willkommen sein.«

Die junge Frau blickte zur Seite.

»Haben Sie Nachricht von Ihren früheren Kommilitonen?«
War ihr das Thema unangenehm? Vor einem Jahr hatte Liva
ihr erzählt, dass sie als Mitglied des sozialistischen Studenten-
bunds nach dem Putsch hatte fliehen müssen, so war sie am
Ende in der Schweiz gelandet. Irgendwo liegt doch noch die
Zeitung mit der Notiz über die neuen Machthaber, dachte sie
und fuhr mit der Rechten durch die Zeitung. Da. Sie zeigte mit
dem Finger auf die Headline.

Militärisches Linkstriumvirat in Portugal

»Denken Sie denn nicht an eine Rückkehr?«
Liva war ein wenig rot geworden.
»Ja schon, aber nur, um meine Mutter zu sehen.«
»Sie wollen also nicht mehr an die Universität zurück?
Trauen Sie den Verhältnissen dort nicht? Das könnte ich gut
verstehen!«
Ihre Augen folgten Liva, die mit dem Staublappen über die
Möbel fuhr. Und sie sah sich selbst, die Studentin, die sie einmal
gewesen war. Diese Hannah von einst war in ihrem Gedächtnis
fast so frisch geblieben wie der Bergmann aus Falun, der kurz
vor seiner Hochzeit verschütt gegangen war.
Nach vierzig Jahren noch kann sie diese Hannah aus dem
finsteren Stollen jener Zeiten bergen, unversehrt und lebendig,
anders als den kalten Bräutigam, der plötzlich wieder ans Licht
und seiner Braut unter die Augen gekommen war, ihr, die beide
Krücken fallen ließ und die dürr gewordenen Arme hoch empor
zum Himmel streckte.
Sie hörte, wie Liva die Kissen aufschüttelte und das Leintuch glatt strich, dann ihr Putzzeug rüber ins Bad trug.
Jede Flucht zwingt einem Leben eine neue Richtung auf.
Für einen kurzen Moment spürte sie Bitterkeit, und auch in
der Erinnerung war sie noch immer beißend und scharf. Alle

hatte sie damals in den Wind kippen sehen, einen nach dem anderen, Freunde wie Bäume ohne Wurzeln, und die Professorentalare waren fröhlich geflattert. Alle hatten sie mit dem Sturm geheult. Bis auf Karl, der bei seiner jüdischen Frau geblieben war.

Sie schüttelte den Kopf. Gleichschaltung ist wirklich ein hässliches graues Wort. Das Wort für das Grauen, dasselbe Grau wie auf dem Gesicht im Glaskasten. Wissen wir denn, warum ein Mensch sich so durch und durch farblos machen lässt? Warum einer zulässt, dass man ihn zu einem Instrument in den Händen anderer macht? Ein Instrument, ganz egal, wofür, Hauptsache, ich gehöre nicht mehr mir selbst und trage nicht mehr die Verantwortung für das, was ich tue?

Nein. Keiner vermag in die Seele eines andern hineinzuschauen. Niemand weiß, warum einer wollen kann, dass er nicht mehr der ist, der er ist.

Seit Jerusalem weiß ich, dass ich nichts weiß, bis auf das Eine. Das wirkliche Wunder ist der Geist. Ist doch kein Zufall, dass nur Leichen blass und grau und starr sind! Ja, es ist der Geist, der lebt und einen weitermachen und immer wieder neu anfangen lässt. Mit allen Farben, die das Schicksal in eine Person gelegt hat.

Liva trat aus dem Bad, hielt einen Moment inne und drehte sich zu ihr. Das Gesicht hatte den hellen Teint aus dem Norden. Sie schien noch immer zu zögern, als sich plötzlich ein Strahlen über ihre Züge legte, fast wie das Licht auf diesen Bildern, die einen fromm machen sollen.

»Ich habe mich verliebt. Venanzio wohnt im Nachbardorf. Wir wollen nächstes Jahr heiraten.«

»Wie schön, ich freue mich für Sie!«

Sie setzte die Brille ab. Immer wieder staunenswert, wenn sich der richtige Schlüssel für ein Schloss findet. Liva ließ sich entlocken, dass ihr Verlobter Gitarre spiele und dazu singe, offenbar Tessiner Lieder, und in einer Osteria in Verscio arbeite.

»Auch das wäre also eine Reise wert!«

»Ja, wo Venanzio arbeitet, gibt es die beste Polenta im Centovalli. Verscio ist ja auch ein schönes Stück näher als Lissabon, das Sie ja schon kennen.«

»Ach, das wissen Sie?«

»Natürlich. Das hatten Sie mir letztes Jahr erzählt. Wie lange Sie warten mussten. Wie Sie endlich im Hafen waren, mit Ihrem Mann aufs Schiff wollten, fast ohne Gepäck, das habe ich nicht vergessen. Mein Bruder arbeitet doch im Hafen.«

»Natürlich, ich erinnere mich! Hafenarbeiter mag ich ja ganz besonders, seit ich mich mit einem angefreundet habe!«

»In Lissabon?«

»Nein, nein. Das war viel später. Der hat mir ganz San Francisco gezeigt. Nun, dann bleiben Sie also im Tessin?«

Liva räumte ihre Sachen zusammen und öffnete die Zimmertür.

»Ja, wir bleiben hier, Venanzios Elternhaus steht leer, seit die Eltern begraben sind und Venanzios Geschwister nicht mehr in Tegna wohnen.«

Liva lächelte, schon zwischen Tür und Angel.

»Na dann, herzliche Glückwünsche! Und sagen Sie Ena bitte, dass ich auf die neue Maschine warte, ja?«

Nachdem die Zimmertür ins Schloss gefallen war, wollte sie den einen Satz, an dem sie den ganzen Morgen herumgedacht hatte, endlich zu Papier bringen. Sie setzte die Brille auf und tippte, als ritte sie querfeldein über Stock und Stein.

Verstehen ist das Denken der Einsamkeit. Urteilen ist das Denken des Zusammenseins.

Sie zog das Blatt aus der Walze, sah den Zeilensprung mitten im Wort »Zusammensein« und legte es auf den Stapel zu den anderen. Sie streckte den Rücken durch und wandte sich der Post zu. Zuoberst ein Umschlag mit Martins Handschrift. Sie betrachtete die Briefmarke. Zwei Ritter im Turnier, wie hübsch, am Dreißigsten abgestempelt und heute schon hier, das ging aber wirklich flott. Sie versuchte, den Brieföffner in den Schlitz zu stecken. Morgens zitterte die Hand immer ein wenig, aber dann schaffte sie es, den Umschlag sauber zu öffnen.

Liebe Hannah,

Dank für Deine Zeilen. Wir freuen uns auf Deinen Besuch; am günstigsten wäre der Dienstag, den 12. August, oder der Freitag, den 15. d. M. Der erstgenannte Termin passte besser. Wir erwarten Dich zwischen 15 und 16 Uhr. Du bleibst wie üblich zum Abendbrot. Während des Juli waren wir von einem lästigen Schnupfen und Husten geplagt – die Folge eines umlaufenden Infekts.
Alles andere mündlich, nur: Die Urteilskraft ist eine schwierige Sache.
Dass Eugen Fink gestorben ist, wirst Du inzwischen gelesen haben.

Herzliche Grüße von uns beiden. Martin

Nichts Neues aus Freiburg also. Wo ist nur das Feuerzeug in all dem Kram hier? Ach, da ist es ja. Heidegger schreibt lauter Dinge, wie Alte sie einander erzählen. Von Gebrechen, Operationen, Husten und anderem, was sie überlebt haben. Ihr Daumen betätigte den Zünder, die Flamme brannte schön und nicht mehr ganz so hoch, der Tabak glomm auf. Der Rauch schlängelte sich über das Papiergebirge. Sie las nochmals. Wirklich nichts Neues, diese Routinen einer Ehe vor und nach dem

Abendbrot, schon gar nicht die lehrerhafte Attitüde am Ende. Martin warnte sie immer noch lieber vor dem Denken, statt sich zu ihren Büchern zu äußern. Sie legte den Brief nieder, stand auf und trat auf die Terrasse.

»Buon giorno, Signora.«

Der Gärtner, der sich an der Hecke vor ihrem Sitzplatz zu schaffen machte, lächelte schüchtern. Offensichtlich ist er es nicht gewohnt, dass ein Hotelgast ihn bei der Arbeit beobachtet, dachte sie und grüßte zurück. Er schnippelte flink weiter, stutzte Zweige, die verwildert aussahen, und untersuchte eine Pflanze, die an der Hauswand emporkletterte und vom Sturm heruntergerissen worden war.

Noch immer gibt es für Heidegger nur *einen* im Raum, ihn selbst. Es ist für ihn immer unerträglich gewesen, dass ich Bücher schreibe und mein Name in der Öffentlichkeit erscheint. Weiß der Deibel, warum ich so lange mitgespielt und geschwindelt und immer so getan habe, als könnte ich nicht bis drei zählen. Kurios, wie froh er doch immer war, wenn sich in der Interpretation seiner eigenen Sachen herausstellte, dass ich manchmal sogar bis vier zählen kann.

Sie wischte sich eine Strähne aus dem Gesicht und nahm einen tiefen Zug. Der Gärtner schnitt ein Stück Schnur ab, band damit die dicksten Äste der Kletterpflanze zusammen und zog es durch den in der Hauswand angebrachten Haken, zurrte mit einer blitzartigen Bewegung die Schnur fest und betrachtete sein Werk. Die herrlichen Blüten waren noch dran.

»Eccolo, tutto bene.«

Das Schwindeln war ihr plötzlich zu blöd geworden. Da hatte sie Heidegger zum ersten Mal eines ihrer Bücher geschickt, lange vor dem Eichmann-Buch.

Die *Vita activa* war's, und prompt hab ich eins auf die Nase gekriegt, in Form von eisigem Schweigen.

Erst später hatte sie herausgefunden, dass er ihr andere

Menschen, die sich für sie interessierten, abspenstig gemacht hatte. Sie lachte trocken.

Natürlich war sie damals wütend gewesen, aber das war schnell verraucht. Sie hatte die üble Laune des alten Königs doch verdient, für beides, dass sie geschwindelt und dass sie mit dem Spiel plötzlich aufgehört hatte.

»Grazie.«

Sie winkte dem Gärtner und ging zurück an den Schreibtisch. Nein, Martin war schon lange kein Mundstück der Zeit mehr, aber genau darin hatte sie einmal seine große Chance gesehen. Nicht die Zeit aus dir sprechen lassen, Martin, nicht nur Gefäß sein. Kommunikation ist mehr als nur ausdrücken können.

Sie überlegte einen Augenblick und griff zum Stift im aufgeschlagenen Kalender. In die Zeile vom 12. August notierte sie »Heidegger« und nach kurzem Zögern »Kreditanstalt« in die Zeile vom 11. August. Da werde ich noch anrufen, aber das hat Zeit.

———

Am Abend zog sie die Zimmertür hinter sich zu, der Flur war halb dunkel, aber sie kannte den Weg. Von Weitem sah sie eine junge Frau an der Bar, sie trat an den Tresen.

»Ein Campari, dorthin bitte, in meine Ecke.«

Sie ging zurück in die Lobby und freute sich aufs Abendessen. Die Musik, die sie im Zimmer nur hatte erahnen können, konnte sie jetzt hören, Gitarre mit einer Männerstimme, die präzise und nicht ohne Melancholie Wörter in einer für sie fremden Sprache sang. Sie erinnerte sich nicht, so was in der Casa Barbatè schon gehört zu haben.

Bei der Stehlampe ließ sie sich in den Sessel sinken, mit Tischchen direkt neben der Armlehne, richtig bequem. Sie hatte den ganzen Nachmittag gefaulenzt. Die springende Schreibmaschine war ein guter Grund zum Nichtstun. Dagegen kann niemand was sagen, und Mary hätte sowieso nichts dagegen. Ganz im Gegenteil.

Hannah, wir beide genießen doch nur die ländliche Idiotie, du in Tegna, ich in Massachusetts.

Als sie Marys Brief gelesen hatte, wollte sie der großen Lust nachgeben, Mary im Sommerhaus einfach anzurufen. Einfach so, um ein wenig mit ihr zu plaudern. Dumm war nur, dass sie nicht einmal den Schatten eines Vorwands hatte, um nach Amerika zu telefonieren. Ganz ohne Grund so ein teures Telefonat, das schien ihr zu extravagant. Sie konnte doch schreiben. Mary schrieb von Finken, Kolibris und Solschenizyn, aber meine Rotkehlchen und mein Kant sind doch auch ganz nett.

»Haben Sie noch einen Wunsch?«

Die Kellnerin stellte den Drink auf das Tischchen.

»Ja, wenn Sie mir etwas zu lesen bringen könnten, von dort drüben bitte, das wäre furchtbar nett.«

Sie nahm einen Schluck. Mit frischem Orangensaft ist der Campari einfach besser als mit Soda. Sie schaute der jungen Frau nach, auf deren Rücken ein dicker Zopf tanzte, während sie zum Zeitungsständer ging. Schließlich kam sie mit drei Illustrierten zurück.

»Ich habe Sie noch nie hier gesehen. Sind Sie neu?«

»Ja, ich bin abends für die Bar und auch den Nachtdienst zuständig, um Frau Jenny zu entlasten. Ich heiße Barbara Münger, aber Sie können ruhig Barbara zu mir sagen.«

Sie waren allein in der Lobby. Barbara hatte offenbar Zeit und war gesprächig. Sie finde die Arbeit hier mit den Feriengästen ideal, das internationale Flair sage ihr zu. Morgens besuche sie die Sprachschule in Locarno, nachmittags arbeite sie hier. Nach dem Studium wolle sie nämlich im Bundeshaus arbeiten, da brauche sie mindestens drei Landessprachen. Für Juristen böten sich gute Chancen im Parlamentsdienst.

»Aber mein Traum ist die Bundeskanzlei. Ich bin Bernerin, wie Sie bestimmt hören.«

»Ach so, deshalb verstehe ich so schwer.«

Barbara lachte. Aber jetzt spreche sie doch Hochdeutsch, Berndeutsch sei wirklich ganz was anderes, und auf dem Weg zurück zur Bar deutete sie mit dem Zeigefinger in die Luft und rief zu ihr herüber:

»Das hier, das ist Berndeutsch!«

Wie reizend! Diese Barbara hat was Luftiges an sich. Was von einem Weltenwanderer wie Eric. Der Hafenarbeiter hatte ihre Kurse in Berkeley besucht, und sie waren fast vom ersten Moment an Freunde geworden.

Das Angenehmste an Tegna ist, dass man weit von allem entfernt ist und trotzdem nette Menschen um einen sind. Sie fühlte sich gut umsorgt hier.

Sie blätterte in einer *Schweizer Illustrierten* bis zum Kronprinzen von England. Er sei der begehrteste Junggeselle der Welt, stand da, und verrate nun den Lesern, was es damit auf sich habe.

Ich habe Angst vor der Ehe.

Sie überflog einen Beitrag über Dauerwellen für Männer. Das Foto zeigte einen jungen Schnauzbartträger unter der Haube. Gar nicht mal so uninteressant, dachte sie, nur fand sie das Resultat genauso unbefriedigend wie die befragten Prominenten.

Ein gewisser Kurt Felix meinte, seit der Beatleswelle trügen die Männer ihre Haare länger, und die Läuse darin hätten sich rapide vermehrt. Und ein attraktiver Autorennfahrer fand Dauerwellen zu unmännlich, aber jeder solle doch sein Haar so tragen, wie es ihm passe. Dieser Clay Regazzoni hat unter dem Haar wenigstens fast so etwas wie einen Gedanken.

Sie nahm das Glas, ließ einen Eiswürfel in den Mund gleiten und zerbiss ihn. Als sie beim Blättern auf zwei Schweizer Ehefrauen traf, die berichteten, ihre Männer hätten den Krieg durch kluge Verhandlungen verkürzt, hielt sie inne. Vielleicht nur Wichtigtuerinnen, mal sehen.

Die Porträts zeigten Max Waibel und Max Husmann, den SS-General Karl Wolff und Allen W. Dulles, der den US-Nachrichtendienst in Europa geleitet und in den letzten Kriegsjahren seine Dienststelle in Bern gehabt hatte. Sie lutschte an den Eisstücken. Dieser Wolff habe fünf Tage vor der Kapitulation Deutschlands noch einen kleinen Separatdeal mit den Amerikanern geschlossen und die Kapitulation Italiens gemeinsam mit den Schweizern in die Wege geleitet hatte. Ach ja, das war der! Einer von den Schlaumeiern, der in letzter Minute seine Haut zu retten versuchte hatte, und das gar nicht mal so ungeschickt.

Dieser Charmeur hatte der Schweizer Hausfrau ein kleines Gastgeschenk mitgebracht, eine Zitrone aus Italien, und damit ihren kulinarischen Sachverstand aufs Schönste bestätigt. Eine wahre Kostbarkeit im Krieg, sogar bei uns in der Schweiz, wie Frau Waibel kennerisch erzählte. Sie zeigte dem Reporter voller Stolz das Gästealbum. Der Eintrag der Wolffs sah hübsch aus. Ja, natürlich, sie seien Freunde geworden.

Was für ein Gastgeschenk, eine Zitrone aus Italien! Sie nahm einen Schluck Campari, der heute wirklich doppelt so gut schmeckte wie sonst. Feige war Wolff nicht gewesen, und eigenmächtig handeln konnte er offenbar auch. Wäre sein Alleingang in den letzten Kriegstagen aufgeflogen, hätte es ihn den Kragen gekostet. Kurz vor dem Ende hatte man ja noch Soldaten aus Scheunen gezerrt und wegen vorgeblicher Fahnenflucht erschossen. Dafür war Wolff in Nürnberg mit ein paar Jahren Untersuchungshaft davongekommen, nicht mal als Angeklagter, sondern als Zeuge.

Erst später, als bekannt wurde, dass Eichmann in Israel vor Gericht gestellt würde, war auch in Wolff der alte Prahlhans wieder wach geworden. Der steckte in all den Kerlen. Angeberei war ja auch Eichmanns Stärke, nur war Wolff als SS-Scherge eine größere Nummer gewesen. In deutschen Illustrierten gab er bekannt, er habe rein gar nichts von der Ausrottung der Juden gewusst. Und dann klagten ihn die Deutschen doch noch an, wirklich Pech!

Eichmann hätte nie aus sich selbst heraus gehandelt, ohne Befehle war er aufgeschmissen. Seine große Enthüllung in Jerusalem war doch gewesen, dass im Mai '45, als keine Befehle mehr eintrafen, plötzlich die Weltuntergangsstimmung bei ihm ausgebrochen sei. Lachhaft, ein führerloses Dasein!

Aber dieser Wolff kam ihr im Grunde noch viel zwiespältiger vor als Eichmann. Hatte er als SS-General, als höchster SS- und Polizeichef in Italien, einfach nur das Ende der Gewaltherrschaft vorausgesehen? War das nicht eine Finte, die von Herrn Keuner stammen könnte? Typisch Brecht, diese Geschichten über die Schlauheit in Zeiten der Unterjochung. Er lässt seinen Herrn Keuner dienen und tun, was er zu tun gezwungen ist, ohne »Ja« und erst nach dem Ende »Nein« dazu zu sagen.

Und dann, als alles zu Ende war, hatte dieser Wolff nicht einfach abgewartet, um den Täter in sich selbst zu überleben? Nur den günstigen Moment abgewartet, um das Opfer darunter zum Vorschein zu bringen? Solche Rechnungen gehen manchmal sogar auf. Wolff bekam nicht wie Eichmann den Strang, sondern die Legende, den Krieg verkürzt zu haben.

Sie schlug das Heft zu, legte es beiseite und trank das Glas leer. Barbara stand schon vor ihr und räumte flink ab.

»Ihre Arme sind schon ganz braun.«

Barbara lachte herzhaft und gab zurück, sie könne auf den Felsen in der Maggia einfach am besten büffeln.

»Ja, dort ist es natürlich schön. Sie nehmen also ein Sonnenbad und lernen Italienisch.«

»Und wenn mir vor lauter Grammatik der Kopf brummt, springe ich ins Wasser.«

»Brrr. Eiskalt, nicht?«

»Na klar! Genau richtig, wenn's heiß ist.«

»Und wenn man so jung ist wie Sie.«

Sie stand langsam auf.

»Schönen Abend, Frau Arendt. Ich hoffe, ich sehe Sie bald wieder.«

»Hoffentlich, ja, danke.«

10 Beth Hamishpath

Jerusalem, 11. April 1961

Es war kurz vor acht Uhr morgens. Sie legte ihren Zimmerschlüssel auf die Empfangstheke und grüßte im Hinausgehen den französischen Kollegen, den sie am Vortag kennengelernt hatte. Er war erst auf dem Weg zum Frühstück.

»So früh schon auf, Hannah?«

»Bonjour, Alain!«

»Die Verhandlung beginnt doch erst in einer Stunde.«

»Précisément! Ich will zu Fuß hingehen.«

»Sehen wir uns heute Abend in der Bar?«

»Oui, same time, same whisky. Bonne journée!«

Sie klemmte ihre Mappe fest unter den Arm und ging durch die Drehtür ins Freie. Sie wollte den Verhandlungsort in Augenschein nehmen, solange die Luft noch rein war. Flugzeuge voller Presseleute aus aller Welt waren in den letzten Tagen in Tel Aviv gelandet.

Vorgestern früh, nach der Fahrt im überfüllten Bus nach Jerusalem, war sie im Hotel gleich ins Bett gefallen und sofort eingeschlafen. Das Hotel war keine besonders gute Wahl, das Zimmer leicht muffig, aber die Bäume im Garten spendeten Schatten, und sie fühlte sich erstaunlich frisch. Als sie durch die Straßen von Rechavia ging, schnupperte sie Frühlingsluft. Zitronenbäume – oder vielleicht doch Orangen? Wie es hier duftet, und zu Hause lässt sich der Frühling noch nicht mal blicken. Vor drei Tagen hatte sie noch an ihrem Fenster gestanden und auf den Hudson geblickt. Das Geäst der Bäume im Park war schwarz und nackt gewesen, und als sie im Cab zum Flughafen gefahren war, hatten die Knospen der Magnolien am Riverside Drive so steinhart ausgesehen, als würden sie es nie und nimmer fertigbringen, sich zu öffnen.

Sie bog aus einer kleinen Nebenstraße in die Ramban Street ein, ging links hoch und blieb bei der ersten Straßensperre am Frankreich-Platz stehen. Kikar Tzarfat. Sie konnte sich beim besten Willen nicht mehr erinnern, wie der Platz beim letzten Mal geheißen hatte, bestimmt nicht so. Wenn es ihn überhaupt schon gegeben hatte.

Der Polizist warf einen Blick in ihren Pass und trat zur Seite, dann war sie in der King George Street. Die Straße war weiträumig gesperrt. Ohne Autos war auch sie keine Hauptverkehrsader mehr und hätte geradezu anämisch gewirkt, wären nicht die vielen Menschen gewesen. Bis zur Nummer 48 konnte es nicht mehr weit sein, auch wenn sie das Gebäude, das eigens für den Prozess umgebaut worden war, noch nicht sehen konnte. Hier roch es nicht mehr nach blühenden Bäumen, sondern nach frischem Zement, nach Steinen und staubigen Händen.

Man kann bei rechtzeitiger Bemühung eine Telefonzelle im Gerichtsgebäude bekommen, die sogar mit Television versehen ist.

Kurt hatte in seinem Brief an alles gedacht und angefügt, dass Schreibmaschinen, die zur Berichterstattung benutzt würden, nicht mehr aus dem Gerichtsgebäude herausgenommen werden dürften.

Du müsstest also eventuell eine doppelte Einrichtung mitbringen, eine Maschine, die im Gerichtsgebäude bleibt, und eine für dein Zimmer.

Kurt war auf seine eigene Art praktisch, aber das war nicht ihre, nein, sie wollte nicht zwei Schreibmaschinen durch halb Europa schleppen. Sie hatte ja auch noch was vor, nach Jerusalem. Ihre Familie in Tel Aviv konnte ihr bestimmt eine Maschine für ein paar Wochen besorgen.

Sicherheit würde in diesen Verhandlungen über alles gehen – die Frage war nur: wessen Sicherheit. In der Zeitung hatte sie sogar Fotos von der Kabine gesehen, in der der Angeklagte sitzen würde. Durch die Buchstaben unter dem Bild hatte sie einfach nur hindurchgestarrt.

Eichmann's glass cage

Sie schreckte auf, weil sie hinter sich schnelle Schritte hörte, als wollte jemand direkt in sie hineinrennen. Eine Sekunde lang spürte sie, wie schutzlos ihr Rücken war. Noch bevor sie sich umdrehen konnte, war ein Junge schnell atmend an ihr vorbeigerannt. Erst dann sah sie den vielleicht Zwölfjährigen einen Haken schlagen und hinüber auf die andere Straßenseite zu seinen Kumpels rennen, die »shalom, shalom« zu ihr hinüberriefen. So viele Fremde plötzlich in der Stadt, dachte sie, das finden Kinder natürlich ebenso spannend wie früher, wenn der Zirkus in die Stadt kam. Sie winkte den Jungs zu, die fast schüchtern zurücklachten.

Wie es wohl im Verhandlungssaal sein wird? Abgesehen von Presseleuten waren auch viele KZ-Überlebende angereist, um in den Zeugenstand zu treten, ebenso wie die vielen Opfer, die in Israel zu Hause waren. Auch wenn sie die Anhörungen nur zu einem kleinen Teil erleben würde, war sie sich nach den Gesprächen mit Kurt jetzt schon sicher, dass das Erzählen und Zuhören etwas vom Wichtigsten überhaupt sein würde. Eine nicht erzählte Geschichte kann einen töten, ohne dass jemand es merkt.

Im Gehen drehte sie sich nochmals zu den Jungs um, die ihr noch immer nachschauten. Eigentlich könnte jeder der Sohn einer meiner damaligen Schützlinge sein. Sie erinnerte sich gern an die französischen Kinder, die sie betreut und für den Neuanfang in Palästina geschult hatte. Tun, was getan werden konnte, gemeinsam mit französischen Frauen. So praktisch wie in der Sozialarbeit für die Jugend-Alijah hatte sie nie zuvor und auch nie mehr danach gearbeitet. Als Sécrétaire général musste sie auch Papiere und Geld besorgen, mit den Eltern verhandeln, sofern die Kinder noch welche hatten. Manchmal hatte sie polnische Kinder untergeschmuggelt, und 1935 war's dann auf die große Reise gegangen.

Da wurde ihr bewusst, dass sie jetzt zum dritten Mal in ihrem Leben durch diese King George Street ging. Mit den Kindern und Jugendlichen war sie ins damals noch britische Mandatsgebiet gereist. Von einem Staat Israel noch keine Spur. Sie war noch nicht ganz dreißig gewesen, wenig später hatte sie Heinrich kennengelernt. Drei Monate war sie mit den Kindern hiergeblieben. Wie tapfer hatten sie so ganz allein ein neues Leben angefangen, einige waren sogar noch jünger gewesen als diese Jungs.

Und dann wieder 1955. Da hatte der Flecken Erde, in dem die King George Street lag, schon sieben Jahre lang zum neu gegründeten Staat gehört. Das Experiment namens Israel hatte auch sie mit Besorgnis erfüllt, nachdem sich herausgestellt hatte, dass die Situation politisch noch hoffnungsloser war, als sie ursprünglich gedacht hatte. Tag für Tag hatte der Umgang mit der arabischen Bevölkerung neue Rechtsunsicherheiten in die Welt gesetzt. Wie sollte das weitergehen? Ist denn ein Heim, das mein Nachbar nicht anerkennt, auch wirklich ein Heim? Viele Freunde hatten hier ihre wenn auch schwierige Heimat gefunden, Kurt und Erich, Gerhard und natürlich die Familie ihres Vetters, Ernst mit Käte und den Kindern in Tel Aviv. Ja, damals waren sie zum Bummeln hierher in die King George Street gefahren. Schließlich wollte man in diesem Israel das Leben genießen.

Jetzt, dreizehn Jahre nach der Staatsgründung, ging sie durch die King George Street, um in der Nummer 48 den Verhandlungsbeginn mitzuerleben. Wie würde sich das Gericht dieses Landes der Frage nach der Schuld von Adolf Eichmann annehmen? Und Ben Gurions Rechnung? Als sie aus der *New York Times* davon erfahren hatte, war ihre Hand auf den Tisch gefallen, sodass Heinrich aus seinem Platon aufgeschaut hatte, weil die Kaffeetassen klirrten.

»Sag doch du, Stups, kann man denn aus einem Strafprozess ein Lehrstück für die israelische Jugend machen?«

Jedes Mal hatte die King George Street ihr ein neues Gesicht gezeigt, und selbst im Ausnahmezustand dieses Morgens kam sie ihr nicht unvertraut vor. Als sie auf die andere Straßenseite hinüberging, waren die Jungs verschwunden.

Ein hoher Drahtzaun umfasste das ganze Gelände. Ihr Blick wanderte durch die Maschen. Ein einziger Sperrbezirk, dieses funkelnagelneue Haus des Volkes.

Auf dem Flachdach, aber auch auf den Dächern der benachbarten Häuser, standen Soldaten mit Maschinengewehren im Anschlag. Erinnerungen an Gurs stiegen in ihr hoch, an Stacheldraht, Wachtürme, die fünf Wochen im Lager, die Ungewissheit, wo man Heinrich interniert hatte. An die Flucht zusammen mit den anderen Frauen, die sich die Entlassungsscheine gefälscht hatten, an Lourdes, wo sie auf noch mehr Geflohene gestoßen war, an Benji und Dora, seine damals schon sehr kranke Schwester. Weiter, nur weiter.

Sie stellte ihre Mappe auf den Boden, nestelte in ihrer Jackentasche, zündete sich eine Zigarette an. Durch den Qualm blinzelnd sah sie die Militärposten für die Einlasskontrolle und die Schlange davor. Als sie so dastand, merkte sie, dass sie sich tatsächlich in einen Hochsicherheitstrakt begeben würde, scharf bewacht von oben, hinten und vorne, rechts und links. Da spürte sie, was sie in ihrem Brief an Kurt beschrieben hatte.

Zweck der Übung – Eichmannprozess. Mir graut vor der ganzen Sache, und ich halte mich daran fest, dass du da bist.

Kurz vor dem Abflug waren das eben nur Worte gewesen, jetzt würde das Grauen nicht nur mit ihr im Gerichtssaal sitzen, sondern steckte tief in ihr. Ein Sinnesreiz reichte, um die Erinnerungen aufzuwirbeln, wie Staub auf einem alten Dachboden, aber es gab kein Zurück mehr. Mit ihrem halbhohen Absatz trat sie den Stummel aus, klemmte ihre Mappe unter den Arm und ging festen Schrittes zum Haupteingang.

Die Menschentraube war größer und farbiger als die an der Straßensperre. Pressefotografen schwirrten umher. Abgesehen von Journalisten aus aller Herren Länder, alle in Anzug und Krawatte, sah sie Arbeiter aus Jerusalem, europäisch aussehende Einwanderer, Nordafrikanerinnen. Orthodoxe mit schwarzen Hüten in Kaftanen reckten ungeduldig den Hals, sprachen nervös miteinander und wandten ihr Gesicht ab, wenn eine Kamera sich auf sie richtete.

Sie stellte sich in die Schlange, schnappte hebräische Satzfetzen auf, verstand nichts, dann hörte sie hinter sich deutsche Wörter. Sie drehte sich um und sah ein westdeutsches Fernsehteam, das die Atmosphäre der Prozesseröffnung einfangen wollte. Vor ihr trippelte aufgeregt ein Japaner, bis der Soldat ihn durchwinkte. Dann war sie an der Reihe.

»Ma'am, your passport please.«

Sie reichte ihm ihren Pass.

»American?«

»Yes, sir.«

Sie reichte ihm die Pressekarte, die sie am Vortag im Pressebüro abgeholt hatte.

Criminal Case 40/61. Mrs. Dr H. Arendt Bluecher, USA.
THE NEW YORKER

Der Polizist gab Pass und Pressekarte zurück und trat zur Seite, damit sie durch den engen Durchlass zur nächsten Sicherheitsschleuse weitergehen konnte. Der Mann hat Manieren, trotz des Maschinengewehrs, dachte sie, machte zwei Schritte und wunderte sich über die Barracks vor dem Gerichtsgebäude. Sie ging auf eine von ihnen zu. Müsste man auf Deutsch auch Baracken sagen? Dürfte man das?

Der junge Polizist an der offenen Holztür unterbrach ihre Gedanken. Er schaute ihr genau in die Augen. Seltsam, sie hatte doch in ihrem Leben schon so vielen Uniformierten in die Augen geblickt, aber hier, in dieser engen Kabine, hätte sie fast weiche Knie bekommen, als der Polizist sich anschickte, sie von Kopf bis Fuß abzutasten. Für einen kurzen Moment ging er in die Knie, und sie sah auf seinen Kopf hinunter. Dann wandte er sich mit denselben routinierten Bewegungen ihrer Mappe zu.

Darin war nicht viel, sie hatte die zwei Pfund Papier, die sie im Pressebüro bekommen hatte, im Hotelzimmer gelassen und nur das Nötigste eingepackt. Ihr Notizbuch und den Kopfhörer, den sie ebenfalls im Government Press Office bekommen hatte. Der Polizist legte ihn beiseite, fand auch in der Handtasche nichts, was seine Aufmerksamkeit verdiente, nur das Feuerzeug in ihrer Jackentasche untersuchte er. Sie steckte es ein und ging durch die zweite Holztür ins Freie.

Als sie über den Hof zum Haupteingang ging, beschloss sie, sich an diesem Morgen nicht weiter den Kopf über Wörter zu zerbrechen, ob auf Englisch oder Deutsch, ob für die adäquate Beschreibung der Eingangskontrollen oder sonst was. Ums

Schreiben kümmere ich mich später. Das ist eine *cura posterior*. Erst werde ich hören und sehen und schnuppern.

Der Presseraum war größer als ein Schulzimmer und bis auf die Bildschirme genauso möbliert. Auf drei von vier Bildschirmen sah sie nur die reflektierenden Neonlampen. Über die Scheibe des vierten flimmerte ein Schachbrettmuster. Sie schickte sich an, zum Verhandlungssaal weiterzugehen, als ihr zwei Journalisten auffielen. Ach, die wieder. Schon am Gate hatte sie ihre Bekanntschaft machen müssen, als sie sich vor dem Abflug auf die freien Sessel neben ihr gesetzt hatten.

»I cannot wait to see the glass cage.«

»And the man in it.«

»You bet!«

Wie Kinder, denen man etwas Großes versprochen hatte. Sie hatte nur noch ins Flugzeug gewollt und war heilfroh über den Aufruf zum Einstieg gewesen. Sofort war sie aufgestanden und als eine der Ersten an Bord gegangen. Die Sitzplätze im Raucherbereich waren auf Langstreckenflügen begehrt, aber sie hatte einen davon ergattert, dazu noch am Fenster. Eine Weile hatte sie den Männern in den bunten Overalls draußen zugeschaut, bevor sie sich in ihr Notizbuch vertieft hatte.

Die Augen der Welt auf dem Gerichtssaal.

Sie sah die Journalisten über ihre Schreibmaschinen gebeugt. Hier tippen sie, die Augen der Welt. Sie drehte sich um und kam auf dem Weg zum Saal an dem Büro vorbei, in dem das Post-, Telefon- und Telegrafenamt eingerichtet worden war. Wahrscheinlich zu klein, aber sehr praktisch, hier brauche ich nicht extra zu bezahlen! Am Nachmittag wollte sie versuchen, Kurt anzurufen und ihren Besuch anzukünden.

Wie er jetzt wohl aussehen würde? Fünf Jahre waren ja nicht die Welt. Ihre Haare waren ein wenig grau geworden, aber auf seinem Kopf waren schon damals gar keine mehr gewesen. Wie fest sie Kurti in die Arme schließen würde.

In den Korridoren herrschte ein hektisches Hin und Her von Polizisten und Prozessbesuchern. Sie hielt am Eingang kurz inne, überblickte den fensterlosen Saal, sah die Sitzreihen für die Zuschauer und die Bühne, zuoberst die drei Richterstühle, dann ging es in Stufen abwärts, links die Glaskabine, dann eine lange Tischreihe. Die Stühle dort können nur für den Ankläger und den Staatsanwalt sein, dachte sie, mit Blick zu den Richtern hinauf, nach links zum Angeklagten, nach rechts zum Zeugenstand. Sie ging zu den für die Presse bestimmten Reihen hinunter. Ein Polizist wies ihr stumm einen Platz an, etwa in der Mitte des Zuschauerraums.

Sie spürte das Fieber, das alle erfasst hatte. Ein Journalist, der sich neben sie gesetzt hatte, stand wieder auf und ging nach vorne. Er beugte sich vor, bis seine Nase fast die Scheibe berührte. Ob er dort mehr sah?

Seit Monaten wartete die Welt auf diesen Morgen, als erhofften die Menschen sich insgeheim etwas ganz Bestimmtes. War der Glaskasten denn ein Spiegel, in dem sie etwas sehen könnten, das sie alle zusammen und jeden Einzelnen weiterbringen würde? Ein Spiegel, in dem das Weltdunkel sich ihnen zeigte? Die Stimmung in Nürnberg war bestimmt ganz anders gewesen, aber dorthin hatte sie dann schließlich doch nicht fahren können.

Der Gerichtssaal füllte sich. Von überall her drangen Satzfetzen auf Deutsch zu ihr herüber, Flüstern und Papierrascheln. Sie drehte sich um und sah vor allem Männer in Anzug und Krawatte, manche mit Hut, viele, die jünger waren als sie. Bin ich denn die einzige Frau? Da trippelte eine elegant gekleidete Dame mit Jackie-Kennedy-Frisur den Gang hinunter und suchte sich einen Platz so ziemlich in der Mitte der ersten Reihe. Sie sah nicht aus wie eine Frau, die viel schreiben würde.

Tische gab es nur vorne. An den Stühlen auf der Pressetribüne, wo sie saß, waren nicht mal Klapptischchen angebracht. Es war eben kein Hörsaal, sondern ein Konzertsaal. Sie legte ihre Mappe auf die Knie und blickte um sich. Schallschutz? Die Wände waren merkwürdig vertäfelt, auch jetzt musste sie wieder an Konzertsäle denken. Noch mehr aber beschäftigten sie die schmalen Durchbrüche in den Wänden. Schießscharten? Natürlich, Kameras! Sie tastete mit dem Blick die Seitenwand ab, bemerkte kleine Fenster. Na klar, dort oben ist der Olymp der Rundfunktechniker. Vor Monaten hatte sie gelesen, dass eine amerikanische Firma die Rechte für die Weltübertragung bekommen hatte. In Jerusalem war Radio Trumpf. Hier gab es noch kein Fernsehen.

Das Kommen und Gehen im Saal verebbte nur langsam. Der neugierige Kollege hatte seinen Platz wieder eingenommen. Von den vielen Polizisten, die Ruhe in den Saal bringen sollten, fiel einer ihr auf. Klein und unauffällig war er vorne durch eine Tür in der linken Seitenwand in den Glaskasten geschlüpft. Er legte Papier und Stift für den Angeklagten auf das Tischchen und schob sich dann durch die hintere offene Wand wieder in den Saal. Als wäre alles nur Routine.

Sie sah jetzt, dass auf dem Tischchen im Glaskasten sogar drei Mikrofone standen. Wieso braucht es überhaupt diese Box? Sie fragte sich, wer denn dem Angeklagten etwas antun könnte bei all den Kontrollen. War es nicht eher so, dass der Glaskäfig alle anderen schützen sollte, vor dem Gemeinwerden mit einer solch toxischen Kreatur? Jedenfalls trug er dazu bei, dass der Angeklagte zu einem Showcase wurde. Er verkörperte etwas, das man der Welt vor Augen führen wollte.

Der kleine Polizist setzte sich neben den Glaskasten. Es sah aus, als müsste er eine Vitrine in einem Museum bewachen. Er war der erste Mensch auf der Bühne. Der Glaskasten war noch leer und das Unfassbare, um das es hier gehen würde, nur eine Nummer. 40/61.

Sie erinnerte sich genau an den Moment, als sie das schmale Gesicht des Gefangenen in der *New York Times* gesehen hatte. Darüber eine Headline.

Die Nummer zwei unter den Naziverbrechern

Als dieses erste Foto von Adolf Eichmann um die Welt gegangen war, hatte man ein Raunen vernommen. Braucht sich einer, der so normal aussieht, überhaupt zu tarnen? Der sieht ja so was von gewöhnlich aus. Sogar auf Partys hatte sie solche Sätze gehört. Ja, Adolf Eichmann sah tatsächlich so aus. Wie die allermeisten ihrer Schulkameraden nun wohl aussehen, hatte sie gedacht. Eichmann war Jahrgang 1906, genau wie sie selbst.

Aber als sie das Foto in der Zeitung gesehen hatte, war ihr kein einziger ihrer Mitschüler aus Königsberg in den Sinn gekommen, sondern ihr schlaksiger Berliner Nachbar. Er glich ihm in seiner Unauffälligkeit. Ob er noch lebte? Immer noch in dem Haus an der Opitzstraße? Stand das denn überhaupt noch?

Wie oft war sie über den Hof gegangen, spät abends auf den gläsernen Kacheln kurz stehen geblieben, durch die das milchige Licht der Näherei im Kellergeschoss drang. Sie erinnerte sich noch gut daran, wie der Nachbar ihr einmal die Tür aufgehalten hatte, als sie, vollbepackt mit Büchern aus der Bibliothek, ins Hinterhaus durchgehen wollte. Wohnte er im Vorderhaus? Einmal hatte er in ihrer Tür gestanden und ein Tellerchen hingehalten. Seinen Namen hatte sie nie erfahren.

»Verzeihen Sie bitte, haben Sie vielleicht etwas Salz für mich?«

»Einen Augenblick bitte.«

Nachdem sie die Tür zugemacht hatte, war sie gleich zu Günther gegangen.

»Dieser Nachbar, denkst du, der hat rein zufällig auf die Klingel von G. + H. Stern gedrückt?«

Sie hatte ihre Hände auf seine Schultern gelegt, aber nur ein leises Zucken unter ihren Händen gespürt. Erst als sie auf der Türschwelle war, hatte Günther gefragt.

»Wer? Von wem redest du?«

Als der Nachbar dann noch einmal geklingelt hatte, war sie einfach nicht mehr zur Tür gegangen.

Noch immer wunderte sich alle Welt über Eichmanns Erscheinung, auch jetzt, da er jeden Moment in seinen Glaskasten treten würde. Mit der Zeit war ihr dieses dumme Gerede auf die Nerven gegangen, und sie hatte sich gefragt, ob die Nürnberger Prozesse wirklich schon so weit zurücklagen. Damals war doch genau dasselbe passiert. Erinnerte sich denn niemand mehr dran, dass der Lagerkommandant von Auschwitz vor Gericht so schrecklich gewöhnlich wie ein guter Familienvater ausgesehen hatte?

Sie stützte die Ellbogen auf ihre Beine und massierte sich die Schläfen. Sie hatte in *Life* gelesen, wie man Eichmanns Entführung und sein Leben in Argentinien verkauft hatte, mit Fotos und so. Really hot stuff war das und hat bestimmt viel Geld eingespielt, aber hier geht es doch nicht ums Aussehen.

Wie spricht denn einer, der Menschen mit seiner Unterschrift in den Tod geschickt hat, die allermeisten, ohne sie je gesehen zu haben. Wie klingt seine Stimme? Was für Wörter kennt er und welche nicht? Wie drückt er sich aus? Als sie wieder aufblickte, war der Stuhl neben dem Glaskasten leer. Der kleine Polizist hatte doch eben noch dort gesessen.

In der Seitenwand öffnete sich die Zugangstür zum Glaskasten. Sie sah auf das dunkle Trapez in der Wand. Kommt jemand rein? Bewegungen waren zu erahnen, mehr nicht, denn im Korridor hinter der Tür war kein Licht. Dann schob sich der kleine Polizist in den Saal, nahm flink die zwei Stufen, um zur schmalen Plattform für den Angeklagten zu gelangen, und drehte sich zu Eichmann um, der ihm auf den Fersen folgte. Aha, der Glaskasten steht auf einem Podest.

Als Eichmann ebenfalls die Stufen nahm und an ihm vorbei zu seinem Stuhl ging, berührte der Polizist ihn mit der Hand, beiläufig und fast gastfreundlich, zog sie und sich selbst aber gleich wieder zurück, damit die zwei Wachen auf Klappstühlen hinter Eichmann und fast synchron mit ihm Platz nehmen konnten. Beim Hinsetzen zog Eichmann die Hosenbeine kurz hoch und lächelte der jungen Frau, die ganz nah beim Glaskasten saß, zum flüchtigen Gruß zu. So hat man's den Jungs beigebracht, damit die Hose nicht ausbeult. Wie ein Primaner, wenn er denn in Linz je einer geworden wäre.

Die Wachen schauten unter ihren Schirmmützen hervor, so reglos geradeaus, als gehörten sie zur päpstlichen Garde. Im Gesicht des einen waren die Falten von den Nasenflügeln bis zum Mund ebenso tief eingeprägt wie bei Eichmann, der kurz in den Zuschauerraum blickte. Er schaut in meine Richtung, dachte sie zuerst, aber dann war sie sich nicht mehr sicher, ob er wirklich schaute, ob dies das richtige Wort für das war, was seine Augen taten, und für einen Moment schien es ihr, als wüssten seine Augen gar nicht, was das ist: schauen. Ob es an der Größe des Saals lag? Hatte er eine Sehschwäche? Hatte er es in den elf Monaten Haft verlernt?

Die drei Männer in der Box erinnerten an ein Pförtnerhaus für ein großes Industriewerk, nur dass hier der Pförtner noch einmal von zwei weiteren Uniformierten kontrolliert wurde. Langsam glitten ihre Finger an den rollierten Rändern ihres Halstuches auf und ab. Seide. Sie dachte an Mutt, von der sie das Stück geerbt hatte. Eichmann und ich hätten in ein und derselben Klasse sitzen können. Nur sieben Monate vor mir geboren, ja, wir hätten zusammen den Abschluss machen können. Aber er hat gar keinen gemacht, nicht das Abitur und nicht die Mechanikerausbildung, wie sie gelesen hatte. Kein Sohn, der einen Vater erfreut. Fast wäre die Mappe von ihren Knien gerutscht. In schnellem Reflex packte sie sie, legte sie an ihren Platz zurück. Zeigfinger und Daumen wanderten wieder zur Seide.

Wenn sie jetzt nur eine rauchen könnte. Aber das würde sie nur schaffen, wenn sie in den Presseraum rennen würde, wofür sie erst mal an all den Kollegen in ihrer Sitzreihe vorbeimusste. Noch immer gingen Männer vor den Sitzreihen der Zuschauer auf und ab, standen an der Balustrade, inspizierten die Szenerie, begrüßten einander und tauschten mit der Hand auf der Schulter des Gegenübers ein paar Worte aus, warfen einen Blick in den Glaskasten und steckten erneut die Köpfe zusammen. Einer, dessen Gesicht ihr zugewandt war, feixte.

Ärgerlich trat sie die rechte Ferse in die Holzdiele und schaute noch einmal zum Glaskasten. Sie fixierte Eichmanns Augen, die sich unablässig bewegten, hinter den dicken Brillengläsern nach schräg oben schnellten, dann wieder nach links unten, als wollten sie so lange Haken schlagen, bis sein eigener Blick nicht mehr nachkäme. Einer, der so schaut, sieht nichts. Ist er überhaupt da? Es schien ihr, als wäre Eichmann am Entweichen. Dabei waren die Richter noch nicht mal im Saal.

Sie öffnete ihre Mappe, nahm den Kopfhörer heraus und drehte ihn hin und her. Ein frisurschonendes Modell, wie ein Stethoskop aus Plastik, und das kleine Kästchen für die Batterien hier? Sie wunderte sich, dass kein Label irgendeiner Company dran war, hängte sich das Kästchen um den Hals und steckte die Hörkapseln in die Ohren.

Jetzt hörte sie Flüstern und ein Geräusch wie von Türen aus Pappe, deren Scharniere wie Mäuse fiepten. Hebräisch und

Englisch in raschem Wechsel, ein Mann und eine Frau, ohne dass sie etwas verstehen konnte. Die Frau hörte sich jünger an und sprach in einem Ton, als wäre sie ihm untergeben. Da fiel ihr der Mann ins Wort.

»Just read it in a very solemn tone. Solemn, very solemn.«

Seine Stimme klang eindringlich und erteilte, wie ihr jetzt schien, ungefragt Rat. Sind das die Simultandolmetscher? Was hier genau feierlich sein sollte, war ihr schleierhaft.

Sie setzte den Kopfhörer wieder ab und dachte nach. Sprechen hier Schauspieler über ihre Rollen? Und der Erfahrenere gibt den Ton an? Auf jeden Fall war das, was sie gerade gehört hatte, eine klassische Regieanweisung, wie im Theater, was denn sonst.

Eine unheimliche Spannung lag über dem Saal, der jetzt bis auf den letzten Platz besetzt war. Alle Blicke waren nach vorne gerichtet. Jetzt tat sich etwas. Endlich. Eine Gruppe von Beamten trat durch die rechte Seitentür, setzte sich an die Tische unterhalb der noch immer leeren Richterstühle. Die Dolmetscher im Saal. Auch zwei Männer in schwarzen Roben nahmen Platz, einer näher bei der Glaskabine. Das musste Dr. Servatius aus Köln sein, der Verteidiger. Offenbar ein Veteran in Kriegsverbrecherprozessen. Sie sah Wülste in seinem Genick.

Bin ganz schön gespannt, was Stups zu dem sagen wird, wenn er ihn im Fernsehen sieht.

Zu seiner Linken setzte sich sein Assistent, der ihr neben dem massigen Chef wie ein Schuljunge erschien, rechts blieb ein Stuhl frei. Ein Stuhl Abstand zum Staatsanwalt. Dann Gideon Hausner, kleiner und kahlköpfig, mit seiner ganzen Entourage. Drei ... vier ... fünf ... der Staatsanwalt bringt sein ganzes Büro mit! Was für eine Asymmetrie. Ihr Blick wanderte die Reihe schwarz gewandeter Rücken auf und ab und schreckte erst auf, als sie den stumpfen Schrei hörte.

»Beth Hamishpath!«

Auch sie sprang auf. Bei so einer Lautstärke kann man sich ja nicht einfach gesittet erheben. Der Polizist hatte offenbar seine ganze Stimmkraft aufgeboten, um das Haus der Gerechtigkeit anzukünden, und jetzt sah sie, wie die drei Richter den obersten Rang der Bühnenplattform betraten und sich umstandslos setzten. Sie warf einen kurzen Blick auf Eichmann. Auch er stand beflissen da, den Kopf nach schräg oben zu den Richtern gewandt, seine Bewacher hinter ihm.

Beim Anblick der goldenen Menora über dem Gremium der Richter musste sie an einen Orden denken. Die schwarzen Roben bedecken Körper, die sich erinnern – an ein Leben in Deutschland, an deutsches Essen, deutsche Gerüche, deutsche Lehrer und deutsche Universitäten und auch an deutsche Befehle. Deutsches Judentum, zu dem auch sie gehört hatte, als es noch existierte. Vor ein paar Wochen nur waren die Richter im *Aufbau* porträtiert worden. Heinrich hatte sich zu ihr herübergelehnt.

»Schau mal, das ist Moshe Landau, der Gerichtspräsident, das hier Benjamin Halevi und das Yitzhak Raveh. In Deutschland geboren und aufgewachsen, dann Einwohner von Palästina und jetzt Bürger und Rechtsvertreter Israels.«

Heinrich hatte kurz durch die Zähne gepfiffen.

»Dieser Landau stammt aus Danzig.«

»Genau. Als wir Kinder waren, lagen nur eine Bucht und ein Haff zwischen uns. Wenn der Danziger Dampfer einlief, hielt Mutt mich immer feste bei der Hand. Damit ich nicht zu nah ranging.«

»Dann hoffen wir man, dass du das in Jerusalem tun wirst. Na, Schnupper?«

Die Richter ordneten ihre Dokumente, rückten die Mikrofone zu sich heran und richteten sich auf ihrem Hochsitz ein. Richter

Halevi war in Berlin promoviert worden. Und in Charlottenburg, wo sie oft Freunde getroffen hatte, hätte sie Richter Raveh tatsächlich irgendwo begegnen können. Bis '33 war er Amtsrichter Dr. Franz Reuß gewesen. Dann hatte er Deutschland und seinen deutschen Namen für immer hinter sich gelassen.

Auch die anderen hatten Deutschland noch vor Ausbruch des Krieges verlassen. Eichmanns Sprache war auch ihre Muttersprache, aber die Gerichtsverhandlung, die würde auf Hebräisch geführt.

Nun denn, in Israel gibt es genug muttersprachliche Dolmetscher aus aller Herren Länder, wo Juden gelebt hatten. Besonders Dolmetscher für Deutsch. Die müsste es hier wie am Sand am Meer geben.

Wie fast alle im Saal griff sie zum Kopfhörer. Eichmann hatte ein anderes Modell. Wie das von Piloten, dachte sie noch, als die erste Sitzung des Hohen Gerichts begann.

11 Maggia

Auf der Brücke in Ponte Brolla, 1. August 1975

Da unten soll man wirklich schwimmen können? Sie hatte die Unterarme aufs Brückengeländer gestützt und blickte in die Maggia hinunter. Doch nicht etwa in diesem Canyon, ganz unmöglich, da runterzuklettern!

Sie hob den Kopf und blickte nach Tegna hinüber, viel mehr als eine Viertelstunde war sie nicht gegangen, schön bequem auf der Hauptstraße und sogar ohne Handtasche. Am Vormittag hatte sie ein paar Sachen erledigt, Heidegger angerufen und für die eine Nacht, die sie auf der Hinreise in Zürich verbringen wollte, im Hotel Ascot ein Zimmer reserviert.

Jetzt ist der August da. Was ist denn nun mit all den halben Verabredungen? Uwe zum Beispiel. Wollte der nicht ins Tessin kommen? Frisch hätte ihm sein Ferienhaus für einen Monat angeboten. Sie wusste nicht mehr, von wem sie es erfahren hatte, vielleicht von ihm selbst. Und jetzt? Berzona war um die Ecke, so wären sie und Uwe endlich wieder mal Nachbarn, nicht mehr am Riverside Drive, sondern in zwei Tessiner Dörfern, nur einen Katzensprung voneinander entfernt.

Das wäre doch schön. Wir könnten uns zum Abendessen in der Barbatè treffen! Ich werde Uwe noch mal fragen.

Je länger sie in die Schlucht hinunterschaute, desto weniger konnte sie sich vorstellen, dass Barbara wirklich da unten schwimmen ging.

Das Kind sieht doch vernünftig aus. Vielleicht weiter vorne

gegen Tegna zu, da, wo die Maggia den kleinen Pool bildet, das lass ich mir gefallen, aber doch nicht hier!

Die ausgewaschenen Felsen erinnerten sie an die Naturpools in den Catskills, nur waren die nicht so wild. In den Sommern dort war sie viel geschwommen, ganz nach der Devise, kein Tag ohne Waterhole. Heinrich war aufs Schwimmen nie scharf gewesen, schon gar nicht in Wasserlöchern zwischen Felsen. Wenn sie mit dem Badezeug losmarschiert war, hatte er ihr immer nachgerufen:

»Ich schmeiß mich doch nicht zwischen Scylla und Charybdis!«

Jetzt, wo sie seine Miene wieder vor sich sah, musste sie lachen. Aus dem Schwimmen hatte er sich fast so resolut herausgeredet wie aus dem Fliegen. Aber Wasser, Seen und ganz besonders Flüsse gehörten nun mal zu ihren Passionen. Nur in die Maggia hatte auch sie sich nie gewagt. Anschauen war doch auch schön. Und fotografieren!

Die Maggia-Schlucht und die Felsen in Palenville waren einander wirklich ähnlich. Sie hatte die beiden Felslandschaften oft fotografiert, seit sie die Minox besaß. Was für ein guter Kauf, '61 in München, nach Jerusalem und vor der ersten Italienreise mit Heinrich. Da kam ihr der Zwischenfall im Vatikan wieder in den Sinn. So eine Minox ist manchmal für mehr als nur fürs Fotografieren gut. Father Berrigan hätte sie ohne Kamera nie kennengelernt.

Sie richtete sich auf, ging über die Straße und legte die Hände auf das Geländer. Das Eisen war heiß, aber nicht unangenehm. Wie anders doch die andere Seite der Maggia-Schlucht aussah! Aber gar nicht so leicht zu beschreiben, dachte sie. Ein Bild ist eben viel schneller gemacht als ein Gedicht.

Trotzdem kamen ihr bei Felsen immer Verse in den Sinn. Das war schon früher so gewesen. Als sie zum ersten Mal durch die Rocky Mountains gefahren war, noch ohne Kamera, hatte sie gestaunt und die ganz und gar unbegreiflichen Felsformationen mit Zeilen aus dem *West-Östlichen Divan* gepriesen. Das Gestein wie eine Machtgebärde, mit der das All in die Wirklichkeit einbrach. Oder als sie erstmals den Gotthard bewältigt hatte, ebenfalls im Zug, mit Hofmannsthals *Reiselied*.

Wasser stürzt, uns zu verschlingen,
Rollt der Fels, uns zu erschlagen.
Kommen schon auf starken Schwingen
Vögel her, uns fortzutragen.

Das ist gültig, damals wie heute. An solchen Versen gibt es rein gar nichts zu rütteln. Die schicke ich diesem netten Bibliothekar in Marbach, zum Dank für seinen Brief. Und so nett, mit Blaubeeren und Walderdbeeren, die er gepflückt hatte.

Nie hätte sie damit gerechnet, dass Ludwig Greve ihr aus seinen Sommerferien schreiben würde. Sie hatte ihn kennengelernt, als sie Jaspers Nachlass durchsah. Bei der Kaffeetheke war er auf sie zugekommen, und dann hatten sie einander immer wieder mal Verse zugeworfen, aus Gedichten, die natürlich beide auswendig kannten. Ja, der Greve hatte ihre Ferienadresse ganz offensichtlich nicht verbummelt.

Hinter sich hörte sie Autos über die Brücke fahren und von Tegna her ein Knattern wie von Feuerwerk. Sie richtete sich auf, lehnte sich vorsichtig an und sog die Frische ein, die aus dem brodelnden Schlund zu ihr heraufwehte.

Die Flüsse sind das Wesentliche, die lieben Flüsse. Wie aus einem kleinen Bergbach ein mächtiger Strom wie der Colorado River wird, ohne den die Erde dort verloren wäre, das ist ein großes Geheimnis. Aber so etwas wie die Maggia-Schlucht ist einmalig. Auch Heinrich hatte große Augen gemacht, in seinem letzten Sommer hier, als er auf dieser Brücke mit ihr stand.

»Was diese Maggia wegleckt, Hannah, das hätte sich keiner der Titanen auf die Schultern heben können.«

»Ja, Stups, Wasser ist keine schlechte Erfindung vom lieben Gott.«

Sie spürte die Kühle des Wassers.

Von dieser Tiefe werde ich nie genug bekommen. Diese Felsen sind ein wenig wie die Rahel. Lassen das Wasser über sich fließen, schauen tausend Jahre oder mehr zu, wie es sich seinen Weg durch sie hindurchfrisst. Rahel hatte nichts anderes getan, als das Leben auf sich regnen zu lassen, aber wer hält das schon aus, so eine Hingabe?

Etwas in ihr schweifte immer gern zu ihrem Rahel-Buch zurück, das im selben Jahr erschienen war, in dem Jaspers in Frankfurt seinen großen Preis entgegengenommen hatte. Wie hatten ihr die Knie gezittert vor jener Rede! Und dann war sie die Stufen zum Rednerpult doch hochgestiegen und hatte über das Wagnis der Öffentlichkeit gesprochen, aber immer nur Karl angeschaut, nicht den Bundespräsidenten, gar niemanden, nur Karl und neben ihm Gertrud. Nach der Feier hatte ein sehr alter Herr in der ersten Reihe zu ihr gesagt, sie habe etwas zu leise gesprochen.

Karl hatte die Öffentlichkeit geliebt, im Herzen ein Staatsmann, und wäre er nicht zu einer Zeit und in einem Land aufgewachsen, das alles politische Talent hatte verkümmern lassen, so wäre wohl wirklich einer aus ihm geworden. Vielleicht hatte er sie deshalb vor dem Prozess in Jerusalem gewarnt, Monate, bevor der überhaupt begonnen hatte.

»Der Eichmannprozess wird Ihnen keine Freude machen. Er kann eigentlich gar nicht gut gehen.«

Sie hatte die Warnung damals in den Wind geschlagen, obwohl gerade er sie so gut kannte und ihre Unabhängigkeit respektierte.

»Ich fürchte Ihre Kritik, Hannah, und denke, dass Sie diese möglichst weitgehend für sich behalten.«

Karl hatte recht behalten. Jerusalem war ein Wagnis gewesen. Freiheitsdrang macht einen unberechenbar, und unfehlbar ist sowieso niemand, der unabhängig denkt. Niemand, außer vielleicht Heinrich, hatte geahnt, dass diese Öffentlichkeit für sie gefährlich sein könnte. Sie war nicht für das Exponiertsein gemacht. Sie war nicht wie der Fels da unten, der sich vom Wasser wegwaschen lässt.

Die Rahel und der Regen, die Hannah und das Leben in der Öffentlichkeit, ja, das wäre eine Art Doppelbiografie. Aber es geht bei alledem doch nicht um uns selbst. Sondern um die liebe Welt, die vor mir da war und nach mir noch da sein wird. In der Maggia-Schlucht kann man fast zuschauen, wie das Weiche das Harte besiegt. Aber nur fast, denn ein Mensch wird dafür einfach nicht alt genug.

Sie löste die Hände vom Geländer und spazierte ins Dorf zurück. Als sie am Ende der Brücke ein paar Jungs wegrennen hörte und dann wieder Geknatter, wusste sie, warum. Es war der 1. August. Die Kinder hatten Knallfrösche und anderes Feuerwerk und feierten mit ihrem Gefackel die Schweiz, aber auch ihre Jugend.

12 Weltraumhunde

Jerusalem, 12. April 1961

Hätte ich mir doch den zweiten Frühstückskaffee noch gegönnt! Die Schlange vor der Sicherheitskontrolle war nur noch halb so lang wie am Vortag. Der Polizist, der ihr gestern noch tief in die Augen geschaut hatte, filzte jetzt nicht mal mehr ihre Handtasche.

Als sie am Saaleingang stand, wunderte sie sich, wie schnell sie diesmal in den Hochsicherheitstrakt hineingekommen war. Noch alles leer. Da dachte sie, das Interesse am Prozess ist ein zartes Pflänzchen, so viel ist klar. Aber warum erlahmt es schon am zweiten von weiß Gott wie vielen Verhandlungstagen?

Natürlich war der Auftakt enttäuschend gewesen. Erste Anzeichen von Langeweile waren im Publikum deutlich geworden. Einer war bereits aus dem Saal geeilt, als Oberrichter Landau beim neunten der fünfzehn Anklagepunkte in seiner Rede angelangt war. Eichmann, stets in seiner schiefen Strammheit vor dem Richterkollegium, bis auf den zuckenden Mundwinkel reglos, als hörte er einer Litanei zu, die nicht das Geringste mit ihm zu tun hatte.

Ganze Reihen im Saal hatten sich gelichtet, als der Verteidiger die Rechtmäßigkeit des Prozesses bestritten und der Staatsanwalt versprochen hatte, er werde die Schuld Eichmanns Punkt für Punkt beweisen. Dabei war das Hausners erster großer Auftritt gewesen und eigentlich auch die erste Konfrontation zwischen den scheinbaren Antagonisten. Sie hatte den

Richtern gleich zu Beginn nicht wenig abgefordert. Landau hatte seine Mikrofone viele Minuten lang abgestellt, um sich mit seinen Kollegen zu beraten. Nicht mal da war sie zum Rauchen rausgegangen, mitten in der fast unerträglichen Anspannung, aus der sich die Menschen durch Räuspern und Husten, durch Kopfdrehen und Scharren zu lösen versucht hatten. Die Sache ist so angelegt, dass, wenn nicht ein Wunder geschieht, sie bis zum Jüngsten Gericht dauern kann. Das ist heller Wahnsinn.

Am Nachmittag waren die Plätze neben ihr leer geblieben. Oberrichter Landau hatte die Sitzung ungewöhnlich spät ansetzen müssen, weil der frühere Generalstaatsanwalt begraben werden musste. Endlich Ellbogenfreiheit. Unbeobachtet von neugierigen Sitznachbarn hatte sie sich Notizen gemacht, flüchtig und fast unleserlich, aber das war nicht schlimm, denn die Fürsts hatten ihr ja eine Maschine versprochen, direkt ins Hotel. Es wäre gut, ich könnte das abtippen, solange ich meine Klaue noch lesen kann. Hoffentlich schon heute Nachmittag.

Jetzt aber Kurti, endlich seine Stimme hören. Sie drehte sich auf dem Absatz um und ging mit großen Schritten durch den Korridor. Sie war froh über die geschenkten Minuten und brauchte sich auch gar nicht zu hetzen. Die Zeit mit dem Hörer am Ohr verging sowieso nur halb so schnell, wenn sie »Kurtchen« und »Ist das nicht schön?« in die Muschel sagen konnte. Oder wenn sie einen Brief von Kurt las.

Zugegeben, sie waren in den letzten Jahren kürzer geworden, aber wenn sie »liebstes Hannahchen« las, wurde ihr wohl ums Herz. Sie hatte nicht immer für dieselben Ziele wie Kurt gekämpft, aber mit derselben Haltung. Zank hin oder her, dachte sie, wir kommen auf anderen Wegen zu ähnlichen Ergebnissen. Sie empfand es als das gar nicht so kleine Wunder ihrer Freundschaft.

Auf dem Weg zum Telefon dachte sie an die letzte Nacht zurück. Sie hatte nicht einschlafen können und so klar vor Augen gehabt, wie anders ihr Leben ohne Kurt verlaufen wäre. Als sie mit drei Jahren nach Königsberg umgezogen war, hatte er dort studiert, sich im Verein jüdischer Studenten engagiert und eine Drachenhaut zugelegt. Bei den glühenden Deutschen, die die meisten Juden damals gewesen waren, hatte er für jüdische Anliegen zu kämpfen begonnen.

Kurt hatte ihr erzählt, wie er bei Max Arendt an die Tür geklopft hatte. Vom Haus ihres Großvaters und von seinem hohen Ansehen als Kaufmann war Kurt sehr beeindruckt gewesen, aber auch von der Sturheit, mit der er sich als Vorsitzender der Königsberger Stadtverordneten gegen die jüdischen Studenten gestellt hatte.

»Hannahlein, wie allerliebst bist du doch damals zwischen uns Männern auf dem Teppich herumgekrabbelt, und bei deinem Großvater auf dem Schoß hast du ganz laut gegluckst!«

Sie konnte sich beim besten Willen nicht mehr an die Männer erinnern, die Großvater besucht hatten, aber ungeachtet des Altersunterschieds fühlte sie sich als Kurts lebenslange Denk- und Weggefährtin. Ohne ihn wäre sie nie nach Palästina und dann nach Israel und Jerusalem gekommen.

Ich will verstehen, hatte sie immer wieder gesagt. Sie wollte das Menschliche im Unmenschlichen suchen, nicht in einem System, sondern in einem einzelnen Menschen, hier in Jerusalem. Wenn es in Israel einen Juden gab, der bereit wäre, das nachzuvollziehen, so wäre es Kurt. Es musste an die zehn Jahre her sein, dass er ihr gegenüber klipp und klar gemacht hatte, wie nur ein einzelner Mensch Widerstand leisten konnte, ob er nun Jude oder Nichtjude, Deutscher oder was auch immer war.

Es ist leichter, Tausende zu finden, die aufs Kommando bereit sind, ihr Leben hinzugeben, als zehn, die zur Selbstbehauptung gegen die Anordnungen des Systems entschlossen sind.

Wenn in diesem Land und überhaupt unter den Juden jemand bereit war, starre Fronten aufzuweichen, Zähes elastisch zu machen, so gab es in ihrem Herzen eigentlich nur den einen Namen. Aber darum dreht sich doch das Versprechen dieses Prozesses! Will man auch nur ein Körnchen davon wahrmachen, muss man hier über die Grundlagen unseres Denkens in dieser Sache nachdenken. Dann wäre das alles nicht umsonst.

Ach, Kurti. Als sie die Tür des Postbüros aufstieß, sah sie sofort, dass die Telefonkabinen frei waren. Sie schob eine ihrer Telefonkarten über die Theke, und die Beamtin wies ihr eine Kabine zu. Sie hob den Hörer ab und legte den Zeigfinger in die Wählscheibe. Kurts Nummer brauchte sie nicht nachzuschlagen. Die Leitung war belegt, aber sie wollte es erst glauben, als sie auch nach dem zweiten Versuch das Besetztzeichen hörte. Missmutig hockte sie sich auf die Kante neben dem Telefon.

Jetzt stehe ich mit gewaschenem Hals da und der Onkel kommt nicht. Nur mit Kurt konnte sie so schön ostpreußisch reden. Er hatte sie sofort verstanden, als er ihr vor drei Monaten aus der Klemme helfen sollte, während der Eichmannprozess immer wieder verschoben wurde. Sie hatte doch für das Frühlingssemester bereits der Northwestern University zugesagt. Keine Collegeverwaltung mochte Absagen, schon gar nicht von einer Gastprofessorin und keinesfalls in letzter Minute. Aber dann war die Verschiebung einfach so bewilligt worden. Auch im Midwest, wo so viele Deutschstämmige lebten, wollte man den Eichmannprozess verfolgen.

Sie wählte noch einmal Kurts Nummer und stand auf, als sie das Freizeichen hörte. Sie stellte sich auf die Fußballen, bis es in der Leitung knackte. Wie durch Watte hörte sie: »Hier Blumenfeld.«

»Kurti, es tut mir sehr leid, dass ich erst jetzt anrufen kann! Wie geht es dir und Jenny?«

»Hannahchen! Wann kommst du endlich zu uns?«

»Ach, so bald wie möglich, aber gestern hat das Wünschen rein gar nichts geholfen, die Journalisten hatten das ganze Schiff gekapert, es gibt nur eine Telefonzentrale hier. Sag, wie geht es euch?«

»Aufbau« war der Schlüssel zu Kurts Mission in Israel gewesen, und sie zweifelte nicht daran, dass sein altes Herz ihr treu geblieben war, nur hatte sie jetzt, da sie wieder einmal in Israel herumschnuppern konnte, immer stärker das Gefühl, Aufbau sei das, was ein Jude dem anderen einredete. Kurt war nicht blind, aber sie wollte sich erst einmal vergewissern, wie es ihm wirklich ging. Man wusste nie so ganz, ob der Ton, den er in seinen letzten Briefen angeschlagen hatte, wirklich ernst gemeint war.

»Ach, liebste Hannah, du hast mir hier jeden Tag gefehlt und bist noch zu jung, um das vergessen zu dürfen. Unser Staat? Ein junges Bürschchen ist es, quicklebendig, wie du selbst siehst – und ich ein alter Knabe.«

»Aber das ist doch nichts Neues. Und Jenny?«

»Besser, viel besser, fast wieder gut. Wirst du zu meinem Geburtstag noch hier sein, wenn ich dann noch lebe? Ich würde mir wirklich Mühe geben.«

»Na, dann werde ich zu deinem Siebenundsiebzigsten noch hier sein! Aber diesmal ohne Gedicht, Kurti!«

»Aber natürlich! Das zum Siebzigsten war lang genug. Das reicht bis in alle Ewigkeit. Aber lass uns heute schon auf die Schnapszahl anstoßen, sicher ist sicher. Kannst du heute Nachmittag kommen?«

»Ja. Dann haben wir auch Zeit für einen Spaziergang, nicht?«

»Ach, Hannah, ich fürchte, das wird schwierig mit meinen Beinen. Aber im Kopf geht es noch einigermaßen, überzeug dich selbst davon. Also 16 Uhr?«

»Sehr gut, ich bringe Kuchen mit, ja?«

»Auf keinen Fall. Jenny wäre beleidigt. Sie geht gleich in die Küche und backt was Schönes für uns. Wir freuen uns sehr.«

Als sie aus dem Postbüro trat, fühlte sie sich leichter. Seine Stimme erinnerte sie immer an die Herzenswärme unter den alten Juden ihrer Jugendzeit. Aber keinen Spaziergang mehr? Hatte er also doch nicht übertrieben in seinen Briefen?

Erst als sie schon im Saal saß, fast am Ende einer Reihe, so, dass sie die Richter und den Glaskasten im Blick hatte, und die Mappe öffnete, um Notizblock und Stift herauszunehmen, bemerkte sie, dass sie vor lauter Sorge um Kurts Gesundheitszustand einfach an dem Polizisten vorbeigegangen war, der die Plätze anwies. Egal. Und da war er wieder, der ungestüme Ruf »Beth Hamishpath«, der die Richter in den Saal begleitete und sie und alle anderen in die Höhe schießen ließ.

»Please be seated, quickly!«

Waren die Richter ungeduldig? Oberrichter Landau gab sich streng und unterbrach einen Redner, der sich nicht an die Spielregeln hielt. Er bemühte sich, nicht ins Deutsche zu verfallen. Dann klopfte er mit der flachen Hand auf den Tisch. Die Zuschauer wurden mucksmäuschenstill.

Sie sah den Staatsanwalt und den Verteidiger nur von hinten. Hausners Anblick bot bedeutend mehr fürs Auge als der Koloss aus Köln. Er beobachtete den Angeklagten, hing schräg im Stuhl und machte ausladende Armbewegungen, wann immer er konnte, am liebsten im Stehen, und das tat er sichtlich gern. Redete er vielleicht so viel, damit er stehen und man ihn besser sehen konnte?

Hausners Robe machte ihn größer, sie umwallte seine kleine Statur. Sie fand ihn wie geboren für dieses Theater. Hausner verschränkte die Hände auf dem Rücken, manchmal auch unter der Robe, und das ließ ihn wie einen großen schwarzen Vogel mit Glatze aussehen, der seine Flügel gefaltet hatte. Jetzt stand er leicht vornübergebeugt und sprach mit weit ausgreifenden Gesten, sparte weder mit Worten noch mit Emphase, bewegte sich ständig, wechselte Spiel- und Standbein, hakte seine beiden Hände in das Revers der Robe, obwohl sie eigentlich keinen Kragen hatte. Von hinten konnte sie jedenfalls nicht sehen, was Hausners Hände zu fassen kriegten.

Er verschränkte die Arme vor der Brust, lehnte sich im Sitzen leicht zurück und wippte mit den Füßen. Stützte sich mit beiden Händen auf die Akten vor sich auf dem Tisch. Jetzt erinnerte er sie in seinen langsamen Bewegungen an den alten Gorilla, den sie im Berliner Zoo gesehen hatte. Einmal nur war sie Günther zuliebe hingegangen, denn Zootiere interessierten sie nicht. Hausner wiegte sich beständig in irgendeiner Richtung, als stünde er in einem geheimnisvollen Wind, der stets aus neuer Richtung wehte.

Vielleicht kriegt Landau die Sache noch in den Griff. Wenn es mit dem Staatsanwalt so weitergeht, könnte man den Prozess über Monate hinziehen und doch verhindern, dass die wirklich wesentlichen Aspekte der Teufelei ans Licht kommen würden. Jedermann wusste, dass Eichmann gekidnappt worden war, aber Dr. Servatius bestritt höchstens halbherzig, dass Eichmann freiwillig nach Israel gekommen war, um die Zuständigkeit des Gerichts infrage zu stellen. Umgekehrt hackte Hausner auf nicht existierenden Präzedenzien herum, statt auf der Unprecedentedness der Sache zu bestehen. Es gibt eben keine Parallele zu den Konzentrationslagern.

Wie maßlos langweilig und uninspiriert das Hin und Her zwischen Verteidigung und Anklage war. Was will man eigentlich? Das Richtige geht hier im Irrelevanten unter. Und überhaupt: Wie kann denn eine Verhandlung Fahrt aufnehmen, wenn jeder nur ganz kleine Portiönchen vorbringen darf, damit die Dolmetscher im Saal und in den Kabinen ihre Arbeit tun können? Ein einziges Stop-and-go, und alles nur für die Komödie mit dem Hebräischen.

Sie war gespannt, was Alain zu alldem sagen würde. Sie hatte ihn in der Bar gestern Abend nicht mehr gesehen. Ob der arme Junge vor dem Postbüro hatte übernachten müssen? Dort hatte sie ihn am frühen Abend Schlange stehen sehen, unter Hunderten von Journalisten, die die Telefone und Telegrafen belagert hielten. Viele hatten den Saal verlassen, um als Erste ihre Nachrichten in die Welt auszusenden – aber welche denn nur? Dass sie sich langweilten?

———

Stunden später trat sie aus der Mittagshitze in die Lobby ihres Hotels. Die kühle Luft war angenehm. Die Dame an der Rezeption reichte ihr den Zimmerschlüssel und überflog den Zettel, der beim Schlüssel gelegen hatte.

»Augenblick bitte, da ist noch was. Mein Kollege vom Frühdienst hat einen Koffer für Sie entgegengenommen, von einem Herrn aus Tel Aviv, ich kann den Namen leider nicht lesen –«

»Fürst?«

»Hmm, ja, das könnte Fürst heißen. Darf ich den Koffer auf Ihr Zimmer bringen lassen?«

»Wie freundlich, danke, aber ich nehme ihn lieber gleich mit hoch.«

»Einen Moment bitte.«

Die Fürsts hatten also Wort gehalten. Dann könnte sie noch vor dem Besuch bei den Blumenfelds ihre Notizen abtippen. Sie machte zwei Schritte zu den Zeitungen weiter hinten auf der Theke. Ihr Blick flog über die Titelseite der *Jerusalem Post*, die zuoberst lag, und blieb an einer Schlagzeile hängen.

Space dogs pregnant. Russia announces birth.

Laika konnte nicht gemeint sein, aber die Russen hatten ja noch zwei weitere Hündinnen ins All geschossen. Offenbar sollten sie demnächst Junge werfen. Belka und Strelka waren mehr als vierundzwanzig Stunden durch das Weltall geflogen. Und welche Reaktionen hatten die Russen an ihren Weltraumhunden beobachtet? Die eine kläffte die Erde an, die andere kotzte, und sonst? Was sieht man denn eigentlich von da oben? Und wie wird der erste Mensch, der die Erdkugel aus dem Weltall sehen kann, den Anblick beschreiben?

»Leicht ist der aber nicht gerade, Madam. Wollen Sie den Koffer wirklich selbst hochtragen?«

»Selbstverständlich, vielen Dank.«

Als sie mit dem Koffer zum Aufzug ging, fand auch sie, dass die Maschine ziemlich schwer war, und im Aufzug überlegte sie, ob sie ihre nächsten Honorare nicht doch in eine Reiseschreibmaschine investieren sollte. Vielleicht so eine kleine, wie sie der Schweizer Journalist neben ihr im Presseraum vor sich stehen gehabt hatte, elegant und bestimmt ganz leicht. Hermes Baby hatte sie aus dem Augenwinkel lesen können, und leise war sie auch. Als tippte jemand auf einem Miniaturmodell.

Sie schloss das Zimmer auf, stellte den Koffer auf den Schreibtisch, gleich neben das Telefon, und machte die Augen weit, als sie den Koffer öffnete. Fast wie unsere in Berlin! Die Adler, die ihr erster und einziger Schwiegervater ihnen zur Hochzeit geschenkt hatte.

Wie sehr dieses Geschenk ihre Mutter befremdet hatte! Unvergesslich, wie sie beide gelacht hatten, Martha und sie.

»Was ist das denn? Eine Schreibmaschine als Hochzeitsgeschenk!«

»Ach, Mutt, er wird sich schon was dabei gedacht haben. Habe ich dir nicht erzählt, dass Günthers Vater den Intelligenzquotienten erfunden hat?«

In der Walze steckte ein Blatt mit rotschwarzen Buchstaben,

von denen die meisten aus der Zeile tanzten. Dahinter konnte nur ihre Nichte stecken. Ist sie jetzt elf oder vielleicht doch schon zwölf? Sie schlägt mir leider ein wenig nach, die Kleine, sehr hübsch und aufgeweckt.

Liebe Tante Hannah! Wann kommst du uns besuchen? Viele Küsse von Deiner Mespoche.

Wie gut, dass sie sich in Tel Aviv im Schoß der Familie fühlen konnte. Das machte diese Tage weniger strapaziös. Die Spannung in den Schläfen war fast weg, sogar alle Müdigkeit verflogen. Sie zog das beschriebene Blatt aus der Walze, spannte ein neues ein, holte das Notizbuch aus ihrer Mappe und setzte sich an den Schreibtisch. Ihr erster Eintrag war tadellos lesbar, die Finger auf der vertrauten Tastatur wie zu Hause. Wie waren die Fürsts nur an so eine schöne Adler gekommen?

Landau vorzüglich! Höflich. Weist Eichmann an, die Kopfhörer aufzusetzen oder abzulegen.

Sie tippte, so flink sie konnte, die Typenhebel wirbelten in Wellen auf und nieder, wie damals, als sie in Berlin bis spät in die Nacht hinein über ihrem Rahel-Buch gesessen und Günther an seiner Habilitationsschrift gearbeitet hatte. Sie liebte diese Bewegung vor dem eingespannten Papier. Die tanzenden Beinchen der Buchstaben machten das Denken und das, was es in der Welt zu bewegen vermochte, anders sichtbar als ein gedrucktes Buch. Bewegter und lebendiger.

Dolmetscher liest Anklagerede auf Deutsch, leicht österreichischer Akzent, wie Eichmann? Dolmetscherin in Kabine oben rechts hat Operngucker (Regieanweisung von gestern?).

Sie griff nach dem Hörer, wählte den Zimmerservice und bestellte einen Kaffee, mit Milch bitte, auf Zimmer 9. Dann tippte sie ihre nächste Notiz.

Eichmann: Bückling vor dem Richter, beflissen.

Sie hielt inne und schloss für einen Moment die Augen. Nein, Eichmann war kein Adler, aber das könnte gerade der springende Punkt sein. Diese Beflissenheit, die er im Glaskasten an den Tag legte, die musste man in einen Bezug zu seiner Tätigkeit im Reichssicherheitshauptamt setzen, in Büros, deren Bezeichnungen nach der Wannseekonferenz gewechselt hatten, ohne dass dies Eichmanns Beflissenheit geschmälert hätte. Nach Fahrplan arbeiten. Sie öffnete die Augen wieder.
Ihre Finger flogen zu den Tasten zurück.

Der Prozess ist ein wirklicher Schauprozess. Das hier Verhandelte geht um die Welt.

Als es klopfte und sie die Tür öffnete, trug ein junger Kellner das Tablett mit dem Kaffee und dem Mineralwasser herein und blieb mitten im Zimmer stehen.
»Da auf den Schreibtisch, bitte.«
Sie setzte sich wieder. Als er die Tür hinter sich zuzog, trank sie das Glas halb leer, blätterte und schrieb wieder.

Übersetzung: Deutsch grässlich. Keine muttersprachlichen Dolmetscher! Ausgerechnet dieser Prozess, in Israel, lachhaft! Englisch, Frauenstimme überschlägt sich. Männerstimme, Emphase passt zu Hausner.

Sie zündete sich eine Zigarette an, nahm einen tiefen Zug und legte die Zigarette in die Vertiefung am Aschenbecher. Die nächste Notiz, allez hop.

Landau liest Anklage vornübergebeugt, Hände gefaltet, Zahlen über Zahlen, Opfer nach Ländern sortiert. »… die der Angeklagte zusammen mit anderen verübt …«

Das ist der entscheidende Punkt. Wie ist Schuld zu ermessen, wenn eine Tat innerhalb eines Systems begangen wurde, das Unrechtmäßigkeit mit rechtmäßigen Mitteln zum Gesetz erhoben hat? Die Kernfrage in diesem Prozess war Eichmanns Schuld, nichts anderes. Nur die Tatsachen, die seine Schuld erhärten sollten, durften im Zentrum stehen. Sie tippte den nächsten Eintrag ab.

Glaskasten richterseitig offen. Eichmann schaut durchs Fenster, starr, zum Richtergremium, stramm Hände an Hosennaht. Reibt sich im Sitzen den Zeigefinger. Linkes Ohr hängt. Kaubewegung. Tic?

Ob er immer so gestanden hatte? Als kleiner Adolf vor seinem Vater? Vor seinen Lehrern, die ihn für ungenügend befunden hatten? Und später, in den schwarzen Stiefeln der SS, in der konfiszierten Villa am vielleicht gefrorenen Wannsee vor seinen Vorgesetzten? Und dann, als Ricardo Klement, vor dem Beamten im Hafen von Buenos Aires?
Sie blätterte in ihren Unterlagen und fand die Seite mit dem vom Internationalen Komitee des Roten Kreuzes in Genf ausgestellten Pass. Sieht wie ein Kunsthändler aus. Ob er so auch vor seiner Frau gestanden hatte und vor dem Säugling, als er in Argentinien noch einmal Vater geworden war?
Er wäre jetzt noch dort. Wenn er nicht auch als Ehemann so

beflissen gewesen wäre. Am Hochzeitstag hatte er Blumen für seine Frau gekauft, da hatten ihn die israelischen Geheimagenten endgültig überführt. Sie drückte die Zigarette aus, nahm ein paar kleine Schlucke und las die nächste Notiz.

Bühne frei, aber für wen? Hausner: typisch galizischer Jude. Scharfmacher und --- Ben Gurion.

Was stand da nach dem »und«? Sie beugte sich über das durchgestrichene Wort und das, was sie darübergekritzelt hatte, nahm die Brille ab, ging noch näher ran. Ihre Nasenspitze berührte jetzt fast das Papier. Halb entzifferte sie, halb erinnerte sie sich jetzt, dass sie das Wort »Guignol« durch »Puppe von Bauchredner« ersetzt hatte. Sie schob die Brille wieder vor die Augen und tippte den Eintrag fertig.

Die nächste Notiz musste vom Vortag sein, nach der Pause im Presseraum, wo es zum Streit gekommen war, aber leserlich war wirklich nur der Anfang.

1948–1961, Bar-Mizwa ---

Sie hatte mit Alain eine geraucht, als ein deutscher Kollege dazugekommen war. Der Naivling, der alles schlechterdings »herrlichst« fand, hatte erst frisch und fröhlich verkündet, der Staat Israel werde ja in diesem Jahr dreizehn Jahre alt, der Staat der Juden, Bar-Mizwa und Reife und so, das sei doch wirklich ein schöner Grund zum Feiern. Als ihm dann aber allmählich dämmerte, wer sie war, woher sie stammte, wo sie nun lebte, hatte er zu stammeln begonnen, »was haben wir euch nur angetan«, und sich ihr an den Hals werfen wollen. Fast reflexartig hatte sie ihn mit dem rechten Arm abgewehrt. Ein Staat kann nicht reif werden, wie absurd! Nur ein einzelner Mensch kann urteilsfähig werden.

Sie war nicht laut geworden, nur sehr bestimmt, und hatte dabei seinen Blick gesucht, aber der war bereits zu seinem Ärmel gewandert und hatte sich auf etwas geheftet. Dann der Aufschrei, sein Zeigefinger zeigte auf das Loch, ihre Zigarette, da sei sie dran schuld, hatte er fast in ihr Ohr geschrien. Sie hatte sich nur umgedreht und war in den Saal zurückgegangen.

Der Walzenwagen klingelte etwas lauter als sonst. Vehement hatte sie ihn an den Anschlag zurückgeschoben und überschrieb jetzt das bereits Getippte mit xxxxxxxx. Die Sache war nicht der Rede wert. Stattdessen:

Dr. Servatius: ölig, schmierig, geschickt, spricht er so kurz und bündig, weil er dafür aufstehen muss?

Eichmann niest. In seinem Glaskasten, wie eine Materialisierung in einer spiritistischen Séance. Gespenst mit Schnupfen.

Sie zog das Blatt heraus und legte es in ein Mäppchen. So. Das war's für heute, und nun das Vergnügen. Noch ein paar Zeilen für Heinrich. Mit ihm zu sprechen beruhigte sie, auch wenn es nur auf dem Papier war. Bevor sie zu den Blumenfelds aufbrechen würde, wollte sie zu sich kommen. Sie spannte ein neues Blatt ein und tippte frisch drauflos.

Lieber Liebster!

Ich warte schon sehr auf den ersten Brief. Hier geht alles wie erwartet, ups and downs, mit deutschen Kollegen, die an schwerster Israelitis leiden und die ich mir vom Leib halten muss, und mit dem Gespenst in der Glaskiste. Dass er sich selbst gern öffentlich erhängen möchte, hast Du vermutlich gelesen. Mir blieb die Spucke weg. Das Ganze stinknormal und unbeschreiblich minderwertig und widerwärtig. Verstehen tue ich es noch nicht, aber mir ist, als ob der Groschen irgendwann einmal fallen wird, nämlich bei mir. Leb wohl, mein Liebster. Ich denke an den Moment, wo ich schließlich auf dem Zürcher Flugplatz stehen werde, um Monsieur Stups abzuholen. Aber das liegt noch in weiter Ferne.

Deine, Deine –

Ich Trottel habe das Wichtigste vergessen: Sobald das Datum meines Fluges feststeht, telegrafiere ich.

13 O mein Papa

Tegna und Ponte Brolla, 4. August 1975

Mit dem guten alten Kant könnte ich den ganzen Tag verbummeln, immer wieder ein ganz außerordentliches Vergnügen.

Sie summte vor sich hin und klaubte einen der kleinen Sticker vom Blatt. Die Adresskleber hatte sie von einer Charity geschickt bekommen, als Dankeschön für eine Spende. Ein Glück, dass ich die dabeihabe.

Manchmal bekam sie welche mit einem Bald Eagle unter ihrer Adresse, Hanna ohne H oder Arend ohne dt geschrieben, die warf sie weg, auch die mit dem Star-Spangled-Banner. Sie war Amerikanerin, aber nie und nimmer mit Fähnchen. In all den Jahren war ihr das Flaggengetue sowieso immer fremder geworden, sei's auf dem Mond oder in Vietnam. Für Heinrich waren schon die kleinsten Anwandlungen von Nationalismus des Teufels. Nicht mal auf dem Klopapier hätte er Fähnchen geduldet.

Es muss nicht immer ein richtiger Schreibebrief sein, aber ohne Post ist's eben doch kein Urlaub. Und Postkarten hatte sie sogar aus Jerusalem verschickt, auch wenn das alles andere als Urlaub gewesen war!

Sie klebte den Sticker aufs Briefpapier, ist unterwegs ja doch ganz praktisch. Nun stand links oben Hannah Arendt, 370 Riverside Drive, New York, N.Y.10025, und rechts musste sie nur noch die Ferienadresse tippen. So bekam sie vielleicht sogar Post von Dr. Cox und mit Glück sogar noch im Tessin.

Sie stellte die neue Maschine an, und kaum war das Blatt eingespannt, begann es ganz leicht zu zittern. Mit Kugelkopf und allem, ein wirklich schwerer Brummer. Damit schreibt sich's fast von selbst. Sie tippte ihre Adresse in Tegna und darunter: den 4. August 1975. Komfortabel für die armen Fingergelenke, wenn man die Tasten nicht ganz runterdrücken muss. Und dass sich der Wagen fast von selbst an den Anschlag schiebt, ist auch ein Geschenk.

Doctor Cox, hier wird Carl Gustav Jungs 100. Geburtstag gefeiert, wahrscheinlich mehr als in Schottland, die Schweizer Zeitungen sind voll davon.

Sie überlegte einen Moment, was genau Jung über sich selbst gesagt hatte. »Ich möchte wie Merlin sein?« Hat er das wirklich gesagt? Oder eher das Gegenteil davon? Sie blickte nach draußen und sah die Zitronenfalter um die Hecke flattern. Kurz vor Mittag war ein Platzregen niedergegangen, nun waren sie zurück. Schön, wie sie schaukeln! Das gelbe Flirren machte sie fröhlich.

Als sie wieder auf das Blatt mit dem angefangenen Satz blickte, bemerkte sie, dass ihr Papier nahezu dasselbe Gelb hatte. In Amerika nannte man es Canary, hier aber war es Falterfarbe. Genau richtig für Cox, dachte sie. Nein, nein, das war anders formuliert. Jung hatte selbstbewusst von sich gesprochen, aber eben selbstbewusst wie ein Schweizer, verhalten und mit einer beiläufigen Relativierung. Sie tippte weiter.

Ich lege einiges aus der *Neuen Zürcher Zeitung* bei. In einer Würdigung bin ich über den Satz gestolpert: »In einem gewissen Sinn bin ich Merlin.« Was sagen Sie dazu? Ich bin sicher, dass Sie mir helfen können, Jungs Satz zu verstehen. Ich vermisse unser Gespräch. Ich würde mich freuen, wenn

Sie sich revengieren wollten, bis zum 22. August bin ich noch in Tegna.

Es grüßt Sie sehr freundschaftlich, Ihre

Sie zog das Blatt aus der Walze, las den Brief durch. Sie stutzte, strich dann von Hand das »eng« und setzte »anch« drüber. Ja, so ist's richtig, revanchieren. Die Unterschrift. Und nun noch die Karte aus der Kirche. Wo war sie nur? Sie hob die Handtasche auf den Schoß. Fünfzig Rappen habe ich doch in die Kerzenkasse getan. Bescheißen kommt nicht infrage, wenn's *einer* merken würde, ist's Cox. Sachte zog sie sie heraus.

Vorne drauf war das Altarbild aus der Kirche von Tegna, davor der Kerzenständer. Gläubige bitten Maria um etwas Glück in der Liebe, Prüfungserfolg, Heilung und zünden eine Kerze an. Maria, die Patronin der Kirche von Tegna, war keine von den vielen Marien, die brav auf ihren Sockeln blieben, sondern sie schwebte mit nackten Füßen über den Wolken. Ein Maler mit fast kindlicher Fantasie hatte sie an die Wand gemalt, ganz entrückt, so wie es sich für einen wichtigen Augenblick wie eine Himmelfahrt gehört. Ihr Sohn geht ja auch auf dem Wasser und kann in der Luft stehen.

Richtig vergnügt nahm sie den Stift und schrieb neben das Adressfeld:

Warm wishes from Tegna

Sie hielt inne, sah ihn innerlich schmunzeln, wie nur er das konnte, und setzte noch dazu:

Our local goddess for you!

Sie faltete den Brief und die Zeitungsseiten, steckte die Postkarte dazwischen und alles zusammen in den Umschlag. Ziemlich dicke Post. Sie lächelte in sich hinein und kramte unter ihren Papieren die Briefmarken hervor.

Mehrere Sorten hatte Liva hingelegt, ein Kopf auf leuchtend rotem Hintergrund sah besonders schön aus. Ist das ein Mädchen? Sie führte die Marke nah an die Augen, erkannte Trauben, die um römische Gesichtszüge drapiert waren.

Nein, das ist Bacchus! Ist schon klar, dass du dabei sein willst, wenn gefeiert wird.

Sie löste eine Marke aus dem perforierten Bogen und schaute sie aus der Nähe an. Was wäre das Denken ohne die Briefe an Freunde? In Frankreich, nach dem Einmarsch der Nazis, hatte das Lebenswichtige sogar auf einer Postkarte Platz gefunden.

Nous sommes toujours à Paris, Mutt va très bien, Monsieur a dû se rendre dans un camps, Benji se trouve aussi là-bas.

Postkarten waren schneller durch die Zensur gekommen als Briefe, auf Französisch sowieso. Aber dann war's bald vorbei gewesen, alle auf der Flucht, höchstens noch poste restante.

Sie drehte den kleinen Bacchus um, leckte die Marke ab und klebte sie aufs Couvert. Wie viele Postkarten hatte sie aus der Schweiz verschickt. Die erste an Benji, 1936 in Genf. So frisch verliebt in Monsieur, das vergisst man nicht mehr.

Und auch ihre erste aus dem Tessin, aus Gandria, hatte sie nicht vergessen. Als sie '52 zum ersten Mal durch den Gotthard gefahren war, hatte sie Heinrich eine Postkarte mit ein paar Versen aus dem Reiselied geschickt. Was denn sonst? Er hatte die Karte lange auf seinem Schreibtisch stehen.

Aber all die Postkarten danach, die hätte sie gewiss nicht aufzählen können. Ganz viele aus St. Moritz, wo sie doch nur ein einziges Mal gewesen war, sogar eine aus dem Nietzsche-

Haus in Sils-Maria für Stups, doch die allermeisten aus Basel, und natürlich Tegna. Ein Stück Papier, vorn ein Bild, vielleicht nur Schein, dafür hinten ein paar Zeilen Sein, manchmal sogar in Versen.

Sie nahm den Umschlag in die Hand. Nun war der kleine Helvetier mit dem Traubenkranz ihr Botschafter. Was würde er in Aberdeen sagen? Dr. Cox, Ihre Patientin macht Urlaub in Tegna und ist Ihnen in der Ferne nah. Ja, das oder auch sonst was Schönes, dachte sie und steckte den Brief in die Handtasche.

Als sie zur Zimmertür ging, fielen ihr die Kölner ein. Die obligate Postkarte! Fast hätte ich die vergessen, selbst wenn die Zilkens die zwei Motive von Tegna schon doppelt und dreifach haben. Sie trat in den Flur und schloss das Zimmer. Seit jener Zugfahrt, die viel zu früh geendet hatte, war die Freundschaft zwischen Köln und Manhattan nie mehr abgebrochen. Viele Gesten zwischen ihr und Johannes waren hin- und hergegangen, hatten in ihr das Vertrauen genährt, dass Deutschland Menschen wieder eine Heimat bieten könnte.

In der Bar war es still. Noch nicht mal Hintergrundmusik war zu hören. Barbara ist wohl an der Maggia, fiel ihr ein.

Die Reise mit den Zilkens und den Wolffs war unvergesslich, nur schade, dass Heinrich nicht mitgekommen war. Sie hatte die beiden Paare hier im Tessin miteinander bekannt gemacht, und Johannes Zilkens chauffierte sie alle durch Berg und Tal. Im Centovalli ging's zu Fuß über Stock und Stein in die entlegensten Weiler, auf abenteuerlichen Seilbahnfahrten über Abgründe, die Heinrich in kalten Schweiß gebadet hätten. Er war seine Angst vor dem Fliegen nie wirklich losgeworden. Diese winzigen Kabinen waren herrlich schwindelerregend! Wo sonst gibt's denn so was? Blechbüchsen, in denen man durch den Himmel fahren kann! So fühlen sich Kinder, wenn sie auf Sesselchen an Ketten im Karussell kreisen, wie im Jardin de Luxembourg. Aber auf dem Elefanten, den es dort auch gab, fühlte es sich bestimmt ganz anders an.

Sie lenkte ihre Schritte durch die Lobby und hielt auf den Ausgang zu.

Damals, mit den Zilkens und den Wolffs, hatten sie Nester besucht, die nicht mal Helene und Kurt bekannt waren, obwohl die doch ein paar Jahre in Locarno gelebt hatten. Ob sie Helene auch mal einen Gruß schicken sollte? Sie lebte ja wieder in New York. Nach seinem tödlichen Unfall, auch bei ihm war's ein Lastwagen, hatte Helene es als Witwe hier nicht mehr ausgehalten und machte nun tapfer weiter. Mit Büchern, was sonst. An der Rezeption legte sie den Brief an Cox auf die Theke.

———

Ihre Schritte knirschten auf dem Kies, als sie die Laube des Centovalli betrat. Unter dem Blätterdach hielt sie einen Moment inne, sie war etwas außer Atem gekommen.

Sie mochte das Restaurant, es lag unmittelbar vor der Schlucht, die sich die Maggia in den Berg gegraben hatte. Im Schatten von Reben ausruhen, was für ein Genuss nach so einer Wanderung, dachte sie und freute sich über ihre maßlose Übertreibung, aber die halbe Stunde von der Barbatè aus reichte ihr.

Die Mittagszeit war vorbei. Alle Tische waren frei, sie konnte wählen. Ganz hinten am Granittisch bei dem kleinen Springbrunnen setzte sie sich, wischte mit dem Taschentuch den Schweiß von der Stirn und blickte zum grünen Himmel hoch. Über ihrem Kopf wuchsen die Reben zusammen, an Stangen, die über die Steintische gezogen waren.

Ein Eiscafé, ja, das wär jetzt schön, so wie sie ihn hier machen. Mit Vanilleeis, das mit Kaffeepulver aufgeschlagen wird.

Ein älterer Kellner kam, grüßte knapp, nahm die Bestellung

mit einem Nicken entgegen und drehte sich auf dem Absatz um.

»Na komm schon, du grüner Junge.«

Sie fixierte den winzigen Kopf, der am anderen Ende hinter der Granitplatte hervorlugte.

»Willst du mir ein wenig Gesellschaft leisten?«

Die Eidechse wackelte mit dem Köpfchen. Was für kuriose Geister, aber zu mir kommen immer nur diese kleinen Grünlichen. Dabei soll es hier sogar Feuersalamander geben, auch wenn sie in all den Jahren hier noch nie einen gesehen hatte.

Sie konnte sich gut vorstellen, wie Robert dazu gekommen war, sich mit einer Eidechse zu vergleichen. Wenn man hier lebt, sind die Eidechsen ganz einfach Haustiere. Auf Roberts Terrasse in Minusio wuselte es in allen Ritzen und Spalten, sie erinnerte sich an die Besuche bei ihm, dummerweise immer ohne Heinrich, dabei waren die beiden seit Berliner Tagen Freunde gewesen. Sollte sie nochmals zu ihm fahren? Minusio war ja gleich um die Ecke.

Männer werden aufs Alter manchmal richtig komisch, aber Robert war immer schon eine ulkige Tüte gewesen. Nur deshalb fand sie so passend, was er ihr in einem Brief geschrieben hatte.

Ick bin eine lyrische Eidechse, die flink und ganz eigenwillig zwischen den Riesen der Literatur herumflitzt und dabei hier und da eine unsterbliche Eintagsfliege aufschnappt.

Heinrich hatte in seiner Jugend einmal einen sechsmonatigen Durchfall gehabt, sechs Monate, wirklich nicht zum Spaßen. Sein vegetatives Nervensystem hatte nur noch Spasmen gemacht, und die Ärzte hatten Heinrich schon aufgegeben, worauf Robert gemeint hatte, wenn du sowieso stirbst, können wir auch nach Italien fahren. Vielleicht waren Robert und Heinrich deshalb so gute Freunde geworden.

Sie hatten jene Italienreise wirklich gemacht – mit dem besten Erfolg, und das schweißte sie zusammen, neben den Liedern natürlich, die sie gemeinsam sangen, *Ein Freund, ein guter Freund*, und auch andere von Roberts Songs. Wie Anne für sie, war er für Heinrich ein Stück Jugend gewesen.

Robert war ein begnadeter Dichter, noch jetzt im Alter, seine Schubladen prallvoll mit Ungedrucktem. Aber genau das schien ihn nun zu plagen. Er hatte sie nicht schlecht überrascht, als plötzlich ein Packen Gedichte am Riverside Drive eingetrudelt war. Offenbar hatte er in seinen Schätzen in Minusio herumgekramt, das eine oder andere ausgewählt, um es in Druck zu geben. Bevor wirklich Schluss sein würde, hatte er sie um ein Nachwort gebeten. Warum auch nicht? Aber wie immer musste sie ihren Senf auch zur Auswahl geben. Nicht alles war ihr druckreif erschienen, und auch die Reihenfolge wollte überdacht sein.

Der Kellner hantierte beim Eingang herum und schien es nicht besonders eilig zu haben. Ob der mich vergessen hat?

»Heißt du vielleicht Robert?«

Sie neigte den Kopf zur Eidechse, aber die drehte sich blitzschnell um die eigene Achse und warf die Schwanzspitze wie eine Geißel in die Höhe, bevor sie ganz entwischte.

»Aha, das ist dir zu viel der Ehre.«

Robert war wirklich eine Nummer. Dabei hatte er sich doch angemaßt, ihr vorzuschreiben, mit wem sie ihn in ihrem Nachwort vergleichen sollte und mit wem nicht. Aber am Telefon hatte sie dann Klartext mit ihm gesprochen.

»Nu mach mal einen Punkt, Robert. Das lass nu man schön meine Sache sein.«

»Nix da, liebste Hannah! Mein Gebrüll kommt nun mal aus der Brust, nicht aus der Schreibtischschublade.«

»Aha, Robert Gilbert ist literarisch eben nirgends unterzubringen, genau wie Heine, n'est-ce pas?«

Wie immer hatte er das letzte Wort haben wollen, besonders

wenn es um ihn selbst ging. Seinen Platz neben Großen und Kleinen, den gab er sich schon selbst. Sie erinnerte sich, wie kurios ihr das mit der lyrischen Eidechse vorgekommen war, aber seine Bescheidenheit war nie ganz unbescheiden, nicht einmal dann, wenn er von ihr sprach.

Ein aufgeschossener junger Mann balancierte einen Becher mit einem Schlagsahneturm und schwang das Tablett kühn auf den Tisch.

»Here you goes, your ice coffee, Madam.«

Er intonierte wunderbar falsch, aber mit einer Natürlichkeit, die es ihr schwer machte, keine Freude daran zu haben. Zuoberst in der Sahne steckte ein blaurotes Fähnchen. Tessin, nicht Demokraten und Republikaner, sagte sie sich, um sich den Appetit nicht zu verderben, und zog es heraus.

Der Ersatzkellner schenkte ihr Mineralwasser ein und blieb stehen, als wollte er zusehen, wie sie den Sahneberg abtrug. Der Kollege sei in die Pause gegangen, und er habe übernommen. Ist dieser Bengel schon zwanzig? Sie steckte den Löffel so tief in die Sahne, dass Daumen und Zeigfinger mitversanken.

»Haben Sie denn keinen anderen Löffel?«

Sie leckte den Finger ab und blickte den jungen Mann von schräg unten an. Steht da wie ein Student! Es wundert mich gar nicht, wenn er jetzt eine dieser Rührseligkeiten vorbringt, die die Studenten kurz vor Semesterende massenhaft in meine Sprechstunden treiben. Sie erinnerte sich an treuherzige Beteuerungen, wie sehr sich einer bemühte, wie hart eine an sich arbeitete, um ein besserer Mensch zu werden, ja, das sagten sie wirklich, und nicht bloß, um eine gute Note zu bekommen. Believe me, professor. Unsinnig, wie ein Notensystem die Kinder verformen kann, es war an der Zeit, dass sie das hinter sich ließ.

Sie stocherte im Eis, als sie schnelle, trockene Schritte hörte und der Kellner ihr das Gewünschte mit einem breiten »Please« über den Tisch reichte. Wie angewurzelt schaute er zu, wie sie ihr Glück mit dem neuen Löffel versuchte. Hat der denn keine Manieren? Will er mehr als nur Maulaffen feilhalten? Sie wusste selbst nicht, warum ihr gerade nicht viel Freundliches durch den Kopf schoss, und stach tief ins Glas, um an das Eis zu kommen. Ohne aufzublicken hörte sie ihm zu.

Er heiße Matteo und wohne im Nachbardorf, ob es ihr etwas ausmachen würde, wenn er ein wenig mit ihr rede. Sein Englisch sei schon ziemlich gut, aber es müsse noch besser werden, weil er nach Amerika wolle, und der Kollege habe gesagt, sie sei Amerikanerin. Er wolle sie nicht stören und habe sich halt gedacht, nur solange keine anderen Gäste da seien.

»Wenn Ihnen mein deutscher Akzent nichts ausmacht, können Sie sich gern zu mir setzen. Das wäre für uns beide bequemer.«

Er setzte sich ihr schräg gegenüber auf die Steinbank, aber auch so musste sie noch zu ihm aufschauen.

»My pleasure, thank you!«

Er arbeite nur in den Semesterferien als Kellner, studiere Maschinenbau in Zürich, wie sein älterer Bruder, der arbeite jetzt bei Sulzer. Aber für ihn höre die Welt nicht in Winterthur auf, nein, er wolle sich auf Triebwerke spezialisieren, Aerospace, deshalb müsse sein Englisch unbedingt besser werden, jetzt sei er im vierten Studienjahr.

»Sind Sie mit der Boeing B-747 hergeflogen?«

»Ja, natürlich.«

Sie schob das Eis in den Mund und fragte sich, ob Männer ein technisches Gen haben. Günther hatte es, aber überall mit einem lautstarken Anti davor. Das Fernsehen nahm er ebenso aufs Korn wie die Atomenergie. Heinrich war da pragmatisch gewesen und hätte weder das Telefon noch das Fernsehen hergeben wollen.

»Ehrlich gesagt hat mir die DC-8 mehr zugesagt. Man fühlte sich wie in einem aparten kleinen Restaurant, wenn Sie wissen, was ich meine«, sagte sie in ihren Eisbecher hinein, »aber ich will nicht lamentieren. Fliegen ist herrlich, der endlos gedehnte Tag, wenn man nach Amerika fliegt. Sind Sie denn schon mal geflogen?«

Matteo schlug die Augen nieder. Nein, das sei viel zu teuer, der Winterspezialtarif in die USA koste 2300 Franken. Sie verstand nicht recht, ob das mehr als der Monatslohn seines Vaters war, der in Intragna bei der Bahn arbeitete, oder das Salär seines Bruders, jedenfalls war's unerschwinglich.

»Fliegen ist Luxus, wird aber von Jahr zu Jahr günstiger. Nixon ist weg, hoffentlich bald auch dieser unsägliche Ford. Aber wenn dann ein Demokrat ans Ruder kommt, wird er das Fliegen für alle erschwinglich machen. Keine Frage! War ja beim Auto genauso.«

Sie nahm einen Schluck Wasser. Der Kellner schenkte sofort nach.

»Wissen Sie, auch ich hätte das früher nie selbst bezahlen können. Ich nahm halt an Konferenzen teil, hielt Vorträge, der ganze Klamauk, aber das zahlte die Reise. Sie sind ja selbst in der Wissenschaft, Matteo.«

»Exactly!«

Matteos Augen leuchteten. Er habe sich als Hilfsassistent bei einem seiner Professoren beworben, einem Amerikaner, der früher bei der NASA gewesen sei. Er habe schon zwei Studenten beim Apollo-Programm unterbringen können und forsche nun für die Industrie.

»Wollen Sie denn auf den Mond?«

»No, not even Mars.«

Sein Professor tüftle zwar an einem Roboter herum, der auf dem Mars Gesteinsproben einsammeln könne, aber das interessiere ihn nicht.

»I want Boeing.«

»Seattle also.«

Sie erinnerte sich an die zig Transatlantikflüge, während sie im Glas rührte und zuschaute, wie die Sahne und das Eis sich vermischten. Was wäre mein Leben ohne das Fliegen?

»Übrigens sind bei Swissair Essen und Service an Bord eindeutig besser als bei den Amerikanern. Meistens fliege ich nach Zürich oder Genf. Schmeckt übrigens gut, dieses Eis. Ist das wirklich mit ganz gewöhnlichem Kaffee –«

Mitten im Satz hatte es derart geknallt, als wäre etwas unter dem Blätterdach oder jedenfalls ganz in der Nähe explodiert. Die ganze Schlucht hallte mit. Und gleich noch mal. Sie ließ den Löffel im Eis stecken.

»Was ist denn nun los?«

»What?«

»Dieses Knallen, hören Sie das denn nicht?«

»Oh that! They train the shooting.«

»Wie bitte? Schießen?«

»Every Saturday, but it's a very loud.«

»Das höre ich! Ist ja wie im Krieg. Soll ich in diesem Lärm mein Eis essen? Und warum samstags?«

»Oh, it's just for fun.«

Matteo zeigte zur Schlucht. Da drüben, im Schießstand der Gemeinde Locarno, werde am Samstagnachmittag geübt, und mit den Händen zeichnete er eine Zielscheibe in die Luft. Sie hasste Schießlärm, seit sie selbst zur Zielscheibe geworden war. Ihr Löffel klirrte im halb leeren Becher, als sie den Teller von sich schob.

»Scheußlich!«

Sie öffnete das Zigarettenetui und bot ihm eine an. Er hob die Hand, da müsse er leider passen, er laufe Marathon. Sie zündete sich eine an und nahm ein paar tiefe Züge, als immer wieder Schüsse fielen. Es schien ihr, dass die Laube den Knall noch lauter machte.

»Kann man da nichts gegen tun?«

»Nothing. Wait until stops.«

Sie steckte sich die Zigarette zwischen die Lippen, legte die Hände auf die Ohren und schaute Matteo an, als der plötzlich seine Augen aufriss, wie vom Blitz getroffen.

»Over there, same like Wurlitzer, but different, you see?«

Matteo zeigte auf die Jukebox beim Eingang und streckte beide Arme aus.

»Great technic, not just one arm! Is a machine super.«

Sein Chef habe sie gerade erst angeschafft, mit richtig viel Power, obwohl sie nur aus Deutschland sei. Vielleicht hatte sie falsch verstanden, ein Schuss hatte sein Germany zerfetzt. Aber wie schön kann dieser Junge doch strahlen! Der ganze technische Apparat gehört eben zum Menschen wie das Schneckenhaus zur Schnecke. Sie freute sich mit Matteo. Einfach unglaublich, dass Technik Glück verheißen kann.

»Music against war!«

Matteo sprang auf. Der tänzelt wie Rumpelstilzchen ums Feuer, dachte sie, nur war das nicht so hoch aufgeschossen. Sie verstand immer noch nicht, was er im Schilde führte.

»Allora, I make music.«

»Was ist in der Kiste denn drin?«

Sie schrie mitten in eine Salve hinein und nahm die Hände von den Ohren.

»What do you wish?«

»Was Französisches, ach, ganz egal, Hauptsache, schnell.«

Sie blickte Matteo nach, im Laufschritt zur Jukebox, über das Leuchtfenster gebeugt, sie hörte Münzen, Tasten und dazwischen Schüsse und schließlich Orchestertakte eines Walzers, auch die durchschossen, eine Stimme, die sie gut kannte. Schneidend und sonor, selbst wie eine Waffe. Padam padam. Sie sah Matteo winken und mit den Armen wedeln. Cet air n'est pas né d'aujourd'hui.

»Better?«

Da hob sie den Arm, machte eine Faust, Daumen nach oben, auf und ab, als machte sie in der Laube Autostopp. Matteo kapierte sofort, kauerte nieder und fummelte an der Hinterseite herum. Schlagartig wurde die Musik ohrenbetäubend laut, dann rannte er zu ihr zurück.

»You still hear the shooting?«, rief Matteo heftig atmend über den Tisch. Er habe das Volumen ganz raufgefahren. Sie lachte.

»You can call me Hannah.«

Was für ein blendender Bengel! Fragt mich mitten im Krieg, mögen Sie's so? Matteo erinnerte sie an Alain und ihre Gespräche in der Jerusalemer Hotelbar. Genauso agil und frisch drauflos, sogar auf die Golda Meïr und den Hausner.

Alain und die Piaf waren unzertrennlich für sie, aber das waren sie erst lange nach dem Prozess geworden. Kurz nach ihrem Siebenundfünfzigsten, nach dem richtig schlimmen Sommer, ach was, Herbst, Winter, das hörte ja gar nicht mehr auf.

Alains Platte muss neben dem Fernseher bei den anderen Singles stehen. So lange schon nicht mehr gehört, dachte sie und drückte die Zigarette aus.

»Einen Espresso bitte und noch ein Lied.«

»Sure! Now a brandnew song!«

Matteo sprang auf und rannte durch die Schüsse zum Eingang. Sie musste schallend lachen. Wie der Teufel im Tanzclub. Die Piaf und die Schüsse vermischten sich.

Dieser Matteo ist wie der Jack in the Box, den mal einer zu Silvester mitgebracht hatte. Was für ein schräges Geschenk das gewesen war! Später hatte sie es dem Doorman für seine Kinder mitgegeben, aber im Grunde war's doch wenigstens mal was anderes, sonst wurde einem Gastgeber ja doch immer nur die übliche Flasche Wein entgegengestreckt. Sogar Heinrich hatte sich da angepasst, andere Länder, andere Sitten. Auch er packte eine ein, wenn sie auf Besuch gingen. Was anderes kommt gar nicht in die Tüte, Schnupper. Dabei hätte sie gern auch mal einen

Roman oder sonst was Schönes mitgebracht. Unvergesslich die Bachmann, mit der Salami und dem Buch in ihrer Küche! Das ist meine Frau für das Eichmann-Buch, hatte sie damals noch gedacht. Frommer Wunsch.

»Wo zum Teufel ist denn dieser Schießplatz?«

Ihre Frage ging im Lärm unter. Die Schüsse hallten durch die Schlucht und drangen wieder ungehindert in die Laube, seit die Piaf nicht mehr sang. Sie rätselte noch, was Matteo nun ausgewählt hatte, als sie den Orchesterauftakt hörte, dann eine Männerstimme, die sie nicht kannte, aber den Worten konnte sie trotz der Schüsse folgen.

Es war schon dunkel, als ich durch Vorstadtstraßen heimwärts ging, da war ein Wirtshaus, aus dem das Licht noch auf den Gehsteig schien, ich hatte Zeit und mir war kalt, drum trat ich ein.

Das soll brandneu sein? Sie lauschte weiter.

Da saßen Männer mit braunen Augen und mit schwarzem Haar, und aus der Jukebox erklang Musik.

Matteo bremste auf dem Kies hart ab, das Tablett geschickt über dem Kopf balancierend, und grinste, als er den Espresso hinstellte.

»Jukebox, Hannah! Ich hab's ja gesagt, Music against war.«

»Sag mal, Matteo, hörst du eigentlich so was? Das kann doch nicht deine Musik sein. Ziemlich triefend, was?«

Unter ihrer Frage hörte sie im Refrain etwas von griechischem Wein und Blut der Erde oder vielleicht auch Blut und Erde, von altvertrauten Liedern, da wusste sie nun nicht mehr, ob sie wirklich nur wegen der Schüsse schauderte. Matteo hatte ihre Frage nicht verstanden und zeigte auf seine Ohren.

»Ist ja auch höllisch laut hier! Der ganze Kasten scherbelt, hörst du das? Man versteht ja sein eigenes Wort nicht mehr! Und überhaupt, mit *dem* Lied kann man sowieso keine Schüsse übertönen.«

Er verwarf die Hände und machte eine herrlich blöde Miene. Offenbar verstand er noch immer nichts. Sie schrie über den Tisch und zeigte zur Jukebox.

»Stop it!«

»Okay okay okay.«

Matteo rannte los, duckte sich hinter die Jukebox und machte die Lautstärke erträglich. Als er wieder vor ihr stand, lächelte er triumphal und zeigte mit dem Daumen zur Jukebox.

»Brandnew.«

Dieser Udo Jürgens sei ganz vorn in der Hitparade, ein Österreicher, erst gestern sei die Platte gekommen.

»Das hilft trotzdem nicht gegen das verdammte Schießen. Komm, Matteo, wir trinken jetzt auch was, bring uns einen schönen Cognac.«

»Yeah! Really good training today!«

Matteo sprang in großen Sätzen ins Restaurant, als müsste er dort gegen Brünhilde kämpfen. Sie war sicher, dass er, anders als dieser Gunther aus dem Nibelungenlied, ganz ohne Beschiss gewinnen würde. Ja, die altvertrauten Lieder. Sie legte die Hände in den Nacken und drehte das Gesicht zum grünen Himmel. Ein Ort zum Aufatmen, außer wenn geschossen wird.

Warum hatte Heinrich sich nur so lange geweigert, in ein Flugzeug zu steigen? Deshalb waren sie früher immer in die Catskills gefahren. Erst nach dem Prozess in Jerusalem war er zum ersten Mal ins Flugzeug gestiegen, und so waren sie später auch ins Tessin gekommen, Sommer für Sommer.

Nach ein paar Bieren hatten die beiden Männer in Minusio begonnen, Roberts Lieder zu singen, auch *Das ist die Liebe der*

Matrosen. Wie lachhaft! Hitler, der das Lied so geliebt hatte, hatte keinen blauen Dunst davon gehabt, dass es von einem Juden stammte. Robert, die Eidechse!

Auch Robert war über Paris und Lissabon nach New York gelangt, sogar vor ihnen, und immer sein Kabarett und seine Schlager im Gepäck. Mit dieser Musik war ganz Berlin über den Ozean gefahren, sie hatte diesen Rhythmus noch so genau im Ohr, den Rhythmus, der sogar Roberts Inserate im *Aufbau* durchpulste. Großberlin, wie es sang und klang, leibte und lebte, liebte und hasste, von anno dunnemals bis heute. Robert hatte den »Abend der Berliner« im Mecca Tempel in der 55th Street zwischen 6th und 7th Avenue arrangiert. Damals war's für sie und Heinrich der erste dieser Art, mit Brecht, Tucholsky und Roberts eigenen Liedern im noch überwältigend fremden Manhattan. Sogar Mutt, die damals noch mit ihnen am Morningside Drive gewohnt hatte, war ins Schunkeln gekommen. Was sonst gar nicht ihre Art gewesen war. Roberts Ohr war geschult, klassisch, aber auch am Singsang seiner Kinderzeit in Berlin.

> eeene meene minke tinke,
> faderrole volke tolke,
> wiggel waggel weg

Das waren fast die gleichen Reime gewesen wie bei ihr in Königsberg. So was vergisst man nicht. Das schweißt zusammen, ganz besonders Roberts Stempellied.

> Keenen Sechser in der Tasche,
> bloß'n Stempelschein,
> durch die Löcher der Kledaasche
> kieckt die Sonne rein.

Ja, so stehste vor der Umwelt
jänzlich ohne was,
wenn dein Leichnam plötzlich umfällt,
wird keen Ooge naß.

Mit Klängen und Liedern machte man sich Freunde, in Manhattan ebenso wie zuvor in den lärmenden Cafés und Kneipen Berlins, von Charlottenburg bis Tiergarten. Nach dem Krieg hatte Robert in der Schweiz und überhaupt in Europa an seine alten Erfolge anknüpfen können. Natürlich hatte Heinrich und sie das gefreut, aber für ihn war's bitter gewesen, als sein Jugendfreund nach dem Krieg nach Europa zurückkehrte.

Besonders, als sie zum Arbeiten weg war, in Kalifornien oder später in Chicago, war Heinrich allein zurückgeblieben. Dabei hätten die Männer so gut die Zeit miteinander totschlagen können. Dann kam eben Charlotte, ja.

Nun, wo ihr lieber Sänger nicht mehr da war, merkte sie, dass ihr auch nur noch ein Stück vom Stempellied geblieben war.

»Finally, I am sorry!«

Matteo kam fast gemessenen Schrittes zu ihr zurück und stellte das übervolle Tablett auf den Tisch. In einem kleinen Wald von Gläsern standen drei Flaschen Cognac, eine Flasche Mineralwasser und ein silberner Kübel mit Eis.

»Alles für uns?«

Sie schaute zu ihm hoch.

»Oder erwarten wir Gäste?«

»Choice is good.«

Matteo schenkte ihr zuerst ein frisches Glas Mineralwasser ein, dann präsentierte er ihr alle drei Cognac-Flaschen, Rémy Martin, Camus und eine, die sie nicht kannte, natürlich alle französisch. Comme il faut, dieser Kellner. Sie schaute zu, wie Matteo das Glas gekonnt in der Hand hielt, einschenkte und es kurz schwenkte, bevor er es ihr reichte.

»Try.«

Mit großen Augen schaute er sie an. Sie roch am Glas, trank ein Schlückchen und streckte die Hand nach dem Camus aus.

»Der schmeckt fast wie der in Israel. Ich möchte lieber den hier kosten.«

»Okay, try this one.«

Matteo reichte ihr das Glas.

»Köstlich! Schmeckt ehrlich. Camus ist eben immer gut!«

»Now the last one. King Louis thirteen, really not cheap.«

Mit einem Augenzwinkern reichte er ihr das dritte Glas, aber sie roch nur daran und stellte es weg.

»Stoßen wir an?«

Sie hob das Glas mit dem Camus. Er schenkte sich einen Tropfen vom Königscognac ein. Das Kind ist bescheiden, dachte sie.

»Cheers, Matteo!«

Er nippte nur und schaute sie an. Sein Mund wurde richtig breit. Er grinst ja wie dieser Clown, den ich in der *Schweizer Illustrierten* gesehen habe, dachte sie.

»Setz dich doch.«

Sie fasste sich mit der Hand an den Nacken. Ist mir schleierhaft, warum die Jungen heute so in die Höhe schießen.

»Hören wir noch ein Lied?«

»Okay. Now really rocking!«

Er rollte ziemlich theatralisch mit den Augen und rannte zur Jukebox. Sie rückte die Cognacflasche näher. Camus. Sehr gut. Die Marke will ich mir merken. Einen köstlichen Cognac würde ich nie Sartre nennen.

In die Schüsse mischte sich nun eine Musikdose. Klänge wie für Kinderohren, eine sanfte Frauenstimme mit einem Akzent, der sie an Berkeley erinnerte. Sie musste lächeln, als ihr das »Rouża isd zurukk« im Hörsaal wieder in den Sinn kam. Die Frauenstimme sang von einem Zirkusclown. Das Lied tönte ein wenig wie hoppe hoppe Reiter, und natürlich musste sie an Connie Francis denken.

Papa wie ein Pfeil ritt auf die Seil. Das konnte er machen zwölfmal ohne Mieh', er lachte dazu und firchte sich nie.

Kein Wunder, dass das Lied in einer Jukebox steckte, schließlich war's ein Riesenhit geworden, und auch Robert hatte seine Hand im Spiel gehabt. Das Originallied war von einem Schweizer Komponisten, aber für Funk und Fernsehen musste ja immer und immer wieder alles neu adaptiert werden, Schweizer Musical zu Film, Film zu deutschem Musical. Den Liedtext hier hatte Robert geschrieben.

O mein Papa war eine wunderbare Clown. O mein Papa war eine große Kinstler.

Über dieses Lied hatten Heinrich und sie sich gestritten. Ihr gefiel es, Heinrich fand es furchtbar, aus demselben Grund, aus dem es sie berührt hatte. Sie hatten beide keinen Vater gehabt, und Heinrich hatte seinen nicht mal gekannt. Plötzlich verzogen sich die Wörter, als würden sie in der Jukebox schmelzen.

Papaaaaoooo

Was ist denn jetzt los? Und wo bleibt Matteo?

Vor der Jukebox sah sie den alten Kellner, er fuchtelte mit dem Kabel vor Matteos Gesicht und rief mehrmals »Azzo« oder so ähnlich, dann waren Matteos Schritte im Kies zu hören. Mit erstarrtem Gesicht und ohne sie anzuschauen räumte er Flaschen und Gläser aufs Tablett. Seine Nasenflügel vibrierten, aber sonst verbarg er seinen Zorn. Sie nahm den Camus zu sich und legte die Hände um die Flasche.

»Den behalte ich.«

»Was hat den Alten nur so wütend gemacht?«

Zu laute Musik? Der falsche Cognac? Kunden sind keine Menschen? Wir hatten's doch ganz schön, einmal abgesehen von den Schüssen.

»Stupid guy«, knurrte Matteo über den Tisch und versuchte zu lächeln, aber der Alte beobachtete ihn scharf, als der Junge über den Kies schlurfte. Ein Blick wie ein Messer im Rücken.

Matteo ging durch die Laube zum anderen Eingang, wortlos stellte der alte Kellner das Tellerchen mit der Rechnung vor sie auf den Tisch. Erst jetzt merkte sie, dass die Schießerei aufgehört hatte. Sie trank den Camus aus und legte eine Zehnernote hin. Da kam Matteo mit einem Putzeimer angeschlurft, stellte sein Gerät beim Springbrunnen ab und begann, mit einer Bürste den Beckenrand zu schrubben, den Blick unauffällig zu ihr gerichtet. Sie stand langsam auf, nahm eine Visitenkarte aus der Tasche und winkte damit.

»Ruf mich an, wenn du nach New York kommst, aber wegen der Maschinenindustrie lohnt sich das nicht unbedingt.«

Das Stückchen Papier hellte Matteos Gesicht auf.

»Boeing, Hannah!«

»Frau Jenny in der Barbatè vorne sucht immer Personal. Just in case, Matteo.«

Sie gab ihm die Hand und schaukelte sanft aus dem Grotto. Nur schön sachte, sind ja nur ein paar Meter, und die Schießerei habe ich auch überlebt.

14 Kiwitt, kommt alle mit

Jerusalem, 12. April 1961

Ich hätte meine Sandalen mitbringen sollen, dachte sie und ging rascher im Schatten der Bäume. In der Nachmittagshitze vermischte sich der Geruch, der von den geparkten Autos ausging, mit dem Duft der Feigenbäume. Ob Kurts Zittern stärker geworden ist? Ihr Schritt fühlte sich schwerer an als sonst. Der Blumenfeld sei nur noch eine Ruine seiner selbst, hatte sie es nun schon so oft munkeln hören. Selbst Karl hatte berichtet, dass die Krankheit Kurt sehr verändert habe. Objektiv, hatte er gesagt, was immer das heißen mag für einen Arzt. Trotzdem hatte sie es nie ernst genommen.

Erst jetzt, da er gleich vor ihr stehen würde, begann sie zu ahnen, dass alles anders sein könnte. Nie mehr wie früher. Kurt war für sie immer ein wenig wie Opi und ganz anders als ihr Vater gewesen.

Die Angst, alte Freunde wiederzusehen, kannte sie nur zu gut, und auch Heinrich konnte ein Lied davon singen. Wie leicht ihre Angst sich zur Panik auswuchs, wenn er sich mal nicht so pünktlich meldete wie abgemacht. Wie verloren sie sich dann fühlen konnte, wie ein Rad ohne seinen Wagen. Die Angst kannte sie seit ihrer Flucht. Wer flieht, nimmt keine Möbel mit, nur Freunde, bei denen man Schutz und Geborgenheit findet, als wären sie Tisch und Bett. Seit '33 trug sie ihr Milieu mit sich herum. Zigmal hatte sie es neu erschaffen müssen. Nur bei Kurt, da hatte sie sich nie verloren gefühlt. Er war für sie immer derselbe geblieben und gehörte mit zum Besten ihres Lebens.

Ihre allererste Erinnerung an Kurt war immer noch frisch, besaß Farbe und Geschmack und die Rauheit von Opis Hosenbeinen. Sie auf dem tiefroten Teppich mit den dunklen Kringeln, auf denen die Finger so schön fahren konnten wie auf einem Pferdewagen oder einem Karussell. Den groben Stoff, wenn sie Opis Knie umklammerte. Wie es auf der Wange kitzelte, wenn er sich mitten im Gespräch mit seinen Besuchern zu ihr niederbeugte und sie küsste. Wie er theatralisch den Mund aufriss und »Aua« rief, wenn ihre Hände seinen Bart zu fassen kriegten. Und wie weich sich die Haare in den Händen anfühlten, überhaupt nicht mehr kitzlig. Opi hatte so ein schönes Fell wie ihr Elefant.

An Vater erinnerte sie sich nur in ausgebleichten Farben. Er war immer schon in einer anderen Welt gewesen. Eine Zeit lang hatte noch irgendetwas von ihm im Krankenhaus gelegen, der Mann in den weißen Laken, den sie mit Mutter besuchen musste, aber sie hatte nie gewusst, wen sie dort antreffen würde. Vor der Zimmertür hatte Mutt sie immer so fest bei der Hand genommen, dass es wehtat.

»Nicht dass du ihm wieder auf den Schoß springst, Kind.«

Und dann waren sie ins Zimmer gegangen. Still war's, und komisch gerochen hatte es, und sie hatte sich ans Bett gestellt und ihn so angesehen. Bleich wie der Junge im Märchen, dem sie den Kopf abgeschlagen und nur so wieder draufgesetzt hatten, dass niemand es merkt.

»Mama, er schaut so komisch. Ist das mein Papa? Kennt er mich denn heute? Bist du sicher, dass er noch lebt? Fällt ihm sein Kopf ab, wenn er Hoppe Reiter mit mir spielt?«

Mutt war dann immer hinter einem Taschentuch verschwunden und hatte sich ganz lange geschnäuzt. Diese Fragerei ließ sie besser sein, wenn sie nicht ganz allein sein wollte, das hatte sie schnell gelernt. Nur die Vogelsprache, die sie so gern gekonnt hätte, die lernte man offenbar nicht so schnell. Kiwitt, kommt alle mit, das kannte sie aus dem Märchen, das Mutt ihr immer erzählt hatte, aber nicht die ganze Vogelsprache. Dabei hatte doch einzig und allein der Vogel dem Marlenchen die ganze Wahrheit erzählen können. Wer ihrem Brüderchen den Kopf abgeschlagen, ihn zerhackt und in den Topf getan und dann in Sauer gekocht hatte.

»Ein großes Mädchen wie du kann selber lesen.«

Und dann war er gestorben, aber Vaters Tod war nicht schlimm gewesen. Seine Bücher waren ja da geblieben. Das Allerschlimmste in dem Jahr war sowieso Opis Tod gewesen.

Sie blieb einen Moment stehen. Es roch nach Zitrusfrüchten und Esel. Unter dem nächsten Baum hockte ein Junge, barfuß und das Gesicht zwischen den angezogenen Knien, ein Stecken neben ihm. Sein Haar sah aus wie die Mähne seines Esels. Das Tier lehnte sich fast an den Baumstamm, an den es angebunden war. Über seinem Widerrist hingen links und rechts Körbe wie leere Vogelnester.

Als sie weiterging, rührten sie sich nicht. Kurts Haus fände ich sogar blind, dachte sie und bog in die Straße ein, in der die Blumenfelds wohnten. Sei mein alter Kurti, tu mir den Gefallen. Nach ein paar Schritten blieb sie stehen und drückte auf die Klingel. Sie wartete lange, bis die Tür sich öffnete. Kurt hob nicht wie früher die Arme, um sie zu umschließen, sondern blieb im Spalt zwischen Tür und Türrahmen stehen.

»Tach, Kurti.«

Sie verharrte auf der Schwelle, bis er sich in den Flur zurückgeschoben hatte, wobei er sich am Türrahmen festhielt. Sie umarmte und küsste ihn mehrmals.

»Komm rein, Hannah, komm.«

Er tastete an der Flurwand entlang. Sie ging hinter ihm und

sah, wie klein seine Schritte waren. Die Füße hoben sich kaum vom Boden ab.

»Heute Morgen, als wir telefonierten, war alles noch besser, auch mit meinen Beinen.«

Als er an der Schwelle zum Wohnzimmer stehen blieb und zur Küche hinüberblickte, legte sie ihm die Hand auf die Schulter. Knochig fühlte sie sich an. Kurt musste stark abgenommen haben.

»Und Jenny?«

Zuletzt hatte sie die Blumenfelds in Genua gesehen, sie hatten Kaffee zusammen getrunken. Jenny und Kurt waren unterwegs zur Kur nach Bad Ragaz oder Badenweiler, aber von Jennys Krebs wusste damals noch niemand.

»Notfall. Sie musste vorhin ins Spital. Es tut mir so leid, nicht mal gekaufter Kuchen ist da.«

»Ist doch alles gut. Und wie geht es ihr?«

»Das weiß ich noch nicht, ich rufe nachher an. Die Männer von der Ambulanz meinten, dass es ein Weilchen dauern würde, bis man sie untersucht hätte. Komm, Hannah, da, am Fenster steht mein Sessel.«

»Ja, Kurti, lass uns da sitzen.«

Zum ersten Mal, seit sie in Israel angekommen war, fühlte sie sich nicht mehr so gereizt.

»Komm her, Hannahchen, ganz zu mir, so können wir beide aus dem Fenster schauen. Wie geht's denn deinem Heinrich? Und deiner Mespoche, du warst doch schon in Tel Aviv, alle gesund und munter?«

»Ja, alles gut. Heinrich lässt dich grüßen. Hauptsache, wir sind beisammen, Kurt.«

Kurt nahm ihre Hand. Seine war kalt und feucht.

»Du siehst, wie's mit mir steht. Würde es dir etwas ausmachen, das Fenster zu schließen? Ich vertrage den Luftzug nicht mehr.«

Sie schloss das das Fenster und setzte sich wieder zu Kurt.

»Schön, dass ich dich noch einmal sehe, Hannah, ich hatte schon gar nicht mehr dran geglaubt. Na los, erzähl. Dieser Prozess ist wichtig für Israel.«

In Kurts Augen blitzte noch immer ein Fünkchen von dem Feuer, das sie so liebte. Aber es war schwächer denn je.

»Natürlich, Kurt, auch für Deutschland ist er wichtig. Dort hocken noch viele unter Talaren, auf Richterstühlen, in Redaktionen, Verlagen, weißt du ja selbst.«

»Man wird sie aus den Schlupflöchern holen. Die Wahrheit kommt ans Licht. Sind denn die ersten Zeugen schon vernommen worden?«

»Nein. Ach, der Prozess hat doch noch gar nicht richtig begonnen. Nicht mal Baron ist aufgetreten.«

»An den Professor hab ich gar nicht gedacht, als Historiker ist er eine andere Art von Zeuge, ich meinte eigentlich –«

»Salo Baron wird über die Shoah aussagen, als Gutachter. Weiter könnte der Rahmen für den Prozess gar nicht gespannt sein, außer man begänne bei Adam und Eva oder ihren Kindern, den allerersten Mördern. Ja, der Generalstaatsanwalt arbeitet so gründlich, dass er mit Kain und Abel beginnen möchte.«

»Bist immer noch so ein Heißsporn, Hannah?«

»Kurti, es muss doch jedem klar sein, dass es in dieser Gerichtsverhandlung nicht um die ganze Geschichte der Judenverfolgung gehen kann, sondern um den Angeklagten Adolf Eichmann. Strafsache 40/61.«

»Ja, ich weiß, du hast immer den Finger auf die Täter und die Mittäter und den Mantel des Schweigens gelegt, schon in deiner Reportage aus Deutschland, die ist übrigens wirklich brillant, ich habe sie kürzlich wieder gelesen. Aber für Israel halte ich ein anderes Schweigen für viel wichtiger, das der Opfer, die unter demselben Mantel des Schweigens stecken, Hannah, nur kennt man ihre Geschichten nicht.«

»Hausner bestimmt. Der weiß alles, ich wette, dass er sogar für die Toten sprechen wird.«

»Die meine ich nicht, sondern die Lebenden, Hannah, hier in Israel, was die zu sagen haben, muss ans Licht. Zutiefst verletzte Menschen, die nie ihre Wunden gezeigt haben, und warum? Weil niemand etwas davon hören wollte. Die Kinder und Kindeskinder bei uns wissen nicht, was ihre Eltern durchgemacht haben. Nun werden sie erstmals reden. Vor Gericht erzählen sie. Endlich wird man ihnen zuhören. Hannah, das Wichtigste sind ihre Geschichten.«

»Natürlich braucht es Zeugen für einen Prozess. Aber im Zentrum eines Kriminalprozesses steht die Schuldfrage, das brauche ich dir nicht zu sagen. Darüber werde ich berichten, über die Gerichtsverhandlung, nicht über die Geschichte der Judenverfolgung.«

»Hannahchen, deine Studenten müssen ganz schön klug sein, sonst hätten sie dich nicht mit Rosa Luxemburg verglichen.«

»Kurti, das −«

»So was vergess ich doch nicht, und du sollst stolz drauf sein! Vor Kurzem habe ich Rosas Briefe gelesen, geistig und menschlich einzigartig, und ein Deibelchen wie du. Griffig formulieren, das könnt ihr beide. Lass es mich noch mal sagen, Hannah, die Opfer, die hier in Israel leben, und ihre Nachkommen sind das Wichtigste. Und überhaupt, Gäste in einem Land dürfen den Fuß nur leicht aufsetzen.«

»Aber man wird doch wohl selbst denken dürfen.«

»Natürlich, vergiss nur nicht, was Einstein mir gesagt hat: ›Denken tut weh, und mit nichts machen Sie sich unbeliebter, als wenn Sie Leute zum Denken bringen wollen.‹ Hier ist dicke Luft.«

Sie öffnete das Fenster. Sofort strömte ein Schwall heiße Luft ins Zimmer.

»So meinte ich es nicht. Hier in Israel ist dicke Luft, und

das musst du einfach wissen! Na gut, von mir aus, lüften wir ein Momentchen, dann machst du wieder zu.«

Für einen Augenblick stellte sie sich Rosa in Jerusalem vor. Sie würde Partei ergreifen, gar keine Frage, sie wäre ebenso parteiisch wie Lessing. Aber eine Journalistin hat eine andere Rolle. Sie beobachtet einen Prozess, der sich um Tatbestände dreht, für die es weder in Israel, wo die Richter urteilen werden, noch in Deutschland, wo die Verbrechen begangen wurden, Strafgesetze gibt. Eine heiklere Situation kann es kaum geben, aber die Richter werden zu einem Ergebnis kommen müssen.

Sie drehte sich zu Kurt und stützte sich mit den Händen auf die Brüstung.

»Meinst du nicht auch, dass Rosa lieber die Taube auf dem Dach als den Spatz in der Hand gehabt hätte?«

»Was sagst du? Hannahchen, mach das Fenster zu und setz dich wieder zu mir.«

»Wenn Rosa wählen könnte zwischen der Wahrheit und der Suche nach ihr, würde sie sich das Zweite nehmen. Rosa hat doch ihren Lessing gelesen. Er ließ sich die Wahrheit ja nicht einmal von seinem eigenen Räsonnement aufzwingen. Wer sich die Wirklichkeit von allen Seiten anschaut, kann natürlich zu unorthodoxen Meinungen kommen, aber ich bin überzeugt, dass Objektivität in diesem Prozess für die Welt förderlich wäre. Ich versuche, mich als Journalistin auf der Mittellinie zu halten.«

»Mittellinie?«

»Ja, die Mittellinie, eben wie auf der Straße.«

»Was willst du denn auf der Mittellinie? Nur ein Esel geht da. Vernünftige fahren links oder rechts.«

»Ich weiß. Glaubst du, dass mir das gelingt, hier in Jerusalem?«

Sei streichelte Kurts Hand, die ganz leicht zitterte und sich noch immer feucht anfühlte.

»Was jetzt? Ach, Hannah, du stellst die falsche Frage, nein, also natürlich ja, wenn überhaupt jemandem was gelingt, dann dir, aber es geht nicht um Verkehrsregeln, sondern um Menschen. Wenn du nur keine Dummheiten machst. Bekomme ich bald was zu lesen?«

»Ich weiß noch nicht, wann meine Reportage erscheint, hoffentlich erscheinen deine Memoiren zuerst.«

»Nix da, mit dir lauf ich nicht um die Wette. Du siehst doch, wer hinter mir her ist. Schreib und scher dich nicht um Resonanz.«

»Das gilt für uns beide.«

»Im Ernst. Beeil dich.«

»Mach ich, Kurti, damit du's lesen kannst, bevor dir andere erzählen, was angeblich drinsteht. Dass das nicht gut ausgeht, wissen wir vom letzten Mal.«

»Was redest du denn da?«

»Mir geht nicht aus dem Sinn, dass ich mich damals so lange gescheut habe, dir meinen Zionismus-Artikel zu schicken.«

»Ach, Hannahlein, das ist nun wirklich Schnee von gestern. Du sagtest mir einmal, ich solle immer dran denken, dass du ein bisschen dumm seist. Das hat immer wieder geholfen, wenn's mich am großen Zeh gezwickt hat. Aber du lenkst nur ab. Viel Zeit bleibt uns nicht mehr. Ich kann nur hoffen, dass dein Bericht noch rechtzeitig kommt. Dass ich dann noch die Kraft habe, ihn zu lesen.«

War das kalter Schweiß auf seiner Hand? Sie fragte Kurt, was ihm jetzt guttäte. Kaffee vielleicht? Seine Hand zuckte. Sie spürte, wie peinlich es ihm war, dass er vergessen hatte, ihr etwas anzubieten. Der Kummer stand ihm ins Gesicht geschrieben.

»Braucht ihr eigentlich Medikamente, du und Jenny? Ich kenne genug Ärzte und kann aus Amerika alles schicken lassen. Medikamentenpakete werden sie hoffentlich nicht filzen. Sollen wir im Krankenhaus anrufen?«

»Ja, das mach ich jetzt. Da auf dem Tischchen liegt die Nummer. Und bring mir bitte den Apparat –«

Sachte stellte sie das Telefon in Kurts Schoß, wählte die Nummer und gab ihm den Hörer in die Hand. Von der Küche aus hörte sie, wie er die Onkologie-Abteilung verlangte. Dann wurde es still.

Als sie aus der Küche zurückkam, lehnte sein Kopf am Polster, die Augen halb zu. Mit dem Tablett in der Hand gab sie ihm einen Kuss auf die Stirn, rückte das Tischchen in die Nähe, stellte Tassen und Kaffeekrug darauf ab.

»Wer weiß, wie lange Jenny und ich noch da sind.«

Sie schenkte ein, stellte das Telefon an seinen Platz zurück und reichte Kurt eine Tasse. Er atmete schwer.

»Kommt sie nach Hause?«

»Heute nicht mehr.«

»Und was sagen die Ärzte?«

»Zu früh. Sie warten auf weitere Untersuchungsergebnisse, aber die Blutwerte sind miserabel. Du kommst doch noch mal, Hannah?«

»Bestimmt!«

Sie setzte sich auf die Armlehne und hörte, wie sein Atem ging, legte den Arm um seine Schulter und streichelte seine Hand. Zartgliedriger, als Männerhände sonst so sind. Einen Moment lang war es still. Kurt drückte ihre Hand.

»Hannahchen, du hast über Liebeserklärungen promoviert.«

»So kann man's auch sehen.«

Sie legte den Kopf an seinen Kopf und spürte die kurzen Härchen.

»Das ist immer noch deine Spezialität.«

Sie musste laut lachen und spürte unter ihrem Arm, wie auch Kurt sich schüttelte, als er in sich hineinlachte.

»Ich bin dir treu geblieben, Kurti, und hab's nie bereut.«

Sie hatte ihm tatsächlich Liebeserklärungen gemacht, so ganz im Allgemeinen und viel mehr, als er wissen konnte, denn die meisten hatte sie für sich behalten.

»Als du nach New York kamst, habe ich den Faden zu meinem alten Leben zum ersten Mal wieder gespürt. Hab ich dir je gesagt, was mir das innerlich bedeutet hat?«

»Jaja, hast du. Die schönsten Briefe kamen von dir, aber gab's neben mir nicht immer noch andere?«

Sie sah den Spott in seinen Augen.

»Jaspers! Auf den hätte ich eifersüchtig sein können.«

»Ja, auch mit Karl konnte ich meinen verlorenen Faden wieder aufnehmen. Aber ich hab dich nie angelogen.«

»Der Jaspers hat bestimmt mehr Briefe und Küsse bekommen als ich.«

Kurt blickte sie unverwandt an. Auch wenn er seine strengste Miene aufsetzte, über die er verfügte, saß irgendwo in einem Augenwinkel doch immer ein kleiner Schalk.

»Kurti, ich freu mich so, dass Jaspers dich kennengelernt hat. Aber jetzt verstehe ich, warum du zu ihm gesagt hast, ich würde noch einmal eine ganz große Dummheit machen.«

Kurt nahm einen kräftigen Schluck und setzte seine Unschuldsmiene auf.

»Jetzt macht Jaspers sich Sorgen, Kurti. Da hast du mir schön was eingebrockt.«

»Deinen Zionismus meinte ich jedenfalls nicht.«

»Meinen Zionismus?«

»Ja. Den hab ich dir nämlich nie geglaubt, weder im *Aufbau*, ›Der Zionismus ist das Geschenk Europas an die Juden‹ und so, noch in deinem Zionismusbeitrag. Aber das Ding, das du im *Menorah Journal* angestellt hast, musste ich dann auslöffeln, weil ich doch mit dir befreundet bin. Manche, auch der Scholem, gaben ja keine Ruhe mehr. Aber das alles ist bestimmt vergessen. Ist auch gut so.«

»Vergessen? So was vergisst man nicht mehr! Scholem hatte damals ein fürchterliches Geschrei auf den Straßen New Yorks hervorgerufen und sich fast auf Leben und Tod mit mir verkracht. Und du wolltest gegen meinen Zionismusartikel sogar öffentlich auftreten.«

»Ach was, soll einfach jeder tun, was er für richtig hält. Wir sind doch keine Narren, Hannahchen. Das bisschen Loyalität, das einem in der Welt begegnet, verspielt man nicht.«

»Leicht war's nach der Ehrlichkeitsorgie nicht mit Scholem. Weißt du, was er mir geschrieben hatte? Als religiöser Reaktionär hoffe er auf meine Buße! Lachhaft, ich und Buße.«

»Aber unsere Beziehung, Hannah, unsere Beziehung, die war doch immer da. Selbst wenn ich dir mal böse war, hatte ein Wort von dir genügt, um sie wieder sichtbar zu machen. Menschen sind mehr wert als ihre Meinungen.«

»Das sehe ich auch so. Echte Freundschaft ist anders als auf des Messers Schneide kaum zu haben, aber mit anderen Männern ist das nicht ganz so einfach.«

»Warum Männer?«

»Das weiß der Deibel. Ich habe nur festgestellt, dass sie verwundbarer scheinen. Vielleicht ihre Natur?«

»Bin ich denn etwa kein Mann? Nein, Hannah, das ist keine Frage der Natur, höchstens von Amt und Titel und Rang und Namen. Ihren ungünstigen Einfluss habe ich an mir selbst erfahren. Erst als ich davon befreit war und es nicht mehr auf Erfolg und Wirkung ankam, konnte ich Gewese und Gehabe und Getue ablegen.«

»Ist das deine Lektion als ehemalige Primadonna, Kurt?«

»Wenn du so willst, ja. Unfug von Karrieren hast du das früher mal genannt, aber das hast du offenbar vergessen. Ist auch egal. Darum geht's in meinen Memoiren nicht.«

»Zum Glück, Kurti. Wie weit bist du eigentlich damit? Wird das eine Geschichte des Zionismus?«

»Eher Flaschenpost für die Zukunft, meine Welt ist ja am Versinken. Ich sitze am letzten Kapitel.«

»Hoffentlich bringst du deine Erfahrung in Israel rein.«

»Ich bin zufrieden, wenn ich es bis zur Zeitenwende schaffe. Bis zum Reichstagsbrand, wenigstens das.«

»Nichts von alldem, wie man sich nun, wo der Staat dreizehn ist, aus der wirklichen Geschichte herausträumt?«

»Nein. Und damit sind wir Juden doch nicht allein.«

»Aber du hast alles von Anfang an miterlebt, von Herzls Idee bis heute. Du wärst der beste Zeuge dafür.«

»Trotzdem. Die Geschichte ist doch voller Träume. Schon die Griechen dichteten sich eine großartige Vergangenheit zusammen, der sie angeblich ihre eigene Entstehung verdankten.«

»Schade, wenn du nichts darüber schreiben würdest. Wer vergisst, dass es diesen Staat gibt, weil man für seine Bewohner Todesfabriken gebaut hat, versteht irgendwann die eigene Realität nicht mehr.«

»Ach, Hannah, ich versuche ja so gut es geht, unsere Vision abzubilden, jetzt, da diese Geschichte zu Ende ist. Es gibt kein europäisches Judentum mehr, und die zionistische Bewegung ist tot. Teils ist sie an dem Sieg eingegangen, denn mit der Staatsgründung ist das Ziel erreicht, teils an der völlig veränderten Judenfrage nach Hitler.«

Sie sah ihn unentwegt an. Kurt schaute in den Himmel und betrachtete die Wolke, der ihr Blick vorhin auch gefolgt war. Wie von Kinderhand hingeklatscht oder von Annemarie gemalt.

»Kurti, du schreibst also über dein Leben in Deutschland?«

»Ja. Für etwas anderes fehlen mir Zeit und Kraft, Hannah.«

»Ach, sag das bitte nicht! Weißt du denn nicht mehr, wie ich dich genannt habe?«

»Vergewaltiger der Freunde? Oder noch schmeichelhafter: großer Entwurzler?«

250

»Nein, das meinte ich nicht, und überhaupt darf man Geburtstagsgedichte nicht auf die Goldwaage legen.«

»Meintest du vielleicht konservativer Revolutionär?«

»Ach, ich meinte doch: Du ewig neu Beginner!«

»Ja, ja, so hast du mich zum Siebzigsten genannt, aber dein Gedicht war viel zu gut gemeint. Betätigst du dich eigentlich immer noch als Stegreifdichterin?«

»Das war nur einmal, für dich, Kurti. Und vor einem halben Jahr schrieb ich ein Gedicht zum Tod von Erich Neumann. Aber erzähl lieber von deinen Memoiren. Du schreibst also über deine Berliner Jahre?«

»Ja, aber nicht nur, sondern überhaupt über die Zeit, als mir das Wort Zionismus unbekannt war. Ich versuche, meine eigene Geschichte zu verstehen.«

»Also denkst du auch an Basel?«

»Natürlich, an den Zionistenkongress 1905, auf dem Herzls Nachruf verlesen und der Uganda-Plan verworfen wurde. Warst du da überhaupt schon auf der Welt?«

»Fast. Kurti, aber ist doch schön, dass Basel für uns beide ein Stück Heimat bedeutet.«

»Zweifellos. In Basel habe ich den Schlachtruf zum ersten Mal gehört. Noch heute erinnere ich mich an die Zionisten, die aus Russland zum Kongress gereist waren. Einer gab mir einen langen, sehr feuchten Kuss. Die deutschen Mitglieder erschienen mir glatt, bei ihnen sah ich nichts von der Wiedergeburt eines Volkes. In Basel brüteten wir unseren Traum aus. Einzig und allein postassimilatorisch. So und nicht anders würde es uns Juden geben.«

Die Sorge war noch nicht ganz aus Kurts Gesicht gewichen, aber sie behielt nicht mehr die Oberhand.

»Und wo beginnst du? Bei der Rahel? Bei Heine?«

»Ach, wo denkst du hin, Hannah, dafür reicht es nicht, und dir brauche ich von den sieben Generationen deutschen Judentums seit der Emanzipation sowieso nichts zu erzählen. Ich hab mich übrigens sehr gefreut, dass das Rahel-Buch jetzt auch auf Deutsch erschienen ist.«

»Tja, Kurtchen, wer hätte gedacht, dass sie es doch noch mal auf die Welt schafft.«

»Durch und durch poetisch, Hannah! Der Stil ist glänzend und ätzend, aber ich kann nicht sagen, dass ich das Buch verschlungen habe, denn was du schreibst, will lange gekaut sein.«

»So, interessant. Vielleicht meinst du dasselbe wie Jaspers, nur anders. Er schrieb mir mal, als Leser glaube man etwas zu schnell, man habe schon meinen Grundgedanken verstanden. Aber erzähl du mal weiter, ich will alles hören.«

»Königsberg interessiert dich wohl besonders, na? Studenten sind für ihren Durst bekannt, aber die Gastwirte mochten uns nicht. Unser Bierkonsum war bedeutend kleiner als der anderer deutscher Studenten. Uns blieb nichts anderes übrig, als ein Haus für unsere Zusammenkünfte zu suchen. Leicht war das nicht, aber so lernte ich den heimlichen Star meiner Königsberger Jahre kennen.«

Sie setzte sich wieder auf ihren Stuhl und nahm die Tasse auf den Schoß.

»So ein süßes Kind warst du. Und du hattest immer so ein Stofftier im Arm, was war es noch gleich?«

»Das war ein Elefant. Ein Geschenk meines Großvaters.«

»Dein Großvater. Hätte ich ihn nicht kennengelernt, müsste ich annehmen, du hast deine Sturheit gestohlen. Was für ein Dickkopf, dieser Max Arendt, und so imposant in den Sitzungen des Stadtparlaments. Da sagte er doch allen Ernstes Sätze wie: Wer mir mein Deutschtum bestreitet, den halte ich für einen Mörder.«

»Mein Großvater wollte keinen Zwist.«

»Ja, und seine Intuition war schon richtig gewesen, denn die Assimilation war eben ein echter Spaltpilz in unseren Familien und der Zionismus in Gottes Namen das Ergebnis eines schweren inneren Kampfes, aber das weißt du alles.«

»Ach, komm, erzähl's mir noch mal.«

»Bin ich vielleicht dein Märchenonkel, Hannahchen?«

»Auf jeden Fall bist du der Letzte, der mir aus dieser Welt geblieben ist. Nur du kannst mir noch von unseren Menschen erzählen. Wie war das noch mal in deiner Familie?«

»Also gut, aber nur das mit Wagner. Das ist die absurdeste Blüte der Assimilation, wenigstens in unserer Familie.«

»Wagner? Ich dachte, du magst ihn nicht.«

»Eben. Ein Onkel mütterlicherseits schwärmte auf einer Abendgesellschaft, *Tristan und Isolde* sei das größte musikalische Kunstwerk aller Zeiten und werde bald auch als gewaltigste dichterische Leistung anerkannt. Weit über dem *Faust*. Wie dieser Onkel seinen Mund so voll nahm, da konnte ich meinen nicht mehr halten. ›Blödsinn‹, warf ich ein und zitierte ein paar beliebige Zeilen aus Wagners *Tristan*, ich dachte, das wäre Gegenbeweis genug. Aber dieser Onkel zischte erbost: ›Du bist ein ganz arroganter Judenjunge.‹ Fast hätte es eine Ohrfeige gesetzt.«

»Du und arrogant, wie lachhaft.«

»Ich erwiderte nur: ›Das lass ich mir besonders gern von einem getauften Juden sagen‹, und ließ mich dort nie wieder blicken. Wagner konnte mir sowieso gestohlen bleiben. Dieser Onkel war übrigens der einzige Jude im Hauptvorstand des Wagner-Vereins. Natürlich machten die Menschen, die ich unter den Zionisten und besonders auch unter den russischen Juden kennenlernte, solche Verluste mehr als wett. Wunderbare Menschen. Von ihnen könnte ich dir stundenlang erzählen.«

»Ja, bitte, tu das. Ich fürchte, diesen Typus Mensch gibt es sowieso nur noch in deinem Gedächtnis.«

»Meinst du wirklich?«

»Ganz bestimmt! Du hast die alten Juden mit ihrem Märchengeist noch erlebt. Vielleicht bist du sogar der Letzte, der ihre Geschichten noch erzählen kann.«

»Der letzte Mohikaner, ja! Wir werden sehen, was in meinem Buch noch Platz hat. Aber von einem werde ich bestimmt erzählen. Ich habe ihn nie vergessen. Hannahlein, der hätte dir gefallen! Er konnte wirklich zu den Müttern gehen und voll mit uralter Weisheit zurückkommen. Er lehrte mich, was eine blaue Stimme ist und wie man mit ihr den Gang der Geschichte beschwören kann. Menschenfreundlich, hatte er gesagt, so eint man sie alle am leichtesten.«

»Deine blaue Stimme habe ich in New York zum ersten Mal gehört. Wie du für die jüdische Armee gekämpft hast.«

Kurt schaute sie mit seinem vertrauten Lächeln an. Sein Gesicht war gelöster. Es geht eben nichts übers Erinnern, dachte sie erleichtert.

»Bei den russischen Juden hörte ich zum ersten Mal Jiddisch, sah Menschen, die ein vom Gefühl her volles Herz hatten, nahm am ersten jüdischen Ritus meines Lebens teil.«

»Und die chassidische *Schul*?«

»Auch die hab ich gesehen, ja. Vom religiösen Ritus war ich bestürzt. Dass Juden in solcher Verzückung ihre Übungen abhielten. Himmel noch mal, dachte ich, man mutet mir einen Sprung über Jahrhunderte zu! Ich erinnere mich an das unheimliche Gefühl. Bei den Russen war Zionismus natürlich tabu, aber ich selbst konnte nur als Zionist Jude sein. Trotzdem erlebte ich bei ihnen so viel Neues. Auch die Russinnen.«

»Jenny?«

»Natürlich.«

»Die Zionisten waren doch ein Männerbund.«

»Aber in Königsberg gab es die russischen Studentinnen, die mit ihren Familien nach Ostpreußen geflüchtet waren, um der Deportation nach Sibirien zu entkommen. Jenny und ihre Freundinnen waren ja aus Minsk. Echte Kusinen von Rosa.«

»Wie waren sie, als sie jung waren?«

»Deibelchen! Sie wollten nichts von deutscher Gemütlichkeit in Gartenlauben wissen, sondern verstanden sich als Proletarierinnen. Die Russinnen träumten von großen Dingen, brachten Ideen, unendlichen Bildungshunger und Eleganz mit, sangen russische und jiddische Lieder und behexten uns. Und sie brachten die russische Dichtung und den Samowar mit.«

»Verstehe, da hatte die alte deutsche Kaffeekanne ausgedient. Aber hast du dich gar nie in eine deutsche Jüdin verliebt?«

»Na, jetzt wirst du aber neugierig.«

»Und?«

»Nur in dich.«

»Und warum nicht?«

»Der philiströse Mief in den Familien, der schreckte mich ab. Die jüdischen Mädchen waren weit weniger entwickelt, man ließ sie nicht ans Licht kommen, davon hast du gar keinen Begriff. Nein, ich wollte keine deutsche Jüdin heiraten. Lieber mit einer russischen Jüdin in Deutschland leben. Aber der Tag, an dem Jenny und ich Deutschland verließen, war gleichzeitig der schönste und der schwerste Tag meines Lebens. Weil's eben doch ein Stück von uns war.«

»Und noch immer ist. Ich meine natürlich die Sprache.«

»Natürlich, auch die Sprache. Deshalb habe ich in Palästina meinen deutschen Namen behalten. Statt als Sklaven sollten wir als Herren wählen. Ich habe mich im Kulturkonflikt, der hier ja nicht zu Ende war, immer an Buber gehalten.«

»Dem hast du doch mal die Gretchenfrage gestellt, ob er an Gott glaube.«

Kurt konnte immer noch sein kehliges Glucksen. Herrlich.

»Buber sagte: ›Sie sind der einzige Mensch, dem ich diese Frage nicht übel nehme.‹ Aber ich habe dir bestimmt nicht erzählt, dass er mir Jahre später ganz beiläufig sagte: ›Gestern hat Ben Gurion mir Ihre Frage gestellt. Dem habe ich sie übel genommen.‹ Ich hatte natürlich falsch gefragt. Buber spielte ja nie den Gottbegeisterten, sondern blieb Religionshistoriker.«

»Ach, wegen Ben Gurion wollte ich dich auch was fragen, Kurti. Warum hat der eigentlich kein anderes Sprachrohr als diesen Hausner?«

»Warum? Warum sollte der Generalstaatsanwalt hier denn verkehrt sein? Muss er dir denn auch noch sympathisch sein? Ich weiß nur, dass Ben Gurion den Mut zur Unpopularität hat. Das müsste dir doch gefallen, ganz besonders an einem Politiker. Aber in meinen Memoiren kommt er nur vor, wenn ich von Einstein erzähle, das kennst du alles.«

»Ach ja? Bin gar nicht so sicher.«

»Natürlich. Ben Gurion bot Einstein doch die Präsidentenwürde des Staates Israel an, und das soll er auch als größte Ehrung seines Lebens empfunden haben. Aber sein Aneurysma hinderte ihn daran, das Amt anzunehmen.«

»Davon weiß ich nichts.«

»Doch, doch. Einstein litt an einem schweren Aneurysma und kannte seinen Zustand ganz genau. Er wusste, dass seine Tage gezählt waren. Wenige Tage vor seinem Tod schrieb er mir: ›Ich danke Ihnen noch nachträglich, dass Sie mir geholfen haben, meine jüdische Seele zum Vorschein zu bringen.‹«

»Hast du eigentlich schon einen Titel für deine Memoiren?«

»*Erlebte Judenfrage.*«

»Und im Untertitel vielleicht *Mein Leben?*«

»Wenigstens hast du nicht *Mein Kampf* gesagt!«

»So was käme mir nie in den Sinn, Kurtchen! Also?«

»Ich bin ziemlich sicher, dass ich *Ein Vierteljahrhundert deutscher Zionismus* druntersetzen werde. Hoffentlich wird Jenny noch erleben, dass das Buch erscheint, ich will es ihr widmen.«

»Ein Geheimnis mehr zwischen uns beiden, nicht wahr?

Dein Buch wird bestimmt vor meinen Reportagen erscheinen. Ich freue mich sehr darauf.«

»Ach, weißt du, jetzt, wo Jenny sterbenskrank ist und ich ebenfalls in die Richtung krieche, ist das Erinnern die beste Beschäftigung. Solange ich noch die Kraft dazu habe.«

Sie stand auf, räumte das Geschirr zusammen und rief auf dem Weg in die Küche, er solle ihr Bescheid geben wegen Jenny. Als sie zu ihm zurückkehrte, lehnte er sich aus dem Sessel.

»Wann kommst du denn wieder, Hannah?«

Sie trat zu ihm und nahm seine Hände in die ihren. Nun waren sie warm.

»Sobald es die Verhandlungen zulassen.«

Sie küsste ihn und drückte seine Hände.

»Ich muss jetzt gehen, aber bleib du nur sitzen, ich finde den Weg alleine. Und mach dir keine Sorgen mehr wegen meiner Dummheiten.«

»Auch Rosa musste sich vor Eigensinn hüten. Komm bald wieder, Hannahchen.«

»So oft ich kann, versprochen! Ich fände es gar nicht so fürchterlich, wenn ich eine Dummheit machen würde. Erfahrungsgemäß überlebt man gerade seine Dummheiten immer noch gut. Und grüß bitte Jenny ganz lieb.«

Sie küsste ihn noch einmal, nahm ihre Handtasche und winkte ihm von der Schwelle aus zu. Dann ging sie durch den Flur und zog die Tür hinter sich zu.

Unter dem Blätterdach der Feigen raschelte es. Die leichte Brise war ihr willkommen. Der Junge mit dem Esel war nicht mehr da. Sie wollte möglichst schnell ins Hotel zurück. Ich muss Heinrich schreiben, dachte sie. Nur ihm kann ich jetzt mein Herz ausschütten.

Wie Kurt dreingeschaut hat, ganz am Anfang, an der Haustür. Die Schrittchen, die er im Flur gemacht hat. Der kalte

Schweiß auf Stirn und Händen und so bekümmert. Sie hatte Kurt noch nie so gesehen. Wegen des Notfalls mit Jenny, ja, aber Kurts körperlicher Zustand hatte sie erschreckt. Wie verfallen er war. Siebenundsiebzig. Und so krank.

Nur gut, dass ihn das gemeinsame Erzählen wieder etwas zu sich gebracht hat, zum alten Kurt, den sie so liebte. Und das war doch fast ein kleines Wunder.

Sie nahm sich vor, so oft sie konnte zu ihm zu gehen. Ihr Magen knurrte. Sie ging über die Kreuzung und bog weiter vorne in die King George Street ein. Nach dem Abendessen wollte sie sich noch ein wenig ausruhen, bevor sie Alain treffen würde.

In der Bar war es schummrig. Kein Alain weit und breit, weder am Tresen noch in einer der Nischen. Sie hatte früher kommen wollen, war aber auf dem Bett eingenickt. Ob er vielleicht schon gegangen war? Da spürte sie von hinten eine Hand, die flüchtig ihre Schulter berührte.

»Bon soir, Hannah. Ça va?«

Sie drehte sich um.

»Da bist du ja.«

»Ich war nur kurz draußen. Da drüben steht unser Cognac.«

Alain zeigte zum hinteren Teil der Bar, wo der Pianist saß, und ging voraus. Sie folgte ihm in die Melodie hinein.

»Der Barkeeper wollte mir israelischen Brandy andrehen, aber heute haben wir uns echten Cognac verdient. Cheers!«

»Santé, Alain! Aufs Schlangestehen.«

»War gar nicht so schlimm. Ich hab dir zugerufen, aber du bist einfach rausmarschiert. Wartet deine Redaktion nicht auf Telegramme oder Berichte?«

»Nein, der *New Yorker* hat's nicht so eilig.«

»Ich muss täglich was an die Redaktion schicken. Der *Figaro* will auch Fotos.«

»Was hast du für eine Kamera?«

»Leica. Da geht nichts über die Deutschen. Mit Bajonettverschluss.«

»Ich möchte auch eine Kamera.«

»Sind nicht ganz günstig, die Dinger, aber du wirst es nicht bereuen. Hier in Israel gibt es einiges, was ich fotografieren will. Das Tote Meer, Kibbuzzim und vor allem Gesichter.«

»Mach dich auf eins gefasst, Armut und Orangen. Du wirst also nicht so oft im Saal zu sehen sein?«

»Wenn der Prozess dann endlich mal beginnt, bin ich wieder da, bis jetzt gab es ja nur legalistisches Geplänkel. Pathos mag ich nicht, und dieser Servatius wird sowieso gegen die Wand rennen. Weiß doch jeder, dass Eichmann nicht freiwillig hier ist, aber wen kümmert das schon. Oder denkst du, der wird sich durchsetzen?«

»Nein, ich glaube nicht, dass wir so bald schon nach Hause fahren. Aber ich schätze, du hast noch etwas Zeit, dich in der Stadt umzusehen, bevor die Verhandlung wirklich beginnt. Wo warst du denn heute?«

»Hab mich in der Altstadt herumgetrieben. Weißt du, die Atmosphäre spüren. Die Stimmung im Volk einfangen, Leute von der Straße befragen, was Journalisten halt so tun.«

»Schnupperst du auch in den arabischen Vierteln herum?«

»Natürlich. Wie will man denn sonst die Dinge verstehen, die die ganz großen Schlagzeilen machen? Ich interessiere mich auch für die, die es nicht auf die Frontpage schaffen, und für alles Arabische habe ich sowieso ein Faible.«

Alain, der gute Reporter! Rast nicht nur auf das Naheliegende los, sondern schärft seine Nase für alles, auch für das Tieferliegende.

»Und, was hast du herausgefunden?«

»Nichts, es war fast unmöglich, auch nur ein Wort mit jemandem zu wechseln. So ein elender Lärm!«

»Esel können ganz schön laut brüllen.«

»Lautsprecher, Hannah! Überall in den Straßen sind Lautsprecher angebracht. Die Richter, der Staatsanwalt, der Verteidiger, alles direkt auf die Straße übertragen. Gegen das Gedröhn käme selbst eine Eselherde nicht an. Ich hab mich in den Shuk geflüchtet.«

»Spektakulär, dieser Markt, oder? Aber in den Mahane Yehuda würde ich nur mit meinen Tel Aviver Verwandten gehen.«

»Stimmt. Wer solche Märkte nicht kennt, verliert sich leicht darin, aber für mich waren die Gerüche, das Stimmengewirr, das Licht, die arabischen Gesichter eine einzige Zeitmaschine, zack, und schon ging ich zwischen den Verkaufsständen wieder an Abuelitas Hand durch die Gassen.«

»Und wer ist das?«

»Na, meine Großmutter. Damals ragte ich kaum über die Auslagen hinaus, steckte meine Finger ins Eis, in dem die Kraken lagen, zog den Fischen die Flossen auseinander, so schön glitschig, mochtest du das auch als Kind?«

»Nein, gar nicht. Fische fand ich ganz eklig. Aber ich dachte, du bist in Paris aufgewachsen?«

»Ich bin erst seit sieben Jahren in Paris. Wir Sanchez' stammen eigentlich aus Sevilla und wurden in Algerien französische Staatsbürger. Geboren bin ich in Souk-Ahras. Das kennt niemand, aber in der Nähe hat Albert Camus gelebt.«

»Oh, den schätze ich sehr, auch wenn er weniger Talent haben mag als Sartre.«

»Ah ja, wie kommst du drauf?«

»Mir scheint Camus ernsthafter und ehrlicher, deshalb halte ich ihn auch für viel wichtiger. Aber dieser Putsch in Algerien klingt ziemlich schrecklich, nicht?«

»Ja, Algerien ist ein Pulverfass. Fast noch mehr zum Verzweifeln finde ich aber, dass kein Kollege sachlich über die Verhältnisse im Land berichtet. Stattdessen schreiben sie lang und breit über den Gehorsam dieser deutschen Söldner, die für den Putsch gedungen worden waren.«

»Ich fürchte, von diesem Gehorsam werden wir hier noch mehr hören. Nimmst du noch einen?«

»Bien sûr. Noch mal das Gleiche.«

»Der geht auf mich.«

Sie gab dem Barkeeper hinter dem Tresen ein Zeichen. Alain entschuldigte sich kurz. Sie bestellte zwei Cognacs und etwas Kleines zu knabbern. Oliven oder Cracker.

Es waren nur noch wenige Gäste da, das Piano spielte so dezent, dass man miteinander reden und in meditativer Stimmung den Tag ausklingen lassen konnte. Sonst bräuchte man doch keine Hotelbar. Alain war genau der Richtige dafür. Sie mochte ihn sehr, denn er hatte ein Auge für die Welt und ein Ohr für sein Gegenüber. Ein Mann, der zuhören kann, ist sowieso ein Geschenk.

Mit einem kleinen Ding in der Hand kam Alain zurück. Sie bot ihm eine Zigarette an, er gab ihr Feuer.

»Willst du sehen, was ich im Shuk für meine Mutter gekauft habe?«

Behutsam wickelte Alain ein kleines Holzkreuz aus dem Papier. Das Kreuz war sehr schön gearbeitet, mit Intarsien aus verschiedenen Hölzern und Perlmutt, der kleine Christus aus Metall filigran und würdig, obwohl ihm sein Köpfchen auf die Brust gesunken war. Hinten auf dem Querbalken stand JERUSALEM. Die Lettern waren von vierzehn Scheibchen aus Perlmutt umgeben.

Was das denn sei, wollte sie wissen, und Alain erklärte, dass es sich um Gebetshilfen handle. Symbole für die Stationen auf dem Leidensweg Christi und gleichzeitig für die vierzehn Nothelfer, also Heilige, die man um Beistand anrufen könne, jeder sei für ein bestimmtes Leiden zuständig.

Für seine Mutter gehe nichts über die Semana Santa, die sie als Kind in Sevilla erlebt habe. Sie wäre gern mitgekommen, natürlich nicht wegen Eichmann. Er habe seiner Mutter versprechen müssen, die Via Dolorosa zu begehen und das Heilige Grab zu küssen.

»Sonst wird sie mich ohrfeigen. Wenn's um Jesus geht, versteht sie keinen Spaß. So sind Mütter nun mal. Ist deine auch so gläubig?«

»Sie lebt nicht mehr. Soviel ich weiß, war sie nicht gläubig. Sie hat nie über jüdische Gebete gesprochen, und ich könnte sie dir nicht annähernd so erklären wie du die katholischen. Unsere Familie war assimiliert. Wo wohnst du in Paris?«

»Im 18. Arrondissement, ganz in der Nähe von Sacré Cœur, aber ich war nur einmal drin, weil meine Mutter partout nicht lockerließ. Rue du Chevalier de la Barre.«

»Ach, in derselben Straße wohnt eine Freundin von mir! Da steht doch diese grässliche Statue von dem Hingerichteten. Was hatte der arme Chevalier eigentlich verbrochen? Verbotene Bücher?«

»Ja, wenn's stimmt, was uns der Geschichtslehrer im Lycée erzählt hat, war's ein antiklerikaler Adliger, den man mit dem Dictionnaire von Voltaire verbrannte. Deshalb wollten die Laizisten die Statue so nah wie nur möglich bei der Kirche errichten.«

»Da oben hast du jedenfalls die Aussicht, die alle Amerikaner wollen. La Cité, Notre Dame, den Eiffelturm.«

»Kann ich leider alles nicht bieten, dafür die herrlichsten Treppen von ganz Paris.«

Der Barkeeper brachte die Flasche, stellte Oliven und Cracker auf den Tisch und füllte stumm ihre Gläser auf.

»Hannah, jetzt stoßen wir aber endlich auf die neue Ära an!«

»Wir wollen's mal nicht übertreiben, Alain. So wichtig ist dieser Prozess nun auch wieder nicht.«

»Ich seh schon, du weißt noch nicht, was heute in der Welt passiert ist. Hör zu, heute Morgen flog ein russischer Astronaut durchs Weltall, in einem Raumschiff namens Wostok 1. Drinnen ein junger Russe, Juri Gagarin, ein Bauernsohn und Gießer in einer Fabrik für Landwirtschaftsfahrzeuge, ganz nach Chruschtschows Geschmack. Verrückt, n'est-ce pas?«

Alain hob sein Glas.

»Der erste Mensch im Weltall, Hannah! Fraternité, egalité, liberté.«

»Und was ist mit der Amitié?«

Sie prosteten einander zu.

»Cheers, Alain! Die armen Hunde hat man ja nun wirklich oft genug ins All geschossen. Nun muss mal ein Mensch dran glauben. Dieser Gagarin kam hoffentlich heil wieder runter?«

»Ja, und er war begeistert! Er hat die Erde gesehen. Er war in seiner Kapsel festgeschnallt wie damals die Hunde. Mehr als 108 Minuten um die Welt geglitten, Hannah, und dann über Nordafrika, Ägypten und den Nahen Osten zurück nach Russland, wo er mit dem Fallschirm wieder aufsetzte.«

»Herrlich. Der flog also in dieser Kapsel über den Gerichtssaal, während Eichmann in seiner saß?«

»Ich denke ja, Gagarin hat heute Morgen aus 150 Kilometern Höhe auf Jerusalem herabgeblickt.«

»Und, weiß man schon, was er gesehen hat?«

»Über Funk soll er berichtet haben: I see folds and rivers. Everything is so clear through the window.«

»Aber das sehe ja ich auf einem gewöhnlichen Flug!«

»Natürlich! Ein Hoch auf die Menschheit!«

»Santé! Immerhin hat dieser Gagarin Belka und Strelka übertrumpft.«

»Wer soll das denn sein?«

»Weltraumhündinnen.«

»Hm, aber warum denn zwei, Hannah? Und hieß die Weltraumhündin nicht Laika?«

»Doch, aber Belka und Strelka sind ihre Nachfolgerinnen. Eine von denen soll nun Junge bekommen. Hab ich aus der Zeitung. Chruschtschow ziehe in Erwägung, eines der Hündchen aus Belkas Wurf ins Weiße Haus zu entsenden, für die Kennedy-Kinder. Die Vierbeiner sind gefragte Friedensbotschafter.«

»Hannah, nicht dein Ernst, oder? In der Politik setzen die jetzt auf Hunde?«

»Besser als Atombomben, nicht? Auf wen würdest du denn setzen?«

»Hm. Lass mich überlegen …. auf Angelo Roncalli.«

»Ach, den Papst? Da würde sich deine Mutter freuen.«

»Mehr noch Abuelita, wenn sie's erlebt hätte. Roncalli kommt aus einer sehr armen Familie und ist zum Erstaunen aller Papst geworden. Hat alle übertölpelt, weil er sich dümmer stellen kann, als er ist. So einer hätte Abuelita imponiert.«

»Ist ja wirklich fast ein Wunder! Als die Kardinäle den Bequemsten und Gehorsamsten suchten, erwischten sie den Mutigsten von allen. War deine Großmutter so kritisch?«

»Klar, wie viele Spanier. Seit dem Faschismus steht man Rom kritisch gegenüber, aber eben doch gläubig. Weißt du, diesem Angelo Roncalli ist einiges zuzutrauen, ja, der könnte sogar das Format haben, die Russen zu empfangen.«

»Dann kann er sie segnen. Ist aber nicht besonders populär.«

»Genau, Hannah, deshalb würde es ihm passen! Ich seh ihn schon mit seiner großen Nase, wie er den Russen zuraunt, so ein kleiner Segen kann doch nicht schaden, na, wollen wir mal? Ach, da kommt mir noch was in den Sinn. Rate mal, wer die Dame in der ersten Reihe ist.«

»Im Gerichtssaal meinst du? Liz Taylor ist es nicht.«

»Na gut, ich geb dir einen Tipp. Der Italiener von der *Repubblica* hat's mir verraten.«

»Gina Lollobrigida vielleicht?«

»Mais non, Hannah!«

»Das Warten in der Schlange hat seine Vorteile, nicht? Na los, sag schon.«

»Madame Hausner!«

Vraiment pas mal, dieser Junge. Sie nahm ihr Glas, zwinkerte ihm durch das Goldgelb hindurch zu und trank aus.

»Es ist spät geworden, Alain.«

»Gehst du schon?«

»Ich wechsle doch morgen das Hotel, aber wir sehen uns im Saal. Wenn du morgen nicht was anderes vorhast.«

»Bevor ich nach Paris zurückfliege, will ich unbedingt Yad Mordechai sehen.«

»Den Kibbuz der Kämpfer.«

»Warst du schon dort?«

»Nein, aber in anderen Siedlungen, ich hab mal Kinder aus Paris nach Palästina gebracht, sehr lange her.«

»Als das hier noch britisches Mandatsgebiet war?«

»Ja, ich habe damals einen sehr großen Respekt vor den Kibbuzzim gehabt. Unsere Kinder waren für die Landarbeit ausgebildet, Neubeginn und Aufbau war alles.«

»Spannend. Klingt ganz danach, als müsste ich mir mehr als nur einen Kibbuz ansehen. Sag mal, kommst du im Juni zur Vernehmung des Angeklagten wieder? Ich würde mich freuen, Hannah.«

Sie stand auf.

»Ja. Vielleicht sehen wir uns da, aber für alle Fälle hier meine Karte.«

»Und morgen zur Party? Golda Meïr soll dort sein.«

»Erst einmal schlafe ich mich aus. Bonne nuit, Alain!«

15 Zündhölzli

»Riservato« las sie auf dem Schildchen, stützte sich am Tisch ab und hängte die Handtasche über die Lehne. Für die Signora war immer ein Tisch am Fenster reserviert, da brauchte sie nicht mal anzurufen.

Wenn sie allein aß, setzte sie sich so, dass sie dem Treiben auf dem Dorfplatz zuschauen konnte. Unter dem Schatten der Bäume ruhten sich die alten Männer aus. Einer von ihnen hatte eine gescheckte Straßenmischung. Sie fand es lustig, wie der Hund von Baumstamm zu Baumstamm patrouillierte. Nur selten sah sie einen Kinderwagen. Heute aber setzte sie sich andersherum, damit sie den Eingang im Auge behalten und Günther sofort sehen würde. Die Wirtin stellte das Brotkörbchen ab. Wie immer glühte ihr Gesicht.

»Tutto bene in America, Signora?«

Pina, kaum jünger als sie selbst, strich das Tischtuch glatt. Wenn sie »Ameeerica« sagte, klang Fernweh oder Heimweh oder beides gleichzeitig mit. Zwei Seiten einer Medaille, beides wird man nie los, durchs Hierbleiben nicht und auch nicht durchs Weggehen. Pina sagte »Ameeerica«, als wäre es aus dem Refrain eines Liedes.

Auf den Friedhöfen hier hatte sie die Gräber der Americani gesehen, Auswanderer, die wenigstens zum Sterben in die Heimat zurückwollten. Fast niemand brachte es mit dem in der Fremde verdienten Geld zu einem Palazzo im Tessin. Es war natürlich nicht ausgeschlossen, dass ein Americano als gemachter Mann zurückkehrte, meistens aber blieb er ein armer Hund, ob er sich nun in Kalifornien oder in der argentinischen Pampa abrackerte.

»Signora Pina, was gibt's denn Gutes heute?«

Triumphierend öffnete Pina die Karte und zeigte energisch auf das Tagesmenü. Diese Pina, theatralisch, aber liebenswert! Einmal hatte sie ihr sogar ins Gesicht gesagt, was für ein Wunder, dass die amerikanische Touristin, die einzige weit und breit, ihr Stammgast sei! Pina übertrieb zu ihren eigenen Gunsten, aber gelogen war es nicht. Als Feriengast aus Übersee war sie tatsächlich ein seltenes Exemplar hier.

Vorne in Locarno ja, da gab es Amerikaner und Deutsche, natürlich auch in Ascona und Brissago, aber von denen würde sich nie einer in der Osteria in Tegna blicken lassen. Wenn sie den poetischen Klang von Pinas »Ameeerica« hörte, kam ihr keine Flagge in den Sinn, sondern ein Flecken Erde. Eine Republik. Das Gelobte Land, das überall und nirgends war.

Ihre Wahl fiel auf das Tagesmenü, Kaninchen auf Polenta. Das ist aber nichts für Günther, dachte sie und sagte zu Pina, die ihr Rotwein und Wasser einschenkte:

»Ich warte noch auf jemanden, er sollte jeden Moment kommen.«

Sie nahm einen Schluck Rotwein und klaubte Grissini aus der Packung neben dem Brot. Was hatten Heinrich und sie denn schon vom Tessin gewusst, als sie hier zum ersten Mal Urlaub machten, nichts, rein gar nichts! Ihre Reise mit Brody wegen des Broch-Nachlasses 1952 zählte nicht, da war sie keine Touristin gewesen. Wenn Ena ihnen nicht von der Nostalgie erzählt hätte, die über dem Tessin lag, sie hätten keinen blassen Schimmer gehabt.

Ena war Irin, lebte seit Jahrzehnten in der Schweiz und hatte in ihrer Heimat selbst erlebt, wie Menschen ganze Landstriche entvölkern, manchmal freiwillig, meistens aber aus Zwang. Was wäre denn ohne die Hungerflüchtlinge aus Irland und die Pogrome im Zarenreich aus New York geworden? Ena wusste aber auch, was die Abwanderung aus den Tessiner Dörfern für sie als Hotelbesitzerin bedeutete.

»Abgesehen vom Tourismus ist hier kein Auskommen mehr, die Jungen gehen weg. Ich finde nur schwer Personal.«

Ena hatte ihnen erzählt, die Tessiner zögen in die Deutschschweiz, nicht mehr wie früher nach Übersee, sondern nach Winterthur und Olten, Bassersdorf, Aarau und St. Gallen. Abgelegene Dörfer würden sich entleeren, manch ein Haus, nicht nur die in verwegener Lage, sei für einen Pappenstiel zu haben. Das locke auch Dichter und Denker an, nach Andersch und Frisch auch Golo Mann, hoch oben am Berg. Das hatte sie schon von den Wolffs erfahren, vor Jahren, als sie noch im Hotel in Locarno wohnten. Aber ältere Damen mochten's lieber nicht so steil, hier in Tegna war's sehr angenehm.

Heinrich und sie hatten an einen Alterssitz in der Schweiz gedacht, als es in New York immer unheimlicher wurde. Robert hatte ihnen diesen Floh ins Ohr gesetzt. Sie erinnerte sich an das Telefonat, er hatte sich gerade ein Haus bei Locarno gekauft und war voller Elan, während sie, in düsterer Stimmung und doch gefasst, in Basel bei Gertrud und Karl war, mit dem es damals seinen stillen, langsamen Gang zu Ende ging. In einem Brief danach hatte Robert sie beide für die Idee begeistern wollen.

Kommt man auch in die Schweiz, zwecks Lebensabend und so. Muss ja nicht grad Minusio sein. Kann euch mit allem behilflich sein.

In der Schweiz war es so ruhig, die Idee ziemlich verlockend, ja, tatsächlich hatte sie auch Heinrichs Augen weit gemacht. Mit seinem Jugendfreund nochmals Tür an Tür wohnen, wie damals in Berlin? Bis '33, dann war's aus.

Als sie und Heinrich zum Probewohnen herkommen wollten, war Heinrich krank geworden, und seit seinem Tod hatte sie nie mehr daran gedacht, obwohl sie nun Geld hatte wie nie zuvor. Endlich war der Kampf um die Wiedergutmachungsrente zu ihren Gunsten entschieden worden.

Ich trage meine Wurzeln in mir, bin und bleibe eine Bohémienne, aber wenn ich mir die Wohnung kaufen kann, tu ich's.

Sie trank das Wasserglas leer und nahm noch einen Schluck Wein. Weiß der Deibel, was plötzlich in Günther gefahren ist! So mir nichts, dir nichts auftauchen, ohne was Genaues zu sagen. Noch während des Frühstücks hatte man sie ans Telefon gerufen.

»Anders am Apparat, ist für dich, Hannah.«

Unglaublich, aber wahr! Günther. Er sei auf der Rückreise von Italien, und wenn es ihr nichts ausmache, könne er von Ascona aus einen kleinen Abstecher in ihre Datscha machen. Lieber ein andermal, hätte sie fast gesagt, aber was soll man tun, wenn einer praktisch vor der Tür steht?

»Ich warte auf dich in der Osteria. In Tegna gibt's nur eine, um 12.30 Uhr.«

Es war nicht das erste Mal, dass sie sich sehr gut benehmen müsste. Sonst käme es wieder zu einem Desaster und danach jahrelang Funkstille. Da musste man verdammt aufpassen. Ob sie ihn noch erkennen würde?

Am Vormittag hatte sie gearbeitet und die Einleitung zu *Life of the Mind* entworfen. In der Weltliteratur hatte sie nach Bösewichten und ihren Tatmotiven geforscht und alles Mögliche zusammengetragen, aus Shakespeare, Melville, Unamuno und natürlich aus der Bibel. Luzifers Hochmut, Kains Neid, Macbeths Schwäche oder der Hass, den das Böse für das Gute empfindet, und wie er in Jago verkörpert ist, aber auch die Enttäuschung und Wut eines Richard III., als ihm ohne Verschulden der Erfolg versagt bleibt. Nichts von alledem in Eichmann. Nichts, das einen Menschen zum Verbrecher machen müsste.

Ich aber stand in Jerusalem vor etwas völlig anderem und doch unbestreitbar Wirklichem. Ich war frappiert von der Seichtheit des Täters. Die Taten waren ungeheuerlich, doch der Täter – zumindest jene einst höchst aktive Person, die jetzt vor Gericht stand – war ganz gewöhnlich und durchschnittlich, weder dämonisch noch ungeheuerlich.

Ja, das gehört in die Einleitung zu *Life of the Mind*, dachte sie. Von hier aus kann ich nämlich zu den großen Themen überleiten, zum Denken, Wollen und Urteilen. Könnte vielleicht die Gewohnheit, alles zu untersuchen, was die Aufmerksamkeit erregt, ohne Rücksicht auf Inhalt und Ergebnisse, den Menschen davon abhalten, Böses zu tun?

Sie freute sich aufs wohlverdiente Mittagessen und war auch zufrieden, dass nun der Banktermin in Zürich vereinbart war. Der Berater am Apparat, so was Nettes! Natürlich, Frau Arendt, wir richten uns ganz nach Ihren Wünschen. Der helvetische Singsang klang eigentlich ganz angenehm. War man in Schweizer Banken nur zu amerikanischen Kunden so nett? Sie nahm noch ein Teigstängelchen, tunkte es in den Wein und knabberte die nasse Stelle weg.

Auch ganz schön viel Post hatte sie erledigt, aber nur, was ihr selbst Freude bereitet hatte. Ein Brief zu Greve in den Schwarzwald, in dem sie sich für seinen netten Sommergruß revanchierte, mit Tessiner Himbeeren, Kirschen und natürlich mit ihren Rotkehlchen. Und die Rede zum Sonning-Preis hatte sie gleich auch noch beigelegt. Ist doch ganz schön und für meine Verhältnisse ziemlich persönlich geworden. So was interessiert den Greve vielleicht.

Sie schaute auf die Uhr. Ich bin ja etwas zu früh gekommen, aber jetzt ist es halb eins. Sie zog den Brotkorb zu sich heran. In der nachgesandten Post war auch eine Karte aus Cape Cod gewesen, natürlich mit Leuchtturm, was denn sonst.

Dearest Hannah!

Die Kinder wachsen wie verrückt. Geht es meiner Gans gut? I love the life of the mind. It is the real life and you can take it wherever you go.

In gratitude with love, Annemarie

Auch Annemarie war aus der Hitze geflüchtet. Sie wohnte jetzt irgendwo im Midwest, in Madison Wisconsin oder Bloomington, wo ihr Mann Professor war. Hatte sie die neue Adresse in ihr Büchlein eingetragen? Dann könnte sie mit einer Postkarte aus Zürich antworten.

Am Eingang sah sie jemanden winken und erkannte Günther erst, als er auf sie zustakste.

»Meine alte Hannah, wie sie leibt und lebt, nur zu essen hat sie noch nicht begonnen. Na, nicht mehr so hungrig wie früher? Ist ja wie ein Reservat hier, so abgelegen hab ich mir das nicht vorgestellt! Aber leider nicht am See!«

»Nu spuck man nicht solche Töne, bloß weil du drei Minuten zu spät bist.«

Sie ermunterte ihn mit einer Geste, Platz zu nehmen, schenkte ihm Wasser ein und dachte, auch an Günther ist die Zeit nicht stehen geblieben.

»Tut mir leid! Wer zu früh kommt, kommt auch nicht rechtzeitig. Übrigens war die Bahnschranke unten. Schienen bis ins hinterletzte Alpental, das schaffen nicht mal die Österreicher!«

»Wein?«

Sie hob ihren Boccalino in die Höhe.

»Immer! In diesem Kännchen soll Wein sein?«

»Hiesiger, ja. Der Wein ist ein wenig sauer, aber ich mag ihn so, genau richtig für den Sommer. Mit dem Tagesmenü gibt's hier auch Salat und Dessert. Wollen wir bestellen?«

»Ja, bin ganz schön hungrig, was gibt's denn zu essen?«

»Heute Polenta mit Kaninchen.«

Sie winkte. Pina kam sofort.

»Aber das ist doch Kriegsnahrung.«

Er schaute zu Pina auf.

»Soll wie Katze schmecken. Ja, bitte, das probiere ich.«

»Vino per il signore?«

Pina nahm die Bestellung auf, brachte Günthers Wein und servierte den Salat. Günther hob den kleinen Krug hoch.

»Na, der ist vielleicht putzig. Cheers! Schön, dich zu sehen, Hannah!«

»Reisen ist eine Plage, nicht wahr?«

Als er heftig den Kopf schüttelte, dachte sie, was für schönes, volles Haar er gehabt hatte, so dunkel wie ihres.

»Doch nicht für dich, Hannah! Ich habe gehört, du warst in Dänemark.«

»Ja, im April, in Kopenhagen. Sei froh, dass du keine Preise bekommst, die muss man sich nämlich auch abholen.«

»In Dänemark hast du also einen Preis bekommen?«

Wetter und Wein seien scheußlich gewesen, sagte sie und sah zu, wie Günther im Salat herumstocherte. Sie liebte Pinas Kopfsalat, mit einer Prise Zucker und fein gehäckseltem Liebstöckel.

»Lächelt dich Fortuna also immer noch an, du Illustre! Mit Dankesrede und allem Drum und Dran?«

»Natürlich.«

»Die Rede würde ich gern lesen.«

Sie war leicht irritiert, dass er Fortuna ins Spiel gebracht hatte, als hätte er ihre Gedanken erraten. Sie hob kurz die

Hand, erst mal kauen. Tatsächlich hatte sie davon erzählt, wie hilflos einen Fortuna machen kann. Wer rechnet denn schon mit einem Preis? Einem echten Geschenk? Jeder erwartet einen Lohn für seine Tüchtigkeit, aber wenn die Glücksgöttin auf all unsere Leistungen pfeift, entwaffnet sie einen doch. Herrlich, nicht wahr? Sie setzte das Krüglein an den Mund und schaute Günther an. Was die Zeit nur aus ihm gemacht hatte. Aus dem hungrigen Jungforscher war ein alterslos Hungriger geworden.

»Ach, weißt du, Günther, die Dankesrede zeige ich ungern her.«

»Bist du immer noch widerspenstig? On your hind legs und so?«

Er schob den halb vollen Salatteller zur Seite.

»Das sind wir beide, Günther, kriegt man doch nicht so leicht weg, oder? Was ich da in Kopenhagen sagte, ist für dich sowieso kalter Kaffee. Man muss den Leuten doch erst mal sagen, wer man ist. Jüdin *femini generis*, vor fünfunddreißig Jahren Europa verlassen, keinesfalls freiwillig, später ein Bürger der Vereinigten Staaten geworden, ganz freiwillig und absolut bewusst, wirklich nichts Neues. Anders als in Boston.«

»Boston? Noch ein Preis?«

»Nein, aber erzähl lieber was von dir.«

»Bei mir gibt es nicht viel zu erzählen, Hannah. Ich führe ein sehr einsames Leben, nur unterbrochen von Vorträgen, aber die Sache mit der atomaren Aufrüstung interessiert dich doch nicht wirklich.«

Er blickte auf ihren Teller.

»Also dieses Interview, das du mit dem Gaus —«

»O, schaust du fern?«

»*Das* hab ich gesehen.«

»Ein reizender Mensch, dieser Gaus!«

»Tja, nun kennen dich die Leute von der Straße und brauchen deine Bücher gar nicht mehr in die Hand zu nehmen. Hannah Arendt in der Lügenkiste, wer hätte das gedacht, aber Berühmtheit hat eben ihren Preis, n'est-ce pas?«

Günther biss in eine Brotscheibe, und sie spießte den Tomatenschnitz auf. Kein Wörtlein werde ich vom Interview mit Errera sagen, sonst hört die Fragerei gar nicht mehr auf. Für das französische Fernsehen habe ich ja mein längstes Interview überhaupt gegeben.

»Ganz ehrlich, meine Liebe, mich wundert schon ein wenig, dass du das alles auf dich nimmst. Seit wann bist du denn auf Öffentlichkeit scharf?«

»Und seit wann interessierst du dich fürs Fernsehen? Ich dachte, du siehst doch gar nicht fern, außer der einen Minute Football, die dir das Schicksal in grauer Vorzeit zugemutet hat.«

»Stimmt, aber es war Boxen, drei Minuten Boxen im Halbschwergewicht, rein zufällig in einer Bar. Ich habe meine Unbildung nie verleugnet, das weißt du genau, und Empirie ist sowieso nur für Idioten.«

»Nu mach mal halblang, Günther!«

»Wieso denn? Das mit dem Fernsehen meine ich ernst! Ist dir denn nicht bewusst, dass die Verdummung großen Stils mit dem Eichmannprozess begann? Keine Newsstory bekam bisher so viel Aufmerksamkeit!«

Sie schenkte Wasser nach und sah Brotbrei an seinen Mundwinkeln.

»Der allererste Naziprozess, der in die Wohnzimmer flimmerte, fast zur selben Zeit wie das Sandmännchen. So harmlos, so dreist suggestiv dieses Als-wären-Sie-dabei und Näher-am-Glaskäfig-als-die-Saalzuschauer. Das war doch der Beginn der Invasion! Erstmals setzte die Verdummungsindustrie ihren Fuß in private Wohnungen, und alle, alle ließen sich zu Freizeitnarren machen – sag mal, hörst du mir überhaupt zu?«

»Natürlich, ich erinnere mich.«

Sie schob die Serviette näher zu ihm hin. Er lehnte sich mit verschränkten Armen zurück.

»Und warum sagst du nichts?«

»Günther! Natürlich war die Werbung ekelhaft, televised on home screens around the world, gespenstisch sicher, ja, makaber, schaurig und ganz und gar unreal, aber das hatte nichts mit dem Fernsehen zu tun! Ah, da kommt unser Mittagessen.«

»So. Wenn es nichts mit dem Fernsehen zu tun hat, möchte ich gern wissen, womit denn sonst.«

Pina servierte das Hauptgericht und wünschte guten Appetit. Günther beugte sich über den dampfenden Teller. Sie schaute kurz das Kaninchenragout an und senkte die Gabel in die Polenta.

Sie musste an Eichmanns Hobby denken. In einem Hinterhof oder einer Ranch in der Pampa hatte er Kaninchen gezüchtet, wie Alain ihr an einem der Abende in der Hotelbar verraten hatte. Mit eigenen Augen habe er es gesehen, das Kaninchen mit ganz langen Haaren. Natürlich nur auf einem Foto.

Spätnachts in einer Bar habe ihm ein Mossad-Mann das Foto gezeigt. Es sei schummrig gewesen, aber Alain habe das Kaninchen ganz genau sehen können. Es habe im Dunkel geleuchtet, so weiß sei es gewesen. Eine richtig schöne Rasse. Alain vermutete Angora, aber der Geheimdienstler interessierte sich mehr für den, der das Tier im Arm hatte. Adolf Eichmann.

Sie nagte ein Knöchelchen ab. Günther aß mit Appetit, sah aber etwas konfus aus. Vielleicht hatte das weder mit ihrem Gespräch noch mit dem Essen zu tun, sondern er sah jetzt, mit dreiundsiebzig, einfach so aus.

1929, was für ein Jahr! Man begegnet sich wieder, zieht zusammen und heiratet. Ein hübsches Paar, die Eltern freuen sich. Ihre Dissertation über den Liebesbegriff erscheint, und sie schreiben gemeinsam einen Rilke-Aufsatz. Ausgerechnet sie hatten sich mit Gedichten über eine echolose Welt abgerackert.

Wie waren sie damals nur auf die Idee mit Rilke gekommen? So kurz vor der Katastrophe die *Duineser Elegien?* Kein Gedicht verzichtet so bewusst und verzweifelt aufs Gehörtwerden. Schließlich war dieser Aufsatz erschienen, sogar hier in der Schweiz. Die Redaktion der katholischen *Schweizer Rundschau* kannte ihre Dissertation über Augustinus.

Günther hatte nie einen Moment versäumt zu sagen, er sei Atheist und habe mit Religion absolut nichts am Hut. Nach der Flucht schrieb er nie mehr über Rilke, überhaupt nichts dergleichen. Nach Hiroshima gab es für ihn sowieso nur noch die Stunde null der Menschheit. Später, nach dem Eichmannprozess, kam Auschwitz dazu.

Ich aber bin den Musen treu geblieben. Und heute ist es fast wieder wie früher, als Günther und ich jung waren. Auch in *Life of the Mind* sollen die Dichter und ihre Musen ihren Platz bekommen. Wie will man sonst die Welt preisen? Hat's nicht Augustinus schon gesagt? Danke, dass du bist. Ein Gedicht, eine Brücke ins Unsichtbare, das wäre wirklich tröstlich. Wenn mir nur selbst wieder mal eins gelänge.

»Schmeckt ganz gut, dieses Dingsda, und auch dieses gelbe Zeug ist lecker. Da ist Butter drin.«

Günther erkundete die Polenta. Sie war froh, dass es ihm schmeckte, Essen hatte ihn immer entspannt.

»Weißt du, Günther, ich finde, das mit dem Fernsehen hat durchaus seine guten Seiten. Heinrich hatte sich ein TV-Set angeschafft. Das fanden wir praktisch, als ich nach Jerusalem fuhr. So konnte er den Prozess am Bildschirm mitverfolgen, während ich im Gerichtssaal war.«

»Die Kameras haben auch die Zuschauer gezeigt. Hat er dich im Gerichtssaal sitzen sehen?«

»Blödsinn! Heinrich saß auch nicht stundenlang vor der Kiste.«

»Immerhin, Hannah, die Fernsehindustrie hat damals wegen der Werbung ihre ersten Nasenstüber abgekriegt, mitten in die Leichenberge, die ausgerissenen Goldzähne, na du weißt, ein Brandy, eine Feriendestination, Bungalows in Florida, what not.«

»Aber das war doch genau dasselbe in Zeitungen und Zeitschriften! Hat also bestimmt nicht nur mit dem Fernsehen zu tun.«

»Stimmt, Hannah! Ich meine, war ja nicht gerade schön, neben deinen Reportagen über die vergasten Juden all diese adretten Girls in Sommerkleidchen.«

»Günther! Dein Gedächtnis ist bewundernswert.«

Sie klappte ihr Zigarettenetui auf, zündete sich eine an und zog heftig dran.

»Deine Fantasie mag ja gut sein, wenn du dir die Technisierung der Welt so lebhaft ausmalst, aber doch nicht −«

»Ohne Ketzer ist die Welt verloren.«

Tief über den Teller gebeugt aß er weiter.

»Sag mal, Günther, was ist eigentlich los mit dir? Ich weiß gar nicht, wie du lebst und wie es dir und Charlotte geht. Erzähl doch mal von dir selbst.«

»Eatherly hat Krebs.«

»Dein Hiroshima-Pilot?«

»Natürlich.«

»Das tut mir leid. Ich hoffe, dein Briefwechsel mit dem Mann war ein schöner Erfolg, ich meine auch in finanzieller Hinsicht?«

»Hannah, hier geht es um die Verantwortung des Mannes, der die Atombombe abwarf, und nicht ums Geld! Eine Schande, wie man Eatherly hängen ließ! An so einer Verantwortung muss man draufgehen, selbst wenn man die Tat bereut!«

»Ein Bucherfolg hat sein Gutes, und gegen ein halbwegs sorgenfreies Alter ist nichts zu sagen. Ich weiß ja nicht, wie du und Charlotte euch das denkt. Kann man als Pianistin in Rente gehen? Willst du auch noch mal Wein?«

Sie winkte der Wirtin mit dem leeren Boccalino. Günther hatte immer nur für seinen Ruhm gelebt. Schon als sie noch verheiratet waren, war ihr das immer unheimlicher erschienen. Später sprach er von Stargagen, lebte aber offenbar von der Hand in den Mund. Günther weigert sich, die Dinge zu sehen, wie sie wirklich sind. Wer weiß schon, dachte sie, ob das nicht eine mütterliche Vorbelastung ist.

»Hast du eigentlich meinen Brief an Klaus Eichmann gelesen?«

»Natürlich. Ist ja schon eine Weile her.«

»Und mein Auschwitzbuch habe ich dir doch auch geschickt, n'est-ce pas?«

»Ich dachte, ich hätte dir dafür gedankt?«

»Schon möglich. Kannst du so was nicht mal im Unterricht gebrauchen?«

»Ich bin nicht mehr lange Professorin.«

»Ach. Warum denn?«

»Mit siebzig sollte man mit Dingen aufhören, die man eigentlich nie gewollt hat.«

»Wirklich schade. Bin's leider nie geworden. Dafür nahmen sie meinen Vater in den USA mit Handkuss. Was für eine Karriere!«

Sie schaute ihn an. Meint er nun die seines Vaters oder malt er sich die glänzende Karriere aus, die auf ihn gewartet hätte, wenn die Nazis nicht gekommen wären? Sie blies den Rauch zur Decke. Günther wird wirklich immer mehr wie seine Mutter, die sich ganz herrliche Glückseligkeiten einbilden konnte.

»Der berühmte William Stern.«

»Besonders lustig fand ich, dass deine Eltern ihre Kinder zum Forschungsobjekt gemacht hatten.«

»Wie meinst du –?«

»Schon als drolliger Bub warst du ein Star der Forschung!«

»Ach so. Aber du doch auch! Führte die liebe Martha selig etwa kein Tagebuch, wie sich ihr Hannahlein entwickelte?«

»Doch. Nur gab's bei mir eben keine Geschwister, und vergleichen ist alles in der Sprachentwicklungsforschung. Wetten wir, dass du von allen der Schnellste warst?«

»Stimmt sogar! Lügen und ›i au‹ sagen konnte ich früher als meine Schwestern. Obwohl das Faible für Sprache mütterlicherseits besonders ausgeprägt war.«

»Tja, gegen Clara Sterns Erbe lässt sich nichts sagen. Der Großonkel deiner Mutter war schließlich Heinrich Heine. Nur gut, dass deine Mutter in den USA doch noch berühmt wurde –«

»Ich bitte dich, lass meine Mutter aus dem Spiel. Ihr wart euch nicht grün, aber das hatte ich akzeptiert. Wir sind quitt.«

»So meinte ich es doch gar nicht. Sind nur Erinnerungen. Weißt du eigentlich noch, wie wir unsere Wohnung an eine Tanzschule vermietet hatten? Verrückt, was man für ein paar Mark nicht alles tat. Vor ein paar Tagen kam mir das Stempellied wieder in den Sinn.«

»Hier im Urlaub?«

»Ja, in einem Grotto vor dem Dorf. Plötzlich fühlte ich mich mitten im Krieg, bis der Kellner dann die Jukebox auffuhr. Fast so groß wie ein Panzer war die, aber die Musik half gegen den Lärm.«

»Klingt ziemlich meschugge, Hannah!«

»Ach was! Richtig lustig hatten wir's.«

»Das Stempellied war also in der Jukebox?«

»Nein, eben nicht. Kannst du es denn noch auswendig? Dummerweise fällt mir nur noch eine Strophe ein.«

»Kein Problem: Ohne Arbeit, ohne Bleibe biste null und nischt, wie 'ne Fliege von der Scheibe wirste weggewischt. Äußerst schnell schafft die Jesellschaft Menschen uff'n Müll ...«

»... wenn de hungerst, halt de Fresse, denn sonst kriegste 'ne Kompresse, und das mit Jebrüll.«

»Tja, meine Liebe, was haben wir damals gelacht, in dieser ollen Tanzschule und überhaupt. Und wie machten wir uns lustig über die Professorenphilosophie.«

»Na ja, ans Lachen erinnere ich mich nicht wirklich.«

»Ist auch ziemlich lang her. Die Jahre sind wie Karnickel gerannt, aber du hast es doch wenigstens zu was gebracht.«

Günther legte die Hände auf den Bauch. Sein Teller war leer gegessen. Die Wirtin kam, räumte ab und servierte gleich den Nachtisch.

»Schokotorte?«

»Kastanientorte, ist Tradition hier. Die Kastanienwälder hier solltest du dir anschauen, wunderschön. Übrigens fahre ich bald nach Freiburg.«

»Unglaublich! Zu diesem scheinheiligen Arschloch? Ich dachte, das Reisen wäre so beschwerlich für dich.«

»Günther, es ist wirklich nicht leicht, ein Thema zu finden, über das wir reden können. Von dir selbst erzählen kommt offenbar nicht infrage.«

Sie versuchte, sich eine Zigarette anzuzünden. Viermal, achtmal, vergeblich.

»Zündet es nicht? Lass mal sehen.«

Er streckte die Hand über den Tisch.

»Ach ja, wegen der Habilitation wollte ich dich noch was fragen, Hannah. Wie du ja weißt, ist mein Wiedergutmachungsstatus schlecht, ich bekam nie eine Rente zugesprochen, offenbar im Gegensatz zu dir.«

»Stand das in der Zeitung?«

»Nein. Hänschen war so nett und schrieb mir, es sei dir ge-

lungen, eine Lex Arendt zu veranlassen. Sie regle die Gleich-
stellung von im Jahr '33 noch nicht Habilitierten mit effektiv
damals Habilitierten. Das könnte für mich nicht unwichtig sein,
you know.«

»Und das Feuerzeug?«

»Nichts, keine Ahnung, was mit dem los ist.«

Er reichte es achselzuckend über den Tisch. Sie versuchte es
mit dem Feuerzeug selbst nochmals und gab dann auf.

»Hannah, du hast mir vor zwanzig Jahren schon mal geholfen und dem Tillich eingeheizt, was dann leider gar nichts ge-
fruchtet hat. Aber diese neue Lex Arendt, da mach ich mir nun
halt doch noch mal Hoffnung. Sie könnte meinen Status und
die Bemessung der Wiedergutmachung ändern. Ich weiß sonst
nicht, was aus mir werden soll.«

»Verdienst du denn gar nichts mehr, Günther?«

Sie verstaute das Feuerzeug in ihrer Tasche und winkte Pina.

»Nein. Ich bin Opfer einer sehr frühen Verkalkung. Eigentlich lebe ich nur noch, um dafür zu sorgen, dass meine unver-
öffentlichten Schriften gerettet werden.«

»Du klingst ja fast wie Robert.«

Nur absolut nicht ulkig, dachte sie, ließ sich von Pina Feuer
geben und bestellte Grappa zum Kaffee. Günther saß wie auf
seine Arme geduckt da, die Ellbogen weit auseinander, die
Hände auf dem Tisch verschränkt, und schaute sie etwas von
unten herauf an.

»Nun, Hänschen riet mir eben, ich solle mich auf deine Lex
berufen.«

»Ach, Günther, man hat das Gesetz doch nur deshalb nach
mir benannt, weil ich nicht nachgegeben habe.«

»Hänschen meinte also, ich könnte mit deiner Lex eine Än-
derung meines Status durchdrücken.«

»Ich habe damit rein gar nichts zu tun, aber wenn es sich
auch für dich und deine Frau lohnt, umso besser.«

»Hannah, das Dumme ist, es lebt niemand mehr außer dir. Da hab ich dich fragen wollen, ob es dir recht wäre, von mir als Kronzeugin genannt zu werden.«

»Ach so. Wie geht es eigentlich deiner Frau?«

Sie goss einen Tropfen Grappa in den Espresso und führte die Tasse an den Mund, als Günther heftig zu husten oder schniefen oder beides gleichzeitig begann.

»Hast du dich verschluckt?«

Sie setzte ihre Tasse ab und lehnte sich leicht zu ihm. Ziemlich fahrig holte er sein Taschentuch hervor, hustete und schniefte hinein, wischte sich damit die Augen, schniefte und hustete wieder hinein, entschuldigte sich mit einer Geste und dem Taschentuch vor dem Mund und ging hinaus.

Was hat ihn so durcheinandergebracht? Das bisschen Grappa? Nein, das kann's nicht sein. Sie drückte die Zigarette aus und schaute aus dem Fenster.

Die seltenen Wiedersehen nach der Scheidung waren kaum je heiter gewesen. Damals hatte sich noch alles um ihn und seine Mission für die Welt gedreht. Wie im Wackeltopp im Lunapark! Und in dem ganzen Schwindel hatte Günther sich auch noch einreden können, dass die Welt gerade auf ihn gewartet hatte. Nicht mal Heinrich hatte auf bissige Kommentare verzichtet.

Tja, Schnupper, wann werden wir von den Erlösern erlöst sein?

Mehr hatte Heinrich nicht dazu gesagt. Im Grunde meinte es Günther gar nicht so. Seinen Größenwahn sollte man nicht allzu ernst nehmen. Männer wollen eben wirken, und so lernt man allmählich was dazu.

Günther setzte sich wieder zu ihr. Er schob Nachtisch und Grappa weg.

»Verzeih, bitte, Hannah, es tut mir leid. Mein Lebensstil in den nächsten Monaten oder Jahren, wie lange mir da eben noch bleibt, könnte vom Entschädigungsamt abhängen.«

»Charlotte gibt doch noch Konzerte, nicht wahr?«

Sie fixierte ihn.

»Nun, Charlotte – mit ihr ist es – gerade vor dem Urlaub habe ich von Charlotte aus Amerika gehört, dass sie nicht mehr zu mir zurückkehrt.«

»Das tut mir leid. Ist das definitiv?«

»Ich fürchte ja. Nach achtzehn Jahren. Verüble es mir bitte nicht, dass ich in den Grappa geheult habe.«

Er saß nun aufrecht da, hatte aber den Kopf aufgestützt und die Finger übers Gesicht gelegt. Die Arthritis hatte seine Hände verkrüppelt.

»Ich bin hier und überall ziemlich freundlos. Seit Jahren bin ich immer asozialer geworden. Ich sagte ja, ich lebe einsam.«

»Hast du dir schon mal überlegt, nach Israel zu gehen?«

»Nein, Hannah, kommt nicht infrage. Bin zu wenig einverstanden mit den dortigen Verhältnissen und der dortigen Mentalität, als dass ich mich in Israel niederlassen könnte. Höchstens mal auf Ferien. Nein, ich bleibe in Wien.«

Günther trank den Espresso aus und ließ den Grappa stehen.

»Wir sind nicht mehr die Jüngsten, Hannah. Es ist höchste Zeit, dass du an take it easier denkst.«

»Ist schon alles eingefädelt. Sag mir, wenn du Geld brauchst. Ich kann dir was überweisen.«

Sie bezahlte die Rechnung, die Pina diskret hingelegt hatte. Gut, dass er nicht den Geldbeutel zücken wollte. Das hätte sie so oder so nicht geduldet.

Als sie in die viel zu helle Nachmittagssonne hinaustraten, fühlte sie sich matschig im Kopf. Sie hatte nicht mal Lust herauszufinden, was sie denn so schrecklich matt gemacht hatte. Sie gingen ganz langsam auf die auf die Barbatè zu, wo Günthers Auto stand. Er schaute sie von der Seite an.

»Ich habe dich immer als unruinierbar angesehen, Hannah.«

Sie schwieg und achtete auf die Gleise.

»Und dieses Tegna liegt wirklich an der Strecke nach Paris?«

»Via Domodossola, ja.«

»Dann sag ich nix mehr gegen die Schweizer Züge.«

»Die Verbindung ist günstig für Annchen und Mary, aber die kennst du ja nicht.«

»Natürlich kenne ich Annchen. Grüß sie bitte von mir, wenn du sie siehst.«

Als sie ihn so neben sich spürte, zählte sie die Schritte bis zu seinem Wagen. Dürr und fahrig war er, und er setzte seine Füße so hart auf, als ginge er nur noch auf Knochen. Sie selbst fühlte sich nun knotig wie seine Hände. Wenn ich das nur bald wieder loswerde, dachte sie.

»Hannah, also wegen dieser Rentensache … das will ich wirklich nur tun, wenn du mir grünes Licht dafür gibst.«

»Du kannst dich darauf verlassen. Schreib mir, was du von mir erwartest.«

»Vielen Dank! Bitte entschuldige noch mal, aber ich wollte dir wirklich keine Szene machen. Auf Wiedersehen!«

Sie reichte ihm die Hand, er stieg in sein Auto, und sie wünschte gute Heimreise.

»Safe travels, Günther.«

Sie winkte, trat durch die Tür und seufzte auf, als sie in der Lobby stand. Endlich! So mies ist mir lange nicht mehr gewesen. Im Hintergrund lief Musik. Sie glaubte, den Sänger von neulich zu hören, und lenkte ihre Schritte langsam zum Flur. Als sie an der Bar vorbeikam, erinnerte sie sich an das Feuerzeug. Auf einen Hocker gestützt, betätigte sie die Klingel, und im Nu stand Barbara da. Wie aus dem Nichts aufgetaucht.

»Schön, Sie zu sehen!«

»Waren Sie schwimmen?«.

»Oh, *die* Zeiten sind vorbei.«

Sie wollte nicht sagen, wie ihr zumute war, und reichte das Feuerzeug über den Tresen.

»Könnten Sie herausfinden, was da los ist? Es will nicht mehr.«

»Natürlich, gern.«

Barbara inspizierte es genau, betätigte das Rollrad, schüttelte das Feuerzeug am Ohr. Dann schob sie eine Schachtel Streichhölzer über den Tresen.

»Ich glaube, da fehlt es nicht an Benzin, es muss was anderes sein. Morgen früh kann ich es für Sie in Locarno reparieren lassen. Hier sind die Zündhölzli, voilà. Darf ich Ihnen sonst noch behilflich sein?«

»Ja, vielleicht ein paar Postkarten aus Locarno? Ich kann doch nicht immer die gleichen schicken.«

Barbara hatte sofort begriffen und versprach ihr eine kleine Auswahl von Landschaftsmotiven. Ob es auch Kirchen sein dürften? So ein patentes Mädchen.

»Warum nicht! Nehmen Sie einfach, was Ihnen gefällt. Springen *Sie* denn heute noch in den Fluss?«

»Ha, gute Idee! Aber heute Nachmittag bringe ich Ordnung in die Hotelbibliothek.«

Barbara stellte ihr ein Glas Wasser mit Eis hin.

»Ach so, die Bibliothek. Da war ich schon lange nicht mehr.«

»Gott sei Dank! Alles drunter und drüber, Romane, Wanderführer, Biografien, Gedichte, Krimis, Märchen und andere Kinderbücher. Ich habe alles ausgeräumt, um es neu zu sortieren. Wie würden Sie's denn machen? Alphabetisch? Oder nach Größe oder Farbe?«

Barbara zwinkerte ihr aus ihren Katzenaugen zu. Sie sah den unverschämt dicken Lidstrich, den Barbara heute trug. Ist das immer noch Mode?

»Nach Fachgebieten, dann nach Sprachen. Können Sie mir etwas empfehlen?«

»Darf ich einen Krimi für Sie holen?«

»Nein, da bin ich monogam. Ich bleibe Maigret treu. Sagten Sie nicht was von Gedichten?«

»Doch, da habe ich was für Sie! Bin gleich wieder zurück.«

Barbara verschwand wie die Fee im Märchen. Sie setzte sich auf den Hocker, nahm ein Hölzchen aus der kleinen Schachtel und rieb den kleinen Kopf an der Seite. Erst schien er fast explodieren zu wollen, dann verzehrte die Flamme gemächlich das Holz und zündete die Zigarette an. Da legte Barbara schon das schmale Buch auf den Tresen.

»Der einzige zweisprachige Gedichtband aus dem Tessin. Alles andere in unserer Bibliothek ist auf Italienisch. Ich habe drin geblättert, Spanisch und Deutsch.«

»Spanisch? Von einer Tessinerin? Dann wollen wir mal sehen.«

Sie nahm das Buch, steckte die Streichholzschachtel ein und drehte das Gesicht zum Lautsprecher.

»Ist das nicht Ihr Lieblingssänger?«

Barbara strahlte.

»Vorhin lief sein Lied *I han es Zündhölzli azündt*. Haben Sie's verstanden?«

»Natürlich *nicht!* Singt der auch über Dosenöffner?«

Barbara prustete los.

»Er singt darüber, wie ein brennendes Streichholz die Welt in Brand setzen könnte.«

»Das nenn ich Fantasie!«

»Und über Sandwiches und Züge, auch über Coiffeursalons, Eskimos und Hemmungen.«

Sie rutschte langsam vom Hocker.

»Ein richtiger Alltagsphilosoph, Barbara! Auf jeden Fall weiß er, wie in alle und alles Angst projiziert wird. Vermutlich ist das aber eine Déformation professionelle bei mir.«

»Wie meinen Sie das?«

»Ich habe über Totalitarismus geforscht.«

»Na so was! Da würde ich Ihnen gern von dem Sänger erzählen —«

»Warum nicht? Aber jetzt muss ich mich etwas ausruhen.«

»Natürlich. Morgen Abend hätte ich frei. Der rote Renault draußen gehört mir. Wir könnten eine Spritztour machen. Oder in den Zirkus oder einfach essen gehen.«

»Ach, Sie meinen eine kleine Eskapade? Dafür bin ich immer zu haben. Morgen Abend meinen Sie?«

»Ja!«

»Sagen wir 18 Uhr, Barbara?«

»Schön, ich freue mich und warte auf Sie vor dem Auto.«

Sie winkte und drehte sich um. Zirkus ist bestimmt lustiger als Günther, dachte sie, und diese Barbara sowieso.

Mit dem Gedichtband in der Hand ging sie durch den Flur und in ihr Zimmer. Sie zog die Tür hinter sich zu, betrachtete das Buch und legte es dann auf den Nachttisch.

Als sie auf dem Bett lag, schloss sie die Augen und hörte die Grillen. Bin ja gespannt auf die Tessiner Dichterin in »Ameeerica«.

16 Leviathan an der Leine

Zürich und Rom, Juli 1961

Sie stand am Fenster des Flughafenrestaurants. An den Scheiben hingen noch Regentropfen. In der Nacht hatte es über dem Dolderwald so heftig gestürmt, dass sie aufgewacht war. Durch die Tannenwipfel hatte es geblitzt, dass man hätte meinen können, das Bett stünde mitten im Wald. Als das Gewitter dann gegen Morgen niedergegangen war, saß sie schon im Taxi und fuhr den Zürichberg runter.

Was man nicht alles für Monsieur tut! Sogar in aller Herrgottsfrühe nach Kloten fahren.

Im Ankunftsterminal war sie sofort zur Anzeigetafel geeilt. SR-101 on time. Sehr gut. Wer gleich beim ersten Flug Ärger erlebt, verliert die Angst vorm Fliegen nie.

Sie schaute auf das nasse Rollfeld. Die TWA war gelandet, die Passagiere trugen bereits ihr Handgepäck in Richtung Flughafengebäude, eine zweite Boeing 707 war im Anrollen. An der Heckflosse erkannte sie die Pan Am. Ein Blick auf die Uhr. Noch eine Viertelstunde und wir sind endlich wieder zusammen. Mehr als zwei Monate lang nur Briefe, und auch das mit Wackelkontakt.

Es wäre alles nicht so schlimm, wenn es wie immer gewesen wäre, mit der Mespoche an den Strand von Tel Aviv oder Bummeln in Jerusalem, eine Fahrt übers Land, Leute sehen, was man halt so tut im Urlaub. Aber die zwei Jerusalemreisen waren eben nicht wie sonst gewesen, sondern so strapaziös wie noch nie.

Abgesehen von den Besuchen bei Kurt, die sie von Mal zu Mal mehr deprimiert hatten, hatte sie fast immer mit Hörstöpseln im Gerichtssaal gesessen. Eichmann hatte sie nun doch noch etwas ausführlicher im Original gehört. Wie die allermeisten Reporter war sie nur wegen des Verhörs in den Gerichtssaal zurückgekehrt und hatte Jerusalem dann endgültig verlassen, um hier auf Heinrich zu warten. Erschöpft und voller Freude.

Jerusalem – Zürich und Basel – Jerusalem – und nun wieder Zürich. Ein einziges Wechselbad! Ohne die Tage bei den Jaspers hätte sie die zehn Wochen kaum durchgehalten. Ziemlich merkwürdig hatte es sich angefühlt, aus Israel, einem Land im Aufbau, in die Schweiz zu kommen. Hier ist alles so endgültig aufgebaut, so fertig, dass es schon ein bisschen versteinert ist. Kann man sich größere Gegensätze als die Schweiz und Israel vorstellen?

Nach dem ersten Jerusalemaufenthalt war sie mit einem ungeheuren Gedankengepäck nach Basel gekommen. Zum Glück hatte sie sich in den sieben Tagen dort besser erholt, als sie es in einem Bergdorf getan hätte. Kurios, aber wahr. Die Gespräche, das Glück der Freundschaft, aber auch die Wehmut und Liebe, die sie in Karls Abschiedsvorlesung empfunden hatte, waren ebenso Balsam gewesen wie Heinrichs Briefe.

Gut, dass Du eine längere Pause von da nimmst. Es muss ziemlich furchtbar sein. Ich habe den Eindruck, dass Dich die Sache doch ziemlich mitgenommen hat. Bitte erhole Dich schnell von dem Schock.

In Jerusalem hatte sie lange fluchen müssen, weiß der Teufel, wo Heinrichs Briefe abgeblieben waren. Vergeblich hatte sie sich nach einer Zeile von ihm gesehnt. Ohne ihr auch nur ein Sterbenswörtlein zu sagen, hatte Monsieur die Post gleich nach Basel statt nach Jerusalem geschickt. Wegen der dortigen Balkanwirtschaft! Aber was er so genannt hatte, war schlicht Zensur, so einfach. Sie hatte Briefe gesehen, die vom Geheimdienst geöffnet worden waren. Natürlich war's klug, die Post nach Basel zu schicken. Wie schön war's auf dem kleinen Balkon über dem Rhein gewesen. Da hatte sie aufatmen können.

Hier sitze ich also, in einem kleinen reizenden Hotelzimmer auf den Rhein hinaus, und erhole mich. Ich gewinne auch etwas Abstand von dem Prozess. Ich bin so froh, wieder in normalen Verhältnissen zu sein, aus der dauernden Aufregung und Hysterie heraus.

Auch Reisepläne hatte sie hier geschmiedet, Heinrich aber nur gerade so viel geschrieben, um ihn nach Europa zu locken. In den Jerusalemer Nächten, in denen sie schweißgebadet erwacht war, hatte sie sich mit dieser Reise immer wieder in den Schlaf zurückgeträumt.

Die Weltfundamente, Stups, die wollen wir uns nun endlich anschauen. Dann hat die liebe Seele wieder einmal Ruh, glaubst du nicht auch, Heinrich? Wo wir anfangen? First things first! Italien natürlich. Lass uns gleich nach Rom fahren. Wenn er Michelangelo hörte, konnte Monsieur nicht widerstehen, selbst den Vatikan nähme er in Kauf. Da war sie sich ganz sicher. Die Welt ist eben doch zu schön.

Der Flughafen war klein, dafür war es der, auf dem Heinrich zum allerersten Mal aus der Luft auf den Boden zurückkehren würde. Sie stand noch immer am Fenster und sah nun die DC-8 anrollen. Die Swissair-Maschine fuhr an der Pan Am vorbei und parkte gleich neben der TWA. Die Geschäftigkeit nach der Landung und die Spannung, bis alle aussteigen können, kannte sie nur aus dem Inneren einer Maschine. Jetzt erlebte sie es zum ersten Mal von außen.

Zwei Angestellte schoben die Rolltreppe an den Flieger,

die Gepäckwagen warteten weiter hinten, dann öffnete sich die Bordtür. Gleich kommt er, dachte sie und überschlug die Passagiere. Sechzig, vielleicht siebzig, das Flugzeug war kaum halb voll.

Da ist er! Stups kam fast zuletzt, wie üblich bei Rauchern. Sie winkte heftig, aber Heinrich schaute natürlich auf die Stufen, damit er nicht mit dem Kopf voran in Zürich landete. Mit der Tasche über der Schulter und der Pfeife im Mund ging er übers Rollfeld, und dafür, dass er vermutlich nur ein bisschen geschlafen hatte, sah er ganz schön vergnügt aus.

Sie zahlte und eilte ins Erdgeschoss. Als sie vor dem Ausgang nach dem Zoll wartete, war sie wirklich aufgeregt. Hatte sie Heinrich denn je schon einmal abgeholt, vom Bahnhof oder am Hafen? Das musste sehr lange her sein, sie erinnerte sich nicht, aber das lag auch daran, dass ja sie immer diejenige war, die wegfuhr.

Da. Nun ohne Pfeife. Sie hob die Hand, winkte kurz und eilte zum Ende der Abschrankung.

»Stups!«

»Meine Hannah, wir haben's wieder mal überstanden.«

»Na, wie war dein Jungfernflug?«

»Nur bei der Zwischenlandung in Shannon wurde mir mal kurz, na ja, ist doch nicht nötig, nur zum Tanken rauf und runter. Aber sonst ein voller Erfolg.«

Heinrich umarmte sie fest und flüsterte ihr ins Ohr.

»Aber so schnell kriegst du mich nicht mehr in die Luft.«

»Bekommst dafür auch ein piekfeines Bett, mitten im Wald und mit Seeblick.«

Seine Nasenspitze kitzelte, als er ihr ins Ohr flüsterte.

»Jetzt wirst du erst mal geklapst, Schnupper, und dann auf nach Italien.«

Heinrich hatte sie bei der Hand gefasst, als sie in den Viale Vaticano eingebogen waren, nun entzog sie sie ihm wieder und blieb stehen. Pilgergruppen aus aller Herren Länder gingen an ihnen vorbei, in dieselbe Richtung, als gäbe sich die ganze Welt ein Stelldichein beim Papst.

Sie nahm ein Taschentuch, schnäuzte sich und wunderte sich, dass hier alle zu Fuß gingen, während ansonsten ganz Rom dem Motorenwahn verfallen zu sein schien. Lief ihre Nase, weil sie sich im Zug erkältet hatte? Oder weil sie wegen des verdammten Verkehrs kaum ein Auge zugetan hatte?

»Na, Schnupper, bist nicht ganz so frisch und kregel?«

»So ein Höllenlärm.«

»Wir sind doch in Rom, Hannah! Oder meinst du die Autos?«

»Die Motorräder. Das ging die halbe Nacht.«

»Ach, meine Liebe, wir sind einfach nur etwas verwöhnt von der herrlichen Waldesruhe in Zürich. Wie wär's mit einer Vespa?«

»Was ist das denn?«

»Eins dieser dreisten Dinger, die dir den Schlaf rauben. Wenn ich eine miete, könnten wir uns vergnügen wie die ganz gewöhnlichen Italiener.«

»Ein Motorrad? Bist du übergeschnappt?«

»Nur ein fröhlicher Tourist, mein Vögelchen. Wär' doch ganz lustig, so um die Fundamente der Welt zu knattern. Ich fahr dich sogar ums Kolosseum, was meinst du?«

»Ich bin nicht Audrey Hepburn und du nicht Gregory Peck, schlag dir das man schön aus dem Kopf, du.«

»Knurrst heute ja ganz schön schlimm durch die Kiemen. Na, wird schon wieder, Hannah. Auf in die Höhle des Löwen.«

Er nahm wieder ihre Hand und ließ sie auch nicht los, als sie sich in die Schlange vor dem Eingang stellten. Sie war froh, dass er gute Laune hatte.

292

In den Vatikanischen Museen musste man mit viel kirchlichem Personal rechnen, Ordensleuten in Habit, Priestern, Bischöfen, sogar Kardinälen. Der alte Kommunist hockte immer noch irgendwo in Heinrich drin, auch wenn er den Mund seit vielen Jahren nicht mehr aufgemacht hatte. Aber Priestersoutanen und Kardinalspurpur, dieser ganze bunte Klerus konnte ihn in Rage bringen.

Heinrich zog etwas aus seiner Jackettasche, legte den Arm um ihre Schulter und hielt es ihr vor die Augen. Eine Postkarte des Jüngsten Gerichts.

»Sehen wir nicht gleich das Original, Heinrich?«

»Doch! Bin ja auch gespannt wie schon lange nicht mehr, darum hab ich doch die Postkarte mit.«

»Zum Vergleich?«

»Na klar. Ich will sehen, ob man das Original zurechtgefälscht hat. Siehst du die Frauenkörper hier in der Hölle? An denen merkt man am besten, ob sie für die Postkarte gefällig gemacht wurden.«

»Und warum nicht bei Adam oder sonst einem Mann?«

»Erinnerst du dich an Rembrandts Bathseba im Louvre? An die wunderbar echte Frau? Sie hat einen Körper mit Geschichte, mit den Spuren einer stark zupackenden Liebe!«

»Ach ja?«

»Natürlich, Rembrandt hat eine reife Liebende gemalt! Gerade das macht doch ihre Schönheit aus und weckt die Sehnsucht, sie zu besitzen. Findest du nicht merkwürdig, Schnupper, dass du dich nicht daran erinnerst, wir beide vor dem Bild …?«

»Wer sagt denn, dass ich mich nicht erinnere? Originale sind dein Aphrodisiakum, Stups.«

Sie erinnerte sich, wie Heinrich im Louvre aufgeblüht war. Ekstatisch und fast froh darüber, dass es ihn nach Paris verschlagen hatte, dabei war es alles andere als eine freiwillige Reise gewesen. Aber ein Gemälde vermochte in Stups wirklich ein Feuerwerk zu zünden. Immer wieder hatte er von dem Rembrandt gesprochen, seiner großen Entdeckung im Louvre, und ihr damals in einem langen Brief davon berichtet.

Vom ersten Traum der Freiheit, den die Griechen noch ganz unwissend geträumt hätten, auf dem Nacken von Sklaven und auch von Frauen, die kaum besser gestellt waren. Wie später Rafael und auch Tizian ihren Beitrag geleistet hätten, die Frau in die Wirklichkeit zu bringen. Eigentlich aber erst der große Rembrandt! Er habe die Frau entdeckt und verherrlicht, als Göttin, Geliebte, Weib, Hetäre, alles in einem, und sie so in die Geschichte eingeführt. Erst Rembrandt habe der Frau einen Platz an der Seite des Mannes gegeben und sie zu seiner Gefährtin erhoben.

Sie zog Heinrich zu sich und küsste ihn auf die Wange. Da legte er den Arm um sie und sagte:

»Dacht ich's mir doch.«

Er nuschelte sich mit der Nase durch ihr Haar und flüsterte ihr ins Ohr:

»Hätte mich schön gewundert, wenn du den Brief vergessen hättest!«

»So was vergess ich doch nicht.«

»War doch mein Lustbrief für alle Zeiten, Hannah.«

»Wenn nur genug Licht da ist, damit du alles siehst.«

»In der Sixtina? Das will ich hoffen! Eine Farbnuance allein kann das Original entschärfen, ja überlügen. Mal sehen, ob sie dem Michelangelo seine Hölle zum Lagerfeuer gemacht haben!«

Er steckte die Postkarte ein. Die Schlange vor der Kasse war nur unmerklich kürzer geworden, aber sie rückten vor. Hinter ihnen hatte sich eine größere Gruppe von Amerikanern angestellt, ziemlich laut und fröhlich, mit viel »yeah« und »great« und »I cannot wait to see it«. Sie fand die Vorfreude ihrer Landsleute auf the Greatest of the Greatest eigentlich rührend, aber Heinrich gab sich skeptisch.

»Für Leute wie die hinter uns macht man so verlogene Reproduktionen. Ekelhaft.«

»So streng, Stups?«

»Die Bilder der Großen werden doch nur für solche Leute zurechtgefälscht. Damit sie sie bequem bequatschen können.«

»Man muss die Menschen erst dazu bringen, dass sie wirkliche Größe erkennen können.«

»Tun wir doch, Hannah, nur dafür rackern wir uns ab.«

»Auch mit Kunst?«

»Na klar. Ein Gemälde, ein Orchesterwerk, die Apologie des Sokrates, alles taugt doch dazu, die Kinder zu bilden.«

»Für einen Allrounder wie dich bestimmt.«

»Jedenfalls würden sich meine Studenten nicht trauen, so unbeleckt wie die da ins Jüngste Gericht zu stolpern.«

»Heute bist du wirklich gnadenlos. Wie viele von den sechshundert Journalisten in Jerusalem wären dazu fähig und auch willens?«

»Fähig wozu?«

»Fähig und willens, echte von nachgesagter Größe zu unterscheiden.«

»Ach so. Das ist natürlich was anderes. Die Sache spukt dir ja immer noch im Oberstübchen rum. Vielleicht war's doch etwas viel gewesen für dich, na?«

»Die Leere, ja. Ganz unheimlich.«

»Wie? Was meinst du?«

»Das Gespenstische geht mir nach. In den ersten Prozesstagen hat man den Angeklagten fast vergessen.«

»Auch sein Verteidiger? Der sieht übrigens aus, als wäre er George Grosz von der Leinwand gesprungen.«

»Nein, weiß Gott, Servatius hatte null Interesse für seinen Mandanten! Vielleicht für andere, hinter den Kulissen, aber das weiß höchstens Adenauer. Eichmann war ein Gespenst. Ich überleg mir schon die ganze Zeit, wie ich das beschreiben …«

»Beflissenheit bis zum Irrsinn. Hab's doch selbst gesehen, massenhaft Aktenbündel um sich rum. Mehr wird an dem Kerl nicht dran sein, Hannah.«

»Da bin ich mir nicht so sicher.«

»Na gut, von mir aus auch noch Prahlerei, aber nur, bis er sich eines Besseren besann. Statt federführend wollte er dann nur noch ein Rädchen im Getriebe gewesen sein. Komm, es geht vorwärts. Gleich sind wir dran.«

Sie waren so weit vorgerückt, dass die Kasse sichtbar wurde. Nur ein Schalter war offen. Dort saß ein Uniformierter mit Schirmmütze. Einer allein hat den ganzen Andrang zu bewältigen? Egal, fand sie. Unerhört, fand Heinrich. Langsam, aber sicher wurde er unruhig.

»Sag mal, erinnerst du dich noch an meinen Brief damals aus dem kaputten Berlin?«

»Ach, Hannah, was du nicht alles fragst. Wir sind gleich dran. Ich hol schon mal den Geldbeutel hervor.«

»Stups, das war der Brief, in dem ich dir erzählte, wie ich von Spandau bis Neukölln durch ein einziges Trümmerfeld gefahren bin, und dann vom Alexanderplatz, am Lützowufer und Tiergarten vorbei zum Potsdamer Platz der ganze Wahnsinn …«

»War das nicht '50? Ewig her. Was kostet der Eintritt?«

»Auf der Fahrt sah ich überall Statuen, die noch so dastanden, als wäre nichts gewesen. Wie Gespenster standen sie im leeren Feld. So was Unheimliches hab ich mein Lebtag nicht gesehen. Als Eichmann vor mir saß, war die Erinnerung schlagartig wieder da.«

»Wie mit der Wachsfigur.«

»Wie bitte?«

»Vor dem Abflug hab ich in der *New York Times* gelesen, in Berlin hätten sie Eichmann in Lebensgröße auf einem Berliner Jahrmarkt aufgestellt. Er war die Hauptattraktion unter anderen Bösewichten.«

»Bizarr!«

»Tja, Hannah, so weit ist es gekommen mit diesem Schauprozess. Den Wachsmann mussten sie aber schleunigst wieder abräumen, weil's Klagen gab.«

Heinrich ließ ihre Hand los, legte die Geldscheine hin und nahm die zwei Tickets. Alles ziemlich teuer hier, murmelte er und verstaute den Geldbeutel. Da schoben sich die Amerikaner an die Kasse und drängten sie in den Besucherstrom hinein. Neben ihnen gingen Nonnen aus Indien. Langsam, sehr langsam ging es über eine Marmortreppe durch einen Korridor zu einer Treppenflucht, die so endlos schien, dass es zum Verzweifeln war.

Sie zeigte auf eines der vielen Schilder mit Händchen, die den Weg zur Sixtinischen Kapelle wiesen.

»Unsere Richtung stimmt, Heinrich.«

Sie kamen von einer Gemäldekammer in die nächste. Die meisten Päpste hatten sich ein eigenes Museum eingerichtet, und durch alle musste man hindurch, um zur Sixtinischen Kapelle zu gelangen. In irgendeiner dieser Galerien begann Heinrich über das Heidengeld der Renaissancepäpste zu fluchen.

»Wie hätten die sonst den ganzen Prunk finanziert? Schau doch nur, eine Papsthure nach der andern! Würde mich gar nicht wundern, wenn's nicht mal dem Michelangelo erspart geblieben wär, diese Frauen abzupinseln!«

Mit ausgestrecktem Zeigefinger und lauter, als nötig gewesen wäre, rief er über die Köpfe einer Priestergruppe hinweg, in der sie sich verfangen hatten. Wie auf Kommando drehten sich alle Gesichter zu ihnen. Offenbar verstanden sie Deutsch. Sofort zog sie ihn seitwärts zur Wand, aber Heinrich wollte weiter, weshalb sie ihn noch resoluter am Arm zog.

»Lass uns wenigstens das eine oder andere Bild anschauen, ja? Sonst ziehen wir wie Treibholz an allem vorüber und haben gar nichts davon.«

»Verdammt noch mal, Hannah, so kommen wir nie zum Jüngsten Gericht!«

Aber sie blieb stur, hielt ihn fest und öffnete gleichzeitig ihre Handtasche.

»Besser, Stups, wenn wir die alle erst mal durchlassen. Wir haben's doch nicht eilig. Schau, die hab ich dir noch gar nicht gezeigt.«

»Eine Damenkamera?«

»Handlich, nicht?«

»Aber du willst doch hier nicht etwa fotografieren?«

»Gute Idee! Bleib man schön da stehen, ja?«

»Hannah, so ein Quatsch, lass das!«

Mit der Minox in der Hand ging sie rückwärts im Gedränge. Sie schaute auf den Sucher, bis sie das Gemälde und Heinrich im Bild hatte. Dann plötzlich ein Stoß von hinten, die Kamera fiel ihr aus der Hand, aber die Menge schien nichts bemerkt zu haben und schob und zog sie mit.

Sie bückte sich sofort nach ihrer Kamera, bekam noch einen Stoß an den Kopf. Ein Kind schrie inmitten all der Beine in ihr Ohr, bis sie schließlich mit einem lauten »Heh da!« wieder hochkam. Sie schnappte nach Luft und blickte in ein kantiges Gesicht über ihr.

»Bitte. Such a nice camera!«

Ein hochgewachsener junger Mann in Soutane streckte ihr die Hand entgegen.

»Danke! Thank you!«

Die Minox hatte nicht mal einen Kratzer abbekommen. Sie war dem Priester wirklich dankbar, aber wo war jetzt Heinrich? Er musste doch den kleinen Tumult bemerkt haben.

Sie reckte den Kopf, aber in der Menge war er nirgends zu sehen. Sollte sie jetzt stehen bleiben und auf ihn warten? Oder möglichst schnell weiter? Es gab nichts zu überlegen. Sie hatte keine andere Wahl, als sich mit der Masse weiterzubewegen, inzwischen an der Seite des Priesters, den der Trubel nicht aus der Fassung zu bringen schien. So ein Mist, dachte sie und blickte zu ihm hoch.

»Mein Mann, my husband. I cannot see him. Are you German or American?«

»I am American, aber meine Mutti ist Deutsche. Kann ich Ihnen helfen?«

»Mein Mann war eben noch da, als die Kamera runterfiel. Wo ist er nur?«

Sie blickte um sich. Kein Stups weit und breit. Sie war einfach nicht groß genug, um über die Köpfe hinwegzusehen.

»Tut mir leid. We'll find him. Gestern war's auch so.«

»Gestern? Arbeiten Sie hier?«

»Nein, I am from Syracuse, New York. Gestern war ich mit meinen Studenten da, aber ich wollte nochmals allein kommen. Ich bin Pilger. Jesuit.«

»Also Priester und Professor?«

»Both, yes. Aber kein Priester wie im Kino!«

»Kino?«

»Ja. Die Filmpriester! Denken Sie nicht an die, wenn Sie einen von uns sehen?«

»Vielleicht, wenn Sie das so sagen, warum nicht, Arbeiterpriester wie die in *On the Waterfront*.«

»You see? Genau die meinte ich. Verhindern Streiks und bringen Arbeiter auf den rechten Weg zurück, ist aber nichts als Propaganda im Sinn von McCarthy. Trägt Ihr Mann einen Hut?«

Das Gedränge war unvorstellbar. Merkwürdig nur, dass sich der Lärm in Grenzen hielt, aber die Besuchermenge kam nur sehr langsam vorwärts. Sie müsste Heinrich doch sehen oder er sie, aber wahrscheinlich war er wirklich schon weiter.

»Nein. Er hat graue Haare, mit beginnender Glatze. Sehen Sie ihn?«

»Oh, einige von der Art. A little bit more specific? Grauer Mantel?«

»Nein, das ist er nicht, kein Mantel. Also ein Arbeiterpriester sind Sie …«

»For heavens sake, nein! Im Gegenteil.«

»Sie machen mich neugierig. Was verstehen Sie denn unter dem Gegenteil von einem Arbeiterpriester?«

»Einer, der die Menschen nicht beschwichtigt. Widerstand ist eine religiöse Pflicht. Man kann nie genug Aufruhr stiften, um auf Missstände aufmerksam zu machen.«

»In der Kirche oder im College?«

»Überall. Pilgern Sie auch?«

»So würde ich's nicht nennen. Mein Mann und ich schauen uns die Fundamente der Weltgeschichte an. Unsere Reise hat eben erst begonnen, wie dumm, dass ich ihn jetzt verloren habe.«

»No worries, Madam. Hier geht niemand verloren. Vor mir sehe ich viele Herren mit grauen Haaren, einer davon ist bestimmt Ihr Mann.«

»Wie wollen Sie das denn wissen?«

»Ist einfach so. Haben Sie vor Rom schon was gesehen?«

»Ich war zwei Monate in Israel.«

»Oh, ein Traum für einen Pilger! Bethlehem? Jerusalem und die Grabeskirche? Was haben Sie denn alles gesehen?«

»Den Gerichtssaal. Ich berichte als Journalistin von dem Strafprozess dort. Sie haben bestimmt davon gehört.«

Sie blickten einander an und liefen fast in eine Gruppe hinein, die vor einem Bild stehen geblieben war und nun den Durchgang blockierte. Verflixt noch mal, wo steckt Stups denn nur? Jetzt geht's gar nicht mehr vorwärts. Sie blickte immer unruhiger um sich und hörte nur halb zu, als der Priester von einem Richter erzählte, der zuerst in Jerusalem und dann beim Heiligen Vater gewesen sei, in einer Privataudienz. Der Papst soll den Bericht mit Genugtuung aufgenommen haben.

»Genugtuung? Dass Eichmann der Prozess gemacht wird?«

»Nein. Es soll Beweise geben, wie die katholische Kirche sich gegen die Verfolgung der Juden gestellt hat.«

Das kann nur Musmanno gewesen sein, dachte sie, Michael O. Musmanno. Als Richter in Nürnberg hatte er den Angeklagten, die er '45 noch im Gefängnis hatte befragen können, etwas zu viel Glauben geschenkt und seine Sicht dann nie mehr revidiert. Sie hatten die Aufmerksamkeit von sich auf Untergebene umgelenkt, unter anderen auf Eichmann, ohne dass Musmanno es durchschaut hatte. Er glaubte an Eichmanns angebliche Macht, seinen verderblichen Einfluss auf Hitler und weiß der Deibel was für Fantastereien. Und die hatte er dann in Jerusalem wieder vor die Richter getragen, diesmal als Belastungszeuge. Aber das würde viel zu weit führen mit diesem Priester.

»Beweise für die Unschuld der Kirche? Ich kann mich an nichts dergleichen erinnern. Aber Ihr Papst wird ja nicht dumm sein.«

Als sie endlich an der Gruppe vorbei waren, versuchte sie das Ende der Galerie zu sehen. Wie weit es denn noch sei bis zur Sixtina, wollte sie wissen. Durch drei Galerien müsse sie schon noch, sagte er, ob er sie noch ein Stückchen begleiten dürfe?

»Natürlich. Uns bleibt gar nichts anderes übrig. Nicht mal Sie können hier gegen den Strom schwimmen. Sagen Sie mal, Herr …?«

»Berrigan. Father Daniel, for you Daniel.«

»Father Daniel ist doch schön.«

»Wie Sie wünschen. Yeah, das mit dem Zweiten Weltkrieg und dem Vatikan ist eine üble Geschichte.«

»Wissen Sie denn mehr darüber?«

»Hoffentlich wollen Sie jetzt nicht hören, dass Päpste sich als Widerstandskämpfer gegen den Faschismus ausgezeichnet hätten. Ich müsste lügen. Denken Sie nur an Pius XII. Die Wahrheit wird ans Licht kommen.«

»Eines Tages, ja, Father Daniel, da sind wir uns einig. Der Vatikan hat Hitlers Rassenideologie nicht widerstanden. Noch nicht einmal die Getauften unter den Juden wurden offiziell geschützt. Aber Ihr jetziger Papst, könnte der nicht doch ein bisschen wagemutiger sein als seine Vorgänger?«

»Unser Johannes XXIII.? Sure, es gibt Zeichen dafür! Angelo Roncalli verbrachte die Kriegsjahre in der Türkei. Einmal soll er die türkische Regierung davon abgehalten haben, einige Hundert jüdische Kinder, die geflohen waren, nach Deutschland zurückzuschicken.«

»Ein einziges Mal?«

»Ja. Und einmal soll ihn der deutsche Botschafter ersucht haben, er möge seinen Einfluss beim Papst geltend machen, damit er Deutschland resoluter unterstütze. Aber damit blitzte Franz von Papen bei Roncalli ab. Der sagte nämlich nur: ›Und was soll ich über die Millionen Juden sagen, die Ihre Landsleute in Polen und Deutschland ermorden?‹ 1941 oder so.«

»Ein schöner Ausreißer, Father Daniel. Da hatten die Massenmorde eben begonnen.«

Wenigstens war dieser Papst kein Prahlhans, da hatte Alains Mutter absolut recht. Es grenzte wirklich an ein Wunder, dass Angelo Roncalli Papst geworden war. Als Arbeiter- und Bauernkind hatte er offenbar gelernt, sich in allen sozialen und kulturellen Milieus zu bewegen, ohne sich im einen aufzuspielen und im anderen herablassend werden zu müssen.

Es war ihnen gelungen, eine kleinere Gruppe zu überholen. Könnte Heinrich überhaupt zwischen den Köpfen herausragen?

»Father Daniel, was denken Sie vom Papst?«

»Nun, der Heilige Vater ist konservativ, wie alle Päpste. Er verteidigt das Sakrament der Ehe und verurteilt die moralische Zersetzung durch die amerikanischen Filmstars in Cinecittà aufs Schärfste. Und dann natürlich die Sache mit der künstlichen Zeugung, gegen die er sich gestellt hat. Sie haben bestimmt von den Experimenten mit Reagenzgläsern gelesen, die im Januar in Bologna durchgeführt wurden?«

»Ja, aber mich interessiert weniger die Moral als die Persönlichkeit. «

»Man erzählt sich so manches. Anekdoten halt. Installateure haben letztes Jahr Leitungen repariert und immer wieder geflucht, wie man das hier tut, im Namen der Heiligen Familie und so. Plötzlich ging die Tür auf, und der Heilige Vater kam heraus. Er fragte, ob das denn jetzt wirklich sein müsse. ›Kannst du nicht merda sagen wie unsereiner auch?‹ Vielleicht stimmt es sogar!«

»Ganz egal, ob's erfunden ist, die Geschichte ist herrlich. Sie zeigt, dass die Menschen den Papst offenbar noch als Person erleben. Er sieht ja auch aus wie eine Saftwurzel.«

»Wie was …?«

»Wie einer, der sich von seinem Amt nicht auffressen lässt. Sehen Sie, Father Daniel, das ist doch das Entscheidende: Roncalli lässt es sich nicht nehmen, selbst zu urteilen. Ich frage mich, ob ein Papst sich das wirklich leisten kann? Seine Funktion ist doch …«

»Der Mensch als Funktionsträger! Wie gut, dass wir darauf zu sprechen kommen, denn das ist mein Thema fürs neue Schuljahr. Ich unterrichte einen Kurs zu Pontius Pilatus.«

»Am College?«

»Ja, für Freshmen. Pilatus war der Erste, der seine Hände in Unschuld gewaschen hat. War er nur ein Instrument der herrschenden Klasse? Ein Opfer der Umstände? Pflichtbewusstsein in Person? Also Gehorsam gegenüber der Institution, die letztlich verantwortlich ist? Aber kann ein Mensch die Verantwortung für das eigene Handeln überhaupt abgeben? Das sind wichtige Fragen für angehende Priester. Pilatus kann kein Lehrmeister sein, höchstens ein gutes Beispiel.«

»Bis heute folgt man ihm, statt dem, den er töten ließ. Da muss eine kleine Verwechslung passiert sein, nicht?«

»Leider, ja.«

»Falls Sie noch Kursmaterial suchen, empfehle ich Ihnen die Prozessakten. Vor Gericht hat Eichmann seine Hände in Unschuld gewaschen, genau wie Pontius Pilatus, indem er sich als Befehlsempfänger dargestellt hat. Mörderisch wäre nur das System gewesen, in das er hineingeraten war.«

»Excellent. Das ist ein aktuelles Beispiel für meine Studenten. Und wann erscheint Ihre Reportage?«

»Das wird noch ein Weilchen dauern, aber wenn sie erscheint, dann im *New Yorker*.«

»Darf ich nach Ihrem geschätzten Namen fragen?«

»Hannah Arendt.«

»Amazing! Sie sind Hannah Arendt? Ihr Buch *The Human Condition* steht auf der Leseliste meines Kurses. Unbedingt, schicken Sie mir Ihren Bericht!«

Father Daniel drückte ihr seine Visitenkarte in die Hand. Sie zupfte ihn an seiner Soutane und zog ihn in die Richtung, in der sie Heinrich vermutete, aber Berrigan ließ nicht locker und zeigte auf die Galeriewand.

»Kommen Sie, da drüben ist ein Bild, das ich Ihnen unbedingt zeigen will.«

In einer stilisierten Landschaft standen ein Fabelwesen, vielköpfig wie eine Hydra, und ein Engel. Nicht besonders raffiniert, dachte sie, ist das alles?

Sie schaute genauer hin, aber das Ungeheuer erinnerte sie eher an Kinderbücher. Vom Rumpf bis zu den Beinen sah es wie ein dicklicher Schoßhund aus. Oben links schaute ein Engel aus der Öffnung zwischen den Wolken, als hätte er mit einem Büchsenöffner sein Stück Himmel ausgeschnitten und zurückgeklappt. Der Engel hielt eine Kette aus massiven Gliedern, deren Ende um den Hals des Ungeheuers geschlungen war. Es sah nicht so aus, als verrichtete der Engel Schwerstarbeit. Souverän wie ein Kutscher lenkte er sein Untier.

»Nicht gerade ein Meisterwerk, Father Daniel. Was finden Sie daran denn so bemerkenswert?«

»Ein Kunsthistoriker gäbe Ihnen recht, aber ich bin da anderer Meinung. Das Motiv ist es doch! Sehen Sie, das Untier ist der Leviathan oder der Antichrist oder der Teufel, also eine Personifikation des Bösen. Ihnen brauche ich die Theodizeefrage nicht vorzusagen, aber so was habe ich noch nirgends gesehen. Ein Engel führt das Böse an der Leine! Stellen Sie sich doch nur mal vor, was das bedeutet.«

»Und wo sind die Menschen? Nur mit Engeln und vielköpfigen Schoßhündchen wäre die Welt doch ein Paradies.«

»Aber Hannah, wenn das Böse wirklich ein Haustier Gottes wäre?«

»Father Daniel, kommen Sie bloß wegen diesem komischen Vieh darauf? Ach, ich muss jetzt meinen Mann finden. Kommen Sie.«

»Nur noch einen Moment, Hannah. In einem Lobpsalm heißt es, Gott habe sich den Leviathan erschaffen, damit er mit ihm spielen könne. Der Psalm preist die Herrlichkeit der Erde, und am Schluss heißt es dann: ›Nur die Unmenschen sollen von der Erde verschwinden. Es wäre so schön auf der Welt ohne sie. Preise meine Seele den Herrn! Halleluja.‹«

»Furchtbar, dieses Gebet. Ein Mensch, der ein Unmensch ist, bleibt ein Mensch. So was verdient doch kein Halleluja, finden Sie nicht auch?«

»Da muss ich Ihnen recht geben, Hannah. Nun, das wichtigste Bild im ganzen Vatikan haben Sie jedenfalls schon gesehen. Ich glaube übrigens, wir sind in der letzten Galerie angelangt. Da vorne ist der Ausgang. Gehen Sie einfach mit dem Strom, dann können Sie das Jüngste Gericht gar nicht verpassen. Ich bleibe noch ein wenig hier. God bless you and your husband.«

Sie winkte kurz und tauchte in der Menge unter. Wenn

Heinrich nur da geblieben wäre! Mit diesem Priester hätte man diskutieren können, über das Böse, amerikanische Filme, Collegestudenten. Einen Priester, der nicht nur Glaubenssätze auf Lager hatte, müsste selbst Heinrich ernst nehmen. Als sie fast am Ausgang der Gemäldegalerien angelangt war, hörte sie seine Stimme.

»Hannah! Wo warst du denn die ganze Zeit?«

»Ach, Stups, da bist du ja! Halleluja!«

»Was sind denn das für Töne! Hat dich der schwarze Sack etwa bekehrt? Ich habe euch von Weitem gesehen.«

»Bist du gerannt?«

»Gewartet habe ich, die ganze Zeit auf dich gewartet. Aber wenn man so bummelt wie du –«

»Schneller ging's nicht in dem Gedränge. Ich wusste ja nicht mal, wo du abgeblieben warst!«

»Und, was wollte der Schwarze von dir?«

»Father Daniel lehrt im College wie du, Arbeiterkind wie du. Hättest gar nicht weglaufen müssen, bloß weil er so einen komischen Rock trägt. Er hat mir ein Bild gezeigt.«

»So? Ich zeig dir jetzt auch eins. Hier lang geht's zu Michelangelo.«

Heinrich legte den Arm um sie und zog sie durch den Korridor, wo das letzte Schild mit dem Händchen hing. Vor dem Eingang zur Sixtinischen Kapelle flüsterte er ihr ins Ohr:

»Jetzt lass ick dir aber nich mehr los. Komm, Schnupper.«

17 Was wir sind und scheinen

Der Karorock und die rote Bluse sind zweckmäßig, ich geh mit
Barbara ja doch nicht in den Zirkus. Sie bückte sich zur Ablage
ganz unten im Kleiderschrank. Aber die Tasche für Millionäre,
die passt heute. Ihre Finger schlossen sich um den Griff.

Nie war die Straußenledertasche goldrichtiger gewesen als
damals in *Cleopatra*. Was hatten Heinrich und sie sich im Kino
gekugelt vor Lachen! Vierzig Millionen Dollar für ein Antiken-
spektakel, das nur deshalb pikant gewesen war, weil Liz Taylor
und Richard Burton sich inmitten der Dreharbeiten ineinander
verliebt hatten? Leider war ihnen nach jenem Abend das Lachen vergangen. Furchtbar, der Sommer '63.

Sie zog sich um und freute sich auf den Abend. Kant hatte
recht, der Denkende braucht schlicht und ergreifend Gesellschaft beim Essen, und das wenige, was sie bis jetzt von Barbara
wusste, machte sie neugierig. Dass so ein junges Ding schon ein
eigenes Auto besitzt! Sie hatte den Renault auf dem Parkplatz
gesehen. Schön rot, aber ein bisschen wie eine Hundehütte.
Wenn das nur gut geht! In den letzten Jahren war das Einsteigen eine mühselige Angelegenheit geworden.

Sie fuhr sich mit der Hand durchs Haar. Vorn war es fast
weiß, aber noch nicht so schlohweiß wie das von Günther. Seit
Jahren nannte sie sich nun schon eine »ältere Dame«. Viel zu
früh hatte sie damit angefangen, zuerst zum Schutz vor Zu-
dringlichkeiten, dann aus Koketterie, nun aber war es wirklich

so. Morgen war Samstag, da wollte sie noch zum Frisör, vor der Reise musste das sein.

Sie legte die Perlenkette an. Mehr Dekoration brauche ich nicht. Make-up hatte sie auch in jungen Jahren nie verwendet, höchstens mal Lippenstift. Mein Schnupper ist schön, und Punkt! So hatte Heinrich gesagt. Die Amerikanerinnen wollen doch nur Cover Girls werden, aber du bist das schon. Und wenn ich mit dir schmuse, will ich danach nicht aussehen, als wär ich in eine Malerbude gestolpert.

Schon vom Hoteleingang aus sah sie Barbara winken. Die hat ja eine richtig wilde Mähne! Bisher hatte sie Barbara nie mit offenem Haar, sondern immer nur mit strengem Pferdeschwanz oder Zopf gesehen.

»Ich habe Ihren Sitz ganz weit nach hinten geschoben, so ist's leichter zum Einsteigen!«

Die Tür auf der Beifahrerseite stand offen. Nach ein paar Verrenkungen saß sie erleichtert im Wagen.

»So, geschafft, und dann noch ohne Quetschen! Auf ins Abenteuer.«

Sie schaute zu Barbara, die sich selbstbewusst hinters Lenkrad geschwungen hatte.

»Also Verscio?«, fragte Barbara mit der Hand am Zündschlüssel. Sie trug ein elegantes kurzes Kleid, beige, dazu große orange Ohrringe, und sie hatte sich wieder diese Katzenaugen geschminkt. Etwas befremdlich schien ihr das schon, vor allem mit den vielen Locken.

»Sie sehen schick aus. Avanti!«

Barbara nickte heftig, drehte den Zündschlüssel und gab Gas. Sie hielt die Handtasche auf ihrem Schoß und schaute zu, wie Barbaras Knie einen Moment lang tanzten. Die Beine einer Frau sind wichtig. Sie war seit jeher stolz auf ihre gewesen und trug praktisch immer Rock. Schöne Beine sind es gewesen.

Aber Autofahren hatte sie in all den Jahren in Amerika nie gelernt.

»Braun sind Sie, Barbara!«

Lachend zeigte Barbara auf die Handtasche.

»Unglaublich! Sieht wie echtes Straußenleder aus.«

»Ist sogar echt, ein Geschenk von Freunden aus Basel. Sie kamen mit dieser Tasche für Millionäre daher und meinten, drunter passe es nicht für mich. Bestimmt mehr als zehn Jahre habe ich die schon, aber ich nehme sie nur für besondere Gelegenheiten!«

Barbara nahm die Hand vom Schalthebel.

»Besuchen Sie sie diesen Sommer?«

»Wen? Die Jaspers? Sie leben leider nicht mehr, nur mit Erna, ihrer ehemaligen Hausgehilfin, bin ich noch in Kontakt. Ich habe bei ihm promoviert, aber Freunde wurden wir erst nach dem Krieg.«

»Das tut mir leid«, sagte Barbara und schaute kurz zu ihr herüber. »Der Verlust eines so langjährigen Freundes.«

Sie blickte auf die Dorfstraße, sah Häuser, dahinter die kleine Ebene, die sich die Melezza geschaffen hatte, bevor sie hinter Ponte Brolla mit der Maggia zusammenfließen würde.

»Ich reise ja nicht mehr gerne. Wenn man alt ist, ach, Sie sind noch viel zu jung dafür.«

»Im Oktober werde ich siebenundzwanzig.«

»Sie fahren rassig, Sie Grünschnabel! Aber ich sitze gern in Ihrem Auto, und das will was heißen, denn Zug behagt mir besser. Schon als Kind mochte ich das Ausfahren, besonders mit der Straßenbahn.«

Sie zeigte durch Barbaras Seitenfenster auf die Gleise, auf denen der Regionalzug stand.

»Da, unser Bimmelbammel! Den nehme ich nächste Woche, da mache ich eine kleine Reise.«

»Zum Einkaufen? Oder ins Museum?«

»Einfach nur in Zürich Bummeln und auf die Bank. Ich muss Papierkram erledigen, fahre dann aber nach Freiburg weiter. Dort besuche ich jemanden.«

»Hoffentlich einen Freund?«

Barbara ging vom Gas, und rechter Hand sah sie schon das Ortsschild von Verscio vorbeifliegen.

»Hoffentlich? Ja, Barbara, das kann man so sagen. Martin Heidegger.«

Martin wird spät im September sechsundachtzig, gut zwei Wochen lang bin ich dann noch achtundsechzig, so spiegelverkehrt wie eh und je, dachte sie.

Barbara schaltete herunter.

»Ach der! Der muss aber wirklich alt sein!«

»Stimmt. Heidegger war mein Professor.«

»Und? Ich meine, wie war er?«

»Er hat mich unterscheiden gelehrt, das Beste überhaupt. Wissen Sie, uns Studenten war der gelehrte Gegenstand damals ziemlich gleichgültig, nicht aber das Denken. Noch heute ist es rar an den Universitäten, weil man dort ja immer *über* etwas oder jemanden arbeitet. Wer denkt, sagte Heidegger, steht nicht über den Dingen, sondern geht in sie ein. Der Denkende ist mittendrin.«

Barbara schaute sie an, als wäre sie nicht sicher, ob sie nur scherzte. Aber es war ihr heiliger Ernst, genau wie in ihrer Rede zu Martins Achtzigstem. Ihre Erinnerungen so frisch, als wär's gestern gewesen. Heidegger hatte Plato ins Hier und Jetzt holen können, und das Zitat, das sie gewählt hatte, betraf den Anfang. Ja, der Anfang ist auch ein Gott, und solange er unter Menschen weilt, rettet er alles. Plato, wer sonst.

»Wir sind fast da. Sehen Sie? Das neue Theater. Hier ist Mani Matter aufgetreten.«

Barbara setzte den Blinker und schaltete ganz runter.

»Der Sänger, den man nicht versteht?«

Barbara bog so schwungvoll in den Parkplatz der Osteria ein, dass man sich am Türgriff festhalten musste. Sein Lied über Zugpassagiere gefalle ihr besonders gut.

»Zug? Singt der über unseren Bimmelbammel?«

Mit einem Nicken stellte Barbara den Motor ab. Sie packte ihre Tasche, ging ums Auto und öffnete ihr die Tür, um beim Aussteigen zu helfen. Einer fahre mit dem Blick nach vorne, der andere rückwärts, aber jeder blicke nur in seine Richtung, bis der Zug am Ziel ist. Dabei wär's so einfach, sich mal andersrum hinzusetzen und zu sehen, was der andere sieht.

»Weil aber jeder nur seine Sichtweise hat, bekommen sie Krach und geben sich eins aufs Dach.«

»Dachte ich's mir, Barbara. Manchmal passieren in einem Lied komische Dinge, bloß damit es sich reimt. Solche Pointen kenn ich aus Roberts Liedern. Noch ein Freund.«

Überall Kopfsteinpflaster, dachte sie. Sie schaute auf ihre Füße. Im Winter ist das bestimmt ein Eisfeld, aber auch im Regen muss man aufpassen. Sie hakte sich bei Barbara unter, die munter weitererzählte. Richtig gute Sänger seien Philosophen, aber Mani Matter sei sogar Beamter. Barbara hielt die Tür zur Osteria auf.

»Ein singender Beamter? Was für ein Land, Barbara!«

Staunend hielt sie sich am Türrahmen fest und nahm den Raum in den Blick. Sie kannte den traditionellen Steinkamin der Tessiner Häuser.

»Wollen wir uns dahinten unter das Geweih setzen?«

Barbara ließ ihr den Vortritt. Als sie nach hinten ging, dachte sie, meine Tasche passt nicht ganz zu dem Lokal, ist mir aber egal, wo sowieso immer alle meinen, es sei ein Imitat. Wer hat heute denn noch eine Straußenledertasche!

Kaum hatten sie sich gesetzt, legte der Kellner die Karte auf den Tisch. Sie bestellten eine Flasche Wein, einen leichten

Weißen. Barbara beugte sich über den Tisch und zwinkerte ihr zu.

»Das ist Venanzio, der von Liva. Die ist ja so verliebt, aber er weiß nicht, dass ich es weiß.«

Sie schauten in die Karten, Barbara länger als sie selbst.

»Frau Jenny sagte, Sie sind berühmt.«

»Die gute Ena! Ich lehre Politische Theorie und Philosophie, bin Professorin, ja, aber mit berühmt hat das nichts zu tun. Als ich damals Philosophie studierte, war es nicht mal ein Brotstudium.«

»Sondern?«

»Eher das Studium entschlossener Hungerleider.«

»Und warum Philosophie?«

»Wir waren anspruchsvoller als die anderen. Die wollten sich nur auf einen Beruf vorbereiten, wir aber wollten mehr. Was wir nun aber wollten, wussten wir auch nicht. So was passiert Ihnen als Juristin sicher nicht.«

»Viele von uns wissen nicht, was sie wollen, aber Rebellen sind sie dann doch nicht.«

»Rebellen an der Uni? Wo denken Sie hin, Barbara!«

Barbara winkte dem Kellner. Er kam sofort und zückte den Stift, um die Bestellung aufzunehmen. Der Junge ist gar nicht so schüchtern wie seine Verlobte, dachte sie.

»Er wäre übrigens auch fast Professor geworden, Frau Arendt.«

»Wer? Venanzio?«

»Nein, nein, der doch nicht! Ich meine Mani Matter.«

Was die nur immer mit diesem Sänger hat, dachte sie und bestellte Penne al gorgonzola. Barbara nahm Risotto mit Salat. Der Kellner servierte sofort die Getränke.

»Wenn Sie nur bei uns in Bern studiert hätten! Ich bin nämlich für A wie Arendt zuständig.«

»Kein schlechter Witz, auf den stoßen wir an!«

Sie hob das Glas.

»Warum Witz? Das ist wirklich mein Sachgebiet. Zum Wohl, Frau Arendt!«

»Ich dachte, Sie studieren Jura?«

»Ja, aber ich habe auch einen Semesterjob. Beim Pressedienst der Uni Bern schneide ich Zeitungsartikel über ehemalige Studenten aus, die später berühmt geworden sind. Ich pflege ihre Dossiers nach, fürs Universitätsarchiv.«

»Geht es in Bern so amerikanisch zu?«

»Hmm. Ich glaube, die Uni will wissen, wann und wie oft sie in der Presse erscheint. Genau das dokumentiere ich, von A bis M. Ich bin auch für Einstein zuständig.«

»Ach so? Einstein bringt einer Uni natürlich Renommee. Studierte der in Bern?«

»Nein, bei uns war er nur Professor, aber mit der Habilitation klappte es erst beim zweiten Versuch. Wissen Sie, ich klebe alles ein, was ich finde.«

»Eine abgelehnte oder verhinderte Habilitation, tja, Barbara, das kann überall passieren.«

Aber diese Geschichten will ich hier nicht mehr aufwärmen. Genug, dass Günther von dieser famosen Lex Arendt erfahren hatte. Tant mieux, wenn's ihm was hilft. Als ihr Magen zu knurren begann, hielt sie nach dem Kellner Ausschau.

»Also, Einstein hat das dickste Dossier, Frau Arendt. Kannten Sie ihn denn?«

»Einstein? Nicht persönlich, aber ich habe mit ihm und einigen anderen einen offenen Brief in der *New York Times* unterzeichnet. Das war vor Urzeiten, 1948. Israel war gerade erst gegründet worden.«

»Worum ging es da?«

»Hat leider gar nichts mit Bern zu tun. Wir machten den Mund gegen den Faschismus auf und legten gewisse Tatsachen über diesen Herrn Begin offen −«

»Menachem Begin? Von dem ist doch jetzt wieder …«

»Genau der! Only a few facts, anlässlich seines USA-Besuchs. Wir erinnerten an ein Massaker in einem Araberdorf, das die von Begin geführte sogenannte Freiheitspartei begangen hatte. 240 Männer, Frauen und Kinder tot, ausländischen Presseleuten zeigte man die Leichenhaufen in Deir Yassin. Dieser Stolz war typisch für Begin und seine Leute.«

»Was? Nur drei Jahre nach dem Ende des Zweiten Weltkriegs?«

»Ja. Ein paar Araber hatte man am Leben gelassen. Die mussten als Gefangene durch die Straßen von Jerusalem paradieren.«

»Ach, ist ja unerhört! Und das wurde tatsächlich abgedruckt? Gab's Reaktionen?«

»Der Brief wurde gedruckt, aber wie das Echo war, weiß ich nicht mehr. Wenigstens haben wir etwas getan, um auf der richtigen Seite der Geschichte zu stehen. Fakten haben nun mal kurze Beine.«

»Sie meinen Lügen?«

»Nein, Fakten, Barbara! Wahrheit, die nicht beglaubigt wird, löst sich in Meinung auf. Vor Begins Besuch hatte die Führungsriege der amerikanischen Zionisten darauf verzichtet, auf die Gefahren aufmerksam zu machen, die dem Staat Israel durch einen solchen Führer drohen könnten. Eine Schande. Ach, wozu erzähle ich das alles nur.«

»Weil es so ist. So was gehört doch in Einsteins Dossier. Wetten wir, dass das nicht drin ist?«

Der Kellner brachte das Essen und wünschte guten Appetit.

»Sieht lecker aus, nicht? Barbara, wissen Sie, dass besonders für den Denkenden Gesellschaft beim Essen ganz unentbehrlich ist?«

»Natürlich, damit man nicht dick wird.«

»Wie kommen Sie denn darauf?«

»Beim Sitzen verbrennt der Organismus nicht so viele Kalorien, und allein stopft man mehr in sich rein.«

»Kant war kein Ernährungsberater.«

»Kant? Der soll über das Essen nachgedacht haben?«

»Über Geschmacksfragen natürlich. Der Geschmack ist das Vermögen, mit dem wir uns in die Welt einpassen. Wir wählen, was zu uns gehört und was nicht, Menschen, Dinge, Handlungen, das sind doch alles auch ästhetische Fragen.«

»Komisch!«

»Ja, wundert Sie das?«

»Mit Kant verbinde ich was ganz anderes als Essen.«

»Das will ich auch hoffen! Aber dass der Denkende beim Essen Konversation braucht, damit es ihm schmeckt, da pflichten wir Kant doch bei, nicht?«

»Hat er denn noch mehr übers Essen gesagt?«

»Natürlich. Am besten lebe man, wenn man es sich wie ein Gast schmecken lasse und das Schöne genieße. Wenn man wie ein Koch lebe, alles besser wisse und an den Dingen herumkrittle, dann, ja dann. Haltung ist alles, Barbara!«

»Also, das muss ein anderer Kant sein als der aus der Rechtsphilosophie. Den Stoff mussten wir sogar für die Prüfungen lernen, und dann erst die Übungen, nein, ehrlich, nichts für mich, dieser Kant! Wie ein Boot auf dem Trockenen, Frau Arendt. Glauben Sie mir, ich mag Schiffe wirklich, aber wenn ich nur das Moos abkratzen darf, können sie mir gestohlen bleiben.«

»Die Ehre des Königsbergers würde ich gern retten, falls ich es kann. Erzählen Sie.«

»Ich kann mich an fast nichts Konkretes erinnern. Auch die Vorlesung war todlangweilig gewesen. Nur einmal, als es um die Nazis und ihre Kantlektüre ging, schien es spannend zu werden. Das handelte der Professor aber so schnell ab, dass wir nichts verstanden, und als wir nachfragten, wusste er dann auch nicht mehr.«

»Von einem Nazi weiß ich es zufällig etwas genauer, Adolf Eichmann, ich war Journalistin beim Prozess.«

»Wirklich? Dieser Eichmann wurde doch hingerichtet. Wann war das gleich?«

»Der Prozess begann im April '61.«

»Eben! In dem Frühling kam ich in die achte Klasse. Ich erinnere mich an Fernsehaufnahmen, die wir im Geschichtsunterricht sahen. Oder täusche ich mich?«

»Nein, nein, bestimmt gab es damals in der Schweiz schon Fernsehen. In Amerika wurde die Verhandlung im Fernsehen gezeigt. Unvorstellbar. Alles wurde gefilmt, die Anklage des Staatsanwalts, die Verhandlung, die Zeugenvernehmungen, die Menschen, die im Zeugenstand zusammengebrochen sind, das Kreuzverhör mit dem Angeklagten, Schuldspruch, Verkündung des Todesurteils, alles.«

»Nur die Hinrichtung, die wurde nicht gefilmt?«

»So was filmt man doch nicht, Barbara!«

»Und wie war das mit Kant?«

»In meinem Eichmann-Buch gehe ich darauf ein, was Kant in der Gefängniszelle zu suchen hatte.«

»Das klingt interessant. Kant für Häftlinge?«

»Am Rande, ja, aber *Eichmann in Jerusalem* ist ein Bericht über den Prozess. Wollen Sie noch etwas Wein?«

»Gern! Sie machen mich richtig neugierig.«

»Spektakulärer als der kategorische Imperativ wird's nicht, nur damit Sie es gleich wissen. Adolf Eichmann versicherte unermüdlich, er habe seine Pflicht getan und nichts anderes als Befehle ausgeführt. Aber im Polizeiverhör vor Verhandlungsbeginn beteuerte er plötzlich –«

»Aber da waren Sie doch gar nicht dabei. Wie konnten Sie denn davon wissen?«

»Wir Presseleute bekamen alles gedruckt, und die Tonbandaufnahmen dieses Verhörs wurden im Gerichtssaal abgespielt.«

»Und da kam Kant vor?«

»Richtig. Im Polizeiverhör beteuerte Eichmann mit großem Nachdruck, er sei sein Leben lang den Moralvorschriften Kants gefolgt. Der Offizier ging nicht drauf ein. So was Empörendes will man lieber überhören. Ist doch ganz unfassbar, wenn einer, der Millionen in den sicheren Tod geschickt hat, beteuert, er habe immer und überhaupt nur seine Pflicht getan. Aber wer nicht nachfragt, dringt nicht tiefer, auch nicht bei einem Menschen, der die Untiefe in Person zu sein schien. Nun, zum Glück hatte einer der Richter aufgehorcht und hakte am springenden Punkt in Eichmanns Argumentation ein – Gesetz, Pflicht, Gehorsam, sogar Kadavergehorsam. Das war sein Lieblingswort, und er schaute tatsächlich oft wie ein Gespenst aus.«

»In meiner Erinnerung eher wie ein Versicherungsvertreter oder ein Bankangestellter. Und der kam auf Kant zu sprechen?«

»Ziemlich wirr, ja, aber Eichmann redete oft unverständlich daher. Von seiner Geburt soll er zum Beispiel gesagt haben, er sei ›in das irdische Leben als Erscheinungsform Mensch‹ eingetreten. Das habe ich von einem Kollegen, der Eichmanns Memoiren eine halbe Stunde lang in die Hände bekam, nachprüfen konnte ich es leider nicht.«

»Klingt ja so, als hätte sich Eichmann auch ein Leben als Kamel vorstellen können. Glaubte der an Wiedergeburt?«

»Ach, der hatte sich vor lauter Nachdenken über Gehorsam einfach nur selbst ganz konfus gemacht. Ich kann mir nicht vorstellen, dass er sich für Religion interessierte. Wie dem auch sei. Vor Gericht lobte er erst die Tugenden des blinden Gehorsams, wahrscheinlich, weil er sich so viel davon versprochen hatte, dann betonte er die Untugenden des Gehorsams, wahrscheinlich, weil er den Nazis auf den Leim gekrochen war und in der Falle saß, jedenfalls sagte er, ab einem bestimmten Punkt sei er nicht mehr Herr seiner selbst gewesen, und genau da fragte ihn der Richter nach dem kategorischen Imperativ.«

»Und? Wusste er's?«

»Er gab Antwort, ziemlich überraschend für uns alle. Kant für den kleinen Mann, wie er sagte. Natürlich hatten sich die Nazis ihren Kant zurechtgebogen, mit einem kleinen Trick. ›Handle so, dass der Führer dein Handeln billigen würde, wenn er davon Kenntnis hätte.‹ Hans Frank hat das verzapft.«

»Müsste ich diesen Namen kennen?«

»Hitlers Rechtsanwalt. Wir brauchen ein Archiv für Verbrecher im Namen des Gesetzes, ich hätte da noch ein paar andere.«

»Der arme Kant! Er muss sich im Grab umgedreht haben!«

»Soviel wir wissen, blieb ihm das erspart. Ein Philosoph, der nicht weiß, was Worte anrichten können, ist keiner.«

»Frau Arendt, was sind Sie eigentlich von Beruf? Ich meine, wenn man Sie interviewt, was sagen Sie dann? Professorin oder Journalistin?«

»Tja, wenn ich mich festlegen muss, dann sage ich freie Schriftstellerin, irgendetwas zwischen einem Historiker und einem politischen Publizisten.«

»Sie legen sich nicht gern fest, stimmt's? Und Zugehörigkeit zu irgendwelchen Gruppen, das ist auch nichts für Sie, oder?«

»Wie kommen Sie denn darauf?«

»So stell ich's mir halt vor. Dass Sie lieber den eigenen Weg gehen, allein statt mit tausend anderen zusammen auf einer … ach, eigentlich geht mich das gar nichts an, bitte entschuldigen Sie.«

»Ich finde es zwischen den Stühlen richtig, Barbara, ja, überhaupt dazwischen. Bis heute bin ich gut damit gefahren. Ehrlich gesagt kann ich mir auch nicht recht vorstellen, dass Sie über einen starken Herdentrieb verfügen.«

»Ich? Hmm, mein Segeltrieb ist stärker.«

»Ihr was?«

»Segeltrieb. Den habe ich von meinem Vater.«

»Barbara, dieser schwache Wein steigt Ihnen zu Kopf?«

»War nur ein kleiner Scherz, nein. Aber Segeln ist einfach toll. In Ascona miete ich mir manchmal ein kleines Segelboot und fahre nach Brissago. Einmal möchte ich diesen Sommer noch bis zu den Borromäischen Inseln. Sie sollten mal mitkommen, Frau Arendt!«

»Ein Segelboot? Das hätte noch gefehlt! Sie sind ja fast so verrückt wie mein Mann. Was ist denn Ihr Zielhafen?«

»Beruflich? Am liebsten das Bundeshaus, jetzt, da die Steinzeit auch hierzulande fast vorbei ist. Seit vier Jahren haben wir Schweizerinnen nun das Wahlrecht. Die erste Bundeskanzlerin zu werden, das könnte ich vielleicht schaffen.«

»Ist das so was wie ein weiblicher Helmut Schmidt?«

»Nicht ganz. Als Bundeskanzlerin wäre ich nicht Regierungschefin, sondern die höchste Beamtin der Schweiz, sogar in Gottfried Kellers Fußspuren.«

»Kommen Sie jetzt auf Keller, weil Sie für K zuständig sind?«

Barbara brach in schallendes Gelächter aus. Ihre Finger fuhren durch die Locken, fassten sie zusammen, als wollte sie sie zu einem Pferdeschwanz binden, und zausten sie dann wieder wild auseinander.

»Keller ist doch die graue Eminenz unter den Staatsschreibern. Leider durch und durch Zürcher. Bestimmt hat die ETH ein Dossier über ihn, dort hatte man ihm eine Professur angeboten, aber die wollte er nicht. Am Ende wurde er dann doch noch Ehrendoktor der Uni Zürich.«

»Was Sie nicht alles wissen, Barbara! Wen haben Sie denn sonst noch in Ihrem Archiv?«

»B wie Benjamin, Walter.«

»Benji? Benji in Bern? Das gibt's doch nicht.«

»Walter Benjamin hat an der Universität Bern den Doktortitel erworben, sein Dossier ist ganz schön dick. Benji, das ist lustig! Waren Sie mal verliebt in ihn?«

»Barbara, die Pferde gehen wieder mit Ihnen durch, aber heute ist's egal. Unglaublich, dass Sie für Benjis Nachruhm sorgen und hier mit mir Risotto essen! Stoßen wir auf Benji an, das war nun wirklich ein Freund. Ich bin Hannah.«

»O, danke vielmals.«

»Wenn ich dich in Bern besuchen komme, zeigst du mir sein Dossier. Da bin ich wirklich gespannt, Mannomann, Benji in Bern, wer hätte denn so was gedacht! Cheers, Barbara!«

»Und Mani Matters Dossier, das zeige ich dir auch.«

»Ach, der ist auch im Archiv? Ist er denn berühmt?«

»Jedes Kind kennt ihn.«

»Darf man wohl erwarten, wenn er im selben Archiv ist wie Albert Einstein und Walter Benjamin. Aber wenn einer Kinderlieder macht, kann's ja keine gescheiterte Habilitation sein.«

»Doch. Fast wäre Matter habilitiert worden. Er hatte seine Abhandlung fast abgeschlossen, dann aber nicht mehr eingereicht. Einer unserer Professoren sagte, er habe ihm anvertraut, das Singen sei eben doch das Beste an ihm.«

»Aha. Dann war's ihm also zu eng.«

»Der Professor meinte, Mani sei in die Uni hineingeschlittert, ohne es wirklich zu wollen.«

»Worüber hat er geforscht?«

»Über Dinge wie du, Hannah. Staatslehre, Pluralismus, der Konsens zur Uneinigkeit als Grundlage des demokratischen Staates, so ganz erinnere ich mich nicht. Matter war gegen voreilige oder scheinbare Versöhnung. Man müsse die Standpunkte anderer anhören und gelten lassen, aber all das weiß ich nur von diesem Professor –«

»Barbara, dein Matter ist definitiv kein One-Trick-Pony.«

»Kein was?«

»So nennt man die Pferdchen, die nur einen Trick beherrschen. Sie stehlen dem Clown das Taschentuch oder machen sonst was Lustiges. Was man eben als Zirkuspony so können muss. Du magst doch Zirkus.«

»Stimmt, ja, aber jetzt fällt's mir wieder ein. Matter interessierte sich dafür, wie ein Mensch sich selber treu sein könne, im Staat und überhaupt. Und für Gedichte!«

»Na, was hab ich gesagt! Der kann mehr als nur den einen Trick. Vielleicht war er ja nur zum Schein Beamter.«

»Oder nur zum Schein Jurist?«

»So sitzt man zwischen den Stühlen, und das ist richtig und gut. Bei Benji war's so und offenbar auch bei deinem Sänger. Dazu fallen mir ein paar Verse ein, die sind aber nicht aus einem Lied.«

Was wir sind und scheinen,
ach wen geht es an.
Was wir tun und meinen,
niemand stoß sich dran.«

»Klingt wie ein Gedicht. Das gefällt mir. Von wem ist es?«

»Ja, aus einem Gedicht. Ach, bevor ich's vergesse, wie verhauen sich die Streithähne in seinem Lied eigentlich?«

»Mit Schirmen. Warum fragst du, Hannah?«

»Hm, ja, das leuchtet ein. Wollen wir?«

Das Kopfsteinpflaster war nass. Sie hakte sich bei Barbara ein, und so gingen sie langsam zum Wagen. Barbara erzählte, sie habe Mani Matters Seminare leider verpasst, sonst wüsste sie vielleicht mehr über Sein und Schein.

»Was nicht ist, kann doch noch werden, Barbara.«

»Leider nein. Er kam vor drei Jahren auf der Autobahn um, auf dem Weg zu einem Konzert, sofort tot.«

Sie blieb wie angewurzelt stehen. Blickte mit einem kleinen Seufzer in die vielen Lichter, die sich in der Nässe des Pflasters spiegelten. Einen Moment lang war es fast still. Nur vereinzelt fuhren Autos vorüber und hörten sich auf der nassen Fahrbahn wie Kometen an, deren Schweif nur das Ohr wahrnimmt.

»So jung. Da bleibt wirklich nur der Nachruhm.«

Sie lenkten ihre Schritte zum Auto. Barbara öffnete die Tür, half ihr in den Beifahrersitz und machte ihre Gurte fest. Dann setzte sie sich hinter das Steuer.

»Auch Benjamin blieb nur der Nachruhm, wie du vom Archiv bestimmt weißt.«

Barbara nickte, legte die Unterarme aufs Steuerrad und drehte sich halb zu ihr herüber. Im Dunkeln wirkten ihre Augen noch größer.

»Siebenundzwanzig, Barbara, du bist bald siebenundzwanzig.«

»Ja. Ich würde so gern mehr von dir erfahren. Aus deinem Leben. Was war, als du so alt warst wie ich?«

Sie blickte Barbara an. Ganz Horchen und Schauen ist die.

»Als ich meinen siebenundzwanzigsten Geburtstag feierte, wie du im Oktober, gab es nichts mehr zu jubeln für uns. Den Reichstag hatten sie niedergebrannt und über Nacht mit den Inhaftierungen begonnen. Ich war auf der Flucht, allein, nur mit meiner Mutter, und wurde am 14. Oktober 1933 still und leise siebenundzwanzig. Irgendwo war ich.«

Mit der einen Hand hielt sie die Tasche auf den Knien fest, auf der anderen spürte sie Barbaras warme Hand.

»Und deine Freunde, Hannah?«

»Das ist ein Kapitel für sich. Freunde, die umfallen, sind keine mehr, und von denen auf der Flucht haben nicht alle überlebt. Ich lernte neue kennen, als ich in deinem Alter war, und immer wieder. Ach, Barbara, so viel, was einem den Atem verschlägt, weißt du, da traut man sich nicht mehr so, persönliche Gefühle zum Ausdruck zu bringen.«

»Aber sein Herz ausschütten, wenn's schwer ist?«

»Ich habe mein Herz nie leicht geöffnet, Barbara. Und nachher wurde es nicht besser. Abgesehen davon, dass ich meine Gefühle auch nie so wichtig genommen habe. Der allgemeine Kummer damals war viel zu groß. Wollen wir nicht heimfahren?«

Barbara ließ den Wagen an und fuhr im Schritttempo über den Parkplatz.

»Aber ich habe neu begonnen, immer und immer wieder. Sogar nach dem Unfall.«

»Ein Unfall?«

»Ja. Ein ziemlich schwerer Verkehrsunfall, ausgerechnet in der Zeit, als ich mein Eichmann-Buch schrieb. Ich bin glücklich, überhaupt am Leben geblieben zu sein. Als ich im Auto aufwachte und mir bewusst wurde, was geschehen war, probierte ich meine Glieder aus. Ich stellte fest, dass ich nicht gelähmt war und mit beiden Augen sehen konnte, dann probierte ich mein Gedächtnis aus, ganz sorgfältig, ein Jahrzehnt nach dem andern, Poesie, Griechisch und Deutsch und Englisch, dann Telefonnummern. Komisch, aber so stellt man fest, ob noch alles in Ordnung ist.«

Barbara nickte und sah aus, als beleuchtete etwas von innen her ihr Gesicht. Die Straße war leer, nicht mal Fußgänger waren unterwegs.

»Blöde Frage, Hannah, aber hast du dir auch vorgestellt, wie es gewesen wäre, wenn du, na ja —«

»Wenn ich umgekommen wäre? Habe ich, aber anders, als du denkst. Weißt du, einen flüchtigen Augenblick lang hatte ich wirklich das Gefühl, du hast es selbst in der Hand, ob du leben oder sterben willst.«

»Wie? Du konntest frei zwischen Leben und Tod wählen?«

»So hat es sich angefühlt, ja. Obwohl ich nicht dachte, dass der Tod etwas Schreckliches ist, habe ich doch auch gedacht, dass das Leben ganz schön ist und ich mich lieber dafür entscheide. Und jetzt bin ich wirklich noch da und fahre mit dir in deinem roten Auto. Das ist das Wichtigste, das mir von diesem Unfall geblieben ist.«

»Wahnsinn.«

»Wenn du meinst, Barbara?«

»Natürlich. Ich bin so froh, dass ich dich kennengelernt habe. So eine Freundin habe ich mir immer gewünscht.«

»Eine, die nicht segeln will?«

»Ach, mit einer wie dir nehme ich auch das in Kauf.«

»Gott sei Dank habe ich immer leicht Freundschaften geschlossen, aber du offenbar auch?«

»Hmm, ich weiß nicht. Ich bin schnell eifersüchtig.«

»Wenn's weiter nichts ist. Das vergeht, Barbara, glaub's mir. Das Wichtigste ist, dass man in der Tiefe eine Verwandtschaft spürt. Nur so kann man sich gehen lassen. Einmal habe ich mich mit einem Hafenarbeiter in Kalifornien befreundet, ein andermal mit einem Mädchen aus einer armen Familie, das Bücher verschlang wie ich als Kind. Aber im Alter ist das schwerer mit Freundschaften. Zum Glück hatte ich den Herzinfarkt am richtigen Ort.«

»Merkwürdiges Glück, findest du nicht auch?«

»Warum denn? Ein guter Arzt ist was wert, sowieso, wenn er obendrein noch ein Mensch ist. Der Kardiologe, der mich in Schottland behandelt hat, der könnte ein Freund werden. Weißt du, im Alter lebt man immer weniger in der Möglichkeitsform, und wenn sich irgendwo das Zipfelchen einer neuen Freundschaft zeigt, ist's umso schöner.«

Der Wagen rumpelte über die Gleise, Barbara fuhr über den Kiesvorplatz und brachte den Renault abrupt zum Stillstand.

»Darf ich dich nach Locarno bringen, wenn du heimreist?«

»Gern. Reich mir bitte noch die Tasche.«

»Lass sie mich zu deinem Zimmer tragen. So was Kostbares hab ich nicht oft am Arm.«

Arm in Arm gingen sie auf die Barbatè zu. Als sie in den Lichtkegel traten, blieb Barbara stehen und schaute sie an.

»Barbara, der Abend mit dir war sehr schön. Kummer und überhaupt alles überwindet man durch die Gegenwart eines Freundes, weil man sich da eben ausruhen kann. Ich danke dir.«

Barbara drückte ihre Hand und schaute ihr noch immer in die Augen.

»Und das Gedicht über das, was wir scheinen und sind, das ist von dir?«

»Ja, das war die erste Strophe.«

»Bitte, Hannah, lass mich die anderen auch hören.«

Sie zog Barbara am Arm durch die Tür.

»Morgen, vielleicht nach dem Frisör.«

18 Guter Gott

Manhattan, 12. Juni 1962

Sie blickte auf den Hudson, der sein Nachmittagslicht über das Blattwerk der Parkbäume schickte, aber es war noch zu früh für den Imbiss. Links und rechts der Maschine türmte es sich: Papier, Bücher, Akten, Zeitungen, Notizbücher, Verhörprotokolle. Zum Glück brauchte sie heute kein Air-Conditioning, die Luft war angenehm für diese Jahreszeit. Sie nahm eine Seite vom Stapel, die sie schon ins Reine geschrieben hatte.

Viel von der gespenstisch peniblen Gründlichkeit, mit der die »Endlösung« in Gang gesetzt und gehalten wurde – einer Gründlichkeit, die auf Beobachter meistens als typisch deutsch oder doch als Charakteristikum des perfekten Bürokraten wirkt –, lässt sich auf die eigentümliche, in Deutschland tatsächlich sehr verbreitete Vorstellung zurückführen, dass Gesetzestreue sich nicht darin erschöpft, den Gesetzen zu folgen, sondern so zu handeln verlangt, als sei man selbst der Schöpfer der Gesetze, denen man gehorcht. Daraus entwickelt sich leicht die Überzeugung, mehr als seine Pflicht zu tun sei das Mindeste, was man von sich verlangen müsse.

Das Porträt von Eichmann umfasste schon mehr als siebzig Seiten. Die Rubrik, unter der ihr Bericht erscheinen sollte, hieß »A Reporter at Large«. Allein die bereits fertigen Seiten gäben genug her für eine kleine Serie.

Ob der *New Yorker* sich dafür entscheiden wird? Das steht auf einem anderen Blatt, aber wenigstens diesen Teil muss ich nun wirklich abschließen, vielleicht sogar, bevor Heinrich heimkommt. Dann kann ich ihm etwas zeigen.

Sie spannte ein neues Blatt ein, warf einen Blick auf ihren Entwurf ganz oben auf dem Stapel rechts und begann zu tippen.

So blies ihn der Sturmwind der Zeit aus dem Schlaraffenland – genauer gesagt, aus der Gesellschaft respektabler Spießbürger mit Doktortiteln, gesicherten Karrieren und »feinem Humor«, deren größtes Laster wahrscheinlich ein Hang zu dummen Streichen war – in die Marschkolonnen des Tausendjährigen Reiches, das genau zwölf Jahre und drei Monate dauerte. Eines steht fest – er ist nicht aus Überzeugung in die Partei eingetreten, auch ist nie ein überzeugtes Parteimitglied aus ihm geworden; er wurde vielmehr, wie er vor Gericht aussagte: »Wider mein Erwarten und auch ohne dass ich den Vorsatz gefasst hatte, gewissermaßen in die Partei vereinnahmt, wie ich das geschildert hatte. Das ging so schnell und so plötzlich … « Er hatte keine Zeit und noch weniger Lust, sich wirklich zu informieren, er kannte nicht einmal das Parteiprogramm, nie hatte er *Mein Kampf* gelesen. Kaltenbrunner hatte ihm geraten: Warum treten Sie nicht der SS bei? Und er hatte erwidert: Warum auch nicht? So war es passiert, und mehr war nicht daran.

Natürlich war mehr daran. Was Eichmann dem vorsitzenden Richter im Kreuzverhör zu erzählen unterließ, war, dass er ein strebsamer junger Mann gewesen war, dem sein Job als Reisender für die Vacuum Oil Company zum Halse heraushing. Aus einer bedeutungs- und sinnlosen Allerweltsexistenz hatte ihn der Wind der Zeit ins Zentrum der »Geschichte« geweht, wie er es verstand, nämlich in die »Bewegung«, die niemals stillstand und in der jemand wie er – eine gescheiterte Existenz in den Augen der Gesellschaft, seiner Familie und deshalb auch in seinen eigenen Augen – noch einmal von vorne anfangen und es schließlich doch noch zu etwas bringen konnte.

Selbst wenn ihm nicht immer behagte, was er tun musste (zum Beispiel Menschen waggonweise in den Tod zu schicken, anstatt sie aus dem Lande zu jagen), selbst wenn er schon ziemlich früh ahnte, dass die ganze Geschichte ein böses Ende nehmen und Deutschland den Krieg verlieren würde, selbst wenn aus allen seinen Lieblingsplänen nichts wurde (aus der Evakuierung des europäischen Judentums nach Madagaskar, aus der Errichtung eines »jüdischen Heims« in der Gegend von Nisko in Polen, aus seiner selbst verfertigten Berliner Verteidigungsanlage gegen russische Tanks), selbst wenn er zu seinem »größten Kummer« niemals über den Rang eines SS-Obersturmbannführers hinauskam – mit einem Wort: Selbst wenn, mit Ausnahme des einen Jahres in Wien, sein ganzes Leben seiner Meinung nach von den »Kummer- und Leidfäden der Unglücksnorne« durchzogen war, so vergaß er doch niemals, was die Alternative gewesen wäre. Nicht nur in Argentinien, wo er eine armselige Flüchtlingsexistenz führte, sondern noch im Jerusalemer Gerichtssaal, als sein Leben so gut wie verwirkt war, hätte er – wenn ihn jemand gefragt hätte – es immer noch vorgezogen, als Obersturmbannführer a. D. gehängt zu werden, anstatt ein friedliches normales Leben als Reisender der Vacuum Oil Company zu Ende zu leben.

Der Anfang von Eichmanns neuer Laufbahn war nicht sehr vielversprechend. Im Frühjahr 1933, als er bereits stellungslos

Ihre Finger brachen auf den Tasten ein, als müssten sie durch tiefen Schnee stapfen. Das Schreiben strengte an, laugte aus.

Sie tastete mit der Rechten über ihre Stirn, erfühlte die Narbe, drückte ein wenig darauf herum. Die Naht war verheilt, die Schmerzempfindlichkeit endlich weg, und auch beim Atmen zwickte es nicht mehr, die Rippen waren wieder zusammengewachsen, alle Unfallfolgen verschwunden.

Schwein gehabt, dachte sie, ich bin noch mal davongekommen, aber dass das hier so verdammt beschwerlich ist!

Wann immer sie sich an die Schreibmaschine setzte, befiel sie ein Déjà-vu. Das war nicht neu. Seit Heinrichs Krankheit war es so gegangen. Zeit und Ruhe für konzentriertes Arbeiten waren kostbarer denn je geworden. Vom *New Yorker* waren Anrufe gekommen, denn man wartete auf ihren Bericht. Dabei war die Flut an Prozessberichten schon längst verebbt, und man sprach in der Redaktion ziemlich offen über die Frage, ob die Leser für so einen späten Bericht überhaupt noch zu gewinnen wären.

Und dann der Unfall! Mit den Wochen, ja Monaten der Rekonvaleszenz hatte niemand gerechnet. Aber mit alldem hat das doch nichts zu tun! Ich komm einfach nicht vom Fleck, obwohl das Ding nur länger und länger wird. Ist das wirklich die richtige Spur?

Eichmanns Biografie kannte sie zur Genüge, die Ausschnitte, um die es im Gerichtssaal gegangen war, seine eigene Darstellung im monatelangen Verhör vor Prozessbeginn, aber wo war der springende Punkt? Steckte er wirklich in seinem Werdegang? Eine Unwucht in seiner Persönlichkeit, von frühester Jugend an? Nein, das war ihr zu psychologisch.

Sie suchte nach etwas, das in keinem der zig Presseberichte aus dem Gerichtssaal, in keinem der Bücher seit Eichmanns Hinrichtung zur Sprache gekommen war. Irgendwo anders musste man den Hebel ansetzen, um das Unfassbare zu verstehen, das geschehen war und das man nicht mehr gutmachen konnte.

Ein ungeheurer Traditionsbruch, ja, die größte Gefährdung

des Menschen, hier beginnt der Prozess des Denkens und Suchens! Wahrheit ist kein Geschenkartikel. Sie stand so impulsiv auf, dass ihr Stuhl weit nach hinten rollte, dann ging sie zum Fenster. Wo Brüche sind, gibt es auch Kontinuität. Nur wo? Im Begriff des Gehorsams.

Ja, das war absolut fraglos. Eichmann hatte sich immer wieder auf die Tradition des militärischen »Kadavergehorsams« berufen, zur Entlastung natürlich. Soll man denn nun, wie Augustinus, Michelangelo und all die anderen, wirklich bei Adam und Eva anfangen? Bei den Menschen, die sich lieber von der Schlange was zutscheln ließen, statt selber Schlüsse zu ziehen? Aber als Eichmann in die SS eingetreten war, hatte er sich eben nicht das Paradies vorgestellt, sondern eine Stelle mit verlässlicher Aufstiegschance. Hat er auch bekommen! Und die Aufgaben im Judenreferat beflissen erledigt. Bis es am Ende sechs Millionen waren.

Nein, der Begriff des Gehorsams kann nicht alles erklären, so richtig und wichtig die Geschichte mit der Schlange auch sein mag. Wer eine Arbeit, die vorhersehbar und zwingend zum Mord an Menschen führt, vor sich selbst als Pflichtbewusstsein und Arbeitsleistung adelt, hat entweder Wahnvorstellungen, lügt oder handelt im Mahlstrom eines kollektiven Bewusstseins.

Täuschungsmanöver sind nie auszuschließen, auch vor Militärärzten nicht. Gerhard hatte das schon als junger Soldat unter Beweis gestellt, indem er eine Demenz simulierte, aufgrund derer man ihn von der Front dispensierte, danach hatte er in Bern sein Studium aufnehmen können und dort Benji kennengelernt.

Lügen hatte der israelische Psychiater selbstverständlich nicht ausschließen können, aber Wahnvorstellungen oder sonst einen psychiatrischen Befund gab es bei Eichmann nicht. Der Psychiater, aus dessen Gutachten Verblüffung herauszuhören war, hatte Eichmann Normalität attestiert.

Dieser Mensch ist ganz normal. Normaler, als ich mich nach dieser Untersuchung fühle.

Normal. Natürlich hatte sie kapiert, warum der Arzt zu diesem Ausdruck gegriffen hatte, vielleicht hatte greifen müssen, weil er in diesem Bürokraten beim besten Willen nichts Krankhaftes diagnostizieren konnte, geschweige denn irgendeine Bestialität des Bösen. Aber was ist aus so einem absurden Gesundheitsbegriff denn gewonnen?

Erklärt er den tiefen Bruch der Moderne mit der gesamten menschlichen Kultur nicht zur Normalität? Riskiert man nicht, dass eines Tages behauptet werden kann, Eichmann sei der moderne Jedermann, ja, wir alle seien Eichmänner, weil niemand sich dieser Normalität entziehen könne? Das wäre der größte Schwachsinn, den sie sich vorstellen konnte. Nein, es muss ein anderes Wort her, eines, das nur so strotzt vor Gewöhnlichkeit. Ein Ausdruck, der die unerhörte Dummheit ans Licht bringt, die sich in dieser Normalität verkleidet hat.

Könnte nicht der Arbeitsbegriff ein Schlüssel sein? Mit seiner Geschichte hatte sie sich lange genug beschäftigt und etwas ganz Bestimmtes klar aufzeigen können: In der Geschichte des Handelns und Herstellens hat sich ein Typus Mensch herausgebildet, der mit Eichmann als Phänomen direkt zu tun hat: das »arbeitende Tier«, ja, das *animal laborans* könnte direkt zu Eichmann führen. Denn er selbst wollte vor allem eines getan haben: arbeiten, seine Pflicht erfüllen. Ja, pflichtbewusst arbeiten, ganz egal, was. Eichmanns Leistungsstolz war makaber, ging aber weit über seine individuelle Neigung zur Angeberei hinaus. Darin waren die Spuren dieses *animal laborans* herauszulesen!

Zwei Schritte, dann war sie am Bücherregal. Da stand die Originalfassung von *The Human Condition*, der Schutzumschlag abgegriffen, aber der Titel war nach wie vor gültig. Vier Jahre sind ein Klacks im Leben eines Buches. Direkt darüber die deutsche Übersetzung.

Sie nahm das Buch aus dem Regal, schlug das letzte Kapitel auf, in dem sie das »arbeitende Tier« schon einmal beschrieben hatte. *Der Sieg des animal laborans.* Die Anspielung auf Darwin kam ihr nun, da sie das Exemplar namens Adolf Eichmann porträtierte, zwar zynischer vor, als ursprünglich beabsichtigt. Aber an der beunruhigenden Tatsache selbst gab es nichts zu rütteln.

Vergleicht man die moderne Welt mit den Welten, die wir aus der Vergangenheit kennen, so drängt sich vor allem der enorme Erfahrungsschwund auf. Nicht nur, dass die anschauende Kontemplation keine Stelle mehr hat in der Weite spezifisch menschlicher und sinnvoller Erfahrungen, auch das Denken ist zu einer Gehirnfunktion degradiert, welche die elektronischen Rechenmaschinen erheblich besser, schneller und reibungsloser vollziehen als das menschliche Gehirn.

Dieser Typus Mensch war eine Neuheit der Moderne, aber keine Ausgeburt des kurzen Tausendjährigen Reichs. Er war schon lange zuvor in Erscheinung getreten. Doch im Lauf der zwölf Jahre und drei Monate konnte er so degradiert und präpariert werden, dass er von Deutschland aus erstmals systematisch Hand an die Welt und die Menschheit legen konnte. Widerspruchslos bediente er die Vernichtungsmaschinerie, brachte die Fabrikation von Leichen und damit ein Denken in die Welt, das Menschen nicht nur dazu bringt, ganz von selber aufs Denken zu verzichten, sondern den Menschen grundsätzlich für überflüssig erklärt. Eine größere Gefährdung für die Menschheit hat es noch nie gegeben.

Sie blätterte und las Sätze wieder, die sie schon vor Jahren geschrieben hatte. Nun aber, beim Verfassen ihres Berichts, enthüllten sie einen vollkommen neuen Sinn. Staunend erkannte sie, wie sehr ihr Buch selbst zu einem Prisma der Zeit geworden war. Sie hatte das »arbeitende Tier« noch ohne einen Eichmann vor Augen beschrieben, denn die Welt kannte dieses Exemplar von Mensch damals noch nicht. Wenn sie ihre Beschreibung nun aber vor seinen Charakter hielt, brachen sich Licht und Schatten in ganz anderer, neuer Weise, und sie sah das Dunkel ihres Jahrhunderts schärfer denn je.

Das Handeln wiederum, das erst mit dem Herstellen gleichgesetzt wird, sinkt schließlich auf das Niveau des Arbeitens ab. Aber selbst diese, einzig auf die Arbeit abgestellte Welt ist im Begriff, einer anderen Platz zu machen. Es ist uns gelungen, die dem Lebensprozess innewohnende Mühe und Plage so weit auszuschalten, dass man den Moment voraussehen kann, an dem auch die Arbeit und die ihr erreichbare Lebenserfahrung aus dem menschlichen Erfahrungsbereich ausgeschaltet sein werden. Dies zeichnet sich bereits deutlich in den fortgeschrittensten Ländern der Erde ab, in denen das Wort Arbeit für das, was man tut oder zu tun glaubt, gleichsam zu hoch gegriffen ist.

Was im Gerichtssaal wie ein ganz besonders seltenes Stück in der Vitrine der Menschheitsgeschichte vorgeführt worden war, reicht als Phänomen weit über diesen Kriminalprozess hinaus und hat mit dem Bewusstsein dieses neuen Menschen zu tun. Daran zweifelte sie keinen Moment, auch wenn das Wort Bewusstsein hier eigentlich fehl am Platz war.

Ja, dieser neue Mensch ist erst im Kommen, dachte sie, eben wie eine ganz neue Tierart auf der freien Wildbahn dessen, was man so gern mit dem glitzernden Wort Fortschritt bedenkt. Nichts als Puderzucker, genau wie diese sogenannte Normalität, weggepustet beim ersten genauen Hinschauen. Was darunter zum Vorschein kommt, ist trostloser als ein Talkessel, in den kein Sonnenstrahl kommt. Der Mensch im Kümmerwuchs.

Sie blätterte um, las weiter und fühlte sich bestärkt durch das, was sie in diesem Buch ins Wort gebracht hatte.

In ihrem letzten Stadium verwandelt sich die Arbeitsgesellschaft in eine Gesellschaft von Jobholders, und diese verlangt von denen, die ihr zugehören, kaum mehr als ein automatisches Funktionieren, als sei das Leben des Einzelnen bereits völlig untergetaucht in den Strom des Lebensprozesses, der die Gattung beherrscht, und als bestehe die einzige aktive, individuelle Entscheidung nur noch darin, sich selbst gleichsam loszulassen, seine Individualität aufzugeben bzw. die Empfindungen zu betäuben, welche noch die Mühe und Not des Lebens registrieren, um dann völlig »beruhigt« desto besser und reibungsloser »funktionieren« zu können.

Hier, in dieser Gesellschaft der Jobholders, lag das Zukunftsträchtige an der ganzen Sache. Und hier, in *The Human Condition*, waren auch Brückenpfeiler, die sie vor vier Jahren schon gebaut hatte. Nur die Brücke selbst fehlte noch, aber die könnte sie nun aus ihren Erkenntnissen als Gerichtsbeobachterin in Jerusalem bauen.

Ja, hier ist sie, die Verbindung zwischen der Vergangenheit und der Zukunft!

Es ist durchaus denkbar, dass die Neuzeit, die mit einer so unerhörten und unerhört vielversprechenden Aktivierung aller menschlichen Vermögen und Tätigkeiten begonnen hat, schließlich in der tödlichsten, sterilsten Passivität enden wird, die die Geschichte je gekannt hat.

Wie ein Schifflein saust das Leben durch die Jahrtausende, webt und webt fort. Ein großes »Wir« tut not, keins aus Befehlsempfängern und Mitmachern, sondern Menschen, die selbst denken, urteilen und handeln. Wir alle erschaffen die Welt, wie sie ist, ob wir's nun wahrhaben wollen oder nicht.

Dieses große »Wir« brachte alles in ihr zum Flirren. Wie beim Tanz mit einem Partner aus einer ganz anderen Sphäre, mit etwas Unermesslichem und ganz und gar Unfassbarem. Selbst wenn es sich anfühlte, als würde die Musik mitten im Tanz zu spielen aufhören, wenn manchmal Skepsis in ihren Gedankengang hineinstolperte.

Darf man den Mann im Glaskasten denn überhaupt in diese Linie stellen? Was ist für die Menschheit zu gewinnen aus einem, der sich auf den Kriechgang spezialisiert hatte?

Sie gab sich einen Schubs, und die Musik ging wieder weiter. Nicht die Person, sondern das Phänomen zeigte doch auf, was für ein Neuanfang nötig wäre, damit diesem Wir frisches Leben eingepustet würde.

Heinrich hatte die Stirn gerunzelt. Machst du den Kerl nicht nützlicher, als er je sein wollte? Natürlich hatte sie protestiert. Weshalb sollte die Redaktion des *New Yorker* ein Interesse daran haben, dass ich einfach nur eine Mücke seziere, bloß weil sie eine Weltattraktion geworden ist? Der Fall ist doch vertrackt genug und verdient eine ganz andere Art von Lupe als die, unter die er bislang gelegt wurde.

Nicht vergessen, Stups, unter der Flagge der Freiheit bin ich angetreten. Ohne Wenn und Aber. Im Flur fiel die Tür ins Schloss.

»Hello!«

»Schon zurück?«

»Ja, das Faculty Meeting war kürzer.«

Heinrich trat zu ihr ins Zimmer, küsste sie auf die Wange und warf einen flüchtigen Blick auf die Schreibmaschine.

»Na, wenn du so weiterschreibst, biste bald fertig, Schnupper.«

»Das Porträt schon.«

»Nur das Porträt? Immer noch dieser Eichmann? Ich mach uns Kaffee.«

»Lass man, Heinrich, komm und setz dich hierher. Lies bitte die Seiten da drüben und auch das hier in der Maschine, das hab ich gerade ins Reine geschrieben. Bin gespannt, was du dazu sagst. Ich ruf dich, wenn der Kaffee auf dem Tisch ist.«

»Und auch was zu beißen, ja?«

Sie ging in die Küche und stellte das Wasser auf den Herd. Aus dem Kühlschrank holte sie Heringssalat, Cheddar in Scheiben und ein paar andere Leckereien. Aus der Pantry das Brot, schon geschnitten, den Steinguttopf mit dem Griebenschmalz und die Konserven. Ja, Heinrich hatte recht mit dem Imbiss, dabei wusste er noch nichts von ihren Plänen für den Abend. Wenn sie aus dem Goethe-Haus heimkäme, wäre es sowieso zu spät für ein Abendbrot. Sie belegte Brote mit Käse, die Salzgurken und der Heringssalat kamen auf separate Teller. Das Geschirr und zwei Stücke vom Apfelkuchen mit Zimt, den Heinrich so mochte. Sie trug alles ins Wohnzimmer und richtete an. Hie und da spitzte sie die Ohren, hörte aber nur den Bürostuhl knarren. Sie holte den Kaffee und nahm Platz.

»Stups, angerichtet.«

Der Imbiss macht ja richtig was her, dachte sie und zündete sich eine Zigarette an. Heinrich ließ sich Zeit, ging erst nochmals auf Toilette, kam dann langsam zum Tisch und schaute das Essen an. Sie konnte seine Miene nicht recht deuten. Passte ihm nicht, was auf dem Tisch stand?

»Setz dich.«

Heinrich setzte sich ihr gegenüber, füllte seinen Teller, ohne sie anzublicken.

»Ach, Hannah, vergebliche Liebesmüh.«

»Probier doch erst mal. Ist ein neues Rezept, Heringssalat auf Kärntner Art. Das Kürbiskernöl macht die Farbe.«

»Wie? Ach so, ja, nehm ich gleich. Ich meine natürlich dein Porträt über diesen larmoyanten Wicht.«

»Heinrich! Niemand verlangt von dir, dass du Eichmann magst. Ich wüsste nur gern, wie du mein Porträt von ihm findest.«

»Also, wenn du mich fragst, widmest du dem Kerl viel zu viel Energie, aber ich wiederhole mich wirklich. Schau doch, aus meiner alten Klasse sind einige zu den Nazis, aber andere eben auch nicht. Mitmachen war einfach kein Naturgesetz.«

»Davon hab ich auch nichts geschrieben.«

»Ich weiß, aber für mich gäbe es da lohnenswertere Figuren, um zu zeigen, was der klassische Größenwahn des kleinen Mannes anrichtet. Aber doch nicht dieser Eichmann!«

»Sondern der Thälmann, stimmt's?«

»Natürlich, über den müsste man mal schreiben. Wie er sich berufen fühlte, auch endlich mal Geschichte zu machen! Wie freudig er im Sportpalast die historische Stunde ausrief, aber dann oje, oje! Der Thälmann schwächte mit seiner grandiosen Rede doch nur den Widerstand gegen die Nazis. Über den gibt es noch nichts, was nicht von den Ostdeutschen gefiltert würde.«

»Schön, Stups, dann schreib doch du über ihn. Aber in meinem Bericht geht es um Eichmann, und stell dir vor, der hat sich das nicht mal ausgesucht.«

»Genau das meine ich. Warum bekommt dieser Eichmann denn so viel Platz? Willst du, dass man sagt, die hat mehr Verständnis für den Täter als für die Opfer?«

»Rücksicht auf Rezensenten ist kein Argument, wenn ich schreibe. Nur die Wahrheit.«

»Na gut, wenn es denn sein muss, bitte schön ein Splitter Wahrheit. Erinnerst du dich, wie du explodiert bist, als Mary mal auf einer Party Mitleid mit Hitler hatte, wahrscheinlich nur aus dummer Ironie, aber bei dir ist alles hochgekommen. Im Zorn hast du sogar behauptet, du wärst in einem Konzentrationslager gewesen, dabei war Gurs nur ein Internierungslager.«

»Nur?«

»Siehst du? Siehst du, wie frisch alles noch ist? Wie leicht es durch ein unbedachtes Wort aufbricht? Wie sollte die Wunde denn bei all den Auschwitz-Überlebenden verheilt sein, die als Zeugen in Jerusalem ausgesagt haben? Lass sie zu Wort kommen. Stand in their shoes, Hannah.«

»Tu ich doch, nur Geduld. Aber hast du denn überhaupt gelesen, was ich dir gegeben habe?«

»Jawohl. Macht mir aber nicht gerade Freude.«

»Ach, Stups. Ich komme in dieser ganzen Sache nur weiter, wenn ich unvoreingenommen untersuchen darf, wie ein Mensch dazu kommt, sich genau das zu ersparen: To stand in the shoes of others.«

»Unvoreingenommen? Ist doch Quatsch, man wird sowieso sagen, sie sieht den Eichmann, den sie sehen will. Sie kriecht ihm auf den Leim, kauft ihm seine Lügen ab, weiß der Deibel, was man dir alles vorwerfen kann.«

»Ich hör immer nur, was die Leute wohl denken oder sagen könnten. Heinrich, was denkst du von meinem Text?«

»Den Aufstieg hast du gut herausgearbeitet, immer schön mit deiner Ironie, aber ich weiß nicht recht, ob die hier angebracht ist. Vielleicht solltest du darauf verzichten, aus taktischen Gründen. Und manche Formeln sind so aufgeladen. Ist das wirklich nötig?«

»Was genau?«

»Ach, zum Beispiel das von der Banalität des Bösen.«

»Meinst du den Untertitel? A Report on the Banality of Evil?«

»Klar, ich hab's für mich übersetzt, damit ich spüre, wie so was klingt, geht auf Deutsch eben besser. Report, sagst du, also Bericht ... Bericht von der Banalität des Bösen? Das sind drei Bs, Hannah, eins mehr als in dem Gedicht vom armen B.B.! Dort passt so eine Alliteration auch hin, aber hier doch nicht.«

»So ein Quatsch, Stups! Wer behauptet denn, dass der Titel eines Buches poetisch sein muss?«

»Das mit dieser Banalität des Bösen geht wirklich nicht, Hannah.«

»Aber mit Brecht liegst du richtig. Wenn aus der Sache für den *New Yorker* wirklich einmal ein Buch wird, bekommt es nämlich ein Motto von ihm: ›O Deutschland, bleiche Mutter!‹ So viel steht fest.«

»Wie krieg ich das denn nur in deinen Kopf rein, Schnupper! Banalität des Bösen, das ist einfach unnötig, unsachlich, irgendwie aufreizend. Früher hast du doch von der Radikalität des Bösen gesprochen!«

»Das stimmt. Aber ich fürchte, ich muss da meine Auffassung revidieren. Seit Eichmann ...«

»Wieso denn? Ich finde, du solltest bei der Radikalität bleiben, ist auch weniger riskant.«

»Risiko? Seit wann ist das ein Argument, wenn ich denke? Und Stillstand?«

»Trotzdem. Stick to it, Hannah. So weltbewegend ist dieser Eichmann nicht, dass er dein ganzes Denken über den Haufen werfen kann.«

»Und wenn er's doch wäre? Mit so einem farblosen Eichmann hat doch die ganze Welt nicht gerechnet! Und nun muss ich eben der Frage auf den Grund gehen: Wie kommt ein Mensch dazu, sich in einen Massenmord verwickeln zu lassen und pflichtgetreu nur seine grauenhafte Arbeit zu verrichten, ohne sich auch nur eine Sekunde lang auszumalen, was er da tut?«

»Ich hab's dir gesagt. Wundere dich dann bloß nicht, wenn

man Widersprüche aufspürt oder deine Worte sogar gegen dich verwendet. Wenn man behauptet, du hättest aus dem Teufel einen Wurm, Automaten oder Hanswurst gemacht.«

»Merkwürdig, wirklich merkwürdig. Die paar Seiten meines Täterporträts machen dich zum Propheten?«

»Zum Diplomaten! Mehr, als du je sein wirst.«

»Mehr? Warum nicht einfach nur anders? Tatsächlich bin ich anders diplomatisch als du. Im Privaten und Persönlichen entschärfe ich, was verletzen könnte, notfalls sogar mit Lügen.«

»Ach ja?«

»Natürlich. Muss ich dich dran erinnern, wie ich Kurt getröstet habe, als er so bedrückt war? Jaspers hatte doch immer nur mit ihm gesprochen, nicht mit Jenny, die aber unter der Nichtbeachtung litt und es Kurt spüren ließ. Da griff ich zur Notlüge, Jaspers führe Gespräche nur unter vier Augen.«

»Alles Kinkerlitzchen im Vergleich zur Diplomatie, von der ich rede! In dieser Strafsache sind kollektive, religiöse, nationale, finanzielle, was auch immer für Empfindlichkeiten im Spiel, Imagefragen, Interessen, das weißt du genauso gut wie ich, hat man doch an der ganzen Berichterstattung gesehen, Hannah, da *muss* man diplomatisch sein!«

»Du sagst Diplomatie und meinst Abhängigkeit, aber ich gebe mir schon die ganze Zeit höllisch Mühe, dass ich eben nicht auf eine bestimmte Seite gezogen werde. Leicht ist das nicht, Stups!«

»Aha, Frau Professor will es sich wieder mal so schwer wie möglich machen.«

»Spar dir deinen Zynismus, mein Lieber. Ich kann nun mal nicht für die Wahrheit Partei ergreifen, wenn ich auf die Interessen anderer schiele. Und auf die Wahrheit kommt es mir an, nur auf sie, falls du das noch nicht wissen solltest. Die Weisheit ist nicht auf meinem Mist gewachsen, sondern auf dem meiner Lehrer –«

»Lessing und Jaspers, ich weiß, ich weiß! Aber die waren weder Juden noch Journalisten bei einem Naziprozess.«

»Stimmt. Deshalb hilft mir das, was ich bei Lessing und Jaspers gelernt habe, noch heute, um mich in der Wirklichkeit zurechtzufinden. Was soll denn falsch daran sein, wenn man sich nichts als der Wirklichkeit verschreibt? Weder einer Weltanschauung noch sonst einem Geländer.«

»Geländer, sagst du? Hm, komische Metapher, aber so schlecht ist die gar nicht: Ein Geländer hat doch was Gutes. Es schützt vor dem freien Fall, vor dem Sturz ins Nichts …«

»Und davor soll man sich fürchten? Nein, wir brauchen höchstens Schutz vor einer falschen Rolle oder sonst einem Spuk, der uns daran hindert, ein Mensch zu sein. Auch das ist eine Lektion aus Eichmanns Werdegang.«

»Mir ist schleierhaft, von welcher Rolle du da redest.«

»Als Eichmann in die SS eintrat, war er enttäuscht von seiner miesen Rolle. Er musste noch einmal von vorn anfangen. Alles, was danach kam, bemaß er nur noch mit Blick darauf, ob es Rolle und Rang verbesserte. Als er …«

»Jetzt fängst du schon wieder mit dem an.«

»Als Eichmann in die nagelneue Abteilung gesteckt wurde, die sich ausschließlich mit Juden befasste, war er richtig froh, dass er sich die Mütze mit dem Totenkopf aufsetzen und im Judenreferat an die Arbeit machen konnte. Er hatte ein Faible für besondere Aufgaben. Dummerweise veränderten sie sich nach der Wannsee-Konferenz entscheidend, aber seine Rolle hatte schon längst dafür gesorgt, dass er funktionieren konnte. Alles, was ihn am Funktionieren gehemmt hätte, war radikal abgetötet. Gefühle, Gedanken, Vorstellungskraft, Mitempfinden. Seine Rolle warf alles über Bord, was ihren Träger zum Menschen gemacht hätte, und so konnte er am Schluss, als andere sich längst aus dem Staub machen wollten, gar nicht mehr aufhören, Befehle auszuführen.«

»Ach, hör mir doch auf mit dem. Das war seine Wahl!«

»Vor Gericht sagte er natürlich, er habe keine gehabt, und vielleicht ist das gar nicht mal ganz falsch. Es bleibt wirklich keine Wahl, wenn einer erst einmal nein zu sich selber gesagt hat.«

Heinrich füllte sich den Teller zum zweiten Mal. Beim Heringssalat, der ihm besonders zu schmecken schien, langte er kräftig zu. Sie zündete sich noch eine Zigarette an. Was für ein Schlagabtausch. Am Essen kann's nicht liegen. Ob sie ihm das Falsche zu lesen gegeben hatte?

Sachlich, objektiv, unparteiisch. So wollte sie auch als Journalistin sein, aber nun war sie nachdenklich geworden. Das Wort »aufreizend«, das Heinrich verwendet hatte, steckte ihr wie eine Gräte im Hals. Hatte nicht Karl einmal dasselbe Wort verwendet? Sie erinnerte sich an die Peinlichkeit. Wie ertappt hatte sie sich gefühlt.

Kurz nach Kriegsende hatte sie ein Büchlein mit Aufsätzen in Deutschland veröffentlicht. Jaspers hatte es möglich gemacht, und auch dafür war sie ihm sehr dankbar. Schließlich hatte sie in dem Buch ihre erste Heimkehr aus dem Exil gesehen. Sie war natürlich nur vorstellbar als Rückkehr einer Jüdin, die mit ihren deutschen Worten in das Land zurückkam, in dem Todesfabriken für ihresgleichen errichtet worden waren. Und genauso klang die Widmung, die sie dem Buch voranstellen wollte. Wie es sich gehört, hatte sie Karl den Entwurf geschickt, damit er den Wortlaut vor dem Druck absegnen konnte.

Was schließlich ist inzwischen natürlicher und selbstverständlicher geworden, als jedem Deutschen, der uns begegnet, mit der Frage aufzulauern: Wen von uns hast du ermordet?

Aber Karl wollte so was nicht in seiner Widmung. Natürlich nicht deshalb, weil er als nicht jüdischer Deutscher seine Zeitgenossen schonen wollte, denn Jaspers kannte keine falschen Rücksichten. Er wolle einzig und allein ihren Gedanken schützen, hatte er gesagt. Eine so aufreizende Form könne den Inhalt kompromittieren, sie solle es sich doch nochmals überlegen. Erst da war es ihr wie Schuppen von den Augen gefallen, und sie hatte den Satz sofort umformuliert.

So ist es heute für uns Juden in der Tat fast unmöglich, einem Deutschen, der uns begegnet, nicht mit der Frage aufzuwarten: Was hast du in den zwölf Jahren von 1933 bis 1945 getan?

Ob Heinrich und Karl dasselbe meinten, wenn sie »aufreizend« sagten? Wollten sie denn beide ihr Denken schützen? Brauchte das, was sie hier über Eichmann und seine Strafsache schrieb, denn wirklich Schutz? Eine Wahrheit soll nicht für sich allein stehen können?

Sie zog den Kuchenteller zu sich heran und wollte sich Kaffee nachschenken. Da merkte sie, dass keiner mehr da war. Als sie mit der vollen Kanne aus der Küche zurückkam, war Heinrich über sein Stück Kuchen gebeugt. Warum war er nur so hungrig? Als sie seine Tasse füllte, hob er den Kopf.

»Sag mal, Hannah, sind dir eigentlich auch die Richter nicht unabhängig genug? Ihr Urteil gewichtet das spezifisch Jüdische doch auch viel stärker.«

»Die Richter haben das Bestmögliche getan. Sie haben auch die dämonische Überzeichnung in der Anklageschrift so gut sie konnten zurückgenommen, aber erstens sind es Richter des israelischen Staates und zweitens gibt es auf der ganzen Welt kein Gesetz, das einen Täter wie Eichmann vorsieht. Ich werde über den Kernbegriff, Verbrechen gegen die Menschlichkeit, noch mal nachdenken müssen. Vermutlich werde ich einen eigenen Urteilsspruch entwerfen.«

»Wie? Das wird ja immer abenteuerlicher.«

»Das wäre nicht gegen die Richter, sondern ich würde versuchen, das Verbrechen trotz aller Unfassbarkeit zu fassen.«

»Mensch, Hannah, ich hör sie doch schon: Die Reporterin schwingt sich zur Richterin auf!«

»Ach, wen geht es an. Glaub's mir, es kostet auch mich viel, mich in kein Lager ziehen zu lassen.«

»Ja, aber warum willst du das denn nur! Das verstehe ich einfach nicht. Ein Musiker interpretiert eine Komposition doch auch, legt seine Geschichte, seine Persönlichkeit hinein, geht doch gar nicht anders.«

»Mit Kunst hat das nichts zu tun. Warum ich das will? Weil ich nur etwas sehe, wenn ich so viel wie möglich wahrnehmen kann, nicht nur als Jüdin, ehemalige Deutsche, Amerikanerin, Frau, nein. Ich muss die wie auch immer gefärbte Brille ablegen, um wahrnehmen zu können, wie die anderen wahrnehmen. Ist das eine Antwort auf deine Frage?«

»Nein, überhaupt nicht. Das kann sowieso nur Gott, wenn ich Meister Eckhart richtig verstanden habe.«

»Gut, dass du den Namen ins Spiel bringst. Der hätte Sinn dafür. Ich blicke in den Abgrund unseres Jahrhunderts und vermutlich sogar unseres Jahrtausends.«

»Lenkst du schon wieder ab? Jeder weiß, dass du als Jüdin schreibst. Die Juden erwarten von dir Parteinahme, ist doch klar, eine jüdische Haltung. Selbstbewusstsein. Das hast du doch selbst oft genug gefordert.«

»Wieso soll ich mir nicht das Recht zur Freiheit nehmen?«

»Hör mir mal gut zu, Hannah. Ich habe aufgehört, Deutscher zu sein, und ich habe schon nach dem ersten Vaterlandsverrat die Sehnsucht nach dieser Art von Identität aufgegeben.

Im Ersten Weltkrieg habe ich aufgehört, mich als Deutscher fühlen zu wollen. Wir jungen Menschen aus Europa, die so fühlten, waren viele, und als der Verrat durch Hitler kam, na, du weißt schon. Nun ist es ganz und gar unmöglich geworden, als Deutscher, Franzose oder was auch immer ein Mensch zu sein.«

»Stups, wir sprechen also doch vom selben!«

»Leider nein, Hannah. Eben nicht! Ich habe gut reden, wenn ich sage, heute ist jeder gezwungen, nur als er selber Mensch zu werden. Ich habe wirklich gut reden, weil ich wählen kann. Ich kann mich abmelden. Als Deutscher natürlich. Aber du bist Jüdin, und das hat niemand auf der ganzen Welt vergessen, am allerwenigsten du selbst.«

»Hat das denn jemand behauptet?«

»Bis jetzt nicht, aber es könnte noch so weit kommen. Du hast an Rahels Hand und auch an der von Kurt gelernt, dich als Jüdin anzunehmen.«

»Als Jüdin und als Paria.«

»Du hast diese Identität wegen der Geschehnisse angenommen, über die du berichtest. Aus dem Judentum kommt man nicht heraus, Hannah, das weißt du besser als ich.«

»Steht in meinem Rahel-Buch.«

»Dann handle entsprechend. So, und jetzt ess ich noch was, und zwar in Ruhe.«

Heute kommen wir nicht zusammen, dachte sie, faltete die Serviette zusammen und stand auf. Wenigstens scheint Heinrichs Appetit nicht darunter zu leiden. Wär's anders rausgekommen, wenn ich ihm Eichmanns kategorischen Imperativ für den kleinen Mann zu lesen gegeben hätte? Who knows.

»Stups, ist nicht viel zum Abräumen, ja? Ich muss jetzt los.«

Er nahm sie am Handgelenk und zog sie zu sich.

»Hannah, ich will doch nur, dass du dich nicht in was verrennst.«

Sie legte die Hand auf seine Schulter.

»Du, mein viel geliebter Schafskopf, du. Ich glaube nicht, dass es in dieser elenden Geschichte um richtig und falsch geht. Es gibt keins.«

Heinrich hielt sie noch immer fest, stand auf, fasste ihre andere Hand und blickte ihr in die Augen.

»Doch, doch, richtig und falsch gibt's, auch wenn dir das nicht in den Kopf geht! Ich bin nicht der Einzige, der sich Sorgen macht. Karl hat auch mal was von Dummheiten gesagt.«

»Mordsdummheit, ja. Hat er dem Kurt geschrieben.«

»Siehst du? Genau das meine ich.«

»Das war lange, bevor sie Eichmann geschnappt haben. Stups, hör gut zu: Ich werde über das nie zuvor Dagewesene der Naziverbrechen schreiben, und zwar am Beispiel dieses Mannes. So, wie ich es für richtig befinde, und nicht anders. Noch nie hat es so etwas in der Geschichte der Menschheit gegeben. Hier geht es um uns alle. Sonst wär's doch all die Mühe nicht wert. Ich muss jetzt. Im Goethe-Haus liest die Bachmann.«

Sie küsste ihn und ging in den Flur. Als sie ihren Sommermantel anzog, hörte sie Heinrichs Stimme.

»Es ist Regen angesagt. Nimm dir ein Cab, ja? Wir wollen's nicht übertreiben mit der Angst.«

Sie steckte den Kopf nochmals ins Wohnzimmer.

»Klar, Stups. Heute kam übrigens der Bescheid von der Versicherung. Wegen Schadenersatz.«

»Und?«

»Der Unfall hat sich amortisiert, und wie! Mit dem Geld machen wir wieder eine schöne Reise, wie letztes Jahr, nur feudaler. Was meinst du zu Griechenland?«

»Kreta wär schön. Im Frühling hab ich ein Freisemester.«

»Dann denk mal drüber nach, Stups. See you later!«

Der Saal war fast voll. Sie hatte es noch rechtzeitig geschafft und saß rechts außen in der zweiten Reihe. Nicht zu weit weg und nicht zu nah dran, sehr gut. Der Chef des Hauses ließ es sich nicht nehmen, den Abend selbst zu moderieren. Die Dichterin war jung und vor allem bekannt genug, um das Publikum hellwach zu machen. Er stand vorn am Bühnenrand, dahinter waren zwei Sessel und ein Tischchen mit Wassergläsern.

»Ladies and Gentlemen, sehr verehrtes Publikum, es ist uns eine große Ehre, die österreichische Lyrikerin Ingeborg Bachmann hier bei uns im Goethe-Haus begrüßen zu dürfen. Ich brauche unseren Gast kaum vorzustellen und bitte Sie gleich um einen warmen Applaus, und Sie, Fräulein Doktor Bachmann, hier zu mir auf die Bühne zu kommen, ja bitte, hier, nehmen Sie Platz.«

Unmittelbar vor ihr erhob sich eine hochgewachsene, sehr schlanke Frau und bewegte sich unter großem Applaus zum Bühnenaufgang. Das Etuikleid, sommerlich hell und passend zu den flachen Schuhen. Das dunkelblonde Haar im Pagenschnitt mit langen Fransen bis über die Augenbrauen. Kaum hatte die Bachmann sich gesetzt, holte sie Zigaretten und Feuerzeug aus der Tasche, zündete sich eine an und legte elegant die Beine übereinander. Die kann ja ihre Beine fast so gut wie Jaspers verknoten, dachte sie und lachte in sich hinein.

»Vielen Dank, Herr Holthusen.«

»Sie sind nicht zum ersten Mal in Amerika, mit der Gruppe 47 waren Sie bereits in Princeton. Ich habe gehört, Sie fliegen gern.«

»Das stimmt, aber auch diesmal bin ich mit dem Schiff hergekommen.«

»Sie haben sogar übers Fliegen geschrieben, sehr modern, alle Achtung! Meines Wissens stehen Sie damit als Lyrikerin allein auf weiter Flur. Würden Sie gleich etwas vorlesen?«

»Zu Beginn gerne einen Ausschnitt aus einem Essay.«

Denn die Madonna von Loreto beschützt alle, die fliegen. Sie weiß, wie ihnen zumute ist. Das Gesicht der Madonna von Loreto ist schwarz – ein nachttrunkenes Gesicht, das den Himmel berührt hat, wo er am dunkelsten ist. Wenn die Maschine kerzengerade fliegt, scheint sie zu stehen. Es gibt ja keine Vergleichsmöglichkeiten, wenn unten nichts ist und oben etwas ohne sichtbaren Bezug. Erst wenn der Mond aufgegangen ist und sie begleitet, täuscht sie uns nicht länger. Fremd und schön, in seinem Licht, geht dann auch die Erde auf, uns erinnernd, dass sie ein Stern unter Sternen ist. Die nächste Täuschung kommt der Wahrheit nahe. Eine Tragfläche sinkt so stark, dass sie eine runde Welt berührt. Man wird nur dieses eine und einzige Mal sehen, dass die Welt rund ist. Später wird man dem Flügel die Schuld geben.

»Loreto, natürlich, meine Damen und Herren! Die Lyrikerin ist in Klagenfurt geboren und aufgewachsen. Wie heißt denn dieser Text?«

»*Die blinden Passagiere.*«

»Vielen Dank. Fräulein Doktor Bachmann wohnt heute in Zürich und Rom. Darf ich Ihr Alter verraten?«

»In wenigen Tagen werde ich sechsunddreißig. Aber Privates bleibt uns hoffentlich erspart. Mein Wohnort ist Rom.«

Sechsunddreißig, das hätte ich nicht gedacht! Annemarie und die Bachmann sind ja genau gleich alt. Die eine musste fliehen, als die Nazis einmarschierten, und die andere?

»Dann will ich nicht nach Ihrem berühmten Lebenspartner fragen. Diese blinden Passagiere übrigens, was für eine schöne Metapher für die Moderne! Sie müssen wissen, meine Damen und Herren, dass Fräulein Doktor Bachmann ihre Doktorarbeit über Martin Heidegger verfasst hat.«

Sie seufzte und dachte, wenn dieser Holthusen nur bald

merkt, dass die Bachmann mehr zu bieten hat als Peinlichkeiten für die Illustrierten. Vermutlich interessiert er sich sowieso mehr für den Schweizer Schriftsteller an ihrer Seite.

»Genau das Gegenteil ist der Fall, Herr Holthusen. Die blinden Passagiere in meinem Text sind Menschen, die im Flugzeug sitzen und keine Augen für das haben, was sie auf der Erde sehen könnten. Sie sind tatsächlich blind für die Welt. Genau das darf der Schriftsteller nicht sein, wenn er seine Aufgabe erfüllen will.«

Wie die Bachmann mit ihrem Metaphernspiel ins dunkle Herz der Nachkriegszeit leuchtet! Man spürt, sie weiß, dass nicht nur in Österreich blinde Passagiere hocken, unerkannt in Ecken und Winkeln. Blind für das, was sie getan haben. Die Bachmann blies richtig große Rauchkringel in Holthusens Gesicht. Sie seufzte. Ich könnte mir auch eine anzünden, wenn der Aschenbecher nicht so weit weg wäre.

»Nun, Sie sind als Lyrikerin bekannt, arbeiten auch für den Hörfunk und bekamen vor drei Jahren den Hörspielpreis der Kriegsblinden für Ihr Hörspiel *Der gute Gott von Manhattan*. In jüngster Zeit haben Sie sich nun auch als Erzählerin hervorgetan und durften für Ihr Buch *Das dreißigste Jahr* den Deutschen Kritikerpreis entgegennehmen. Herzliche Gratulation, Fräulein Doktor Bachmann!«

Lauter deutsche Preise, dachte sie, wie ist das für eine Österreicherin? Der Holthusen wird sie bestimmt nicht fragen, wie sie den Einmarsch der Nazis erlebt hat, das ist klar. Blickt die Bachmann eigentlich immer so oft zu Boden?

»In Ihrer Dankesrede für den Hörspielpreis haben Sie Ihre Vision vom Schriftsteller auf den Punkt gebracht, nämlich seine Verpflichtung zur Wahrheit. Daraus würden wir gerne ein Stück hören, bitte schön, darf ich Sie bitten, Fräulein Doktor.«

»Der Schriftsteller – und das ist auch in seiner Natur – ist mit seinem ganzen Wesen auf ein Du gerichtet, auf den Menschen, dem er seine Erfahrung von Menschen zukommen lassen möchte (oder seine Erfahrung der Dinge, der Welt und seiner Zeit, ja von alldem auch!), aber insbesondere vom Menschen, der er selber oder die anderen sein können und wo er selber und die anderen am meisten Mensch sind. Alle Fühler ausgestreckt, tastet er nach der Gestalt der Welt, nach den Zügen des Menschen in dieser Zeit. Wie wird gefühlt und was gedacht und wie gehandelt? Welche sind die Leidenschaften, die Verkümmerungen, die Hoffnungen …«

»Vielen Dank! Lässt sich in Ihren Augen also Wirklichkeit durch Fiktion glaubwürdig abbilden?«

»Meine italienischen Reportagen –«

»Oh, Sie sind auch Reporterin – für welche Zeitung denn?«

»Radio Bremen, aber das habe ich nun aufgegeben, reiner Broterwerb, ich habe unter einem Pseudonym geschrieben –«

»Ach ja? Darf man fragen –«

»Ruth Keller. Aber in meinen Reportagen konnte ich einer Passion nachgehen. Ich konnte das objektive Sehen und Hören üben, und man muss ja alles üben, auch das Zuhören, nicht? Und natürlich das Gedichteschreiben, aber in den Reportagen übe ich die objektive Annäherung an eine Situation, eine Kultur, einen Vorfall. Das kann man ja nicht so einfach, dieses äußerliche Wahrnehmen, das Wahrnehmen, ohne Partei zu ergreifen, deshalb sagen wir zu einer derart freien Person ›außenstehend‹.«

»Ein Beispiel?«

»Mein Bericht über Fiat vielleicht.«

»Wie? Sie meinen das Auto?«

»Natürlich. Wir sind hier im Land des Autos, aber Italien entdeckt den Motorenkult gerade erst.«

»Wenn Sie meinen, Fräulein –«

»Auf fünfundsiebzig Italiener kommt durchschnittlich ein Auto. In der Bundesrepublik hingegen schon auf vierzig Menschen, in Frankreich auf fünfzehn, in England auf vierzehn und in den USA gar schon auf drei. Aber diese Daten stammen noch aus der Zeit vor der Einführung des Fiat Popolare S 600.«

»Sie verstehen sich auf Zahlen?«

»Herr Holthusen, ich war Auslandskorrespondentin. Der Seicento wurde vor sieben Jahren erstmals auf der Genfer Automobil-Ausstellung gezeigt, aber die Neugier war schon vorher groß, und ich lüftete die Details, soweit ich sie in Erfahrung gebracht hatte: eine schnittige Limousine mit vier Sitzen und zwei Türen. Heckmotor mit Wasserkühlung, vierzylindrig, 638 Kubikzentimeter Hubraum, 21,5 PS, Verbrauch zwischen fünf und sechs Litern, pro hundert Kilometer, versteht sich, alles, was eben zu Autos gehört. Und natürlich der Preis, 4300 Mark. Nun zerstört das kleine Wunder unsere Städte, aber davon können selbst die Amerikaner ein Lied singen.«

»So eine gegenwartsbewusste Lyrikerin begegnet einem nicht alle Tage. Ich bin fast etwas sprachlos.«

»Das ist nichts Schlechtes, so eine Mulde der Stummheit. Wie gesagt, Herr Holthusen, diese Berichterstattung war eine wertvolle Übung für mich, ich möchte sie nicht missen, aber meine Berufung liegt dort, wo wir *alle* blind sind. Nur dort können uns die Augen aufgehen, und genau das sollte die Kunst zuwege bringen, um die es mir ja geht.«

»Verstehe ich Sie richtig, Sie meinen die Künste ganz generell?«

»Ja. Aber wir Dichter sind besonders dazu aufgerufen. Dass wir begreifen, was wir doch nicht sehen können. Darin sehe ich meine Aufgabe. Zu suchen, wo ich mit den inneren Fühlern hinkomme und das dann mit Wörtern ans Licht bringe. Ja, ich suche den geheimen Schmerz, der uns für die Erfahrung der Wahrheit erst empfänglich macht. Das kann nur Dichtung.«

»Interessant, sehr interessant, Sie haben hohe Ansprüche, Fräulein Doktor Bachmann. Aber wie erwähnt haben Sie sich nun auch in andere Felder hineingewagt. In *Der gute Gott von Manhattan* scheint alles auf die Liebe zwischen Mann und Frau hinauszulaufen. Gehen Sie bis zum Äußersten?«

»Künstlerisch auf jeden Fall. Bei näherem Hinsehen steckt auch in der alltäglichsten Erfahrung ein Grenzfall.«

»Was verstehen Sie darunter?«

»Bei allem, was wir tun, denken und fühlen, möchten wir bis zum Äußersten gehen. Manchmal.«

»Ich bin mir nicht sicher, ob ich Sie verstehe. Ist das ein Gefühl? Oder eher eine philosophische Frage?«

»Nein, mit Philosophie hat das nichts zu tun, überhaupt nichts mit dem Denken, sondern mit der Wahrheit, die ich als Dichterin erlebbar machen möchte. Weil es doch uns allen so geht, nicht wahr?«

»Was geht uns allen so?«

»Wenn der Wunsch in uns wach wird, die Grenzen zu überschreiten, die uns gesetzt sind.«

»Leider verstehe ich immer noch nicht, worauf Sie hinauswollen.«

»Lassen Sie es mich so sagen: Wenn wir den Blick auf das Vollkommene, das Unmögliche, Unerreichbare richten, sei es die Liebe, die Freiheit oder jede reine Größe. Wo immer sich das Äußerste erleben lässt.«

»Ach so, Sie sprechen von einem Ideal. Nun, meine Damen und Herren, unser Gast wird jetzt weiterlesen. Was haben Sie uns denn sonst noch Schönes mitgebracht, Fräulein Doktor?«

»Ich möchte aus meinen Erzählungen lesen.«

»Also aus dem Buch *Das dreißigste Jahr?*«

»Ja, zuerst aus der Erzählung *Alles*.«

»Wenn wir uns, wie zwei Versteinte, zum Essen setzen oder abends an der Wohnungstür zusammentreffen, weil wir beide gleichzeitig daran denken, sie abzusperren, fühle ich unsere Trauer wie einen Bogen, der von einem Ende der Welt zum anderen reicht – also von Hanna zu mir –, und an dem gespannten Bogen einen Pfeil bereitet, der den unbewegten Himmel ins Herz treffen müsste. Wenn wir zurückgehen durch das Vorzimmer, ist sie zwei Schritte vor mir, sie geht ins Schlafzimmer, ohne ›gute Nacht‹ zu sagen, und ich flüchte mich in mein Zimmer, an meinen Schreibtisch, um dann vor mich hinzustarren, ihren gesenkten Kopf vor Augen und ihr Schweigen im Ohr. Ob sie sich hinlegt und zu schlafen versucht, oder wach ist und wartet? Worauf? – da sie nicht auf mich wartet!

Wie soll ich bloß ausdrücken, was in mir vorging? Es erging mir wie einem Wilden, der plötzlich aufgeklärt wird, dass die Welt, in der er sich bewegt, zwischen Feuerstätte und Lager, zwischen Sonnenaufgang und Sonnenuntergang, zwischen Jagd und Mahlzeit, auch die Welt ist, die Jahrmillionen alt ist und vergehen wird, die einen nichtigen Platz unter vielen Sonnensystemen hat, die sich mit großer Geschwindigkeit um sich selbst und zugleich um die Sonne dreht. Ich sah mich mit einem Mal in anderen Zusammenhängen, mich und das Kind, das zu einem bestimmten Zeitpunkt, Anfang oder Mitte November, an die Reihe kommen sollte mit seinem Leben, genauso wie einst ich, genau wie alle vor mir.«

Was für eine Erzählerin, dachte sie. Kommt ganz ohne Indiskretion aus, wenn sie in ein Ich eindringt, lässt es nur gnadenlos nach sich selbst fragen. Zudem pflanzt sie ihm den Wunsch ein, alles über das Kind und die Frau und die Welt in Erfahrung zu bringen. Ob das den Vater hoffen lässt?

»… Ich wütete gegen mich, weil ich meinen Sohn in diese Welt gezwungen hatte und nichts zu seiner Befreiung tat. Ich war es ihm schuldig, ich musste handeln, mit ihm weggehen, mich mit ihm auf eine Insel verziehen. Aber wo gibt es diese Insel, von der aus ein neuer Mensch eine neue Welt begründen kann? Ich war mit dem Kind gefangen und verurteilt von vornherein, die alte Welt mitzumachen. Darum ließ ich das Kind fallen. Ich ließ es aus meiner Liebe fallen.«

Sie öffnete die Handtasche und suchte vergeblich nach ihrem Notizheft. Verflixt, das muss auf dem Schreibtisch liegen geblieben sein. Vielleicht könnte sie sich die Szene auch so merken. Wie sich ein Ich auf die Schliche kommt, aber ohne diesen ganzen pseudowissenschaftlichen Apparat, den so viele heute auffahren, sondern indem es eine andere Perspektive auf das einnimmt, was ist. Aber wie verstörend das eigene Leben werden kann, wenn einer sich auf diese Weise zu betrachten beginnt. Ob die Erzählung deshalb *Alles* heißt?

»Ich wünschte für Fipps nichts, ganz und gar nichts. Ich beobachtete ihn nur weiter. Ich weiß nicht, ob ein Mann sein eigenes Kind so beobachten darf. Wie ein Forscher einen ›Fall‹. Ich betrachtete diesen hoffnungslosen Fall Mensch. Denn das Böse, wie wir es nennen, steckte in dem Kind wie eine Eiterquelle. An die Geschichte mit dem Messer brauche ich deswegen noch gar nicht zu denken.«

So abgründig, dieser Vater, und auch das Kind mit dem läppischen Namen. Sie war etwas ratlos und dachte an das Bild in den Vatikanischen Museen, das ihr Father Daniel gezeigt hatte. Ob die Bachmann den Schoßhund an der Leine gesehen hat? Aber das Bild passte nicht wirklich zu dieser Erzählung. Hier ging es nicht um das Böse als Gottes Spielzeug. Oder doch?

Ihre Gedanken schweiften zu dem kleinen Mädchen in ihrem Märchen, das so gerne wippt. Es war wirklich dumm von dem Maler im Vatikan, dass er dem Leviathan einen Stummelschwanz verpasst hatte. Der taugte überhaupt nicht zum Wippen. Welches war eigentlich das weiseste Tier in ihrem Märchen?

Die Stimme des Moderators brachte sie ins Goethe-Haus zurück.

»Vielen Dank! Wirklich interessant, diese Metapher vom Trauerbogen, der von einem Mann zu einer Frau reicht. Und was folgt jetzt?«

»Nun lese ich noch zwei Ausschnitte aus der Erzählung *Unter Mördern und Irren* im selben Band.«

»Die Männer sind unterwegs zu sich, wenn sie abends beieinander sind, trinken und reden und meinen. Wenn sie zwecklos reden, sind sie auf ihrer eigenen Spur, wenn sie meinen und ihre Meinungen mit dem Rauch aus Pfeifen, Zigaretten und Zigarren aufsteigen und wenn die Welt Rauch und Wahn wird in den Wirtshäusern auf den Dörfern, in den Extrastuben, in den Hinterzimmern der großen Restaurants und in den Weinkellern der großen Städte. Wir sind in Wien, mehr als zehn Jahre nach dem Krieg. *Nach dem Krieg* – dies ist die Zeitrechnung.

Alle operierten sie also in zwei Welten und waren verschieden in beiden Welten, getrennte und nie vereinte Ich, die sich nicht begegnen durften. Alle waren betrunken jetzt und schwadronierten und mussten durch das Fegefeuer, in dem ihre unerlösten Ich schrien, die liebenden, sozialen Ich mit Frauen und Berufen, Rivalitäten und Nöten aller Art.

Aha, dachte sie, die Bachmann lässt den treusorgenden Familienvater auf den Plan treten! Wie er die Zweiteilung von Beruf und Familie fein säuberlich bis in sein Ich hinein vollzogen hat, um präpariert zu sein, der große Verbrecher des 20. Jahrhunderts zu werden, und dann, als er es geworden war, sich schön arrangierte, um weiterleben zu können. Mit der Bachmann muss ich unbedingt über Eichmann reden.

»Herr Holthusen, weil Sie den Hörspielpreis der Kriegsblinden erwähnt haben, über den ich mich ganz besonders freue, nun, da möchte ich hier in Amerika noch etwas aus meiner Dankesrede wiederholen. Das passt auch zu der Erzählung, aus der ich gerade vorgelesen habe, ja, zu jenen Männern passt es. Ich glaube, niemand darf sich auf das Opfer und das Leiden berufen, auch nicht die Menschen, die durch den Krieg ihr Augenlicht verloren haben.«

»Bitte schön! Meine Damen und Herren, allein schon der Titel, *Die Wahrheit ist dem Menschen zumutbar*, ist berühmt geworden!«

»Wer, wenn nicht diejenigen unter Ihnen, die ein schweres Los getroffen hat, könnte besser bezeugen, dass unsere Kraft weiter reicht als unser Unglück, dass man, um vieles beraubt, sich zu erheben weiß, dass man enttäuscht, und das heißt, ohne Täuschung, zu leben vermag. Ich glaube, dass dem Menschen eine Art des Stolzes erlaubt ist – der Stolz dessen, der in der Dunkelheit der Welt nicht aufgibt und nicht aufhört, nach dem Rechten zu sehen.«

»Sehr schön, vielen Dank! Zum Abschluss nun noch die Frage: Darf sich unser geschätztes Publikum auf neue Gedichte von Ihnen freuen?«

»Dazu kann ich im Moment nichts sagen.«

»Heißt das, Sie gedenken nicht, an Ihre Großerfolge anzuknüpfen?«

»Wie gesagt, das wird sich weisen. Die Kunst ist vielleicht

die reinste Größe. Auch ich wünsche mir, die Grenzen zu überschreiten.«

Lang anhaltender Applaus. Sie stellte die Handtasche auf den Boden, damit sie kräftig mitklatschen konnte. Die Bachmann blieb sitzen und hielt den Blick gesenkt, nur kurz hob sie die Augen, strahlte ihr Publikum an, als lugte die Sonne hinter schnell wandernden Wolken hervor, dann senkte sie den Blick wieder auf ihre Knie.

Beim Klatschen sah sie Verlegenheit im Gesicht der Bachmann, als wollte sie sich der übergroßen Aufmerksamkeit entziehen, dem Ausgestelltsein. Merkwürdig, sie müsste sich längst daran gewöhnt haben, so, wie sie gefeiert wird, und blutjung ist sie auch nicht mehr.

Nachdem der Applaus verebbt war, strebten einige gleich dem Ausgang zu, andere blieben stehen und tauschten die üblichen Vorsommersätze aus. »Any plans foro the summer?«

»Very nice, the Hamptons!«

»Only a cabin in Montauk, you know.«

»Have a great summer, folks.«

Sie drückte sich an der Wand entlang zum Podium.

»Wirklich ein großes Vergnügen, Frau Bachmann. Ich bin Hannah Arendt.«

»Sehr erfreut, Frau Arendt, dass Sie gekommen sind, ist eine große Ehre.«

Die Bachmann stand auf und bückte sich zu ihr, sie gaben einander die Hand, schon fast auf Augenhöhe. Die Dichterin lachte rätselhaft, aber sehr herzlich.

»Ganz meinerseits. Ich hätte Ihnen noch lange zuhören können.«

Sie überreichte der Bachmann ihr Kärtchen, wobei ihre Finger sich für einen kurzen Moment berührten.

»Riverside Drive. Das klingt nach einem Park – mit Eichhörnchen?«

»Natürlich, und mit Liebespaaren, wie in Ihrem Hörspiel. Am besten überzeugen Sie sich selbst. Wollen Sie morgen zu einem späten Frühstück kommen?«

»Wie liebenswürdig, Frau Arendt, danke! Sehr gern!«

»Sagen wir um 11 Uhr? Mögen Sie Eier mit Bacon?«

Das deutsche Wort fiel ihr nicht mehr ein. Ein anderer Zuschauer drängte sie unsanft zur Seite, damit er sein Buch signiert bekam. Die Bachmann nickte, strahlte sie an und hob die Hand.

Draußen regnete es in Strömen. Grund genug, ein Cab zu rufen. Speck, dachte sie beim Einsteigen, der Teufel hat das deutsche Wort geholt, Eier mit Speck, that's it.

19 Alte Liebe rostet nicht

Tegna, 9. August 1975

Regen war das Erste, was sie beim Aufwachen hörte. Ein gleichmäßiges Rieseln. Das waren keine großen Tropfen, sonst könnte man sie in den Palmblättern oder auf den Steinplatten klatschen hören.

Ein paar schnelle Pfeiftöne, abgesetzt und ganz hoch, und eine Melodie mit kleinen Sprüngen. Das Rotkehlchen, dachte sie. Was es nicht alles so daherschnickert! Sein Gesang war launisch, fast stürmisch, anders als der Regen, aber die passten gut zusammen.

Wenn man die Vögel nicht mehr hören kann, ob man dann noch derselbe Mensch bleibt? Und wenn man nicht nur die Vögel nicht mehr hört, sondern auch den eigenen Mann?

Schlimm war's gewesen, als Gertrud taub wurde. Verzweifelt, natürlich auch wegen Karl, der sie doch brauchte. Nach seinem Brief, Gertrud sei praktisch taub geworden, hatte sie sie zu trösten versucht. Aber, Liebe, bitte schreiben Sie mir!

Sie hatte Gertrud gut zugeredet, selbst krank, aber so was war wichtig, auch und gerade das bedeutet doch Freundschaft. Lassen Sie sich in kein Loch fallen! Vertrauen wir in die neuesten Apparate, die es ja in Basel sicher ebenso gut gibt wie hier! Wir haben doch viele Möglichkeiten der Kommunikation. Ja, sie konnte gut reden, ihr Gehör war noch tadellos, aber was, wenn man taub wird? Am Frühstückstisch einen Zettel rüberschieben, wie schmeckt dein Ei?

Sie bewegte ihre Füße unter der Decke. Ein Momentchen noch, weil's so schön ist und so gar keine Eile hat. Der Frisör um halb elf, sonst alles organisiert für Freiburg. Fast ein Wunder, wie wach sie sich schon fühlte, aber dann auch wieder nicht, wenn einen die Welt so grüßt. Sie mochte den Duft des Regens.

All die Gerüche, die die Tropfen aus Gräsern, Büschen und Blättern erklöpfeln. Aber diese Barbara! One hell of a girl! Der schöne Abend gestern hatte richtig gutgetan. Dabei waren sie nur fünf Kilometer weit gefahren, aber nicht immer bloß im Schritttempo. Im Bett hatte sie sogar auf ihren Maigret verzichtet und war sofort eingeschlafen.

Wer die Vögel und den Regen nicht hören kann, wird eben doch ein wenig fiktiv. Verliert ein schönes Stück Welt und kommt ihr auch selbst etwas abhanden. Das hat sie selbst erlebt, ganz anders als Gertrud, und doch am eigenen Leib. Als sie zu einer Fiktion der anderen wurde.

Was hat man doch schon für Arendts und sogar Blüchers in die Straßen gestellt, aus Behauptungen und Lügen zusammengekleisterte Pappfiguren, an denen sogar Hunde ihre Freude haben konnten. Fiktiv werden ist nicht schön, wenn alles erstunken und erlogen ist. Stillgestellt wie Figuren in einer Farce. Ach, wen geht es an, was wir sind und scheinen.

Sie setzte sich im Bett auf, beugte sich rüber zum Telefon und bestellte Kaffee.

»Ja, heute bitte aufs Zimmer.«

Sie rutschte wieder etwas tiefer und streckte einen Fuß unter der Decke hervor. Wenn man zur Romanfigur gemacht wird, ist das natürlich was anderes. Im Zeichen der Dichtung darf man schließlich einen Funken von Inspiration erwarten.

Sogar Mary hatte mit der Idee gespielt, sie zur Romanfigur zu machen. Randy war aber der Erste, der es wirklich getan hatte. Ein satirischer Roman, bestimmt mehr als zehn Jahre her, sie erinnerte sich nicht mehr an diese Rosenbergs oder wie das Paar hieß, zu dem Randy sie und Heinrich gemacht hatte.

Da fiel ihr noch ein Autor ein, aber der war nun wirklich kein Kirchenlicht. Wie kann man nur so was Fantasieloses wie einen Juden erfinden, der als Kriegsverbrecher vor Gericht kommen will und am Ende nicht mal ein Delikt vorzuweisen hat?

Jemand hatte ihr von dem Roman erzählt, ohne ihn gelesen zu haben, wusste aber nur noch, dass eine jüdische Gerichtsreporterin aus New York darin vorkam, die über den Todeswunsch der Juden referierte. Klang alles ziemlich schwachsinnig, mit Babydoll-Hut, außerdem war die Figur nymphomanisch veranlagt. Hieß der Autor nicht irgendwas mit »Mann«? Sie hatte sich gemerkt, dass er in Locarno Monti wohnen soll. Wenn es ihn überhaupt noch gab.

Sie war nicht die einzige real Existierende, die in seinem Roman mitspielen musste. Weit ausgeworfen hatte er seine Netze, auch Leute wie Fritz Bauer und Marcel Reich-Ranicki waren seine Beute. Aber er hatte sie alle zu Romanfiguren geknetet, auf virtuose Weise bösartig. War's am Ende mehr als der Antisemitismus, den man typisch jüdisch nennen konnte?

Ganz anders Uwe, ja, eigentlich hatte der das gar nicht mal so schlecht gemacht. Wie eine Rosine hatte er sie in seine *Jahrestage* eingebacken, aus Verehrung und Spaß, hatte er geschrieben, um sie gnädig zu stimmen. Die Mühe hätte er sich sparen können. Wäre doch nicht nötig, der Johnson musste nicht um ihre Huld buhlen. Er war ein Freund.

Dass Uwe sie zur Romanfigur gemacht hatte, war im Grunde keine Überraschung gewesen. Das hing natürlich mit der Upper Westside zusammen, wo er ja auch mal ihr Nachbar gewesen war. Nur dass er seine Romanfigur zuerst Hannah Arendt genannt hatte, das hatte sie unerhört gefunden. Dagegen bin ich allergisch, hatte sie ihm sofort gesagt.

Sie setzte sich auf, als es an der Tür klopfte.

»Ja, bitte.«

Liva steckte den Kopf herein, lächelte ihr sehr freundlich zu und stellte das Tablett auf die Kommode neben dem Bett.

»Guten Morgen, Liva! Gestern waren Barbara und ich in Verscio essen. Sehr nett, Ihr Venanzio, er hat uns tadellos bedient.«

Als Liva ihr eine Tasse Kaffee einschenkte und ans Bett brachte, glühten ihre Wangen fast so wie die von Pina. Wenig Milch, ohne Zucker, genau richtig. Nachdem Liva hinausgehuscht war, nahm sie einen Schluck. Köstlich. Kaffee im Bett, der erste in diesen Ferien, das ist doch immer noch am schönsten, wenn man schon nicht nach draußen kann.

Ist trotzdem ein Meisterwerk, diese *Jahrestage*, obwohl die olle Gräfin, zu der Uwe seine Hannah Arendt dann gemacht hat, nicht gerade viel sagt. Mit preußischem Doppelnamen. Was Besseres ist ihm wohl nicht eingefallen.

Noch ein Schluck, dann stellte sie die Tasse zurück, zündete sich eine Zigarette an und stellte sich den Aschenbecher auf den Schoß. Kommt er jetzt eigentlich nach Tegna? Den Brief muss er doch längst bekommen haben. Uwe antwortet sonst schneller.

Sie nahm einen tiefen Zug und blies den Rauch über die Bettdecke. Erst jetzt fiel es ihr wie Schuppen von den Augen. Sie hatte Literaturgeschichte geschrieben, schon zu Lebzeiten. Abgesehen davon hatte sie die Literatur um einige schöne Gedichte bereichert. Nein, nicht ihre eigenen, sondern die von Martin, vor allem die von ihm. Quicklebendig und schon Geschichte, das soll mir erst mal einer nachmachen.

Mitten in diesen Gedanken erkannte sie auch, dass all diese Romane, in der sie ohne ihr Zutun mitspielen musste, erst nach ihrem Eichmann-Buch entstanden waren. Auf diese Berühmtheit hätte ich aber verzichten können, dachte sie, ganz zu schweigen von Heinrich, der hatte mit dieser Art von Ruhm absolut nichts am Hut.

Sie schnippte die Asche ab.

Heinrich hatte recht. Wenn es einen gibt, der am eigenen Leib erfahren hat, was ein Gerücht ist und wie es sich wie ein Lauffeuer durch die ganze Welt frisst, ja, wenn einer weiß, dass die Saat todsicher aufgeht, dann ist es Sokrates.

Die Griechen wussten überhaupt, wie gefährlich das Leben in der Öffentlichkeit ist, das Spiel mit Ruhm und Ehre. Die Römer waren einfältiger. Ihre Fama bedeutet nur Ruhm und Ehre. Glanz und Gloria wie in Hollywood. Wir und die olle Pheme, na, Schnupper? Die ist ein Deibel von einer Göttin. Da lassen wir man schön die Finger von! Meinung, Falschbehauptung, Lüge, you name it. Im Verborgenen leben ist immer noch das Beste.

Denkste, Stups. Kam doch anders, als Sokrates es sich gedacht hatte. Anders, als wir's uns gewünscht hätten.

Sie drückte die Zigarette aus und kroch nochmals unter die Decke.

———

Sie stand unter dem Regenschirm vor dem Frisörsalon und sah zwei geblümte Schürzen hinter der Glastür. Die Friseusen bedienten, schwebten um ihre Kundinnen und die Ständer der Trockenhauben herum. Sie trat ein.

»Buon giorno, signora.«

Eine Friseuse senkte die Trockenhaube über den Kopf einer Kundin, die Kollegin bestückte einen anderen mit Lockenwicklern. Lang konnte es nicht mehr dauern. Warum riecht es eigentlich in allen Frisörsalons der Welt immer gleich?

Sie setzte sich ans Tischchen, auf dem die üblichen Magazine lagen, schob die Schnittmuster-Hefte beiseite, auch die anderen Modemagazine, und entdeckte die Illustrierte, von der ihr Barbara neulich eine Ausgabe gebracht hatte. Hatte sich darin nicht der Autorennfahrer, der jetzt auf dem Titelbild zu sehen war, zur Frage der Männerfrisur geäußert?

Auf dem Cover stand Clay Regazzoni. Sicher ein Nom de Guerre, dachte sie und las, er sei am Nürburgring gescheitert. Da halfen auch Dauerwellen nicht.

Sie blätterte zu den Schweizer Skirennfahrern, die nun in Chile trainierten, um den Seriensieger Klammer zu bezwingen, wie es da hieß. Die Jungs in ihren roten Anzügen legen sich ganz schön in die Kurve. Russi, Collombin, Vesti, auch das alles Namen, die sie noch nie gehört hatte.

Sie überblätterte ein paar Seiten Werbung und sah weiter hinten endlich ein bekannteres Gesicht.

Alte Liebe rostet nicht.

Das stand da in großen Lettern, darunter die gute Liz, wie sie mit ihrem Burton turtelte. Unglaublich, wie sich die Liebe nach einer Scheidung wieder erneuern kann, aber ein Herz kann man eben flicken, wusste schon Odysseus. Nur hätte sie die beiden zuallerletzt in der Schweiz vermutet.

Sieh mal an, eine Villa in Gstaad. Fünf Pekinesen, brav an ihren Fressnäpfen abgebildet, teilten das Chalet mit Liz und ihrem ehemaligen Liebhaber, einem Autohändler. Aber der musste nun ganz gegen seinen Willen abtreten, denn Burton, Besitzer einer Villa am Genfersee, kam zurück.

Ein Jahr nach ihrer Scheidung seien Liz und Rich nun wieder richtig verliebt, stand da. Die neue öffentliche Intimität, dachte sie, als sie die Fotos überflog. Die Stars gönnten den Lesern sogar einen Blick in ihr Schlafzimmer. Zum Trost bekommt der abtretende Autohändler ein großes Foto, damit all seine Koffer draufpassen. Er trägt Sonnenbrille. Sonst verkraftet man das nicht. Der arme Junge ist ja kein Schauspieler.

Sie blickte auf. Eine der Trockenhauben war schon hochgeschoben, die andere senkte sich gerade über den Kopf mit den Lockenwicklern. Zeit für eine Zigarette, dachte sie und lehnte sich tief ins Polster.

Liz und sie hatten eine gemeinsame Vergangenheit, auch wenn Liz nichts davon wusste. Sie hatten zur selben Zeit in der Welt für Aufregung gesorgt, natürlich jede auf ihre Weise.

Jenen Sommer hatte sie nie vergessen. Es war Kennedys letzter, aber so eine Tragödie hatte ja keiner vorausahnen können. In dem Sommer war Heinrich und ihr das Lachen vergangen. Davon hat nie jemand erfahren, damals und auch später nicht. So was ist Privatsache, dachte sie. Eine Ehe geht niemanden was an.

Sie erinnerte sich, wie Liz Taylor '63 die Gemüter als Cleopatra erhitzt hatte, nur ein paar Wochen lang, als der Film Premiere feierte. Was für ein Tumult, und alles nur wegen dieser Liebesgeschichte mit ihrem Filmpartner! Mitglieder der Abessinischen Kirche aus Harlem protestierten bei der Premiere auf der Straße dagegen, dass eine weiße Schauspielerin eine Ägypterin, also eine afrikanische Araberin, darstellte. Für andere strahlte die Leinwanddiva keine Magie aus, absolut unentschuldbar bei der Darstellerin der schönen Cleopatra, die einen Caesar und einen Mark Anton erobert, um dann beide zusammen mit einem Weltreich zu verlieren.

Wo war denn nur der Aschenbecher? Die Friseuse, die sie im Spiegel beobachtet haben musste, brachte ihr den kleinen Ständer sofort.

Über den Cleopatra-Film wurde sogar im *Aufbau* groß berichtet. Man ärgerte sich über die idiotische Art, mit der die Sensationsblätter der Welt die Liaison zwischen Liz und Richard ausschlachteten, auch mit Fotos, für Millionen von sexuell Unterernährten, wie es hieß, für Menschen, die voller verklemmter Lüsternheit in den Film liefen, nur um im Großformat zu sehen, ob sich die zwei Stars darin entblößen würden. Ach du lieber Gott, für die Art von öffentlicher Zurschaustellung hatte dieser Chefredakteur einen Sinn! Die Taylor selbst war völlig immun gegen moralische Anfeindungen gewesen, ob nur gespielt oder nicht, war doch schnurzegal.

Und überhaupt, wie konnte George nur so naiv sein zu glauben, es würde heute noch irgendjemanden ernsthaft interessieren, dass ausgerechnet Cleopatras Liebhaber ziemlich aggressiv das Ende der Römischen Republik herbeiführten, anstatt ihr zu helfen, ihr Reich zu sichern? Wichtig ist doch, dass sich zwei auf der Leinwand so küssen, dass es die Fantasie des Publikums kitzelt. Die Zerstörung eines halbwegs demokratischen Staatswesens vor zweitausend Jahren ist Schnee von gestern. Günther hatte schon recht mit seiner Verdummungstheorie, wenigstens in dieser Hinsicht. Doch sie blieb dabei, allein das Fernsehen taugt nicht zum Sündenbock.

Liz hatte man dann bald in Ruhe gelassen. Aber ihr Eichmann-Buch vergaß man nicht so schnell, obwohl so gar nichts Frivoles daran gewesen war. Auch der *Aufbau* hatte kräftig Öl ins Feuer gegossen.

Sturm um Hannah Arendt

Was für wohlfeile Titel, die ihren Namen, ihr Gesicht, ihre Arbeit in die Öffentlichkeit zerrten! Dabei war sie doch keine Schauspielerin. Das war nun eine Déformation professionnelle, die ihr wirklich fehlte, ganz anders als all denen, die davon lebten, dass es in ihrem Leben nichts Privates mehr gab.

Je länger sie durch die Straßen geschleift worden war, desto mehr war sie sich wie ein frisch abgezogenes Fell vorgekommen, das man zum Trocknen in der Hitze ausgespannt hatte. Sie hatte begonnen, einen Bogen um sich selbst zu machen.

Die Artikelserie im *Aufbau* hatte sich praktisch bis Weihnachten hingezogen. Die ganze Welt trauerte um Kennedy, und Liz ließ sich mal wieder ein Hochzeitskleid schneidern. In jener Dezemberausgabe hatte man sie dann auch mal kurz zu Wort kommen lassen, mit einem Ausschnitt aus dem unseligen Briefwechsel, den Scholem in die ganze Welt getragen hatte.

In der Ausgabe hatte endlich mal einer den Sack beim Namen genannt, in den man sie gesteckt hatte. Entstellungskampagne. Nichts anderes war es doch gewesen. Dass Joe Maier dann auch gleich attackiert wurde, war nicht verwunderlich. Ich fress einen Besen, dachte sie, wenn die beiden nicht wieder heiraten, Liz schreckt vor nichts zurück.

Sie blätterte weiter.

Willst du was über die Schweiz erfahren, lass dich frisieren. Sie blickte kurz auf die Uhr. Viertel vor elf. Nur eine kleine Verspätung, aber wir sind ja auch fast an der italienischen Grenze. Sie sah, dass die Lockenwickler bei der einen Kundin nun ab waren, das Toupieren war voll im Gang. Es konnte nur noch eine Frage von Minuten sein, bis sie drankäme.

Als sie umblätterte, fiel Asche ins Heft. Diesmal wirklich vor Freude. Georges Simenon, da sitzt er ja, mit Pfeife und Hut!

In der Schweiz habe ich meine Ruhe.

Nicht aus Steuergründen, nein, nur böse Zungen behaupteten so was, nein. Es sei der Charakter des Schweizers, der ihm so gefalle, erzählte er. Der Schweizer gleiche eben dem Amerikaner. Da staunte sie nicht schlecht. Aber dem Schöpfer ihres Lieblingskommissars traute sie zu, dass er denken und beobachten konnte.

Simenon sagte, man werde hier in der Schweiz in Ruhe gelassen, nicht aus Gleichgültigkeit, sondern aus Respekt vor der Privatsphäre. Seine Siebenundzwanzig-Zimmer-Villa in Epalinges mit acht Dienern, fünf Autos und Pferden, so teilte er den Lesern mit, habe er gegen ein Häuschen in Lausanne eingetauscht, und nach zweihundertvierzig Krimis mit fünfzig Millionen Auflage habe er seiner Hauptfigur endgültig den Kragen umgedreht.

Irgendwann muss ja Schluss sein, aber dass Simenon sich nun offenbar für sich selbst interessierte, von Psychoanalyse und Lebensbeichte sprach, enttäuschte sie dann doch etwas. Und warum jetzt? Er habe fünfzig Jahre in der Haut von anderen gelebt, nie eine persönliche Meinung geäußert, nicht mal in seinem Maigret sei etwas von ihm zu entdecken. Als sie las, sein Versuch, den Menschen in seinen Mitmenschen zu entdecken, sei gescheitert, musste sie an den Gerichtssaal in Jerusalem denken.

Sie drückte die Zigarette aus und blätterte nochmals zurück zu Simenon, wie er auf der Parkbank saß und sinnierte. Seinen Lebensabend wolle er großen Fragen widmen. Im Interview sagte Simenon, das Wesen des Menschen treibe ihn immer noch um. Nun gebe ihm vielleicht sein eigenes Ich die Antworten, nach denen er suche.

So freizügig wie Liz war er nicht. Das fand sie sympathisch. Aber dann verriet er den Lesern doch, dass er sogar mal Briefmarken gesammelt habe. Und mit zwanzig sei er unersättlich und wild gewesen. Wie ein junges Pferd, dem man Zügel anlegen musste.

Vielleicht sollte Simenon auf seine alten Tage Kant lesen, ist besser als die ganze Psychoanalyse, dachte sie. Kant hatte dazu doch alles gesagt. Die animalischen Funktionen treten erst dann zurück, wenn im Menschen das Selbstgefühl erwacht. Erst beim Weiterlesen verstand sie, dass Simenon auf etwas ganz anderes hinauswollte.

Die Ehe allein bot die Möglichkeit, mich zu zähmen.

Ganz erstaunlich, was man beim Frisör doch alles erfährt, dachte sie und legte das Heft beiseite. Sie ließ sich das Frisierschürzchen um den Hals binden, setzte sich in den frei gewordenen Stuhl und schüttelte leicht den Kopf.

Die Terrassentür stand sperrangelweit offen. Sie saß auf der Bettkante und lauschte ins Halbdunkel hinein. Es regnete immer noch, aber jetzt klatschte es so richtig auf die Blätter des Khakibaums und die Steinplatten. Regen ist schön, aber sie war froh, dass für Montag Sonne angesagt war, nur jenseits der Alpen, aber das reichte. In Zürich wollte sie doch auch etwas flanieren.

Wie der Himmel all das Wasser nur fassen und in sich halten kann, das wäre eine Frage. Noch lieber würde sie darüber nachdenken, wie er es plötzlich und aus ganz und gar unerfindlichen Gründen *nicht* mehr fassen kann und aus freien Stücken, oder eben aus einem physikalischen Zwang heraus, auf die Erde niedergehen lässt. Darüber sollte man mal nachdenken, und vielleicht sogar das Gedachte zu einem Gedicht werden lassen. Wenn einem das gelänge!

Regen ist eine schöne Metapher. Wie bei der Rahel, als sie sagte, sie lasse das Leben auf sich niederregnen. Das Leben selbst regnen lassen, nicht nur Wasser auf die Erde, sondern Glück und Unglück auf die Menschen. Das war dichterisch gedacht, und Rahel hätte sogar noch weiter gehen können. Wer sich so in den Regen stellt, muss vor Schicksal triefen.

Sie fühlte sich zu müde, um noch was zu schreiben, obwohl sie heute fast nichts gemacht hatte, aber zum Schlafen war es dann doch noch etwas zu früh. Vielleicht noch was Kleines lesen. Sie streifte sich die Schuhe ab und knipste das Lämpchen an.

Ihr Blick fiel auf den Gedichtband, den Barbara ihr in die

Hand gedrückt hatte. Es muss ja nicht immer Simenon sein, dachte sie. Sie drehte sich, legte die Beine aufs Bett und rückte die Kissen so zurecht, dass sie fast sitzen konnte.

Das erste Gedicht war eine Reflexion über die Kraft des Wassers, die sie an Brechts Legende erinnerte. Wenn im Innern des Steins Wasser gefriert, bringt es ihn zum Bersten, nur was gibt ihm die Kraft dazu? Merkwürdige Frage, aber sie schlägt die Brücke ins Unsichtbare.

> Manchmal hat mich selbst
> wie Wasser, das sich im Stein
> ausdehnt, eine furchtbare Kraft
> zur Bitterkeit verdammt.
>
> Bin weder Stein
> Noch Berg
> Nur eine Frau
> Sag, was kann man da tun?

Brückenschläge machen das dichterische Denken aus. Sie hatte es auch in *The Human Condition* beschrieben. Es stimmt schon, Reflexion führt immer in den Menschen hinein, aber gewiss nicht zwingend ins eigene Ich, wie Simenon nun offenbar annahm.

Durch die Metapher und überhaupt in der Reflexion erzählt man sich selbst und anderen die eigene Geschichte. Dadurch wird sie zum Schicksal. Man darf nur in der Wachheit nicht nachlassen, in der Schmerzfähigkeit, um treffbar zu bleiben. Aber das war offenbar nicht das Thema dieser Alfonsina Storni.

Sie überblätterte die spanischen Seiten, bis sie zu einem Sonett kam. »Für die Göttin Poesie.«

Denn außerhalb deines Schattens zu leben
War mir nicht möglich. Geblendet hattest du mich
Bei meiner Geburt mit deinen starken Brenneisen.

Die Gabe des Dichtens als Stigma, das man auf Gedeih und
Verderb tragen muss? Die Paria-Existenz des Künstlers kam ihr
in den Sinn. Ja, im Grunde ist's wie das Jüdischsein für Rahel,
vor dem es, wie sie praktisch auf dem Sterbebett erkannt hatte,
aus ganz anderen, ebenfalls angeborenen Gründen kein Ent-
rinnen gibt.

Und die Form, die diese Storni gewählt hatte, Sonette, die
ganz große Tradition. Wer Sonette schreibt, ist vielleicht nicht
chancenlos, aber man nimmt es doch mit den grauen Eminen-
zen der Weltliteratur auf, Petrarca, Shakespeare natürlich, John
Donne, Yeats, und für eine Argentinierin der Kanon des goldenen Zeitalters in Spanien, Cervantes, Lope de Vega, Calderón
de la Barca, vielleicht noch Quevedo, aber da kannte sie sich
weniger aus.

Federleicht war da nichts und das Erbe jahrhunderteschwer.
Nur Heine konnte ein Sonett über die Brotlosigkeit der Poesie
verfassen, im Schlussterzett mit der Pirouette des Spaßmachers.
Die Alfonsina und Heine, die hatten derselben Göttin gehul-
digt. Sie wie ein gebrandmarktes Rind auf der Pampa, er als
göttlicher Vagabund.

Und ach! Wenn andre sich mit vollen Humpen
zum Gotte trinken in Champagnerweine,
dann muss ich dürsten, oder ich muss – pumpen.

Sie hatte nie ein Sonett geschrieben und erinnerte sich auch
nicht, es je versucht zu haben. Quartette, das schon, und zwar
mehr als nur eine Handvoll, sogar im Volkston. Darauf war sie
ebenso stolz wie auf andere Dinge, die ihr heute nach so viel er-

denschwerer politischer Theorie niemand mehr zutrauen würde. Drei Quartette am Stück mochte sie besonders gern. Wie ein Dreischritt, nach hinten, zur Seite und wieder nach vorn.

Ihr allerliebstes Gedicht war immer noch das für Benji, das sie in New York geschrieben hatte, noch ziemlich grün hinter den Ohren, was das Leben in Amerika anging. So ruhig und schön war es, dass man es vor dem Einschlafen als Gebet sprechen könnte. Es trug nur seine Initialen und in der letzten Strophe die Stimmen der Toten.

Ferne Stimmen, naher Kummer
Jene Stimmen jener Toten
Die wir vorgeschickt als Boten
Uns zu leiten in den Schlummer.

Wirklich, diese Alfonsina Storni hat sich nichts geschenkt. Ein paar Seiten Allegorie.

Frau Einsamkeit, ich dachte, dein Skelett sei grau, aber ich spür in deinen Wirbeln, wie sich ein Anfang regt. Halt mich fest, ich will bei dir bleiben. Schon höre ich meine Feuervögel mit ihren hohen Stimmen.

Darunter stand das Entstehungsjahr, 1938. Da war sie selbst Sozialarbeiterin in Paris gewesen und hatte getan, was getan werden konnte, damit die Kinder und Jugendlichen ein ruhiges Herz und in Palästina Boden unter die Füße bekamen.

Der Ton des Gedichts, mit diesem Klang aus einer anderen Welt und Zeit, ließ sie erneut an ihre Zeilen über den toten Benji denken. Sie blätterte weiter und las das letzte Gedicht, nicht nur das letzte in der kleinen Sammlung, sondern überhaupt das letzte, das Alfonsina Storni geschrieben hatte. *Ich geh schlafen.*

Zähne aus Blüten und eine Haube aus Tau
Hände aus Kräutern, du, meine feine Amme.
Mach mein Bett bereit, mit Leintüchern aus Erde
Und einer dicken Decke aus gezupftem Moos.

Bald geh ich schlafen, meine Amme, bring mich ins Bett.
Stell mir ein Lämpchen hin
Irgendein Sternbild, das dir gefällt.
Mir ist jedes recht. Ein klein wenig näher bitte.

Lass mich allein. – Du hörst die Knospen aufbrechen
Von oben wiegt ein Himmelsfuß dich leise
Und ein Vogel zeichnet eine Melodie dazu

Damit du vergisst … Danke. Ach, noch eine Bitte:
Falls er noch einmal telefoniert
Sag ihm, es habe nun keinen Zweck mehr, ich sei gegangen.

Ein Abschiedslied, also doch. Sie hatte sich in dem Klang nicht
getäuscht. Im Nachwort las sie von Krebs, von einem letzten
Gedicht, von Freiheit und Selbstbestimmung bis in den Tod
hinein.

Wenn ich krank wäre, hätte ich es auch gern in der Hand,
dachte sie. Dann hätte ich gern ein sicheres, angenehmes Mittel
zum Selbstmord. Mit Karl hatte man über solche Dinge reden
können. Seit der Nazizeit sei das anständige Mittel zum Selbstmord ein Thema für sie gewesen, hatte ihr Karl erzählt. Und
dazu noch viel mehr Details über Himmler, Göring und all die
anderen, als sie je hätte wissen wollten. Karl war eben Arzt.

Warum steht es nicht einfach zur Verfügung? Sie hatten
in der Nazizeit stets Zyankali und Morphium bei sich gehabt,
und Karls Bruder hatte sich mit Heroin das Leben genommen.
Hannah, hatte Karl gesagt, unsere sogenannte freie Welt ist
nicht frei, sie verbietet den Selbstmord. Er habe Max Weber

am Grab seiner Schwester eine Rede halten hören, zutiefst erschüttert habe er die Freiheit des Menschen gepriesen, der sich das Leben nehmen könne. Sie erinnerte sich an den Satz: »Es hat mir gegeben, was es konnte, nun ist es genug.« Er hätte zur Storni gepasst.

Aber wie schwer es dann wirklich sein konnte, wenn man ohne so ein Mittel mit einer Krankheit fertig werden musste, die einen allmählich aus dem Leben schob, das hatte sie mit Hilde erlebt. Bald nach ihrer Diagnose hatte sie sie allein lassen müssen. Wie furchtbar unruhig war sie doch damals nach Wiesbaden abgereist.

Die unersetzliche Hilde hatte trotz aller Angst immer gute Miene zur Suche nach dem Holy Junk gemacht, wie sie in Briefen scherzten. Rosen, Karten, Briefe, Grüße durch Heinrich waren zwischen ihnen hin- und hergegangen, als sie in den Trümmerstädten herumgondelte, Rosen an Hildes Krankenbett. So rot es nur ging! Weil sie nicht übers Meer konnte, sollten's die Rosen rufen: Warte, Hilde, warte auf mich. Bleib da, bis ich zurück bin.

Hilde, one of a kind. Sie war mehr gewesen als nur eine Intellektuelle. Ohne dass man ihr ein Wörtlein sagen musste, hatte sie verstanden. Die Ärzte hatten es ihr verheimlicht, aber sie wusste genau, wie es um sie stand. Lungenkrebs, operieren kann man nicht, voilà. Hilde war die Einzige, der sie wegen Heinrich einmal ihr Herz ausgeschüttet hatte.

Nach ihrer Rückkehr war sie fast jeden Tag zu Hilde gegangen, aber dann starb sie doch, und sie hatte lernen müssen, ohne sie zu leben. Um wie viel ärmer fühlte sie sich, als Hilde weg war. Als wäre man in wichtigsten Dingen plötzlich zum Schweigen verdammt, nachdem man gerade erst zu reden gelernt hatte. Die Intimität, die sie mit Hilde erlebt hatte, erreichte sie nie mehr mit einer Frau. Mit einem Menschen.

Sie seufzte und atmete in die Dunkelheit hinein, dann legte

sie das Buch auf den Nachttisch. Paria gibt's überall, sogar im Tessin. Wir sind miteinander verbunden. Bestimmt waren beim Begräbnis in Buenos Aires viele Juden unter Alfonsinas Künstlerfreunden, der Trauerzug soll groß gewesen sein, hatte sie gelesen. So war ihr erspart geblieben, Ricardo Klement in Buenos Aires über den Weg zu laufen. 1950, in Hildes Todesjahr, war er eingereist.

Ihre Beine fühlten sich schwer an, sie hatte Mühe, sie vom Bett runterzukriegen. Man braucht richtig Kraft, bis die Beine wieder tun, was man will, dachte sie, aber das gehört eben alles dazu, auch Altern und Sterben.

Der Wirklichkeit ins Auge schauen, das hatte sie im Nachwort der Storni gelesen. Ganz am Ende fürchtete sich die Dichterin nicht einmal mehr, diese Welt zu verlieren. Das ist ja das Einzige, was wir fürchten, wenn wir uns vor dem Ende bangen. Nicht den Tod, sondern diese Welt zu verlieren.

Sie stand auf und lenkte ihre Schritte zum Bad, um sich für die Nacht bereitzumachen.

20 Eichhörnchen

Manhattan, 13. Juni 1962

Nun ist's gut. Sie stellte das Puderzuckersieb ab. Der Kuchen muss erst auskühlen, bevor er auf den Tortenteller kommt. Sie stellte das Gitter in die Pantry.

Alles parat, der Esstisch gedeckt, Kaffee und Tee schon auf dem Tisch, nur Eier und Speck fehlen noch, aber die müssen frisch gemacht werden.

Sie war gern Gastgeberin, und das hatte sich herumgesprochen. Wenn Heinrich und sie ihre Silvesterparty gaben, warteten die Leute gar nicht mehr auf eine Einladung, sondern riefen einfach an und fragten, ob sie kommen könnten. Einmal mehr als sechzig. Nach der Party räumte sie immer auf, oft wurde es sieben Uhr morgens, bis sie ins Bett kam. Nur vergangenes Silvester war wegen Heinrichs Hirnblutung statt Jubel und Trubel absolute Ruhe angesagt gewesen.

Als es klingelte, wusste sie, dass es ein paar Minuten dauern würde, bevor der Gast aus dem Lift trat. Erst musste Jerry ihn hochlassen. Auch Ingeborg Bachmann würde er zuerst beäugen und dann erst zum Lift bringen.

Dieses Haus wurde wirklich anständig gehalten, und der Doorman war ein Glücksfall. Halb Concierge alter Schule, halb Privatpolizist, den sich die Einwohner leisteten. Tag und Nacht bewachte er den Hauseingang, nahm die Post entgegen, brachte Besucher zum Lift und drückte auf den Etagenknopf.

Sie prüfte, ob die Schürze in Ordnung war, und wischte

die Anrichte sauber. Riverside Drive war eben nicht Riverside Drive. Wie überall in Amerika war es auch an der New Yorker Upper Westside entscheidend, in welchem Straßenblock man wohnte. Lebensqualität, Sicherheit und natürlich die Mietpreise. Heinrich und sie schätzten die bevorzugte Wohnlage und sagten sich das seit dem ersten Tag immer wieder.

»Von hier lassen wir uns nie mehr vertreiben.«

Jerry klingelte zweimal kurz, damit sie wusste, dass der Gast nun im Lift war. Sie ging in den Flur, blickte in den Spiegel, fuhr sich mit den Fingern durchs Haar. Die Wohnungstür quietschte noch immer. Keine Zeit für Kinkerlitzchen, hatte Heinrich gesagt, als sie ihn gebeten hatte, das zu fixen. Frag doch den Doorman. Auch in diesem Semester hatte er so viele Studenten wie kein anderer Dozent am Bard College.

Im Korridor wartete sie auf die Liftkabine.

»Da sind Sie ja, Ingeborg, welcome! Hoffentlich hat unser Doorman Sie nicht erschreckt.«

»Guten Morgen! Ganz und gar nicht, er war reizend.«

»Die Polizei ist der Jugendkriminalität allein nicht mehr gewachsen, kommen Sie.«

»Tut mir leid, falls ich zu spät komme, ich bin mir nicht sicher, ob ich die Zeit richtig umgestellt habe.«

Sie blieb stehen und hielt der Bachmann das Handgelenk hin.

»Da, sehen Sie, pünktlicher geht gar nicht. Bitte schön, hier geht's rein. Wenn Sie wieder in Zürich sind, sollten Sie sich so eine Uhr gönnen. Ich hab meine nun vier Jahre, läuft tadellos.«

»Die Uhr selbst ist es eigentlich nicht, diese Umstellung auf die andere Zeit bringt mich ganz durcheinander. Aber wenn Sie schon Zürich und vier Jahre sagen, ja, genau, vor vier Jahren wohnte ich zur Untermiete bei den Honeggers an der Feldeggstraße. Aber das Quartier werden Sie kaum kennen.«

»Doch, doch! Ich wohnte an der Minervastraße, ebenfalls zur Untermiete, bei den Britschgis! Wir hätten einander glatt über den Weg laufen können!«

»Ich dachte schon, uns verbindet nicht nur Heidegger, Frau Arendt! Sie haben bei ihm promoviert, nicht wahr?«

»Nein, nur studiert. Karl Jaspers ist mein Doktorvater. Hier entlang bitte.«

»Wie das duftet! Heidegger scheint immer noch Gedichte zu mögen. Ich habe mich gewundert, als er mich fragte, ob ich ein Gedicht zu seiner Festschrift beisteuern wolle.«

»Martin? Zu seinem Siebzigsten?«

Sie schob sie sanft, aber bestimmt zur Küche.

»Wahrscheinlich, ja, ich habe dankend abgelehnt. Hoffentlich mögen Sie Gedichte. In der Tüte hier ist mein letzter Gedichtband und noch was Kleines.«

»Vielen Dank, wär doch nicht nötig gewesen. Oh, Salami, sehr schön! Bitte, Frau Bachmann, nur herein.«

»Sehr nett, diese Küche, und so groß!«

»Sogar mit Speisekammer, richtig praktisch, so eine Pantry, da hänge ich jetzt Ihre Salami auf.«

»Wohnen Sie schon lange hier?«

»Gut zwei Jahre.«

»Was für riesige Wandschränke.«

»Das ganze Equipment in der Küche war nagelneu, als wir eingezogen sind, auch in den Badezimmern, wir hatten wirklich Glück.«

»Jugendkriminalität, sagen Sie?«

»Leider, aber hier ist es viel besser. Am alten Ort haben mir zwei kleine Jungen im Hausflur meine Handtasche weggerissen. Ein Wink vom Himmel! Ich habe mich gleich auf Wohnungssuche gemacht. So, nun aber die Hauptsache, Eier mit Speck, Sie sind bestimmt hungrig. Ich zeige Ihnen einen amerikanischen Hausfrauentrick.«

Sie nahm vier Bacon-Tranchen vom Teller und legte sie nebeneinander in die Bratpfanne.

»So dick?«

»Ja. So ist der Speck hier, mehr Fett als Fleisch. Ich musste hier erst mal lernen, wie man Bacon richtig ausbrät, denn mit Schweinefleisch soll man sehr vorsichtig sein. Es mangelt an Kontrolle.«

Sie ruckte die Eisenpfanne rasch hin und her. Zog mit der Bratschaufel die Specktranchen auseinander.

»Mittlere Hitze. Unter kleiner Flamme lassen wir das jetzt brutzeln, bis das Fett ganz ausgebraten ist. Ist es leicht, in Rom eine Wohnung zu finden?«

»Wenn man Geld hat, ja, auch Titel und Namen helfen. Dann hat man im Handumdrehen was Schönes. Ich stelle mir vor, dass man in Manhattan lange suchen muss, bis man was findet.«

»Es war wirklich komisch. Eigentlich wollte ich meinem Mann nur die Ernsthaftigkeit meines Entschlusses klarmachen, deshalb nahm ich ihn zur ersten Wohnungsbesichtigung mit. Doch als wir aus dem Haus rauskamen, war uns klar, dass wir sofort zugreifen. Dabei war's nur psychologisch gemeint.«

»Psychologisch?«

»Ich meinte natürlich, so wie's Männer am besten verstehen, eben handgreiflich, nicht wahr, Frau Bachmann? Meiner stellte eine ganze Reihe von Forderungen, eine unmöglicher als die andere, und auch ich hatte natürlich welche. Da hab ich mir gedacht, die Realität wird ihn davon überzeugen, was möglich ist und was eben nicht, und hab ihn mitgeschleift. Und siehe da, alles wie gewünscht, ganz ruhig, weder Straße noch Nachbarn sind zu hören.«

»Unglaublich, vor allem die Ruhe. In Rom haben wir die jetzt auch, sogar auf zwei Etagen und mit einer Dachterrasse.«

»Klingt traumhaft, aber in Manhattan wäre so was unbezahlbar. Ich bin sehr zufrieden. Wir haben vier große und ein kleines Zimmer, und der Preis ist genauso hoch wie das Maximum, das wir uns gesetzt hatten. Für das, was wir jetzt haben, wirklich nicht viel.«

»Gestern Abend habe ich von Ihrem Unfall gehört, Frau Arendt.«

»Bitte, nennen Sie mich Hannah. Ein Lastwagen fuhr in mein Taxi, im Central Park. Ich war ziemlich schwer verletzt, aber nun ist alles überstanden. Hier hatte ich eine Wunde.«

Sie zeigte mit der Bratschaufel an die rechte Schläfe.

»Sehen Sie überhaupt noch was? Die Narbe ist doch gut verheilt, nicht wahr?«

»Ich sehe nur eine feine Narbe.«

»Der junge Neurochirurg, der mich operiert hat, war kompetent. Hier oben am Scheitel musste man den Kopf scheren. Zuerst habe ich befürchtet, dass kahle Stellen bleiben könnten und ich eine Perücke tragen müsste, aber dann habe ich mir einfach einen Turban gewickelt. Bei Ihrer Lesung war ich zum ersten Mal wieder ohne Kopftuch unter Leuten.«

»Das freut mich sehr. Waren Sie lange im Spital?«

Sie wendete die Speckstreifen, hielt die Pfanne leicht schräg und zeigte, wie viel Fett schon ausgebraten war.

»Ein paar Wochen waren's schon, bis alles repariert war, aber nicht lange genug, dass ich meine Freundin Mary zufriedenstellen und Gedichte schreiben konnte. Als ich entlassen wurde und nach Hause kam, ging ich übrigens schnurstracks zum Kühlschrank. Sie können sich gar nicht vorstellen, wie erbärmlich schlecht das Essen war. Und sündhaft teuer, Ingeborg! Vierzig Dollar am Tag! So, nun noch die Eier. Mögen Sie eins oder zwei?«

»Zwei bitte. Sie schreiben Gedichte?«

»Ach, die gute Mary, die scherzt eben gern. Ich mache die Spiegeleier übrigens immer overeasy. So. Ende gut, alles gut. Das Einzige, was mich noch beunruhigt, sind die Augen. Nach dem Unfall hatte ich ein doppeltes Sehfeld, weil ein Muskel im Innern des Auges verletzt war, aber alle Augenärzte versichern mir, das sei nun mal ein sehr langsamer Prozess.«

»Alle?«

»Ja! Ich habe gleich mehrere, weil ich so wenig Vertrauen in die Profession habe. Ich bin eine schlimme Patientin. Was kann man da tun.«

Sie deckte die Spiegeleier zu. Wenn die dünne Eiweißschicht über dem Dotter gar wird, verlieren sie zwar ihre klassische Schönheit und sehen wie blind aus, aber das Glibberzeug fand sie eklig.

»Der Bacon, wie Sie ihn machen, erinnert mich an die Lasche einer Gummisandale, ausgewaschenes Plastik am Strand.«

»Appetitlich! Und was halten Sie von Glasstücken aus Pompei?«

»Schmeckt sicher lecker.«

»Wir werden's gleich wissen. Wollen Sie vorausgehen, Ingeborg? Dann komme ich mit den Tellern. Achtung, Schwingtür.«

Ingeborg ließ sich nicht zweimal bitten, als sie sie aufforderte, sich zu bedienen.

»Meine Freundin Mary mag Rom gar nicht, die Römer seien rohe Kerle, sogar auf Partys Geschubse und Gedrängel. Mir hat's gefallen, bis auf den Lärm.«

»Hinter der Villa Borghese ist es fast schon idyllisch. Eier schmecken häufig ähnlich, Hannah, aber diese Knusperdinger sind bemerkenswert.«

»Dann ist ja gut, aber ich kann mehr als Eier und probiere gern neue Dinge aus, die ich unterwegs gegessen habe, letztes Jahr mit meinem Mann in Italien. Sogar aus Israel habe ich zwei Rezepte mitgebracht.«

»Ach ja? Tel Aviv soll hübsch sein.«

»Ja, sehr, sehr modern und ganz levantinisch. Mein Vetter wohnt dort, mit zwei reizenden Teenagern, für mich das Schönste an Israel.«

»Ein Jugendfreund hat in Tel Aviv gelebt, vielleicht ist er immer noch dort, in seinem letzten Brief schrieb er, wo früher Sandhaufen gewesen wären, sei jetzt Tel Aviv.«

»Fahren Sie doch mal hin, Ingeborg. Aber ich freue mich sehr, dass Sie jetzt hier sind. Sie haben mich gestern wirklich neugierig gemacht. So eine Fülle, aus der Sie schöpfen, Lyrik, Essay, Hörspiel, Reportage, Erzählung, ja vielleicht bald auch ein Roman, aber was von alldem liegt Ihnen denn am meisten am Herzen? Die Lyrik?«

»Bloß weil man als Lyriker bekannt geworden ist, braucht man es doch nicht ein Leben lang zu bleiben. Schon dieser Holthusen gestern!«

»Verzeihen Sie, so meinte ich es nicht.«

»Nein, nein, Hannah, fragen Sie nur, auch wenn die Frage nicht gerade einfach zu beantworten ist.«

»Aber warum denn nur? Mit so einem Talent kann man sich doch nicht geschlagen fühlen, auch wenn natürlich alle Gaben halb Segen, halb Fluch sind.«

»Nein, das meinte ich nicht.«

»Sie haben sich doch nicht etwa von Adorno das Dichten sauer machen lassen?«

»Auch das nicht, nein. Von großen Sprüchen lass ich mich nicht beeindrucken, nicht von Männern. Im Gegenteil. Aber die Dichter haben die hehren Gefilde der Musen verlassen müssen und tun sich nun alles andere als leicht in den Donnerhallen des Lebens.«

»Was für eine Metapher!«

»Ach, Hannah, nach all den Jahren finde ich, dass in einem Gedicht einfach wenig Glück ist. Es ist einsam, es hat keine Funktion.«

»Funktion? Das ist doch gerade der springende Punkt! Ein Gedicht ist nutzlos und muss so sein. Offenbar sehen Sie Ihre Zukunft aber nicht in der Lyrik?«

»Ganz sicher kann man nie sein. Ich glaube trotzdem, die Lyrik und ich, wir haben miteinander abgeschlossen. Es kommt höchstens noch ein Nachzügler.«

»Das fände ich sehr schade, aber es ist natürlich mehr als vernünftig, dass Sie Ihre erzählerische Begabung nutzen wollen.«

»Ich glaube, man kann sich auch auf andere Weise Gehör verschaffen. Mit einfachen Worten erzählen und wirken. Durch die Erzählungen, die Sie gestern gehört haben, habe ich gelernt, nicht jeden Satz hochzutreiben. Das geht einfach nicht in der Prosa, wo die Sätze und Figuren und Stimmungen miteinander gehen müssen. Nicht jeder darf es auf die Spitze treiben. Nur manchmal mitten ins Herz zielen. Mit Worten, die nicht bis zum Äußersten gehen, kann man auch besser trösten.«

»Trösten?«

»Ja. Glauben Sie nicht auch, dass der Mensch grundsätzlich trostbedürftig ist? So sehr wie kein anderes Tier?«

»Ziemlich sicher bin ich mir, dass die Menschen sich Geschichten wünschen, ja, vielleicht sogar eher Geschichten als Gedichte. Gewöhnliches Leben gewöhnlicher Menschen, wie Ihre Geschichte von dem Vater mit dem Fipps, obwohl ich sie ehrlich gesagt nicht gerade tröstlich fand. Nur gnadenlos wahrhaftig.«

»Aber gerade darin liegt doch der Trost, Hannah!«

»So? Und was soll tröstlich daran sein, dass ein Vater sein Kind fallen lässt, als wär's ein fauler Apfel?«

»Dass man dem Menschen in all dem Unsinn unserer Welt die Wahrheit zumutet. Die Fähigkeit, eine Erfahrung zu machen, und natürlich auch die Kraft, sie zu ertragen. Was bliebe denn dem, der seine Schmerzfähigkeit und sein bisschen Wachheit verliert? Wer wäre der Mensch denn noch, wenn nicht einmal mehr der schwarze Brand der Sterblichkeit in ihm ausbrechen kann? Ach, entschuldigen Sie bitte, Sie haben schon recht, wer will das denn hören, unwillkommene Wahrheiten.«

»Ingeborg, wollen Sie noch mal Kaffee?«

»Ja, bitte. Haben Sie selbst nie daran gedacht?«

»An die unwillkommenen Wahrheiten?«

»Ans Erzählen, Hannah! Die unwillkommenen Wahrheiten kommen ganz von selbst, dagegen kann man gar nichts tun. Aber Erzählen muss man schon wollen.«

»Oft sogar. Ich vermute, mein Rahel-Buch ist trotz der Unterbrechungen schließlich nur deshalb fertig geworden, weil ich nie die Freude daran verloren hatte. Am Erzählen.«

»Und was haben Sie erzählt?«

»Eine Geschichte darüber, dass der Mensch ohne seine Geschichte nichts wäre.«

»Verzeihen Sie, Hannah, aber ist das nicht etwas banal für jemand wie Sie?«

»Für eine Frau wie Rahel keineswegs. Beim Schreiben habe ich zugesehen, wie die große Geschichte dem kleinen Schlemihl von Mensch einiges von ihrer Bedeutung einpaukt. Mit Rahel hatte sie leichtes Spiel, weil an ihr kein Zipfelchen von einem Massenmenschen war.«

»Also eine Ausnahmeerscheinung.«

»Bestimmt! Die Geschichte konnte ihr Leben zu einem individuellen Schicksal formen, sich also rein auswirken.«

»Rein? Ohne Lebenslüge?«

»Auch das, vor allem aber, weil sie sich dem Leben so ganz ohne Schirm aussetzte, sich bei schlechtem Wetter auch nicht unter Talenten, Konventionen oder anderem verkroch, wohin sich unsere kleine Geburt so leicht verlieren kann.«

»Schreiben Sie so auch über Eichmann? Das wäre ausgesprochen kühn.«

»Nein, Ingeborg, das geht nicht so wie in meinem Rahel-Buch, abgesehen davon ist das vor langer Zeit entstanden, auch ich bin nicht mehr dieselbe. Aber ich frage auch bei Eichmann, was er gewusst hat, was ihm bewusst war von dem, was um ihn herum und in ihm geschah. Natürlich ohne die Hilfsmittel, die heute so zur Neugier anstacheln, psychiatrische Gutachten, Psychoanalyse und derlei Dinge, aber ich will ihm auf die Schliche kommen. Das habe ich bei der Rahel nie versucht. Das wäre mir deplatziert vorgekommen. Ich wollte Rahel nie entlarven, sondern immer nur gerade das wissen, was sie selbst auch wissen konnte. Ich bin mit ihr durch ihr Leben gegangen, bis zum bitteren Ende, bis zur Einsicht, dass alle Anpassung vergeblich und sie trotz allem immer noch Jüdin war.«

»Also auf Augenhöhe mit der Hauptfigur.«

»Sogar mit ihren Augen die Welt sehen.«

»Das finde ich erzählerisch auch attraktiver.«

»Ja, bemerkenswert, wie Sie Fipps' Vater ins Grübeln kommen lassen, darüber, dass die Welt jahrmillionenalt ist und er an einem sowieso nichtigen Platz im Sonnensystem sein Leben fristet, wie alle vor ihm und alle nach ihm, und weil ihm zu seinem geschwundenen Leben so viel einfällt, lässt er vor Schreck sein Kind fallen.«

»Sehr interessant, was Sie sagen! So habe ich meine Erzählung noch nie gelesen.«

»Wirklich? *Alles* ist auf jeden Fall ganz anders erzählt als das mit dem Mörderstammtisch der Nachkriegszeit.«

»Da überlass ich die Aufgabe ja dem Zwerg, der sie alle karikiert.«

»Ein schöner Einfall, dieser Zeichner, der so teuflisch gut jedem die Wahrheit ins Gesicht zeichnet. Dieser Zwerg hätte Benjamin entzückt!«

»O wie freundlich. Auf jeden Fall könnte Ihr Eichmann-Bericht auch ein literarisches Experiment werden.«

»Schön wär's! Tatsächlich hab ich im Gerichtssaal oft gedacht, ein Dichter müsste an dieses Material ran. Aber ich war als Journalistin beim Prozess. Es kommt nur eine sachliche und möglichst objektive Berichterstattung infrage.«

»Aber als Jüdin, nehme ich an.«

»Ja, nur stelle ich Tatsachen ins Zentrum, mit denen der Mensch zum ersten Mal konfrontiert ist. Dass die einen die anderen für überflüssig erklärt haben. Und dass es noch gar keine Gesetze gibt, um diese beispiellosen Dinge zu ahnden. Beides geht uns alle an, die gesamte Menschheit.«

»Umso kühner für eine Jüdin.«

»Ingeborg, fangen Sie nicht auch noch damit an! Gestern habe ich darüber mit meinem Mann gestritten. Er meint, ich gäbe Eichmanns Geschichte zu viel Gewicht.«

»Mich drängen Redakteure manchmal in ihre persönlichen Ecken, aber wenn es der eigene Mann ist …«

»So habe ich es nun auch wieder nicht gemeint. Aber es war eben so, dass ich mich dem ganzen Spuk erst einmal aussetzen wollte und auf später verschob, worüber ich wie berichten würde. Tja, nun kommt es eben langsam ans Tageslicht. Wissen Sie, die eigentliche Arbeit begann erst, als ich mit fünfzehn Kilo Gerichtsakten im Gepäck hier gelandet war.«

»Sie übertreiben, Hannah!«

»Kommen Sie nur. Ich zeige Ihnen mein Schlachtfeld.«

Sie legte die Serviette zur Seite, stand auf und ging in Richtung Arbeitszimmer voraus. So ein Durcheinander würde sie nicht jedem zeigen.

»Unglaublich! Was für eine Lage!«

Der Blick auf den Park und den Hudson war spektakulär, stets blieben Gäste wie angewurzelt stehen. Heinrich und sie hatten sich an die einmalige Aussicht gewöhnt.

»Es ist mir ein Rätsel, wie Sie hier arbeiten können, ohne sich von diesem Fluss verführen zu lassen.«

»Habe ich das denn behauptet? Das tue ich sogar ziemlich oft, ich schaue den Schiffen zu. Der Hudson ist die beste Erfindung New Yorks und umgekehrt!«

»Hannah, die Bäume da unten, sind das nicht Gingko-Bäume? Unter solchen Dächern nimmt das Unheil seinen Lauf!«

»Ganz bestimmt, Frankie und Hankie hätten hier ordentlich was zu tun.«

»Frankie und Munkie.«

»Ach ja, so heißen Ihre Eichhörnchen. Eine schöne Idee, dass die Tiere für den Guten Gott arbeiten. Haben Sie eigentlich dieses komische Leviathan-Bild im Vatikan gesehen, in irgendeiner dieser endlosen Galerien?«

»Leider nein.«

»Egal. Da haben Sie nichts verpasst. Ein Leviathan mit Stummelschwanz, völlig lachhaft, taugt überhaupt nicht als Gottes Spielzeug.«

»Ich geh lieber zum Campo de' Fiori und schau zu, wie sie Giordano Bruno verbrennen, jeden Samstag, und immer bleibt er auf seinem Sockel. Übrigens hat ein Freund von Max ...«

»In Zürich habe ich ein Theaterstück von Frisch gesehen. Über Brandstifter, sehr amüsant, ach, das war sogar in der Zeit, als wir beide dort wohnten. Aber verzeihen Sie.«

»Macht gar nichts. Dass wir einander nicht begegnet sind, ist wirklich rätselhaft. Nun, dieser Freund von Max, François Bondy, hat einen Essay über Eichmanns Sprache geschrieben, in dem er ihm quasi aufs Maul geschaut hat. Bürokratensprache, Landsersprache, Amtssprache, eine farblose, vorstellungsarme Sprache, weiß Gott, ein Kauderwelsch.«

»Nur keinen einzigen vernünftigen Satz! Sehen Sie, hier, die 3600 Seiten Verhörakten, die ich Ihnen vorhin zeigen wollte. Wie oft habe ich beim Lesen gelacht, und zwar laut.«

»Mir können Sie das ja sagen, Hannah.«

»Wie meinen Sie das?«

»Was kann man schon gegen die eigene Geburt machen? Trotzdem hat man mir fast übel genommen, dass ich keine Jüdin bin. Sie verstehen, was ich meine.«

»Dass man mir das Lachen übel nehmen wird, weil ich Jüdin bin? Aber was Eichmann sagte, *war* zum Totlachen.«

»Das ist mir neu, aber wenn Sie meinen, Hannah. In der Berichterstattung ging es tatsächlich wild hin und her, zwischen Fanatismus und Dummheit, zwischen Monster und Maschine. Wie sehen Sie das?«

»Eichmann hatte sich noch weniger gedacht als die Durchschnittsösterreicher in Ihrer Erzählung. Die nichtssagende Sprache, die Deckwörter, hinter denen man sich im Krieg und auch danach verschanzen konnte, hat er sich nicht mal selbst zurechtgelegt. Alles übernommen, das Jawoll, und ich wette auch das gerollte R. Ein Mensch ohne Sprache.«

»Und eine Sprache ohne Mensch, Hannah. Dann sehen Sie den Eichmann also auch als einen dieser mordenden, treusorgenden Familienväter.«

»Ja, Eichmann ist keine Ausnahme. Sonst hätte er in der Todesmaschinerie nicht funktionieren können, und das war alles, was er wollte. Die einzige Bedingung, die er von sich aus stellte, war, dass man ihn von der Verantwortung für seine Taten radikal freisprach. Er hatte Wutanfälle, als er einsehen musste, dass man ihn dann doch zur Verantwortung zog, obwohl man ihm das Gegenteil versprochen hatte.«

»Das ist genau die Aufsplitterung, von der ich erzählt habe. So einer kann nicht mehr mit sich selbst zusammenleben. Welche Folgen hat das für die Sprache? Für unser aller Sprache?«

»Wir müssen das politische Leben gemeinsam neu beginnen, und das, Ingeborg, bezieht sich auch auf die Sprache.«

»Ich kann das nicht so pragmatisch sehen. Ich glaube nicht, dass man die Menschen ändern kann.«

»Ich auch nicht, aber wenn ich politisches Leben sage, meine ich zunächst nur, dass wir die Welt von Lügen sauber halten, damit Platz für die Wahrheit bleibt.«

»Wenn schon im Leben gewöhnlicher Menschen der Wille dazu fehlt, wie dann erst in der Politik? Im Privaten wird mancher zugeben, aber öffentlich niemals. Sokrates, Jesus, Giordano Bruno und alle anderen, die im Namen der Wahrheit totgeschlagen oder verbrannt werden, und ich spreche bewusst nicht in der Vergangenheit.«

»Deshalb sind wir doch alle so misstrauisch gegen die Öffentlichkeit! Wir wissen, dass in ihr gelogen wird. Bezieht sich die Lüge auf uns, so bleibt todsicher was hängen, je absurder die Lüge, desto mehr.«

»Ach, Hannah, die alte Rechnung der Lügner. Die Anklage ist schon das halbe Todesurteil, das meinen Sie doch?«

»Ja, wie richtig absurdes Theater. Wenn man dich beschuldigt, die Türme der Notre Dame gestohlen zu haben, verlasse das Land. Das ist ein französisches Sprichwort. Ich geh mal den Aschenbecher leeren.«

Als sie zurückkam, stand Ingeborg an der Bücherwand, las mit schräg gelegtem Kopf, was auf den Buchrücken stand, und ging an den privaten Fotos vorbei. Den Text auf der Karte daneben las sie laut vor.

Man kann nicht Menschen hassen, sondern muss das System überwinden, das den Menschen vernichtet.

»Oh, das ist von einem lieben, alten Freund in Jerusalem. Leider sehr krank.«

»Er hat unser Gespräch gut zusammengefasst, finden Sie nicht auch? Und diese Miniatur-Vespa? Ich tippe auf Rom.«

»Im Vatikan wurde mein Mann zum Souvenirjäger. Sie würde gegen den Lärm helfen, behauptete er.«

»Sehr originell.«

»Ihre fliegende Madonna fand ich reizend! Diese Legende über den Wörthersee, die Sie gestern gelesen haben, ist die von Ihnen?«

»Nicht wirklich, Kärnten ist katholisch, aber ursprünglich wollte ich tatsächlich über den Typus des Heiligen promovieren. Schließlich wurde es Heidegger.«

»Keine schlechte Wahl. Heinrich sollte eigentlich bald kommen. Ich habe ihm von Ihnen erzählt, da wollte er früher zurück sein.«

»Ich bin schon viel zu lange hier.«

»Bleiben Sie doch noch. Mein Mann freut sich, Sie kennenzulernen. Wissen Sie, die Schlussexamen fressen ihn jedes Mal mit Haut und Haar. Ich fürchte, dass ich um diesen Kram auch nicht herumkommen werde.«

»Ach ja?«

»Ich wurde als Professorin nach Chicago berufen, ab nächstem Jahr. Fast hätte ich den Kuchen vergessen. Kommen Sie.«

In der Küche machte sie nochmals Kaffee und holte den Kuchen aus der Pantry.

»Extra gebacken?«

»Keine Hexerei, wissen Sie, so viel Ehrgeiz in der Küche muss sein, selbst wenn meine Hausfraueninstinkte nicht übermäßig entwickelt sind. An guten Tagen sagt mein Mann, wie fatal, Frau Professor.«

»Ihr Mann hat Humor.«

Sie nahm den großen Tortenteller aus dem Schrank, den Martha gekauft hatte, und schob den Kuchen drauf.

»Goldene Kraniche aus Chinatown?«

»Ja, der ist noch von meiner Mutter selig. Sie kaufte ein, wo's günstig war.«

»Lebte Sie hier mit Ihnen?«

»Ja. Sie starb auf der Überfahrt, als sie zu ihrer Stieftochter nach England wollte.«

»Im Alter noch mal ganz von vorn anfangen, und dann noch in einer fremden Kultur, das ist schwer. Ich könnte mir meine Eltern hier nicht vorstellen.«

»Es war nicht leicht für meine Mutter. Erst kürzlich schickte mir eine Bekannte einen Brief zurück, den meine Mutter ihr geschrieben hatte. Dort muss er liegen.«

Mit der Rechten zog sie etwas aus dem Poststapel am Tischende, faltete das Blatt auf und überflog es wieder.

»Hier in Amerika war es wirklich nicht leicht für sie, Paris gefiel ihr, aber New York überhaupt nicht. Hören Sie nur.«

Die Stadt ist sehr hässlich. Aber es ist ein gutes Land, wo man leben und arbeiten kann. Hannah hat sich hier mit sehr viel Arbeit und Energie in einer Weise durchgesetzt, wie ich es in so kurzer Zeit nie für möglich gehalten hätte.

»Oh, sie ist richtig stolz auf ihre Tochter! Wie rührend! Und Sie wussten gar nichts von diesem Brief, Hannah?«

»Nein, wie denn? So war's damals eben, Heinrich ging arbeiten, ich in die Bibliothek, und Martha las Zeitung und schrieb an unsere Verwandten und Bekannten in Deutschland und England. Und das erwähnt sie auch, als wollte sie dem Briefempfänger erklären, warum er mit der Mutter vorliebnehmen muss.«

»Merkwürdig, so ein Gruß aus dem Land der Toten. Erzählt Ihre Mutter denn noch mehr von Ihnen?«

»Ja, sie erklärt, warum ihre Tochter so busy ist.«

Aber schon von der Anlage her sehr nervös, macht Hannah natürlich die verantwortungsvolle Arbeit noch nervöser. Sie hat, wie das ja immer war, einen großen Kreis von Menschen, die sie sehen und sprechen wollen. Dazu kommt das hier unvermeidliche Social Life, das auch Zeit und Kraft nimmt.

Die Tür quietschte und fiel leise ins Schloss.

»Good afternoon, Ladies! Endlich Sommerferien!«

Sie sah Heinrich die Erleichterung an, als er ins Wohnzimmer trat, die Arme weit ausgebreitet, und sich ans Kopfende des Tisches setzte. Der Stress am Semesterende wieder mal vorbei. Sie schenkte ihm Kaffee ein.

»Mohnkuchen. Das gibt's nicht alle Tage!«

»Ich bewundere Sie beide. Ich fand es nicht leicht, im Hörsaal zu sprechen. Meine Stimme –«

»Ach, die Stimme ist nicht so wichtig, Fräulein Bachmann, aber wie steht es denn bei Ihnen mit den Publications?«

»Heinrich, ich hab dir doch gesagt, dass Ingeborg eine Doktorarbeit über Heidegger geschrieben hat.«

»Ja dann ist die Sache geritzt! Mit Ihrem Doktortitel können Sie hier glatt Professorin werden, Fräulein Bachmann.«

»Sehr freundlich, Herr Blücher, aber das ist nicht unbedingt mein Herzenswunsch. Daran hat auch die Poetikvorlesung in Frankfurt nichts ändern können, ganz im Gegenteil. Mir schienen die jungen Deutschen etwas arg schwerhörig zu sein, so leise kann meine Stimme nun auch wieder nicht gewesen sein.«

»Ehemalige Soldaten? Kriegsgeschädigte?«

»Nein, nein, das lag nicht am Hörsinn, gesunde junge Deutsche, aber mir kam es vor, als hätten die mich nicht einmal ansatzweise gehört, geschweige denn verstanden. Ich zog gegen Tümpel aus stinkendem, feigem Schweigen ins Feld, gegen die alten Exzesse von Sprachrausch und Wortbiedermeier.«

»Starker Tobak, Fräulein Bachmann!«

»Ich habe bestimmt nicht geflüstert! Aber keiner schien hören zu wollen, dass wir ein neues Rechtsverhältnis zwischen der Sprache und uns Menschen brauchen.«

»Na gut, dann eben keine Professur. Sie ersparen sich viel Ärger. Wollen Sie auch ein Bier?«

Heinrich kam mit zwei Flaschen zurück und reichte der Bachmann eine, die lachend rief:

»Birra Peroni! Birrrra Peroni!«

»Was soll das denn heißen, Ingeborg?«

»Nichts, Peroni ist eins unserer Biere, aber mit dem R kann man so schön donnern!«

»Na dann, schön geflucht, Fräulein Bachmann, Bira Perrroni!«

»Auch so rum geht's, Hauptsache, das R ist gerollt! Cheers, Herr Blücher!«

Heinrich stellte die Flasche ab, nahm seine Pfeife, holte den Tabaksbeutel und stopfte sie. Sie stellte den Aschenbecher zwischen sie und zündete sich eine Zigarette an. Die Bachmann tat es ihr gleich.

»Stups, dein Motorrad hat sie sofort gesehen.«

Heinrich lachte, zündete sich seine Pfeife an und paffte tüchtig.

»Ach, mein kleiner Therapieversuch. Wissen Sie, meine Frau hat in Rom unter dem grässlichen Lärm gelitten.«

»Dann haben Sie genau das Richtige gekauft. Die Vespa ist lauter als die Lambretta.«

»Mein Mann wollte so was Schreckliches sogar mieten. Sie haben doch nicht etwa so ein Ding?«

»Nein. Max hat ein Auto, ist aber nicht so fanatisch wie die Italiener. Ich frage mich manchmal, ob die Motoren die alten Götter ersetzen, wie sonst wäre so ein leidenschaftlicher Motorenkult zu erklären?«

»Wenn Sie mich fragen, haben die Männer ein besonderes Technik-Gen.«

Heinrich zog so kräftig an der Pfeife, dass sein Kopf ganz im Qualm war.

»Selbst ich fliege nun, aber nur wegen meiner Frau.«

Es war spät geworden. Sie wollte sich noch einmal an die Schreibmaschine setzen. Nicht nur, weil Ingeborg beim Abschied so liebenswürdig gesagt hatte, sie könne es wirklich kaum erwarten, diesen Eichmann-Bericht zu lesen. Noch einmal hatte sie ihr Lachen aufblitzen lassen.

Die Bachmann ist ein Mensch, nur schade, dass sie nicht um die Ecke wohnt. Aber Ingeborg könnte die Reportage über den Eichmannprozess übersetzen, wenn sie dann mal fertig wäre. Wer, wenn nicht eine Dichterin, die solche Forderungen an die Menschen und ihre Sprache stellt. Bestimmt ganz andere als eine Übersetzerin!

Sie setzte sich an die Maschine, denn sie hatte endlich eine Idee, wie sie das Eichmann-Porträt beenden könnte. Sie spannte ein neues Blatt ein. Suchte im Aktenstapel nach dem Schuldspruch, den die Richter in den vier Sitzungen am 11. und 12. Dezember 1961 verlesen hatten.

Was für eine Arbeit für die Richter! Sie hatte das Dokument, um einiges länger als ihre achtzig Seiten Eichmann-Porträt, sorgfältig studiert und die Begründungen für das Todesurteil markiert, nach den drei Kategorien »Verbrechen gegen das jüdische Volk«, »Verbrechen gegen die Menschlichkeit« und »Kriegsverbrechen«. Zuerst müsste sie die Essenz des Schuldspruchs zusammenfassen, damit sie ihn um ihre eigenen Gedanken erweitern konnte.

Recht muss nicht nur geschehen, es muss sichtbar und hörbar geschehen – das wäre der Fall gewesen, wenn die Richter wie folgt gesprochen hätten – Eichmann, Sie haben das größte Verbrechen der überlieferten Geschichte begangen, gegen das jüdische Volk – Sie haben Ihre Rolle darin zugegeben und sich dennoch bar jeder Schuld gefühlt – Sie behaupten, dass Sie nicht anders hätten handeln können.

Sie überflog die Skizze.

Richtig so, da gibt's nichts zu ergänzen, das kann ich morgen noch ausarbeiten. Aber jetzt wird's spannender. Verbrechen gegen die Menschlichkeit? Den Nazis fehlte es doch nicht einfach nur an Menschlichkeit! Warum nicht Verbrechen gegen die Menschheit? Gegen Menschen, wo und wann immer sie leben und leben werden?

Das Jerusalemer Gericht hatte sein Hauptaugenmerk auf die Verbrechen gegen das jüdische Volk gelegt. Wenigstens, wenn auch eher am Rande, wurden bei den Verbrechen gegen die Menschlichkeit auch andere Volksgruppen genannt. Zigeuner. Die Zivilbevölkerung vieler Länder. Hier wollte sie ansetzen.

Zuerst muss der Gehorsam nochmals kurz zur Rede kommen. Sie zog den Aschenbecher heran und schnippte die Asche ab.

Erstens: Politik spielt sich nicht in der Kinderstube ab. Zweitens: Wenn Erwachsene sich auf den Gehorsam berufen, ist das nur ein anderes Wort für Zustimmung und damit auch, dass sie die Verantwortung für die Konsequenzen übernehmen. Klar genug? Ja, das muss reichen.

Das Wichtigste kommt ja erst. Das Wichtigste ist der Grund, warum Eichmann gehängt wurde. Und ich sehe nur einen einzigen, dafür absolut triftigen Grund.

Sie tippte und staunte selbst, dass sie nach einem so langen Tag noch so energisch in die Tasten haute.

So bleibt also nur übrig: Sie haben eine Politik gefördert und mitverwirklicht, in der sich der Wille kundtat, die Erde nicht mit dem jüdischen Volk und einer Reihe anderer Volksgruppen zu teilen, als ob Sie und Ihre Vorgesetzten das Recht gehabt hätten zu entscheiden, wer die Erde bewohnen soll und wer nicht.

Keinem Angehörigen des Menschengeschlechts kann zugemutet werden, mit denen, die solches wollen und in die Tat umsetzen, die Erde zusammen zu bewohnen.

Dies ist der Grund, der einzige Grund, dass Sie sterben müssen.

Das kleine Mädchen und die Gans

Das nächste Tier, dem das kleine Mädchen begegnete, war ein schneeweißer Elefant mit einem großen, schönen Rüssel, der sehr Ehrfurcht erweckend und weise aussah. Einen weißen Elefanten hatte das kleine Mädchen noch nie gesehen. Es lief schnell und ganz atemlos vor Neugier auf ihn los und vergaß vor Entzücken ganz, einen höflichen Knix zu machen. Denn Elefanten hatte es schon immer am meisten von allen Tieren geliebt.

»Lieber Elefant«, rief es schon von Weitem, »wer bist du und wie kommt es, dass du so herrlich schneeweiß bist?«

Der Elefant streichelte dem kleinen Mädchen mit seinem langen Rüssel freundlich und behutsam über den Kopf und sagte:

»Ich bin der Elefant von dem Karussell aus dem Luxembourg-Garten in Paris. Ich bin extra für Kinder geschaffen worden, und nur Dichter haben noch ein richtiges Verständnis für mich gehabt. Die Dichter sagen von mir: ›Und hie und da ein weißer Elefant.‹ Siehst du, der Elefant bin ich.«

»Aha, sagte das kleine Mädchen, »du bist ein Karussell-Elefant. Was tust du aber hier auf der Wiese der weisen Tiere? Hier gibt es doch kein Karussell.«

Der Elefant sah das kleine Mädchen etwas verschmitzt an und fragte: »Bist du so sicher, dass es hier kein Karussell gibt? Woher weißt du das denn?«

Dem kleinen Mädchen blieb der Atem weg, denn Karussellfahren liebte es mehr als alle anderen Spiele auf der Welt.

»Es gibt hier ein Karussell«, fuhr der Elefant fort, »jede
Nacht um punkt zwölf Uhr versammeln sich alle weisen Tiere
um den Teich, in welchem der Leviathan liegt, und fahren rund
um den Kreis eine Stunde lang Karussell.«

»Ach«, schrie das kleine Mädchen, »das ist ja wunderbar. Da
will ich mitfahren. Wie sieht denn das Karussell aus?«

»Das wirst du schon selbst sehen, sagte der Elefant, »wir
haben es genau nach dem Modell meines alten Karussells im
Luxembourg-Garten in Paris gebaut. Aber nun will ich endlich
wissen, was du hier eigentlich willst. Du bist doch nicht hergekommen, um Karussell zu fahren.«

Das kleine Mädchen wurde ganz rot, weil der Elefant sie
für so kindisch hatte halten können, und erzählte ihm rasch
seine ganze Geschichte. Es war auch sehr froh, dass es so lange
gewartet hatte, denn es wusste natürlich, dass Elefanten sehr
berühmt sind für ihre Klugheit, und nun hatte es noch einen
erwischt, der extra nur für Kinder geschaffen worden war, da
konnte man natürlich alles Vertrauen haben.

Als das kleine Mädchen mit seiner Geschichte zu Ende war,
dachte der Elefant noch eine kleine Weile nach. Dann sagte er
zu dem kleinen Mädchen:

»Das Beste, was ich dir raten kann, ist, zu warten, bis wir
heute um Mitternacht unser Karussell fahren. Da werde ich dir
ein Tier zeigen, das du bisher noch nicht gesehen hast und auf
das du dich setzen musst, um mitzufahren. Vielleicht, wenn du
dem Tier gefällst, bringt es dich in das Land der Wildgänse.
Dieses Tier nämlich kennt alle Länder und alle Geschöpfe der
Welt.«

Das kleine Mädchen war von dieser Auskunft etwas enttäuscht. Es hatte sich schon ausgemalt, wie es auf dem weißen
Elefanten reitend im Karussell fahren würde. Und es hatte auch

zu dem Elefanten so viel Zutrauen, der ihm gerade jetzt wieder mit dem langen Rüssel freundlich durch die Haare fuhr.

Als Mitternacht herannahte, ging das kleine Mädchen mit dem Elefanten zusammen wieder zu dem Teich, der in der Mitte der Wiese der weisen Tiere lag. Da sah es alle seine Bekannten wieder, den Löwen mit seinem Lamm, das anscheinend eben erst aufgewacht war und vom Löwen vorsichtig hingeleitet wurde. Und die Schlange, die versuchte, jedem etwas zuzutuscheln. Das Kamel schleppte sich langsam und hungrig heran und wurde von allen Tieren besorgt gefragt, wann es wohl durchs Nadelöhr müsse. In der Mitte lag der Leviathan, vergnügt wie immer. Er hatte nicht mehr viel Zeit, denn in den ersten Morgenstunden pflegte der liebe Gott ihn zu sich zu bestellen, um mit ihm zu spielen.

Gerade als das kleine Mädchen sich zu wundern begann, dass das unbekannte Tier, von dem der Elefant zu ihm gesprochen hatte, gar nicht da war, hörte es ein lautes Wiehern, und heran sprengte in großer Eile ein herrliches großes Pferd, dem auf beiden Weichen Flügel herauswuchsen.

Kaum war das Pferd angekommen, stellten sich die Tiere im Kreis auf, und der Elefant, ohne alle Formalitäten, hob das kleine Mädchen mit seinem Rüssel auf das Pferd hinauf und gab das Zeichen zum Karussellfahren. Das kleine Mädchen klammerte sich mit beiden Händen an der Mähne des seltsamen geflügelten Pferdes fest und fragte es leise ins Ohr:

»Bitte, liebes Pferd, wer bist du und warum hast du Flügel?«

Das Pferd drehte den Kopf und erwiderte:

»Ich bin Pegasus, und ich trabe und fliege durch alle Lande. Auf meinem Rücken sind schon viele geritten; und noch mehr haben gerne mal heraufgewollt. Aber ich schüttele alle ab, die nicht Kinder sind oder Dichter.«

Nun wusste das kleine Mädchen nicht genau, was Dichter sind, und vermutete, sie würden wohl auch sone Art von Kindern sein. Es war schon ganz zufrieden, dass es selbst ein Kind war und darum von Pegasus nicht wieder abgeschüttelt zu werden brauchte.

Inzwischen hatte das lebendige Karussell sich in Bewegung gesetzt, und die Tiere liefen immer schneller um den Teich mit dem Leviathan herum, immer schneller und schneller, sodass es dem kleinen Mädchen, das nur an die gewöhnlichen Dorfkarussells gewöhnt war, ganz schwindlig wurde und es sich immer fester an seinen Pegasus festklammerte.

Nach einer kleinen Weile, gerade als das kleine Mädchen sich an das schnelle Rumfahren gewöhnt hatte, drehte Pegasus sich um und fragte es, wie es eigentlich hierher auf die Wiese der weisen Tiere gekommen sei und was es wolle. Da erzählte das kleine Mädchen dem Pegasus seine ganze Geschichte, wie es die wilde Gans lieb gewonnen hatte und wie die ihm davongeflogen sei und wie es dann erst mit dem Flugzeug probiert hatte, sie wieder einzuholen, und wie es dann den Uhu getroffen und wie ihm die Vöglein durch den Wald verholfen hatten und wie es auf der Wiese schon alle Tiere gefragt hatte und wie es nun seine ganze Hoffnung auf den Pegasus gesetzt hatte.

Pegasus hörte sich das alles ganz ruhig an, ohne auch nur ein einziges Mal zu unterbrechen, dann, ganz plötzlich, streckte er aus seinen Pferdeweichen zwei ganz herrliche schneeweiße Flügel heraus, wieherte mehrmals fröhlich »Lebt wohl, lebt wohl« und flog direkt aus dem Karussell mit dem kleinen Mädchen davon.

»Fliegst du meiner wilden Gans nach?«, fragte das kleine Mädchen ganz aufgeregt.

»Gewiss«, antwortete Pegasus, »darum hattest du mich doch gebeten.«

»Woher weißt du denn bloß, wo die geblieben ist?«

»Im Lande der wilden Gänse werden wir sie schon irgendwo wiederfinden«, antwortete das Pferd.

»Und wo ist das Land der wilden Gänse?«, fragte das kleine Mädchen.

Da seufzte Pegasus tief auf, drehte den Kopf rum und wieherte ärgerlich: »Warum bist du bloß kein kleiner Junge. Kein Junge ist so furchtbar neugierig wie diese Mädchen. Jedes Mal, wenn ich mich breitschlagen lasse, einem kleinen Mädchen einen Gefallen zu tun, plagt es mich halb tot mit Fragen. Dabei wissen doch sogar Menschen, die ja sonst nicht gerade sehr klug sind, dass ein Narr mehr Fragen stellen kann, als alle Weisen der Welt beantworten können.«

Das kleine Mädchen war sehr erschrocken und sehnte sich im Innersten seines Herzens nach seinem Elefanten zurück, der so nett und so klug und so geduldig mit allen Fragen war. Aber nun hatte es sich einmal dem ungeduldigen Pferd anvertraut, was konnte es schon machen, schließlich konnte es nicht einfach herunterspringen ohne Fallschirm.

Pegasus flog immer höher und höher, die Sonne war aufgegangen über den Bergen und Tälern der Erde. Ganz von ferne schienen rötliche kleine Steine und kleine, sich bewegende Puppen, das waren die Menschen in ihren Städten und Häusern, die nun akkurat so aussahen, als wären sie nur Spielzeug von Kindern und Klötze aus dem Baukasten.

Je weiter sie flogen, je weniger Städte und Menschen sahen sie auf der Erde. Dafür flogen sie, als der erste Tag zu Ende ging, über große Wälder, in deren Mitte große Seen lagen, die durch schmale Flüsschen miteinander verbunden waren. Von oben sah es aus, als ob durch den Wald eine Fülle silberner Bänder gewoben wären, in verschiedener Breite. Das gerade gefiel dem kleinen Mädchen so gut, dass es ganz laut ausrief:

»Oh, hier ist es schön, ist nicht hier vielleicht schon das Land der wilden Gänse? Können wir hier denn nicht vielleicht ein bisschen bleiben?«

Pegasus schüttelte ungeduldig den Kopf.

»Ich dachte, du wolltest wirklich deine wilde Gans wiederfinden. Stattdessen scheinst du nur an deine Vergnügungen zu
denken. Glaubst du, man kann nur zum Spaß so von zu Hause
fortlaufen, ohne etwas Richtiges und Vernünftiges und Wichtiges zu wollen? Also, willst du jetzt dahin oder nicht? Wenn du
willst, kann ich dich auch sofort wieder in deinem Heimatdorf
absetzen. Und fertig.«

Das kleine Mädchen wollte natürlich nicht sofort wieder in
sein Dorf, sondern die wilde Gans finden. Trotzdem hätte es
natürlich für sein Leben gern gewusst, wie Pegasus es gemacht
hätte, es so mir nichts, dir nichts sofort wieder nach Hause zu
bringen. Es war auch nicht ganz sicher, ob das nicht nur so un-
geduldige Renommiererei war. Aber es hütete sich doch zu fragen, schließlich konnte man nicht wissen, und Pegasus setzte
einen vielleicht doch einfach zu Hause ab, nur um zu beweisen,
wie viel er vermochte und was für ein dummer Narr man selbst
war. So flogen sie weiter, und zwar von nun an schweigend.

Und sie flogen noch einen ganzen Tag und eine ganze
Nacht, aber davon weiß ich nichts zu erzählen, da ja dabei
nicht gesprochen wurde. Und dann, an einem schönen warmen Frühlingsmorgen, kamen sie endlich ins Land der wilden
Gänse. Das war ein schönes grünes Land mit vielen kleinen
freundlichen Hügeln, und wie sie kamen, standen gerade die
Obstbäume in voller Blüte und es duftete im ganzen Land ganz
herrlich.

Pegasus hatte seine Flügel wieder eingeklappt und begann,
mit dem kleinen Mädchen im Land umherzutraben, und alle
Gänse, die sie trafen, besah das kleine Mädchen sich ganz genau, aber drei Tage waren sie nun schon herumgezogen, und die
schöne wilde Gans mit dem schwarzen Fleck mitten auf der
Brust fanden sie nirgends. Über den Aufenthalt bekümmerte
das kleine Mädchen sich nicht sehr, denn es hoffte im Geheimen, dass es hier im Lande noch bis zum Reifwerden der Kir-

schen bleiben könnte, denn Kirschen aß es gerade besonders gern, und es sah nach dem Blühen der Bäume so aus, als ob es da sehr viele und sehr gute geben würde.

Aber Pegasus wurde schon mächtig ungeduldig und wieherte immerzu wütend vor sich hin, dass er noch mehr zu tun habe, als sich um eines kleinen Mädchens wilde Gans zu kümmern. So war es denn ein Glück, dass sie am Ende des vierten Tages an die richtige Stelle kamen. Die war fast außerhalb des Gänsereiches gelegen, auf einem komischen viereckigen Platz, auf dem lauter sehr alte und ehrwürdige Bäume standen.

Der Platz sah gar nicht nach einem Gänseplatz aus, eher nach einem, den Menschen mit Umsicht und Liebe bepflanzt hatten. Zwischen den Bäumen gingen einige Gänse langsam und mit hängenden Flügeln spazieren. Jede dieser Gänse sah anders aus als gewöhnliche Gänse, jede hatte ein Merkmal, einen schwarzen Fleck, wenn die Flügel weiß waren, oder einen weißen Fleck, wenn die Flügel schwarz waren. Und den Fleck trug jede Gans auf einer anderen Stelle.

Kaum hatte unser kleines Mädchen ihre Gans mit dem schwarzen Fleck auf der Brust erblickt, rutschte sie ganz schnell vom Pferd runter und lief auf die Gans zu. Pegasus sah sich noch einmal mürrisch um, fragte:

»Alles in Ordnung?«

»Ich habe sie gefunden, vielen Dank, Herr Pegasus«, rief das kleine Mädchen zurück.

Und Pegasus breitete seine Flügel aus und war schneller davongeflogen als irgendein gewöhnlicher Mensch, der immer nur Flugzeuge gesehen hat, sich vorstellen kann.

Die Gans kam dem kleinen Mädchen gleich entgegengewatschelt und schien hochzufrieden damit zu sein, dass das kleine Mädchen bis hierher nachgekommen war. Sie schlug immer ganz aufgeregt mit den Flügeln, als wollte sie dem kleinen Mädchen eine hochwichtige Mitteilung machen. Schließlich fasste sich das kleine Mädchen ein Herz und drückte einmal kräftig auf den schwarzen Knopf auf der weißen Brust.

Kaum hatte das kleine Mädchen auf den Knopf gedrückt, fing die Gans an, sich furchtbar zu schütteln, und alle ihre Federn flogen um sie herum. Und während sie so ihre Federn abschüttelte, wurde die Gans immer größer und größer, bis sie schließlich nach ein paar Minuten so groß war wie das kleine Mädchen und noch ein bisschen größer. Dann schüttelte das Tier sich noch einmal so furchtbar, dass das kleine Mädchen alles vor Augen schwindelte.

Als es die Augen wieder aufmachte, stand gar keine Gans mehr vor ihm, sondern ein sehr schöner kleiner Junge, etwas größer als es selbst, der es herzhaft küsste und ihm gleich vorschlug, ihn zu heiraten.

Dagegen hatte das kleine Mädchen nach so viel Mühen natürlich nichts mehr einzuwenden, es verlangte nur, dass der kleine Junge sofort an seine Eltern telegrafierte, weil ihm jetzt auf einmal eingefallen war, dass die sich ängstigen könnten. Als er das getan hatte, ließen sie sich den Elefanten kommen und langsam wieder zurück ins Menschenland tragen.

DREI

21 Danke, Herr Pegasus

Zürich, 11. August 1975

»Welcome to the Ascot.«

Auf dem schwarzen Marmor hinter dem Rezeptionisten sah sie ihre Silhouette. Das Spiegelkabinett war letztes Mal noch nicht da, dachte sie und schob ihren Pass rüber. Durch das Fenster sah sie eine Frau mit Kinderwagen.

Das Hotel war gut gelegen, neben Elkes Wohnung, fast am See und nur einen Katzensprung zur Bank. Der Mann nickte.

»Mrs. Arendt Bluecher, your room is ready. That's for one night, correct?«

»Richtig, und wenn Sie so freundlich wären, die Tasche hier schon mal hochzubringen.«

»Sehr gern. Zimmer Nummer zwölf.«

»Checken Sie mich ein, aber ich werde erst gegen Abend zurück sein.«

»Ganz wie Sie wünschen. Der Schlüssel wartet hier auf Sie.«

Sie steckte den Pass zum Umschlag mit dem Depotauszug und ging zufrieden durch die Drehtür. Zwei Schritte ums Eck. Sie blieb unter den Platanen stehen und schaute sich um.

Auf dem Tessinplatz war alles, wie sie es von früheren Besuchen kannte. Das runde Gebäude, zu dem der Schriftzug Zürich Bahnhof Enge nicht wirklich passte. Über das Bahnhofsdach hinweg die orientalische Kirche, die sie immer ein wenig an Sacré-Cœur erinnerte. Passanten eilten zur Tram oder zu den Gleisen, manche grüßten sie.

Am Ende des Hotelgebäudes bog sie in die Gotthardstraße ein und überquerte die Alfred-Escher-Straße.

Früher waren die Jaspers ihre Bank gewesen, für Honorare in Schweizer Franken, versteht sich, denn für die in D-Mark waren's die Zilkens in Köln. Aber dann war es doch mal Zeit geworden für ein eigenes Bankkonto. Sie hatte es sich vor ein paar Jahren zugelegt, Schnupper's Swiss Bank Account, wie Heinrich es scherzhaft genannt hatte.

Als sie zur bankeigenen Tankstelle mit Parkrampe kam, wunderte sie sich, wie amerikanisch das alles aussah. Eigentlich fehlt da nur ein Drive-through-Schalter, dachte sie und ging weiter zum Haupteingang am Bleicherweg.

Die Uhr neben dem Aufzug zeigte Punkt vier. Nicht eine Liftkabine, sondern eine ganze Reihe, als wäre das Hochhaus zur Palme ein Wolkenkratzer. Oben öffnete sich die Lifttür wie von Zauberhand. Ein junger Mann in Anzug und Krawatte lächelte ihr zu.

»Herzlich willkommen, Frau Professor. Wetter ist mein Name, Felix Wetter, ich darf Sie in Empfang nehmen. Haben Sie den Weg gut gefunden?«

»Ich habe Ihrer Beschreibung vertraut. Sagen Sie mal, wer ist eigentlich dieser Escher, durch dessen Straße Sie mich gelotst haben?«

Mit dem Finger am Kinn blickte er kurz zu Boden, dann blitzten seine Augen auf.

»Sie meinen die Alfred-Escher-Straße! Natürlich ein ganz großer Name für uns, kommen Sie bitte, Frau Professor, hier geht's lang. Alfred Escher, ein Pionier der Wirtschaft, ein Zürcher Politiker, oh, da könnte ich Ihnen viel erzählen. Ohne Escher gäbe es unsere Bank und auch manch anderes nicht. Den Gotthardtunnel zum Beispiel! Wollen Sie bitte Platz nehmen?«

Er zeigte auf einen schweren Ledersessel, der noch bequemer aussah als die in der Barbatè.

»Hier sehen Sie ihn übrigens, das ist Alfred Escher mit seiner Tochter Lydia. Die Villa Belvoir steht gar nicht weit von hier, wunderschön, der Park wäre einen Spaziergang wert.«

Wetter legte die aufgeschlagene Firmenbroschüre vor sie auf den Salontisch, sodass sie die Fotos anschauen konnte.

»Ach, und da ist Gottfried Keller.«

Sie blickte Wetter an, der nickte engagiert zurück. Keller sei eben im selben Jahr geboren, die beiden Zürcher hätten sich gut gekannt. Er fragte sie, ob sie im Tessin angenehme Ferien verleben würde und ob sie etwas trinken wolle. Sie bestellte einen Kaffee und holte den Umschlag heraus.

»Hier, auf dem alten Auszug ist die Kontonummer. Ich bin sehr gespannt, wie es in meinem Depot aussieht.«

»Danke schön, Frau Professor. Ich selbst habe leider noch keine Kundenverantwortung, aber mein Vorgesetzter, Herr Rüdisühli, der ist sicher gleich für Sie da.«

Wetter winkte einer Kollegin, die ohne Worte verstand und nach wenigen Augenblicken einen Kaffee brachte. Sie hatte den Umschlag in der Hand behalten und streckte ihn nochmals in die Luft.

»Das Wichtigste ist sowieso die Dividendenbestätigung. Die will mein Buchhalter. Jedes Jahr derselbe Papierkram für den IRS.«

»Darf ich fragen, was –?«

»Für meine Steuererklärung.«

»Ah, da brauchen Sie sich keine Sorgen zu machen, das amerikanische Steuersystem kümmert uns nicht im Geringsten.«

»Natürlich, aber der amerikanischen Steuerbehörde ist es nicht egal! Ich brauche den Gewinnausweis für die Deklaration meines Worldwide Income, es geht nur um die Einkommenssteuer, verstehen Sie.«

»Gern! Ich veranlasse das gleich, Sie entschuldigen mich bitte einen Moment.«

Sie lehnte sich etwas vor und las die Bildlegende. Gottfried Keller, Staatsschreiber des Kantons Zürich, 1861–1876. Sie zündete sich eine Zigarette an und dachte an den Abend mit Barbara. Zum ersten Mal ein Staatsschreiber ohne Bart, das wär doch was! Mit der Kaffeetasse in der Hand überflog sie Prospekte in verschiedenen Sprachen, für Kapitalanlagen in Obligationen, Aktien und Gold. Als sie sich nach einem Büchlein weiter hinten auf dem Tisch ausstrecken wollte, kam ihr Wetters Hand zuvor.

»Darf ich Ihnen ein Exemplar überreichen? Eine Auswahl der schönsten Gedichte von Gottfried Keller zu seinem hundertfünfzigsten Geburtstag, für geschätzte Kundinnen wie Sie.«

»Eine sympathische Investition, leider mit ziemlich schlechter Rendite.«

Der Bankbeamte lächelte höflich, aber sie musste an die Bachmann denken, die sich von der Poesie abgewandt hatte, aber nicht, weil sie so brotlos gewesen war.

Er setzte sich mit einer Entschuldigung zu ihr. Sein Vorgesetzter sei noch am Telefon mit New York. Aber zu Gottfried Keller, für den sie sich offenbar interessiere, habe er ein wenig Insiderwissen. Sein Vater arbeite nämlich in der Zentralbibliothek, die Kellers Nachlass verwahre, Brillen, Geldbeutel, auch herzige Kaffeetassen mit Kätzchenmotiven, Damenschuhe aus rotem Leder, von denen man nicht wisse, wie sie in Kellers Besitz gelangt seien. Auch einen Nerzmantel, ein Herrenmodell.

»Und vieles mehr! Leider darf der Pelzmantel aus konservatorischen Gründen nicht gezeigt werden.«

Amüsiert stellte sie sich Keller im Nerzmantel vor, wie er durch die Gassen spazierte, fand es dann aber doch merkwürdig, dass in Zürcher Nachlässen Geldbeutel und Kaffeetassen zu finden waren.

Im Testament, das sie letztes Jahr nochmals hatte aufsetzen

lassen, war weder die braune noch die schwarze Straußenledertasche aufgeführt, nicht mal das Mink-Cape, überhaupt kein
persönlicher Gegenstand außer ihrer Bibliothek und Heinrichs
Bildern. Sollte sie das nach ihrer Rückkehr nachholen? Nicht
dass sie Angst hätte, aber ihr Testament wollte sie in Ordnung
haben, die Papiere in Sicherheit und das bisschen Geld richtig verteilt. Ist doch klar, dass man über den Tod hinaus sorgen
muss. Benjamin, Broch, Jaspers, mit deren Nachlässen sie selbst
zu tun gehabt hatte, waren alle kinderlos gestorben.

»Kellers Nachlass ist interessant, wenn Sie nächstes Mal
etwas Zeit haben, Frau Professor –«

»Sagen Sie mal, Herr Wetter, nur aus Neugier, aber könnte
es denn sein, dass Kafkas Nachlass hier bei Ihnen liegt? In ir-
gendeinem Zürcher Bankfach, das einem früheren Arbeitgeber
von mir gehört, soll er liegen, sagte mir ein Freund.«

»Beim besten Willen kann ich das nicht sagen. Nicht einmal
Herr Rüdisühli dürfte das, selbst wenn der Kunde bei uns wäre.
In solchen Dingen ist höchste Diskretion geboten. Und sollte
das Fach zu einem Nummernkonto gehören, weiß selbst der
zuständige Kundenberater nicht, mit wem er es zu tun hat. Darf
ich Sie auch etwas fragen, nur aus Neugier?«

»Nur zu. In Geldfragen kenne ich keine Scham.«

»Es geht um – Milwaukee, waren Sie vielleicht schon mal in
Milwaukee?«

»Oh, da muss ich Sie leider enttäuschen. Ich bin nur bis
Evanston gekommen, aber nicht als Touristin. Warum fragen
Sie? Sie wollen doch dort nicht etwa Urlaub machen?«

Sie schnippte die Asche ab. So ein mächtiger Aschenbecher
aus Kristallglas, der könnte glatt aus Kellers Nachlass stammen.

»Es ist eben so, dass ich, also nächstes Jahr kann ich zur First
Wisconsin National Bank, als Trainee, meine Frau und ich sind
wirklich schon sehr, sehr neugierig auf Amerika. Wir haben gerade geheiratet.«

»Bitterkalt im Winter. Da kann man einen Pelzmantel gut gebrauchen. Oder fahren Sie gar nicht im Winter?«

»Wir bleiben ein ganzes Jahr, vielleicht sogar länger. Also ja, das Klima, ich meine, das Klima in einer amerikanischen Bank interessiert mich besonders. Das stelle ich mir schon etwas anders vor als hier. Was meinen Sie?«

»Oh, bestimmt, aber interessant für Sie, vielleicht nicht ganz so schick wie hier, sondern, ich würde sagen, zweckmäßiger. Stellen Sie sich auf ein Großraumbüro ein.«

»Was darf ich mir darunter vorstellen?«

»Na, alle zusammen in einem einzigen Raum. Ganze Abteilungen in einem Büro. Passen Sie auf, dass Sie Ihre guten Manieren nicht ganz verlieren, Siezen gibt es sowieso nicht, auch Ihr Chef wird Sie ganz ungefragt beim Vornamen nennen.«

Die Kollegin winkte dezent, Wetter hob kurz die Hand, offenbar war der Kundenberater nun frei.

»Ich darf Sie jetzt zu Herrn Rüdisühli begleiten, er wird Ihnen auch die Dividendenbestätigung aushändigen. Sie haben das Buch, nicht wahr?«

»Vielen Dank.«

Sie steckte Kellers Gedichte in die Tasche und folgte Wetter. Er klopfte an die dritte Tür rechts und öffnete sie, ohne eine Antwort abzuwarten. Mit einem freundlichen Nicken ging er zuerst in den Raum, dann ließ er sie zum Kundenberater durch.

Zwei Stunden später stand sie im Abendgold. Es strahlte vom See her auf die Brücke zu ihr. Herrlich, die Sonne auf dem Wasser!

Sie erinnerte sich an den wunderbaren Frühling, den sie hier erlebt hatte. Ein richtiger Sommer war ihm aber nie gefolgt, wochenlang Kostümwetter, und doch hatte ihr die Stadt gefallen. Die Menschen, die sie kennengelernt hatte. Die Nähe zu Karl und Gertrud in Basel, mit denen sie fast täglich telefonieren konnte. Momente, aus denen ihr Neues zugeweht war, ohne dass sie es damals hätte benennen können. Erst später war ihr klar geworden, dass eine Kraft sie stärker und immer stärker in die Öffentlichkeit zu schieben begonnen hatte. Bis dann das mit dem Eichmann-Buch passiert war. Nichts wäre ihr ferner gewesen, als sich selbst so zu exponieren.

Schräg warf die Sonne ihr ganzes Licht auf den See. Aber tausendfach splitterte es ihr entgegen. Mit der Hand schirmte sie die Augen ab, damit sie auch was sehen konnte von der ganzen Pracht und trotzdem, wie Lichtenberg gesagt hatte, ein gescheutes Gesicht machte.

Von der Brücke aus schaute sie einem der Passagierboote zu. Wie es vom Seeufer her auf sie zuhielt, den Horizont und die im Dunst liegenden Berge hinter sich, bis es nur noch von Wasser umgeben war und genau da, wo sie stand, unter der Seebrücke verschwand. Praktisch lautlos glitt es in die Limmat hinein. Die Schiffe mit dem flachen Glasdach erinnerten sie an die Amsterdamer Grachten, aber '58 gab's das noch nicht, nur die Rundfahrt auf dem See. Die und auch den Dolder hatte sie sich damals nicht entgehen lassen.

Oft dachte sie an die Wochen in Elkes Zimmer bei den Britschgis zurück. Ja, nur ein Zimmerchen, keine ganze Wohnung wie jetzt, aber Elke hatte sich nach der Scheidung von Robert in Zürich etablieren wollen, als Übersetzerin, Näherin oder sonst was, aber leicht war das damals nicht gewesen.

Die Britschgis wohnten zweckmäßig und zentral. Dumm war nur gewesen, dass Frau Britschgi ihr Dinge anvertraute, die Elke nicht wusste. Dass Robert wieder geheiratet hatte, noch mal Vater geworden war. Arme Elke, damals strudelte sie nur so in der Weltgeschichte herum.

Mein Herz, glaub mir, Weiber können nur in einer Ehe leben.

Das hatte sie Heinrich geschrieben. Wie immer war er drüben geblieben, diesmal nicht wegen der Angst vorm Fliegen, denn sie war ja mit dem Schiff hergefahren, ach, irgendeinen Grund gab's immer, dass er nicht mitwollte oder konnte. Man will eben *deine* Vorträge hören. Ja, stimmte ja auch.

Kaum war sie in Zürich angekommen, war dann auch wirklich der Teufel los gewesen. Für ihren Vortrag über Freiheit und Politik hatte man aus dem Hörsaal in die Aula umziehen müssen. Sie hatte selbst über den Zulauf gestaunt. So was sei noch nie vorgekommen, und nach dem Vortrag hatte es ihr Zeitungsleute ins Haus geregnet, da gab's natürlich was nach Amerika zu berichten.

Dein Schnupper ist ein bisschen der Star, wegen des unbändigen Temperaments, wie die Herren Journalisten das nennen.

Alles nur Herren?, hatte Heinrich zurückgefragt. Fast immer, ja, nur in Tübingen hatte sie die Diskussion mit einer deutschen Journalistin zusammen bestritten, intelligent, so um die vierzig herum, schön und ganz wach. Um die Gockelhähne, die dort unter dem Namen Männer herumgelaufen seien, hätten die Gräfin Dönhoff und sie sich nicht im Geringsten gekümmert. Braver Schnupper. Auch Heinrich war zufrieden gewesen.

Und als in jenen Zürcher Wochen bekannt geworden war, dass Jaspers den Friedenspreis des Deutschen Buchhandels bekommen sollte, und man sie gefragt hatte, ob sie die Laudatio für Jaspers in der Paulskirche halten würde, auch da hatte Heinrich ihr aus der Patsche geholfen. Sie hatte sich ja selbst ganz konfus gemacht, ob sie annehmen sollte oder nicht.

Warum ausgerechnet ich, eine deutsche Jüdin? Ehrung war den Juden in diesem Jahrhundert nicht an der Wiege gesungen worden. Nun sollte ausgerechnet eine von denen Jaspers' Verdienste loben? Eine aus Deutschland Verjagte? Eine Amerikanerin vor den Vertretern der Bundesrepublik Deutschland? Waren denn nicht Berühmtere und Berufenere im Gespräch? Camus, wer hatte gleich Camus gesagt? Mit dieser Fragerei hatte Heinrich kurzen Prozess gemacht und zurückgeschrieben:

Feierlichkeit ist natürlich immer unangenehm, aber für einen Freund kann man sich sogar in die Paulskirche stellen. Hier zählt nur die Zukunft des Menschen, um die ihr euch kümmert und um sonst nichts, der Jaspers und du. Wie Nietzsche. Und ich.

Und dann hatte er angefügt:

Was du zu uns guten Europäern zu sagen hast, soll Heidegger, der Hosenmatzdeutsche, ruhig hören!

Wenn er wüsste, dass sie nun auf dem Weg zu Heidegger war. Sicher würde er nicht um den heißen Brei herumreden.

Zürich hatte Heinrich skeptisch gemacht, schon lange vor dem Krieg, nicht erst, als bekannt wurde, dass Frau Eichmann in der deutschen Botschaft ihren Pass abgeholt hatte, mit dem sie als Geschiedene oder Verwitwete mit ihren Söhnen nach Argentinien reisen konnte.

Nein, dieses Zürich war Stups einfach viel zu unversehrt vorgekommen. So was war doch verdächtig.

Ist doch wie eine Ansichtspostkarte! Ob ich da länger als zwei Tage leben könnte?

Ja und ob, hatte sie gekontert. Ein lebendiger, humaner, angenehmer Ort, hier kann man durchaus leben, Stups, du warst einfach zu jung für diese Stadt. Und vor dem Krieg ist sie auch noch nicht so sehr Carrefour de l'Europe gewesen, Frankreich, Deutschland, Italien, alles in bequemster Reichweite. Eine Postkartenansicht ist doch auch eine Art Schönheit, und alles so schön sauber, als leckten sie sich jeden Tag wie die Katzen.

Langsam meldete sich der Hunger bei ihr. In dem Restaurant da vorne, dachte sie, da haben wir doch damals nach dem Vortrag so schön gegessen, sehr teuer, aber jetzt, wo nichts als Verluste im Depot sind, wird sowieso nicht mehr gespart. Sie stieß sich vom Geländer ab und lenkte ihre Schritte in Richtung Bellevue.

Den Abend in der Kronenhalle würde sie nie vergessen, auch Bretscher nicht, den Chefredakteur der *Zürcher Zeitung*. Sehr nett, blitzgescheit und extra aus den Ferien gekommen. Sein Humor hatte ihr gutgetan. Man könnte doch die deutschen Atomtod-Massenversammlungen zu Demonstrationen gegen den Tod erklären, hatte er gescherzt, dann bekäme man noch mehr Leute auf die Beine.

Wie die meisten Männer aus diesen Kreisen war auch Bretscher etwas steif gewesen, er aber im besten Sinne, mit Haltung, klar gegen Nazis *und* Kommunisten, und dem Esprit eines Grandseigneurs. Und Charme, alles ganz nach ihrem Geschmack.

Nur schade, dass der Verkehr in den fast zwanzig Jahren so enorm zugenommen hatte, dachte sie, als sie endlich an der Eingangstür mit dem bunten Glasfenster stand.

Durch den schmalen Korridor nach rechts und geradeaus in den Saal, als wär's gestern gewesen, dachte sie und peilte einen der Fensterplätze an, auch wenn man von dort nur auf die stark befahrene Straße sah. Sie hatte die Wahl zwischen einem Tisch mit Miró und mit Chagall an der Wand. Kurz entschlossen setzte sie sich unter den Miró, weniger wegen Heinrichs Vorliebe für Modernistisches, sondern eher, damit sie den Chagall anschauen konnte, so blau und so rot wie das Tessiner Kantonswappen.

Der Kellner begrüßte sie nur halb so höflich wie der junge Mann in der Bank, doch sie wusste, dass man auch hier auf gediegene Weise sein Geld loswerden konnte. Sie fragte nach Weißwein, aber als er ihr den Staatsschreiberwein empfahl, nahm sie doch lieber ein Glas Waadtländer Dézaley. Warum Gottfried Keller in flüssiger Form zu sich nehmen, wenn es ihn in echt gibt?

Vergnügt holte sie das unverhoffte Geschenk aus der Tasche, setzte die Brille auf und begann, in den Gedichten zu blättern. Dass eine Bank ihre Kunden der Poesie aussetzt, fand sie schon mal ganz erstaunlich. Fragt sich nur, welche man unsereins denn so zumutet.

Sie überblätterte ein paar Naturgedichte, las den einen oder anderen Vers und dachte an Benjis Wertschätzung für Keller. Plötzlich blieb ihre Hand zwischen den Seiten stecken. Sie stutzte und las die erste Strophe halblaut vor sich hin.

Ein Ungeziefer ruht
In Staub und trocknem Schlamme
Verborgen, wie die Flamme
In leichter Asche tut.
Ein Regen, Windeshauch
Erweckt das schlimme Leben,
Und aus dem Nichts erheben
Sich Seuchen, Glut und Rauch.

Was für ein Gedicht! Wer hätte gedacht, dass mich aus einem Kundengeschenk die tiefe, tiefe Vergangenheit grüßt!

Sie hatte *Die öffentlichen Verleumder* vielleicht noch vor der Flucht in die Hände bekommen, vielleicht aber auch erst in Paris, von Benji oder von Widerstandsleuten. Es war von Hand zu Hand, Ohr zu Ohr gewandert. Das Gedicht hatte ihnen ihre eigene Geschichte erzählt.

Ohne vorauszuahnen, unter welcher Fahne das Ungeziefer in Deutschland hervorkriechen würde, hatte der große Gottfried Keller für Flüchtlinge wie sie bereits vorgesorgt, mit seiner Poesie und einem eigenen Gespür für Widerstand. In Paris hatte sie sein Gedicht dann auswendig gelernt.

Erstaunlich genug, dass einer in Zürich die Zeilen aufgeschrieben hatte, die erst Jahrzehnte später in Deutschland Wirklichkeit wurden. Hellsichtiger kann man nicht vom Unheil erzählen, das einer zum Leben erwecken kann, wenn ihn die anderen zum Propheten machen. Genau davon erzählte Kellers Gedicht. Nur zu gern wüsste sie, was ihn dazu veranlasst hatte. Hitler kann's jedenfalls nicht gewesen sein, der lag noch in den Windeln, als Keller starb, da war sie sich ganz sicher.

»Ihr Dézaley, bitte schön. Was darf ich der Dame zu essen bringen?«

»Die Spezialität des Hauses bitte.«

»Wir haben zwei. Der Maître de cuisine empfiehlt Leber mit Rösti und Zürigschnetzeltes mit Nudeln.«

»So viel kann ich nicht essen. Ich nehme das zweite, aber statt Nudeln bitte Rösti.«

»Sehr gern. Zum Wohl, Madame.«

Der Weißwein mundete ihr, obwohl er ihrer Zunge eigentlich zu scharf war. Aber er passte zu Kellers Gedicht. Sie überflog die sieben Strophen und lächelte in sich hinein. Ja, bei dem Thema hat sich auch der Staatsschreiber nicht ganz so kurz halten können, kein Wunder.

Hunderte von Seiten hatte sie selbst füllen müssen. Immer und immer wieder die Geschichte vom Mob neu durchdenken und erzählen, ob es nun um Hitler, Stalin oder andere Mob-führer gegangen war, in Büchern, Artikeln, Vorlesungen, Vor-trägen, und immer schön recherchiert, das neue Material ein-gearbeitet, das die Historiker ans Licht brachten.

Sie zündete sich eine Zigarette an und zog den Aschenbe-cher näher zu sich heran. Er fühlte sich leicht an. Sicher nicht aus Kristall wie der in der Bank, dachte sie und machte zwei Züge hintereinander.

Wie alles, was man selbst erlebt hat und sich erzählen muss, damit man begreift, hatte sie sich den Traditionsbruch erzählt. Bis sich eben die Möglichkeit geboten hatte, einen dieser Men-schen juristisch zur Verantwortung zu ziehen, einen von denen zu sehen. In the flesh, aber hinter Glas. Mit was für wahnwit-zigen Fragen sie doch nach Jerusalem gereist war! Ob dieser Eichmann in irgendeiner entfernten Weise vergleichbar mit Hitler sein könnte? Also wie der von überdurchschnittlich scharfsinniger Intuition und fantastischer Unkenntnis der pri-mitivsten Machtverhältnisse?

Ob Eichmann sich in seinem Reichssicherheitshauptamt auch auf die Schenkel geschlagen hatte, wie Hitler, als der vom Eintritt Amerikas in den Krieg gehört hatte? Wohl kaum! Aber man musste sich heute doch an den Kopf greifen: was sie und die ganze Welt sich zum Teufel doch alles vorgestellt hatten!

Natürlich hatte sie sich gut vorbereitet. Seit ihrer Flucht war alles nur Vorbereitung gewesen, schien es ihr im Rückblick. In Amerika war Totalitarismus ihr Thema geworden, und sie hatte viel und über viele geschrieben und gelehrt, auch über Hitler.

Wie er, nicht anders als sehr viel minderbegabtere Schar-latane, alle oder fast alle gefangen genommen hatte durch sein unverschämtes Eigenlob. Diesbezügliche Hemmungen musste Hitler keine ablegen, denn er hatte nie welche gehabt. Wer aus dem Mob kommt, bringt keine Kinderstube mit, die ihn zu An-stand, Bescheidenheit, Ehrlichkeit verpflichten würde.

Sehr viel länger hatte sie darüber nachdenken müssen, wie die Elite Deutschlands, die sehr wohl eine Kinderstube gekannt hatte, bereit geworden war, ihre heiligen Regeln so urplötzlich aus dem Fenster zu werfen und gerade aus der Vulgarität von Hitlers Eigenlob den großen Mann zu konstruieren. Er war nur deshalb anscheinend so groß, weil er außerhalb aller Maßstäbe stand. Sie strich über die Seite und dachte, dieser Keller beschreibt die Schamlosigkeit aller Beteiligten, aber auch die Banalität des Vorgangs selbst. Sie blies den Rauch über den Damast und las weiter. Herrlich, das Wort Kehricht.

Er findet, wo er geht,
Die Leere dürft'ger Zeiten,
Da kann er schamlos schreiten,
Nun wird er ein Prophet;
Auf einen Kehricht stellt
Er seine Schelmenfüße
Und zischelt seine Grüße
In die verblüffte Welt.

Zischeln und verblüffen wie die Schlange. Sie musste an ihr Märchen, das kleine Mädchen und die Schlange denken. Eigentlich hätte die ins Totalitarismusbuch gepasst, dachte sie. Weil die Schlange sich so freut, wenn sie den Menschen Angst einjagen kann. Was hätte das für ein Geschrei gegeben, die *Weisen Tiere* in ein Totalitarismusbuch zu schmuggeln! Ist doch nichts für Kinder! Und erst recht nicht für Intellektuelle!

Eben, dachte sie, nichts für Intellektuelle, nichts für Kinder. Genau deshalb hütet sich das kleine Mädchen doch, die Schlange auch nur um den allerkleinsten Rat zu fragen. So klug sind wir Erwachsenen nicht gewesen. Auch wir auf der Flucht nicht, nein. Immun gegen Angst und Ohnmacht ist keiner von uns gewesen.

Aber auch dieses Gedicht war ein Gegengift gewesen. Keller hatte sie bestärkt, auf der Flucht, in der Emigration, nur ja nicht den Glauben aufzugeben, dass es einmal, irgendwann einmal, ein Ende haben würde mit dem Höllenspektakel. Mit solchen Gedichten hatten sie überlebt.

Sie drückte die Zigarette aus, als sie den Kellner nahen sah.

»Zürigschnetzeltes mit Rösti für die Dame, bitte schön.«

Der Teller war nicht übervoll und duftete köstlich, sogar fürs Auge war gesorgt. Sie schob das Petersilienkränzchen von der Mitte an den Rand, aß mit kräftigem Appetit und bestellte, nachdem sie fertig gegessen hatte, nochmals Wein.

Nur zu gern wüsste ich, ob der Dichter sich nicht doch für jemanden eingesetzt hat. Vielleicht einen Freund, der verleumdet wurde? Mal sehen, ob ich hier Kellers Schreibanlass in Erfahrung bringen kann.

Sie schob den Teller beiseite, blätterte zum Nachwort und las, der Autor habe sich mit dem Gedicht gegen Verleumdung in öffentlichen Angelegenheiten gewehrt. Öffentliche Angelegenheiten, das kann alles sein. Leider wurde der konkrete Anlass nicht genannt. Gottfried Keller habe konstatiert, dass Verleumdung nun in Presse und politischer Literatur grassiere, und wollte mit seinem Gedicht zeigen, wie ein Gerücht in die Welt gesetzt und sich durch Mitwirkung vieler zu einer Katastrophe auswachsen könne. Vier Verse wurden als Beleg angeführt.

Erst log allein der Hund,
Nun lügen ihrer Tausend;
Und wie ein Sturm erbrausend,
So wuchert jetzt sein Pfund.

Sie blickte auf und überlegte, wie oft sie das Gedicht von den öffentlichen Verleumdern abgeschrieben und Briefen beigelegt hatte. Nach dem Krieg und immer wieder, sogar noch letztes Jahr an Uwe.

Nach dem Krieg hatte sie es an Heidegger geschickt und von Versöhnung geschrieben, aber er hatte sich taub gestellt und was Lapidares zurückgeschrieben. Schönes Gedicht, kannte ich ja gar noch nicht, gibt viel zum Nachdenken, ach ja, und das war's dann auch. Schluss, nie mehr ein Wort über die ganze Sache.

Aber das Ende des Gedichts ist trotzdem tröstlich, dachte sie. Weil alles verpufft. Und weil die Weisheit der Kinder obsiegt.

Wenn einstmals diese Not
Lang wie ein Eis gebrochen,
Dann wird davon gesprochen
Wie von dem schwarzen Tod;
Und einen Strohmann bau'n
Die Kinder auf der Haide,
Zu brennen Lust aus Leide
Und Licht aus altem Grau'n.

Der Kellner brachte die Rechnung auf einem Teller mit einer Minischokolade.

»Schau an, eine Frigor«, sagte sie und schob sich die Süßigkeit in den Mund.

Kurt hatte ihr geschrieben, mit zwei Tafeln Frigor sei Scholem am besten zu zähmen. Er habe Gerhard geraten, in Zürich, wenn er Hannah treffe, ruhig für zwei zu essen, also auch für ihn. Er, Kurt, wäre doch so gern dabei gewesen, aber zum Glück, also zum Essen, müsse man den Scholem nie extra auffordern. Bestimmt hatte Kurt hinter seiner Schreibmaschine verschmitzt gelacht.

Du lieber Himmel, wie lange hatte sie noch an die Freundschaft mit Scholem geglaubt! Sogar noch, als sie aus Jerusalem

422

direkt nach Zürich geflogen war, um Heinrich hier in Empfang zu nehmen und auch Robert zu treffen. Vor der Reise nach Rom waren sie hier in Zürich zu dritt rumgestrudelt, in alter Freundschaft. Als hätte Robert sein Lied eigens für ihr Trio geschrieben.

Ein Freund, ein guter Freund,
das ist der höchste Schatz, den's gibt.

Erst '63, nachdem das Eichmann-Buch erschienen war, hatte es ihr langsam, aber sicher gedämmert, wie es mit dem einen oder andern Freund wirklich stand. Scholem war ja nur einer von ihnen. Ein sehr merkwürdiges Déjà-vu, diese Sache mit den Freunden, die plötzlich keine mehr sind!

Zuerst war ihr Scholems ellenlanger Brief zum Eichmann-Buch trotz des schiefen Lichts, in das er sie stellte, wie der Brief eines Freundes vorgekommen. Hätte sie denn sonst geantwortet und an die Freundschaft appelliert? Und hätte sie denn zugestimmt, als er so beiläufig fragte? Ja, liebe Hannah, Sie wären doch wohl einverstanden, wenn ich das veröffentliche, ist doch eine Sache von öffentlichem Interesse, nicht?

Aber warum das denn? Ein Freundesbrief in der Zeitung? Ohne auch nur zu erahnen, was der Scholem im Schilde führte, hatte sie es dann gebilligt und geantwortet: höchstens mit meinem Brief zusammen.

Nie im Leben hätte sie daran gedacht, dass Scholem ihre Briefe der *Zürcher Zeitung* anbieten würde, ohne sie zu fragen, und dass die sie sogar nehmen würden! Bretscher doch nicht, nein, der würde so was nicht tun. Und überhaupt war doch offensichtlich, dass der Wortlaut nicht für die Öffentlichkeit gedacht war. So schrieb sie doch nie für die Zeitung.

Selber denken macht fett, so was sage ich nur unter Freunden, und das sind die, mit denen man eine Sache von allen Seiten anschauen darf. Aber in dieser Sache hatte sie sich arg getäuscht.

Wer nur falsch und richtig sucht, ist einfach nur ein Rechthaber. Dabei geht es doch nicht um uns. Es geht um die Welt, die wir so oder so hinterlassen können. Sie kann alles sein, die Welt. Unsere Lügen aber bedecken sie. Wollen wir sie denn um Himmels willen nicht etwas besser und wahrer hinterlassen? Denkste. Was hatte die Schlange dem kleinen Mädchen gesagt?

»Ja, um Gottes willen, wie kommst du denn bloß hierhin? Auf die Wiese der weisen Tiere? Du bist doch bestimmt nicht weise, mit all deinen bösen getuschelten Ratschlägen.« »Tja, das weiß ich natürlich auch nicht so genau, aber ich nehme an, dass ohne mein Getuschel die anderen sich mordsmäßig langweilen würden.«

Sie trank ihr Glas aus und stellte sich vor, wie Keller in seinem Pelzmantel und den roten Schuhen von seinem Pegasus heruntergestiegen war. Und wie er sich dann bedankt hatte, etwas grummelig, aber doch fast so artig wie das kleine Mädchen.

Danke, Herr Pegasus!

Und auch, wie sich der Pegasus darüber gefreut hatte, dass Gottfried Keller kein kleines Mädchen war, weil die ihm doch nur Löcher in den Bauch fragten.

Nein, sie würde das nette Abendessen mit den Leuten von der *Zürcher Zeitung* nie vergessen. Keinen einzigen von den Herren hatte sie wiedergesehen, nachdem Scholem den Eichmann-Ärger auch nach Zürich geschleift hatte. Dabei war sie fast immer durch Zürich gereist, wenn sie nach Europa kam.

Letztes Jahr hatte Uwe sie nach dem Streit mit Scholem gefragt. In ihrer Antwort wies sie auf das Gedicht von den öffentlichen Verleumdern hin, eigentlich nur auf die Weisheit der Kinder. Aber ob Uwe die Anspielung wirklich verstanden hatte, wusste sie nicht. Er hatte nie darauf geantwortet.

Die letzte Strophe ist für mich immer der Weisheit letzter Schluss zu dieser ganzen Angelegenheit gewesen.

Sie nahm das Buch wieder in die Hand. Sieh an, die Jubiläumsgabe einer Bank! Undenkbar in Amerika, schon gar nicht im Zeichen des Patriotismus. Man kann den Zorn über die eigenen Verhältnisse verwandeln, sogar in so etwas Zauberhaftes wie ein Gedicht.

Sorgfältig steckte sie das Buch in die Handtasche, stand auf und ging durch den Saal zum Korridor. Wie hat doch das Gedicht von den Verleumdern die Erinnerungen belebt! Ist eben doch ein kleines Wunder. Mit einer kleinen Verbeugung dankte sie dem großen Keller für sein Gedicht. Er war immerhin größer gewesen als Lichtenberg, auch der alles andere als ein Kleiner.

Nun, nachdem so viel Wasser den Hudson runtergeflossen war, dankte sie dem Leben für die Erfahrung selbst. Sei es die unter den Flüchtlingen in Paris, sei es die in Jerusalem und natürlich auch die mit dem Eichmann-Buch. Wichtig war doch, dass dieses Gedicht in ihrem eigenen Leben wirklich lebendig geworden war. Manche Gedichte müssen hundert Jahre schlafen, bis jemand sie wachküsst.

So heiter und versöhnlich gestimmt, trat sie auf die Rämistraße.

22 Rien de rien

Die Sonne tanzte auf den Kacheln des Poolbodens. Richtig schön, sogar durch die beschlagene Schwimmbrille, dachte sie und tauchte ins funkelnde Türkis. Zug um Zug. Herrlich, so ein Pool auf dem Atlantikliner. Warum denn teure Schiffsreisen machen?

Manche ihrer Freunde leisteten sich den Luxus, durch die Karibik bis nach Südamerika zu kreuzen, aber so eine Fahrt auf der Leonardo da Vinci war doch auch eine halbe Kreuzfahrt. Auf den Zwischendecks Amüsement in Hülle und Fülle, selbst wenn's nur die hundsnormale Strecke zwischen Genua und New York war. Meer ist Meer, sowieso auf hoher See.

Nachmittags, bis kurz vor dem Dinner, waren die Decks ziemlich voll, so war sie jetzt im Pool fast die einzige Schwimmerin. Die meisten Passagiere sonnten sich in Liegestühlen, spielten Schach und ließen sich Drinks servieren.

Das hat noch Zeit, lieber den Pool auskosten. So was Schönes habe ich nicht alle Tage. Noch zwei Züge bis zum Poolrand und dann gleich noch mal.

»Hannah!«

Heinrich? Seine Stimme klang wie von weit her. Sie legte den Ellbogen in die Überlaufrinne und schob die Schwimmbrille auf die Stirn. Reckte den Hals, suchte die Leute ab. Wo war Heinrich?

»Hier, Hannah, hier bin ich doch!«

Nun kam seine Stimme von oben. Sie legte den Kopf in den Nacken. Heinrich stand über die Reling gebeugt und winkte vom Zwischendeck schräg über ihr. Dort konnte man aufs Meer sehen und bequem auf den Pool runterschauen. Sie winkte ihm heftig, er solle runterkommen. Da richtete er sich auf und verschwand aus ihrem Sichtfeld.

Sie setzte die Brille wieder auf und warf sich ins Wasser zurück. Schwimmen beruhigte sie mehr als alles andere. Wasser gab ihr immer ein Heimatgefühl. Sie kraulte auf dem Rücken und blickte nun in das andere Blau über ihr.

»Na, du Sportskanone?«

Sie stützte sich mit den Unterarmen an der Poolkante ab und musste erst mal zu Atem kommen. Heinrich, mit seiner Pfeife zwischen den Zähnen, war sportlich in die Hocke gegangen.

»Deine Badekappe flitzt so schnell hin und her, dass die Delfine erblassen.«

»Hast du welche gesehen? Hier draußen?«

»Die tummeln sich wohl noch in Griechenland. Ick hab mir die Oogen aus'm Kopp gekiekt.«

»Ja, Stups, vor Patmos, wunderbar, weißt du noch, wie die in die Luft gesprungen sind?«

»Mannomann! Die waren vielleicht aus'm Häuschen … apropos Häuschen. Wie sieht's wohl bei uns aus?«

»Zu Hause? Wie kommst du jetzt darauf?«

»So lange waren wir noch nie weg. Und dein Buch ist auch erschienen.«

»Beide, Stups, auch *On Revolution!*«

»Das wird keinen Staub aufwirbeln! Ich denke natürlich an den Eichmann.«

»Es wird wie immer sein, wenn man heimkommt. Schön große Stapel, fast so hoch wie du.«

An Postberge war sie gewohnt. Nach langen Abwesenheiten türmte es sich, und diesmal könnte es eben noch ein wenig mehr sein. Wie immer lag Dringliches in der Post, auch das Paperwork für Chicago. Sie hatte darauf verzichtet, sich was nachschicken zu lassen, weder von zu Hause noch aus dem Büro. Nicht mal den Pegelstand der Post ließ sie sich durchgeben. Sonst sind's doch keine Ferien. Heinrich tauchte die Hand ins Wasser und grinste.

»Ist ja beheizt! Da könnt ich mich ja doch reinwagen.«

»Na klar. Mir ist es ehrlich gesagt zu warm.«

»Haste dein Programm nu absolviert? Wie wär's mit einem Drink?«

»Noch ein wenig, dann komm ich raus.«

»Na gut, ich hol mir schon mal ein Bierchen und reservier dir einen Liegestuhl.«

Die andere Schwimmerin war gegangen. Sie hatte den Pool nun für sich allein, stieß sich mit den Beinen kräftig ab und drehte sich im Gleiten auf den Rücken. Die Arme neben dem Körper, die Hände leicht und frei.

Sie liebte es, sich mit offenen Augen treiben zu lassen und mit den Füßen zu spielen. Kein sportliches Paddeln, nur dümpeln und die Ereignisse der letzten Zeit an sich vorüberziehen lassen.

Sizilien und Griechenland sehr schön, Paestum herrlich! Kreta enttäuschend, aber der gemeinsame Traum war in Erfüllung gegangen. Und das Versicherungsgeld hatte für die ganze Reise gereicht.

Nachdem ihre beiden Bücher in Druck gegangen waren, hatte sie sich so frei gefühlt wie schon sehr lange nicht mehr. Endlich hatten sie wieder mal gefaulenzt. Einfach blau gemacht.

Plötzlich spürte sie die Poolwand an ihrer Schulter. Sie war abgedriftet. Paddelte mit den Händen, stieß sich mit den Fußballen ab und schaute ins große, leere Blau über sich.

Was sähe eine Möwe, wenn sie von hoch oben auf sie runterblicken würde? Vielleicht so was wie eine Mücke in einem kleinen blauen Rechteck? Und vom Cockpit eines Flugzeugs aus, sähe man das winzige Schiff überhaupt noch? Und erst die Männer in ihren Raumkapseln! Bestimmt nur noch blau.

Nur einmal auf der ganzen Reise war der Schreck in sie gefahren, aber was für einer! Im Hotel in Athen, als sie beim Frühstück saßen und ihr Tagesprogramm besprachen, hatte Heinrich sich zu ihr gelehnt und wortlos die aufgeschlagene *New York Times* hingehalten. Nichtsahnend hatte sie auf die Seite geblickt. Fast hätte sie der Schlag getroffen.

Kurt Blumenfeld dies in Israel.
Zionist Leader in Germany, 79

Kurti ist nicht mehr. Es war nur die kleine Notiz, er sei am 21. Mai gestorben, aber die Nachricht hatte ihr die Freude auf die Heimkehr genommen. Umso seltsamer, dass sie es aus der Zeitung erfahren hatte. Und en passant auch Dinge, von denen er nie erzählt hatte.

Vom Zionistenkongress in Basel, ja, das schon, aber nicht von dem 1935 in Luzern, wo er offenbar Golda Meïr und Ben Gurion kennengelernt und eine weltweite Kampagne gestartet hatte. Für sich selbst einstehen, andere dazu befähigen, für sich selbst einzustehen, als Mensch und ganz besonders als Jude, das war Kurts Lebensziel gewesen.

Sie brauchte gar keinen Vergleich zu bemühen. Kurt war unersetzlich. Sie hatte sich so sehr gewünscht, dass er ihr Eichmann-Buch noch hätte lesen können. Es musste ja jetzt über die Ladentische gehen. Nur zu gern wüsste sie, wie er darauf reagiert hätte.

Sitzt Heinrich nun am Pool? Kurz hob sie den Kopf aus dem Wasser, um ihn zu suchen. Wenn sich die Decks allmählich entvölkerten, weil die anderen Passagiere sich für die Dinnertime vorbereiteten, fand man sogar Liegestühle an der Reling. Als sie ihn nicht sah, legte sie den Kopf langsam zurück. Vom Wasser tragen lassen. Einfach sein.

Erst vor ein paar Monaten hatte sie in Kurts Memoiren gelesen, wie man ihm noch kurz vor dem Reichstagsbrand habe weismachen wollen, er male doch nur den Teufel an die Wand. Hitler sei gar nicht die Kraft, die er, Kurt, in ihm vermute. Sondern mehr Vogelscheuche als Dämon.

Ich vergaß nie, dass bei jedem Geschehen der Zufall eine große Rolle spielt und dass wir viel zu wenig Komponenten kennen, um der Vorsehung in die Karten sehen zu können.

Das war ihr liebster Satz in Kurts Memoiren. Er war mit seiner Klarsicht allein auf weiter Flur gewesen.

Heinrich hatte zwei Liegestühle an der Reling belegt, auf ihrem lag das Badetuch ausgebreitet. Pitschnass trat sie zu ihm und ließ sich in den Stuhl sinken. Heinrich wischte sich den Bierschaum von den Lippen, legte die Zeitung nieder und schlug das sonnenwarme Tuch um sie.

»Genug geschwommen, Schnupper?«

»Für heute ja. Kurt kommt mir immer wieder in den Sinn.«

»Traurig, sehr traurig, aber wenigstens ist sein Buch noch rechtzeitig fertig geworden. Das ist doch ein Trost, nicht wahr?«

»Sicher. Auch, dass er es Jenny noch widmen konnte. Aber nach ihrem Tod muss es richtig schnell bergab mit ihm gegangen sein.«

»Nu kann er dein Buch nicht mehr lesen, schade.«

»Ach, Stups, vermutlich hätte er die Kraft dazu nicht mehr gehabt.«

»Aber andere! Andere lesen. Mach man die Augen zu, ich hab eine Überraschung für dich!«

Heinrich raschelte umständlich mit der Zeitung. Sie zog die Badekappe ab und trocknete sich die nassen Haare, blickte rüber zu ihm und sah, dass er die *Zürcher Zeitung* aufgeschlagen hatte. Dann drehte sie ihr Gesicht zur Sonne.

»Schieß los, Stups. Ich bin ganz Ohr.«

Rund ein Jahr nach der Hinrichtung Adolf Eichmanns in Jerusalem ist die erste kritische Würdigung des Prozesses gegen den »Transportfachmann des Todes« erschienen. Sie stammt aus der Feder Hannah Arendts.

»Leiser, Heinrich! Braucht doch nicht das ganze Schiff mitzuhören.«

Er lehnte sich zu ihr und küsste sie.

»So liest man auf hoher See vor, Schnupper! Wie soll man sonst gegen den Fahrtwind ankommen? Gut, dass ich so ein geschultes Organ habe …«

»Du Klabautermann du. Na los, mach schon weiter.«

Hannah Arendt gehört zu dem seltenen Menschenschlag, der sich keiner Lehrmeinung beugt, sondern stets bestrebt ist, die Probleme selbstständig durchzudenken. Als Nonkonformistin scheut sie sich auch nicht, den Schwächen des Prozesses nachzuspüren und die Zielsetzung wie die Taktik der Anklagebehörde kritisch zu zerpflücken. Ihr Bestreben ist es vor allem, die Person des Angeklagten zu entdämonisieren, Eichmann wurde von der Anklage in Jerusalem zum Inbegriff des Bösen gestempelt; im Bericht Hannah Arendts aber erscheint er als eines jener erbärmlichen Werkzeuge eines monströsen Mordplans.

Es ist vor allem die Banalität des Bösen, das sich nach der Ansicht Hannah Arendts in Eichmann manifestiert und das sie in den Wochen, da sie dem Prozess folgte, erschütterte.

»Bezieht sich das auf den *New Yorker* oder das Buch?«

»Natürlich das Buch! Eine richtig lange Besprechung.«

»Hm, die erste dann also, die wir zu sehen bekommen, Stups.«

»Hier, das ist wirklich hübsch: das ›tapfere Buch‹ nennt's der Rezensent.«

»Wer ist es?«

»Keine Ahnung, wer hinter ff steckt.«

»Das ist das Kürzel von Dr. Streiff.«

»Kein Jude, vermute ich. Er scheint deine Haltung zu schätzen. Da sind wir mächtig erleichtert, nicht wahr?«

»Er ist Auslandskorrespondent, unter anderem zuständig für Israel. Seine Frau ist Jüdin. Gib mal her, ich will selbst lesen.«

Es ist das Herz, das hier rebelliert: rebelliert gegen die Ungeheuerlichkeit der begangenen Verbrechen ebenso sehr wie gegen die Tatsache, dass sich das Todesurteil auf ein noch nicht kodifiziertes Recht stützen konnte.
Es ist vorauszusehen, dass Hannah Arendts Buch nicht ohne Anfeindung bleiben, wahrscheinlich aber auch von vielen missverstanden und falsch gedeutet werden wird. Doch als Dokument eines tiefen Ethos und eines flammenden Bekenntnisses zu allem Menschenwürdigen ist es in sich selbst ein Dokument des Humanen.

»Herrlich, wa? Stups, lass uns beim Dinner drauf anstoßen. Ich geh mich umziehen. Und du?«

»Bin doch schon piekfein. Ich warte oben auf dich.«

»Wo genau?«

»Im hinteren Speisesaal. Mal sehen, was die Innenarchitekten dort angerichtet haben.«

»Da war ich noch nicht. Find ich dich da?«

»Natürlich, ich bin unübersehbar, Schnupper. Bin mir fast schon sicher, dass die Leonardo da Vinci dem Michelangelo das Wasser nicht reichen kann.«

»Dann sind wir gespannt auf dein Urteil. Und wirf bitte die Zeitung nicht weg. Bis gleich, Stups.«

Die Lawine der Briefe, die sie bei ihrer Rückkehr in der Wohnung vorgefunden hatte, war überwältigend. Fast alles Leserbriefe zu Eichmann. Aus ganz Amerika, aus Israel. Sie setzte sich mit ihrem Kaffee ins Wohnzimmer.

Viel zu früh und mit Kopfweh aufgewacht und mitten in der Nacht wieder das Telefon!

Natürlich hatte sie es klingeln lassen, konnte danach aber nicht mehr einschlafen. Wenigstens war Heinrich über Nacht im College geblieben. Wenn ihn was aus dem Schlaf aufschreckte, war's schlimm.

»Anonyme Anrufer. Hannah, so was ist bei uns doch noch nie vorgekommen!«

Auch tagsüber, wenn es klingelte und sie an den Apparat ging, hörte sie oft nur das Klickgeräusch, wenn aufgehängt wurde. Einmal war Heinrich wütend vom Sessel aufgesprungen und hatte das Kabel rausgezogen.

»Ich lass unsere Nummer aus dem Telefonbuch streichen.«

Auch das würde nichts helfen. Schlimm waren nicht die, die nichts sagten. Schlimm waren all die anderen. Oft ohne selbst gelesen zu haben, verstopften sie mit ihren Ergüssen den Briefkasten, schrien wütend in den Apparat und beschimpften sie.

Zum Glück gab es auch andere Briefe. Und sei es nur der

Dankesbrief, mit dem Oberrichter Landau den Empfang ihres Buchs bestätigt hatte.

Yours faithfully, Moshe Landau

Trotzdem war die schiere Masse eine Zumutung. Man bezog sich auf ihre Reportagen oder das Eichmann-Buch. Es gab Anfeindungen gegen die einen oder das andere, und natürlich gegen die Autorin selbst. Heinrich hatte recht behalten. Über *On Revolution* sprach kaum jemand.

Wie dankbar dachte sie nun an Streiff und Weber. Neben dem Eichmann-Buch hatten sie auch ihr Revolutionsbuch gewürdigt, eingehend, mit Sachverstand und Unabhängigkeit. Das war Gold wert, umso mehr in dieser Schneeverwehung, aus der sie sich seit mehr als einer Woche freizuschaufeln versuchte.

Verdammt noch mal, mitten in den Sommerferien sitze ich fest wie Sisyphos, ach, Unsinn, den Prometheus hatten sie ja angekettet, damit der Geier oder wer auch immer leichter an seine Leber käme. Und kein Tag, ohne dass Jerry neue Schachteln hochbringt, genau wie bei den verfluchten Griechen. Kein Ende abzusehen.

Sie nahm die Tasse, ging in ihr Arbeitszimmer und stellte das Air-Conditioning höher. Aus dem Department in Chicago hatte man schon angerufen, wo denn ihre Anstellungsformulare blieben. Ach, so weit weg diese neue Stelle, und alles kam zusammen jetzt: die böse Überraschung bei der Heimkehr, der kränkelnde Heinrich, der Eichmann-Ärger, den sie so gut wie möglich von ihm fernzuhalten versuchte. Es machte sie ganz unglücklich, dass sie ausgerechnet jetzt nach Chicago musste. Aber Absagen kam schon aus finanziellen Gründen nicht infrage.

Sie stellte sich ans Fenster. Das Blattwerk hatte nicht den leisesten Gelbstich. Wie auch, mitten im Juli? Sie konnte es dieses Jahr kaum erwarten, dass die Bäume ihr Kleid ablegten und sie den ganzen Hudson sehen konnte. Wenn nur bald wieder alles seinen gewohnten Gang geht! Sie machte sich an den Stapel mit der wirklich dringlichen Post, nahm das Formular zuoberst und den Kugelschreiber.

Employee Information Request Form

First Name. Last Name. Das Feld bei Full Middle Name ließ sie leer. Country of Birth. Country of Citizenship. Die Social Security Number kannte sie auswendig. Sie bekam keine Benefits, also brauchte sie bei Name of Spouse / Beneficiary nichts zu schreiben.

By signing below, I confirm that the information provided on this form is accurate to the best of my knowledge.

Signature of the Employee

Jetzt noch die Unterschrift, dann ist's gut.

Der nächste Brief vom Stapel, resolute Handschrift, viel größer und markanter als ihre eigene. »Dear Dr. Arendt«, so breit geschrieben wie »your articles in *The New Yorker*«. Sie habe keine bestimmte Absicht und schreibe einfach, um ihr zu danken.

Ich glaube, ich möchte Ihnen hauptsächlich danken, dass Sie das ganze Thema »ausgelüftet« haben, und zwar auf engagierte und doch objektive Weise.

Airing, wie sympathisch! Frischen Wind in die Sache bringen, das muss eine tüchtige Hausfrau sein, die nichts muffig werden lässt. Auch sonst ließ sie das, was dastand, ohne Wenn und Aber gelten. Engagiert und doch objektiv. Sie freute sich, dass die Leserbriefschreiberin ein Auge dafür gehabt hatte. Sie sei 1941 aus Holland geflohen und frage sich immer noch nach der Lektion, die aus dieser Geschichte zu lernen sei. Nach der Lektüre ihres Buchs habe sie nun erkannt, was man der Welt mitteilen müsse, und zwar genau so unabhängig, wie sie es getan habe.

Ihr unparteiisches Plädoyer halte ich für ein Instrument, etwas ganz Wichtiges zu vermitteln.

Die entsetzlichen Ereignisse hätten nämlich nur dank einer ganz bestimmten Art von Weisheit verhindert werden können, die damals gefehlt habe. Die Wurzel dieser Weisheit seien die menschlichen Freiheitsrechte, ganz praktisch gelebt. Respekt vor der Würde des Menschen. So würde sie es abstrakter sagen. Und das habe sie, Hannah Arendt, ins Bewusstsein gehoben.

Genau darin liegt der Wert Ihrer dankenswerten Arbeit, für die ich meine aufrichtige Hochachtung und meinen Dank ausdrücken möchte. Mit den allerbesten Grüßen, Ihre Rita Markus

Sie mochte die Haltung. Sie nickte und legte die drei Blätter zur Seite. Zeit für eine Antwort konnte sie sich nicht nehmen. Wenn sie diese Korrespondenzstapel nicht wie am Fließband erledigte, würde sie darin ertrinken.

Nur den allerwenigsten antwortete sie, meist, wenn es um Sachfragen ging. Wie war das genau in Schweden 1943 und so. Offenbar missverstand man sie als ein wandelndes Lexikon in Sachen Judenvernichtung. Das nächste Blatt, von einer vermutlich alten Hand, ziemlich krakelig. Die Anrede sehr förmlich, dann aber starke Worte.

Ich war schockiert und zutiefst betrübt, als ich die Besprechung Ihres niederträchtigen Buchs *Eichmann in Jerusalem* las, die Michael O. Musmanno in der *New York Times Book Review* veröffentlicht hat.

»Ach der schon wieder«, entfuhr es ihr ziemlich laut. Der alte Nürnberg-Richter Musmanno, der sich selbst und Eichmanns Angeberei viel zu wichtig nahm und seine falschen Behauptungen in Jerusalem und, wenn Father Daniel zu trauen war, auch im Vatikan ausposaunt hatte. Nun benutzte er eben ihr Buch, um Recht zu behalten.

Zu viel der Ehre, Mister Judge, dachte sie und erinnerte sich daran, dass Dolf ihn Muselmano getauft hatte. Der Lärm war längst nach Europa gedrungen. Jemand hatte Sternberger Musmannos Besprechung geschickt. Beim Lesen sei ihm das Blut gefroren, hatte er ihr dann geschrieben.

Ich weiß nicht, ob du es *so* toll vorausgesehen hast?
Dass der Täter nicht das Format der Tat hat (um es milde auszudrücken), kann vermutlich doch nur der begreifen, der das System selbst erfahren hat.

Fantastisch, in welche Maße sich das Ganze auswächst, nur spielt es sich leider auf einem niedrigen und ziemlich politischen Niveau ab. Das werde ich Dolf irgendwann mal unter vier Augen sagen. Es war für sie glasklar, dass Musmannos Besprechung zu einer Kampagne gehörte, die gegen sie angezettelt worden war. Wer die Fäden in der Hand hatte, lag für sie im Dunkeln, aber sicher war das Ganze organisiert. So viel war ihr klar geworden durch die Lawine, durch die sie sich nun schon gefräst hatte.

Auch der alte Richter gehörte dazu. Hunderttausenden von Lesern hatte er zugeflüstert, ihr Eichmann-Buch sei mit Fehlern gespickt, verlogen, ein Ausbund an persönlicher Voreingenommenheit, Herzlosigkeit und so weiter.

Natürlich blieben Musmannos Worte nicht wirkungslos. Ist eine Lüge einmal in die Welt gesetzt, reißt sie ihr Maul und immer mehr Mäuler auf, bis man sie nicht mehr zählen kann. So ein Gerücht spielt sich auf und macht sich groß und größer. Gerücht und Kehricht, ist ja fast ein Reim, dachte sie und blickte auf die krakeligen Buchstaben. Hier schrieb nun ein Leser, der von Musmannos Darstellung ihres Buchs angestachelt war. Ohne das Buch selbst zu lesen, versteht sich. Judge Musmanno war Autorität genug. Da kann man sich das Selberdenken sparen. Was den Ausschlag zu diesem Brief gegeben habe, schrieb der Leser, sei aber nicht der Bericht, sondern ihr Foto.

Nachdem viele Leser die Redaktion gefragt hatte, wer denn diese Hannah Arendt eigentlich sei, von der nun alle reden würden, hatte man ein Porträt von ihr nachgeschoben. Mühsam entzifferte sie die Buchstaben.

Das Bild zeigt ein Gesicht, steinhart und kalt wie das Eis am Nordpol. Verachtung liegt auf den Lippen und stählerne Brutalität in den Augen. Ich hatte das Gefühl, als beschmutze die Zeitungsseite, auf der Ihr Bild war, die ganze Ausgabe. Ich zog einen Handschuh über (so eklig hätte ich es gefunden, die Seite anzufassen), riss sie heraus und schmiss sie in den Mülleimer. Ich wollte ihr nicht die Ehre antun, sie zu verbrennen.

Dann las sie »souls of our six million martyrs« und wusste, da schreibt also jemand aus meinem eigenen Volk.

Diese Seelen unserer sechs Millionen Märtyrer, die Sie geschändet haben, werden Sie Tag und Nacht umschwärmen. Sie werden Sie nie mehr zur Ruhe kommen lassen.

Sie seufzte tief. Der Leserbrief zeigte, dass die Mobilisierung des Mobs in vollem Gang war. Diese Zusendung, dachte sie, ist so unfassbar stillos, dass sie eine Headline hergäbe. Jude schmeißt Jüdin in den Müll, mit Gummihandschuhen. Handfester geht's fast nicht.

Als sie das Blatt zur Seite legte, fragte sie sich, wie die beiden letzten Briefe denn nur auf den Stapel der dringlichen Post gekommen waren. Dort gehörten sie wahrlich nicht hin. Hoffentlich ist der nächste kein Irrläufer!

Es war ein Luftpostbrief aus Jerusalem, dicker als sonst, denn Gerhard schickte ihr nie Schreibebriefe. Sie wollte sich erst noch einmal frischen Kaffee holen und überlegte auf dem Weg in die Küche, wie Scholem ihren Bericht aufgenommen haben könnte. Viel Fantasie braucht man dafür nicht, dachte sie und erinnerte sich an den Streit über ihren Zionismusbeitrag. Sie hatte damals an die Freundschaft appelliert, mehr als nur einmal.

Sie setzte sich wieder, faltete die Blätter auf und las. Am Fuß der ersten Seite musste sie schlucken. Sie griff sich den Bleistift und begann nochmals ganz oben, unterstrich Wörter und Satzteile, las staunend weiter, notierte sich etwas am Rand, umkringelte das Wort »Schlagwort« und sagte immer wieder zu sich: Warum nur, Gerhard? Redest du wirklich über das Buch, das ich geschrieben habe? Spielen die Absichten eines Autors denn keine Rolle? Meine Absichten im Eichmann-Buch?

Scholem schrieb, die Jugend in Israel frage die ältere Generation, warum sie sich eigentlich hätten töten lassen. Als sie das las, kritzelte sie an den Rand:

Nicht unsere Frage!

Als sie las, ihr Buch verdeutliche nicht, wie viele Juden ihren Weg gegangen seien, im vollen Bewusstsein der Sachlage, notierte sie:

Nicht mein Thema!

Dann las sie, was er aus ihrem Untertitel gemacht hatte. A Report about the Banality of Evil. Seit Heinrichs spitzen Bemerkungen dazu wusste sie, dass man sich daran stoßen konnte. Verblüfft nahm sie zur Kenntnis, wie Scholem ihre Analyse vom radikal Bösen im Totalitarismus-Buch lobte und anfügte, damals hätte sie anscheinend noch nicht entdeckt, dass das Böse banal sei.

Und dann dieses Postskriptum! Ob sie denn was dagegen habe, wenn er seinen Brief veröffentliche, natürlich nicht in Briefform? Sie war verwirrt und wusste nicht, worauf er hinauswollte, ob er das wirklich ernst meinte und überhaupt: Warum wollte ein Professor denn plötzlich seine privaten Briefe veröffentlichen? Mir doch egal, wollte sie zuerst sagen, hielt dann aber inne. Warf Scholem seine fünfzig Jahre als Intellektueller, seine Autorität in jüdischer Geschichte nicht allzu demonstrativ in die Waagschale? War da nicht mehr dahinter? Anderes als die Dellen, die einem Rolle und Status zufügten? Sie hatte das Gefühl, als stünde Kurt hinter ihr, als wollte er sie nachsichtig stimmen.

Sie zündete sich eine Zigarette an und überlegte. Neulich hatte ihr ein Leserbriefschreiber geraten, sie solle sich nun, nach Monaten voller Falschbehauptungen und heftigster Kritik, doch endlich öffentlich äußern und gegen ihre Kritiker zur Wehr setzen. Nein, nicht jetzt. Das war ihre Antwort gewesen.

Ich warte lieber, bis sich die Aufregung gelegt hat.

Mit Scholem war die ganze Welt von diesem Prozess enttäuscht gewesen. Das war unvermeidlich gewesen, denn mit Format hatte Eichmann eben wirklich nicht dienen können, schon gar nicht mit Täterformat. Heinrich, Alain, Dolf, dieser Freund von Ingeborg, Harry Mulisch, und viele andere hatten das längst festgestellt und veröffentlicht. Aber die Reaktionen auf ihr Buch zeigten: Es darf einfach nicht sein, dass der Teufel ein kleiner Buchhalter oder, noch banaler, ein Hanswurst ist.

Vielleicht weiß der Hudson weiter, dachte sie und stellte sich ans Fenster. Erst mal Überblick gewinnen, was da eigentlich vorgeht. Sie schaute zwei Lastkähnen zu und rekapitulierte.

Scholem griff sie als Person an und ging kaum auf die Sache selbst, ihr Buch, ein. Er steckte sie biografisch in Schubladen, in die sie, wie er sehr wohl wissen müsste, überhaupt nicht passte. Auch schrieb er, die Referentin, nicht das Referierte, erfülle ihn mit Bitterkeit und Scham. Aber auf solch demonstrative Enttäuschung kann ich mich doch nicht einlassen? Sie überlegte hin und her. Welchen der vielen Angriffspunkte könnte sie denn herausgreifen, um das Gespräch auf das Wesentliche, die Sache selbst, zu lenken? Doch eine dieser Falschheiten über ihre Person?

Jein. Nur das mit dem Ton käme infrage. Das könnte der Widerrede wert sein, ja, das schon! Wenn ich es mir genau überlege, verdient das eine Widerrede, die so radikal wie nur die Liebe ist.

Sie drehte sich energisch zum Schreibtisch und nahm die Blätter erneut zur Hand. Das dünne Papier klebte, die Finger waren feucht, aber sie blätterte weiter und fand schließlich die Stelle, die sie suchte.

Es ist der herzlose, ja oft geradezu hämische Ton, in dem diese, uns im wirklichen Herzen unseres Lebens angehende Sache bei Ihnen abgehandelt wird. Es gibt in der jüdischen

Sprache etwas durchaus nicht zu Definierendes und völlig Konkretes, was die Juden Ahabath Israel nennen, Liebe zu den Juden. Davon ist bei Ihnen, liebe Hannah, wie bei so manchen Intellektuellen, die aus der deutschen Linken hervorgegangen sind, nichts zu merken.

Mit allen Wünschen für Sie, Ihr alter Gerhard

Man hatte auf ihr Herz gezielt und getroffen. Eine Wunde geschlagen. Sie liebte, ja, sie liebte, aber anders, als Scholem sich das vorstellte. Die Luft rausnehmen, dachte sie, aus dem muss ich jetzt wirklich die Luft rausnehmen!

Zum ersten Mal hatte sie das Gefühl, etwas klarstellen zu müssen, und jetzt wusste sie auch wie. Einzig und allein auf dem Argumentationsniveau, auf dem *sie* sich bewegen wollte. Das müsste unter Freunden doch erlaubt sein, nicht? Rasch ging sie um den Tisch herum und setzte sich wieder an die Maschine, spannte ein Blatt ein. Sie legte gleich los, denn was sie sagen wollte, war zu Ende gedacht.

Lieber Gerhard,

es gibt in Ihrem Brief einige Behauptungen, die nicht strittig sind, weil sie einfach falsch sind.

Nun zur Sache selbst. Ich will mit der Ahabath Israel beginnen. (Ich wäre Ihnen übrigens sehr dankbar, wenn Sie mir sagen würden, seit wann dieser Begriff in der hebräischen Sprache und im Schrifttum eine Rolle spielt, wann er zum ersten Mal aufgetreten ist, etc.). Sie haben vollkommen recht, dass ich eine solche »Liebe« nicht habe, und dies aus zwei Gründen: Erstens habe ich nie in meinem Leben irgendein Volk oder Kollektiv »geliebt«, weder das deutsche noch das französische noch das amerikanische noch etwa die

442

Arbeiterklasse oder sonst was in dieser Preislage. Ich liebe in der Tat nur meine Freunde und bin zu aller anderen Liebe völlig unfähig.

Sie hielt inne, schob die Brille hoch und atmete tief aus.

Die Liebe, ja, von allem Anfang an das Sujet meines Herzens, und sie wird es auch immer bleiben, aber nur in der Forschung. In die Öffentlichkeit oder die Politik gehört so was nicht! Aber in der Art wie dem Scholem hier habe ich vor gar nicht langer Zeit doch schon mal geschrieben. War das nicht auch ein Brief? An wen nur?

Sie stand auf, griff sich den Ordner mit der laufenden Korrespondenz aus dem Regal und durchsuchte die Durchschläge ihrer Briefe. Wie nützlich es doch war, sich immer eine Kopie zu machen. »Dear Mr. Baldwin«, las sie, ja, das war's, was sie suchte. James Baldwin hatte einen Essay über die Negro Question im *New Yorker* veröffentlicht, und sie hatte ihm einen Leserbrief geschickt. Sie überflog die Zeilen und begann heftig zu nicken.

Sie werfen eine Frage auf, die uns alle betrifft, deshalb nehme ich mir das Recht, Einspruch zu erheben.

Was mich in Ihrem Essay beängstigte, war das Evangelium der Liebe, das Sie am Schluss zu predigen anfangen. In der Politik ist Liebe eine Fremde, und wenn sie in sie eindringt, erreicht man nichts anderes als Heuchelei. Alle Eigenschaften, die Sie im Volk der Neger hervorheben: Ihre Schönheit, ihre Fähigkeit zur Freude, ihre Herzenswärme und Menschlichkeit sind wohlbekannte Merkmale aller unterdrückten Völker. Sie erwachsen aus dem Leiden und sind der stolzeste Besitz aller Parias, aber sie haben die Stunde der Befreiung leider noch nie auch nur fünf Minuten lang überlebt.

Hass und Liebe gehören zusammen. Beide sind zerstörerisch. Man kann sie sich nur im Privaten leisten und als Volk nur so lange, als das Volk nicht frei ist.

Mit aufrichtiger Bewunderung und herzlichen Grüßen (falls Sie sich erinnern, dass wir einander flüchtig kennen)

Ihre Hannah Arendt

Klar und wahr. Sie schlug den Ordner zu und ließ sich auf den Stuhl zurückfallen. Dass das so schwer verständlich sein muss, Gerhard! Aber ich schulde dir noch den zweiten Grund. Sie spannte ein neues Blatt ein und tippte.

Zweitens aber wäre mir diese Liebe zu den Juden, da ich selbst jüdisch bin, suspekt. Ich liebe nicht mich selbst und nicht dasjenige, wovon ich weiß, dass es irgendwie zu meiner Substanz gehört. Das Großartige dieses Volkes ist es einmal gewesen, an Gott zu glauben, und zwar in einer Weise, in der Gottvertrauen und Liebe zu Gott die Gottesfurcht bei Weitem überwog. Und jetzt glaubt dieses Volk nur noch an sich? Was soll daraus werden? Also, in diesem Sinne »liebe« ich die Juden nicht und »glaube« nicht an sie, sondern gehöre nur natürlicher- und faktischerweise zu diesem Volk.

Genug, das muss reichen. Ist sowieso fraglich, ob dem in den Kopf geht, was unabhängiges Denken ist. Langsam, aber sicher war ihr die Schreiblust vergangen.

Ach, diese verflixte Frage im Postskriptum, die hatte sie noch nicht beantwortet. Veröffentlichen, ja oder nein? In Briefform? Um Himmels willen, wo denn eigentlich? Davon hatte Scholem kein Wörtchen gesagt. Aber sie war müde. Zu müde, um zurückzufragen, lieber Gerhard, wo gedenken Sie unseren Briefwechsel denn zu veröffentlichen.

Tippte weiter, um die Sache zu einem Ende zu bringen. Wenn's unbedingt sein muss, veröffentlichen Sie unseren Briefwechsel, aber nur in Briefform. Damit es ist, was es ist. Mit einem kleinen Seufzer rappelte sie sich dann noch zu einer Freundlichkeit auf und fügte an, was man einem Freund eben schreibt, mit dem man sich in die Haare geraten ist, ohne dass man deswegen gleich im Sinn hat, mit ihm zu brechen.

Vielleicht können Sie sich entschließen, es in diesem Falle so zu halten, wie ich; nämlich, dass Menschen mehr wert sind als ihre Meinungen, aus dem einfachen Grunde, weil Menschen de facto mehr sind, als was sie denken oder tun.

———

Mit aufgestützten Ellbogen und dem Kopf in den Händen saß sie vor ihrer Cabin und rief sich in Erinnerung, was vor dem Semesteranfang in Chicago noch zu tun war. Eigentlich nur noch die Leseliste für die Studenten, dann bin ich gewappnet. Trotzdem hatte sie keine Ruhe.

Grillen, Baumfrösche, vielleicht sogar Zikaden zersägten die Stille. Manchmal schwoll der Lärm an und nach einer ohrenbetäubenden Weile wieder ab. Heute hatte das allabendliche Konzert in Palenville früher begonnen und durchsetzt mit Stimmen und Musik aus dem Radio.

Drinnen hörte Heinrich sich immer noch die Berichterstattung aus Washington an. Seit Stunden schon saß er wie gebannt vor dem Empfänger und hörte dem Programm am Lincoln Memorial zu. Die Mahalia Jackson hatte er so ergreifend gefunden, dass er ganz laut »Hannah!« gerufen hatte. Da war sie reingegangen, hatte sich auf die Lehne seines Sessels gesetzt, und er hatte den Arm um ihre Taille gelegt. So lauschten sie ein paar Minuten gemeinsam, was da in der Welt vor sich ging.

»Wirklich verdammt schade, dass wir hier praktisch in der Wildnis sind.«

»Du übertreibst wieder, Stups. Bloß weil wir hier kein Fernsehen haben? Ein Ferienhaus ist eben ein Ferienhaus.«

»Verdammt noch mal, aber diese Live-Übertragung aus Washington hätte ich wirklich sehen wollen! So viele Leute und hoch über ihnen der Lincoln, der sich das Ganze von oben aus anschaut.«

»Und lacht, wie die Götter im Olymp?«

»Aber Hannah, geht dir denn nicht das Herz auf? Ich fühl mich richtig durch und durch amerikanisch heute.«

»Lass mal sehen, wer alles auf dem Programm steht. Auch Baldwin?«

»Nein. Ist nicht unter den Rednern. Merkwürdig, aber vielleicht wollten sie ihn nicht.«

»Warum soll man denn so einen engagierten Schriftsteller nicht als Redner wollen?«

»Keine Ahnung. Zu polemisch. Zu versöhnlich. Oder er ging einfach nur vergessen. Alles möglich, Schnupper.«

Heinrich hatte sich einige Namen auf dem Programm unterstrichen und Notizen dazu gemacht.

»Nur noch die letzte Rede, dann gibt's Abendbrot, ja? Bin gespannt, was dieser Martin Luther King sagen wird. Hier, siehste all die Themen, die ich mir notiert habe? Was fürs neue Semester, Schnupper!«

»Sehr richtig, Heinrich. Fragestellungen für Essays kann man nie genug haben.«

Nur gut, dachte sie an ihrem Tisch draußen, dass dieser March on Washington den Eichmann-Ärger von Heinrich fernhält. Vor ihr selbst stand der Hass aber wie eine Wand.

Erst vor Kurzem hatte sie erfahren, dass am jüdischen Neujahrstag die Hetzjagd gegen sie beginnen sollte. Federführend war die Anti-Defamation League. Die Organisation hatte alle

Rabbiner in den USA mit einem Rundschreiben aufgefordert, vom Lesepult des Vorbeters aus Stellung gegen das Eichmann-Buch und seine Autorin zu beziehen. In circa drei Wochen würde man Rosh Hashana feiern.

Ob das schon alles ist? Sie klatschte mit der Hand auf ihren linken Unterarm und zerrieb die Blutspur. Längst war die Stunde der Stechmücken angebrochen. Bald müsste auch sie reingehen, bevor sie ganz zerstochen wäre. Aber hier draußen ließ es sich besser nachdenken als unter den Hunderttausenden, die drinnen sangen und marschierten.

Würde mich nicht wundern, dachte sie, wenn diese League auch noch Universitätsdozenten aus Amerika, Israel und weiß Gott woher mobilisierte. Eine organisierte Bande kann einen Einzelnen von überall her beschimpfen, auch von Universitätskathedern aus. Alle gegen einen, das geht immer. Sie schlug ihr Heft auf und griff sich einen Stift. Die Hand flog nur so über das Papier.

Dass es gefährlich sein kann, die Wahrheit zu sagen – um das zu wissen, brauchten wir weder Hitler noch Stalin, welche die Lüge selbst zum Rang der Wahrheit erhoben. Dies ist immer so gewesen, und der Grund ist politisch: Es ist immer Einer gegen Alle. Nicht weil »Einer« so klug ist und »Alle« so dumm, sondern der Denk- und Suchprozess, der schließlich zur Wahrheit führt, immer nur von einem geleistet werden kann.

Sie stand auf, ging hinüber zu den Bäumen und schaute zu den Kronen empor. So schrecklich laut, dachte sie, und doch sieht man diese Baumfrösche nicht. Die Stimmung war drückend. Sie hatte fast den ganzen Nachmittag verbummelt und nur gerade den Syllabus zustande gebracht.

Immer wieder waren ihr Scholems Briefe in den Sinn gekommen, und sie hatte sich den Kopf zerbrochen, was sie tun wollte. Er hatte zweimal im Abstand von nur wenigen Tagen geschrieben, immer noch wegen dieser leidigen Sache, ihrem Briefwechsel. Beide Briefe hatte sie gleichzeitig an ihre Ferienadresse nachgeschickt bekommen und sich nach dem Lesen erst mal setzen müssen.

Ihr Briefwechsel, schrieb Scholem, sei nun in Israel erschienen, und jetzt wolle er die Briefe der *Neuen Zürcher Zeitung* zeigen. Dort wären sie seiner Ansicht nach am richtigen Platz.

Um Himmels willen, auf keinen Fall!

So war es ihr im ersten Schock durch den Kopf geschossen. Bis sie merkte, dass es für Sorgen sowieso zu spät war. Aus dem zweiten Brief, den Gerhard im Urlaub in Ascona geschrieben hatte, musste sie nämlich erfahren, dass er seine grandiose Idee flugs und ohne ihre Reaktion abzuwarten, schon in die Tat umgesetzt hatte. Ihr Briefwechsel lag also bereits an der Falkenstraße.

Die Redaktion sei begeistert, schrieb Scholem, denn sie habe die ganze Zeit nach so etwas gesucht. Sachentsprechend und etwas, was sie, Hannah Arendt, zu sagen wünsche. Tatsächlich, so stand es auf dem Papier.

»Wünsche!«

Sie lachte trocken und fand die ganze Sache ziemlich geschmacklos. Scholem musste ganz schön aus dem Häuschen gewesen sein, sonst hätte er das Wort ›begeistert‹ nicht noch unterstrichen. Es konnte ihm offensichtlich nicht schnell genug gehen: Die Briefe seien schon im Satz, in vier Tagen sollten sie erscheinen, und Herr Dr. Streiff werde ihr von Zürich aus einen Korrekturabzug schicken. Nur gut, dass der anvisierte Publikationstermin durch die Nachsendefrist längst verstrichen war.

Hetzen lasse ich mich nun nicht auch noch. Sie wägte ihre Chancen ab, in ihrem Sinne zu intervenieren. Zuerst musste sie Scholem noch einmal ihre Haltung klarmachen.

Was eine Veröffentlichung in der *Zürcher Zeitung* angeht, bin ich aber nicht ganz Ihrer Meinung. Ich nehme an, Dr. Streiff, den ich aus Jerusalem kenne, wird Ihnen sagen, dass dieser Streit zwischen uns von keinem Interesse für die Leser der Zeitung ist.

War das klar genug, dass sie keine weitere Veröffentlichung wollte? ›Bin aber nicht ganz Ihrer Meinung‹, ist das wirklich klar genug? Höflich ist das, natürlich, aber doch auch verständlich, oder etwa nicht? Gilt Anstand denn gar nichts mehr? Im Juli hatte sie nur zwischen den Zeilen angedeutet, dass sie Scholems Vorhaben höchstens billigte. Hätte sie schon damals klipp und klar Nein sagen sollen?

Nun, das ist passé, aber jetzt stand weit mehr auf dem Spiel als nur die Veröffentlichung in einem kleinen israelischen Mitteilungsorgan. Zudem war sie sicher, dass Scholem auch in Zukunft keine Ruhe geben würde. Hier ging es um ihre eigene freundschaftliche Beziehung zur Redaktion der *Neuen Zürcher Zeitung*. Bretscher. Weber. Streiff. Ob sie es nicht besser selbst direkt in Zürich versuchen sollte?

Doch, doch. Natürlich, die kenn ich ja alle! Nur das ist ein Weg. Der einzige Ausweg. Und wenn ich Scholem dann einen Durchschlag von meinem Schreiben an die Redaktion schicke, ist es fair und transparent. Alles andere wäre nicht mein Stil, dachte sie, als sie zur Cabin zurückeilte und die Maschine holte. Trotz der Moskitos setzte sie sich wieder nach draußen an den Tisch.

Sehr geehrter Herr Weber,

ich möchte gerne, dass Sie und Herr Dr. Streiff wissen, dass die Idee einer Veröffentlichung von Gerhard Scholem ausging und dass ich eigentlich überzeugt war, dass die *Zürcher Zeitung* nicht bereit sein würde, den Briefwechsel zu veröffentlichen. Schließlich ist dieser ja bereits erschienen, in dem israelischen Mitteilungsblatt vom 16. August 1963. Schon aus diesem Grunde hielt ich es für sehr unwahrscheinlich, dass Sie das veröffentlichen würden. Sie sagen, dass da Gedanken und Gefühle von einem Verantwortlichen zum anderen gehen, und ich danke Ihnen dafür.

Meine eigene Meinung ist, dass weder Scholem noch ich diese Diskussion auf einem Niveau geführt haben, das es rechtfertigt, damit vor das große Publikum zu treten. Es ist etwas anderes mit dem jüdischen Sektor, in welchem ja die ganze Polemik und vor allen Dingen die Entstellungen und Missverständnisse ursprünglich entstanden sind. Scholems Einwände bringen ja auch nur einen verhältnismäßig sehr schmalen Abschnitt dieser Polemik, und dies gilt vielleicht noch mehr für meine Antwort.

Hiermit will ich nicht sagen, dass ich absolut dagegen wäre zu veröffentlichen, aber ich möchte Sie und Herrn Dr. Streiff doch noch einmal sehr bitten, sich die Sache zu überlegen. Lassen Sie mich wissen, was Sie wirklich denken, und wenn Sie dann darauf bestehen, will ich so schnell wie möglich die Korrekturen anbringen.

Mehr kann ich nicht tun, dachte sie. Nun soll die Redaktion entscheiden.

Gleichzeitig spürte sie, dass sie drauf und dran war, die Sache erneut aus der Hand zu geben. Schon seit Wochen fiel es ihr schwer, sich zu konzentrieren. Deshalb hatte sie sich auf den Urlaub in Palenville gefreut, um sich mit Heinrich noch etwas auszuruhen, bevor der Semesterbeginn sie voneinander trennen würde. Aber der Lärm hier draußen war ohrenbetäubend und doch auch der Inbegriff von Sommer.

Auf der anderen Seite des Tisches lag ihr Heft noch immer offen da. Sie zog es zu sich. Unter den Einträgen der letzten Wochen war ein Dichterwort, das sie sich aus einer deutschen Wochenzeitung ausgeschnitten und eingeklebt hatte. Wie ein Bote aus einer ganz anderen Zeit hatte es ihre Stimmung aufgehellt. Eine Stimme gegen den Lärm der Welt.

Karoline Schlegel. O mein Freund, wiederhole es Dir unaufhörlich, wie kurz das Leben ist, und dass nichts so wahrhaftig existiert als ein Kunstwerk. Kritik geht unter, leibliche Geschlechter verlöschen, Systeme wechseln. Aber wenn die Welt einmal aufbrennt wie ein Papierschnitzel, so werden die Kunstwerke die letzten lebendigen Funken sein, die in das Haus Gottes gehen – dann erst kommt Finsternis.

———

Schon wieder Oktober, wieder ein Jahr älter.

Der Wohnzimmertisch war übersät mit Rechnungen. Besonders dringend die für die Utilities. Zwei Briefumschläge mit den Checks für Wasser und Gas hatte sie schon vorbereitet, nur der für Strom fehlte noch. Jetzt, da sie nicht mal mehr jedes zweite Wochenende aus Chicago heimkommen konnte, blieb so was in den Postfluten liegen.

Heinrich, der noch nie als ihr Sekretär getaugt hatte, war so tief im Semester wie sie selbst und blieb wie immer ab und zu über Nacht im College. Auch um sich gesundheitlich zu schonen. Aber samstags sollte er eigentlich da sein.

Wollten sie nicht ihren Geburtstag nachfeiern? Ist wurscht, dachte sie. Geburtstage glücken nie recht, siebenundfünfzig ist keine schöne Zahl, und nach Feiern ist mir sowieso nicht zumute.

Aus Zürich hatte man ihr den Beleg geschickt. Den Briefwechsel mit Scholem hatte man in der Sonntagsausgabe gebracht. Gleich auf der Titelseite ihr Name, die Briefe selbst dann in der Beilage *Literatur und Kunst*, fast eineinhalb Seiten. Sie kannte den Text bis zum Überdruss und las nur noch einmal den allerletzten Abschnitt ihres eigenen Briefs.

Ganz zum Schluss komme ich zu der einzigen Sache, in der Sie mich nicht missverstanden haben, bei der ich mich gefreut habe, dass Sie sie entdeckt haben. Sie haben vollkommen recht, I changed my mind und spreche nicht mehr vom radikal Bösen. Wir haben uns lange nicht gesehen, sonst wären wir vielleicht darauf zu sprechen gekommen. Ich bin in der Tat heute der Meinung, dass das Böse immer nur extrem ist, aber niemals radikal, es hat keine Tiefe, auch keine Dämonie. Es kann die ganze Welt verwüsten, gerade weil es wie ein Pilz an der Oberfläche weiterwuchert. Tief aber und radikal ist immer nur das Gute. Aber, wie gesagt, ich möchte mich über diese Dinge nicht weiter äußern, da ich die Absicht habe, darüber noch einmal in anderem Zusammenhang und ausführlich zu handeln. Aber das konkrete Modell für das, was ich meine, wird Herr Eichmann wohl bleiben.
Sie schlagen vor, Ihren Brief zu veröffentlichen, und fragen mich, ob ich etwas dagegen habe. Ich möchte von einer Transformation in die dritte Person abraten. Der Wert dieser Auseinandersetzung besteht darin, dass sie Briefcharakter hat und auf dem Boden der Freundschaft geführt wird. Wenn Sie also bereit sind, Ihren Brief mit meiner Antwort zugleich zu veröffentlichen, so habe ich selbstverständlich nichts dagegen. Aber lassen wir es bei der Briefform.

Ihre Hannah

»Ihre Hannah«, schwarz auf weiß stand es in der Zeitung. Grässlich.

Scholem hatte seine Verbundenheitsformel getilgt, also ließ sie auch ihr »In alter Freundschaft« weg. Sehr richtig so. War nun ja keine mehr. Im Juli hatte sie noch dran geglaubt, sonst hätte sie doch nicht geantwortet und die Freundschaft beschworen.

Wer weiß, wohin das alles noch führen wird? Nun wollte auch der *Encounter* ihre Zustimmung zum Abdruck.

Was sie an der ganzen Sache wirklich widerlich fand, war, dass sie nicht für die Öffentlichkeit geschrieben hatte. Ihr Brief war privat, ein Freundesbrief, und das Einzige, was sie noch hatte tun können, war hartnäckig bleiben und auf der Briefform bestehen.

Damit das auch ein Blinder bemerkte!

Aber das war eben das Dilemma. Dieser Brief stand nun in einer europäischen Zeitung, und wahrlich keinem Käseblättchen. Sie hatte den kleinen Finger gereicht und sich weder Scholem noch ihren Gewährsleuten in Zürich gegenüber klar genug verwahrt. Sollen sie doch die ganze Hand haben. Karl hatte ihr sofort geschrieben.

Deine Antwort an Scholem, so großartig sie ist und in ihrem unterschiedlichen Niveau sogleich empfunden wird, ist doch Verschwendung.

Aus den wenigen Besprechungen, die er gelesen hatte, war es ihm so erschienen, dass ihr Buch einfach ignoriert wurde. Man sprach darüber, aber praktisch immer drüber hinweg. Vorläufig könne sie nicht sinnvoll zu Wort kommen, hatte Karl gesagt. Nur Schweigen sei richtig. Von Lärm hatte er gesprochen, den die machten, die sich erniedrigt fühlten. Erst müssten die Leute sich weiter unfreiwillig enthüllen.

Sie kam mit einem Glas Wasser aus der Küche.

Wenigstens ist die Post von heute Morgen erledigt, alles bis auf die Briefe der Übersetzerin.

Die Arbeit an der deutschen Fassung des Eichmann-Buchs ging nur schleppend voran. Auch hier behinderte Misstrauen die Arbeit, am meisten ihr eigenes. Aber wer wollte denn in diesem Flächenbrand nicht misstrauisch sein?

Zum Glück gibt's noch Heinrich, Mary, natürlich Karl und Gertrud in Basel. Und eine Handvoll anderer. Auf die wenigen kommt's an, wenn man den meisten besser aus dem Weg geht.

First things first. Sie stellte die Tasse neben die Schreibmaschine und spannte ein Blatt ein. Ordnung muss sein, zuallererst in meinem Kopf. Als sie das frisch eingespannte Weiß sah, tippte sie drauflos.

Die Rolle der Big Lie. Es wird nicht mehr eine Realität entstellt, sondern es wird etwas erfunden, was keine Beziehung mehr zur Realität hat. Zum Beispiel: Man wirft mir vor, gewisse Dinge zu sagen, weil ich »a self-hating Jew« bin – Bezug zur Realität ist gewahrt: Es ist eine Verleumdung, gegen die man sich, wenn man wollte, wehren könnte. Oder man sagt: Verteidigung Eichmanns, oder: Ich sei ein »behaviorist«. Hier kein Bezug mehr zur Realität und infolgedessen keine Verteidigung mehr. Es ist absurd. Gegen jede Verteidigung: 1) Ja, aber wenn es so absurd ist, wie kommt es, dass jemand es sagt? 2) Realität ist begrenzt, aber hier sind die Möglichkeiten unbegrenzt.

Juristisch gewendet: Ich müsste auf Verleumdung klagen – und käme in die Position, mich verteidigen zu müssen –, wozu ich gleichsam alle Schriften, die ich je verfasst habe, vorlesen müsste. Wenn man völlig unschuldig ist, kann man nicht mehr argumentieren. Daher obliegt es immer der Anklage, den Schuldbeweis zu führen. Der »Unschuldbeweis« ist undurchführbar.

The Big Lie and the Creation of an image: the enormous power of illusion.

So, eine erste Bilanz. Sie riss das Blatt aus der Maschine, nahm Schere und Tape, um das Geschriebene in ihr Heft zu kleben. Das Telefon klingelte. Jerrys Stimme, ruhig und vertraut, kündigte ihr ein Paket an.

»Express delivery. Shall I bring it up?«

Erleichtert ging sie in den Flur, nahm die Post, die Jerry ihr durch die halb geöffnete Lifttür reichte, und drückte ihm den Lohn für solche Extraservices in die Hand. Als sie den Absender sah, fühlte sie sich noch leichter. Aus Paris, das kann nichts Schlimmes sein, dachte sie und las Rue Chevalier de la Barre. Das ist doch Annes Adresse.

Auf den zweiten Blick bemerkte sie, dass es doch nicht Annes Hausnummer war. Paket war auch etwas übertrieben. So dünn und leicht? Sie öffnete die Papphülle und zog ein flaches, quadratisches Ding in Geschenkpapier heraus. Ist ja doch noch Geburtstagspost! Auf der beiliegenden Postkarte sah sie Edith Piaf. Hinten eine fremde Handschrift.

Dear Hannah,
I have read your book. Formidable!
La Piaf est morte. Je suis désolé. Voilà, sa vérité par rapport à Jérusalem.
Faternité, égalité, liberté, amitié, vérité!
Alain

Sie las die Karte noch einmal. Alain hat das Eichmann-Buch also gelesen, so viel ist klar, aber der Rest? Was für eine Wahrheit soll die Piaf haben? Jerusalem und die Wahrheit? Neigte Alain doch zu Pathos, mehr, als sie angenommen hatte? Keine Frage, je suis désolé, er war in Trauer.

Sie öffnete das Geschenkpapier. Eine Single, auf deren Cover die Piaf lachte. Sie las die Titel der Chansons, eins auf der einen, zwei auf der anderen Seite.

Jérusalem; Non, je ne regrette rien; Les mots d'amour

»Tiens, tiens«, sagte sie, als säße Alain neben ihr. Schau mal an, Alain, was für ein schöner Zufall! Der Tod, die Piaf, mein Geburtstag vor ein paar Tagen, die Lieder, die unser beider Leben zusammenwürfeln, darüber ließe sich doch nachdenken! Auch wenn wir zu gar keiner anderen Erkenntnis kämen als der, dass der Camus gut schmeckt. Geburtstage glücken manchmal eben doch, Alain. Laut lachend schenkte sie sich einen Cognac ein und legte die Scheibe auf den Plattenteller. Setzte die Nadel auf und prostete Alain und natürlich auch der Piaf zu.

C'est payé, balayé, oublié
Je me fous du passé
Je repars à zéro

Mit dem Glas in der Hand blieb sie in ihrem Gesang stehen.

Ließ das Piaf'sche Pathos an ihr Ohr branden.

Stand in Piafs kehligem R, das rollte und rollte, dachte an andere, die das R auch so gern rollten, an Ingeborg, die es mit einem Bier in der Hand donnern ließ. Bei der Piaf rollte das Gute, rollte das Böse, sie hielten einander in der Balance, wie zwei Waagschalen, und rollten alles ins Leben zurück.

All mein Leben, all meine Freuden, alles fängt noch mal bei null an, sangen sie miteinander, und sie drehte sich im Kreis. Wie nichts rollte sie auch den Cognac runter.

Non, rien de rien
Non, je ne regrette rien
Ni le bien, qu'on m'a fait
Ni le mal, tout ça m'est bien égal

Sie ließ sich erschöpft in ihren Sessel sinken. Wunderbar, dieses Tänzchen. Ich hab nichts vergessen, non, rien de rien, Edith. Ich kenne die Leere, ich kenne die Schwere, ich tanze, ich tanze. Wirklich schon vierzig Jahre her, seit ich das schrieb? Payé, balayé, mais pas oublié, Alain.

Die Platte drehte und drehte. Nach einer Weile legte sie die andere Seite auf und schenkte sich Cognac nach. Mal sehen, wie *Jérusalem* klingt, dachte sie und lauschte.

Ganz anders tönte es hier, mit zarten Perkussionselementen, die so arabisch klangen, dass sie an Kalif Storch und die anderen orientalischen Märchen von Wilhelm Hauff denken musste. Noch mehr staunte sie über die Piaf, die ihre Stimme in ganz erstaunliche Modulationen hineintrieb.

Ob Alain dieses Lied lieber mochte? Je länger sie zuhörte, desto mehr überraschte sie der Liedtext. Er war poetischer und bildhafter als in dem anderen Lied, fremd und gleichzeitig vertraut. Ganz und gar biblisch, selbst wenn sie das der Piaf nie zugetraut hätte.

Das Lied erzählte von Jesus. Dreimal besang es die Augen, in denen die Güte der Welt ist. Dreimal das Herz, in dem die Liebe der Welt wohnt. Dreimal die Hände mit der Zauberkraft der ganzen Welt. Dreimal die Augen, in denen das Verzeihen liege. Und das alles in einem einzigen Menschen. In einem, in dem Menschen.

Et l'homme seul

Sie war sich nun ganz sicher, dass Alains Lieblingslied *Jérusalem* war. Es erinnerte ihn bestimmt an seine Kindheit. An Abuelita, deren Hand so fest gewesen war wie ihr Glaube. An die Wüsten rund um Alains Geburtsstadt. Nur die Kamele fehlten. Dafür war es in dem Lied so schön heiß wie in dem Land, das er verlassen hatte.

Sie hatte große Lust, Alain auch etwas zu schicken. Ein Geschenk, auch wenn sie nicht wusste, wann er Geburtstag hatte. Sie dachte sich, Alain hat einen Zufallstreffer gelandet. Mal sehen, ob ich auch so ein gutes Händchen habe.

Sie zündete sich eine Zigarette an und überlegte.

Camus kam nicht infrage, aber nur aus patriotischen Gründen, denn Alain kannte seinen Landsmann wohl in und auswendig. Algerien kam also nicht infrage. Auch Augustinus nicht, selbst wenn der ihr immer vor Augen gestanden hatte, als sie so alt wie Alain war. L'amour du monde.

Ob die Erzählung von Saint-Exupéry was für Alain sein könnte? Immerhin wär's was Amerikanisches. Wenn sie sich richtig erinnerte, hatte der Autor seine Geschichte vom Prinzen in New York geschrieben. Mitten im Krieg gestrandet in Amerika. Zum Trost für sich selbst hatte der Franzose dann ein Märchen geschrieben. Da musste sie wieder an die Piaf denken. La magie du monde.

Zum Glück gibt's Wüsten, zum Glück auch Bruchlandungen. Sonst würde man dem kleinen Prinzen und dem klugen Fuchs nie im Leben begegnen. Nie all den weisen Tieren, und auch nie dem Leviathan, wie es ihn nur im Märchen gibt.

Da erinnerte sie sich, dass Martin das Märchen von Saint-Exupéry einmal als sein Lieblingsbuch bezeichnet hatte. Nein, was dem alten Heidegger gefällt, muss nicht unbedingt etwas für einen jungen Reporter sein. Sie überlegte weiter. Also vielleicht doch eine Heine-Ausgabe?

Die *Französischen Zustände* müsste es auf Französisch geben.

Die Reportage über die Cholera hatte sie sehr beeindruckt, als sie nach Paris geflohen war. Heine, unparteiisch und ohne Pathos, als Särge schon längst Mangelware geworden waren. Für ein paar Jahre, bis zur Scheidung von Günther, hatte sie sogar zum äußersten Zweiglein von Heines Stammbaum gehört.

Den Heine für Alain könnte ich doch gleich bei Anne bestellen! Meine zwei Freunde an der Rue du Chevalier de la Barre. Anne spielt bestimmt die Postbotin, und Alain wohnt sowieso nur ein paar Häuser weiter. Sie kann das Buch gleich in seinen Briefkasten werfen.

Nach so viel Musik und Cognac doch noch eine gute Idee! Für den aufstrebenden Reporter in Paris unseren Meisterjournalisten. Von uns Deutschen. Von uns Juden.

23 Odysseus und das Herz

Tegna, 15. August 1975

Auf dem Friedhof neben der Kirche war niemand. Das überraschte sie nicht. Nur selten sah sie dort jemanden beten, Weihwasser auf ein Grab tun, verwelkte Blumen abräumen oder neue bringen. Was man eben so tut bei den Toten. Sie schnäuzte sich und behielt das Taschentuch in der Hand, den Turm im Rücken und die Gräber vor Augen. Wie das Lebende so tun.

Die Nase läuft schon wieder, ein schönes Mitbringsel, dachte sie. Ziemlich erkältet war sie vor zwei Tagen aus Freiburg heimgekehrt und fühlte sich seither wie eine lahme Fliege. Heute hatte sie sich zu rein gar nichts aufraffen können. Nur die paar Schritte zum Kirchturm, das muss vor dem Abendessen noch sein. Bloß, weil die Nase läuft, liegt man nicht den lieben langen Tag im Bett. Die Reisestrapazen können's doch nicht gewesen sein. Odysseus ist bestimmt anders heimgekehrt. Zwanzig Jahre sind definitiv kein Pappenstiel.

Sie setzte sich auf die Steinbank vor dem Kirchturm. Musste sich wieder schnäuzen, und als das Taschentuch nass war, holte sie ein neues aus der Handtasche. Neben der Packung sah sie ganz unten die Minox liegen. Sie zog die Nase hoch und schluckte.

In Freiburg bietet sich vielleicht eine schöne Gelegenheit, das wär was, noch mal ein Foto von Martin zu machen. Ja, so hatte sie es sich gedacht, als sie nach Freiburg aufgebrochen war. Aber dann: Pustekuchen. Bei den Heideggers hatte sie die Minox nicht einmal hervorgeholt. Sie waren nur ein paar Stunden zusammen gewesen, und Martin hatte die ganze Zeit über eine Miene gemacht, dass bestimmt nichts Brauchbares dabei herausgekommen wäre. Vergebliche Liebesmüh.

Rumgestrudelt fühlte sie sich. Wie früher manchmal, wenn sie sich allein in der Welt herumgetrieben hatte, nur hatte es damals eben noch einen Stups gegeben, auf den man sich freuen, mit dem man alles besprechen konnte und der einem schon in der Tür was richtig Nettes sagte. Na, kommt mein berühmtes Vögelchen wieder in sein Nest? Ist aber auch Zeit geworden, Schnupper. Rumgestrudelt, ja, aber dann doch anders als früher, da war nichts Fröhliches mehr. Sie spürte, dass sie konfus war und eine kuriose Buchhaltung mit dem Leben zu führen begann.

Nichts gearbeitet. Kein Vortrag. Keinen Verleger getroffen. Kein Interview. Auf der ganzen Reise nur die Männer von der Bank und die Heideggers, sonst niemanden.

Sie zog die Nase hoch und wischte sich mit dem zerknüllten Taschentuch unter der Nase. Zu viel Sterben und zu wenig Leben um mich herum, ja, das muss es sein, was so auslaugt. Wochenlang nur Menschen um mich, die plötzlich sehr alt geworden sind. Zuerst das grässliche Treffen mit Günther, dann all die Zu- und Absagen, ein einziges Auf und Ab und Hin und Her, eine nicht abreißende Kette.

Kurz vor ihrer Abreise nach Zürich die Ankündigung eines Freundes, er wolle für eine Woche kommen. Sie hatte sich gefreut und auch schon Pläne für Ausflüge gemacht, aber ein paar Tage später dann die Absage. Schlaganfall.

Kaum war sie aus Freiburg zurück, ein Telefonat mit Robert, viel zu lange und wie immer in seinen Anfällen von Hypochondrie nur um seine Krankheiten kreisend, die er ganz sicher nicht hatte. Fantasie hat der schon immer gehabt, nur wird sie im Alter immer krummer. Minusio war nah, man könnte sich ja besuchen, aber so ganz ohne Lust geht das nicht.

Und heute Morgen dann noch der Brief von Uwe. Herzinfarkt, wenn's stimmt. Der Johnson ist doch viel zu jung für solche Extravaganzen. Es könnte auch sonst ein Zusammenbruch gewesen sein, dachte sie, aber das gibt niemand gern zu, wenn man so stark trinkt wie Uwe. Jedenfalls ist's nun nichts mit Berzona, schade. Sie schnäuzte sich. Unter der Nase juckte es. So gut es ging, tupfte sie sie trocken. Nicht mal geraucht heute.

Ihre Füße fuhren über die Steinplatten und scharrten ein paar Kiesel weg. Noch eine Woche. Die letzten Tage in Tegna wollte sie sorgsam nutzen, dringend noch etwas Ruhe haben, gesund werden und auch sonst zu Kräften kommen. Dieses bleischwere Zeug macht einen nur ungerecht, dachte sie. Barbara und Matteo und Ena sind doch auch noch da.

Wenn nur das mit Heidegger nicht so mies gelaufen wäre, dann könnte sie alles leichter wegstecken, da war sie sich sicher. Dann würde sie das Leiden der anderen nicht so sehr berühren. Ach, dieser Martin. So unnahbar habe ich ihn nie zuvor erlebt. Aber was kann man tun, wenn einer nun plötzlich wirklich sehr alt geworden ist? Absolut kein Interesse mehr hat, taub und zurückgezogen? Manche sitzen ein Leben lang in der Falle. Sie überlegte, ob es da noch etwas zu überlegen gäbe. Nein. Sie kam nur zu dem Schluss, dass Heidegger schlicht und einfach unrecht hatte. Geworfen, nein, so fühlte sie sich nicht. Und wenn wir trotzdem in die Welt geworfen sind, dann nicht anders als die Tiere, nämlich auf die Erde. Und sonst gar nicht.

Aber Martin, was ist denn gewonnen, wenn man das Leben ausschaltet? Es behält im Alter und im Tod schließlich doch recht. Sie erinnerte sich dankbar an das bisschen Leben, das aus der Küche gekommen war. Elfriede, wie immer geschäftig mit dem Abendbrot hin und her, hatte zwischen Wohnzimmer und Küche erzählt, warum sie das Sauerteigbrot jetzt bei *dem* Bäcker und nicht mehr beim alten kaufe und dass die Leberwurst aus der Pfalz eben doch besser sei als die aus dem Schwarzwald.

Während er einfach nur vor sich hingestiert und vor sich hingekaut und vor sich hingeschluckt hatte.

Sie musste fast ein wenig lachen. Dass *sie* mal sagen würde, zum Glück ist die Frau Heidegger da gewesen. Doch, doch, es stimmte. Martins Frau hatte die ganze Beklemmung ein wenig gelockert. Obwohl ihr immer noch schleierhaft war, warum ausgerechnet diese Frau das Wort Friede in ihrem Namen trug. Was kann man tun? Nach alter jüdischer Tradition sich vor Augen halten, dass dies noch nicht das Ende ist und es doch immer noch schlimmer kommen kann? Oder doch lieber ihren alten Vertrauten folgen? Für Rahel war das wehmütige Erinnern der beste Weg, um sich wieder aufzurappeln.

Odysseus hätte dem nicht widersprochen, auch wenn der eine besondere List mit auf den Weg bekommen hatte. Er konnte sich sein Herz wieder zusammenflicken wie ein Segel, in das der Wind Löcher gerissen hat. Wer sich sein Herz so erneuern kann, dem haben die Götter ein untreffbares gegeben.

Ausgerechnet Scholem hatte sie mit dem Satz aufzuheitern versucht und Mut gemacht. Vor dem Urlaub war ihr der Brief beim Aufräumen wieder in die Finger geraten, ein ganz dünner Durchschlag, fast dreißig Jahre alt und kaum mehr lesbar, aber sie hatte sich durchgebissen.

Gerhard hatte ihr nach seiner Rückkehr nach Jerusalem geschrieben. Sie hatte sich nicht weniger Sorgen um jenes Palästina gemacht als er, obwohl er immer das Gegenteil behauptet hatte. Die Reise durch Europa habe ihm das Herz gebrochen. Zwischen den verschiedenen Judentümern in Europa und Amerika und Palästina gebe es eine Distanz, die katastrophal sei. Alles zerfalle. Man verstehe einander nicht mehr. Keiner habe eine Ahnung von dem, was bei den anderen vor sich gehe, und wolle nur noch Ruhe, Ruhe und keine Gojim.

Ach, Gerhard, flicken Sie sich Ihr Herz wieder zusammen, machen Sie es wie Odysseus.

Sie, ja du lieber Himmel, sie hatte Scholem getröstet! Er war am Boden zerstört gewesen. Mitten in der Sintflut, nachdem die Welt untergegangen war und sie, die paar Überlebenden, die zwar nicht froh, aber ihres Lebens doch wenigstens wieder gewiss sein konnten, hatten einander Briefe geschrieben. Über das Überlebthaben, für das sie nichts konnten, aber genau dieses Geschenk sollten sie doch fühlen und bewusst annehmen.

Scholem hatte es sich nicht nehmen lassen, sarkastisch auf ihre »zionistischen Leistungen« in ihrem *Menorah*-Artikel anzuspielen. Ihr Ton verletze ihn so, dass er gar nicht erst über den Inhalt diskutieren wolle. Kurios und auch traurig, dass Ideen manchmal wichtiger werden können als Menschen.

Sie muss damals blind gewesen sein, sonst hätte sie erkannt, wie kräftig Scholem auch mit scheinbar gebrochenem Herzen zuschlagen konnte, Freundschaft hin oder her. Der brauchte wirklich keinen Odysseus, um sich wieder aufrichten zu können.

Das Postskriptum war typisch Scholem gewesen. Blumenfeld gehe es gar nicht gut. ¾ Ruine, herzzerreißend und rührend anzusehen. Wortwörtlich. Beim Wiederlesen hatte sie Gerhards Worte über den Freund einfach nur taktlos gefunden. So was käme nie über ihre Lippen.

Kurt war damals um einiges jünger gewesen als sie jetzt, und sein angeblich so beklemmender Zustand hatte Scholem nicht daran gehindert, Kurt gegen sie aufzuhetzen, noch bevor er ihren Zionismus-Artikel selbst gelesen hatte. Ihre Post für Kurt war erst danach gekommen. Aber die anderen unvoreingenommen lesen und über das Gelesene selbst nachdenken lassen, das war Scholems Sache offenbar nicht.

Jetzt probier ich's doch, dachte sie und zündete sich eine

Zigarette an. Zog und sog, aber es juckte nur, weil der Rauch nicht durch seine gewohnten Bahnen ins Freie konnte. Sie schnäuzte sich und nahm noch einen Zug, aber es war hoffnungslos.

Sie trat die Zigarette aus, stand auf und nahm nur die Taschentücher mit. Kurt, das war's, Cox erinnerte sie an den lieben Kurt. Sie ging zum Törchen, durch das man in den Friedhof neben der Kirche kam. Sie wollte ein paar Schritte zwischen den Gräbern machen. Die Handtasche ließ sie auf der Bank stehen. Hier kommt nichts weg.

Die Metallklinke war schön warm, als sie die Tür zum Friedhof aufstieß und gleich den ersten Kiesweg einschlug. Sie blieb vor einem der vielen Gräber mit karger Bepflanzung stehen. Kaum Frisches, im besten Fall Efeu oder anderes Immergrün, meist nur Steine mit Moosen und hie und da eine verwilderte Distel. Die Toten hatten keine Lebenden mehr in der Nähe, die für ihr Grab sorgen könnten.

Martin hatte ihr mal eine Silberdistel geschenkt, irgendwann in ihrem Komm-und-nimm-und-gib-Spiel. So was dauert nicht ewig, hatte sie damals zu sich gesagt, und nicht die Distel gemeint.

Später in der weiten Welt
Tut es uns wohl weh,
Wenn wir spüren, wie im Wind
Stark Erinnerung weht.

Wenn was wehtat, hatte sie es in jenen Jahren oft in Versen ausgedrückt. Alles, alles ist drin in solchen Versen, die ganze Kraft, die Dinge dieser Welt beweglich und das eigene Herz leichter zu machen. Aber Martin hatte nie was zu ihren Gedichten gesagt, sondern höchstens seine eigenen geschickt.

Hatte sie etwas geplagt, als sie jung war, wappnete sie sich manchmal auch mit dem Gedanken an die Sterblichkeit. Dass alles sein Ende in sich trägt, war für sie eine tröstliche Gewissheit. Lächelt die Welt einem gerade nicht zu, beginnt man eben, mit dem Tod zu spielen. Sobald sie uns aber die törichsten Wünsche erfüllt, schmeißen wir den Sensenmann wieder in die Ecke. Ist eben alles doch ein wenig zum Lachen.

Wer hätte gedacht, dass Stehen hilft. Jedenfalls fühlte sich ihr Kopf schon ein klein wenig klarer an. Sie schniefte noch mal. Vielleicht nimmt es nun doch ein Ende mit diesem Schnupfen. Eigentlich hatte sie den ganzen Monat kaum gearbeitet. Ist doch gar nicht so schlecht, noch ein paar Tage einfach nur für mich. Man hat nicht wenig, wenn man nichts hat als sich selbst. Und Barbara ist gottlob auch da. Vielleicht kann ich mit ihr noch mal ausfahren.

Sie ging an der Wand mit den Urnengräbern entlang und las die Namen. Hier ruhen die Genügsamen, dachte sie. Bei langen Namen bleibt nicht mal genug Platz für alle Lettern. Hannah Arendt-Blücher, das könnte schon zu viel sein.

Heinrich und sie hatten im Friedhof von Port Bou nach Benjis Namen gesucht. Stups, lass uns sein Grab suchen, wir kommen früh genug nach Lissabon. Sie waren lange zwischen den Gräbern herumgeirrt, aber weit und breit kein Walter Benjamin. Und trotzdem hatte sie dieser vergebliche Besuch froh gemacht. Wenn Benji wirklich hier liegt, hatten sie zueinander gesagt, hat er sich den fantastischsten aller Friedhöfe ausgesucht.

Der Ort war einer der schönsten, die sie je in ihrem Leben gesehen hatten. Er ging auf die kleine Bucht, direkt auf das Mittelmeer hinaus, mit Terrassen in Stein gehauen, und in solche Steinwälle schob man auch die Särge.

»Die Füße überm Meer, Schnupper, so einen Friedhof könnte ich mir auch vorstellen.«

Aber der von Heinrich war auch gut. Seit er tot ist, sind ihr

Friedhöfe nicht mehr fremd. Sein Grab in Bard ist nur einen Katzensprung vom Hudson weg. Sehr richtig. Ein Stück Wald mit Gedenksteinen hier und dort, nicht mal wirklichen Gräbern. Sogar diese Wohnung geben sie her, die Lebenden auf ihrem Weg ins Verborgensein.

Sie ging an der Friedhofsmauer entlang. Niedrig, und doch eine Einfriedung aus den gleichen Steinen, aus denen die Häuser gebaut waren. Unter ihren Füßen knirschte es. Sie bückte sich über das eine oder andere Porzellanporträt auf den Grabsteinen. Tessiner Gesichter, die Frauen meist mit Kopftuch und ganz in Schwarz. Zerfurchte Gesichter, mit Runsen wie an den Felsen der Maggia.

So eine Fotografie ist ein letzter Versuch, das Einmalige festzuhalten, bevor es wie alles Lebende im Tod verschwindet. Darum haftet allem Lebendigen, nicht nur dem Menschen, etwas Nicht-Irdisches an. Aber dann? Sie hatte vor Kurzem gelesen, Spekulationen über ein Leben nach dem Tod glichen einer Raupe, die wisse, dass es ihr wahres Schicksal sei, ein Schmetterling zu werden. Natürlich Kant! Seine späten Fragmente sind besonders schön. Und so tröstlich. Er kann eben nicht nur beim Essen helfen.

Sie blieb stehen und schaute über die Gräberreihen. Da sah sie auf dem Mäuerchen eine zusammengerollte Katze. Sie ging zu ihr, berührte sie behutsam, und plötzlich schnellte die Kugel auseinander, gähnte ein paarmal kurz hintereinander und blinzelte sie neugierig an. Als sie über ihren Rücken streicheln wollte, stand die Katze auf, streckte sich und schaute mit einem Ruck auf die Eidechse, die sich nicht weit von ihr sonnte. Sie machte einen Satz und landete mit weit ausgestreckten Pfoten.

»Die erwischt sie nicht«, rief Ena und schwenkte lachend die Gießkanne in ihrer Hand. Sie hatte sie gar nicht über den Kies kommen hören.

»Das ist die Nachbarskatze, nach der du gefragt hattest.«

»Die so erbärmlich gejammert hat?«

»Genau die. Ich habe nachgefragt.«

»Und?«

»Daniele hat mir erzählt, dass sie ihre Jungen verloren hat und jammernd durch den Hof gewandert ist. Drei Tage lang hat sie ihre Kleinen gesucht.«

Ena füllte die Kanne.

»Hoffentlich ist deine Erkältung bald weg.«

»Es wird.«

»Dann seh ich dich ja gleich beim Abendessen.«

Ena trug das Wasser zu einem Grab in der hinteren Reihe, goss es in hohem Schwung aus und winkte ihr vom Türchen aus nochmals zu. Die Katze hatte sich aufs Mäuerchen gesetzt und beobachtete die Schwalben hoch oben im Turm. Sie strich ihr über den Kopf, das Fell war ganz warm von der Sonne.

»Na du, hast drei Tage lang getrauert und jetzt deine Gewohnheiten wieder aufgenommen«, sagte sie zur Katze, die mit dem Kopf heftig gegen ihre Hand stieß. »Ausgejammert. So ist's gut.«

Penelope wäre ein schöner Name für die tapfere Katze, dachte sie und ging langsam über den Kies in Richtung Turm. Morgen werde ich über den heimgekehrten Odysseus schreiben. Sie setzte einen Schritt vor den anderen, der Kies knirschte in ihren Ohren fast wie Schnee. Wie Homer nach so vielen Jahren Odysseus endlich nach Hause schickt, als Bettler verkleidet zu seiner Frau, um sie zu testen und, falls nötig, wie alle anderen Treulosen zu erschlagen.

Penelope weiß von rein gar nichts, als der Fremde über ihre Schwelle tritt. In den zwanzig Jahren seiner Abwesenheit war der junge Mann ein Silberrücken geworden, und so kann er seiner Frau unerkannt von Odysseus erzählen. Seine eigene Geschichte erzählt er.

Penelope hört zu und beginnt, um ihren Mann, der an ihrer Seite saß, zu weinen. Und dann heißt es so schön, sie scheint sich in Tränen aufzulösen, wie der Schnee in den hohen Bergen, den der Westwind aufgetürmt hat und der Südwind zum Schmelzen bringt, bis er die Flüsse anschwellen lässt.

Das ist die Metapher, die das Unsichtbare sichtbar macht. Nicht die Tränen, nein, die drücken nur den Kummer aus, sondern der lange Winter der Abwesenheit des Odysseus, die leblose Kälte und steinerne Härte dieser Jahre, die nun beim ersten Hoffnungszeichen, dass sich das Leben erneuert, dahinzuschmelzen beginnt. Wie der Boden weich wird, damit der Frühling kommen kann.

Sie hielt nochmals Ausschau nach der Katze. Sie saß in der Sonne, die Pfötchen nebeneinander wie eine Sphinx.

Es gibt nicht zwei Welten, nein. Aber die Brücken zwischen dem Sichtbaren und allem anderen, die muss man eben sehen und suchen und auch preisen. Dafür ist uns das Leben des Geistes doch geschenkt. Wofür sonst?

Auch Penelope und Odysseus kommen natürlich in mein Buch. Wer weiß, ob nicht sogar die tapfere Katze ein Plätzchen bekommt.

Sie schloss das Türchen und ging zu ihrer Tasche. Die Abendluft war angenehm, die Sonne nun fast hinter dem Berg, nur die Schwalben jagten noch immer wild sirrend den Insekten nach. Sie liebte das Helle und Freundliche hier, und die Nase war jetzt fast trocken.

Als sie über die Gleise ging, schlug die Kirchturmuhr hinter ihr acht. Es waren keine regelmäßigen, mechanisch bemessenen Schläge, eher wie ein Gebimmel von gigantischen Ziegen, die hoch oben auf unsichtbaren Wiesen standen.

Jede für sich schellte und schickte ihre losen Töne in die Landschaft. So legte sich eine Melodie in die Täler der Maggia und Melezza, die einfach schön war und das Herz ganz ruhig machte.

Manchmal hörte sie zu, wenn sie im Bett lag. Bis in alle Ewigkeit könnte sie diesem Gebimmel zuhören.

24 Bin ich's, so ist's ein jeder

Köln und New York, 21. September bis Dezember 1964

Ihre Schritte hallten durch den Korridor. Das Hauptgebäude war noch fast leer, das Semester würde erst im Oktober beginnen. Kein Professor ließ sich in den Ferien in einem Hörsaal blicken, außer einem Vertrauensdozenten wie Johannes Zilkens. Er hielt wieder seinen Studientag ab, ausnahmsweise in Köln und nicht in der Eifel, wo die Treffen mit seinen Studenten der Studienstiftung des deutschen Volkes sonst immer stattfanden.

Mehrmals schon hatte sie bei Zilkens' Studientagen mitgewirkt, aber diesmal gab's was zu erzählen. Was ihr Verlag nicht alles organisiert hatte! Wegen des Eichmann-Buchs, das gerade erschienen war, hatte man sie sogar für Fernseh- und Radioaufzeichnungen vergeben. Das lag nun alles hinter ihr, und sie war frei für Johannes und seine Studienstiftler. Angenehme und aufgeschlossene junge Leute, dachte sie, manche auch wirklich helle, und Johannes war sowieso ihr persönliches deutsches Freundschaftswunder. Im trostlosen Winter '50 war es ihr begegnet, und sie hatte es durch all die Jahre hindurch am Leben erhalten.

»Kenn ich die Kinder denn noch vom letzten Mal, Johannes?«

»Ich glaube nicht. Ist eben schon ein Weilchen her, seit wir in der Eifel waren, Hannah. Die Studenten von damals haben inzwischen alle ihren Abschluss. Auch die neuen sind ausgezeichnet, aber so jung sind sie nun auch wieder nicht. Silke ist die Älteste, sie ist bereits im elften Semester.«

Seit den früheren Treffen wusste sie, dass man mit den jungen Leuten etwas anstellen könnte. Ihren politischen Sinn schärfen und ihnen Mut machen, später, wenn sie was mitzureden hätten, das Gesindel ans Licht zu holen, das sich nach dem Krieg in Amt und Würden geflüchtet hatte, auch unter Talare von Richtern und Professoren. Es muss doch möglich sein, Deutschland wieder auf gesunde Füße zu stellen.

»Dann sind also wieder ein paar im Leben draußen. Hast du Kontakt mit ihnen?«

»Ja, mit einigen: Manche schicken Postkarten, Hochzeitsfotos oder Geburtsanzeigen. Erinnerst du dich noch an Jörn? Er hat seinen Facharzt gemacht und hier in Köln eine Praxis eröffnet.«

»Ist das der Urologe?«

»Kinderarzt, Hannah. Er hat sich anders entschieden.«

»Unter deinen Studienstiftlern waren immer auch angehende Ärzte, oder?«

»Ja, aber diesmal nur einer. Gabriel möchte in die Psychiatrie, die anderen studieren Geschichte, Literatur, Philosophie, einer will Journalist werden, er schreibt auch schon für die Zeitung.«

Beim letzten Mal waren die Studenten begeistert gewesen. Endlich hört das Professorengequatsche auf! Endlich die Fenster auf und frische Luft in die Sache! Tja, die Kinder sind nicht auf den Kopf gefallen, sie wissen eben, dass sie in einem Saftladen leben. Leider ist niemand da, der wirklich mit ihnen spricht. Außer Zilkens natürlich.

Sie setzten sich in eine Kaffeeecke, noch hatten sie ein paar Minuten, bevor sie die jungen Leute treffen würden. Zilkens ging zum Automaten und füllte zwei Becher, sie holte Zigaretten und Feuerzeug aus der Handtasche.

»Hier, gut ist er nicht, aber immerhin Kaffee.«

»Danke. Wie waren die Diskussionen am Morgen?«

»Lebhaft und sehr anregend. Als es um den Ausschnitt deines Eichmann-Buchs ging, haben sich einige ganz schön ereifert, besonders Klaus, der angehende Journalist. Übrigens wertvoll, dass du mir die druckfrische Übersetzung gegeben hast.«

»War ja nicht viel Lesestoff. Meinen Studenten gebe ich mehr auf.«

»Sie werden den Rest verschlingen, sobald sie das Buch in die Hände bekommen.«

»Und den Jaspers?«

»Von seiner Philosophiegeschichte ließen sie sich nicht so recht packen.«

»Versteh ich gar nicht. So eine Originalität!«

»Ich bin trotzdem ganz zufrieden mit dem Gespräch. Und du weißt gar nicht, wie glücklich ich bin, dass du hier bist. Hast du nun alle Interviews hinter dir? Dein Verlag macht groß Propaganda.«

»Ja, alles vorbei, Radio, Fernsehen, Presseleute. Ich habe mich gefügt, muss alles sein für die Präsentation in Frankfurt. Und nun auf zu deinen Schützlingen, Johannes!«

»Ja, die sind gespannt wie sonst was.«

Sie schaute Zilkens an. Er zwinkerte, lächelte verschmitzt und nahm die beiden Becher.

Hätte ich nur auch so einen Kinderarzt wie Zilkens gehabt, dachte sie, aber mit all den Figuren, zu denen Mutt sie geschleppt hatte, war sie nie warm geworden. Heute gibt's keine Fisimatenten, Hannahlein. Mutt hatte sie im Wartezimmer immer feste bei der Hand genommen. Sie hatte kein Pardon gekannt und wie jede Mutter, die es sich leisten konnte, ihr Kind regelmäßig dem medizinischen Blick ausgesetzt.

»Na los, rück schon raus damit, Johannes, was hast du ihnen gesagt?«

»Was schaust du mich denn so an, Hannah? Ich bin die Unschuld in Person, weißt du doch. Ich habe den Studenten nur gesagt, was wir besprochen haben: Wir haben das Glück, dass Frau Professor Arendt zurzeit in Deutschland weilt. Freundlicherweise hat sie sich bereit erklärt, sich von Ihnen befragen zu lassen. Zum Abschluss unseres Studientags machen wir eine persönliche Fragerunde.«

»Wenn das nur gut geht, Johannes. Persönliche Fragerunde! Kinder fragen einen Löcher in den Bauch.«

»Keine Bange, dann nähe ich das Loch eben wieder zu. Silke wollte tatsächlich wissen, ob sie auch wirklich persönliche Fragen stellen dürfe.«

»Mädchen fragen besonders viel. Und, was hast du geantwortet?«

»Fragen Sie nichts, was Sie nicht selbst gefragt werden möchten. Mehr habe ich nicht gesagt. Der Rest ist ganz in deiner Hand.«

»Hast du ihnen auch gesagt, ich hätte schon mit den Herren Gaus und Fest geübt?«

»Ja. Sie wissen, dass du letzte Woche in München und Baden-Baden aufgezeichnet hast.«

»Das hat sie nicht abgeschreckt? Ach, wird schon schiefgehen, Johannes, lass uns anfangen, sonst krieg ich mehr Lampenfieber als letzte Woche.«

»Na, du wirst sie bändigen, dann mal los, auf in die Höhle der Löwen.«

Wenn Zilkens einen anlächelte, wie jetzt unterm Türrahmen, sah er so jung aus wie damals im Zugabteil. Sie mochte sein Strahlen, als sagte jemand leise zu einem: Lass dir nicht bang sein, du bist hier unter Menschen.

Sie schaute sich im Hörsaal um. Blutjung, aber wie immer eine erlesene Gruppe. Klein, aber fein. Auch in Köln gibt es Hochbegabte nicht wie Sand am Meer. Unter den zwölf Gesichtern wirklich nur die eine Studentin, sonst alles junge Männer, die meisten in Anzug und Krawatte. Johannes ging voraus, stellte ihre Becher hin, rückte ihr den Stuhl zurecht, damit sie sich ans Pult setzen konnte, und nahm neben ihr Platz.

»Meine Dame, meine Herren. Ich freue mich sehr, dass wir nun einen ganz außergewöhnlichen Gast begrüßen dürfen. Es ist uns eine große Ehre und Freude, Frau Professor Arendt im Namen der Studienstiftung des deutschen Volkes willkommen zu heißen. Ich möchte Sie bitten, Ihren Vornamen und Ihre Studienrichtung zu nennen, bevor Sie Ihre Frage stellen. Hannah, möchtest du zuerst noch ein Wort sagen, oder sollen die Studenten gleich loslegen?«

»Ich freue mich, dass ich diesen Nachmittag mit Ihnen beschließen darf. Was wir jetzt tun, mache ich zum ersten Mal und weiß auch nur, dass nun Fragen auf mich zukommen. Vielleicht ein Wörtlein zu den Spielregeln. Eine alte philosophische Frage, die sich auch Sokrates zu eigen gemacht hatte, lautet sinngemäß: Was tun wir, wenn wir fragen? Sokrates musste kein Hellseher sein, um zu beobachten, dass Menschen oft so tun, als ob sie etwas wissen, und zwar ganz präzis wissen. Er hatte aber erkannt, dass es meist nur Meinungen sind, sogenannte *doxa*, und deshalb sagte er zu den Menschen: Lasst mich eure Hebamme sein und euch helfen, die Wahrheit in euren *doxa* zu entbinden.

Sokrates begann, sie so lange mit Fragen zu schütteln und zu kneten und zu schubsen, bis sie selber nachzudenken begannen. Er erinnerte sie aber auch an etwas Elementares: Ich weiß, dass ich nichts weiß. Das heißt ja nichts anderes als: Erstens habe ich nicht die Wahrheit für jedermann, und zweitens kann ich die Wahrheit meines Gegenübers nur in Erfahrung bringen, wenn ich frage und zu verstehen versuche, wie die Welt sich ihm offenbart hat. Das tun wir, wenn wir fragen und zuhören, was der andere antwortet. Schießen Sie also los!«

Sie blickte in die Runde. Große Augen. Sie hörte ein Räuspern und dachte, es käme von dem jungen Mann, dessen Augen hinter der Hornbrille fast nicht zu sehen waren. Aber die Studentin ganz vorne ergriff das Wort.

»Frau Professor, Sie publizieren unerhört viel, auf Englisch und auf Deutsch. Doktor Zilkens hat uns ja von Ihrem Werdegang erzählt. Sind Sie heute eigentlich zweisprachig? Und wie schaffen Sie es, das alles unter einen Hut zu bringen? Ach, entschuldigen Sie bitte, ich heiße Silke und studiere Linguistik.«

»Das sind zwei Fragen, dann mal schön der Reihe nach. Nein, ich bin nicht zweisprachig. Deutsch ist meine Muttersprache und ist es trotz allem geblieben. Zum Französischen und zum Englischen, das ich heute schreibe und in dem ich lehre, habe ich immer eine Distanz behalten, die verliert man leider nie. Frech und frei kann ich mich also nur auf Deutsch ausdrücken. In the back of my mind sind viele Gedichte, die ich auswendig kenne, allesamt deutsch.

Nun zu Ihrer zweiten Frage, die allerdings zwei Aspekte enthält: Was das Schreiben selbst betrifft, ist die Sache einfach. Ich schreibe schnell. Ich beginne nämlich erst dann zu schreiben, wenn etwas zu Ende gedacht ist. Was die viele Arbeit angeht, auf die Sie anspielen, da haben Sie ganz recht, Silke. Ich faulenze nicht genug. Da ich aber körperlich ein Stehauf bin, bringt eine Nacht mit neun statt acht Stunden alles wieder in Ordnung. Trotzdem fällt einem ein Buch nicht in den Schoß. Das ist einfach so.«

Der junge Mann mit der Brille hob jetzt die Hand. Er hatte in der Zwischenzeit Anlauf nehmen können.

»Holger, Philosophie im Hauptfach, achtes Semester. Frau Professor, inwiefern kann Adolf Eichmann philosophisch abgehandelt werden, und in welchem Fachgebiet der Philosophie wäre es anzusiedeln?«

»Ihre Frage erinnert mich an ein Erlebnis vor vierzig Jahren, als mein Doktorvater mich fragte, ob Liebe denn ein philosophisches Thema sei. Ich glaube nicht, dass ich in diesem Rahmen adäquat auf Ihre Frage eingehen kann, weil sie meinen ganzen Denkweg bis hin zum Eichmann-Buch betrifft. Er beginnt mit meinem Totalitarismus-Buch, das liegt auf der Hand, aber er führt auch über meine Auseinandersetzung mit dem Arbeitsbegriff in *Vita activa*, so der deutsche Titel.

Lassen Sie mich etwas zur Philosophie sagen, das haben Sie ja gewählt. Philosophie beginnt mit dem Staunen über alles, was ist und wie es ist. Nur wenige erfahren dieses Staunen. Warum ist das so? Weil man es erleiden muss. Es ist ein *pathos*. Plato spricht von einer philosophischen Erschütterung. Wer sie erleidet, wird von denen getrennt, mit denen er zusammenlebt, und das gilt auch für die akademische Philosophie. Es sind stets wenige gewesen, die sich dieser Erfahrung ausgesetzt haben. Ich hoffe, unter Ihren Professoren ist einer, der das gewagt hat.«

Ein Junge hob die Hand und ergriff das Wort.

»Klaus Müller. Ich studiere Geschichte, Soziologie und Germanistik und möchte Journalist werden. Ich interessiere mich für Ihren Reportagestil, Frau Professor Arendt. Haben Sie die fünf Reportagen für das Buch eigentlich umgeschrieben? Und gibt es Unterschiede zwischen der englischen Originalfassung und der deutschen Übersetzung, ich meine, haben Sie aus der heftigen Kritik Konsequenzen gezogen und Ihren Bericht umgearbeitet?«

»Die fünf Reportagen sind mit der englischen Buchausgabe identisch und die wiederum mit der deutschen Übersetzung von Brigitte Granzow, die ich selbst überarbeitet habe. An manchen Stellen habe ich Verbesserungen angebracht, die deutsche Fassung hat eine Vorrede bekommen, aber im Wesentlichen ist mein Bericht so geblieben, wie er in seinem Ursprung beabsichtigt war. Ich hoffe, das beantwortet Ihre Frage.«

»Jaja, genau, Sie haben also nicht nachgegeben! Also, ich

habe noch eine Frage, wenn ich darf, und zwar zu dem Interviewer und seiner Fragetechnik. Man hört immer wieder, in Rundfunkstationen, Zeitungsredaktionen und Verlagen gebe es an Schlüsselstellen ehemalige NSDAP-Funktionäre. Da frage ich mich eben schon: Wie merkt man denn, mit wem man es zu tun hat?«

»Ja, das frage ich mich auch.«

»Sie wissen also nie mit Gewissheit, ob Ihr Lektor oder Ihr Verleger in der Partei, der SA oder sogar bei der SS war?«

Sie schaute den Jungen an. Sein Kopf saß noch nicht so ganz fest auf dem Hals und erinnerte sie an den eines Vögelchens. Sie lehnte sich etwas zurück und streckte die Beine aus.

»Nein, Klaus. Time will tell. Die nächste Frage bitte.«

Der Student senkte seinen Blick, nahm Stift und Papier und beugte sich über sein Pult, als wollte er eine Runde aussetzen und über ihre Antwort nachdenken.

»Frau Arendt, ich schließe bald ab und ich freue mich umso mehr, dass ich Sie nun doch noch kennenlerne, aber ich muss Ihnen gestehen, dass ich mich gleichzeitig sehr schäme. Weil ich Deutsche bin.«

»Ach, Silke, Sie sind doch bestimmt erst im Krieg geboren worden.«

»Aber ich schäme mich trotzdem, für meine Eltern.«

»Das überrascht mich etwas. Hier, aber auch in Israel erlebe ich sonst eher ein Desinteresse der Jungen an den Erfahrungen der Alten, einen ungeheuren Generationenbruch.«

»Im Gegenteil, aber es ist so schwer, aus ihnen rauszubringen, was sie erlebt und gewusst haben, ich weiß nicht mal, ob sie nur einfach nicht den Mut finden, mir und meinen Geschwistern etwas über diese Zeit zu erzählen. Ich weiß nur, dass meine Mutter ihrem Ermland nachtrauert, mein Vater hat nie viel gesprochen, ich habe ihn erst kennengelernt, als er aus Sibirien heimkam.«

»Ermland … ich habe auch ostpreußische Wurzeln … ja, Silke, es ist furchtbar, die Trauer ist ein legitimes Gefühl, auch die Trauer um die verlorene Heimat, aber es ist das einzige, glaube ich. Die Scham, von der Sie sprechen, ich weiß nicht, ob sich darin nicht oft auch Selbstmitleid versteckt oder sogar Selbstbeweihräucherung. Manchmal, wenn ich von dieser Scham höre, möchte ich sagen: Ich schäme mich, ein Mensch zu sein. Sehen Sie, unsere Väter, Ihre Großväter, kannten eine Menschheitsschwärmerei, die leichtfertig und nichtsahnend war. Seither haben die Völker einander besser kennengelernt, mehr und mehr über die Möglichkeiten des Bösen im Menschen erfahren. Der Erfolg ist nun aber, dass sie vor der Idee der Menschheit zurückscheuen. Sie spüren instinktiv, dass diese Idee sie zu einer Gesamtverantwortlichkeit verpflichtet, die sie nicht zu übernehmen wünschen. Die Scham, ein Mensch zu sein, ist doch nur der individuelle Ausdruck für diese Einsicht. Aber diese Scham müssen wir politisch produktiv machen, Ihre und meine. Furchtlos und kompromisslos.«

Ein Student mit vollem dunklem Haar, der sie von Weitem an Günther erinnerte, begann zu sprechen.

»Ich bin Gabriel, studiere Medizin, und meine Frage lautet: Was tut not, Frau Professor, in der Gesellschaft und individuell?«

»Man muss lernen, sich unverblümt die Wahrheit sagen zu lassen. Das wünsche ich Ihnen. Dann darf die Welt ja hoffen, dass Sie doch einmal mitzureden haben.«

»Das ist wirklich kurz und bündig. Und etwas ausführlicher, wenn es möglich wäre?«

»Ich verstehe. Was ich vorhin über die Scham gesagt habe, kann einen ja beunruhigen. Aber zum Glück gibt es etwas, das uns als Menschen wirklich zu beruhigen vermag. Wir kennen es alle, denn es macht uns zu Menschen. Haben Sie eine Idee, was es sein könnte?«

Sie blickte in die Runde, aber der Fragensteller selbst schien schon eine Antwort parat zu haben.

»Der Daumen, Frau Arendt? Oder, wenn wir im Zeitraffer der Evolution weiterspulen, das Bewusstsein?«

Sie blickte den Medizinstudenten an, dann Johannes. Mit der ersten Antwort hatte sie nicht gerechnet, schon gar nicht von einem angehenden Psychiater. Aber vielleicht hatte Gabriel ja recht, und es war wirklich primär der Daumen, der den Menschen auch aus medizinischer Sicht von allen anderen Hominiden unterscheidet. Ohne Greiffunktion wäre der Mensch kaum je zum *homo faber* geworden.

»Gabriel, Sie überraschen mich, wie Sie's auf den Punkt bringen! Ich dachte tatsächlich eher ans Begreifen als ans Greifen, aber eins gibt's eben nicht ohne das andere. Da haben Sie ganz recht.«

»Also meinen Sie das Bewusstsein, Frau Arendt? Ich bin angehender Psychiater und frage mich: Warum sollte uns das beruhigen können?«

»Reden wir also vom Begreifen. Mich beruhigt es zutiefst, wenn mein Gegenüber auf Gründe hören kann. Aber Sie wollen ja etwas mehr Fleisch am Knochen, nicht wahr, Gabriel? Ich versuch's mal.

Wenn ein Mensch auf Gründe hört, sich auf andere einlässt und doch unabhängig bleibt, dann ist er ein echtes Gegenüber, mit dem ein anderer Mensch in ein wirkliches Gespräch kommen kann. Sie sehen an all diesen Adjektiven, dass wir nun zum Kern kommen: zur Vernunft. Sie ist einzig und allein maßgeblich dafür, dass wir beruhigt durchs Leben gehen können, denn die Vernunft führt zur Einsicht. Was aber heißt das konkret? Im Grunde genommen doch nichts anderes, als dass der Mensch sich selbst, wie er nun einmal ist, nicht ausgeliefert ist. Ja, ich mir selbst. Sie sich selbst und so weiter, und das ist doch das Tröstliche daran: Wie auch immer ein anderer

Mensch beschaffen sein mag, wir können an etwas appellieren und er hört.

Natürlich kann die Vernunft einen Menschen auch darin unterstützen, dass er nicht nur den Mächten um ihn herum preisgegeben ist. Wichtiger aber scheint mir das Verhältnis des Menschen zu sich selbst, damit er im Gespräch mit sich selbst sein kann. Es bezeugt, dass wir Menschen sind. Dieser Dialog mit sich selbst kann nicht vital genug sein.«

»Und wenn einer nicht hört und es ist, als redete man gegen eine Wand?«

»Tja, dann sind wir eben doch beim Daumen oder irgendwelchen anderen Evolutionstricks, zu denen eine Spezies greift, um sich an die Umstände anzupassen. Aus eigener Erfahrung muss ich leider sagen, dass es zerstörerisch ist, falls dieser Appell des einen an den anderen Menschen misslingt. Die menschlichen Beziehungen überhaupt werden dann zerstört, und uns bleibt nichts als die ewige Verschiedenheit. Und da könnte man verzweifeln. Denn der misslungene Appell fällt auf einen selbst zurück. Er macht mich selbst zur Kreatur und erniedrigt auch die Vernunft zu einer Differenz unter anderen. Zu einer Schnabelform, zum Daumen oder was immer Sie wollen.«

Ein Student in hellgrauem Anzug mit Krawatte meldete sich und legte gleich ziemlich energisch los.

»Volker Klee, Jurisprudenz, sechstes Semester. Frau Professor, darf ich Sie fragen, was Sie unter Elite verstehen?«

»Nun, das Wort stammt von dem lateinischen *eligere* ab und bedeutet bekanntlich auswählen. Die Elite, das wären also die Erlesenen, es fragt sich nur, wozu. Sie wissen, dass es in jedem totalitären Regime Eliteformationen gibt, die die Macht stützen. Die Hitlers wären ohnmächtig ohne Unterstützung. Als ich so alt war wie Sie, Volker, schlossen Kreise, die sich damals als Elite Deutschlands verstanden, ein Bündnis mit dem Mob, ganz besonders mit einem Fünf-Groschen-Jungen. Es ist bekannt, was daraus geworden ist. Deshalb ist mir das Wort suspekt.

Nun, Sie haben heute Morgen über mein Porträt eines Mitglieds der Nazi-Elite diskutiert. Eichmann wollte mitmachen, ohne sich zu fragen, bei was er denn da mitmacht, und danach hat er nur noch funktioniert. Dieses Wir-Sagen machte die allergrößten Verbrechen möglich. Als Richter, vielleicht sind Sie das ja später, hätten Sie bei Eichmann vergebens nach irgendwelchen Tatmotiven gesucht.

Aber um auf Ihre Frage zurückzukommen: Ich möchte Ihnen sagen, was ich unter Elite verstehe. Sie alle zählen zu den besonders Begabten in Deutschland. Ihre Ausbildung wird von der Studienstiftung des deutschen Volkes gefördert. Die Gesellschaft richtet hohe Erwartungen an Sie, ob als Forscher, Unternehmer, Ärzte, Richter, Schriftsteller, Journalisten oder was immer Sie werden wollen. Seien Sie um Himmels willen kein Funktionär, sondern eine Person. Stop and think. Denken ist nicht ungefährlich, aber ich halte das Nichtdenken für gefährlicher. Suchen Sie sich's aus. Das heißt *eligere*.«

Es war mucksmäuschenstill, als der Verschluss ihrer Handtasche klackte. Auch das Feuerzeug klingt hier lauter, dachte sie. Zilkens stand auf und öffnete das Fenster. Die gelbgrünen Pappeln, eine Amsel, die sang, als wollte sie eine neue Melodie ausprobieren, ein Stück tiefblauer Herbsthimmel. Sind die Fragen schon ausgegangen? Da kam ihr die Anekdote vom FBI in den Sinn.

»Bis Ihnen wieder was einfällt, möchte ich Ihnen eine kleine Geschichte erzählen. Was glauben Sie, wie gefährlich lebt eine Professorin, die ihren Studenten beibringen will, Fragen zu stellen? Das sieht nur aus wie eine Scherzfrage.

Sehen Sie, vor gut zehn Jahren war ich Gastprofessorin in Kalifornien. Ich hielt in Berkeley eine Vorlesung über totalitäre Ideologien. Damals war das Denunzieren wieder in Mode gekommen, aber ich hatte keinen Grund zur Angst. Ausgerechnet ich sollte ins Visier der Kommunistenjäger geraten? Undenkbar! Genau das ist aber geschehen. Der Vater einer Studentin schickte mir das FBI an den Hals. Seit seine Tochter meine Kurse besuche, denke sie und stelle alles auf den Kopf, gab er zu Protokoll. So kam ich zu einer Akte, in der stand: hängende Schultern, Kurzhaarschnitt, masculine voice and a marvelous mind. Wieder mal Schwein gehabt mit der Polizei!«

»Haben Sie das jetzt erfunden?«

»Nein. Ich erzähl Ihnen doch keine Märchen, Volker!«

»Noch nie habe ich gehört, dass ein Professor steckbrieflich gesucht wurde.«

»Sie schauen Wildwestfilme, nicht? Das FBI hat keinen Steckbrief mit meinem Gesicht aufgehängt, sondern mich überwacht, that's all.«

»Und worum ging es da genau?«

»Die Tochter hatte zu Hause erzählt, welche Kurse sie besucht. Da war der Vater schnurstracks zur Polizei gegangen, und die rapportierte dann dem FBI, ich würde ›eine totalitäre Philosophie‹ unterrichten. Der Mann hatte seine Tochter einfach nur falsch verstanden.«

»Darf ich noch was fragen, Frau Arendt?«

»Nur zu, Silke.«

»Haben Sie in Deutschland je einen Lehrstuhl angestrebt?«

»Nein, das kann ich nicht behaupten, obwohl ich aus einer rein akademischen Tätigkeit kam und an meiner Habilitationsschrift schrieb. Aber zu diesem Wunsch konnte es nicht mehr kommen.«

»Weil Sie fliehen mussten?«

»Auch das, aber zuerst erlebte ich etwas anderes, das den Wunsch im Keim erstickte. Lassen Sie mich ausholen. Als das Jahr '33 kam und Hitler die Macht ergriff, war das natürlich sehr schlimm, aber das war nicht wirklich der Schock von uns deutschen Juden. Dass die Nazis unsere Feinde sind, war seit vier Jahren jedem klar, der nicht schwachsinnig war. Nein. Der Schock war die Gleichschaltung unserer Freunde, und das war nun ein persönliches Problem, auch für mich. Von einem Tag auf den andern bildete sich ein leerer Raum um einen. Ganz besonders in dem intellektuellen Milieu, in dem ich lebte, war die Gleichschaltung die Regel, nicht aber unter den Übrigen, die ich kannte. Das hab ich nie vergessen! Als ich aus Deutschland floh, dachte ich: Nie wieder!«

»Nie wieder was?«

»Nie wieder rühre ich eine intellektuelle Geschichte an. Deshalb hätte ich mir nicht mehr wünschen können, einen deutschen Lehrstuhl anzustreben.«

Der angehende Jurist ergriff das Wort.

»Mit Verlaub, Frau Professor, aber Sie haben doch das Gegenteil getan und sind Professorin geworden.«

»Sie haben zwar keine Frage gestellt, Volker, aber Ihre Beobachtung kann ich nachvollziehen. Es sieht wie ein Widerspruch aus. Ich muss noch einmal ausholen. Nach der Flucht ließ ich mich in Paris nieder und ging in die praktische Sozialarbeit mit Kindern, weil ich eben mit dieser Gesellschaft, den Intellektuellen, nichts mehr zu tun haben wollte. Damals war ich der Meinung, die Gleichschaltung hinge mit diesem Beruf, mit der Intellektualität zusammen. Heute weiß ich mehr darüber.«

»Es war also ein Fehlschluss? Das würde mich beruhigen. Manche von uns streben nämlich hier in Deutschland einen Lehrstuhl an. Wir Studienstiftler zählen zur intellektuellen Elite des Landes, das möchte ich noch einmal klarstellen, so sagt man uns, nicht wahr, Herr Doktor Zilkens?«

Ein Seitenblick zu Johannes, der die Studenten freundlich anschaute und mit einem kleinen Handzeichen andeutete, dass er das Wort nicht wünschte. Sie drehte sich wieder zu den Studenten.

»Nun, so weit würde ich nicht gehen. Ich glaube nicht, dass es ein Fehlschluss war. Ich denke immer noch, dass es im Wesen des Intellektuellen liegt, sich sozusagen zu jeder Sache etwas einfallen zu lassen. Wirklich zu allem und jedem. Nehmen Sie Hitler, mein Gott, was fiel ihnen zu Hitler nicht alles ein! Fantastische, komplizierte und hoch über dem gewöhnlichen Niveau schwebende Dinge! Grotesk. Also da ist wirklich was dran, für mich zumindest. Sehen Sie, ich sitze in einer von der Regierung einberufenen Erziehungskommission in Washington, auch ein Physiker ist dabei, wahrscheinlich weil es ihm im Labor zu langweilig geworden ist, aber worüber sich diese Intellektuellen den Kopf zerbrechen, geht wirklich auf keine Kuhhaut. Vor dieser Falle kann ich nur warnen. Gehen Sie Ihren eigenen Einfällen nicht auf den Leim.«

Ein junger Mann, der noch keine Frage gestellt hatte, saß mit verschränkten Armen direkt vor der Wand. Er hatte schöne rötliche Locken und sprach mit tiefer, aber leiser Stimme.

»Was kann man tun, wenn man von Natur aus eher schüchtern ist? Ich weiß nicht, ob ich mich daran gewöhnen könnte, so in der Öffentlichkeit zu stehen wie Sie. Haben Sie vielleicht einen Rat, wie man das trainieren kann?«

»Wer sind Sie?«

»Pardon, Andreas heiße ich. Russische Literatur.«

»Was ich nun sage, mag für Sie unglaubwürdig klingen. Ich bin von meinem Temperament her nicht für den öffentlichen Raum geschaffen. Mein instinktiver Impuls war stets, die Öffentlichkeit zu meiden. Solche Dinge sind ja angeboren, aber die Ereignisse, die ich skizziert habe, schoben mich in den öffentlichen Bereich hinein, und das war richtig. Er ist tatsächlich der geeignete Erscheinungsraum für die politische Rede und das politische Handeln. Daran lässt sich nun mal nichts ändern.«

»Haben Sie ein Rezept?«

»*Carpe diem.* Nutzen Sie Ihre Zeit in der Welt. Wer zu sehr mit sich selbst beschäftigt ist, merkt nicht, worum es in Wirklichkeit geht. Sehen Sie, es gibt eine talmudische Geschichte von drei Dutzend Gerechten, um derentwillen Gott nicht die Welt zerstört. Niemand weiß, wer die Sechsunddreißig sind, am wenigsten sie selbst, und doch fragt sich jeder, ob er wohl dazugehört. Das ist menschlich, aber dumm.

Vertrauen wir der Geschichte und seien wir die, die wir sind. Alles andere ist absolut verheerend. Das Verlangen, jemand anderes zu sein, ist wahnwitzig. Aber ein Mensch, der sein Selbst aufgeben möchte, entdeckt tatsächlich, dass die Möglichkeiten der menschlichen Existenz so unbegrenzt sind wie die Schöpfung.«

Sie schaute auf ihre Uhr und dann zu Zilkens, der wieder neben ihr saß und freundlich in die Runde blickte. Er schien alle Zeit der Welt zu haben.

»Herr Doktor Zilkens hat uns gesagt, dass Sie vor Kurzem im Fernsehstudio waren. Hatten Sie Lampenfieber?«

»Zuerst ja, Silke. Ich wurde gepudert und hergerichtet, als müsste ich auf die Bühne. Weiß Gott, was kommt nun, dachte ich, aber dann war das Gespräch mit Günter Gaus so angenehm, dass ich die Kameras, Scheinwerfer und was es da sonst so braucht, schließlich vergessen habe. Kurios, man setzt sich vor die Kamera, ohne dass die Öffentlichkeit, für die man das tut, sichtbar ist, und doch hat sie einen leibhaftig.«

»Klingt ja richtig unheimlich, Professor Arendt!«

»Sag ich doch! Das Fernsehen ist unerlässlich für das moderne Imagemaking, weil das Bild von mir länger lebt als ich selbst. Wenn ich schon längst gestorben sein werde, sitze ich noch in dem Fernsehstudio dort und rauche, da können Sie aber Gift drauf nehmen! Und Eichmann in seinem Glaskasten zuckt mit dem Mundwinkel und blättert in seinen Akten.«

Noch immer hatten etliche nichts gefragt. Volker, der angehende Jurist, meldete sich und redete blitzschnell, wie schon beim ersten Mal.

»Sie haben sich bestimmt gefreut, dass Sie im Fernsehen auftreten dürfen?«

»Ich fürchte, da muss ich Sie enttäuschen. Ich wollte nie etwas mit Television zu tun haben. Wollen Sie denn ein Gesicht haben, das man auf der Straße wiedererkennt?«

»Warum nicht, das würde mich nicht stören. Dann sind Sie zum ersten Mal im Fernsehen?«

»Nein. Im März gab ich einem amerikanischen Sender ein Interview. Die Sendung auf *Camera Three* drehte sich um das Theaterstück *Der Stellvertreter*, dessen Autor Rolf Hochhuth sich ja ganz ähnlichen Vorwürfen und Machenschaften ausgesetzt sah wie ich. Wir diskutierten vor laufender Kamera.«

»Dort ging es also nicht um Sie und Ihr Eichmann-Buch?«

»Indirekt schon.«

»Und was hat der Interviewer gefragt?«

»Hier in Deutschland, meinen Sie? Ich habe ja letzte Woche zwei Interviews gegeben. Joachim Fest befragte mich zum Eichmann-Buch, denn für das Radio stand das Thema im Vordergrund. Günter Gaus hingegen befragte mich zu meiner Person, meinem Leben, und ich bin sogar gesprächig geworden, und dann natürlich auch über das Buch.«

»Wird das zur Buchmesse gesendet?«

»Danach, glaube ich, Ende Oktober im ZDF und das Radio-Interview erst im November.«

»Mein Vater schaut die Sendung immer, er sagt, bei Herrn Gaus sei noch nie eine Frau zu Gast gewesen.«

»So ist es, Silke, aber es darf ja auch mal sein, dass eine Frau interviewt wird, nicht?«

Der angehende Journalist protestierte, es gehe doch nicht an, dass eine Studentin fünf Fragen stelle, wo doch einige Kommilitonen noch gar nichts gefragt hätten, aber Zilkens hob nur beschwichtigend die Hand. Er wollte der Sache offensichtlich ihren Lauf lassen. Silke nutzte den Augenblick für ihre nächste Frage.

»Haben Sie ein Hobby, Professor Arendt?«

»Nein, sonst könnte ich doch überhaupt nie faulenzen! Aber ich sehe nun, dass es Fragen gibt, die ich beim besten Willen nicht beantworten kann. Sie sollten zum Fernsehen gehen.«

Die Studentin ließ sich durch das Gelächter nicht verunsichern, sondern lachte selbst am lautesten, ohne den Moment zu verpassen, gleich nachzulegen. Ist *doch* nicht so schlimm, wenn einem Löcher in den Bauch gefragt werden, dachte sie.

»Vielleicht kochen Sie gern?«

»Ja, natürlich, ich koche, aber das ist eher was Praktisches. Essen ist wichtig für mich und meinen Mann. Wir stammen ja aus einer Generation, die den Hunger kennengelernt hat.«

»Kochen Sie deutsch oder amerikanisch?«

»Am liebsten französisch. Von überall, wo ich war und bin, nehme ich etwas mit. Sehen Sie, Arbeit kann wirklich angenehme Nebenwirkungen haben. Durch die Stelle in einer jüdischen Organisation habe ich nämlich die französische Küche erlernt, von Französinnen, mit denen ich für Kinder und Jugendliche kochte. Das Essen war sehr wichtig, denn die Kinder mussten vor allen Dingen zunehmen. Wie mager die Kinder waren, als sie zu uns ins Lager kamen! So wollten wir sie bestimmt nicht nach Palästina bringen, also kochten wir so gut, wie unsere Mittel und die Umstände es erlaubten. Lecker, gesund und mit dem gewissen Extra.«

»Und was wäre das?«

»Avec amour. Mit Liebe, Silke.«

Klaus zischte etwas Unartikuliertes zur Linguistin. Offensichtlich versuchte er sich gegen ihre Neugier zu behaupten. Er meldete sich nun energisch wieder zu Wort.

»Ich möchte noch einmal auf Ihren Bericht zurückkommen. Ich habe Golo Manns Artikel in der *Zeit* gelesen. Hier in Deutschland ist er ja einer der Kritiker, die schon lange vor der deutschen Fassung aktiv wurden.«

»Sehr lange, ganz richtig. Das hatte zuvor schon die *Neue Rundschau* abgedruckt. Das deutsche Buch, aus dem Sie schon was zu lesen bekommen haben, kommt ja erst jetzt in die Buchläden. Aber Ihre Frage, wie lautet die?«

»Herr Mann fährt ziemlich grobes Geschütz auf, nach meinem Dafürhalten eher gegen Ihre Person als gegen das Buch selbst, Arroganz, Wichtigtuerei, Originalitätssucht, also ich habe mich ja gewundert, dass Sie keinen Ehrverletzungsprozess gegen Golo Mann angestrengt haben.«

»Ihre Frage bitte.«

»Nun, also, haben Sie nicht das Gefühl, all dies hätte Ihnen Schaden zugefügt?«

»Mir persönlich, meinen Sie? Dazu möchte ich mich hier nicht äußern. Was das Buch betrifft, das ist natürlich eine andere Sache. Nun, Herr Mann, die jüdischen Organisationen und alle anderen, die wünschen, das Buch wäre besser nicht geschrieben worden, haben offenbar eine merkwürdige Sorge. Sie glauben, dass die Antisemiten meine Argumente missbrauchen und sagen könnten, die Juden seien selbst schuld. Das sagen die sowieso, dazu brauchen sie mein Buch nicht.

Aber wissen Sie, andere behaupten, durch Eichmanns Hinrichtung hätte man den Deutschen die Auseinandersetzung mit ihrer Vergangenheit erleichtert, doch das hat wiederum nichts mit meinem Buch zu tun, abgesehen davon, dass ich es für ein Märchen halte. Wieder andere glauben allen Ernstes, das deutsche Volk sei noch nicht reif. Na, wenn das deutsche Volk jetzt noch nicht reif ist, dann werden wir wohl bis zum Jüngsten Gericht warten müssen. Für das Buch bleibt also abzuwarten, ob sich das Image, das durch die Kampagne geschaffen werden sollte, als so real und wahr erweist, dass es das wirkliche Buch und die in ihm enthaltenen unwillkommenen Tatsachen zudecken kann. Das war und ist ja der Sinn dieser Kampagne, verstehen Sie? Die Imagemaker verfügen über Macht, Geld, Personal, Zeit, Verbindungen zu Presse und anderen Interessensorganisationen. Als Einzelner kann man nichts dagegen tun. Beantwortet das Ihre Frage?«

»Noch nicht ganz. Hatten Sie denn Angst, auch Herr Gaus oder Herr Fest könnten mit Ihren Gegnern unter einer Decke stecken?«

»Mit beiden Herren verstand ich mich auf Anhieb. Sachverstand, persönliches Taktgefühl gepaart mit journalistischer Unnachgiebigkeit, genau richtig, und sie konnten zuhören, besonders Günter Gaus. Zuerst sprachen wir über alles Mögliche, sehr höflich, erst als er auf das Buch zu sprechen kam, spürte ich, dass auch er es nicht unvoreingenommen hatte lesen können. Da sagte ich ihm, in aller Freundlichkeit, er sei ein Objekt dieser Kampagne geworden.«

Klaus war noch immer wie auf dem Sprung.

»Ich hätte noch eine Frage … ich bin so frei … ähm, man erzählt, wegen des Buchs hätten Sie es sich auch mit Kollegen und sogar Freunden verscherzt.«

»Und wo ist Ihre Frage?«

»Also, dass viele Ihrer Freunde wegen des Eichmann-Buchs mit Ihnen gebrochen haben. Stimmt es denn, was man so hört?«

»Sie scheinen gründlich, aber falsch informiert zu sein. Sehen Sie, wenn man wie ich so langsam auf die sechzig zugeht, erscheint einem im Rückblick manches klarer, besonders die roten Fäden, die sich durch das ziehen, was man im Leben getan und à tout prix hochgehalten hat. Kurz nach dem Krieg hatte ich den Boden der Tatsachen beschrieben, auf den die Deutschen und die Juden geworfen worden waren. Auf der einen Seite die von den Nazis geplante und bewusst durchgeführte Komplizenschaft des gesamten deutschen Volkes, auf der anderen Seite der blinde Hass des gesamten jüdischen Volkes, der in den Gaskammern erzeugt worden war.

Diesem fanatischen Hass kann sich der einzelne Jude so wenig entziehen wie der einzelne Deutsche jener von den Nazis über ihn verhängten Komplizität, solange, ich betone, solange sich nicht beide entschließen, diesen Boden zu verlassen. Das ist ein Befreiungsschlag, ich kann nicht genug Gewicht darauf legen und muss Sie auch warnen, dass es Emanzipation nicht umsonst gibt. Ein solcher Befreiungsschlag, wie ich ihn auch in meinem Buch angestrebt habe, kostet einen Preis und bleibt nicht ohne persönliche Folgen für die Kreise, in denen man sich bewegt. Die Reihen lichten sich um einen.

Nun, Namen nenne ich hier nicht, aber ja, ich habe Briefe nicht mehr beantwortet, weil ich ihre Absender nicht mehr als Freunde betrachten kann. Zudem habe ich den Kontakt zu gewissen Redaktionen von Zeitschriften abgebrochen. Sehen Sie, wenn Sie erleben, dass es einer Redaktion an elementarem Respekt für Ihre Arbeit mangelt und man für Ihr Buch extra einen Rezensenten wählt, der schon früher einmal ein Buch von Ihnen negativ besprochen hat, also von vornherein feindselig ist, dann sehen Sie doch keinen vernünftigen Grund, eine solche Beziehung aufrechtzuerhalten?«

»Nur noch eine Frage als angehender Psychiater, Frau Arendt. Haben Sie in Israel oder bei Ihrer Arbeit am Eichmann-Buch vielleicht etwas über die Morde an Kranken in Erfahrung gebracht?«

»Leider nein, Gabriel. Da muss ich passen. Johannes, hast du mir nicht mal von einem österreichischen Kollegen erzählt, der da was wusste?«

»Ja, genau. Als Nachtwache im letzten Studienjahr lernte ich einen Assistenzarzt aus Wien kennen, der in Köln Familie hatte und einen Austausch in Deutschland machte. Damals und später erzählte er mir von zwei seiner Professoren an der

Universität Wien: Viktor Frankl, Neurologe, aus dem KZ zurückgekehrt ins ausgebombte Wien, wo Autowracks und Stahlhelme herumlagen, und Otto Kauders, Ordinarius für Psychiatrie und Neurologie. Diese Namen sind mir haften geblieben, weil ich so schockiert war, erstens von den Krankenmorden und zweitens, weil nur ein Ausländer zu erzählen gewillt war, was in den Krankenhäusern geschehen war. Sie müssen sich vorstellen, wie unerhört das war! Wir deutschen Medizinstudenten wussten absolut nichts von dem, was in deutschen Krankenhäusern geschehen war, obwohl unsere Professoren in den Kriegsjahren beruflich aktiv gewesen waren, weiß Gott in welcher Funktion.«

»Entschuldigen Sie, Herr Doktor Zilkens, meinen Sie die Zwangssterilisationen und Euthanasie-Programme?«

»Ja, Gabriel, auch das. Diese beiden Wiener Professoren hatten das Thema in ihren Vorlesungen aufgebracht und Kauders sogar in seiner Antrittsvorlesung. Es brauchte wirklich Mut, '46 an so prominenter Stelle von Terror und Barbarei des Nazi-Regimes zu sprechen, aber mehr noch, auch von der seelischen Zerrüttung der Bevölkerung. Damals hörte ich zum ersten Mal vom geistigen Massenelend. Natürlich warf all das einen immensen Schatten auf meine Professoren.«

»Weil sie so plötzlich eine mysteriöse Demenz befallen hatte?«

»Ja, Hannah, genau. Aber das Schlimmste an diesem Schweigen war doch, dass es alle scheinbar gleichmachte, die Täter, die Mitmacher, die Mitwisser und auch die armen Teufel, die zum Schlimmsten gezwungen worden waren.«

»Da muss ich dir leider recht geben, Johannes. Furchtbar, diese Mitwisserschaft, wenn man nicht entweder selbst mitmachte oder aber sich über den Haufen schießen ließ, was nämlich der Impuls sehr vieler Menschen gewesen ist, sondern überlebte. Dass wir leben, ist unsere Schuld, sagen die Mitwisser, denn wir konnten nur überleben, indem wir den Mund hielten.«

»Aber Hannah, zwischen diesem Wissen und der Tat liegt doch ein Abgrund. Zwischen dem Mann, der sieht und weggeht, und dem Mann, der's tut.«

»Absolut! Aber schau nur, was in Deutschland passiert ist! Der, der nichts gemacht hat, sondern nur weggegangen ist, hat gesagt: Wir sind alle schuldig, und hat so den Mann, der es angerichtet hat, mit gedeckt. Auch mein Buch hat man dazu benutzt, das Gegenteil zu behaupten.«

»Einen Moment bitte, Frau Arendt, wie war das bitte?«

»Gabriel, sehen Sie: Diese Schuld, die Eichmann vor Gericht gebracht hat, darf man nicht verallgemeinern, weil man damit nichts anderes tut, als die Schuldigen zu decken. Unter totalitären Bedingungen gibt es das Phänomen der Ohnmacht, aber in der absoluten Ohnmacht kann man sich noch immer so oder so verhalten. Nichts zwingt einen dazu, dass man unbedingt ein Verbrecher werden muss.«

»Darf ich auf dieses Banale oder wie Sie sagen, die Banalität des Bösen zurückkommen, Frau Arendt, es wird ja behauptet, Sie würden sagen, wir seien alle so eine Art Eichmann ...«

»Man hat mich da gründlich missverstanden, aber diese Missverständnisse gehören zu dem wenigen, was an der ganzen Polemik echt ist. Ja, diese Banalität des Bösen hat ungeheuer schockiert, und das verstehe ich, denn ich selber war auch schockiert. Darauf waren wir alle nicht vorbereitet, dass der Täter von so banalem Zuschnitt wäre. Aber banal bedeutet doch nicht alltäglich oder dass der Eichmann in uns sitze, jeder von uns den Eichmann habe und weiß der Deibel was. Nichts dergleichen!«

»Vielleicht könnten Sie uns erklären, was Sie denn wirklich gemeint haben?«

»Nun, die Banalität war ein Phänomen, das sich im Gerichtssaal gar nicht übersehen ließ und das auch andere Journalisten bemerkt und benannt haben. Wörter wie Clown oder

Hanswurst sind gefallen, lange bevor ich sie verwendet habe. Aber ich will Ihnen mit einer Geschichte sagen, was ich hier unter Banalität verstehe.

Während des Krieges kam einer zu einem Bauern, der hatte russische Kriegsgefangene unmittelbar aus den Lagern bekommen, völlig verhungert, man weiß ja, wie russische Kriegsgefangene hier behandelt wurden! Und der Bauer sagt zu diesem Besucher: Na, dass das Untermenschen sind und wie's Vieh! Das kann man ja sehen: Sie fressen den Schweinen das Futter weg. Sehen Sie, in dieser Geschichte geht es um die Dummheit. Der Bauer sieht nicht, dass das Menschen tun, die ausgehungert sind. Jeder würde den Schweinen das Futter wegfressen, aber dieser Bauer war nicht willens, sich vorzustellen, was mit dem anderen ist. Finden Sie diesen Unwillen dämonisch oder sonst wie tief? Ich finde ihn nur empörend dumm. Wie eine Wand, gegen die man spricht.

Das habe ich eigentlich gemeint mit der Banalität. Übrigens ist die Geschichte nicht von mir, aber in Jerusalem stand sie mir immer vor Augen. Sie steht in einem Buch von Ernst Jünger, das mir Herr Doktor Zilkens vor vierzehn Jahren auf einer Zugfahrt zugesteckt hat. Ja, so habe ich Ihren Vertrauensdozenten kennengelernt. Wussten Sie nicht, wa?«

»Frau Arendt, Sie haben zwar nicht Hitler, aber doch Eichmann mit eigenen Augen gesehen. Glauben Sie, dass Sie von dieser Erfahrung in Jerusalem einmal Ihren Enkeln erzählen werden?«

»Was für eine Frage! Eichmann höchstpersönlich! Nein, das ist kein Abenteuer, von dem ich am Lebensabend erzählen könnte, selbst wenn ich Kinder hätte, käme ich nicht in die Versuchung. Aber aus Ihrer Frage höre ich etwas heraus, worüber ich nicht hinweggehen möchte. Es ist der fatale Glanz einer Legende, die seit Langem herumgeistert, nämlich der Legende von der Größe des Bösen. Sie stehen damit nicht allein, was die Sache natürlich nicht besser macht. Ich muss hier noch einmal ausholen: Sie alle kennen den biblischen Mythos vom Leviathan, dem Tier aus der Tiefe, und das verleiht allem Teuflischen eine scheinbare Tiefe. Aber wir haben noch eine andere Tradition, die im Teufel ja den gefallenen Engel sieht, und ein Rebell ist natürlich viel interessanter als der Engel, der immer ein Engel blieb, denn daraus ergibt sich ja noch nicht mal eine Geschichte.

Nun müssen Sie aber eines wissen: Dass man Stalin, Hitler, Eichmann und all den anderen Größe zugesprochen hat, war immer auch ein Alibi. Wer dem Tier aus der Tiefe unterliegt, ist natürlich viel weniger schuldig als der, der einem ganz durchschnittlichen Bürokraten wie Eichmann unterliegt. Der hat sich übrigens immer nur auf sein Pflichtbewusstsein und seinen Gehorsam berufen. Aber beim Gerichtsverfahren in Jerusalem gab es tatsächlich etwas Großartiges, und das ist erzählenswert.

Sehen Sie, ein Verwaltungsmassenmörder wie Eichmann ist ja als Person ausgelöscht. Denn jede Bürokratie schafft Anonymität und enthumanisiert die Menschen in ihr, und das hätte nicht nur die Linguistin unter Ihnen dort gehört. Wenn Eichmann sprach, tönte einem nicht mehr die individuelle Ausdrucksweise eines Menschen entgegen, sondern Klischees und Redensarten in krudester Widersprüchlichkeit.

Aber jetzt kommt das Großartige an diesem Gerichtsverfahren, und das war die Verwandlung. Aus dem Bürokraten Eichmann wurde plötzlich wieder ein Mensch. Sobald Eichmann nämlich vor dem Richter erschien, fand da eine wirkliche Verwandlung statt. Als er sagte, ich war nur ein Bürokrat, antwortete der Richter: Deswegen stehst du aber nicht hier, sondern weil du ein Mensch bist und weil du bestimmte Sachen gemacht hast, für die du nun geradestehen musst. Das ist das Einzige an dieser ganzen Sache, das ich großartig nennen kann, aber davon steht nichts in meinem Buch. Im Gegenteil: Meine wichtigste Absicht, als ich mein Eichmann-Buch schrieb, war, dass ich diese Legende von der Greatness of Evil zerstören wollte.«

»Aber Frau Arendt, das klingt ja, als ob irgendjemand Hitler bewundern würde ...«

»So ist es, leider! Mit dem Buch wollte ich den Menschen die offene oder heimliche Bewunderung für Bösewichte nehmen. Brecht hatte das einzig richtige Mittel dafür: Das Lachen, ja, die politischen Bösewichte der Geschichte müssen dem Lachen ausgesetzt werden. Sie sind nicht groß, hatte er gesagt, sondern sie haben nur große politische Verbrechen begangen, und das ist wirklich etwas ganz anderes. Größe hat hier nichts zu suchen.«

»Meinen Sie das wirklich ernst mit diesem Lachen?«

»Brecht hat natürlich schockiert, aber ich halte es für wahr und habe es selbst erlebt. Als ich über dem Eichmann-Material saß und die 3600 Seiten Verhörprotokoll las, musste ich lachen, ja, ich habe laut gelacht.«

»Ist das nicht merkwürdig, ich meine dieses Lachen? Oder glauben Sie, dass es durch psychoanalytische Theorien erklärt werden könnte, Sigmund Freud und seine Theorie vom Lachen ...«

»Da muss ich protestieren, und zwar heftig. Ich lasse mich weder von meiner Verantwortung noch vom Lachen dispensieren. Abgesehen davon glaube ich nicht, dass ein Mensch den andern von der Verantwortung für das eigene Handeln entbinden kann, auch wenn er psychoanalytisch mit wirklich allen Theoriewässerchen gewaschen wäre und noch so viele Umstände für mich auftreiben könnte, die mich so und nicht anders werden ließen. Nein, meine Dame und meine Herren. Ich habe über Eichmann gelacht und werde wieder lachen, sogar drei Minuten vor meinem sicheren Tod. Man muss lachen können, weil das Souveränität bedeutet.«

»Herr Doktor Zilkens, dieser Wiener Professor, Kauders, sagten Sie, ist nun leider ganz untergegangen. Wissen Sie, was aus ihm geworden ist?«

»Leider nein, Gabriel, aber ich vermute, den hat man dann geschwind pensioniert, ins Abseits gedrängt oder sonst wie vergessen.«

»Frau Professor Arendt, wirklich interessant, dieser Befreiungsschlag, von dem Sie vorhin erzählt haben. Würde es Ihnen etwas ausmachen, uns noch etwas über Ihren familiären Hintergrund zu verraten?«

»Natürlich nicht. Meine Jugend habe ich in einem sozialdemokratisch geprägten Elternhaus verbracht. Ich komme aus einer alten Königsberger Familie, in der das Wort Jude nie gefallen ist. Ich habe also von Hause aus nicht gewusst, dass ich Jüdin bin. Ich wurde von Kindern auf der Straße aufgeklärt, durch antisemitische Bemerkungen, die allen jüdischen Kindern begegnet sind. Sie haben die Seelen vieler Kinder vergiftet. Der Unterschied bei uns war, dass meine Mutter immer auf dem Standpunkt stand: Man darf sich nicht ducken! Man muss sich wehren!«

»Wie war Ihre Mutter?«

»Sie war gänzlich areligiös, aber selbstverständlich Jüdin, ohne dass die Frage eine Rolle für sie gespielt hätte, erst später, dann schon. Aber sie hätte mich nie getauft. Wäre sie je dahintergekommen, dass ich etwa verleugnet hätte, Jüdin zu sein, hätte sie mich rechts und links geohrfeigt. Kam nicht auf die Platte sozusagen. Kam gar nicht infrage!«

Silke setzte zu ihrer nächsten Frage an, als Klaus einen wütenden Blick in ihre Richtung warf.

»Eigentlich wollte ich fragen, ob Sie Gedichte mögen und was Sie von Adornos Verbot halten, aber das lass ich jetzt besser. Mich interessiert nämlich viel mehr, ob Sie persönliche Vorbilder haben, Professor Arendt?«

»Vorbilder, Hobbys ... Silke, Sie stellen Fragen, die mir noch nie jemand gestellt hat! Was Adorno sagte, ist natürlich Schwachsinn, aber das mit den Gedichten wäre durchaus interessant. Nun, Sie haben nach etwas anderem gefragt. Ich fürchte, ich muss wieder einen Haken schlagen. Ich persönlich mag Metaphern sehr. Sie helfen uns denken, aber in den letzten Jahren bin ich zu der Erkenntnis gelangt, dass Bilder eine fatale Funktion in der Öffentlichkeit übernommen haben, und das hat mir Bilder überhaupt etwas suspekt gemacht. Dieses politisch motivierte Imagemaking wäre ein großes Thema. Trotzdem, Sie fragen nach Bildern oder etwas, das man sich vor Augen führen kann, damit es einem hilft, im Leben zu stehen und den eigenen Weg zu gehen, nicht?

Die ›Hefe der Erkenntnis‹ von meinem hochverehrten Lessing. Er verwendete dieses großartige Bild, um den möglichen Vorwurf zu entkräften, er habe kein Denksystem errichtet. Unter uns gesagt, war ihm das nämlich schnuppe. Es sei doch nicht seine Aufgabe, alle Schwierigkeiten aufzulösen, die er mache. Seine Gedanken seien *fermenta cognitionis*, die er in die Welt ausstreue. Jeder solle sich draus nehmen, was ihn zum Selbstdenken anrege. Treibmittel, damit jeder für sich allein denkt. Nun kommt aber erst das Schöne an dem Bild. Wann immer Sie Ihre Gedanken in die Welt ausstreuen und eine Auseinandersetzung, heftige Debatten, vielleicht sogar einen Streit auslösen, sollten Sie an die Bäcker und das Brot denken. Ohne Treibmittel gibt es keins, und wir bleiben hungrig. Unsere *fermenta cognitionis* bringen also ein Gespräch mit anderen Denkenden in Gang, durch das wir unsere Welt mitgestalten. Das macht uns allen Mut.«

Die Stille war schön. Man konnte es förmlich knistern hören. Sie nutzte den Moment für eine Zigarette.

Dann ergriff Holger noch einmal das Wort.

»Frau Professor, hier wäre doch noch Lessings Ringparabel

zu erwähnen, nicht wahr, aber ich wollte Sie fragen, ob Sie selbst schon über eine Metapher für Wahrheit nachgedacht haben.«

»Natürlich, oft sogar! Sie fragen also nach einem Bild für die Wahrheit, das jetzt gerade auf meinem Mist emporwächst? Dann wollen wir doch mal sehen. Nun, der Park vor dem Haus, in dem ich wohne. Mütter mit Kindern, alte Damen mit ihren Hündchen, Liebespaare, Obdachlose, alle teilen sich die Sitzbänke, die dort stehen. Morgens die einen, nachmittags und abends die andern, und nachts schlafen die Obdachlosen drauf. Manchmal kommt man dort sogar ins Gespräch. Keiner kann die Bank wegtragen, keiner besitzt sie, alle dürfen sie ein Weilchen benutzen, bis sie genug haben und wieder ihres Weges gehen. Die Wahrheit zeigt sich im Innehalten und im Weitergehen. Sie kennt jeden Obdachlosen, der sich allabendlich sein Plätzchen neu suchen muss.«

»Frau Professor, ich frage mich, ob Ihre Metapher nicht eine Übervereinfachung des Begriffes der Wahrheit ist.«

»Nun, Sie beantworten sich die Frage gleich selbst. Da kann ich ja noch was anderes sagen. Wenn Sie sich dem Selberdenken verschreiben, werden Sie die Leute verwirren. Nicht per se durch das, was Sie denken, sondern durch die Tatsache, dass Sie selber denken. Das macht Sie einzigartig. *Sui generis*. One of a kind. Die Dichter können davon ein Lied singen.«

»Das klingt ein bisschen abstrakt.«

»Abstrakt finden Sie das? Wer selbst denkt, denkt doch aus sich selbst heraus und bringt Argumente, die auf dem eigenen Mist und niemandes sonst gewachsen sind. Das heißt nichts anderes, als dass das Gedachte in der Welt nicht vorgesehen ist. Solche Gedanken können so unwillkommen sein wie Fremde, die ungebeten und zur Unzeit zu Hause anklopfen. Die lässt man nicht zur Tür herein.«

»Geht es ein bisschen konkreter? Vielleicht aus Ihrem Leben?«

Die Kinder lassen nicht locker. Sie drehte sich zu Zilkens.

»Johannes, wie viel Zeit habe ich denn noch?«

»So viel du willst.«

»Nun denn, wenn Sie schon so hartnäckig fragen! Sie haben ja recht, wenn wir den Boden der Erfahrung verlieren, geraten wir in alle möglichen Arten von Theorie. Nehmen wir das Naheliegende, mein Eichmann-Buch. Es gibt Leser, die meine Absicht dahinter verstehen, und nicht wenige unter ihnen wollen es nach eigenem Bekunden mit beträchtlichem Gewinn gelesen haben. Aber dann gibt es andere, die über ein Buch sprechen, das niemand geschrieben hat, die aber so einen Lärm gemacht haben, dass niemand ihn je wieder vergisst. Sie denken innerhalb von Organisationen oder Institutionen, aber dass eine wie ich selbst denkt, verwirrt sie zutiefst, weil es ihnen nicht in den Kopf geht, dass man überhaupt unabhängig denken kann.

Ich gehöre keiner Organisation an, und ich spreche immer nur im eigenen Namen. Ich habe einen Merksatz, den ich durch diese Erfahrung gewonnen habe und Ihnen zum Schluss mitgeben könnte. Wollen Sie ihn hören oder lieber nicht?«

Gemurmel, das man als Zustimmung deuten konnte, und eine Stimme rief laut »Ja, bitte«.

Zilkens, dessen Magen schon ein paarmal geknurrt hatte und der bestimmt so hungrig sein musste wie sie selbst, schaute wie immer freundlich drein.

Sie notierte etwas auf ihren Schreibblock, schob ihn Zilkens rüber und zeigte auf die Wandtafel.

»Johannes, darf ich dich bitten? Du schreibst leserlich.«

Kaum hatte sie das letzte Wort gesagt, stand Zilkens schon mit der Kreide vor der Tafel. Mit Genugtuung blickte sie auf das, was dort jetzt in Druckbuchstaben stand. Sie hatte es letzten Sommer Scholem geschrieben.

Nur Selber-Denken macht fett.

»Den Preis für die Freiheit zahlt niemand gern, auch ich nicht. Aber ich habe ihn gezahlt und werde ihn bis ans Ende meiner Tage zahlen. Tja. Ich wünschte, ich hätte Ihnen etwas wirklich Hilfreiches sagen können, aber sehen Sie, gut oder gar weise sein, ist eine große Versuchung, aber man darf ihr nicht nachgeben. Denken Sie einfach an die sechsunddreißig Gerechten. Ich selbst folge der Maxime: ›Lass die linke Hand nicht wissen, was die rechte tut.‹

So. Ich glaube, wir haben das Schlimmste überstanden, Sie und ich auch. Ist ja noch mal schiefgegangen, nicht? Wissen Sie, was Sokrates auch sagte? Fragensteller sind Schmeißfliegen. Aber wer wahrheitsliebend lebt, stimmt mit sich selbst überein, und das war für Sokrates das Wichtigste überhaupt. Und nun gehen Sie mit Herrn Doktor Zilkens schön abendessen.«

»Kommen Sie denn nicht mit?«

»Nein, ich muss meine Sachen packen, morgen früh fliege ich zurück. Machen Sie's gut.«

———

Sie war spät nach Hause gekommen und hatte sich aufs Sofa gelegt, ohne die Schuhe auszuziehen. Als das Telefon klingelte, war Heinrich dran, überrascht, dass sie erst so spät aus Chicago zurückgekommen war.

Ziemlich viel Schnee auf den Schienen, ging eben nicht schneller, Stups, aber jetzt bin ich ja da.

Er schaffe es heute nicht mehr nach Hause. Aber der überquellende Briefkasten sei immer noch ein Problem. Der Doorman habe sich über die Unordnung beschwert, höflich, aber trotzdem.

Sie nahm einen Schluck Rotwein.

»Ach, dem Jerry hab ich doch schon ein paar Dollar gegeben, und überhaupt, gibt es denn keine anderen Themen?«

»Ich hab dir einen Zettel hingelegt. Mehr habe ich zu der Sache nicht zu sagen.«

»Mach's gut, Stups, bis morgen.«

Ein Zettel.

Auch sie schrieb Zettel, trug sie in der Handtasche und manchmal auch in der Jackentasche. Verse, Zeilen, manchmal auch nur Wörter. Apprivoiser, συκοφαντία, ni le bien, ni le mal. Sie gab sich einen Ruck, stand auf und ging zu den Postbergen auf ihrem Pult. Die ganze Fläche war belegt. Einmotten, dachte sie, alles einmotten oder zum Fenster raus. Wo war er denn nun? Kein Zettel weit und breit.

Ein Brief aus Deutschland, falsch adressiert. Wie durch ein Wunder muss er angekommen sein, denn am Morningside Drive wohnten sie doch nun wirklich schon lange nicht mehr. Eine Schuldirektorin aus Hamburg, dachte sie, nun also Leserbriefe aus Deutschland! Aber nach den ersten Zeilen war sie erleichtert. Vom ersten Wort an wurde es hell und warm ums Herz.

Seit dreißig Jahren habe sie kein Buch mehr so bewegt wie das Eichmann-Buch, schrieb die Frau.

Ganz besonders freute sie, dass auch diese Briefschreiberin an das richtige Erzählen und die wichtigen Geschichten glaubte. Damals, im Gerichtssaal, hatte sie sich die Trostkrumen rausgesucht, die zu finden waren. Genau diese Geschichten hatte sich die Frau aus Hamburg auch zusammengeklaubt.

Geschichten von stillen Rebellen, auch vom Feldwebel Schmidt, der jüdischen Partisanen mit gefälschten Papieren und Wehrmachtsfahrzeugen geholfen hatte und nicht mal Geld dafür hatte haben wollen. Sie erinnerte sich an das Gefühl beim Nacherzählen. Nur wenige Seiten im Eichmann-Buch, aber für sie gehörten sie zu den wichtigsten.

Beim Schreiben hatte sie sogar der Sehnsucht nach Poesie nachgegeben und ja, war pathetisch geworden, da schon, aber nur weil es ums richtige Erzählen einer Geschichte gegangen war. Sie hatte sich nichts sehnlicher gewünscht als die Wahrhaftigkeit, mit der ein einziger alter Mann seine Geschichte erzählt hatte, schmucklos und unantastbar.

Wie ein Gerechter hatte der alte Grynszpan die Aufmerksamkeit im ganzen Gerichtssaal in einem einzigen Lichtstrahl gebündelt. Allein mit seinen Worten. Da hatte sie plötzlich gewusst: Ohne Unschuld des Herzens und Geistes gibt es keine Geschichten, die die Menschen verwandeln. Deshalb rührte sie der Hunger dieser Hamburgerin an, als wär's ihr eigener.

Wie vollkommen anders auf der Welt alles wäre, wenn es mehr solcher Geschichten zu erzählen gäbe. Von Gesten einfachster Menschlichkeit. Das Leben selbst ist voll davon, aber was hat die Geschichten verschwinden lassen? Etwa die übermächtigen Ereignisse dieses Jahrhunderts, die alle gewöhnlichen, nur einen selbst betreffenden Ereignisse zu belanglos aussehen lassen, um des Erzählens wert zu sein? Dabei geht es gerade darum!

Der Brief berührte sie besonders, als die Frau selbst zu erzählen begann. Knapp, aber unverkennbar bewegt von der Einfachheit ihrer Geschichte. Es ging um einen Kripobeamten, den sie selbst gut gekannt hatte. Im Jahr 1941 war er zwangsumgeschult worden, für den Einsatz im Osten unter der SS. Man brauchte nicht viel Vorstellungskraft, um zu wissen, was das bedeutete. So erzählte die Frau vom tragischen Ende ihres Bekannten.

Gegen Ende der Ausbildungszeit wurde der Mann immer stiller, aß kaum noch etwas, und kurz vor dem Abmarsch erhängte er sich.

Wer eine Geschichte erzählt, hält die Erinnerung an einen Menschen wach. Wer erzählt, erinnert an das Schicksal eines Menschen, der mehr als nur einen Funken Vernunft und Menschlichkeit besessen haben muss. Sonst hätte der Kripobeamte nie erahnen können, welche Befehle er ausführen müsste, ob in Auschwitz oder sonst wo im Osten.

Der Mann konnte den Verbrecher, der er im Osten zwangsläufig geworden wäre, schon erkennen, noch ganz in der Ferne, aber er kam schon auf ihn zu. Auch wusste der Mann, dass er mit diesem Verbrecher, der er früher oder später sein würde, für den Rest seines Lebens zusammengesperrt weiterleben müsste. Da blieb nur Selbstmord. Oder der Wahnsinn, wie in Ingeborgs Erzählung *Mörder und Irre*.

Dann schrieb die Frau noch von ihren Lehrern, denn sie stand ja einer Lehrerbildungsanstalt vor. Die Jüngeren würden sich vehement von den Vergehen ihrer Väter distanzieren, aber sie als Schuldirektorin fände es leichtfertig, so aus der Geschichte herausspringen zu wollen.

Ob sie denn bald wieder in Europa sei? Und ob sie sie zum Gespräch mit den Lehrern nach Hamburg einladen dürfe?

Sie überlegte einen Augenblick und ließ den Blick über das Papiergebirge schweifen. Warum nicht? Ein Gespräch, ja, wenn ich mit den Terminen zurande komme. Aber es dürfte nicht öffentlich sein, also inkognito. Es reicht mit all den Vortragsverpflichtungen!

Sie legte den Brief zurück auf den Stapel und suchte noch einmal alles nach Heinrichs Zettel ab. Pustekuchen. Er hatte wohl einen Scherz gemacht. Zuoberst auf dem anderen Stapel lag aber ein Luftpostumschlag mit Kennedy-Marke.

Interessant, ebenfalls aus Deutschland. Der halbrunde Schriftzug »Berlin« stand mitten auf Kennedys Stirn, wie ein Heiligenschein, der ihm ins Gesicht gerutscht war. Ach so, die Marke zum ersten Jahrestag der Ermordung.

Auf der zweiten Marke verfluchte die Hexe das kleine Dornröschen in der Wiege, und auf der dritten waren Sophie Scholl und der deutsche Widerstand. Für lausige zehn Pfennig, dachte sie. Dabei ist der Kennedy vierzig Pfennig wert.

Neugierig nahm sie das Couvert und wollte ins Wohnzimmer zurück, als ihr der Zettel auf der Sitzfläche des Stuhls ins Auge fiel.

Verflucht sei der Tag, an dem sie Ruhe vor Deinem Buch bekommen.

Kuss und Klaps von mir

Galgenhumor, typisch Heinrich! Sie ging mit dem Brief hinüber ins Wohnzimmer. Schenkte sich Wein nach und legte sich wieder aufs Sofa. Mit Maschine war hinten der Absender drauf. Ingeborg! Na so was! Und warum nicht aus Rom?

ingeborg bachmann / 1 berlin 33 / königsallee 35

Wohnte die Bachmann denn nicht mehr in dieser Via irgendwas? Sie riss den Umschlag auf, nahm das Blatt heraus und überlegte kurz, ob wirklich schon zwei Jahre seit dem netten Treffen vergangen waren. Sie nahm einen Schluck Wein und begann zu lesen.

Sehr liebe, verehrte Hannah,

nie hätte ich gedacht, dass es einen Menschen wie Sie gibt. Aus Gründen, die nicht von Belang sind, ist es lange still zwischen uns gewesen. In Gedanken habe ich oft ein Blatt über den Atlantik geschickt, auf dem so viel gar nicht stand.

Ihr Verlag hatte mich angefragt, ob ich mir vorstellen könnte, Ihr Eichmann-Buch zu übersetzen. Es wäre mir eine Ehre gewesen, aber mit meinem Englisch wäre uns beiden nicht gedient gewesen. Es tut mir auch leid, dass ich geschwiegen habe, als die Originalausgabe unter die Menschen fiel.

Ich hatte Ihnen erzählt, dass ich keine Gedichte mehr schreibe, aber nun ist diesen Herbst doch noch eins gekommen. Gleichentags kamen Sie im ZDF und sagten: »Männer wollen immer furchtbar gern wirken. Ich selber wirken? Nein, ich will verstehen.« Ich möchte Ihnen das Gedicht verehren. Es ist das letzte. Es gehört nicht mehr mir.

Ihre Ingeborg

Sie streifte die Schuhe ab, ließ den Brief auf den Bauch sinken und versuchte sich zu erinnern. Sie hatten beide nichts mehr voneinander hören lassen. Sehr schade, aber es war wirklich so, wie Ingeborg schrieb. Aus Gründen, die nicht von Belang sind. Wer weiß, was Ingeborg für welche hatte, sie hatte die ihren, und der Eichmann-Ärger war nicht der wichtigste.

Sie las noch einmal die letzten Zeilen, die von dem letzten Gedicht. Es gehört nicht mehr ihr? Aber sie war doch die Autorin? Und wie kann man denn wissen, dass ein Gedicht wirklich das letzte ist? Sie erinnerte sich an den Abend im Goethe-Haus, wo die Bachmann schon angedeutet hatte, sie wolle die Lyrik hinter sich lassen.

Das wirklich allerletzte Gedicht? Nie mehr eins schreiben? Für immer darauf verzichten, ins Spiel der Wörter einzutreten? Das konnte sie sich nicht vorstellen. Obwohl sie selbst schon lange kein Gedicht mehr geschrieben hatte. Bestimmt zwei oder drei Jahre war es her, dass sie eins in ihr Heft notiert hatte.

Sie nahm einen Schluck. Und wo ist es nun, Ingeborgs letztes?

Aus dem Umschlag klaubte sie einen zweiten Zettel, ebenfalls mit Maschine beschrieben.

Liegt Böhmen noch am Meer, glaub ich den Meeren wieder.
Und glaub ich noch ans Meer, so hoffe ich auf Land.
Bin ich's, so ist's ein jeder, der ist so gut wie ich.
Ich will nichts mehr für mich. Ich will zugrunde gehen.

Sie stockte und las noch einmal. Zugrunde gehen. War da Verzweiflung drin? Sie blickte an die Wohnzimmerdecke. Ja, da war so etwas drin, trotz all dem Glauben und Hoffen. Sie las weiter.

Zugrund – das heißt zum Meer, dort find ich Böhmen wieder.
Zugrund – da ist ein Du, und ich bin unverloren.

Unverloren. Was für ein Wort.

Unverloren mit dem Du, gepaart mit dem Zugrundegehen, nein, Zugrund, ach, meinte sie denn zum Grund? Zum Meeresgrund? Rätselhaft, sehr sogar, verwirrend und auch unheimlich.

Und sonst, wie ging es Ingeborg denn eigentlich? Kein Wort über Rom? War sie nach Berlin umgezogen?

Noch einmal las sie den Brief und den Zettel. Aber das mit dem Zugrundegehen beunruhigte sie, so schön das Gedicht auch war. Als spräche darin eine, die sich aus der Menschenwelt löste. Eine, die sich auflöste. Oder erlöste?

25 Freedom

Tegna und Ronco sopra Ascona, 20. August 1975

Mit der Freizeittasche über der Schulter stand sie an der Rezeption, legte den Schlüssel auf die Theke und schaute sich um. Wo ist denn nun Barbara? Sie ließ den Blick durch die Lobby schweifen. Sagten wir gestern nicht zehn Uhr? Früh genug für sie, aber Barbara wollte in Ascona Prüfungsunterlagen für ihren Italienischkurs abholen, und der Ausguck auf den See, den sie so liebte, lag fast an der Strecke.

»Ist doch nur ein kleiner Schwenker«, hatte Barbara gesagt. »Komm mit, ich setz dich in Ronco ab.«

Sie ging nach draußen. Vielleicht tut Barbara ja noch was im Wagen, Sitze verstellen oder was auch immer, um die Fahrt angenehm zu machen. Ob sie morgens gemächlicher fährt?

In dem Augenblick bremste der rote Renault ziemlich scharf vor ihr im Kies.

»Barbara! Man könnte glatt meinen, wir wären in Italien. Fehlt nur noch das Hupen!«

»Und das Pfeifen, Hannah! Buon giorno!«

Barbara nahm ihr die Tasche ab und stellte sie auf den hinteren Sitz, hielt die Tür auf und half ihr mit dem einen Bein, das morgens manchmal etwas Geduld erforderte.

»Na, gut geschlafen?«

»Und wie! Mit Maigret ins Bett, mit den Rotkehlchen gefrühstückt, du siehst, ich bin in bester Gesellschaft. Aber bevor ich abreise, möchte ich den See noch mal sehen.«

»Übermorgen, nicht wahr? Ich hab's mir reserviert. Hast du deine Kamera dabei?«

»Natürlich, meine Minox ist immer dabei, aber diesmal habe ich dem Fotoverkäufer besser auf die Finger geschaut. Letztes Mal hat er beim Einlegen des Films die Lichtempfindlichkeit falsch eingestellt: alles überbelichtet. Ich hab das Desaster erst zu Hause bemerkt.«

Barbara fuhr über die Gleise, und sie spürte im Sitz einen harten Schlag.

»Barbara, ich bin doch zu alt zum Herumhopsen.«

»Bitte entschuldige, die Stoßdämpfer sind nicht mehr die neusten. Ich werde mich drum kümmern, bevor ich dich nach Locarno bringe.«

Auf dem Dorfplatz stand ein Mann mit Karren und Besen. Er schien dort Ordnung zu schaffen, wo sie nie etwas anderes als Ordnung gesehen hatte. Barbara bog im Schritttempo in die Hauptstraße ein.

»Und warum gerade Ronco?«

»Oh, das ist nun wirklich keine Frage, bei der Sicht auf den See! Alterslos liegt er da, der See, früchtespiegelnd wie ein Füllhorn. Hofmannsthal sagt's unschlagbar schön.«

»Über den Lago Maggiore?«

»Weiß nicht, ob er den oder irgendeinen anderen See meinte, aber für mich ist es der hier. Ohne das Reiselied kann ich gar nicht ins Tessin fahren. Mein Mann genoss den Ausblick über den See auch immer, weil er auf Brissago runterschauen konnte.«

Mehr als nur einmal war sie mit ihrer Minox an dem Aussichtspunkt hoch über dem See gewesen. Bei den letzten Fotos, den überbelichteten, wusste leider nicht mal sie, was hätte drauf sein sollen. Überirdisch schön war der See von Ronco aus. Zwischen Himmel und Erde konnte man über den Lago Maggiore Richtung Italien schauen. Auch die zwei Inseln vor Brissago, wie Reiskörner und gleißend in der Weite, und unten rechts, direkt am Ufer, die Zigarrenfabrik vor der Grenze. Genau die Richtung, in die die Beradt auf dem einen Foto schaut.

Schnupper, bring mir statt Schnaps lieber von den langen Krummen aus Brissago mit.

Heinrich war immer scharf auf die Virginia mit dem blauen Band und dem Stroh in der Mitte gewesen.

Natürlich sind Zigarren nur was für Männer, egal ob krumme, dünne, lange oder dicke. Davon war Heinrich so überzeugt gewesen, dass er es ganz deplatziert fand, als sie die Zigarren aus Israel rauchte. So was gehöre sich nicht für eine Frau. Aber was soll man denn tun, wenn Kurt eine Schachtel Zigarren schickt? Genießen, was denn sonst!

Es gab kaum einen Besuch, den sie nicht zu dem Plätzchen über dem See mitgenommen hatte. Natürlich Annchen und Mary, auch Charlotte hatte sie eben dort fotografiert, als Heinrich noch mit dabei war. Nach seinem Tod war die Beradt nie mehr ins Tessin gekommen.

Als sie in Ascona vor einem Rotlicht standen, winkte Barbara jemandem. Als es grün wurde und sie anfahren wollte, ruckelte das Auto und stand still.

»Warum säuft der jetzt ab? Das sind mir ja ganz neue Mätzchen!«

Barbara startete den Motor neu und bog in die Straße ein, die nach Ronco führt.

»Sag mal, Hannah, wie seid ihr eigentlich auf die Idee gekommen, Ferien im Tessin zu machen, du und dein Mann?«

»Ich glaube, das war Elkes Idee. Sie hat uns die Barbatè empfohlen. Robert, ihr Exmann, wohnt dahinten.«

»Locarno?«

»Nein, Minusio.«

»Und wann warst du zum ersten Mal hier?«

»In der Schweiz? Oder meinst du im Tessin?«

»Ja, hier.«

»Zum ersten Mal war ich '52 hier, aber drüben in Lugano.«

»Und in der Schweiz?«

»Ach so. Das war '36 in Genf. Lange vor deiner Zeit, Barbara!«

»Und in Tegna?«

»Erst viel später. Unser erster Urlaub in Tegna war '69. Freunde von uns wohnten schon lange in der Gegend, in Ascona oder Locarno. Ein anderes Ehepaar, Verlegerfreunde, wohnte sogar mehrere Jahre im Hotel Esplanade.«

»Schön da, direkt am See! Das würde mir auch gefallen!«

»Sehr schön, sehr gut war's. Bis er tödlich verunfallte, auch im Verkehr. Da zog die Witwe zurück zu uns nach New York. Aber mein Mann und ich, wir überlegten uns ganz ernsthaft, ins Tessin zu ziehen. New York ist nichts für alte Leute.«

»Und?«

»Nichts. Es wurde dann doch nichts draus. Siehst ja, jetzt bin ich alt und immer noch dort.«

»Hauptsache, du machst bei uns Ferien, Hannah, der Sommer hier ist sowieso das Beste! Wo habt Ihr denn eigentlich vorher Urlaub gemacht? Ich tippe auf Florida.«

»Nie! Nicht mal im Traum wär uns das eingefallen, um Himmels willen! Wir wollten doch weg aus der Hitze und gingen nach Palenville.«

»Wo ist das?«

»In den Catskill Mountains, schön ruhig. Lange wohnten wir in der Pension der Frau Schweizer, so hieß die Wirtin. Lustig, nicht?«

»Hm, wenn du meinst.«

»Und schwimmen konnte man dort auch. Weißt du, früher habe ich gebadet, wo ich nur konnte. Auch in den Catskills ging's mir eigentlich immer ums Schwimmen. In Palenville gibt's Wasserfälle und Swimming Holes, nur nicht so gefährlich wie die in der Maggia.«

»Gefährlich? Ich find's wild hier, richtig schön wild! Aber Catskills? Das hab ich noch nie gehört. Wo liegt das denn?«

»Fast vor meiner Haustür, also von New York aus nördlich, den Hudson entlang nach oben, nicht weit, aber nicht an der Küste, na ja, wie soll ich das erklären? Woodstock, ganz in der Nähe von Woodstock.«

»*Das* Woodstock?«

»Genau das, ja. Gottlob machten Heinrich und ich damals den ersten Urlaub in Tegna, so blieb uns das erspart. Die sollen ja ganze Landstriche verwüstet haben.«

»Wahnsinn, die Hippies! Mit dir wird einem echt nie langweilig! So, wir sind da.«

Barbara parkte das Auto genau in der Kurve, so nah wie möglich an dem kleinen Platz neben der Kirche.

»So ein lauschiges Plätzchen. Findest du doch auch?«

»Schon, ja. Aber offenbar bist du nicht allein.«

Barbara musterte die junge Frau, die ihnen den Rücken zukehrte. Ihr Rucksack stand offen auf der Bank, und der Inhalt hing verstreut über der Lehne und dem Mäuerchen.

Als Barbara ihr beim Aussteigen half und die Tasche neben den Rucksack stellte, sah sie etwas Hartes in ihren Zügen. Brüsk wandte Barbara sich um und winkte flüchtig.

»Spätestens in einer Stunde. Ciao, Hannah!«

»Sehr gut, Barbara, danke dir!«

Die Autotür machte ein trockenes Geräusch, dann heulte der Motor auf.

So eine Weite! Und doch schön im Schatten.

Sie saß einfach nur da und atmete das Blau ein. Sie nahm all die Nuancen, die es über dem See und den bewaldeten Hängen auffächerte, in sich auf. Die junge Frau drehte sich kurz um, sagte »Grüezi« und wandte sich wieder ihren Siebensachen zu. Sie stand in kurzen Hosen, T-Shirt und Wanderschuhen unmittelbar vor ihr. Ob sie schon zwanzig ist? Sieht fast noch wie ein Kind aus, dachte sie und holte die Minox aus der Tasche.

Erst schaute sie still zu, wie die junge Frau etwas ausschüttelte, einen langen Reißverschluss aufzippte und den roten Stoff, der zum Vorschein gekommen war, in die pralle Sonne zog.

»Darf ich fragen, was Sie da tun?«

»Ich lege meinen Schlafsack in die Sonne.«

»Ah, und wozu?«

»Zum Trocknen. In der Nacht gibt's immer Kondenswasser.«

Die junge Frau setzte sich zu ihr auf die Bank, holte einen Apfel aus dem Rucksack und biss hörbar hinein. Sie schien zufrieden mit ihrem Werk und sich nicht im Geringsten daran zu stören, dass eine Fremde ihre ganze Habe beäugte.

Die Szenerie erinnerte sie ein wenig an die Obdachlosen in Manhattan. Auch die breiteten ihre Habe im Park am Riverside Drive aus. Immer mehr sind's in den letzten Jahren geworden, dachte sie. Sogar im Winter, wenn's bitterkalt ist, schlafen sie dort. Aber in unseren Hauseingang getraut sich keiner. Jerry passt schon auf. Meist waren es Männer, aber so ein junges Mädchen? Hier im Tessin? Nun war sie doch etwas erstaunt über ihre Fantasie und beschloss, nach Facts zu fragen.

»Sie haben hier geschlafen?«

»Ja.«

»Hier auf der Bank?«

»Nein, hier doch nicht! So was Unbequemes, eine Parkbank. Da drüben.«

Die junge Frau drehte sich zur Seite und zeigte mit dem Apfel in der Hand auf den Friedhof. Wie in Tegna lag er gleich neben der Kirche.

»Ich sehe nur den Friedhof, aber den meinen Sie nicht ...?«

»Doch, doch, den meine ich.«

»Wie? Bei den Gräbern?«

»Na, klar. Auf einem Marmorgrab.«

Die junge Frau erzählte, wie schön glatt die Grabplatte sei und wie breit. Sie habe tief und fest geschlafen, weil es da eben ruhig und sicher sei. Nur gegen Morgen sei es dann leider feucht geworden und sie sei erwacht. Stand auf, drehte den Schlafsack um und biss wieder in den Apfel.

»Wohnen Sie denn auch hier?«

»Nein. Ich komme aus Basel.«

»Ach, da bin ich neulich auch durchgefahren. Fahren Sie auch so gern Zug?«

»Ich hätte nichts dagegen, aber Autostopp ist billiger.«

Diesmal habe sie vor dem Gotthardtunnel ein Rolls-Royce mitgenommen. Der Fahrer habe zwar Zigarre geraucht, natürlich blöd im Tunnel, dafür habe er sie bis hierher gefahren. Es sei selten, dass ein Fahrer einen direkt ans Ziel bringen würde.

»Bis hierher, stellen Sie sich vor, so eine lange Strecke mit nur einem Auto!«

»Ein Rolls-Royce, nicht ganz alltäglich, oder?«

»Hm, stimmt schon, viel wichtiger ist aber der Fahrstil. Ruppig vertrage ich gar nicht.«

Weil es dann ziemlich spät geworden sei, wollte der Fahrer sie in Ascona in ein Hotel bringen, aber sie habe der Sache nicht recht getraut. Als Autostopper wisse man eben nie so recht, zu wem man ins Auto steige. Das sei bei den Toten was anderes. Als sie den Friedhof gesehen habe, sei sie ausgestiegen.

Was für ein merkwürdiges Ding, dachte sie und nahm einen Schluck Wasser aus ihrer Feldflasche.

»Und was tun Sie hier, wenn ich noch weiter neugierig sein darf?«

»Sobald der Schlafsack trocken ist, gehe ich dort hinauf. Sehen Sie, da oben, den Felsvorsprung? Auf irgendeiner Alp gibt es ein Open Air. Heute ist Vollmond. Wo genau, das weiß ich nicht, aber die Musik werde ich bestimmt von Weitem hören.«

»Ach, so was wie dieses Spektakel in Woodstock? Das gibt's doch nicht!«

»Schön wär's! Ich lass mich überraschen. Erst muss ich es mal finden.«

»Und da hinauf kommt man nur zu Fuß, sagen Sie?«

»Natürlich. Eine Wiese, der Vollmond und Musik, so stell ich's mir vor.«

Die junge Frau nahm den letzten Bissen, ging zum Mäuerchen und schmiss das Kerngehäuse in weitem Bogen weg. Während sie den Reißverschluss zumachte und den Schlafsack faltete, lachte sie sie kurz an.

»Ehrlich gesagt hätte mich in Woodstock nur Janis Joplin interessiert.«

»Wirklich? Wie kann einem so ein Geschrei nur gefallen.«

»Eigentlich nur ein einziger Satz: Freedom is just another word for nothing left to lose. Hat sie gesungen.«

»Merkwürdiger Satz. War die Joplin ein Freigeist?«

Die junge Frau rollte den Schlafsack zusammen und erzählte, während sie ihn in die enge Hülle stopfte, von einem Mann, der nichts anderes tue, als diesen Satz zu malen. Im Therapieraum habe er damit alle Fenster vollgemalt, immer nur die paar Wörter, groß und mit Fingerfarben. Er sei nicht der Einzige, den sie irgendwie beschäftigen müsse, aber definitiv nicht der Schwierigste.

»Es tut ihm gut, mit den Händen zu malen. So kann er seine Wut rauslassen.«

»Sind da Drogen im Spiel?«

»Nein, nur Unglück. Verzweiflung.«

Die Frau verstaute die Rolle ganz unten im Rucksack. Dann packte sie alle ihre Sachen obendrauf, eine nach der anderen, und erzählte nebenbei die Geschichte des Mannes.

Die Polizei hatte ihn eingeliefert, weil er auf ein Wegkreuz geschossen hatte. Niemand wusste genau, was vorgefallen war. Die Anamnese war kompliziert, und viel kam nicht heraus. Die Ärzte meinten, es sei Schizophrenie.

»Einmal, als wir malten, erzählte er seine Geschichte.« Seine Freundin hatte eine Fehlgeburt gehabt. Als sie das Kind taufen lassen und beerdigen wollten, damit es ein Grab bekäme, sagte man ihnen auf der Friedhofsverwaltung, das ginge nicht. Die Kirche verbiete das Begräbnis bei Föten unter fünfhundert Gramm. Da holte der Mann sein Gewehr aus dem Schrank und erschoss Christus am Kreuz.

»Er hat tatsächlich auf ein Wegkreuz geschossen, auf die kleine Figur. Passiert ist nichts, aber die Nachbarn riefen die Polizei. Und nun glauben die Ärzte eben an ihre Diagnose. Aber dieser Satz sagt doch viel.«

Sie schulterte ihren Rucksack. Schon fast im Gehen zeigte sie auf die Kirche.

»Ich marschier dann mal los. Hinter dem Altar sind übrigens schöne Wandmalereien, von der Kastanienernte und so. Auch ein Mann, der mit zwei Trompeten gleichzeitig spielt. Ich fänd's schade, wenn Sie die Bilder verpassen. Schönen Tag noch!«

Sie winkten einander zu. Nach einem kleinen Moment drehte sie sich um und blickte der jungen Frau nach. Mit schnellen Schritten stapfte sie auf der steil ansteigenden Straße davon und verschwand hinter der nächsten Wegbiegung.

Was für eine Geschichte die erzählt hat! Darüber muss ich noch etwas nachdenken, über Glück und Unglück, und wie man danach weiterlebt. Das ist doch die Frage, um die es hier geht. Eine Schicksalsfrage. Nur gut, dass Barbara noch nicht in Sicht war. Sie war heilfroh, dass sie noch ein wenig in die Weite schauen konnte. Einfach nur sitzen und schauen.

Nach einer Weile schloss sie die Augen und legte die Arme

auf die Lehne der Bank. Die Brise, die vom See zu ihr heraufwehte, brachte die Blätter über ihr in ein leises Gespräch. Sie lauschte und dachte nach.

Wie weitermachen, wenn das Leben mit seiner ganzen Wucht auf einen herunterprasselt? Wie, wenn man neben dem Unglück nicht mehr zu Wort kommt? Manche verstummen. Andere verlieren ihre Schmerzfähigkeit. Einer bringt sich um. Ein anderer bringt andere um. Wieder andere werden meschugge. Und Rahel, mit der zusammen sie sich am längsten in Schicksalsfragen vertieft hatte, hatte sich das Meschuggewerden nur ausgemalt.

Ich bin, wie ich war, und fände man mich im Tollhause, eine papierne Krone auf dem Haupte, man fände die Freundin wieder, ganz aufgelöst, zerstört, und doch unverändert.

Rahel musste das Beste, was sie hatte, fahren lassen. Natürlich hatte auch sie sich das Hoffen angelernt, das gemeine, leere Hoffen, dass man etwas Besseres bekommt. Aber Rahel bekam nichts Besseres und kannte auch keine Heimat in der Welt, in die sie sich vor dem Schicksal hätte zurückziehen können. Nichts hatte sie ihm entgegenzusetzen. Nichts außer der Wahrheit. »Vortreffliche Ernte der Verzweiflung«, sagte Rahel, als sie gegen Ende ihres Lebens die Erfahrungen einsammelte. Ohne Sarkasmus, denn sie war vom Leben bemerkt worden.

Ja, das war das Wichtigste. Vom Leben nicht übersehen zu werden. Und durch das Erfahren, Bedenken und sicher auch durch das Schreiben erlangte Rahel jene Freiheit, die sich vielleicht sogar der Mann ersehnte, wenn er die Fensterscheiben vollmalte. Menschen wie er und Rahel, dachte sie, haben den Schmerz erfahren, den man so leichtfertig »zugefügt« nennt, als könnte er einem zufliegen wie eine Krähe, Schnabel voran mitten in die Brust. Aber Rahel hat ihn erfahren und bedacht.

Das ist kein Beiwerk meines Lebens, an dem ich unschuldig bin, das sich wie von selbst abwickelte. Ja, so hatte sie gesagt. Ich habe es voll zu verantworten als mein Schicksal.

Sie war durstig und trank die Flasche leer. Zündete sich eine Zigarette an, nahm einen tiefen Zug und schob den Rauch in Richtung Schiff, das unten auf die Isole di Brissago zuhielt. Sie nahm die Minox aus dem Etui und machte ein Foto von der Spur, die es in den See zog. Das Kielwasser erinnerte sie an die Kondensstreifen der Flugzeuge. Merkwürdig, dass die Spur am Himmel viel länger zu sehen ist als die im Wasser.

Vielleicht ist das, was einem Menschen geschieht, nur dazu da, seine Eigentümlichkeit zu vollenden.

Das Leben selbst zeichnet uns aus. Natürlich, auch Unglück ist eine Auszeichnung. Darauf bestand Rahel, und auch, dass es keinen Trost geben darf. Keinen Schleier vor der Wahrheit. Aber dafür musste sie sich zur Wand machen. Zu etwas Undurchdringlichem, um der Welt entgegenstehen zu können. Sie versteinerte, um weiterleben zu können. Anders hätte sie sich mit dem Gang des Lebens nicht abfinden können.

Was für ein Preis, dachte sie. Versteinern. Verschuppen. Verstummen. Und manche verlieren ihre Muse. Wie immer bei dem Gedanken kam ihr Brecht in den Sinn. Seine Muse hatte ihn einfach fallen gelassen. Plötzlich kann die ureigenste Stimme versagen. Oder versiegen, wie auch immer, jedenfalls kriegt man kein gutes Gedicht mehr zustande. Oder überhaupt nichts mehr aufs Papier, gut oder nicht gut, keine einzige Zeile. So was kommt und geht nicht einfach wie ein Husten.

Trotzdem. Müsste man nicht unter allen Umständen versuchen, wieder ein Mensch unter Menschen zu werden? Der Welt zugewandt bleiben, wie Goethe sagte? Könnte es denn je zu spät dafür sein? Sie trat die nur halb gerauchte Zigarette aus, nahm die Kamera und stand auf, um sich die Beine etwas zu vertreten und noch ein paar Fotos vom See zu machen.

Sie hörte ein Hupen. Einmal, zweimal, ein drittes Mal. Der Renault bremste, und Barbara sprang heraus und kam zu ihr.

»Bist du schon am Gehen, Hannah? Wie war's?«

»Sehr angenehm.«

»Die mit dem Rucksack war aber eine Komische. Hat die dich nicht gestört?«

»Keineswegs. Wie kommst du denn darauf?«

»Blieb die noch lange?«

»Es geht. Sie brachte ihre Habseligkeiten in Ordnung und wanderte weiter. War sogar ganz nett, die junge Frau.«

»Wirklich? Habt ihr miteinander gesprochen?«

»Nur ein bisschen. Und wie ging's bei dir?«

»Tipptopp! Jetzt hab ich alles beisammen. Aber das Beste hab ich dir noch gar nicht gesagt. Am Montag fängt bei uns ein Neuer an, als Aushilfe an der Rezeption. Endlich mal ein Tessiner, mit dem ich Italienisch üben kann, Hannah!«

»Schön für dich!«

»Mal sehen, wie er so ist. Er soll Kellner im Centovalli gewesen sein, aber irgendwie hat's dort nicht geklappt. Bei uns kann er sofort anfangen.«

»Ach, wie heißt er denn?«

»Ich bin nicht sicher, ich glaube, irgendwas mit M.«

»Matteo vielleicht? Ein guter Junge!«

Barbara machte den Mund nicht mehr zu, als sie ihr erzählte, dass er in Zürich Luftfahrttechnik studiere, aber weder auf den Mars noch auf den Mond wolle. Er habe ihr aus der Patsche geholfen und sie aus einer grässlichen Schießerei gerettet, mit Edith Piaf und Udo Jürgens. Vermutlich hätten sie es etwas zu lustig gehabt, aber wenn er nun in der Barbatè anfange, sei doch alles gut.

»Du erzählst ja Sachen! Sag mal, Hannah, hast du mit der vorhin was geraucht? Wie lange blieb die denn eigentlich?«

»Jetzt fängst du schon wieder an, Barbara. Ich hab doch nicht auf die Uhr geschaut.«

»Deutschschweizerin, nicht wahr?«

»Ja, Basel, aus meinem geliebten Basel.«

»Und was erzählte sie?«

»Ach, von Janis Joplin.«

»Das wundert mich gar nicht! So wie die aussah, ziemlich hippiemäßig. Hat sie gesagt, wohin sie wollte?«

»Da auf den Berg hoch, glaube ich.«

»Dann ist der Fall absolut klar! Oben auf dem Berg gibt's welche, die Haschisch anbauen, die sehen genauso aus, mit so Hemden aus Indien und Sandalen.«

»Wanderschuhe hatte die doch an, Barbara.«

»Wie? Ach so. Egal. Trotzdem. Was die hier nur wollte –«

»Aufbrechen, Barbara. Freiheit.«

»Wie bitte?«

»Gibt es denn etwas Freieres als aufzubrechen, wohin man will? Bewegungsfreiheit ist was Wichtiges. Und überhaupt die älteste und elementarste Art, frei zu sein. Sklaven waren gerade darin eingeschränkt.«

»Heute denkst du echt zu viel, Hannah!«

»Barbara, das weißt du doch selbst. Wer frei herumwandert oder im Renault herumfährt, erlebt Freiheit. Natürlich kann man auch im Denken entdecken, wie man sich frei in der Welt bewegt. Ich finde, diese Baslerin hat was Wichtiges entdeckt.«

»Ach, aufbrechen und dann doch so lange bei dir sitzen bleiben?«

»Kein Grund zur Eifersucht, Barbara. Warst du noch beim Frisör?«

»Du siehst aber auch wirklich alles. Nur die Spitzen schneiden. Aber komisch war die trotzdem.«

»Du siehst wirklich hübsch aus. Ich mach mal ein Foto von dir. Am besten stellst du dich da ans Mäuerchen, mit dem See im Hintergrund.«

»Gegen die Sonne? Das wird nichts, Hannah.«

»Lass mich nur machen. Manchmal sollte man die Regeln brechen. Gibt die besten Überraschungen, glaub's mir. Ja, genau, noch mehr nach rechts bitte.«

»Schickst du es mir, falls es trotzdem was wird?«

»Selbstverständlich, wenn du mir deine Adresse anvertraust. Komm, setzen wir uns noch einen Augenblick.«

»Hier. Ich habe Kirschen für uns gekauft.«

»Danke. Übrigens wolltest du noch was von meinen Gedichten hören.«

»Ach ja, stimmt! Wegen der da hätte ich's fast vergessen.«

»Eigentlich gehen meine Gedichte niemanden was an. Aber versprochen ist versprochen. Ich will dir eins aufsagen.«

»Mindestens eins! Ich wette, du hast ganz viele geschrieben.«

»Über die Jahre sind doch ein paar zusammengekommen. Ich liebe Gedichte seit eh und je. Aber das hier ist mein letztes.«

Dann werd' ich laufen, wie ich einstens lief
Durch Gras und Wald und Feld;
Dann wirst Du stehen, wie Du einmal standst,
Der innigste Gruß von der Welt.

Dann werden die Schritte gezählt sein
Durch die Ferne und durch die Näh;
Dann wird dieses Leben erzählt sein
Als der Traum von eh und je.

»Hannah! Du kannst ja richtig mit Reim und allem, was dazugehört! Dein letztes Gedicht, sagst du?«

»Das hab ich zuletzt geschrieben, ist aber schon Jahre her.«

»Also ist es dein wirklich allerletztes?«

»Das weiß ich nicht. Wahrscheinlich.«

»Und warum?«

»Ach, Barbara, so langsam glaube ich einfach, dass es wohl dabei bleiben wird.«

»Aber wär doch schade, wenn du keins mehr schreibst!«

»Ich wollte hier in Tegna wieder mal eins schreiben. Ging aber nicht.«

»Wieso denn nicht?«

»Wenn ich das wüsste! Heute fragst du einem Löcher in den Bauch.«

»Wenn's nicht am Wollen liegt, kann's doch eigentlich nur Schreibstau oder so was in der Art sein, oder?«

»Wer weiß.«

»Hast du selbst schon mal drüber nachgedacht?«

»Ich hab's einfach versucht. Ein Gedicht kann man nicht erzwingen. Da muss alles zusammenspielen.«

»Also dieses letzte klingt für mich ja ein wenig verliebt. Nicht nur wegen dem im Wald. Was war da, als du dieses letzte geschrieben hast?«

»Wollen wir nicht langsam nach Hause?«

»Bald, ja. Aber weißt du wenigstens noch, wann du das geschrieben hast?«

»Schon vorhin, mit diesem Mädchen, da warst du auch so. Wie eine Staatsanwältin.«

»Ich find's wirklich spannend, Hannah! Erinnerst du dich vielleicht noch, wann du dieses Gedicht geschrieben hast? Ich glaube, es muss ein schöner Moment gewesen sein, weil das Gedicht so klingt. Irgendwie heiter, als könnte dir nichts etwas anhaben.«

»Ach wo. Klirrend kalt war's. Ein typischer Winter im Midwest. Ich lehrte an der Northwestern in Evanston und war mitten im Trubel um den Eichmannprozess. Da hatte ich mir ganz schön was eingebrockt, weil ich als Berichterstatterin schon zugesagt hatte, der Prozess aber immer wieder verschoben wurde. Als ich das Gedicht schrieb, wusste ich nicht mal, ob ich die Suppe auch wirklich auslöffeln könnte. Also keine Rede von verliebt, Barbara!«

»Und in so einer Zwickmühle ist dir so ein Gedicht gelungen! Das ist ja allerhand! Also wenn man *das* kann, verlernt man's doch nicht mehr, Hannah!«

»Ja, aber was tun, wenn sich die Muse nicht mehr meldet.«

»Die Muse?«

»Natürlich. Vorhin hab ich's doch gesagt. Wenn man dichtet, spielt alles zusammen. Auch die Muse, die das Talent gegeben hat. Du denkst doch nicht etwa, dass so was von nichts kommt?«

»Keine Ahnung. Diese Muse hört also nicht mehr, wenn du sie rufst. Und wenn sie sich nur taub stellt?«

»So viele Jahre schon? Nach Jerusalem hab ich's immer wieder versucht, aber Pustekuchen.«

»Vielleicht hat sie sich aus dem Staub gemacht oder … sie wird doch nicht etwa gestorben sein?«

»Aber Barbara, Musen sterben nicht. Dass du das nicht weißt, wundert mich schon ein wenig.«

»Sag mal, Hannah, kann eine Muse einem das Talent eigentlich auch wieder wegnehmen?«

»Unbedingt.«

»Wirklich? Kennst du ein Beispiel?«

»Ich bin überzeugt, dass die Muse Bertolt Brecht ihre Gabe entzogen hat, weil er den falschen Gebrauch davon gemacht hat.«

»Nämlich?«

»Weil er sein Talent missbraucht hat.«

»Ach ja, und wie? Tut mir leid, Hannah, von Brecht weiß ich einfach zu wenig. Sag's mir bitte.«

»Missbrauchen heißt zweckentfremden. Ein Talent nicht so verwenden, wie es ursprünglich gedacht war, als Gabe der Götter. Nun, bei Brecht sehe ich die Sache so, dass er eben, ziemlich spät in seinem Leben, einen Verbrecher gepriesen hat. Nach seinem Lobgedicht auf Stalin kam jedenfalls nie mehr ein gutes Gedicht von ihm. Seine Muse hatte ihn einfach fallen gelassen, nachdem er sich an ihr versündigt hatte. Eine Muse lässt nicht mit sich spaßen.«

»Na so was! Ich wusste gar nicht, dass es so eine Theorie gibt.«

»Gibt es auch nicht. Ich habe den Gedanken in einem Essay ausgeführt. Ein paar wütende Leserbriefe gab es schon. Niemand will hören, dass ein großer Dichter sich an der Gabe seiner Muse versündigt hat. Aber so ist es eben doch.«

»Interessant, aber wenn wir auf dein letztes Gedicht zurückkommen … seit jenem Winter hast du also keine einzige Zeile mehr geschrieben. Und wenn's damals einfach zu kalt war und alle Wörter eingefroren sind?«

»Bitte etwas ernsthafter, Barbara. Dichten ist keine Frage des Wetters.«

»Entschuldige, aber so meine ich es nicht. Ich glaube halt nur, dass die Kälte eine Bedeutung haben könnte. Ein Symbol dafür, dass es mal so elend kalt in deinem Leben gewesen ist, dass einfach alles eingefroren ist. Du sagst ja selbst, in dem Winter hattest du Ärger wegen des Eichmannprozesses.«

»Später, erst nachdem die Reportagen draußen waren. Damals, ja, da stand ich in Eiswasser. Bis zum Hals.«

»Lange?«

»Sehr lange. Mehr als nur einen Sommer lang. Vielleicht steht heute noch was drin.«

»Wegen des Eichmann-Buchs?«

»Wegen der Kampagne.«

»Zu lange?«

»Wer weiß.«

»Ach, Hannah, vielleicht kommen wir da heute nicht weiter. Aber eine Spur ist das mit der Kälte schon. Vielleicht stehen alle Gedichte, die noch von dir geschrieben werden möchten, nur irgendwo herum. Wie Eisblöcke. Ja, vielleicht wartet die Muse drauf, dass du sie endlich abholst. All die ungeschriebenen Gedichte versperren ihr nur den Platz.«

»Die Muse ist doch kein Post Office.«

»Das ist abwegig, auch das mit den Eisblöcken, du hast recht. Wenn die Muse aber trotzdem froh wäre, wenn du deine Gedichte endlich mal in die Welt bringst? Versuch's einfach, immer wieder, Hannah. Manchmal muss man stur weitermachen, bis es klappt! So eine Muse kann offenbar ganz schön zickig tun, da braucht man Geduld, aber das ist beim Segeln auch so, wenn Flaute ist. Weißt du, da kann man nichts tun außer Warten. Aber dann, wenn der Wind wieder in die Segel fährt, das ist ganz toll, wenn du das nur mal erleben könntest! Wer weiß, nächstes Jahr vielleicht. Ich seh uns schon, Hannah, da unten, hart am Wind. Ich lass dich dann auch mal ans Ruder, ja?«

Sie lächelte und dachte, Widerstand ist absolut zwecklos bei dieser Barbara, und schaute unter dem Blätterdach hinweg auf den See. Er blitzte, fast gewaltsam, dieses Licht und die Schönheit. Ihr Blick wanderte nach Moscia runter, wo Dr. Cox seine Einsichten holte. Es ist nun mal, wie es ist. Vielleicht ist es wirklich das letzte Gedicht gewesen. Damals in Evanston, 1961.

Da fielen ihr die Fresken wieder ein, von der Kastanienernte und dem Musikanten. Die wollte sie sehen, aber von der jungen Frau sagte sie besser nichts mehr.

»Barbara, sag mal, kennst du eigentlich die Wandmalereien in der Kirche da?«

»Wo, die hier? Nie was davon gehört.«

»Wollen wir reingehen?«

»Haben wir denn noch Zeit dafür?«

»Komm, Barbara. Für was Schönes muss man immer Zeit haben.«

26 Amor mundi

Mitten im Wald stand sie, und es fühlte sich an wie immer im Wald. Hohe Tannen, der dunkle Duft von Reisig, sogar das Harz konnte sie riechen und die Vögel hören. Plötzlich, wie auf einer Lichtung, einfach nur eine Brücke, aber imposant geschwungen, und ganz oben stand Kurt. Als er sie sah, drehte er sich zu ihr und öffnete die Arme. Ganz weit.

»Euphorie, Hannahlein! Was ich hier erlebe, davon machst du dir keinen Begriff!«

Sie trat näher und lauschte.

»Ein bescheidenerer Mensch könnte damit ein ganzes Leben ausstatten.«

»Kurtchen!«

»Hannah, wenn du nur wüsstest, wie viele Briefe ich an dich begonnen habe!«

Sie ging auf Kurt zu, der am Geländer stand.

»Und keinen einzigen hab ich abgeschickt. Ich wollte dir immer etwas ganz Besonderes sagen, mein geliebtes Hannahchen.«

Kurt nahm die Zigarre aus dem Mund und beugte sich zu ihr, um sie zu küssen. Sie wich nicht zurück, stellte aber schnell eine Frage.

»Bist du es auch, Kurt? Ich kann mich doch nicht von einem fremden Mann küssen lassen.«

Dann musste sie laut loslachen, und auch Kurt gluckste, alles wie immer.

»Einen schönen guten Morgen.«

Die Stimme riss sie von der Brücke, und alles war plötzlich weg, auch Kurt und der Wald.

Erschrocken öffnete sie die Augen und hatte einen hellblauen Ärmel vor der Nase. Das Kabinenlicht blendete, Kaffeeduft und Zigarre. Die Stewardess stellte das Tablett vor sie hin, wünschte guten Appetit, ihr Sitznachbar rauchte weiter.

Verflixt noch mal, kaum eingeschlafen, muss man schon wieder unter die Menschen. Das Frühstück kann mir gestohlen bleiben! Es war scheinbar wie immer, wenn sie von Amerika nach Europa flog.

Es tat ihr leid, dass der Traum so abrupt geendet hatte. Ganz in die Nische an der Bordwand gedrückt, dachte sie an den Kuss und die schöne Brücke. Der Wald war nicht finster wie bei Dante, und Kurt hatte auch überhaupt nicht tot ausgesehen. Es war das erste Mal, dass sie von ihm geträumt hatte, seitdem er vor bald sechs Jahren gestorben war. Aufgebrochen ins Land der Euphorie.

Sie schob die Fensterblende hoch. Eiskristalle glitzerten am Scheibenrand, die Sonne stand auf Augenhöhe. Schräg unter dem Flügel die verschneiten Alpen. Tausende von Falten und Fältchen, als wäre das Land, in dem sie gleich landen würden, nur ein zerknittertes Papier. Von Riesenhänden zusammengeknüllt und dann doch wieder ausgebreitet und halbwegs glatt gestrichen. Nur hie und da ein Wölkchen im Rotgold.

Der Blick auf so viel Schönheit und auch der Traum trösteten sie. Sie fühlte sich nicht mehr ganz so mies wie beim Boarding.

Eigentlich waren ihr die Strecke JFK-Zürich Kloten und auch der lästige Weckruf vertraut, nur war's diesmal eben anders. Sie hatte nicht mit dieser Reise gerechnet. Auch nicht damit, dass es nie mehr so sein würde wie früher. Mit Kurt sowieso nicht und mit Karl nun aber auch nicht mehr.

Basel, 26. Februar 1969
Karl gestorben MEZ 13.43
Trude

Es war dann doch schneller zu Ende gegangen mit ihm. Als Gertruds Telegramm kam, hatte sie sofort angerufen, aber dann war auch schon die Anfrage gekommen. Würden Sie bei der Gedenkfeier der Universität eine Rede halten? Es wäre doch schön, Sie als Jaspers-Schülerin, wenigstens ein paar Minuten, in der Martinskirche am 3. März. Natürlich, das ist Ehrensache, hatte sie geantwortet und sofort den Flug gebucht. Es war egal, dass sie einen etwas weiteren Weg hatte als die anderen. Aus dem Cockpit wurde gemeldet, man habe die Jurakette hinter sich gelassen. Die Passagiere auf der rechten Seite könnten noch knapp den Pilatus erkennen und daneben Eiger, Mönch und Jungfrau. Die Passagiere auf der linken hingegen den Schwarzwald und die westlichen Ausläufer der Schwäbischen Alb. Sie war wieder mal allein auf dieser Reise. Heinrich hatte nicht mitkommen wollen. So mitten im Semester ginge das nicht. Dabei ist es doch jedes Mal ein Memento, dass der Tod nur um die Ecke ist. Karl, dessen Gesundheit seit je unzuverlässig gewesen war, hatte sie immer wieder ermahnt. Wie kostbar ist die Zeit, die einem vergönnt ist, Hannah, einem jeden allein, aber auch als Ehepaar.

Wenn zwei ein Leben lang zusammengehört haben, hatte Karl einmal zu ihr gesagt, ist es schwerer, als Erster zu sterben. Wer als Zweiter stirbt, geht leichter, weil man den anderen nicht in der Welt zurücklassen muss. Nun war Karl doch zuerst gegangen. Man kann sich eben nicht alles aussuchen.

Aus dem Cockpit eine Dienstanweisung für das Kabinenpersonal. »Xhhh Crew …«

In letzter Zeit hatte sie Heinrich mit Sorge betrachtet. Gerade erst war sein Siebzigster gefeiert worden, aber Heinrich war alt geworden. Es war Jahre her, dass der Tod bei ihnen angeklopft hatte. Zuerst Heinrichs Aneurysma in der Pia Mater, subarachnoide Blutung. Haarklein hatte sie Karl davon berichtet, der als ausgebildeter Arzt schließlich etwas von der Sache verstand. Was sie damals schockiert hatte, war nicht so sehr Heinrichs Anblick in dem Bett der neurologischen Abteilung, es waren die Krankenhausärzte. Wollten die doch nur *ihr* die Wahrheit sagen! Denkste! Das mit den fünfzig Prozent Mortalitätsrate hatte sie *stante pede* auch Heinrich gesagt. Aber er, gelassen und unverwüstlich, wie er sich immer gern gegeben hatte, sagte nur, er halte sich eben an die anderen fünfzig Prozent.

Nur kurze Zeit später hatte der Tod dann ihr auf die Schulter getippt. Ziemlich ramponiert wurde sie aus der völlig zusammengestauchten Karosserie des Taxis geborgen. Dabei hatte sie in dem Auto einen Augenblick ungeheuerlicher Freiheit erlebt. Als hätte ihr das Leben zugeflüstert, ich bin größer als du, aber entscheide selbst, ob du noch ein wenig auf der Erde bleiben willst. Sie hatte genauso wenig gezögert wie das kleine Mädchen, als der Leviathan ihm anbot, ein wenig auf seinem Schwanz zu wippen.

»Darf ich das mitnehmen?«

Sie nickte. Die Stewardess räumte das Frühstücktablett wieder ab, auf dem alles genauso war, wie es gebracht worden war, und sie klappte das Tischchen hoch.

In Ehren ergrauen und so dem Tod näher rücken, ja, das wäre richtig. Er ist kein unangenehmer Genosse.

Die Morgensonne blendete nun schon, sie zog den Sonnenschutz ein wenig nach unten. Sie hatte immer gern gelebt, aber so gern, dass es immer weiter dauern sollte, nun auch wieder nicht. Und doch hatte sie sich mit dem Altwerden ordentlich Mühe gegeben und, anders als Heinrich, großen Ehrgeiz an den

Tag gelegt. Aber die Pferde gehen halt immer noch sehr leicht mit einem durch.

Sie schaute auf das Mittelland hinunter. Aus dem Braun bleckte hie und da ein Hügel, sonst lag kaum mehr Schnee. Ob Kurt und Karl hier irgendwo winkten? Hätte ich mich damals gegen das Weiterleben entschieden, säße ich bei ihnen. Wie gut haben's Kinder, die noch an so was glauben. Nein, Kurts und Karls Geschichte ist zu Ende erzählt. Der Tod hat ihre Namen aus dem Buch des Lebens gestrichen. Von ihm borgen wir uns die Autorität, wenn wir ihre Geschichte erzählen. Ihr gelebtes Leben bewahren ja nur wir, die zurückgeblieben sind und ihrer gedenken.

Am 19. März 1962 hätte eine ganz andere Hannah Arendt zu leben aufhören können als die, die übermorgen die Abschiedsrede für Karl Jaspers halten würde. Sie wäre nicht mehr die Autorin des Eichmann-Buchs geworden und hätte weder Lob noch Tadel abbekommen. Auf beides hätte sie genauso gut pfeifen können, und doch war es richtig so gewesen, alles richtig. Doch, doch, ist gut so, wie's ist.

Sie wäre nicht die Professorin geworden, die vier Jahre lang zwischen Chicago und Heinrich hin- und hergetrudelt war, aber auch nicht die Ehefrau, die sich nun endlich um einen Hafen für ihr Alter kümmern wollte.

Heinrich, lass uns das Tessin für ein paar Wochen ausprobieren. Man lebt weniger exponiert in der Schweiz, auch mit mehr Komfort. Ich werde von Basel aus was reservieren, vielleicht diese Casa Barbatè, nicht weit von Robert, na Stups? Heinrich hatte genickt. Endlich nach Brissago, ja, er wolle mit eigenen Augen sehen, wie diese langen Krummen gerollt würden.

Sie nahm sich vor, gleich vom Hotel aus anzurufen. Nicht dass ich das vor dem Rückflug vergesse.

»Ladies and gentlemen.«

Die Meldung aus dem Cockpit, man sei nun im Landeanflug auf Zürich und rechne mit einer pünktlichen Landung. Vier Grad Celsius. Leichter Bodennebel, aber trocken.

Sie blickte noch immer aus dem Fenster. Plötzlich neigte sich der Flieger, ihr Fenster füllte sich mit Himmel, offenbar zog der Pilot noch eine Schleife nordwärts. Fast senkrecht unter sich sah sie den Fluss.

Der liebe Rhein, da lag er wie eine Schlange, die sich im matten Morgenlicht sonnte. Wie oft war sie an diesem Rhein zu sich gekommen! Erholung hatte sie am dringendsten nach dem ersten Jerusalem-Aufenthalt gebraucht, aber sie wäre so oder so zu Karls Abschiedsvorlesung gekommen.

In der überfüllten Aula der Universität hatte sie das Knistern wieder gespürt, wie damals, als ganz junge Frau, fast noch ein Mädchen. Sein Thema war abstrakt gewesen, die Chiffren der Transzendenz, wie auf ihren ersten Entdeckungsfahrten des Denkens, mit Heidegger in Marburg, mit Jaspers in Heidelberg. Wilde Fahrten, unvergessene Ritte, wenn auch nicht ganz so wagemutig wie die des kleinen Mädchens, das sich auf dem Pegasus aus der Welt der Menschen heraustragen ließ. Bei Karls letzter Vorlesung, damals im Mai '61, hatte sie sich fast alterslos gefühlt. Das ist mehr, als eine Vierundfünfzigjährige erwarten darf.

»Verwöhnt er dich wieder, du berühmtes Vögelchen?«

»Ach, Stups.«

»Siehste! Das ist der Fluch, den die Alten auf die Jungen schmeißen können.«

Heinrich hatte immer gewusst, was Jaspers ihr bedeutete. Wie ihr geschah, wenn sie mit ihm zusammen war. Oft hatte Heinrich sie auch geneckt, als wäre Jaspers ein Liebhaber, als fände sie das Glück in seinen Armen statt in den Worten und Blicken, die zwischen ihnen hin- und hergegangen waren. Und manchmal hatte er sogar den Eifersüchtigen gespielt, als schäumte er vor Wut, sogar noch theatralischer als Kurt.

Dabei hatte dieser große Jaspers, wie immer in Anzug, Krawatte und Hut, mit achtundsiebzig Jahren einfach nur den Hörsaal verlassen. Und nun, drei Tage nach seinem Sechsundachtzigsten, auch die Welt.

Kurt und Karl. Zwei, die sie zusammengebracht hatte. Kurt hatte mal gesagt, Karl gehöre zu den Philosophen, die sogar er mühelos lese. So ein lieber, redlicher Mensch, der einem keine zyklopischen Gedanken an den Kopf werfe. Um ihr zu schmeicheln, hatte Kurt sich zum Scherz mal wieder eifersüchtig gegeben.

Kurt und Karl, Karl und Kurt. Zwei, die wussten, was Freundschaft in dieser wunderlichen Welt bedeutet, umso mehr, als sie das gewaltsame Abreißen der Fäden erlebt hatten. Dass ein Freund nicht wie ein Paar unbesohlte Schuhe ist, die man in die Ecke stellt, weil man sie vielleicht noch einmal braucht, und für die paar Schritte, die man mit ihnen machen will, dann doch noch besohlen lässt. Sondern ein Mensch, dessen Urteil einem kostbar ist, auch wenn es keine reine Bejahung wäre. Ein Gegenüber, dessen Anerkennung das eigene Selbstbewusstsein erst ermöglicht. Ein Mensch, der einen davor bewahrt, gleichgültig zu werden.

Wer nur erlebt, wie man im Positiven und Negativen eine Puppe ist, die nach Bedarf hervorgeholt oder wieder in die Kiste geworfen wird, ist eigentlich selber nie da und läuft Gefahr, taub zu werden für die Welt. Plötzlich rumpelte es stark, ein kleiner Hopser im Sessel, sie spürte die Räder, dann hörte sie die Stimme aus dem Cockpit.

»Local time seven o five in the morning. We wish you a pleasant stay in Switzerland. Grüezi mitenand und en schöne Sunntig! Einen schönen Sonntag allerseits!«

Die Hecktür öffnete sich. Wie gut, so ist man als Raucher am schnellsten an der Morgenluft. Sie war froh um den langen Wintermantel, trotzdem spürte sie die Kälte an ihren Beinen.

Sie hielt sich am Treppengeländer fest und nahm vorsichtig Stufe um Stufe.

Die Wintersonne beschien den Vorplatz der Martinskirche. Mit Gertrud Arm in Arm ging sie zielstrebig über das Kopfsteinpflaster auf den Eingang zu. Ihr schien, als sei es auch Gertrud nicht unrecht, dass sie fast ein wenig die Köpfe zusammensteckten, damit sie nicht nach links und rechts grüßen mussten. Ihr selbst wäre das unangenehm gewesen, wie eine Verzettelung. Es gab wirklich Wichtigeres als Höflichkeit, und so viele von den Anwesenden kannte sie nun auch wieder nicht. Am Rand des Platzes hatte sie Hochhuth stehen sehen. Jaspers hatte sie miteinander bekannt gemacht, als sie beide in die Schlagzeilen geraten waren. Ohne Karl würde auch diese Beziehung verblassen, dachte sie und ging weiter, ohne sich zu erkennen zu geben. Sie blieb in der tiefen, gemeinsamen Trauer lieber bei Gertrud, wie in einer Kuhle, die ihre vierzig gemeinsamen Jahre geschaffen hatten.

»Im Sommer sehen wir uns sowieso wieder. Bevor wir nach Tegna fahren, kommen wir in die Austraße. Wie immer.«

Sie musste es ziemlich laut in Gertruds Ohr und mit den Händen zusätzlich sagen, aber Gertrud nickte und drückte ihre Hand. Als sie durch die Kirche gingen, kam Hans zu ihnen, grüßte und begleitete sie nach vorn. Als letzter Assistent war er zu Karls und Gertruds Vertrautem geworden. Er war gestern Abend extra in die Austraße gekommen, um sie über den Ablauf ins Bild zu setzen. Das Schweizer Radio werde die Gedenkstunde übertragen. Zuerst spreche der und dann die und noch der und der, erst dann sei sie an der Reihe. Ihr Blick schweifte über die schwarze Krawatte zu Gertrud zurück. Witwen tragen Trauer, mindestens ein Jahr.

Sie setzten sich vorn in die Mitte, und Hans ging zu den Radioleuten zurück, die noch immer mit Kabelrollen herumstanden. Wie weit war es bis zum Mikrofon? Sie schaute sich die Stufen an, wie viele und wie hoch, damit sie ohne Stolpern zum Rednerpult käme. Weit würde es ja nicht sein, und das Vormittagslicht, das durch die drei hohen Fenster hereinkam, machte den ganzen vorderen Teil der Kirche hell.

Gertrud schaute den Musikern zu, die diskret ihre Instrumente auspackten, die Notenständer aufstellten, sich auf ihre Stühle setzten. So hatte Gertrud wenigstens etwas von der Musik.

Die Kirche war unbeheizt, die Sitzbänke kalt, als wären sie aus Stein. Sie nahm Gertruds Hand, auch sie eiskalt, aber ihre war doch noch ein wenig wärmer. Sie strich über den Wollstoff des Mantels, in dem sie so manchen New Yorker Winter überstanden hatte. Und auch seine Vorgänger, ach, diese Wintermäntel. Sie hatte sie in der Weltgeschichte herumgeschickt und sogar Karl damit behelligt, als ob man ihm sagen müsste, was mit so einem Ding zu tun sei. Sie musste fast schmunzeln.

Was nicht Zeit hat: Darf ich meinen Wintermantel an Ihre Adresse nach Basel schicken? (Können und dürfen Sie natürlich nicht entscheiden. Es ist an die Adresse Ihrer Frau gefragt, der ich für ihren guten Brief herzlichst danke.) Man braucht weiter nichts mit ihm anzustellen, außer ihn in den Schrank zu hängen. Ich werde ihn vor November nicht brauchen, da ich ja in warmen Ländern bin.

Was hatten Gertrud und sie nicht alles zu besprechen gehabt. Erst wegen ihrer Carepakete mit Leckereien, die sie nach dem Krieg nach Basel geschickt hatte, so üppig es eben damals möglich war. Später wegen der Kleidung ihrer Männer, besonders wegen der Anzüge, natürlich ein Dauerbrenner unter Ehefrauen, weil die so teuer waren. Gertrud und sie hatten immer dafür gesorgt, dass ihre Männer anständig angezogen waren. Eigene Kinder gab es in beiden Ehen nicht. Nur in Frankreich hatte sie selbst auch Kinder anziehen müssen, von Kopf bis Fuß, damit sie anständig gekleidet in Palästina ankamen.

Ach, die Männer und ihre Anzüge. Einmal war Heinrich wie ein Fürst aus dem Sommerurlaub zurückgekehrt, nachdem der Mann einer Bekannten plötzlich vom Herzschlag getroffen auf der Straße umgefallen war und zufällig genau Heinrichs Figur gehabt hatte. Mit zwei Sommeranzügen, zwei Winteranzügen und einem Wintermantel war er aus Palenville gekommen. Das war sehr viel Geld damals.

Die weitaus wichtigste Kleiderdebatte zwischen ihr und Gertrud war ebenfalls eine Anzugfrage gewesen. Was sollte Karl in der Frankfurter Paulskirche anziehen? Lang und breit hatten sie und Gertrud darüber geredet. Schwarzer Anzug? Hat er nicht, hatte Gertrud gemeint, und für einen neuen so viel Geld auszugeben, lohnt nicht mehr, Karl sei schon so alt. Woher sie denn wisse, wann er sterbe? Ach, selbst wenn er noch zehn Jahre lebe, brauche er den Anzug nie wieder. Könne man gar nie wissen, da gäbe es doch noch andere Preise, sogar den Nobelpreis, und überhaupt, was kostete denn so ein Anzug? 1000 Franken? Aber das wären doch nur 250 Dollar, nicht mehr als zehn Prozent des Preisgeldes.

Na also, zehn Prozent Spesen seien normal, und so hatte sie obsiegt, und auch alles andere fädelte sich ein wie erträumt. Alle drei in der Paulskirche, vor gut zehn Jahren, richtig schön war's. Und nun sitzen Gertrud und ich wieder in der Kirche, wieder für Karl. Man weiß eben nie, wer eines Tages für wen das Wort ergreifen wird.

Gertruds Hand lag weich in der ihren. Dort, in Frankfurt, hatte sie sich zum allerersten Mal exponiert gefühlt, aber so schlimm war es dann doch nicht gewesen. Seither hatte sie das

Wagnis der Öffentlichkeit, von dem Karl immer gern gesprochen hatte, gründlicher kennengelernt, als sie es sich selbst je gewünscht hätte. Karl hatte sie nicht mal da im Stich gelassen. In diesem Sichaussetzen zeigt sich die Person, die du bist, Hannah. Alles, was sonst nur im Verborgenen existiert, kommt ans Licht.

Ja, Karl, ich seh's ja ein. Wir brauchen den öffentlichen Raum, um in Erscheinung treten zu können, nur wärst du ja auch Staatsmann geworden und ich eben nicht.

Natürlich hatte Karl recht behalten. Und nun war er tot. So oft hatten sie diesen Moment in Gedanken vorweggenommen, nur ihr Gedicht darüber hatte er nie zu hören bekommen. Wenigstens dieses eine mit der großen Stille, das hätte sie Karl aufsagen sollen.

Ich lieb die Erde
so wie auf der Reise
den fremden Ort,
und anders nicht.
So spinnt das Leben mich
an seinem Faden leise
ins nie gekannte Muster fort.
Bis plötzlich,
wie der Abschied auf der Reise,
die große Stille in den Rahmen bricht.

Im Rücken spürte sie die Menschen. Die Kirche hatte sich bis zum letzten Platz gefüllt. Wer tot ist, hat dafür bezahlt, dass er sein konnte und nun in der Welt bleibt, ohne Leben. Gertruds Hand fühlte sich schon etwas wärmer an.

Die Geige setzte ein, dann folgten die Bratsche und ebenso behutsam alle anderen Streichinstrumente. Ein Redner gab sich als Karls Nachfolger auf dem Lehrstuhl zu erkennen. Nach seiner Würdigung trat die andere Schülerin von Karl ans Mikrofon, Jeanne Hersch, Professorin an der Universität Genf.

Nach dem nächsten Musikstück sprachen Behördenvertreter. Der Regierungspräsident dankte, dass der Verstorbene die Stadt geehrt habe, indem er sie 1948 zum neuen Wohn- und Arbeitsort gewählt habe. Vor einem Jahr habe ihn die Stadt Basel in ihr Bürgerrecht aufgenommen.

»Jaspers hat mehr für uns getan, als wir für ihn tun konnten.«

Die Bescheidenheit der Noblen, dachte sie. Karl hatte '41 die von der Universität Basel angebotene Gastprofessur abgelehnt, um mit Gertrud, die als Jüdin nicht ausreisen durfte, in Deutschland auszuharren. Erst '48 hatte er dann den Lehrstuhl für Philosophie, Psychologie und Soziologie angenommen, um nicht mehr in diesem Deutschland leben zu müssen.

Die Jaspers hatten die Schweiz auch für sie zu einer Art Heimat gemacht. Damals, in der überschwänglichen Dankbarkeit für das neue Leben in einer neuen Welt, hatte sie Karl alles schenken wollen. Wenn schon nicht die ganze Welt, dann doch ihre Weite und ihre unendliche Schönheit! Erst in Amerika hatte sie die so richtig entdeckt. Ja, das alles wollte sie unbedingt auch Karl bringen.

Weite ist nicht an die Geografie gebunden, sondern an Menschen.

Ich habe so spät, eigentlich erst in den letzten Jahren, angefangen, die Welt wirklich zu lieben, dass ich es eigentlich können müsste.

Diese Liebe zur Welt wäre ein schöner Buchtitel gewesen. Auf Lateinisch schimmert mehr durch als bloß die Liebe, die Menschen für die Welt empfinden. *Amor mundi* heißt auch die Liebe der Welt, als wäre sie selbst liebesfähig und könnte alle Lebewesen, die sich in ihr tummeln, umarmen. Alle, die sich auf der Erde ihr Nest, ihre Höhle, ihr Haus bauen. Auch alle, die einander in die Haare geraten und sich zusammenraufen und auf diese Weise das Zusammenleben lernen. Nur so entsteht Raum zwischen ihnen, nur so gibt es Sein, nämlich in diesem Zwischenraum des *inter-esse*. Keine Frage, *Amor mundi* hätte zu einem Buch über politische Theorien gepasst.

Auch Karl hatte ein unvollendetes *Buch Hannah*. Irgendwann einmal hatte er es *ad acta* gelegt. Warum denn über ihr Lachen oder ihren Tonfall oder sonst etwas schreiben, das ausschließlich mit ihrer Person zu tun hatte? Bloß weil es ein wohlfeileres Angriffsziel gewesen war als die Tatsache, dass eine unabhängig denkt und handelt?

Ihr Lieblingsbuch von Karl war *Die großen Philosophen*. Als sie die tausend Seiten der *Great Philosophers* auf Englisch herausgab, musste sie den Koloss in Bände aufteilen, sonst hätte man einen damit totschlagen können. Sie hatte sich nicht darin getäuscht, dass man es in Amerika ebenfalls schätzen würde. Es war so kühn in der Machart! Jaspers spricht mit den Denkern, als wären sie da und wohnten in einem riesigen Palast, und als Leser rennt man entzückt treppauf, treppab, um nur ja keinen Schlagabtausch zu verpassen. Dieses Buch holt Philosophie ins Leben zurück.

In der Kommunikation zwischen Lebenden und Toten enthüllt sich die Wahrheit. Darin war Karl wirklich ein Meister. Er konnte sich neben Tote und Lebende stellen und sie zu Zeitgenossen machen. Wie in einer Loge der Weltgeschichte hatte sie sich bei ihm gefühlt.

Die Musik verstummte. Dann hörte sie den Radiosprecher vorne rechts in sein Mikrofon flüstern. Dr. Hannah Arendt Blüscher. Sagte der wirklich Blüscher? Ja, Blüscher, Professorin für Politische Philosophie an der New School in New York. Sie drückte Gertrud noch einmal die Hand und ging die Stufen hoch.

Wir sind zusammengekommen, um gemeinsam und in der Öffentlichkeit, die er so geliebt und geehrt hat, von Karl Jaspers Abschied zu nehmen. Wir wollen der Welt anzeigen, dass etwas mit ihr vorgegangen ist, als er – sehr alt und nach unerhört glücklich gesegnetem Leben – aus ihr fortging. So wie er spricht niemand mehr und hat niemand gesprochen und wird wohl so bald niemand mehr sprechen. Daran ermessen wir, was wir verloren haben, aber darauf kommt es nicht an, sondern nur darauf, dass derer, die diese Sprache hören und verstehen, nicht weniger werden.

Hinter seinen Büchern gab es, in Basel, in der Austraße, die Person mit lebendiger Stimme und Gebärde. Nur dies garantiert ja, dass das, was in den Büchern steht, Wirklichkeit war und dass, was bei einem wirklich war, allen anderen auch möglich sein sollte. Hie und da taucht unter uns einer auf, der das Menschsein exemplarisch verwirklicht.

Für nahezu ein Vierteljahrhundert war er das Gewissen Deutschlands, und dass dies Gewissen auf Schweizer Boden schlug, in einer Republik und in einer Stadt, die eine Art Polis ist, dürfte wohl auch kein Zufall gewesen sein. Nichts jedenfalls hat ihn in den letzten Jahren so gefreut wie die Verleihung der Schweizer Staatsbürgerschaft. Er pflegte zu sagen: Zum ersten Mal könne er mit einem Staat einverstanden sein. Das war keine Absage an Deutschland. Er wusste, dass Staatsbürgerschaft und Nationalität nicht zusammenzufallen brauchen, denn er war und blieb natürlich ein Deutscher, aber er wusste auch, dass die Staatsbürgerschaft nicht eine bloße Formalität ist.

Sie musste innehalten. Ein Hustenreiz, den sie nicht mehr unterdrücken konnte. So lästig, wenn man am Mikrofon steht und aller Augen auf einen gerichtet sind! Sie drehte sich ab, hustete und musste warten, bis sie wieder zu Atem kam. Zum Glück hatte jemand Wasser bereitgestellt. Sie trank und sprach weiter.

Wir wissen nicht, was geschieht, wenn ein Mensch stirbt. Wir wissen nur: Uns hat er verlassen. Wir halten uns an die Werke und wissen doch, dass die Werke uns gar nicht brauchen. Sie sind, was einer, der stirbt, zurücklässt in der Welt, die da war, bevor er kam, und weitergeht, wenn er sie verlässt. Was aus ihnen wird, hängt vom Gang der Welt ab.

Aber die einfache Tatsache, dass diese Bücher gelebtes Leben waren, geht nicht unmittelbar in die Welt. Das, was an einem Menschen das Flüchtigste und doch zugleich das Größte ist, das gesprochene Wort und die einmalige Gebärde, das stirbt mit ihm.

Das bedarf unser, dass wir seiner gedenken. Der Umgang mit den Toten, das will gelernt sein, und damit fangen wir jetzt an, in der Gemeinsamkeit unserer Trauer.

27 Dann wird dieses Leben erzählt sein

Auf der Heimreise, 22. August 1975

»Hier, Hannah, wenn du dich angurten willst.«

Sie spürte Barbaras Hand an ihrer Seite und schaute nochmals in ihre Handtasche, ob alles drin war, Pass, Geldbeutel, Flugticket, Hausschlüssel, Lesebrille, Zigaretten und Feuerzeug.

»Ich muss noch was holen, bin gleich wieder da.«

Barbara lief in die Barbatè zurück. Die Morgenluft war schwer und süß. Sie schnupperte den Herbst. Wie gut, dass die Nase nun frei war und sie wieder richtig gut riechen konnte.

Schon um halb sieben war sie aufgestanden, um das letzte Honigbrot am Steintisch zu genießen. Die Rotkehlchen waren nicht zum Frühstück erschienen. Dafür hatte Ena sich noch auf eine Tasse zu ihr gesetzt. Beim Abschied hatte sie ihr zwei Bücher für die Hotelbibliothek gegeben. Das machte den Koffer leichter. Den Kant hatte sie sowieso doppelt und dreifach.

»So, jetzt aber.«

Barbara stellte eine Einkaufstasche auf den Rücksitz und fuhr los. Als der Wagen über die Gleise rumpelte, blickte sie ein letztes Mal zum Kirchturm hoch.

»Auch ihr dort oben, bald ist ausgesirrt. Der Herbst kommt schon um die Ecke.«

»Sagst du den Schwalben auf Wiedersehen, Hannah?«

Ohne zu blinken fuhr Barbara in die Dorfstraße ein und

schaltete ein Stück weiter wieder runter. Ein Traktor mit Milchtansen fuhr im Schneckentempo auf die Brücke zu.

»Ja, sie werden's verstehen.«

»Ist ja wie im Märchen.«

»Und wie in Argentinien. Da spricht man auch mit den Vögeln.«

Der Dieselmotor des Traktors vor ihnen qualmte so stark, dass sie das Fenster hochkurbeln musste. Nicht dass mir noch schlecht wird, bevor ich in den Zug steige, dachte sie und blickte von der Brücke hinunter auf die Maggia. Wie immer, der letzte Blick in die Schlucht.

»Wie kommst du denn jetzt auf Argentinien?«, fragte Barbara und bremste. Nach der Brücke bei Ponte Brolla zweigte der Traktor ins Valle Maggia ab.

»Na, wegen Alfonsina Storni. Die Dichterin kenn ich doch dank dir.«

Sie kurbelte das Fenster wieder runter.

»Stell dir nur vor, Barbara, da schreibt eine das letzte Gedicht, schmeißt es in den Briefkasten und springt ins Meer. So was nenn ich Freitod!«

»Moment, Hannah, ich verstehe rein gar nichts.«

Barbara setzte die Sonnenbrille auf und konzentrierte sich auf den Verkehr. Die Straße war nun ziemlich befahren.

»Kann ich mir schon vorstellen, macht nichts.«

Hinter Ponte Brolla konnte man die Maggia von der Straße und vom Zug aus sehen. Sie drehte das Gesicht zur Maggia, als wollte sie dem Fluss zureden.

Breit und ruhig fließt sie über die Steine. Hinter ihr liegt nun die Schlucht, der Fels bezwungen, ausgekämpft der Kampf. Was für eine herrliche Erfindung, das Wasser.

»So. Jetzt bin ich ganz Ohr. Was war das vorhin?«

»Du erinnerst dich doch an das Buch aus der Hotelbibliothek, die Gedichte dieser Tessinerin. Ich habe alles gelesen, sehr schön. Im Nachwort stand auch was über ihren Tod. Ihre Familie wanderte aus, als sie noch klein war, deshalb schrieb sie auch nur Argentinisch. Sie lebte als Künstlerin in Buenos Aires und erkrankte an Krebs. Mit letzter Kraft verabschiedete sie sich von ihren Lesern, mit einem Schlaflied.«

»Eines, das eine Mutter ihrem Kind singen könnte?«

»Eher umgekehrt, sie ist das Kind. Die Sterne ihr Nachttischlämpchen, der Himmel die Wiege, richtig poetisch. Die Welt als Wohnzimmer oder eben, weil's ums Sterben geht, als Schlafzimmer. Als das Gedicht in der Zeitung stand, war sie schon tot.«

»Also so was wie die Kunst des Sterbens für junge Frauen?«

»Vor diesem Ende gab es natürlich ein Leben, Barbara. Groß wie alles Leben.«

»Ist das Buch wieder in der Bibliothek?«

»Ich hab's zurückgestellt, du findest es sofort, so perfekt, wie du Ordnung gemacht hast!«

Ihr Blick schweifte wieder über das Ufer, Büsche und kleine Sandbänke. Auf einer stand ein Reiher und etwas weiter unten ein Frühaufsteher, der seinen Hund baden ließ. Die Landschaft war ihr vertraut und in all den Jahren ans Herz gewachsen. Sie blinzelte in die Morgensonne.

Wer besiegt wen, was für eine Frage! Das Weiche und das Harte, die gibt's doch nur zusammen. Eins nicht ohne das andere. Bin ich's, so ist's ein jeder, der ist so viel wie ich. Schöner kann man das gar nicht sagen. Wer besiegt wen, ach, so was fragen doch nur Männer. Sie blickte zu Barbara hinüber. Die Sonne schien ihr nun voll ins Gesicht und spielte mit ihrem Haar. Barbara schaute sie an und begann zu rezitieren, mit einem Schalk, den sie an ihr noch nicht bemerkt hatte.

»Jetzt hör zu, Hannah: Sie war nicht in dem Tal geboren, man wusste nicht, woher sie kam. Beseligend war ihre Nähe, und alle Herzen wurden weit. Sie brachte Blumen mit und

Früchte, gereift auf einer andern Flur, in einem andern Sonnenlichte, und teilte jedem eine Gabe. Ein jeder ging beschenkt nach Haus.«

»Schiller. Seit wann redest du in Versen?«

»He, mach schon, du Lahmarsch!«

Barbara hupte und fuchtelte zur Fahrbahn.

»Also nur im Stoßverkehr!«

»Ach, Hannah, schau nur, der da vorn! Die einen schlafen noch, die andern sind spät dran und drängeln.«

»Na gut. Aber das verrätst du mir noch, Mädchen!«

»Wart's ab, Hannah.«

Nur Minuten später bog der Renault in einen Parkplatz ein.

»Dein Zug fährt auf Gleis 2, da drüben.«

Sie hielt sich am Griff der Zugtür fest und versuchte, sich hinaufzuhieven.

»Verdammt hoch, diese Stufen!«

»Warte.«

Barbara gab ihr von hinten einen kräftigen Schubs.

»Du kommst im nächsten Sommer wieder, ja?«

»Natürlich. Dann zeigst du mir deine Schätze.«

»O ja! Benjamins Dossier, den Nationalratssaal, die Wandelhalle und auch den Flügel West!«

»Dort wirst du bald arbeiten, nicht?«

»Hoffentlich, Hannah! Warst du eigentlich schon mal im Weißen Haus?«

»Nie im Leben!«

Sie stand keuchend auf der Plattform.

»Der Letzte, von dem ich mich hätte einladen lassen, wäre Kennedy gewesen. Jetzt herrscht dort Generalamnesie.«

»Generalamnestie für was?«

»General*amnesie*! Steinzeit, Barbara, wir schlittern in die Steinzeit zurück! Dieser Ford hat einfach nur den Teppich gehoben und Nixons Dreck druntergewischt. Unerhört! Zum ersten Mal in der Geschichte der Vereinigten Staaten sahen sich unsere Bundesrichter gezwungen zu verkünden, dass vor dem Gesetz alle gleich sind. Auch der Präsident steht nicht über dem Gesetz! Na los, komm schon. Wir können hier nicht ewig stehen.«

Barbara schob den Koffer auf die Plattform und trat dann selbst auf die Stufen. Sie öffnete die Abteiltür.

»Ich bin fertig mit Politik, aber mach du nur schön vorwärts, damit ich dich im Oval Office in Bern besuchen kann.«

Das Raucherabteil war wie immer fast leer. Sie setzte sich ans Fenster. Barbara verstaute den Koffer auf der Gepäckablage.

»In Zürich hilft dir bestimmt jemand.«

Barbara stellte ihre Einkaufstasche auf die Sitzbank und griff tief hinein.

»Unsere Souvenirs! Ena und ich möchten dir was mitgeben.«

Barbara stellte ein Glas Honig auf die Ablage. Von Ena, damit sie nicht ohne Honig aus Tegna durchkommen müsse.

»Ach, komm, Barbara. Das wäre wirklich nicht nötig gewesen. Sag das bitte auch Ena.«

»Mach ich. Vorhin im Auto hab ich von dem fremden Mädchen erzählt, das ins Tal kommt und alle beschenkt. Das bist nämlich du, Hannah. Ich hab so viel von dir bekommen. Hier, das ist von mir. Du hast bestimmt einen Plattenspieler.«

Sie nahm die Schallplatte und schaute das Cover an.

»Ach, dein Sänger! Wie lieb von Dir! Sitzt im Bimmelbammel, wie in seinem Lied.«

»Genau. Ir Ysebahn. Passt das noch rein, was meinst du?«

»So ein blendender Bengel passt immer in meinen Koffer. Vielen Dank!«

Sie lachten. Barbara umarmte sie kurz und eilte davon, beim Ausgang kehrte sie nochmals um und reichte ihr einen Umschlag.

»Fast vergessen! Kam gestern Abend per Express, so müssen wir's dir nicht nachsenden. Gute Reise!«

»Danke, danke für alles und grüß Ena und bitte auch Liva und Matteo. Nächstes Jahr in Bern!«

Sie stand auf und winkte Barbara, die sich auf dem Bahnsteig vors Zugfenster gestellt hatte.

Wirklich eine kluge Freundin! Jetzt wollen wir erst mal sehen, ob sie es in die Schweizer Regierung schafft.

Barbara winkte, mit weit ausgestreckten Armen, richtig sportlich. Plötzlich hielt sie inne, steckte zwei Finger in den Mund und pfiff zweimal richtig laut. Also doch italienisch!

Der Zug fuhr an, als müsste er Barbara und nicht dem Stationsvorstand gehorchen. Sie setzte sich wieder und sah die Häuser vorüberfliegen. Ein paar Palmen am Seeufer. Wenn ich in Zürich ins Flugzeug steige, flieg ich in den Herbst.

Ein dicker Brief, dachte sie, als sie den Umschlag in die Hand nahm, aber die Handschrift kannte sie nicht. Ein Regenbogen aus lauter Queens und alle abgestempelt in Aberdeen. Cox! Die fliegende Madonna hat ihre Mission also erfüllt. So ein Glück, wer hätte das gedacht. Sie riss den Brief auf, doch der Inhalt verfing sich im Umschlag.

»Na los, raus mit dir.«

Sie zog die Blätter heraus und legte sie auf den Schoß, damit das Papier nicht so zitterte. So konnte sie besser lesen.

Liebe Hannah (if I may),

ich danke Ihnen für Ihren Brief aus dem Tessin. Sie haben mir eine große Freude gemacht, am allermeisten damit, dass es Ihnen gut geht. Das schließe ich daraus, dass Sie kein Wörtchen von Ihrem Herzen schreiben. Ein gutes Zeichen, nicht wahr? Haben Sie sich im Tessin auch schön ausgeruht?

Zu Ihrer Frage wegen der Angina Pectoris: Sehr freundlich von Ihnen, dass Sie in Betracht ziehen, die Göttinnen könnten auch in der Praxis eines Kardiologen segensreich wirken. Es ist tatsächlich schon beobachtet worden, dass eine Angina Pectoris nach einem Infarkt verschwindet. Auf Wunder darf man also immer hoffen.

Ganz besonders freut mich die Göttin aus Tegna, die Sie mir geschickt haben. Haben Sie am 15. August eine Kerze für die Frauen dieser Welt angezündet? Manch eine dürfte das Zeug zur Göttin haben. Wissen Sie, was Jung gesagt hat, als der Papst das Fest Mariä Himmelfahrt eingeführt hat? Er soll seiner Lieblingsschülerin gratuliert haben: »Nun habt ihr Frauen endlich auch eine Vertretung im oberen Parlament!« Er war richtig froh, dass das weibliche Prinzip endlich aus dem Abseits geholt worden war. Im Gottesbild der Juden und Christen musste es jahrtausendelang im Keller hausen und verkam dort wie alles Verdrängte. Von Hexenverfolgung brauche ich Ihnen nichts zu erzählen. Eulen nach Athen (hässliche Vögel!).

Zu Ihrer Frage nach Jungs Selbstaussage: »In einem gewissen Sinn bin ich Merlin.« Jung meinte wohl, dass es Dinge in uns gibt, die stärker sind als der Mensch (<u>alles ist in uns</u>).

Sie beugte sich über das Blatt und sah die leicht verwackelte Linie. Cox hatte die Wörter von Hand unterstrichen. Alles ist in uns. Was bedeutet das? Dass das Denken, Wollen und Urteilen eines Menschen so beschaffen ist, dass es im Grunde genommen keine Erfahrung gibt, von der man sagen kann, der andere hat mir das angetan?

Sie blickte auf. Der Zug ließ gerade den letzten Zipfel See hinter sich. Aber Dinge, die stärker sind als der Mensch? Hatte Cox das nicht schon gesagt, als sie in seiner Praxis saßen? Alles ist in uns. Alles Glück und Unglück, ja, auch so kann man's

sagen. Sie musste an das bucklicht Männlein und an Benjis ge-
türkten Schachspieler und auch an Rahel denken.

Merlin weiß seit seiner Geburt, dass das Böse nicht außerhalb von ihm liegt. Merlin ist Licht und Schatten und ver-
schließt vor beidem die Augen nicht. Es mag die Hölle sein,
wenn Dreck ans Licht kommt, aber Jung riet, den Dreck so
lange zu kochen, bis er zu Gold wird (das ist natürlich ein
Bild). Es gibt Leichteres, aber das ist nur relativ. Ich halte mich
lieber an Parzival, wie Sie wissen. Der kranke Gralskönig
wartet auf einen Thronfolger, aber der dumme Parzival versäumt es, ihn zu fragen, wie es ihm gehe und was ihn plage.
Allein das Fragen hätte den Leidenden vom Leiden erlöst.
Der unerfahrene Bursche ist eben noch nicht reif für die Kö-
nigswürde und muss auf eine Irrfahrt. Erst als er lernt, Mitleid zu empfinden und auszudrücken, wird er König.

Cox, das ist ja ein richtiger Schreibebrief, wer hätte das gedacht!
Sie atmete tief durch. Mit dieser Überraschung hatte sie vor
dem Flughafen Kloten nicht mehr gerechnet. Briefe, und eben
ganz besonders Schreibebriefe, in denen erinnert und nachgedacht und gefühlt wird, ja, die waren nach '33 ihr Leben gewesen. Ohne Übertreibung ihr Leben. Cox hatte wirklich ein
Händchen für Themen. Eine Irrfahrt, damit man die erlösende
Frage findet? Können Fragen denn erlösen?
Ja, sie hatte das erlebt, oft sogar. Fragen und Freundesworte,
die etwas tief in ihr heilten, waren in Briefen zu ihr gelangt.
Briefe nach dem Krieg. Briefe aus dem, was von Deutschland
übrig geblieben war. Briefe aus der amerikanischen, russischen
oder französischen Zone. '46 konnte man sie ja wieder bekommen, weil die Post endlich wieder funktionierte. Briefe, die sich
auf Persönliches und Familiäres beschränken sollten, gemäß den

Vorschriften für den Auslandsbriefverkehr. Briefe mit unglaublichen Sätzen, Briefe von verschollen geglaubten Freunden.

Ich kann dir gar nicht sagen, wie der Gedanke mich elektrisiert und mit einer überströmenden Freude erfüllt, dass auch du, liebe Hannah, zu den Überlebenden dieses furchtbaren Krieges gehörst!

'46 waren auch die ersten Briefe aus Heidelberg gekommen. Briefe von Karl, damals noch ganz der Professor und Doktorvater, der seiner Schülerin nach Jahren des Schweigens, der Ungewissheit, der Angst geschrieben hatte. Nach dem letzten Gespräch '33 in Berlin. Was für Jahre, auch für die Jaspers! Briefe, die sie in der grässlichen Zeit ruhiger gemacht hatten, damals, als das mit den Todesfabriken ans Licht gekommen war.

Später dann die ganz wenigen tröstenden Briefe, als man ihren Briefkasten am Riverside Drive geflutet hatte. Im Oktober, fast noch zu ihrem Geburtstag, der Brief von Alain. Ça va, chère Hannah? So much noise around you! Nicht genau mit diesen Worten, aber der Brief hatte ihr doch zugeraunt: Nur Vertrauen kann verhindern, dass deine private Welt auch noch zur Hölle wird. Alain und seine Piaf. Non ma chère, Vertrauen ist kein leerer Wahn, sondern das Leben selbst.

Und nach der unerhört anstrengenden Propagandatour für das deutsche Eichmann-Buch der Brief von Ingeborg. Der Brief mit der Kennedymarke, ihrem letzten Gedicht und einem zweiten Zettel, einer Art Postkriptum aus einer anderen Stimmung und Zeit, den sie erst später im Umschlag gefunden hatte.

Hannah, Sie sagten mir bei unserem Treffen, es sei einer Ihrer Geburtsfehler, dass Sie lieber im Verborgenen leben würden. Daran könnten Sie nichts ändern, selbst wenn Sie

sich an das Exponiertsein gewöhnt hätten. Aber die Gehäs-
sigkeiten, denen Sie als Schriftstellerin und als Jüdin ausgesetzt sind, möchte niemand erleben. Mich würde es zu Tode
kränken. Wie geht es Ihnen in diesem Lärm?

Außer Ingeborg, Alain und vielleicht Mary gab es kaum jemanden, der diese Frage je gestellt hatte. Wie geht es dir? Warum
hätte sie davon sprechen sollen, wenn niemand danach fragte?
Doch. Einmal hatte Karl durch einen seiner Briefe die Hand
nach Amerika ausgestreckt, warm und wunderbar, nicht mehr
nur nach der früheren Studentin, sondern nach dem Menschen.
Er und Gertrud hätten schon längst nicht mehr viel Hoffnung
gehabt, dass sie noch am Leben sei. Und dann hatte er gefragt:
Wie ist es Ihnen denn ergangen? Erzählen Sie. Es war nur so
aus ihr herausgesprudelt, seitenweise. So einfach ist Erlösung.
Wir sind Erzählen und Zuhören.

Liebe Jaspers,

seit ich weiß, dass Sie beide heil durch das Höllenspektakel
gekommen sind, ist mir wieder etwas heimlicher in dieser
Welt zumute. Es kommt gewiss nur auf wenige an, nur dürfen der wenigen nicht zu wenige sein. Wir haben ja alle in
diesen Jahren erlebt, wie der wenigen immer weniger wurden. Zählen werden nur die, die bereit sind, sich weder mit
einer Ideologie noch mit einer Macht zu identifizieren.

Schlagartig waren sie damals zu Freunden geworden. Das Wort
»gleichschalten«, das ihr so reingerutscht war, hatte sie durchgestrichen. Allein schon das Wort gehört verboten, sowieso in
einem Brief an Karl.
    Sie streckte die Beine aus und nahm Cox' Blätter in beide
Hände. Eigentlich war dieser zauberhafte Brief wie eines der

Carepakete, die nach dem Krieg zu den Jaspers gegangen waren. Sie blätterte und las weiter.

Ich habe übrigens Ihr Eichmann-Porträt nochmals gelesen. En passant erwähnen Sie, dass Eichmann im Gefängnis seine Autobiografie geschrieben hat. Das hat mir ein Kollege aus Israel bestätigt, dessen Bruder als Archivar in der Institution arbeitet, in der die Schriften verwahrt sind. Eichmanns Autobiografie würde mich interessieren. Wie kamen Sie eigentlich auf die Idee, er habe sich nichts gedacht? Oder habe ich da etwas falsch verstanden?

Zu Ihrer Frage nach dem Titel. Herzlichen Glückwunsch zu *Life of the Mind*, ich wüsste keinen besseren.

Die Jubiläumsartikel, die Sie mir freundlicherweise geschickt haben, habe ich mit Interesse gelesen, nur leider steht dort nichts vom Wichtigsten: von der Liebe. Jung suchte sie bis ins hohe Alter zu fassen. Vergeblich!

Habe ich eigentlich erzählt, dass ich Großvater bin? Wie habe ich nur so einen süßen Enkel verdient! Leider hat meine Tochter sich diesen Sommer scheiden lassen. Das ist nicht leicht für das Kind. Pythia sagt, die Liebe habe sich ihr in den Weg gestellt und wolle, dass sie wirklich alle Karten auf den Tisch lege. Daddy, so was verstehst du nicht. Ja, das hat meine Tochter zu mir gesagt. Sie war immer viel zu radikal. Vielleicht hätte ich sie einfach Mary nennen sollen, aber das ist leider gar kein guter Name hier in Schottland!

Pythia übersetzt gerade Marina Zwetajewa, sie beißt sich daran fast die Zähne aus, aber bis zum Herbst sollte die Übersetzung fertig sein. Grund genug für eine gründliche kardiologische Untersuchung, finden Sie nicht auch? Wann kommen Sie?

Bevor ich es vergesse: Ich habe in der Zeitung gelesen, Sie hätten in Boston eine Rede über Hühner gehalten. Das muss ein Scherz sein. Lügen sind in der Zeitung heute gang und gäbe. Nur hoffe ich, dass nicht wieder mal einer auf die Idee gekommen ist, Sie zu verunglimpfen.

Ich lege ein Herztonikum für Sie bei. Mein Enkel hat den Beipackzettel gemacht. Sie müssen ihn unbedingt kennenlernen, er heißt Merlin (aber für diesen Namen kann ich nichts!).

Safe travels!

With best wishes, cordially yours, Andrew (Cox)

PS: Vergessen Sie die Zigaretten und schreiben Sie mir eine Zeile, wie es mit Ihrem Herzen geht.

»Cox«, sagte sie laut und zog eine Zigarette aus der Schachtel. Mehr als ein Jahr war die Konsultation her, und sie hatte doch bloß ein paar Zeitungsartikel und eine Postkarte geschickt, mehr nicht, nein. Und jetzt das.

Sie klaubte das zweite Blatt aus dem Umschlag. Es war aus festem Papier, ein mehrmals gefalteter Bogen. Sie nahm die Zigarette zwischen die Lippen, damit sie die Hände frei hatte. Ziemlich umständlich das Ding, wie eine Wanderkarte. Als sie es ausgebreitet in Händen hielt, fiel ihr fast die Zigarette herunter.

»So was Hübsches!«

Eine Kinderzeichnung. Das ist also der Beipackzettel von Merlin. Das arme Kind kann ja nichts für seinen Namen. Pythia ging ja noch, auch Pythias wäre passabel, wie die Frau des Aristoteles. Aber Merlin? Wenigstens konnte Cox es mit seinem rollenden R verschönern.

»Merlin. Merrrrrlin.«

Das Kind hatte einen herrlich bunten Regenbogen gemalt, von einer Ecke zur anderen. Darunter drängelten sich wie Schafe im Regen viele kleine Häuser. Sie drückte die Brille auf die Nase und ging näher ran. Genauso windschief wie auf Annemaries Gemälde. Und was tun denn diese Männchen mit den Spinnenbeinen?

Sie sah winzige Figuren mit etwas hantieren, einer Art Gerät. Auf dem Regenbogen standen Leitern, die direkt in den Himmel führten, auch am Rand des Blattes waren welche angelehnt, mit ganz massiven Holmen und Sprossen. Himmelsleitern für Elefanten, was denn sonst? Fragt sich nur, wie die wieder runterkommen.

Sie legte den Bogen auf den Sitz gegenüber, schnippte die Asche ab und lehnte sich zurück. Worüber sich Erwachsene nicht alles den Kopf zerbrechen! Wie alt könnte dieser Merlin denn sein? Sie fühlte sich unfähig, aus der Zeichnung das Alter des Jungen zu erraten. Schon zu alt für meine *Weisen Tiere?*

Sie drückte die Zigarette aus und kam sich ein wenig wie Rumpelstilzchen vor, das ein Geheimnis hütete. Mutt hatte das Märchen immer geliebt und sogar zitiert, wenn was Schönes bevorstand. Ach Kinderlein, nun ist die Zeit nahe, wo der Frau Königin ihr Kind kommt. Sie und ihre Stiefschwestern waren längst aus dem Märchenalter raus, aber Mutt war das egal gewesen.

Manchmal können nur Märchen trösten, solche mit fliegenden Pferden ganz besonders. In den Schachteln zuoberst im Schlafzimmerschrank sind die wirklich alten Dinge, dachte sie, auch mein Märchen müsste dort liegen. Vielleicht hätte Merlin ja Freude daran.

Der Zug fuhr durch die Magadino-Ebene. Plötzlich stutzte sie und nahm den Brief nochmals zur Hand. Richtig, da stand was von Herztonikum! Aber wo denn nur? Im Umschlag war nichts mehr. Sie beugte sich nach vorn. Auf dem Boden lag ein kleiner Zettel, der aus Merlins Zeichnung herausgefallen sein musste. Sie bückte sich und streckte die Finger aus.

»Komm schon, du kleiner Schlingel.«

Mit einem Ächzen kam sie hoch und begann zu lesen. Schon

an der ersten Metapher erkannte sie Wystans Ton. Der Atem blieb ihr kurz weg. Cox schickt Verse von Auden? Unglaublich, aber hier standen sie, schwarz auf weiß.

In the deserts of the heart
Let the healing fountain start
In the prison of his days
Teach the free man how to praise.

Nachdem sie sich wieder gefasst hatte, dachte sie, genau richtig! Wystan, der in einem seiner schönsten Gedichte vom Dichten schreibt. Jeder Dichter hoffe natürlich, dass ihn nach dem Tod seine Bücher retten werden. Beim Jüngsten Gericht aber werde Gott, ohne bös dreinzuschauen, die Gedichte auswendig vorsagen, die der Dichter geschrieben hätte, wenn sein Leben gut gewesen wäre. Und so werde Gott den Dichter zu Tränen der Scham rühren. Auf Brecht war das Gedicht gemünzt, aber im Grunde auf alle, die dichten.

How dare you to die. So hatte Wystan leise geflucht, als seine Haushälterin gestorben war, aber bald darauf war er selbst ins Land der Toten aufgebrochen, vor bald zwei Jahren, mit einem Gesicht so zerfurcht wie die Felsen in der Maggia.

Seine Verse passen zu den anderen, dachte sie, und steckte den Zettel in die Jackentasche. Ganz unten bei der Naht ertastete sie das andere Papierchen. Zwei Zeilen aus Ingeborgs letztem Gedicht standen darauf, abgetippt und ausgeschnitten. Der kaum fingerbreite Streifen kam nur raus, wenn die Jacke in die Reinigung musste. Nun liegen ihre Verse schön beieinander, als hätten sie einander gerufen. Als hätten auch Wystan in Österreich und Ingeborg in Rom einander zugerufen, komm, lass uns aufbrechen. Sie waren fast gleichzeitig gestorben.

Die grässliche Geschichte von Ingeborgs Tod hatte sie sehr berührt, nicht nur, weil siebenundvierzig nun definitiv kein Alter zum Sterben war. Bachmanns Novelle über die große Liebe hatte sie begeistert und gleichzeitig beunruhigt. Damals hatte sie sich gefragt, ob Ingeborg lieber ganz ohne Männer, ach, ist doch müßig, sich so was zu fragen. Sie hatte sich sogar überlegt, ob sie Frisch kondolieren sollte, ließ es dann aber bleiben.

Sie faltete den Brief und hielt ihn in ihrem Schoß.

Plötzlich wusste sie, was Merlin gemalt hatte: Himmelsforscher! Was anderes können die Männchen mit ihren komischen Instrumenten doch gar nicht sein. Wenn sie unter ihren Dächern nicht weiterkommen, steigen sie eben vom Regenbogen aus in den Himmel. Was sie dort wohl in Erfahrung bringen?

Sie schüttelte ein wenig den Kopf. Dass sie so eine lange Leitung gehabt hatte! Sorgfältig faltete sie nun auch den Bogen, legte den Brief hinein, schob alles in den Umschlag zurück und blickte aus dem Fenster. Weit konnte es nicht mehr sein bis zum Gotthard.

Im Gefängnis meiner Tage. Mit dem Hudson und Wystans Springbrunnen und dem Teich, in dem der Leviathan sich ausruht, und allem, was dazugehört, will ich noch ein Weilchen die Welt preisen.

Dann werden die Schritte gezählt sein
Durch die Ferne und durch die Näh.

Das Zimmerchen im Faculty Club, wo sie im bitterkalten Februar '61 das Gedicht geschrieben hatte, war kaum größer gewesen als zwei dieser Zugabteile. Aber die Verse, die damals in Evanston zu ihr gekommen waren, fassen ein Leben.

Fast mein ganzes Leben. Ich bin ja noch ein Weilchen da, aber Herr Pegasus trabt ohne mich weiter. Auch das ist nun klar.

Dann wird dieses Leben erzählt sein
Als der Traum von eh und je.

Ist doch ein schönes Kompliment an die Welt, nicht? Mein schönes, letztes Gedicht, das nun Barbara kennt. Sie steckte den Umschlag in die Handtasche und die Hände in die Jacke. Immer wieder schön in Tegna, ja, das war ein wirklich schöner Urlaub. Sie dankte Dr. Cox und seinem Enkel, dass sie sie wieder fröhlich gestimmt hatten. Immer schon war ihr Herz schwer geworden, wenn sie aus dem Sommer vertrieben wurde. Wenn ich nur mein Märchen wiederfinde, dachte sie, als der Zug in den Gotthardtunnel einfuhr. Sie machte eine kleine Verbeugung vor diesem Herrn Escher, ohne den es den Tunnel nicht gäbe, und ließ das Fenster offen. Feuchte Tunnelluft und Lärm füllten den Wagen.

Nur ja nicht im Tunnel einschlafen, dachte sie und spielte mit dem Stein, den sie am Kirchturm von Tegna eingesteckt hatte. Sie würde ihn auf Heinrichs Grab legen, zu den anderen Steinen aus der Maggia und all den anderen Flüssen dieser Welt, dieser lieben Welt.

Nicht einschlafen. Diesmal nicht. Mir soll keiner mehr mein Kiwitt klauen.

Rechtliches

Was wir scheinen ist ein Roman. Die in ihm erfundene Welt ist von historischen Fakten inspiriert, durch Recherchen in historischen Quellen gestützt und insgesamt doch eine Schöpfung der Autorin. Namen, Figuren, Orte und Ereignisse sind fiktionalisiert, Zeit und Raum in manchen Episoden verändert. Somit ist jede Ähnlichkeit mit tatsächlichen Ereignissen und lebenden oder toten Personen nicht nur beabsichtigt, sondern unvermeidlich. Dennoch bleibt dieser Roman ein Roman, ein Werk der Fiktion, ein Kunstwerk. Er ist nicht als Biografie von einer oder mehrerer der historischen Figuren zu lesen, die in diesem Roman auftreten.

In *Was wir scheinen* werden der Hauptfigur, aber auch anderen Figuren Aussagen in den Mund gelegt, die aus Briefwechseln und Werken paraphrasiert sind. Dasselbe gilt für die eingerückten Passagen, die im Roman als gedruckte Zitate aus Briefen, Werken usw. fungieren und die im Quellenverzeichnis nachgewiesen sind. Beachtung verdient, dass auch diese eingerückten Passagen ins Reich der Fiktion gehören. Sie können Paraphrasen aus anderen Kontexten enthalten, fiktionalisiert oder fiktiv sein.

Quellen

The Hannah Arendt Papers at the Library of Congress
Hannah Arendt-Archiv, Universität Oldenburg

Die Autorin und der Verlag bedanken sich herzlich für die großzügig gewährten Abdruckgenehmigungen:

Hannah Arendt. Die weisen Tiere, Poetry and Stories, LoC, Box 85; Correspondence with students – Chicago, W. O'Grady, HAZ Cont. 60.8; Ludwig Greve an Hannah Arendt, Brief vom 31.Juli 1975, HAZ Cont. 9.9; Martha Beerwald (Arendt) an Lucie Arnheim, Brief vom 1.Dezember 1946, HAZ Sonderabteilung; Hannah Arendt an James Baldwin, Brief vom 21.11.1962, HAZ Cont. 7.6; Ingeborg Bachmann an Hannah Arendt, Brief vom 16.8.1962, HAZ Cont. 7.6; Briefe aus Eichmann File, Correspondence, engl. Language und G. Scholem: J.Baron an Hannah Arendt, Brief vom 28.Mai 1963, HAZ Cont. 48.3; Briefumschlag, Moshe Landau, HAZ Cont. 48.3; Rita Markus an Hannah Arendt, Brief vom 23 März 1963, HAZ Cont. 48.4; Hannah Arendt an Werner Weber, Brief vom 8.September 1963, in: Correspondence Gershom Scholem - Hannah Arendt, HAZ Cont. 47.7; Emil Nickel an Hannah Arendt, Brief vom 7.7.1946, in: HAZ Sonderabteilung; Anne Banaschewski an Hannah Arendt, Brief vom 12. Oktober 1964, in: HAZ Cont. 7.6.

Hannah Arendt/Karl Jaspers. Briefwechsel 1926–1969. Herausgegeben von Lotte Köhler und Hans Saner.
© 1993, Piper Verlag GmbH, München/Zürich, S. 719–720

Hannah Arendt/Martin Heidegger. Briefe 1925 bis 1975 und andere Zeugnisse. Herausgegeben von Ursula Ludz.
© 2013, Vittorio Klostermann GmbH, Frankfurt am Main, S. 254–255

Hannah Arendt/Gershom Scholem. Der Briefwechsel. Herausgegeben von Marie-Luise Knott unter Mitarbeit von David Heredia.
© 2010, Jüdischer Verlag im Suhrkamp Verlag Berlin, S. 19; 111; 429; 438–440, 460

Hannah Arendt/Dolf Sternberger. »Ich bin Dir halt ein bißchen zu revolutionär«. Briefwechsel 1946 bis 1975. Herausgegeben von Udo Bermbach.
© 2019 Rowohlt Berlin Verlag, S. 220

Ingeborg Bachmann. Die blinden Passagiere.
© 1978, Piper Verlag GmbH, München/Zürich, Werke, Band 4, S. 42

Ingeborg Bachmann. Alles.
© 1978, Piper Verlag GmbH, München/Zürich, Werke, Band 2, S. 138-139; S. 147; S. 149

Ingeborg Bachmann. Unter Mördern und Irren.
© 1978, Piper Verlag GmbH, München/Zürich, Werke, Band 2, S. 159; S. 171

Ingeborg Bachmann. Die Wahrheit ist dem Menschen zumutbar.
© 1978, Piper Verlag GmbH, München/Zürich, Werke, Band 4, S. 275; S. 277

Ingeborg Bachmann. Böhmen liegt am Meer.
© 1998, Suhrkamp Verlag, Frankfurt am Main, Letzte,
unveröffentlichte Gedichte, S. 117

Robert Gilbert. Stempellied. Christian Walther, Ein Freund,
ein guter Freund. Robert Gilbert – Lieddichter zwischen
Schlager und Weltrevolution. Eine Biographie.
© 2019, Christoph Links Verlag, Berlin, S. 117

Ossip Mandelstam. Die Dämmerung der Freiheit In: Tristia.
Gedichte 1916-1925. Herausgegeben und übersetzt von
Ralph Dutli.
© 1993, S. Fischer Verlag GmbH, Frankfurt am Main,
Band 5, S. 63

Alfonsina Storni. Chicas. Herausgegeben und übersetzt von
Hildegard E. Keller.
© 2020, Edition Maulhelden, Nr. 4, S. 198

Alfonsina Storni. Cuca. Herausgegeben und übersetzt von
Hildegard E. Keller.
© 2020, Edition Maulhelden, Nr. 5, S. 241

Weitere verwendete Quellen

Hannah Arendt: Edierte und nicht edierte Briefwechsel, u.a.
mit Günther Anders, Ingeborg Bachmann, James Baldwin, Salo
Baron, Walter Benjamin, Charlotte Beradt, Joseph R. Biden,
Kurt Blumenfeld, Heinrich Blücher, Charlotte Beradt, Hermann Broch, Mary McCarthy, Hilde Fränkel, Rose Feitelson,
Brigitte Granzow, Uwe Johnson, Joachim Fest, Alfred Kazin,
Joseph A. Maier, Harry Mulisch, Anne Weil, Helen Wolff.

THANK YOU SO MUCH

<table>
<tr><td>Jana Anna</td><td>Domenica Kostadinov</td></tr>
<tr><td>Stephan Bader</td><td>Kristine Kress</td></tr>
<tr><td>Isabelle Balmer</td><td>Julia Lawson</td></tr>
<tr><td>Werner Bauer</td><td>Hanni Lötscher</td></tr>
<tr><td>Matthias Bormuth</td><td>Angelica Löwe</td></tr>
<tr><td>Fritz Breithaupt</td><td>Alice Lülfsmann</td></tr>
<tr><td>Sabine Brtnik</td><td>Silvia Meyer-Denzler</td></tr>
<tr><td>Olav Brunner</td><td>Jörn Münkner</td></tr>
<tr><td>Christof Burkard</td><td>Barbara Nauer</td></tr>
<tr><td>Phillip Bührer</td><td>Raphael Ben Nescher</td></tr>
<tr><td>Hugo Bütler</td><td>William Rasch</td></tr>
<tr><td>Iso Camartin</td><td>Lislot Richardson</td></tr>
<tr><td>Brida von Castelberg</td><td>Christoph Riedweg</td></tr>
<tr><td>Tatiana Crivelli</td><td>Benjamin Robinson</td></tr>
<tr><td>Ralph Dutli</td><td>Carter Ross</td></tr>
<tr><td>Florinne Egli</td><td>Silja Rüedi</td></tr>
<tr><td>Eberhard Gabriel</td><td>Christian Schäfer</td></tr>
<tr><td>Paul Gruber</td><td>Marie-Luise Scherer</td></tr>
<tr><td>Andreas Gutzeit</td><td>Constantin Seibt</td></tr>
<tr><td>Alois Haas</td><td>Bernard Senn</td></tr>
<tr><td>Jeffrey Hamburger</td><td>Nicola Steiner</td></tr>
<tr><td>Christine Harckensee-Roth</td><td>Alain Claude Sulzer</td></tr>
<tr><td>Jochen Hesse</td><td>Walter Thurnherr</td></tr>
<tr><td>Linus Hunkeler</td><td>Seraina Töndury</td></tr>
<tr><td>Barbara Inauen-Keller</td><td>Friedrich Veitl</td></tr>
<tr><td>Maria Inauen</td><td>Georg Vogel</td></tr>
<tr><td>Roland Inauen</td><td>Gloria Weiss</td></tr>
<tr><td>Brigitte Jacobs</td><td>Elena Wetli</td></tr>
<tr><td>Regula Jeger</td><td>Martin Wetter</td></tr>
<tr><td>Joseph Jung</td><td>Thomas Wild</td></tr>
<tr><td>Jerome Kohn</td><td>Susannah Young-Ah Gottlieb</td></tr>
<tr><td>Rafael Koller</td><td>Ingrid Zinnel</td></tr>
</table>

Ich danke den folgenden Institutionen für die Unterstützung meiner Arbeit an diesem Roman; insbesondere die Dienstleistungen der Bibliotheken und Forschungseinrichtungen während des Lockdowns waren von unschätzbarem Wert.

The Hannah Arendt Papers at the Library of Congress

Hannah Arendt-Zentrum an der Universität Oldenburg

Kulturförderung des Kantons St.Gallen

A*dS Autorinnen und Autoren der Schweiz

Bibliothek des Deutschen Seminars der Universität Zürich

Department of Germanic Studies, Bloomington IN

Deutsches Literaturarchiv Marbach

Fondazione Bick

Franz-Edelmaier-Residenz für Literatur und Menschenrechte

Herman B Wells Library

Indiana University

Istituto Svizzero Rom

Kulturkommission der Stadt Wil

Landis & Gyr Stiftung

Library of Congress

The Lilly Library

Monroe County Public Library

Stiftung Haus am See

Zentralbibliothek Zürich

Besonders herzlich danke ich meinem Verleger Dominique Pleimling, meiner Lektorin Ulrike Ostermeyer und Michael Gaeb, meinem Agenten, dass sie sich für diesen Roman engagiert und ihn so, wie er ist, möglich gemacht haben.

Für die tolle Zusammenarbeit in der Galaxie der Grafikerinnen zwischen Zürich, Düsseldorf, München und Berlin bedanke ich mich bei Andrea Barth, Elke Günzel und Patricia Di Stefano.

Sehr dankbar bin ich den Kolleginnen und Kollegen, den Arendt-Herausgebern und -Forscherinnen in der ganzen Welt. Ganz besonders gilt dies für die Editoren der Briefwechsel von Hannah Arendt sowie für das Herausgeberteam der Kritischen Gesamtausgabe, die im Wallstein-Verlag erscheint. Wer selbst ediert hat, weiß um die immense Arbeit.

Ein besonders herzliches Dankeschön geht an Jerome Kohn und The Literary Trust of Hannah Arendt and Jerome Kohn für die Großzügigkeit.

Hildegard E. Keller
Zürich, 10. Dezember 2020

Eichborn Verlag in der Bastei Lübbe AG

Originalausgabe

Copyright © 2021 by Bastei Lübbe AG, Köln
© 2021 Hildegard E. Keller/Bloomlight Productions GmbH, Zürich
© 2021 The Literary Trust of Hannah Arendt and Jerome Kohn
für die Seiten 157–165; 397–404

Dieses Werk wurde vermittelt durch die Literarische Agentur Michael Gaeb

Lektorat: Ulrike Ostermeyer, Berlin
Umschlaggestaltung: Patrizia di Stefano unter Verwendung von
Illustrationen von Hildegard E. Keller, Zürich
Einband-/Umschlagmotiv: Hildegard E. Keller, Zürich
Autorinnenfoto: Ayse Yavas, Zürich
Satz: two-up, Düsseldorf
Gesetzt aus der Caslon
Druck und Einband: GGP Media GmbH, Pößneck

Printed in Germany
ISBN 978-3-8479-0066-5

1 3 5 4 2

Sie finden uns im Internet unter eichborn.de
Bitte beachten Sie auch luebbe.de